Die englischen Schwestern

Wolfgang Schlüter

Die englischen Schwestern

Roman

Die Arbeit an diesem Roman wurde gefördert
mit einem Grenzgänger-Stipendium der Robert Bosch
Stiftung Stuttgart.

1. Auflage 2011

© Eichborn AG, Frankfurt am Main, Januar 2011
Umschlaggestaltung: Christiane Hahn unter Verwendung des Gemäldes
»Hafen von Neapel«, 1771, von Jacob Philipp Hackert;
© Fotograf: David Hall (Artothek)
Lektorat: Rainer Wieland
Ausstattung, Typografie: Cosima Schneider
Satz: Greiner & Reichel, Köln
Druck und Bindung: CPI – Clausen & Bosse, Leck
ISBN 978-3-8218-5843-2

Mix
Produktgruppe aus vorbildlich bewirtschafteten
Wäldern und anderen kontrollierten Herkünften
www.fsc.org Zert.-Nr. GFA-COC-001223
© 1996 Forest Stewardship Council
FSC

Eichborn Verlag, Kaiserstraße 66, 60329 Frankfurt am Main
Mehr Informationen zu Büchern und Hörbüchern aus dem Eichborn Verlag
finden Sie unter www.eichborn.de

„*Was kann der neuere Mensch dafür, daß er so spät lebt hinter ihren Ruinen?*" — *Jugend und Ruinen, einstürzende Vergangenheit und ewige Lebensfülle bedeckten das misenische Gestade und die ganze unabsehliche Küste — an die zerbrochnen Aschenkrüge toter Götter, an die zerstückten Tempel Merkurs, Dianens, spielte die fröhliche leichte Welle und die ewige Sonne — Felsen- und Tempeltrümmer lagen untereinander auf der bunten Lava — alles blühte und lebte, das Mädchen und die Schiffer sangen — die Berge und die Inseln standen groß im jungen feurigen Tage.*

——*JEAN PAUL, Titan.*

dedicato alla mia cara Katrina

Inhalt

1. C (rot)

„*Gegen Mitternacht in Gatwick. Der Terminal, in dem ich zuletzt kurz nach seiner glanzvollen Eröffnung gewesen bin, macht bereits einen eher schäbigen Eindruck. Überall stehen diese knallfarbigen Kästen herum, wo man mit einer Maschinenpistole, die an einer Art Nabelschnur befestigt ist, in apokalyptische Szenarios – brennende Städte, einstürzende Fassaden, fliehende Menschen – hineinfeuern kann. An Menschen, die für fünfzig Pence bei diesem Divertissement dabeisein möchten, mangelt es nicht. Auf ihren zu Tode gelangweilten Gesichtern steht die Zukunft geschrieben.*" (: Sebald, Aufzeichnungen aus Korsika; und das Buch zugeklappt; und aus dem Busfenster geschaut:)

Nee, nie! Nee, nie! —: Nänie?

Double-Decca's Cakewalk, von Schöneberg nach Tempelhof: und scharf bremste der BVG-Bus; flugs faltete sich der Harmonikabalg der Tür auseinander; Fahrgäste („Gäste": charmant!) torkelten hinaus aufs Trottoir, zerstreuten sich; einer trotzte dem roten Ampelmännchen, das ihm mit gereckten Ärmlein Einhalt gebot, und querte den Zebrastreifen an der

Ecke Duden-/Katzbachstraße, vorm blauen Schleckermarkt, wo der Freund seiner harrte: „Rot Front, Werner."
— „Gott zum Gruß, Schorse" (und Tatze in die Pratze);
„Du-dass'ja 'n richtiger Gespensterladen hier: neonleer,
manchmal stundenlang ohne Kunden, im Hinterzimmer
pötschert ängstlich 1 kaufmännische Angestellte über 'ner
Tasse Kaffe —": „Schtimmt, wird auch wöchentlich eenmal
überfallen. ‚Heraus mit dem Vitamin C – oder 's kost' das
Leben!' Det ideale Trainings-Center für Kriminelle." Und
wir blickten uns an, kopfschüttelten, lachend: zwei Stadt-
indianer im Kapuzenpullover, Wortfallensteller, vogel-
frei.

Und schon dieselte der nächste Doppeldecker der Linie
104 herbei; hielt an; drei Passagiere purzelten aufs Pflaster;
der Faltbalg glättete sich wieder, schloß den Ausgang —
noch ein puffender Abschiedsgruß aus der exhaust pipe – :!:
— und schon schwankte das gelbe Trumm auf seiner Fahrspur von hinnen. „Die roten, in London, schaun aber doch
edler drein, findste nicht? The right honourable Royal Mail
Red: Denk nur an die hübschen Telephonhäusl mit Krön-
chen & Elizabetha Regina II." – Georg, härtlich, ganz ‚den
Tatsachen ins Auge sehend': „Du-immer mit dei'm merri
old Inglend! Die wern doch ooch grade von Brittisch Tele-
komm abjeschafft. Allet Schöne muß schterbm, schtehet
so nich in Schillas Nehnje? – Jehnwa?" — „Andiam, andiam, mio bene." – Das Nebenhaus schon tiptop entkernt
und verschlankt:
Blinde Schaufenster-Augen, „ziemlich grauer Star, wa?"
Und überlegen: Ob grüner Star nicht doch netter, irgendwie frischer wäre als grauer? (‚Mein Schatz hat's Grün so
gern'). „Wg. Geschäftsaufgabe geschlossen. Provisionsfrei
zu vermieten." Und gleich die Kapuze tiefer ins Gesicht
ziehen.
Doch wo alles darniederliegt, wächst das Rettende auch:
zur Rechten auf der anderen Straßenseite das Sportfeld,

hinterm hegenden Wall, von Hasel & Schneeball bebuscht; darauf zum Rapport bestellt die Schildwacht der Platanen; dahinter zum Zählappell angetreten die Langen Kerls der Pappeln. (Warum sind Fußballplätze so gern von Espen gesäumt? Weil diese Tifosi so lieb und bang zittern bei jedem Elfmeter? Zag tuscheln, wischeln und flispern vorm Freistoß? Und die Silberblättchen im Windstoß als Vereinsfähnchen schwenken: „Tor!"? (Auch an Dampfbahndämmen einst, die Pappeln: the bygone days of bliss, vorüber, ach vorüber —))

Die Platanen dagegen: reckten und fuchtelten aufgeregt die zottigen Riesenarme gen Himmel: ‚Stürme voran und halte den Ball, edler Libero!' (aber hübsch die stachligen Bommeln): Eintracht Treptow spielte heut gegen Zwietracht Neukölln; Böen aus Gellen & Pfiffen fegten die Straße; ein vielkehlicht „Tor!!!" röhrte auf und brandete an unser Sonnengeflecht („Nee-du, an deinen Metaffern mußte ooch noch wat feilen." (Aus Mitleid wissend, das reine Tor?));

Ein Halbdutzend grüne Wannen standen am Straßenrand bereit; darin schlagstöckelte's, rauntes und murrte's: Wagen Berta ruft Wagen Alpha, bitte kommen. „!??" —: „Zur Kühlung der Jemüta, weeßte. Falls die Taliban ma wieda 's Feld schtürmen und den Schiedsrichta vadreschen. Kommt hier öfta vor. Die sind ja gerne jekränkt, wenn des Referees rote Karte ihren Glaubm beleidigt" (: Georg, fachmännisch). „Olla Niesel." Und eiliges Graugewölk, quer über die Dächer.

Zur Linken die langgestreckte Front der Miezhäuser, Katzbachstraße 28a bis 17, bulkige Gründerzeitklippen, fünf Stock hoch lotrecht gegen's Trottoir gepfählt; bis zur Traufenhöhe stemmte sich die Front in Reihen fest geschlossen; verriegelt auch die Läden im Erdgeschoß, einer nach dem andern, und leer: die Fenster verstaubt, eingeschmissen oder brettervernagelt (‚Spielsalon. Eintritt ab

18‘); „Hier is ja allet Hartz-vier; die Ladenmieten kann keena mehr aufbringen, weil niemand mehr wat kooft."

Aber doch noch geöffnet: ‚Häuslicher Pflegedienst‘: Seniorenmahlzeiten, Rollstuhltransporte, 24-Stunden-Betreuung; „Wollnwa uns schomal anmelden-du, zum Rundum-die-Uhr-Verwöhnprogramm?". Am Schaufenster die gezähnten Zettelchen mit den Telefonnummern zum Abreißen: Wohnungsauflösung Renovierung Entrümpelung, schnell & sauber. „Profitiern?–: tun hier nur noch die Schrottis (‚Bestattungsinstitut Alteisen‘)."

The chalky Cliffs: zu ihren Füßen die Brandung des Straßenverkehrs; der Fassadenverputz im Wechsel aus stein-, maus-, sack- und graphitgrau mit vanillegelb, „kiekma, eens is sogar ochsenblutrot jetüncht," apart-apart! Gleich links im Parterre ein Haus fröhlich anthrazitfarben geklinkert; aus der Tür trat eine schmächtige junge Frau, die zwei mannshohe Doggen gassiführte: Diana sucht Aktäon, bitte melden! „Mensch, dit Fleisch, wo die am Tach futtan, habick im janzen Monat nich!" Über uns, in Abständen, die schmalen Echsenköpfe der Bogenleuchten, an langen Plesiosaurushälsen mit Glühmäulern hungrig geneigt über Paare, Passanten.

Geruch von Nieselregen auf angewärmtem Pflasterstaub („zum Schnupperpreis"), durchmischt mit Blähgestunk aus zerbrochenen Souterrainfenstern (‚Kohlenhandlung Klawuttke‘), überkrakelt von einem Spinnennetz aus Zickzackgraffiti, schwarz-/silbern-auf-grau, „bloß keene leeren Flächen übriglassen; da kriegen die gleich ’n horror vacui-du! Muß wohl irgend’n Kindheiz-Trauma sein." (Deshalb auch Arschgeweih, Lippen-Nabel-Piercing, Tattoo-Studios noch und nöcher? (Und grübeln. Rache der Zeichen an einer chiffrenlos gewordenen Welt? Möglich wär’s allemal. Hm——))

„Paß auf, Mensch!!" Potz Pengplatz & Tonsteinescherben! Viel hätte nicht gefehlt, und der Blumentopf wäre

mir auf den Kopf —— „Kommt hier alle Neeselang vor,
Werner. Is 'n Schport, vonnen Kindern auf'm Balkong;
die schließen Wetten ab, obse wen treffen." – „Na du hast
Nerven, Schorse." – „Habick, habick. Mußte ooch habm in
dem Kiez." – „Am Worte ‚Kiez' erkennest du in Kreuzberg
den Fremdling. (‚Fremd bin ich eingezogen, fremd zieh
ich wieder aus')" — Und weiterschlendern, nach Norden,
auf leicht abschüssigem Terrain (‚Nicht atmend aufwärts
brauchst du mehr zu steigen, die Ebne zieht von selbst dich
fort. Dann wird sie sich mit dir unmerklich neigen, und eh
du's denkst, bist du im Port').

Mal kurz umdrehn, gen Süden; die Junkers querte diagonal das Himmelssegment zur Landung in Tempelhof,
zog eine grollende Schleppe hinter sich her, die sich über
die Straße breitete und dröhnend ausrollte bis in entfernte
Hinterhof-Echos (Tante Ju's Rosinenplätzchen: bombig!).

Unsere liebe Luftbrücke: „Klaa isset 'n Tort, wenn
so'n Fluch-Zeug seine Lärmtorten abwirft; trotzdem
kuckick jedesma hoch, wenn eens rüberdüst; dann sarick
mir, Schorse, sarick, so lange die Fliega noch Care-Pake-
te aus Krach abwerfen, jipet noch Hoffnung, dette hier
mal weckkommst eenes Tages." (Nur, bitte – weg wohin?
Dahin, dahin, wo die Zitronen blühn?) Etwas wehmütig
seufzen; und wieder kehrt-schwenkt-nord.

Paßgenau umrundet: „Wozu der Schlenker, guter
Freund?" Der wies auf das graue Pfützchen und erklärte
ungerührt: „Kriegste erst mitter Zeit 'n Blick für. Anfangs
binick immer rinjelatscht; is ja nich so leicht zu erkennen wie Hundekacke, wa. Ick sare bloß: Wenn dir so'n
weißjekleideter Schtenz aus'm Bräunungs-Schtudio mit
Goldkettchen und Gel unter der Baseballkappe entgegen-
kommt: dann mach prinz-zieh-piell 'n weiten Bogen um
den! Weeßick oochnich, warum die so gern ihre Speichel-
batzn aufs Flaster schpucken. Muß wohl 'n alt Brauchtum mit Miegrazjohns-Hintergrund sein." (Also immer

gesenkten Blicks fürder, Vorsichts halber nie freihin ins Gerade? Nie hoffnungsfroh hinan, ad astra?)

„*Rechtsrhein? Jehts zum Biergarten* ‚Golgatha‘.“ (Welches ist verdeutschet ‚Schädelstatt‘.) „Da kannste dir ans Kreuz der Lüste nageln lassen: Suff & Drogen; mit unbewaffnetem Auge? –: isset bloß ’n Gartenlokal, zwischen Schportplatz und Vicktorja-Park, tagsüber für Schpielplatz-Eltern — nach der neunten Stunde, da eine große Finsternis über dem janzen Land, für epilierte Schädel; da finden imma wieda Razzjen statt.“

Knirrsch! Mensch, was’nn das?? „Scherben, vonnem Pils; früher: hättste weicher jetreten, auf Kippen. Seit keena mehr rauchen darf, loofense schtattdessen mitter Flasche inner Hand rum und schmeißense dann einfach irgendwann auf die Schtraße; Komasaufen als Mannbarkeiz-Innizjazjohn, muß wohl sein —— nur, icke: muß teeglich die Schplitter aus’n Schuhsohlen polken-du! Is ooch keen Zuckerschlecken“ (: geseufzt; ich glaubte’s ihm. Ob ich hier würde wohnen wollen? Nee, wohl doch lieber nicht.)

„Mann, Werner, wat haust’nn dir selbst anne Birne?“ – „Liebster Schorse, du wirst vermutlich soeben zum erstenmal in deinem Leben Zeuge, wie sich jemand einen Gedanken aus dem Kopf schlägt,“ und trübsinniger fürbaß:

Denn wieder gähnte ein aufgelassener Laden („Wegen Geschäftsaufgabe geschlossen. Provisionsfrei zu vermieten“). Und daneben gleich wieder einer. Und noch einer. „Wenn hier noch wat rammelt, dann die mit Rolljalousien und Fallgittern verrammelten Jeschäfte, har, har. Icke?–: wohn hier im Gartenhaus, zweete Ehtahsche links.“ – „Garten klingt doch schön: nach Wiesenwildnis, Obstbaumschatten, Oleander & Bougainvillea.“ – „Hat sich wat! Der ehemalje Gewerbehof mit Betong ausjegossn; nüscht wie Kinderkarrn, Fah-Räder & Müllkontäiner, und gegenüber die Hof-Irre, die’s Fenster aufreißt und kreischt ‚Ich bring euch um, ihr Schweine, hört endlich auf, ich

ruf sonst die Bullen!'. Jipptet in jedem Hof, so eene, gloo-
bick. Würste ja ooch varückt, wenn im Somma alle Fensta
offenschtehen un' denn der Rap raushämmert bis der Arzt
kommt, bummta, bummta, bummta, dazu die lieplichen
Düfte ausser Knohplauchfrittöse — " und abwinken; und
erstmal verstummen. Aber nicht lange, denn:
  „*Nachbarliches Miteinander?* Urbanes Kreativ-Event?
Mensch hör bloß uff, Werner! Dit is doch hier der reinste
Darwin-Dschungel. Der Lauteste is der Schtärkste: und
der überlebt, weil er die andern einschüchtert, indemer seine Schtereoanlage von der Leine läßt als wärs sein Pitbull.
Der Schtille, Freundliche, Höfliche? Jeht vorde Hunde.
Kannstema gloobm. Anfangs, wie ick hier einjezogen war:
ha'ick alle noch nett jegrüßt im Treppenhaus: Du-da ham
die mich anjekiekt — so, vonne Seite, wie ick dir jetze,
ne? — als wärick nich janz dicht. Anner Supermarktkasse
habick ,Herzlichen Dank' jesagt!—: Da sind die richtig aggressiv jewordn! Jetze, wenn mir wer begegnet, ziehick den
Kopp zwischen de Schultern und knurr' nur noch irjend-
wat Feppschtieslijes — und kieke an! Jetz sindse plötzlich
alle nett. Jetz binick einer von ihnen. Jenau so'ne muffije
Arschgeige; perfeckt assimiliert." Und wieder abwinken;
und innehalten: ,Wir stehn betroffen, des Lebens Fackel
wollten wir entzünden.'
  „*Aber hier im Fahratt-Schopp:* ei der tausend, welch
trefflicher Mann!"—: Der schwarzlockicht-verschmitzte
Hirte inmitten seiner Menagerie von weißen, roten, blau-
en Drahteseln, silbernen Stahlgazellen, Velociped en mit
schwarzem Antilopengehörn, aufgebockten Alu-Giraffen,
friedlich äsenden Bergbicycletten. Im Vorbeigehn geflüstert: „Der einzije höflich-freundliche Mensch (bis auf
den Argentinier weita unten) und der einzje Westeuropäer
aufer janzn Schtraße. Conclusio?—:" und abwinken; ho
capito, Signor, si. Aber Georg murrte noch eins drauf:
„Wenn's hier wenigstens 'n paa Italiener oder Engländer

gäb: könnt man's aushalten." – „Die akkulturieren sich doch auch in nullkommanichts." – „Schtimmt ooch wieda. Also vajißet." – „Armer Georg, Heiliger & Narr! Saint George, the Patron of our Isle, a Soldier, and a Saint, on this auspicious Order smile, which Love and Arms will plant."

„*Du-imma mit deim ßäint-Dschordsch!*": Schorse, wegwerfend, zum Freunde. Der (ich) hob eine Braue und hielt die Oberlippe stiff: „Purcell; habs noch nie für 'ne Schande gehalten, King Arthur zu singen. The fainting Saxons quit their Ground, their Trumpets languish in the Sound, they fly, they fly, they fly, they fly; Victoria, Victoria, the bold Britons cry." – „Was bist'n heut so milliteerisch?" – „Mein antiquarisches Gemüt, holder Schorse, verlangt nach Love & Arms." – „Da biste hier in Kreuzberg ja grade richtig."

Antiquariate?—: „Die Schtraße weiter runter is eens; jeht aber nie eener raus oder rin. Der Trend zum Zweitbuch is hier noch nich so vabreitet. Bergmannkiez? Mensch da sieh dir bloß vor, Werner! Allet fest in talibanischer Hand. Eenmal ha'ick Göthes Italjenische Reise 'nem Händler zum Ankauf anjeboten. Der: taxiert mich so hinter sei'm Bart unterm Turban – so, von schräg unten, vaschtehste, als schliff'er schon hinterm Rücken sein Tapetenmesser – als wärer eben erst aus'm Paschtunenlager heimjekehrt, und sahcht mir dann, nee, so gottloses Zeugs von Ungläubigen nimmter nich." – „Hätt'ste ihm besser den West-Östlichen Diwan offeriert." – „Der hätt nur 'n Östlichen jenomm'n, kannstema gloobm.

Nem andern: ha'ickma Kloppschtocks Oden inner Erstausgabe anjeboten, 'n signiertes Handexemplar des Dichters, mit sein'n eigenen Korrecktouren, da schtaunste, wa? Der Trödler: wirft een' Blick auf det Ocktahfbändchen und sahcht: Nee, is ja schon alt, dit kooft keena mehr. Latschick also weita zum nächsten und frag ma' zur Probe andersrum: HamSe Kloppschtocks Oden inner Erstausgabe? Sahcht der: Na klaa, hier: uralte Auflage von

1916, Feldpostausgabe mit Eichenlaub & Goldschnitt, frisch entrümpelt bei Oma Krawuttke, eine unbezahlbare Prezjose, mein Herr, rarissime! Firzig Mille mindestens! Fragick nach dem Kunstdruck da hinten inner Ecke, mit der betenden Zigeunerin vor Fischerbooten am Vesuv im Plaßtick-Rahmen. Sacht der: Ist Porträt von Fräulein aus Hocharistokratie mit Venedig im Hintergrund, uraltes Öl-gemälde von italienischem Renaissancemeister, sehen Sie nur, in Barockrahmen aus purem Gold — "

Und resigniert abwinken; „Nee-du; allet Hohlköppe, Gauner & Hallunken. Ob's in Schalottenburch besser is?" – Er: zweifelte grimmiger fürbaß; ich: fußstapfte ihm folgend. „Hier jetzt links, Schorse?"

Einmündung Monumentenstraße: „Also ick würde ma so sagen, Werner: Wennwa jetze übern Zebraschtrei-fen weiter jradeaus die Katze runterjehn, denn lockt dich zur Rechten der Vicktorjapark und zur Linken 'n Bäcka mit den elastischsten Schaumstoffpuffern, die in Berlin je für ‚Brötchen' ausjejebm wurden; der Laden nennt sich ‚Haberkorn': klingt anheimelnd alternatief, ne? 'N paa von dem seinen Schrippen ha'ick heut noch unter meinen Schtereo-Boxen schtehn, zwecks Trittschallabsorption." Und ich nickte nur kopfschüttelnd (: ist das physiologisch möglich?); die Berliner backen ja wirklich wie die Gebrüder Kraftmeier & Feist: Streuselschnecken groß wie Wagenrä-der, monströs glasiert, überzuckert; aus jeder Mehlschwitze bölkt's ‚Sodbrennen garantiert! Sonst Money back!'; und beim Gülmir?–: ist's auch nicht besser: fettriefend, ölgesät-tigt, süß wie Sodom & Gomorrha; nee-nee, wenn ich da an Rhubarb Tart & Apple Pie aus Hamilton's Bakery in Nor-wich denke — Kunststück: Westeuropa! (Also besser nicht dran denken; vorüber, ihr Schäfchen, vorüber —)

(*Nee, nie! Nee, nie!* —: Nänie? (‚Das Götter und Men-schen bezwinget, Nicht die eherne Brust rührt es des Sty-gischen Zeus.'))

Aber der Parkweg zur Rechten lockte doch mächtig: „Dort, liepster Werner, setzt sich die Monumentenschtraße jenseits der Katze fort und schteigt unter schattigen Wipfeln imma schteila an bis zum 1813-Siegesmonument auf'm Kreuzberg; du-da gehnwa 'n anderma rauf; brauchste 'ne Ausrüstung für" (Pickel und Seil? Graffiti-Spray? Schutzhelm gegen Bierflaschen-Glasschlag?); „'n tollet Rundpannorama haste vom Gipfel, zwa nich auf St. Paul's & Tauer Britsch oder Engelsburg & Kollosseum, aber an klaren Tagen is die Degussa-Filiale am Horizont schön auszumachen — "

(Jaja, unsere ‚Befreiungskriege'; statt Napoleon zum Kaiser der Deutschen zu küren, was Europa für lange Zeit Freiheit und Frieden beschert hätte, wollten die Gneisenau, Yorck und Bülow (‚Sieg bei Großbeeren') sich lieber in Kreuzberger Dönerstraßen verewigen, und Schinkels generöser Denkmalentwurf mit Zielperspektive bis zum Stadtschloß, mit romantischer Kaskade und altdeutscher Gotik, hat sich am Ende à la MacGeiz zu 'nem murklij'n Türmchen ausgedünnt: Wir gedenken in Treue unserer Lieben im Felde, die unserer Lieben in der Heimat, in Treue fest, gedenken: Schlacht an der Katzbach, Blüchers Sieg über Maréchal Macdonald am 26. August 1813; knapp 200 Jahre später hat MacDonalds Fleischklops die halbe Welt besiegt: ooch 'ne Völkerschlachterei (‚Korsische Vendetta'?).)

„ — *Und denn setzte dich* zu Füßen der lackgrünen Fialen & Kreuzblumen auf die Flaschenscherbm (Glas; überall Glas); packst dein Vesperbier aus; und ergötzest dich im Sommer an den Bongo-Trommlern, die sich alle Nächte auf'n Kriegsfad perkussionieren" – „Ich dachte, die trommeln ‚für den Frieden' (und nur in der Toskana)?" – „Needu, dit hörste im janzn Kiez — auf Siebenmeilenschtiefeln zurück ins Neolithikum, wa? — und morgens, beim Erwachn, gloobste, du hättst im Traum Affen & Pappagein schreien jehört und betastest ungläubig dein Jesicht: Ob's die Autonomen nich inner Nacht ooch mit Zickzackzeichen zutättowiert ham wie bei den Maori auf Neuseeland."

Aber der Park selber galt doch als prächtig? Und sehnsuchtsvoll hinübergeblickt zu den ehrwürdigen Kronen solitärer Eichbäume, Kastanien und Blutbuchen. – Georg, widerwillig konzedierend: „Ochgotte ja. 'N büschen lüttnech, seggt der Nordländer. Jut, im Mai und Oktober: Wennde da an jewissn Punktn aus beschtimmten Blickwinkeln linst: könntest du dir, für een'n kurzen Momang, im Estate von Bromley Hall in Somerset wähnen; und icke: im Wald von Caserta anno 1786. Aba jehste eenen Schritt weiter: schieben sich gleich wieder die Miezfassaden ins feinschtaubjeschliffne Bildfeld, und die Illusjohn is futsch. Dazu ringsherum det ew'je Dröhnen vom Laster-Vakehr.

Die Parkwege: alle asfaltiert, weil't flegeleichter is. Im Winter: Is eh' kein Laub mehr am morosen Geäst, ratzekahl wie mein Portmonneh. Schnee: wird sofort zu Rodel-Eis glasiert, auf demde dir alle Knochen brichst. Im September: bedröhnt 'n Karussellfest den janzn Kiez mit bummta, bummta, bummta, und der Rasen sieht hinterher aus wie die Pripjet-Sümfe. Den Somma über: liegen hier die Leute nackich Handtuch-an-Handtuch und lassen sich rösten: Ein Anblick, an dem die Taliban sich handkräftig ergötzen, um sich danach gleich wieda zu empören darüber, daß die Sittenlosigkeit der Ungläubigen ihre Religjohn beleidigt.

Und Fliegenschwärme über den Papierkörben, aus denen die Pizzareste und Abfälle vom Grillpicknick quellen, ‚Helft unserer bedrohten Insecktenfauna!'. Die Kaskade runter zur Großbeerenschtraße? Oft ohne Wasser (‚Wir müssen alle den Gürtel enger schnallen'); rauscht nur, wenn et zuvor schtark jeregnet hat. Denn haste unten 'n schtagnierenden Pfuhl, putrid-grünschillernd, auf dem die Plaste & Elaste, die sonst in des Bergstroms trocknen Rinnen ruht, immahin flottieren darf. Haste die Skulptuhr ma

jesehn, die da vor dem Pfuhl auf'm Rasen schteht? Du-dit
is 'n Unesko-Welterbe, echtes Teltower Barock: 'n Triton,
der 'ne Najade verjewaltigt; Huldigungs-Schtatue von Ber-
nini für König Hartz IV.; hat schon unzähljen Kreuzberger
Eltern zum ersten Aufklärungsunterricht verholfen."
   (*Nee, nie! Nee, nie!* —: Nänie? (Siehe, da weinen die
Götter, es weinen die Göttinnen alle, daß das Schöne vergeht, daß das Vollkommene stirbt.))
   „*Nee-du: Links und nach Westen* heißt die Devise; wie
für jeden intelligenten Menschen." — Aber das'ss doch —
da soll mich doch der T—!!? (Und bestürzt innehalten:) —
Nightmare on Elm Street? Die abgestumpfte Ecke der
Fassade Katzbach/Monumenten: „Warst du da schon mal
drin, Schorse?" – „Is mein Schtammlokal. Weeßick bis
heute nich, warum det ‚Alptraum' heißt. Jut, so schteht-
et numal in Sippzjer-Jahre-Lettern über der Glasfront,
und die Tür hamse wohl aufm Rummel vonna Geistabahn
abmontiert; aber sonst? Allet janz normal-triste: Da darf
jeder anschtändje Hartzer seinen ALG-Alk verzehrn;
nebman kannste snookern und jukeboxen; im Sommer
sitze im Freien an'm Tischchen und prostest mit deim
Pils denjen'jen zu, die gegenüber, auf der andern Schtra-
ßenseite, vor ihrer Eckkneipe sitzen und dir mit ihr'm Pils
zuprosten. Is echt nett-da, Werner!" — Aber skeptisch;
weitertrotten, per pedes apostolorum.
   Bis zur Einmündung Eylauer Straße kurz sich senkend,
dann wieder ansteigend die beidseits rotdornbeschattete
Straße; links ein Geschäft für ‚Noten & Classic' einst,
jetzt „Wegen Geschäftsaufgabe geschlossen", jaja ich
wußte schon, „provisionsfrei zu vermieten"; gefolgt von
der schmutzgelb geklinkerten Fußballkneipe ‚Zur letzten
Hoffnung'; 50 Meter weiter die Kita, dann ein Halbdutzend
kreischbunte Großplakate am Bretterzaun („5*****-Hotel
Sole di Mare: Mit Alitalia an Neapels Goldene Küste"),
endlich

Ins Freie treten: tief durchatmen: dann den Odem anhalten —: Isses die Möglichkeit?!: „Tja da schtaunste, Werner, wa?" Und den Blick am sanften Anstieg der Brücke panoramatisch schweifen lassen: über 270°, aber hallo! Und am Felsenabgrund uns zu Füßen: Westward ho! Hic Rhodus, hic salta!

Unter der weitgewölbten Himmelskuppel mit schiefergrauem Geschiebe von Cumuli fern gegenüber am Schöneberger Gestade das Eschengrüppchen, 1 Kirchtürmlein spitzelte hindurch, rechts unterm inzestuösen Wolkengetümmel die 200m-Front der Häuserklippen an der Bautzener Straße; „manchma' imposante Sonnenuntergängedu; ex occidente lux: violettschwarze Wolkentürme, mit Schtreifen von Blattgold gesäumt; und mittendrin 'ne Explosjohn von zitronengelb, orange, apricot; da gloobste, die Brücke führt direkt in die Sonne rin und am Ende von ihr is'n Topf Gold verbuddelt. Wer den ausgrübe!" (: Georg, seufzend). „Hier atlantische Tiefs mit Schturm & Jewitter-du: das'ss grandjohs!" – „Wovon hast du mediterraner Schwarmgeist dich zum Atlantiker konvertieren lassen?" — Doch statt zu antworten, wies Georg hinunter auf

Das Urstromtal der Gleisbetten: Und eben rasselte ein ockerroter S-Bahn-Python tief unter uns zum Südbahnhof hinunter, während auf parallelen Schienen die schmutzweiße ICE-Kobra in Richtung Hbf hinaufschlirrte; „den kannste von hier aus nich sehn, aba dafür den Fernsehturm am Alex" (‚Uns bleibt ein Erdenrest, und wär er von Asbest'); daneben am Nordhimmel schwebend der Montgolfier mit Aufdruck „Die Welt": ja will denn alles mit Zeichen bedeckt sein, auf jeder freien Fläche irgendetwas schreien, werben, krakeelen, reklamen? Darunter die eingedetschte Zirkuskuppel?–:

„*Isses Sony-Center* am Potzdamer Platz; grauenvolle Architecktour, wennde da rumloofst: klinkerkalt, zugig, unwirtlich, Albert Schpeer hätt's jefallen. Macht sich aba schick in Foto-Bildbänden (‚im Duoton-Druck‘), weeßte, in'n Büchern, die imma beim Zahnarzt auf'm Glastisch liegen." Und, weil er meinen ungläubigen Blick gewahrte, noch eins draufgesetzt: „Nee-du, dein Prints-Tscharls hat schon recht. Der is gaanich so konservatief, wie die Leute gloobm, trotz der abschteh'nden Ohren. Kunstschtück: Westeuropäer. Außerdem schpielter Schello, dit sahcht ja ooch wat. Und läßt auf seiner Bio-Farm ökologische Haferkekse by Appointment of HRH backen und 'ne komplette edwardianische Kleinschtadt nachbauen!" Und noch ungläubiger starren. Und zweifeln. Unsere royalen Eccentrics — je nun, ich mochte sie. Sehr sogar.

Aber drollig die Champignonköpfe der Zementpoller auf beiden Gehsteigen der Brücke. „Da siehst oft 'n Halbwüx'jen seiner Freundin die Muckis vorführn, die er sich im Fitnäss-Center anjeschwitzt hat: indem er mit zwee Fingern so'n tonnenschweret Ding anhebt und uffde Schtraße schiebt. Eindrucksvoll, muß ich zugebm." – „Doch wofür sind die da, Schorse?" – „Zur Suizid-Prävention. Damit nich 'n Autofahrer aus Liebeskumma, oder weil er auf Hartz-vier jesetzt is, Gas jipt und die Karre mit Karacho übern Bordstein und durchs Jeländer auf die Gleise fliegen läßt; der Sachschaden könnte ein beträchtlicher sein."

Auf dem Scheitelpunkt der Monumenten-Brücke: „Siehste, wat habick dir jesahcht? Die Sonne kommt durch: und wir mitten rin! Wie in'm Schlußbild von'm Western. Tief durchatmen, Werner! Vor dir liegt Amerika, hinter dir Asien. Und unten dann: rechtsrum!"

Parallel zur Gleis-Schlucht die Bautzener Straße hinunter auf dem rechten Kleinbürgersteig, lauschig überbuscht by Lilac & Elder; auf halber Strecke öffnete sich links die Häuserfront zu einem leicht ansteigenden intimen Square: das ‚Bautzener Plätzchen‘. „Bleib mal stehn, Schorse, und versenke dich eine Weile in diesen amönen Lokus:"

Das Friedhofs-Brünnlein: abmontiert die gußeisernen Hähne vom sechseckig steinernen Schaft im Hexagonbecken, inmitten eines Haines aus rundgestutztem Zwergahorn; „Hast du mal gesehen, ob einer je auf diesem Gottesacker spazierenging oder, in Nachsinnen verloren, auf dem Beckenrand saß wie Maeterlincks Mélisande, die Hand verspielt plätschernd im Naß? Findste nicht auch, daß sich dieses verwunschene Karree, von Jugenstil-Blässe umwölkt, wattiert von Klavierstundenstille und gutbürgerlicher Sonntagsruhe, wie vignettiert darstellt, wie ein in den Raum ausgewölbter Ruskin & Morris?" (: Wer's zu betreten wagt, bleibt in alle Ewigkeit gefangen im Bild, nicht? (Und überlegen: eigentlich keine schlechte Vorstellung.))

Doch Georg: zuckte nur mit den Achseln, und schritt zügig fürder — um nach 50 Metern abrupt haltzumachen. Also rasch aufschließen: und ebenfalls stehenbleiben; sich bücken; in die Knie gehen:

Der braune Umzugskarton am Straßenrand; daran mit Tesafilm geklebt der Zettel ‚Zu verschenken‘; „mach mal auf, Mensch; was's'nn drin?" (Also an sowas kann ich ja grundsätzlich nie vorbeigehen; in Kisten Kommoden Koffern Schubladen stöbern auf den Dachböden alter Villen und Schlösser: wär' meine größte Seeligkeit!) Schorse, kopfschüttelnd: „Du bleibst ebm ewig 'n Jäger & Sammler, Ewoluzjohn hin oder her." – „Richtig, mein Freund; ich ertrag's schlecht, daß die Dinge verschwinden; daß das Schöne vergeht, daß das Vollkommene stirbt."

„*Wat soll'n daran* schön sein?"–: und wühlen; und kramen; im muffigen Dämmer der Kiste. „Nur altet Schpielzeug, siehste doch. Plaste und Elaste, made in Taiwan. Ne Barbiepuppe. 'n olla Teddy, kiekma, die Foten verarztet. Ooch den Schtoffhasen hier hamse hundertmal vernäht. Unten: noch zwee kleene Schteiffhasen, hier siehste noch die Löcher, wo der Knopp im Ohr einjekrampt war." – „Barbaren!"

„*Mensch dit is nich* dein Ernst! Willste die wirklich mitnehmen? Is doch unhügjenisch!" — „Ja glaubst du im
Ernst, Schorse, ich laß die armen Wesen hier in Schmutz
und Kälte liegen? Gib mir mal die Plastiktüte" —: und
vorsichtig zuerst den Bären, nachdem ich ihm den Staub
aus den Schultern geklopft, hineingesetzt in die Tragchaise vom Rewe-Markt; danach ihm zwischen die Arme die
beiden moppligen Kleinen gesetzt so, daß zwischen den
Tatzen des Großen gerade noch Platz und gute Hut blieb
für den, schützend in meinen Schal gerollten, Vernähten.
„Messi!" (: Georg, verächtlich-bewundernd) — „Herz-
loser Stadtschrat! Aber was ist das?"–:

Bummta, bummta, bummta hinter den Milchglasschei-
ben der Eckladenwohnung, aus der soeben ein musku-
löser Hautkopf in Jeans, weißem T-Shirt und Springer-
stiefeln trat („Enteignet Schpringer!"), um seinen vor der
Tür geparkten Geländewagen (nato-oliv; beschrieben mit
„Mountain Trekking Adventure") zu beladen mit Seilen
und Steigeisen. „Wo will denn der hin? Auf den Kreuzberg?" – Schorse indes, schonend-mitleidig, und einge-
zogenen Kopfes (,Schlagt nicht den Boten schlimmer Worte'): „Ick muß dir wat Erschütterndet sagen, Werner, auch
wenn jetzt dein Weltbild zusammenkracht. Dieser Bulli hier
mit seiner Hardrock-Beschallung: is Engländer! Tja. Is so.
Kannste nix machen. Icke: würd dir ja ooch lieber 'n Ocks-
fort- oder Kehmbritsch-Skollar präsentiern, mit Kwasten-
hut, Twied-Brietsches, Feife, Regenschirm und der Teims
inner Hand, wa. Aber wat willste machen. Tempora mu-
tantur, sed nos non mutamur —"; und resigniert abwinken
(zum wievielten Male heut schon?). Und weitergehen; per-
plex. „Linksrum auf der Großgörschen komm'wa zum
Eß-Bahnhof Yorckstraße." (Ohne „c" wär'se mir lieber.)

Der Motorrad-Shop: idyllisch von Wicken & Holunder
überwuchert der Ladeneingang; neben der Türe das Bänk-
chen, auf dem der massige Inhaber, in der Hand die Flasche

Pils, mit Wohlgefallen den Blick auf seiner Herde aus silberpolierten und schwarzgesattelten Stieren ruhen ließ, die auf dem Trottoir vor ihm aufgereiht widerkäuten, Gehörn an Gehörn; über den Brustharnisch seiner mattschwarz schimmernden Lederkluft (‚Harley-Davidson‘) wallte der rötliche Vollbart im Feierabendschein: Unser guter Meister mit Schürze, zufrieden in Betrachtung seines Tagwerks versunken (‚Wie duftet heut der Flieder so schön: ’s ist Johannistag!‘). Und im andächtig verlangsamten Vorübergehen gewispert: „Komm Werner, laß uns bloß weitajehn, und kiek nich so scharf hin, sonst wird der Höllen-Engel womöglich noch jereizt" (‚Wahn, Wahn, überall Wahn‘? Bandiera rossa, davor mit gesenkten Hörnern: Europens Stier, schnaubend?).

War aber doch zu romantisch, das Bild! „Amazing Grace! Ich sag dir, Schorse: Der alte Brahms, wie er leibt & lebt! Wie er im Gedenken an seine Nänie op. 82, den Bart auf die Brust sinken lassend, das Alte Testament in der Hand, auf der Bank seinem Lebensabschied entgegendämmert. (Ersatzweise: Storm in Husum, den kleinen Häwelmann auf den Knien)."

Mal kurz ins Plastiksackerl gelugt: Alle noch da und wohlauf? Die vier Tierlein: hatten’s sich bequem gemacht; schienen zufrieden; bon! Aber aufpassen: und die Tasche nicht zu stark schlenkern; beware of sea-sickness! (Und der Vernähte, shawl-eingewickelt, erinnerte mich jetzt doch bedenklich an den mumifizierten Amenhotep aus der XVIII. Nil-Dynastie. (Oder: an ein Gespenst, aus japanischen Tuschzeichnungen.))

Zwei Häuser weiter, im Eckladen, gegenüber Klempnermeister Schmidt, das Komplementärprogramm hinter großen Schaufenstern: Selbstverteidigungs-Studio „Taekwon-Do", neonhell schattenlos ausgestrahlt und bis auf die südkoreanische Flagge an der Wand weiß, weiß, überall weiß, auch die Kittel der jugendlichen Übungsgruppe, türkische Buben, die in Reihe, und schwarzgegürtet, auf Geheiß ihres erleuchteten Meisters die faustbewehrten Arme vorstießen, ein Bein zur Seite schleuderten, auf dem anderen Bein um die eigene Achse schnellten und dabei einen kurzen Kampfschrei ausstießen: „Huà!"

Georg, beifällig: „Dit soll die schpirituelle Zentrierung im Kosmischen fördern, den harmonischen Ausgleich der Energieschtröme; dabei verinnerlichen sich die Jungs ungemein-du! Dit wer'n ma anjenehme Zeitjenossen." – „Im Ernst?" – „Im Ernst nich, aber im Emil. Harmonie durch Exzentrick, Zentrierung durch abruppt vorschnellende Zentrifugahl-Ennergie. Verschteh'et, wer kann. Muß wohl wat mit Konzentration, Dißziehplien & Ballangße zu tun ham. Die jugendliche Kampfschar: kommt jeschlossen außer Katzlerstraße, rechts ums Eck, du-die is fest in türkischer Hand; brauchste 'n Passierschein für; in Polizei-Unniform lässte dir da bessa nich blicken. ‚Ey, isch mach disch Urban, Digger'. Hat nix mit urban zu tun, dafür umso mehr mit unserm St.-Urban-Krankenhaus. – Vorsicht, tritt nich uffde Glasscherbm (Jaja, die Welt ist Glas, wie leicht bricht das). – Mann, ick hab jetz Kohldampf, du ooch? Komm, laß uns wat schpachteln-dadrübm."

Und das Straßenpflaster gequert, diagonal; und zielsicher angesteuert, my hunger is my sextant: die Pizzeria ‚Santa Lucia'; unter rotweißgrünen Markisen hinein:—: und gleich wieder hinaus, „Verwünschtes Rauchverbot! Cazzo diabolo!" – „Komm, fluche nicht, guter Freund; setzen wir uns auf diese Bank im Freien an den Tisch. Right?"

„Na ihr zwei grämlichen Nichtsnutze: Was kann ich euch bringen?" Auf klackernden Sandaletten: Die Schankmamsell, im gesträubten Schopf Strähnen aus Pink und Blau, zwei Ringlein gepiercт durch die Unterlippe, überm bauchfreien Top die tätowierte Schlange zwischen den Schlüsselbeinen, so trat sie an uns heran. Schorse hob nur

schlaff, ‚sono troppo stanco‘, die Hand: „Hallo Tanja. Wat macht die Promozjohn?" – „Kommick nich zu. Muß jobben; bin schwanger. Schonmal was zu trinken vielleicht?" – „Für mich 'n Montepultschano; für den Dschentelmännda 'n Krug Porter mit Biefschtehk. Wat sahchste, Werner? Dschindscher Äil? Also 'n Schweppes. Und die Karte bitte."

. (*Mensch, studieren:* möcht ich heute auch nicht mehr gern. Die Alma mater als ‚praxisorientierte‘ Personalschmiede für die Wirtschaft. Der Abiturient: in 6 Wochen durchlauferhitzt zum Baccalaureus von Angelsachsens Gnaden. Bildung, Kontemplation und Kritik: bitte vor der Immatrikulation an der Garderobe abgeben. Der akademische Mittelbau: ohne Aufstiegschancen. Der habilitierte Gelehrte: erstickt an Bürokratie & Drittmittel-Akquise, korrigiert den Studenten die Rechtschreibung und läßt sich zum Dank von ihnen ‚evaluieren‘; nee-du, da dreht sich doch Humboldt im Grabe um. Und Schelling, Hegel & Schleiermacher gleich mit. (Der ganze Friedhof rumort schon.)) Und hingepatzt, auf den Tisch: Getränke, Besteck, Servietten, Pfeffer & Salz, Fläschchen mit Essig & Öl, Brotkörbchen & Menu.

„*Empfehlung des Hauses:* unsere Schteinofenpizza frisch aus der Mikrowelle, Spaghetti con pistola": — Die Speisekarte: vier A2-Blätter aus Zeitungspapier in experimentellem Layout, die Speisen in Courier-Type getippt und collagiert mit Schwarzweißfotos von Neapel (hart realistisch, à la Antonioni oder Rolf Dieter Brinkmann: Wäscheleinen Plakatfetzen Motorini Gassenjungen Müllhaufen vor verrammelten Läden Ratten auf Abfallbergen: buon appetito? Soll wohl Authentizität suggerieren: In dieser Cucina keift Mamma Camorrita persönlich, unterm Öldruck vom Vesuv). „Erstma' Prost, Werner! Auf die Freundschaft! Und die alten Zeiten!" Und das Glas erhoben:

„*Ein Toast, Schorse!* Auf das House of Hanover, George eins bis vier!" (tocca e bevi, bevi e tocca —); und zum Servierfräulein: „Bringe sie diesem Gentiluomo bitte eine Pizza Napoli, gutes Kind, und mir ein Rumpsteak Nelson. Worüber dissertiert sie eigentlich, wenn ich fragen darf?"

Tanja, nicht faul, übte sich im Versuch, das bauchfreie Top über den Bauch hinunter zu straffen, und zog ein Schnütchen: „Über Kulturmanagement; was mit Medien und so. Rumpschtehk gibts nich. Bistecca Roma kannste kriegen."

— „Ich gehe sicher nicht fehl in der Annahme, daß ‚Roma' nicht die città eterna meint, sondern das fahrende Volk. Also regaliere sie mich besser nicht mit dem Zigeunerschnitzel, sondern trage mir die Penne arrabiate auf, bitte."

„*Pennende Araber?*" – „Mensch, Schorse, deine volksetymologischen Infantilismen in allen Ehren – nichts gegen Regressionsphänomene – aber ‚arrabiato' heißt ‚scharf, erbost, erzürnt'. Denk an das englische ‚rabies: Tollwut'." — „Na paßt doch." Und nahm das Brot, dankete, und brach's. (Jaja, essen: die Sexualität des Alters.)

Aber auch der hungernden Waisen im Plastiksackerl nicht zu vergessen!–: rasch-ungesehen unterm Tisch aus gerecktem Arm vom Brot ein paar Krümchen in die Rewe-Tüte geschmuggelt; dankbares Tuscheln vergalt's denn auch mir, dem Barmherzigen (, – wo aller Tugenden heiligste, erste, aller Tugenden Königin: Wohltätigkeit, in stillem Glanze thront').

„*Nochma': zum Wohl,* Werner!" — „Alla tua salute, Schorse. Tocca e bevi! Bevi e tocca! Wenn denn Italien und England überein, und ja fürwahr wie Bruder-Schwester ineinander, dann muß die Liebe zwischen mir und dir groß sein, da du das eine liebst und ich das ander'. Ein Gott ist beider Gott —"

Und über beide herrscht jetzt die Tyrannis der Microwave: „Wußtest du, daß noch zu meiner Zeit im Speisewagen der Bundesbahn in eisernen Pfannen & Töpfen gebrutzelt und geköchelt ward? Überhaupt das Eisenbahnfahren: wie erfreulich war's damals noch! Wer's eilig hatte, nahm das teure Flugzeug; wer's kontemplativ liebte, saß für wenig Geld mit Buch und qualmender Pfeife im leeren D-Zug-Abteil und träumte am Fenster, hinter dem in gemächlich schwingender, der Landschaft sich anschmiegender Kurvatur das Diorama aus Vorder-, Mittel- und Hintergrund sich gleich detailfreudig verschob, so daß du den verblauenden Hügelzug am Horizont und die Wäscheklammern an der Leine des Stellwärterhäuschens ineins gewahrtest.

Heute: kauerst du für teures Geld eingepfercht zwischen Handybrüllern auf deinem Plastiksitz in einer rasend gepfeilten Lineatur, die sich durch Tunnels und zwischen Lärmschutzwänden und geschrägten Wällen durchs Land fräst, und dein dioramatischer Blick, dem sich die Vordergrunddetails zur Unkenntlichkeit verwischen und damit die Staffelung zwischen Besonderem und Allgemeinem nicht mehr gelingt, verkürzt sich, konstant auf ∞ gestellt, zu einer nichtssagenden Totale, einer Art Blindfahrt."

„*Du bist & bleibst* ebm 'n Nostalgiker und Ästhet" (: Georg, verkniffnen Blicks; lag's an der Sonne, die eben wieder durch die Wolken brach?). „Das weise ich schroff zurück, mein Lieber." – „Wieso, wennet doch schtimmt." – „Was geht denn den Namen und Begriffen voraus, wenn nicht die Perzeption des Erscheinenden? Wer verschränkt denn hier Wahrnehmung mit Moral, wenn nicht du? Huldige ich schon dem ‚Willen zum Stil', wenn ich nur betrübt von verschwundenen Dingen rede?

Das deutsche Ressentiment gegen den ‚Ästheten': hat zwar sein Recht: am Borniertheit der geschmäcklerisch wählenden Gebärde, die aus den Erscheinungen ihre Widersprüche exorziert; ist aber auch Ausdruck jener Innerlichkeit, die das Wesen in den Substanzen sucht und darüber die Akzidenzien zum Teufel schickt, ohne sich darum zu scheren, daß aus diesen die Aisthesis sich nährt und aus dieser wiederum die Begriffe sich bilden und mit ihnen das Erkenntnisvermögen. Deswegen Nietzsches Verteidigung der Oberfläche gegen eine Metaphysik der Tiefe, gegen den hohlen Bombast der Wesensschau, gegen die Prätension einer nicht durch Erfahrung vermittelten Wahrheit, zuletzt gegen alles geizig Versagende, Lebensfeindliche."

„*Aber et schtimmt doch:* für dir war früher allet bessa, oder?" – „Sagen wir so: Für die Verbesserung dessen, was früher nicht besser war, haben wir einen Preis gezahlt, der so hoch ist, daß ich behaupte, es sei früher zwar nicht alles besser gewesen, aber schöner allemal." – „Ooch vor zweehundert Jahren?" – „Da doch erst recht, Mensch!" Und trotzköpficht aufgereiht: „Abgestufter, gestaltenreicher, nachdenklicher, stiller, farbkräftiger, anthropomorpher —" Und gern hätt' ich nach weiteren attributiven Bestimmungen gekramt, wenn nicht auf pantalettichten Schlappen sich nähernd — „Sodala. Schiebt ma' die Gläser und den Aschenbecher beiseite!" (Und gerade noch rechtzeitig die Waisen-Tüte unterm Tisch gesichert vor Stoß & Tritt.) „Guten Hunger, ihr Altachtensechzjer!" (Es klang wie ‚Halbfalschenfuffzjer'.)

Auch 'ne Toskana-Fraktion: Wir mümmelten inbrünstig, gabelten, säbelten, tranken, kauten, schwiegen, fürs erste noch; man muß ja nicht immerfort kannegießern.

Pizza, Piazza, Pazzia: Der brodelnde Teigfladen ein TomatenkäseMenschenauflauf, in dessen Mitte der ölige Artischockenminister am Pepperon-Mikrofon umringt war von einem Sicherheitskordon aus schwarzen Oliven: gelackte Bodyguards blicklos-ausdruckslos hinter spiegelnden Sonnenbrillen, das Handy am Ohr —

„*Ick wüßt nur zu gern,* wat Leibwächta immer so tuschln in ihr Mobeil-Fohn." — „Ochgott, ist das so schwer zu erraten, Schorse? Wahrscheinlich doch: Ja, hallo Mamma! Vor mir erstreckt sich, unter der lieblichen Bläue des Firmaments, des Lenzes Wonnegefild; ich steh grad

auf betautem Grunde in blumiger Au' und lausche dem
Jubel der Lerche im Äther." — Georg, wenig überzeugt:
„Laß deine wütenden Arrabber nich kalt werden!" – „Sei
unbesorgt, des Westens säkulare Gabel hält die erhitzten
Gottesstreiter schon auf Trab. Sag, warst du in letzter Zeit
einmal wieder in Italien?" („Ohne reisen, wenigstens leüte
von künsten und wissenschaften, ist man wohl ein armsee-
liges geschöpf!": Mozart; schon damals stets professionell,
mobil, flexibel und auf Zack).

   „*Machste Witze?* Icke: mit mein'm Hartz-vier?–: kann
froh sein, wenn'ickma mit der BVG nach Lankwitz komme. ‚Faulte d'argent': schlag's bei Rabelais nach; schon
Josquin wußt' ein Lied davon zu singen. (‚Finanzkrise'?:
Wer keene Finanzen hat, hat ooch keene Krise.) Aber wat
is mit dir, in England?" Und mein Herz tat einen Sprung
(‚Schweig stille, schweig stille'); 's war ja auch 'ne halbe Ewigkeit her. „Seit meiner Studentenzeit nicht mehr,
Schorse. Jetzt: mußt du ziemlich wohlhabend sein, um mit
Anstand die Brittische Insul bereisen zu können. Damals:
begabst du dich, in Gesellschaft von Lkw-Fahrern und
Schulklassen, an den Hamburger Landungsbrücken für
ein paar Mark an Deck der MS Prins Hamlet, breitetest
auf einer der grünen Polsterbänke der Cafeteria deinen
Schlafsack aus, schautest hinaus aufs nachmittäglich träge
vorüberziehende Elbufer von Blankenese bis Cuxhaven,
erstandest beim malaysischen Kassierer mit dem unbe-
wegten Gesicht ('s war immer derselbe, jahrzehntelang),
als fern an Backbord die friesischen Inseln in der Dämmerung nurmehr als Lichtpünktchen über der trüben Kimmlinie der Nordsee blinkten, dein letztes Teebeutelchen,
rauchtest dein letztes Pfeiflein, rolltest dich ein in den Sack
und strecktest dich aus, in Schlaf gewiegt vom Rollen und
Stampfen der Fähre ——

   Und morgens, unter Möwengeschrei, das Haar auf-
geworfen vom Wind, fröstelnd über die Reling gelehnt

hoch über salzschäumend gischtsprühenden, lehmgelb bis schmutzgrün opalisierenden und von silbrigen Sonnenreflexen schimmernden Wogen sahest du zu, wie der Lotse vom Royal-Mail-roten Pilotschiff längsseits anlegte, um beim Kapitän sich zu melden und sodann, den knatternden Union Jack am Heck, stolz das Fahrwasser voraus zu pflügen, während schon die ruß- und ziegelfarbenen georgianischen Brickstone-Häuser mit den hohen Kaminen an der Essex-Küste den Horizont backbords säumten (‚Fairest Isle, all Isles excelling, Seat of Pleasure, and of Love') — "; aber da wollten mir doch wirklich die Augen übergehen; verdammte Schwäche, auch das Kinn fing schon an zu zittern; reiß dich zusammen, Werner!

„*Die Dignität* in Allem. Von unvergleichlicher Würde der Immigration Officer am Hafen von Harwich, ein hochgewachsener, leicht gebeugter Gentleman mit ungewöhnlich schmalem Gesicht, feinem grauem Haar, sorgsamer Artikulation, ‚May I take the liberty to ask where you will be staying in the United Kingdom, Sir?'. — Die horizontweit rollenden Hügelzüge von Oxford bis Cheltenham, dieses großzügig schwingende Andante im 6/8-Siciliano, ein Ensemble aus solitären Eichen und Kaminbauten in Parklandschaften noch ganz aus dem 18. Jahrhundert, Countryside mit Hornquinten" —

(*Denn wir fahren gegen Engelland,* und vorwärts, Werner, und nicht vergessen: daß deine Landsleute noch kurz vor deiner Geburt abgeschossene britische Piloten gelyncht, V2-Raketen auf London gefeuert und Bomben geworfen auf Jane Austens Bath, auf St. Michaels Kathedrale von Coventry, auf Byrd & Gibbons, Thomson & Cowper & Dickens, auf Hogarth, Constable, Stubbs und Gainsborough; und heute beschwernse sich über den Sturm, den sie mit der Aussaat von Wind geerntet; helfen Brüssel bei der Gleichschaltung Europas, der Abschleifung seiner kulturellen Differenzen; nee-ist schon richtig: der

Euroscepticism der Briten. Splendid Isolation: hat immer mein Wohlgefallen.)

„*Bed & Breakfast*, Fish & Chips: sind inzwischen unbezahlbar geworden für uns akademisches Lumpenprekariat. Mit dem Schiff von Deutschland nach England: ist zu langsam und unrentabel geworden, gibt's nicht mehr; die Prins Hamlet: verschrottet, die Mannschaft entlassen. Tobacco smoking im Pub, im Heimatland des Pfeifenrauchers: verboten, so wie in halb Europa bereits (Danke, Brüssel!). Mensch-Schorse: Hast du in deinem Leben schon je mal erfahren, daß irgendetwas nicht schlechter, sondern besser geworden wäre? Überleg einmal, wie dein Leben als Student im Berlin der 70er Jahre aussah, im Vergleich mit dem heutigen." Und der, das geleerte Pizzabrett beiseiteschiebend, überlegte nicht lange:

„*Klaustrofobisch & piefich* war et. Braunkohlensmog im Winter, und vor allem die Rentner: unausschtehlich. Warfen vom Balkong Geranienpötte in die vorbeiziehende Demo: ‚Jeht doch rüber!'. Naja, hatten halt ihre Erfahrungen jemacht, mit'n Russen. War ja ooch 'n Elend mitter Mannipulazjohn des Bewußtseins hiebm wie driebm in unserer Deudschn Demgrådschen Reblig," (gefistelt:) „unserem sodsjalisdschn Friednsschdåd. Mann-dit war doch keen Schtaat, sondern 'n Witz! Denk- und Lese- und Reiseverbote, Grenzterror und Beschpitzelung, finsta, finsta. Einerseits.

Andererseits: war hier im Westen allet insular-übersichtlich; Bote & Bock, 's Schillertheater, die Romanische Buchhandlung und die Heine-Buchhandlung im Bahnhof Zoo (oh genialische Wirrnis!) warn noch nich dichtjemacht; Subventionen garantierten die Geldzirkulazjohn im Kulturbetrieb; Geiz war noch nich geil; Theorie, Kritick & Dialecktik: schtanden in Blüte. Die Geisteswissenschaft anner TU: hatte Weltniewo — heute wirdse abjewickelt: ooch 'ne Exzellenz-Inizjatiewe, wa."

(‚*Bildungsinitiative*‘: Wenn ich das schon höre! Bildung: führt doch notwendig zu Kritik & Dissens, mithin zu Dissidenz, und diese ins soziale Abseits. Also besser 's Hirn eher sparsam möblieren, oder? (‚Friß deine Knackwurst, Sklav, und halt dein Maul‘: Wieland.))

„*Das Unversöhnliche* zwischen Besonderem und schlechtem Allgemeinem: befeuerte einen oft jereizten, manchma' auch vernagelten, aber immerfort produktiven weil widerschtändigen Diskurs. In dubio pro dubio; beschtimmte Negazjohn. – Schamlosigkeit, Infantilisierung, die Abtretung indiwidueller Verantwortung ans abstrakt Instituzjonelle: warn noch kaum entwickelt.

Reisen durch Westeuropa: warn für jeden Schtudenten erschwinglich. Und wohnen konnteste in Berlin wie bei Fürschtens! Heute, als jeschtandenes Mannsbild, haus'ick inner Hinterhofbutze; damals, als Schtudent, hatt'ick in Friedenau im Vorderhaus sechzig Quadratmeter, vierter Schtock mit Aussicht, Balkong & Badewanne; und die Kommilitonen konnten sich WG-Schtuckpaläste mit Parketten, Flügeltüren, Veranden und endlosen Zimmerfluchten leisten. Fümmenzwanzig Jahre sind erst vergangen; seitdem hat sich der Mietzins nich nur für meine einstije Wohnung ins Unerschwingliche erhöht (‚ans Vataland, ans teure, schließ dir an‘); Leben selber is zur Demütigung jeworden; fast muß man sich dafür entschuld'jen, daß man übahaupt noch am Leben sein möchte.“

(*Und die Fäuste* geballt: Canaillen! Hundsfötter! Irgendwer muß doch schuld daran sein, daß die Dinge unausgesetzt den Bach runter gehn! (Oder gleich ganz verschwinden.) Darf Schuld an die Unübersichtlichkeit von Vernetzungen delegiert werden, die vom Einzelnen nicht mehr handhabbar sind?) – „Hat's geschmeckt?“ (: Tanja, abräumend). – „Früher immer.“

Der Sperrmüll: „Erinnerst du dich daran noch, Schorse?“ – Der nickte nur, gottergeben; ‚vorüber, ihr Schäfchen, vorüber' – „Das war doch jedesmal ein Volksfest, wenn einmal im Monat der ganze Bezirk am Straßenrand Berge von alten Dingen aus Kellern und Dachböden auftürmte. Unglaublich, was die Leute so wegwarfen. Ganze Wohnungseinrichtungen und Bibliotheken ließen sich damals wahrhaft im Vorübergehen zusammensuchen. Unvergessen dieses Glück des Spurenlesens im Abundanten: Bananenkisten mit Büchern, Fotoalben, Schallplatten standen dort an der Bordsteinkante, überhäuft von Stühlen, Kanapées, Küchen-Anrichten, Bildern und Bilderrahmen, Garderoben, Spielzeug, intarsierten Gründerzeit-Kleiderschränken und Ohrensesseln; Fernsehgeräte, fast noch neu, reihten sich neben Lautsprechern, Plattenspielern, Radios und Fotoapparaten auf dem Trottoir. Mäntel, Hosen, Kleider quollen aus aufgerissenen Kartons; Vasen und Geschirr klirrten in durchwühlten Umzugskisten; kurzum: es war eine Seeligkeit, nicht nur für den, der an Avérrhoës' Faulte d'Argent litt, sondern vor allem für den, der an der materialen Erfahrung von Geschichtlichem hing, am greifbar Ungreifbaren des Gewesenen (: ‚einmalige Erfahrung einer Ferne, so nah sie sein mag').

Aura & Patina: abgeschafft wurden sie Ende der 70er; für die Stadtreinigung wurde der Aufwand des Entsorgens zu hoch, während für den Senat der Aufwand, Postboten oder Lehrer nach Affirmationstest zu entsorgen, gar nicht hoch genug sein konnte." (So isses halt: Wenn sich was ändert, dann zum Nachteil! Immer! Stichwort ‚Reformen'; und abwinken: ‚Hör bloß uff; wem sagste det.' – ‚Sag ich ja; meine Rede seit 33.')

„*Eins meiner Fundstücke* vom Sperrmüll: muß ich dir unbedingt nachher bei mir daheim zeigen, Schorse. Erinnere mich bitte gleich daran, wenn wir angekommen sind. Ist 'ne ganz merkwürdige Sache-du; wirst' schon sehen." — „Na jut, machma Schluß mit Rodomontieren & Schtammtisch. Denn zahlnwa ma, ne?" —

„*Äh-können wir* anschreiben lassen, gnädiges Fräulein?" – Doch Tanja zog Stift und Notizblock aus der Gesäßtasche, addierte flink kritzelnd ihre Rechnung — „Danke, schtimmt so. Nee-laßma, Werner; jeht auf mein Konto; es lebe der Dispo."

Und wir zwängten uns, gewölbten Leibesumfangs, aus den Sitzbänken; trabten träge zum S-Bahnhof, „'s sind eh' nur 50 Meter bis zur Untaführung; dort jeht's rechts die Treppe rauf"; kurz davor, zur Rechten, der Spielplatz: Sandkasten, Klettergerüste, daneben das Halbpolygon, für Ballspiele aufgestülpt, ein schirmender Kinderkäfig: Käseglocke aus blau-schwarz-gelbem Stahlgitternetz, „Füttan verboten; Besichtigung teeglich von 9 bis 18 Uhr"; und genau gegenüber im Diptychon der Eingang zum Matthäi-Kirchhof: Also ‚Von der Wiege bis zur Bahre', nicht wahr, oder ‚Die Lebensalter'? „Jetz aba flott-Mann, die Bahn kommt."

Im finsteren Klinkergehäuse der Bahnhofstreppe: Bierflaschenscherben, Graffiti, zerschlissene Plakate, Pissoirgeruch, Taubengurren —— auf halber Höhe, unversehens: „Verdammt, Mensch! Die Tüte!! Mist! Duichrennschnellzurück; warteobenaufmich, ja?" – „Keene Panik, Werner!"

Und ich lief, haste-was-kannste, die Treppe hinunter, links herum, im Jesse-Owens-Sprint (‚mein Atem ging stoßweise') und in Panik spurtend, gar nicht mal unsportiv, und warf mir im Rennen meine elende habituelle Vergeßlichkeit vor; 'nem Gelehrten würd' man sie ja als ‚Zerstreutheit' durchgehen lassen, aber ich war keiner, sondern wußte nur, wie schnell man hier die Dinge verschwinden ließ (und auf anderen Kontinenten die Menschen), alles gleich abschaffte, als lästigen Müll ansah; womöglich auch schon meine geretteten Waisen: in den Container geschmissen das versiffte Zeug (Und noch'n Zahn zugelegt; mit hängender Zunge:)

Ums Eck gehastet: Uff, Thanks be to the Lord! Da stand's noch, das rotweiße Sackerl, unberührt unter der Sitzbank. Ich: ging in die Knie; stammelte Entschuldigung Heischendes; erntete denn auch aus der Rewe-Tragchaise gedämpftes Zetern und Murren: ,Rabenvater!' (Habt ja recht, habt ja recht, 'ch geb alles zu.) Und nahm die Tüte auf und legte an ihrer Statt den Stein nieder, der mir vom Herzen gefallen.

Auf dem Buckelpflaster des S-Bahn-Perrons: „In Richtung Gesundbrunnen einsteigen"; „Lauf, Mensch!": Georg stemmte mir mit beiden Armen die Einstiegstür auf und hinderte auf diese Weise den eingefahrenen ,Kurzzug' an seiner Abfahrt; also noch einmal Spurt & Sprint, angespornt vom Sächseln des uniformierten Spitzbarts am Mikrofon — hinein unter Keuchen: – und; Tür; zu:–!–:

Im Fahrrad-Abteil: 5 Sitzplätze con larghezza von 1 Rad barrikadiert, auf dem sechsten räkelte sich, Beine weit gespreizt, der Velocipedist und brüllte, Schläuchlein im Ohr, Liebesprobleme in sein Nokia (,Das Verschwinden der Scham': „jiptet det nich schon bei Suhrkamp-du?" (: ,Verständigungstexte'?)); „Und wieso fahrn die mitter Bahn, wennse doch Räder habm? Da is ja kein Durchkommen nich!" – „Ach grolle nicht, auch wenn das Herz dir bricht, Schorse. Komm, hier ist noch was frei." Wir nahmen Platz, gegenüber zwei böhsen Onkelz: Schulbuben, mixed picklig, kahlgurkig, in Camouflage-Jeans und schwarzen 88-Shirts; dem einen baumelte das weiße iPott-Collier vor der Brust; mechanisch-träge wippnickte er mit Kopf und Oberkörper, stieren Blicks, die Schläuchlein im Ohr, zum rhythmischen Gerassel aus seinem Schallkästchen („Käfigneurose?");

Während der andere sich Klingeltöne auf seinem Mobiltelephon ertastelte, zwischendurch „ma' kurz meine SMS checken" mußte, dann weiter, fingerspitzelnd im muffigen Tran, Dudeltöne ausprobierte, käsigen Blickes auch er;

„die Bescheidenheit des menschlichen Geistes ist unersätt-
lich" (: Georg, nicht einmal geflüstert). Ich aber: war längst
abgedriftet, wie immer, wenn ich gefahren werde, in eine
Trance, halb Wachen, halb Schlaf.

((*Schlaf allein:* wäre ja nur schwarzes Vergessen, stum-
mes Atmen, benebeltes Gleiten ins Nichts; erst der Traum
macht aus der Abstraktion des Schlafs den visionären Sommeil, den Dichtung und Musik zum Topos adeln, vom
Gesang des träumenden Seemanns im Krähennest („West-
wärts schweift der Blick; mein irisch Kind, wo weilest
du?") bis hin zum geisterhaften Ruf Merkurs, der, mit
dem Stab herrisch übers Meer weisend, dem schlafenden
Äneas in Karthago den Marschbefehl gibt: „Italie!" Gong.
„Italie!" Gong. (Berlioz).

Ich: bedurfte nie eines Befehls; war ohnehin jede Nacht
unterwegs. Nie konnte ich mich nach dem Erwachen genau erinnern. Alles, dessen ich mich entsann, war, daß
mir mein Wunsch erfüllt worden war nach einem Reisen,
das mir bei Tage, im Wachen, aus Mangel an Geld versagt
blieb. Ungeheuer die Räume, die Landschaften, Gebäude,
Fortbewegungsmittel und vor allem die atmosphärischen
Färbungen, die, wie es schien, ganz ungefiltert, rein und
klar dem Gefühl entsprangen, um vor dem Schlafenden
ein Seelendiorama auszubreiten, das er betreten durfte so
wie nach der chinesischen Legende der Maler sein eigenes
Bild: Unermeßliche, finster bewölkte Haide-Plateaus, auf
denen Pfade richtungslos sich kreuzen. Eisenbahnhöfe,
unter deren Stahlgewölben Dampflokomotiven mit Waggons (Holzklasse) einer Abfahrt harren, die nie gelingen
will. Ozean-Fähren, die sich durch grünglasige Sturzseen
eines nordischen Meeres kämpfen, ohne je irgendwo an-
zulegen. Panoramaweite Kliffs mir zu Füßen horizontweit
unter attischer Himmelsbläue, die Brandung in unirdisch
goldmetallischem Sonnenglanz. All diese Szenerien waren
menschenleer, und alle entsprangen dem Kopf des Schla-

fenden wie Minerva dem Haupt des Kronos. Die traumgenerierende Kraft im Hirn sprach: „Es werde Landschaft" — und es ward so.

Derart ging ich jede Nacht auf Reisen und freute mich jedesmal vor dem Einschlafen auf die Überraschung, die mir das Reisebüro Sommeil mit seinen Destinationen bescherte.)) „Penn nich ein, du Arraber. Wieviel Schtazionen noch?" — „Zwei." – Uns gegenüber saß jetzt ein Heimwerker im blauen Overall, auch er die ubiquitären Schläuchlein im Ohr, robota, rabotta; hielt die ‚Berliner Zeitung' ausgebreitet; Georg, ungeniert von der Rückseite ablesend: „Tony Blair zu Besuch auf Berlusconis Yacht, na kiek ma' an. Viva l'amicizia d' Inghilterra e Italia." – „'n altes Phänomen, wie du weißt, Schorse. Wenn auch früher auf klein wenig höherem Niveau als heute." — „Dit ha'ckma jedacht."

„*Elisabeths (der Ersten* natürlich; 's war halt doch 'ne höhere Sorte Mensch damals) favourite Viol Player hieß Ferrabosco, ein Italiener, so beliebt, daß sich sein Gambenkollege John Cooper fortan Giovanni Coperario nannte. Die Manor Houses in Northamptonshire: gebaut im Gusto italiano. Morleys Madrigale: orientierten sich an der ‚Musica Transalpina', und die Sonette der Poeten unter King James: an Tasso und Marino. Und heute?–: läßt sich der Held des Millennium Dome von einem Medienmafioso auf dessen Yacht Spaghetti kochen und Lieder zur Guitarre vorsingen."

„*Sag nix gegen* meinen schpeziellen Freund Silvio-du!" (: Georg, redlich entrüstet). „Hör mal, tickts bei dir nicht mehr richtig?" (Und der Overallte gegenüber war nun auch neugierig geworden und hatte das Blatt sinken lassen.) „Wieso. Icke: finde et numal jut, daß dieset schöne Land den schönen Schein und die schöne Schprache liebt, Rhetorik, virtuose Gesten und dramatische Attitüden, Wein, Weib & Jesang, dazu 'ne jewisse Oberflächendämonie, jefährliche Eleganz und halbseidene Politur, abjehalftert und jeliftet ineins, aufjedonnert mit Protz, aber nie ohne Scharm & Dekoro. Der Silvio: hat vor seiner politischen Karrjehre ja als Schlagersänger und Pianist jearbeitet auf Kreuzfahrtschiffen. Dit paßt doch wunderbar, italjenischer jehts doch garnich! Du-der komponiert auch! Bei einem Abschiedsessen vor Anhängern und Mitgliedern seiner Forza Italia in Triest hat'er zur Gitarre jegriffn und 'n Lied jeschmettat; ick bitte dir, Werner, könntest du dir Merkel beim Komponieren vorschtellen?" —

Je nun, unser lieber Führer Kim Jong-Il hat ja auch mal eine Oper komponiert, schon als Zehnjähriger (,Die Umarmung meines Mutterlandes'): Als Wunderkind vergleicht er sich gern mit Mozart: und läßt deswegen jetzt die menschenleeren Plätze Pjöngjangs, leergefegt, weil auf ihnen keine Bäume mehr stehen, von denen die Hungernden in seinem Staats-KZ die Rinde abnagen könnten, aus Lautsprechern, sofern nicht gerade mal wieder der Strom abgeschaltet ist, mit der Figaro-Ouvertüre beschallen, einer Musik, die eigentlich als staatsfeindlich gilt und auf deren Besitz Gefängnis steht. Wie Nero, zur Leyer singend vorm brennenden Kapitol: auch so'ne Roman-Kursiv-Type."

Aber Georg ließ es sich nicht nehmen, den welschen Gesang zu intonieren, so daß mehrere Fahrgäste den Kopf wandten (und in der Tasche schon nach Münzen fingerten); es war ja auch wirklich herzstärkend: „Laßt uns gehen, verlassen wir die Zeitungen, das Fernsehen, die Parteien. Lassen wir die allein, die mich nicht mehr wollen. Gehen wir auf eine einsame Insel, in eine andere Welt. Denken wir nur an das Leben und die Liebe, o sole mio" —— indes roh unterbrochen: „Komm, Berluschorsi, wir müssen raus." — „Laß nich die Tüte schtehn; die sähest du diesma nich wieder." (Und einmal kurz hineingeblinzelt ins Sackerl: Alle viere in tiefen Schlaf gesunken; gut so. War ja auch 'ne anstrengende Reise gewesen.) ——

Treppab im Gewühl: schoben und stießen sich rempelnd die Spree-Athener, höflich ausweichend einzig dem Worte „Verzeihung"; „In Berlin ma' inne Massenpanik jeraten: möcht'ick ooch nich-du! All die muskulösen, hochjewachsenen Männa & Frauen: würden dich doch gnadenlos platttrampeln, wenn's um Leben oder Tod ginge." Doch da standen wir schon vor der Gründerzeitfassade: stemmten die Haustüre auf und traten ein ins Kühle, Dunkle, Holzwurmichte. Und das Stiegenhaus erklommen, vier Stock hoch gestampft, tick-trick-und-track, tick-trick-und-track (abwärts tönt's merklich beschwingter: duckobert-dag, duckobert-dag); und auf dem obersten Treppenabsatz erstmal etliche Sicherheitsschlösser entriegelt:

„*Tritt ein, Schorse.* Willkommen in meinem Museum. Mach's dir bequem. Komm, wir setzen uns in die Küche. Vorsicht, stoß dir nicht den Kopf an der Totenmaske, die über dir hängt. Ja, Haydn, 'n Gipsabguß vom Wiener Flohmarkt. Willste 'n Espresso?" Und ich legte ein Illy-Padchen auf den Halter, bajonettierte ihn mit kurzem, kräftigem Ruck (ah Francis, Francis!) in die Maschine und stellte Zucker, Löffel & Täßchen (Wedgwood-Bisquit, duty-free aus Heathrow, mattblau, mit weißen pompejanischen Relief-Appreturen) auf den Tisch unterm monumentalen

Bild an der Wand: Im Mahagonny-Rahmen, 78 x 64 cm, mit schmaler Goldinnenleiste hinter Glas der Stahlstich: „Wat is'nn det für'n Schinken?" — „Sieh selbst, Schorse, was am Fuß des Stiches graviert ist: „To the King's Most Excellent Majesty: This Plate THE DEATH OF LORD VISCOUNT NELSON, K.B. — das Kürzel steht für ‚Knight of Bath' — is with His gracious permission humbly dedicated by His Majesty's most dutiful subjects & servants: Benjamin West, President of the Royal Academy & Historical Painter to His Majesty, & James Heath, Historical Engraver to His Majesty and to H.R.H. the Prince Regent. Der Seeheld von Abukir liegt in der Schlacht von

Trafalgar tödlich verwundet an Bord der *Victory* in den Armen seiner Getreuen, die teils in Trauer erstarrt, teils mit abwehrend erhobenen Armen klagen, umringt von Schiffsoffizieren und Matrosen aller Dienstränge in dichtgedrängter Staffage, malerisch gruppiert und verteilt um Takelwerk, Aufbauten und Reling, ein tragisch erhabenes, fast opernhaft gruppiertes Tableau von 1805, der komplexe Bildaufbau aufs feinste schraffiert. Das hing früher über jedem englischen Kamin, noch in der ärmsten Hütte!

Ich: hab's mir aus Irland mitgebracht; 's ist das Letzte, was mir von meinem Häusl-dort noch geblieben ist (,Vorüber, ihr Schäfchen, vorüber'). Meine Ex hat's nie leiden können; sie fand, es sei eine Zumutung, immer unter einem Sterbenden frühstücken zu müssen." — „Vielleicht isse ja wegen dem Bild abjehaun? Naja, irjendwie vaschtändlich wär's schon, oder?" – „Ecco: il Caffè. –

Das Terrarium in der Ecke?–: ist die Heimstatt meiner Äskulapnatter, frisch vom Baume der Erkenntnis; magst du sie dir einmal um deine Hand ringeln lassen? Nein? Warum nicht? Das ist ein ganz feines, lederglattwarmes Gefühl-du! Diese Tiere winden sich eleganter als unsere Gedanken im Hirn. – Aber entschuldige mich einen Moment bitte."

Im Schlafzimmer: behutsam den Plastic Bag geleert, den Vernähten aus dem bergenden Schal gerollt und allen vier Neuankömmlingen eine Etage im Kleiderregal zugewiesen: „Dies sei künftig eure Wohnstatt; my home is your castle"; und sie nahmen's dankbar an, begannen auch gleich, sich eine gimmelige Höhle zu bauen, ein Nest aus Wollpullovern und Socken.

„*Du wolltest* mir doch wat zeigen, Werner, vom Schperrmüll –" (: Georg, aus der Küche). „Stimmt. Gleich-du! Einen Augenblick." Und ich trat auf den Trepphocker, angelte, auf Zehenspitzen, nach dem lilafarbenen Schuhkarton auf dem Schrank, fingerte ihn zu mir heran, bis er von selbst mir in die Hände glitt, pustete den Staub vom

Deckel und trug das Kästchen hinüber. „Hier bitte. Guck dir das mal an, Schorse."

Den Deckel ehrfürchtig gelüpft; und hineingelinst in Aladin's Wonder Box: „Und? Is ja nur betipptes Papier drinne, jeklammert, jeheftet, lose, unor'ntlich sortiert. Noch wat? Keene Fotos, Bilder, sonst'je Sättigungsbeilagen?"; und ratlos herumgefingert und -geblättert im Stapel. —

Also erläuterte ich: „Der Text ist das Bild und das Bild ist der Text. Ende 1973 fand ich die Schachtel im Sperrmüll vor dem Haus Gutsmuthsstraße 13 in Steglitz, begraben unter einem Gebirge von Klamotten, Glasschüsseln und Leitz-Ordnern. Wie es aussieht, ist das Typoskript die Abschrift einer Folge von Briefen in Gestalt eines Reisetagebuchs mit mehreren Einschüben. Literarischen Wert, das sag ich dir gleich, hat das Geschreibsel nicht. Der Urheber scheint Student gewesen zu sein, ich schätze mal: etwa 25 Jahre alt; wir erfahren nur seinen Vornamen. Als Person präsentiert er sich uns nicht übermäßig sympathisch: Verwöhntes Wohlstandsjüngelchen in den Semesterferien, ungelenk im Schreiben, mal trivial, mal prätentiös; zu seinen Gunsten mag höchstens sprechen, daß es platterdings unmöglich scheint, der Italien-Reiseliteratur der vergangenen 250 Jahre noch irgend etwas von Originalität folgen zu lassen; Epigonen: sind wir ja alle, nicht? Ganz interessant vielleicht: sind die Stoffschichten, die sich nach und nach ablösen aus seinen Aufzeichnungen und ein schräges Eigenleben gewinnen, zumindest für mich. Also carpe diem; tolle et lege, Schorse; ich hab noch was zu arbeiten und muß dich jetzt für ein paar Stunden alleinlassen, in denen du dich im Land, wo die Zitronen blühn, verlieren darfst. Bis später, ja?"

Und Georg nickte nur ergeben, drehte sich eine Zigarette, nahm mißfällig grunzend den Packen zur Hand, begab sich mit ihm ins Bücherzimmer und hub an zu lesen. —

2. Cis (weiß)

18. Juli 1973

Sibylle, heißgeliebte Absentistin: Wo hast du dich vergraben? Was hast du getrieben? Rouladen gedreht, Report gesehen, Panorama? — Ich nicht – war zu k. o. vom Fußbodenscheuern vom Spülen, wollte früh zu Bett und bin darum schon um halb neun zur Fernsprechzelle getrabt – da war die erste Mark futsch — dann als mir deine Tante sagte du seiest erst um neun zu erreichen, hab ichs eine halbe Stunde später noch einmal probiert, zehn Minuten ausgeharrt – vier weitere Münzen nutzlos verklackert im Geldschlitz — und bin dann weiteren Bargelds bar zu Bett gegangen: ha, und so frustriert; was würde dein Marcuse dazu sagen?

Konnte im Reisefieber natürlich kein Auge zutun, fand erst im Morgendämmer etwas Schlaf dem der Wecker mit rabiatem Gellen sein Ziel setzte. Kaffee eingeschüttet – Vitaminpille eingeworfen – an der 86er-Haltestelle ein Taxi genommen nach Tempelhof; BEA-Flug nach Hannover im Morgendunst unter knatterblauem Himmel; am Hbf Koffer aufgegeben; schon schlurrt an Bahnsteig 4 die weinrot-beige TEE-Schlange heran, der *Cisalpino* kreischt *ritardando* bis zum Halt, ich steige ein da hat unser Tag bereits +33° C (erhöht, also eher Cis denn C). Grüne Plüschsitze mit frischbezogenen weißen Kopfpölsterchen im lichten ‚beinfreien‘ von der Klimaanlage gekühlten Abteil; am Fenster mir gegenüber Trompetenjeans unterm weißen Rolli mit Vierkantbrille ein Werbefuzzi, liest *Twen* und *Pardon;* an den Gangfenstern zwei alte Damen aus Hamburg die nur flüsternd zu tuscheln wagen – so ists recht, wenn schon störendes Reden dann ppp bitte. Zwischen Göttingen und Fulda im Speisewagen Afri-Cola mit Käsebrötchen, die traulichen Tischlämpchen mit Krepp-Schirm, geruhsam schlängelt sich der TEE, den Windungen der Werra und Fulda sich anschmiegend, ins hessische Bergland hinauf („Sterbfritz“). Angenehm fühlt es sich an, dieses gemächliche fast elegante Schlenkern Schlendern Schlingern entlang der Kurvatur des weidenbestandenen Flüßchens. Lok-Wechsel im Frankfurter Kopfbahnhof; weiter in Gegenrichtung nunmehr beschleunigt schnurgerade durchs Rheintal hinunter gen Mittag, Karlsruhe Freiburg und Kaiserstuhl. Malerisch die Strecke ab Basel erst am Vierwaldstätter See entlang, dann schraubt sich der Zug über massige steinerne Viadukte und in zahllosen Kehren Tunnels und Schleifen hoch über einer Schlucht an Wasserfällen und Dreitausendern empor zum Gotthard-Tunnel. Nach fünfzehn Kilometern Nachtfahrt hinaus, eingetaucht ins Lichtbad, vorbei an den Zypressen und weinlaubumrankten Villen des Tessin in gemächlichem Tempo den Krümmen des Luganer Sees angeneigt, knapp den Lago di Como touchierend. In Mailand Endstation; brüllende Nachthitze; Umsteigen in einen schier endlosen Rapido, ein Waggon folgt dem anderen; wo steht der Kurswagen nach Napoli? Die fünf Mitreisenden im Abteil mürrisch und müd; klägliche Versuche im Sitzen *einzunicken*: Dem Wort wächst erst Sinn zu, wenn man pendikulär schaukelnden Köpfen beim Schlafen zuschaut in einem Coupé.

Nach dem Erwachen im Morgennebel die römische Campagna; Ruinen Villen Aquädukte im grüngelben Hochsommerdunst aus dem hier eine Pinie dort der Schemen einer Zypresse hervordämmert, ein goldener Dampf der Tages Hitze verheißt. Im Frühmorgenrauch auf Albaner- und Sabinergebürg Bergneste wie Raubvogelhorste abweisend, defensiv-trotzig, wie mag es sich leben dort droben? (Berlioz der Rompreisträger, mit geschulterter Flinte, allein unter Briganten ...) Dann vor ausgeglühtem Karst die ersten Feigenkakteen Betonvorstädte Bauruinen, Ankunft in Napoli gegen 9. Bin total fix und foxi; lasse mich im Taxi durch den hupenden brüllenden Berufsverkehr zum Hafen schleudern, odyssiere dort von einem Biglietto-Schalter zum nächsten; erfahre daß Schiffe nach Sorrent erst nachmittags abgehen. Will daraufhin die Zeit bei unserem Wucherer an der Kaimauer absitzen – der aber hat seine Trinkbudike abgerissen – sitzt vielleicht schon im Knast? Also trabe ich weiter zum Castel d'Ovo in der Hoffnung dort irgendwo einen Stuhl zum Hinsetzen und etwas zu trinken zu finden. Nichts da. Schläft alles noch. Mit 25° ist es mäßig warm; blauer Himmel (nicht azur kobalt lapislazuli, sondern seidenschimmernd metallisé, wie aluminiumeloxiert); dazu blendender gleißendheller Dunst, Luft aus Meersalz und Ozon. Vesuv Capri und Ischia dösen noch unter ihrer Nebeldecke die Schlafmützen sind nicht zu sehen. Am Molo Beverello Geruch nach Schlick Diesel verrottendem Fisch; entschließe mich zur Anlegestelle für Tragflügelboote zu trotten, muß dafür Meilen an der Uferstraße entlang tapern übernächtigt gereizt; zucke bei jedem Hupen der Autos zusammen; hab Durst und verfluche meine schwere Reisetasche. Verwünschter Staub, verdammte Auspuffgase, vermaledeites Tuten Knattern Röhren Dröhnen. Finde dann doch ein offenes Gartencafé – wieder ein Wucherer –, trotte hernach etwas gestärkt weiter und höre auch bei den Aliscafi schließlich, daß diese erst in über drei Stunden in See stechen.

Setze mich also wieder ins Taxi, Richtung Stazione Circumvesuviana, der junge Fahrer, gefragt, wie teuer die Tour voraussichtlich werde, nuschelt Unverständliches, braust los – wir sind schon fast angekommen; der Caracciolo rast wie von der Tarantel gestochen – da zeigt sein Taxameter settecento an. Wir halten; ich kann ihm nur einen 5000er-Schein geben zum Wechseln; er, blättert, mir, zögerlich, mille, duemille, zurück. Dann, innehaltend, mit verschlagenem Charme: „Ancora?" Ich bin zu müde mich auf langes Feilschen einzulassen und erbitte nur noch weitere cinquecento zurück. Hat sich der Bursche also 2500 ergaunert statt rechtens 700; sei's ihm gegönnt als Gefahrenzulage.

Kaum halten wir, wird mir die Tür aufgerissen wie einem Staatsgast vor dem Kanzleramt, von einem älteren bartstoppeligen Mann in blauer abgewetzter Joppe. Ich rieche den Braten, greife nach der Tasche, sprinte hinaus – hinter mir her ruft's-:!: –, spurte zum Schalter, besorge mir ein Bigliett für den Zug, da steht der Alte schon neben mir, zeigt wo es zu den Zügen geht (seh ich selber, so dusslig bin ich nun auch nicht), will nach meiner Tasche greifen – ich knurre: „posso portarlo io stesso, non è pesante". Aber er läßt sich nicht beirren, greift sich die Tasche, trägt sie mir zum Bahnsteig, er ein alter gekrümmter Mann, ich ein junger kräftiger Kerl, zeigt mir noch in welchen Zug ich steigen muß – und hält dann die Hand auf. Elender Job! So machens ja auch unsere Berliner Straßenmusikanten: Nicht für ihr Spiel erbetteln sie Geld sondern dafür daß sie endlich stille sind und weiterziehn. Oh ja, Freund Giovanni hat recht: „Napoli è difficile."

Warte dann im Bummelbähnchen auf die Abfahrt. Die Strecke folgt dem Halbrund des Golfo di Napoli und führt zwischen Küste und westlichem Abhang des Vesuvs über Torre del Greco Torre Annunziata Castellamare di Stabia

Vico Equense und Meta nach Sorrent. Die Sitzabteile sind, ähnlich unserer Berliner S-Bahn, aus honigbraunen Holzleisten gemuldet, darüber bastgeflochtene Netze fürs Gepäck, und dünsten in Hitze und Staub ein vertrautes Arom von Bohnerwachs versifften Aschenbechern und Holzpolitur aus. Hinter mir plärrt ein Transistorradio. Do not lean out. È pericoloso sporgersi. Erinnert sich noch jemand des Lederriemens, an dem in alten DB-Personenzugwagen das niedergelassene Fenster wieder hinaufzuzerren war? An die vor dem Aussteigen mit Kraft niederzudrückende eiserne Klinke? An die emaillierten Schilder „Abort" und „Ne pas se pencher au dehors"?

Was Tantalusqualen sind weiß aber nur wer einmal durstig in einem Waggon gesessen hat, der in der Sonnenglut steht während ein Fensterputzer von draußen die Scheiben aus einem Schlauch mit einem dicken Wasserstrahl bespritzt. O des gurgelnden Plätscherns Zischens Blubberns! Danach ist das Fenster beschlagen; einzelne Tropfen perlen hernieder wie an einer Flasche Sinalco, Bluna oder Canada Dry aus dem Frigidaire.

Während der Fahrt neben mir ein heißblütiger Vater mit zwei etwa fünfjährigen Töchterchen, der ihnen immer abwechselnd einen Kuß und eine Caramella gibt, mit ihnen spielt lacht jauchzt bis alle Passagiere lächeln. In Sorrent glühende Hitze, die Sonne steht im Zenit. Ein Ufficio turistico hat den ganzen Tag zu, aus einem anderen werde ich mit Armen und Händen hinausgewedelt: „È chiuso, chiuso!" Weiß nicht mehr weiter; überall teure Hotels und keine alte Pensionswirtin zur Hand, die ein frugales Quartier für Studenten böte. Setze mich schließlich in den Bus nach Positano. Bei Massa Lubrense erklimmt er die Scheitel- oder Paßhöhe der Halbinsel und windet sich dann längs der Amalfitana entlang steiler Klippen im blaugrünen Schatten der Bergrippen hoch überm Golf von Salerno auf Krümmen und Kehren unter Galerien durch kurze Tunnels und auf Kurven die der Bus schneidet, haarscharf.

Auch in Positano ist das Fremdenbüro geschlossen; Öffnungszeiten sind nirgendwo angeschlagen. Ich tapse durch die rosaweiß kubisch ineinandergeschachtelten, über 200 Meter Höhendifferenz an den steilen Berghang geklatschten Häuserkomplexe stadtabwärts und betrete dann einfach eine Pension und frage. Der junge Bursche zögert zunächst (gut ich weiß ja, Alleinreisende sind immer die Letzten die die Hunde beißen; sie kriegen das Zimmer über der Küchenfritteuse und zum Pranzo den Katzentisch neben der WC-Tür; also, Ladro, tu nicht so als müßtest du den Concierge spielen, der erst im Buch nachschauen muß, ob Zimmer 984 seines Grand Hotels noch frei ist) und gibt mir dann eine camera con colazione für 3000 Lire, klein aber ganz ordentlich, sogar mit Blick aufs Meer zur Linken, wenn man sich bis zum Hinausfallen weit aus dem Fenster lehnt.

Erst einmal zwei Stunden geschlafen – mich im Etagenbad gesuhlt – endlich gespürt daß ich seit 24 Stunden nichts mehr gegessen habe. Suche eine frugale Trattoria, finde nur vornehme Restaurants, lasse mich zuletzt vor irgendeiner Gastwirtschaft nieder und verzehre gebackene Klöße aus Reis und Fleisch in einer Tomatensauce danach gekochten Fisch mit Kartoffeln und grünem Salat finalmente Obst; trinke Rotwein dazu, der mir in der Nacht einen schrecklichen Nachdurst beschert der mit mehreren Cebion-Auflösungen gelöscht werden mußte.

19. Juli 1973

Heute morgen bewölkt, nasse Nebel streifen die Hänge empor, streichen zerzaust an den Gipfeln entlang, Wolkenschwaden wehen als trübe graue Fransenshawls über die

Schultern der Berge. Alles feuchtet; Treibhausluft dunstet; von den Blättern tropfts. Nach dem Frühstück (Milchkaffee, 4 Scheiben Weißbrot + Butter) gehe ich zum Postamt hinauf um Dir zu telegrafieren, habe aber am Schalter jählings den Namen meiner Pensione vergessen. Ein doppelter Frauenvorname. Herrje! Vittoria Luisa? Luisa Maria? Maria Vittoria? Maledizione! Also zurück, hinab, um nachzusehen, und wieder hinauf. Entschließe mich unterwegs, nach Neapel zu fahren und den aufgegebenen Koffer abzuholen. Telegrafieren kann ich dort ja auch, am Bahnhof. Also im Bus nach Sorrent auf gewundenen Straßenrampen hoch überm Tyrrhenischen Meer. Vor mir drei Sunnygirls, die Sonnenbrillen aufgeschoben ins platinierte, von rosa Lockenwicklern besteckte Haar; unter glitzernden Schweißperlchen auf der Stirn flirten sie lautstark mit einem Italiäner vom Stamme Bramarbas (Warum sind Amerikaner in Europa so oft lauter als andere Fremde? Ist es, weil die gewaltigen Dimensionen ihres Kontinents sie daran gewöhnt haben, große Distanzen mit weithin tragenden Stimmen zu überbrücken?). Statt ihn mit einer Banane zu füttern, tätscheln sie dem gedrungenen Zweifüßler die behaarten Arme und fragen ob er tonight zum dancing komme, was er unter Pomadenlöckchen aus Zügen in denen Einfalt attraktiv mit Gefährlichkeit sich paart, auch vage in Aussicht stellt bis schließlich noch der Busschaffner sich radebrechend zu ihnen gesellt und sein Scherflein heischt vom Flirt, verruchte Sommerfrische, cospetaccio!

Weiter mit der Circumvesuviana nach Neapel. Dort erst das Telegramm aufgegeben, dann eine halbe Stunde den Gepäckschalter gesucht. Löse den Koffer aus – na? Noch kein Gauner in Sicht? – und suche nach einem Bus direkt zurück nach Positano – aha, wer sagt's denn, kommt doch schon wieder so ein bejoppter Kerl an, grabscht nach meinem Koffer, fragt ob ich nach Rom wolle. Ich verneine barsch; schon recht, alle Wege führen nach Rom, nur nicht der meine (auch der goldene Mittelweg nicht); „posso portarlo io stesso" und „non è pesante" (was nicht stimmt). Dann begehe ich den Fehler ihn nach einem Autobus Richtung Positano zu fragen. Er sagt oh erst ganz spät Signore, fahren Sie lieber mit der Circumvesuviana. Aber darauf habe ich keine Lust; außerdem glaube ich ihm nicht. Er spielt den Beleidigten, begleitet mich zum Info-Büro — wo man ihm rechtgibt: In der Tat würde ich es mit dem Zug schneller haben. Also willige ich gottergeben ein, daß er mir den Koffer zur Circumvesuviana schleppt. Vorsichtshalber frage ich nach seinen Gebühren. Er winkt bescheiden ab, nicht der Rede wert Signore, geben Sie was Ihnen das Herz gebeut. Also krame ich, beschämt von dem Anblick eines schmächtigen Männleins das mir wie einem Großfürsten den Koffer auf der Schulter trägt, 300 Lire aus dem Portemonnaie – und wundere mich nur daß er selbst auf der hundert Meter langen Laufkatze das schwere Trumm nicht absetzt sondern den Heroischen mimt. Als wir angekommen sind, reiche ich ihm die 300 Lire, er aber lüftet das Käpplein und erwidert devot, für die zurückgelegte Strecke bekomme er 1000 Lire, bitte das sei sein Tarif. Ich bin so wütend daß ich wie immer in solchen Lagen kein Wort herausbekomme, sondern ihm die 1000 Lire gebe. Er dankt ergebenst und empfiehlt sich con cortesia – ich koche vor Zorn: Was man meinem Gesicht wohl angesehen haben muß, denn die Menschen auf dem Bahnsteig gucken richtig feindselig zurück. Si si Giovanni, du hast schon recht: Napoli è difficile.

Nach einer halben Stunde Wartens ruckelt und zuckelt mein Züglein wieder gen Süden und Westen hinauf aufs schöne Tuffsteinplateau von Surriento wo ich auf den Bus nach Positano warte, der mich schließlich um halb sieben an der Straße über meiner Pension absetzt. Elendes Geschleppe hinab auf der engen Gasse; ständig muß man vor Motorini und Fiats ausweichen indem man sich gegen die

Hauswand preßt; kaum geht man weiter, kommt schon der nächste Cinquecento angetöffelt und drückt einen flach an die Mauer. Von den Einheimischen werde ich angestarrt wie ein Gespenst – kein Wunder wenn ich mich im Spiegel sehe: kalkbleich dunkle Augenränder eingefallene Wangen. Belle vacanze!

Gegen 8 Uhr abends begann irgendein Volksfest. Zuerst gruppierte sich unter meinem Fenster eine uniformierte Blechkapelle, die sich zu folgendem Marsch entfernte:

Tromp./Pos.
Becken
Große Trommel

Wer hat das komponiert? Verdi? Dieser Marsch wiederholt in alle Ewigkeit, so stelle ich mir die Unterwelt nach meinem Tode vor: In den avernischen Gefilden schmettert *in aeternum & ad infinitum* eine Blaskapelle dies Humptatrara bis mir die Hölle aus allen Poren bricht.

Später wurde eine Statue des San Gennaro von Jünglingen im Chorhemd durch die Stadt getragen, voran ein Priester das Räucherfaß schwenkend, Archaisches murmelnd. Buden mit Naschwerk und Spielzeug wurden aufgeschlagen. Das Brauchtum mit Nichtachtung strafend, ging ich zum Abendessen. Spaghetti con vongole Insalata verde Frutta eine Halbliterkaraffe Vino rosso. Danach schön duselig in die Pension gewankt – aber da begann das Spektakel erst richtig: Von 22 bis 24 Uhr traten Schlagersänger auf, die sich am Mikrofon in Belcanto ergingen, mit Verstärkern und Lautsprechern noch in die letzte Pension gedröhnt und als Echo zurückgeworfen von den Bergen. Die Spettatori toben vor Begeisterung. Je lauter höher und schmetternder die Stimme desto più bravo bello bravissimo. Mitten hinein Kanonenschläge und knatternde Salven von Knallkörpern, gewiß, schon recht, mit Krach hat man

einst die bösen Geister ausgetrieben aber die Zeit der Sa-
razenen und Normannen ist doch eigentlich schon vorbei,
oder hab ich da was verpaßt? Nach dem Anlaß des Festes
muß ich morgen mal fragen.

Hab wieder schrecklichen Nachdurst in der Nacht, den
ich töricht genug mit einer ganzen Familiencola lösche.
Wache mit Herzrasen auf; mir ist übel; ob die Vongole
nicht mehr gut waren? Soll man Muscheln in den Sommer-
monaten nicht meiden? Ogottogott.

Sibylle du Kratzbürstchen. Ich hab dir versprochen
nicht zu maulen, aber du siehst, glänzender Stimmung bin
ich nicht. Schon jetzt weiß ich nicht wie ich mit dem Geld
auskommen soll und lasse mich leicht übers Ohr hauen.
Allerdings gab es auch schon den Mann der mir hinter-
herlief, um mir das im Omnibus liegengelassene Portemonnaie nachzureichen: Ehre diesem Gentiluomo! Andere
aber merken an meiner leisen Stimme und schmächtigen
Gestalt, daß sie bei mir keinen Widerstand zu befürchten
haben, und nutzen das aus. Bedrückender ist daß man hier
nie menschenwürdig alleinsein kann. Überall sind Leute
die miteinander lachen sprechen sich liebhaben, und wenn
mir schon nicht der Wunsch nach einer splendid isolation
erfüllt wird, würde ich doch gern einmal Gesten und Worte
empfangen, die nicht auf das Volumen meiner Geldkatze
abgestimmt sind. Mit andern Worten: Du fehlst mir. Aber
basta finito – welchen Grund sollte ich haben, mich in der
gesegneten Landschaft unserer Campania felix zu beklagen. Hier zu weilen ist doch ein Privileg, oder?

20. Juli 1973

Früh aufgestanden; mit dem Bus über die Campi Phlegraei
(„unterm reinsten Himmel der unsicherste Boden") zu den
brodelnden Schlammkratern der Solfatara von Pozzuoli.

Ein heißer sonniger Tag; ich stieg hinab in die Gewölbe des Amphitheaters in denen einst das hungrige Grollen nubischer Löwen und persischer Panther ein schreckliches Echo warf bis hinauf zur Arena; sah Luxus und Laster der Thermen von Bajae, den Dianatempel und die von Schutt Unkraut und Vergessen bedeckte Grotte in der einst die Weissagerin sich an den aus der Erde aufsteigenden Dämpfen psychedelisch berauschte und Sibyllinisches raunte, schließlich die in den Tuff gegrabene Piscina mirabilis: Wände und Pfeiler der römischen Ruine grünverfärbt vom Tropfwasser, lange Efeuranken fielen durch die Deckenöffnungen in das feuchte Dunkel des unterirdischen Gewölbes in dem die gebrochenen Sonnenstrahlen ein zauberhaftes Spiel trieben als wärs in den Schraffuren barocker Kupferstiche. Ich schritt überirdisch im gleißenden Brand von Apollos Gestirn über die Via Domitiana und subterran durch den finsteren Tunnel des Cocceius, dieses Werk römischer Militäringenieure unweit der antiken Flottenbasis Misenum und dachte mir, wie nichtig ohne solche Schattenpartien des Südens Sonnenglanz wäre und daß seine Schönheit genau dort sich ereigne, wo man von heißem Licht in kühles Dunkel tritt.

Nachmittags hinausgewandert zum Capo Miseno, wo an den Klippen in den schäumenden Wogen der Trompeter Misenus ertrank, Gefährte Hektors und Äneas' (Vergil: „hart an dem luftigen Berge, der nun Misenus von jenem heißt und in ewige Zeit den dauernden Namen behauptet"). Ich stand am Ufer des Avernischen Kratersees, am Eingang zur Unterwelt, zum Reiche Plutos und Proserpinens und dachte, wie sehr doch das vulkanische Brüllen der Erde dem Brüllen von Stieren gleicht (Daher die Stierkulte: zur Versöhnung der Erdgottheiten?).

Abends zurück im Bus. Drei Reihen hinter mir ein sonderbarer Herr unterm Panamahut, wohl nur wenige Jahre älter als ich, um den Hals ein blaues Seidentuch geschlun-

gen das mit goldenen Ankern bestickt ist. Habe das Gefühl
als richte er unablässig seinen Blick auf mich; manchmal
hat man ja so ein Gefühl im Nacken, kennst du diese Empfindung?

In Positano angekommen, finde ich kein Ristorante
mehr geöffnet. Hungrig zu Bett. Mein Schlaf zerhackt von
sonderbarsten Träumen; sehe beim Erwachen Laken und
Decke zerknüllt wie nach tobendem Kampf.

Sitze jetzt beim Frühstück, 21. Juli, will den Brief zum
Postkasten bringen und dann ein Weilchen in die Berge
hinaufsteigen und Zarathustra lesen. Wie kommst du voran mit dem Pauken für die Zwischenprüfung? Schreib,
möglichst bald, einen fetten Brief Deinem: Helmut.

21. Juli 1973

Sibylle mein Stolperdrähtchen: Während du, statt zum
Heile unserer Arbeiterklasse am OSI die Teach-Ins zu
frequentieren, für deine Prüfung büffelst, bin ich heute in
die Monti Lattari hinauf gekraxelt. Erst am Gefels entlang
auf Steintreppchen dann auf einem pittoresken Waldweg
flankiert von Zypressen Pinien Kakteen und Feigenbäu-
men. Auf den brüchigen Steinstufen die in den Fels ge-
hauen waren, sonnten sich die Lacertae (die geschwänzten
Vierfüßler, nicht die aus den Venezianischen Epigrammen).
Kam dann zu einer halbverfallenen Hütte in der irgendein (menschliches?) Wesen mit Wasser plantschte. Traute
mich nicht mehr weiter aus Furcht, irgendwelche in dieser
gottverlassenen Zone besonders scharfen Hunde oder ein
camorranischer Einsiedel der sich beim Falschmünzen
ertappt fühlt, könnten herausstürmen und auf mich los-
stürzen. Also wieder ein Stückchen abwärts; mich dort auf
einen Felsvorsprung gesetzt; tief unter mir Positano; das
blaue Firmament über mir; erstmal ein Pfeiflein angezün-

det; zwei Stunden im Zarathustra gelesen. So oft ich meine Tabakpfeife, mit gutem Knaster angefüllt, zu Lust und Zeitvertreib ergreife, so gibt sie mir ein treues Bild und fügt mir diese Lehre bei: daß ich derselben ähnlich sei.

Am Nachmittag bin ich zum Strand hinuntergegangen und hab mich dort auf einen der großen von grünen Algen glitschig überzogenen Granitquader gesatzt, Bein ûf Bein gelegt, darauf den Ellenbôgen gestutzt, und stundenlang in die heran- und hinwegrollenden Wellen geschaut. Schiefer- bis flaschengrün das Meer; am Steilufer zur Rechten ein alter Wachtturm aus der Zeit der Sarazenenraubzüge. Auf dem bewegten Naß — fragen ließe sich, was das Meer anderes sei als ein großer ungepflegter Haufen Wassers — schaukeln Segel- und Ruderboote Yachten und Jollen; einschläfernd das monotone Rauschen das von überall her die Ohren ganz erfüllt, das Plätschern Glucksen Zischen mir zu Füßen am Sockel meines steinernen Postaments, das Juchzen und Plantschen der Badenixen und -nixer hier und dort nah und fern. Zwischen den Granitklötzen fingern Taschenkrebse und Garnelen seitwärts wieselnd mit ihren Scherenpfötchen nach Nahrung. Setze mich in ein Strand- café, zünde mir die Pipa an und frage mich warum mich die Leute so anstarren als käme ich vom Mars. Neben mir der Herr von gestern unterm Panamahut, seltsame vornehme Erscheinung mit Menjoubärtchen, auch er schaut mich, den Zucker im Espresso-Täßchen verrührend, unentwegt an. Ich für mein Teil hab keine Lust mehr, den händchen- haltenden Bikinipärchen beim Kosen und Scharmuzieren zuzusehen; gehe aufs Zimmer lese eine Weile im Doktor Faustus; raffe mich dann zum Abendessen auf (Pizza) und schleich mich hernach gleich wieder in die Pension um weiterzulesen. Ein träger beschaulicher Tag mithin.

22. Juli 1973

So früh aufgewacht daß ich die Stunde nutzen konnte, um zum Hafen zu laufen und noch ein Schiff nach Capri zu bekommen. 2500 Lire hin und retour. War anfangs verblüfft als wir in eine motorbetriebene Schaluppe stiegen die mit uns bedenklich schwankend und schaukelnd in See tuckerte; das kleine Steuerrad bediente der bartstoppelig-gebräunte Capitano auf einem Fuße stehend lässig mit dem anderen. Angeber! Beim Gedanken, mit diesem Ozeanriesen auf hohe See zu gehen, bereute ich fast schon meinen Entschluß, bis wir auf ein vor Anker liegendes Passagierschiff zusteuerten das eine vorstehende Klippe bis jetzt den Blicken entzogen hatte. Offenbar reicht der Positanensische Hafen für einen bestimmten Tiefgang nicht aus; die Passagiere müssen aus- oder eingebootet werden. So war es denn auch: Eine rostige Trittleiter wird herabgelassen – ein Fuß stemmt sich auf den Bootsrand, der andere zielt auf eine Sprosse – dazwischen die Tiefe des Tyrrhenischen Meers – ein kräftiger Arm packt von oben mit an und zieht dich an Deck – und schon hast du etwas festeren sicherern Boden unter den Füßen.

Più allegro gings dann an der im Morgendunst grün-verschleierten bizarren Steilküste entlang, kulissengleich schiebt sich eine Bergrippe stufenweis verblauend vor die nächste, zwischen Punta Campanella und Salto Tiberio hindurch zur Marina Grande; dort Gewiesel Gewirr und Gewurle, Cafés Boutiquen Andenkenstände. Von hier führte ein schmaler z. T. getreppter Weg zwischen Mauern und Villen duftend überwuchert von indigofarbenen Wicken und rosa Hibiskus empor zum Ort Capri, zur winzigen Piazza mit ihrer Bühnenkulisse, vor der sich die Caféhausgäste als Staffage bewegen, mondäne Snobs, Signori in Blazern mit Einstecktuch, aufgedonnerte Donne mit brillantengeschmückten Schoßhündchen; die nackten

Jünglinge in den Saturnalien der Villa Krupp; wer hat hier nicht schon alles an der Bühnenrampe gesessen: Wagner Lenin Gorki Lukács Bloch Benjamin Adorno: ein theatrum ingenii. Hoch droben überm Felsenabsturz die Loggia mit der Sphinx, gen Sonnenaufgang starrt sie aus Sonnenaugen vor der Villa des blinden Arztes Axel Munthe. *Schon weichet dir, Sonne! des Lichtes Feindin, die Nacht; schon wird aus Ägypten dir neues Opfer gebracht.*

Durch Gäßchen den Weg eingeschlagen zu den frei aus dem Meer ragenden Steilfelsen den Faraglioni; weiter entlang kalkweißgrauer Klippen, auf deren einer Curzio Malapartes rostrote Villa sich duckt wie eine futuristische Flunder, und an senkrechten grünbebuschten Abstürzen entlang zum Arco naturale, einem mächtigen Kalksteinbogen gehöhlt von Erosion. Von dort durch Villenquartiere und Weinhügel zur Villa Iovis, dem Lustsitz des Kaiser Tiberius, Zeugnis herrscherlicher Hybris Unrast und Paranoia, äußerst exponiert gesetzt auf den linken Bergzacken der Insel, der heute eine phantastische Rundsicht über den Golf geboten hätte wenn es nicht so dunstig gewesen wäre. An einer Stelle fällt der Fels Hunderte von Metern lotrecht in die Tiefe. Nach Sueton hat dort am Salto Tiberio der Kaiser seine Widersacher ins Meer stürzen lassen, passus sub Pontio Pilato, passus sub Timberio, diesem vollendeten Diplomaten aus der Schule des Augustus, Gregorovius nennt seine Porträtbüste „fein, verhüllt, still herauslauernd, vorsichtig spähend". Dann wie durch einen verzauberten Irrgarten ein labyrinthischer Abstieg zum Hafen, immer wieder gehemmt von Sackgäßchen die bei glühender Sonne wieder emporzusteigen dennoch nicht verdroß. Die zwei Stunden bis zur Heimfahrt am Hafen gesessen in einem Café. Studium der Physiognomien und Tätigkeiten um mich herum.

Auf der Rückfahrt stand ich wieder ganz vorne am Schiffsbug und ließ mir den Wind um die sonnenbrandige

Nase wehen. Sturm bei völlig klarem Himmel; die See ging ziemlich hoch; einmal brach sich eine Welle dermaßen hart am Bug daß ich weit hinausgelehnt von dem zischend hochaufspritzenden Brecher so durchnäßt wurde, daß ich danach meine Kleider hätte auswringen müssen und noch lange einen salzigen Geschmack auf den Lippen hatte. Angesichts des Seegangs schien mir das Ausbootmanöver einigermaßen halsbrecherisch, geschah aber mit schlafwandlerischer Sicherheit, und bei friedlichem Abendrot schipperten wir wohlbehalten ans Ufer.

Im Zimmer fallen mir zum erstenmal die zahllosen winzigen Ameisen auf, die aus irgendwelchen Ritzen zwischen den Fußbodenkacheln hervorwimmeln. Einige haben auch ins Bett gefunden. Muß unbedingt der Zimmerfrau Bescheid sagen. Brasilianische Wanderameisen fallen mir ein, die auf ihren Raubzügen zu Abertausenden alles Lebendige, das ihnen in den Weg gerät, überwuseln und binnen kurzem bis aufs Skelett abnagen, sechsbeinige Pirañas.

Zum Abendessen Melone mit Schinken und Bistecca. Am Nebentisch schon wieder der Herr unterm Panamahut, heute mit einer Krawatte, die ebenso blau und mit kleinen goldenen Ankern besetzt ist wie sein Halstuch es vorgestern war. Warum er mich so aufmerksam fixiert?

Schlafe jedesmal schlecht ein; vielleicht der Hitze wegen; träume auch schlecht, obwohl ich vom Essen bis zum Zubettgehen mir stets ein paar Stunden Zeit lasse, die ich mit Lesen Rauchen Schreiben verbringe. Im Bett aber immer das Gefühl als drücke mich ein Alp.

Auch scheint der langen Trockenheit wegen das Wasser knapp zu werden; aus dem Hahn tröpfelts nur noch spärlich.

Ausflug nach Pompeji bei dröhnender Hitze. In der Circumvesuviana zwei junge Amerikaner die eine FS-Netz-
karte haben und dennoch nachlösen müssen, da jene nicht
der Ferrovia dello Stato untersteht. Langes Hickhack und
Palaver, großes Radebrechen, aber der Schaffner bleibt
stur – grüßt dafür die beiden jedesmal wenn er an ihnen
vorbeikommt, mit gutgelauntem Zwinkern – die aber ge-
bärden sich stockmürrisch.

In den Scavi ein Irrsinnsbetrieb; ganze Völkerscharen
wälzen sich über das Basaltpflaster mit den Rillen, die un-
gezählte Wagenräder in die breitgebuckelten Steine gekerbt
haben. Versteinertes Brot und Theatermasken im Nym-
phäum. Es herrscht enorme Trockenheit, die Vegetation ist
eingestaubt und verdorrt. In der Casa des verzückt tanzen-
den Fauno archäologische Arbeiten; viele Bodenmosaiken
und Wandmalereien sind abgesperrt, von Planen verhüllt,
ingresso vietato. Ohnehin befinden sich die Originale der
interessantesten Funde im Museo Nazionale, manche wohl
auch im British Museum, Hamilton sei Dank. Im flimmernden Sonnenglast über den Ruinen überall das Menetekel des Vesuvs, schade daß er nicht mehr raucht, vor anno
Plinii war er bis zum Gipfel hinauf noch bewaldet. Asche
zu Asche, Staub zu Staub, hic habitat felicitas. Luxus und
Vergänglichkeit; das luftige Atrium als Allegorie der Unbe-
denklichkeit und heitersten Leichtherzigkeit. Niemand bedachte anno 79, daß die Erde auch vom Himmel hernieder
stürzen kann jählings. Was aus Erde geformt war, auf Erde
stand, tauchte wieder in sie ein.

Merke auf der Rückfahrt, daß ich meine Tabakdose samt
Stopfer auf dem Forum liegengelassen habe. Maledizione!
Wie oft geschiehts nicht bei dem Rauchen, daß, wenn der
Stopfer nicht zur Hand, man pflegt den Finger zu ge-
brauchen; dann merk ich, wenn ich mich verbrannt: Oh,

macht die Kohle solche Pein, wie heiß mag erst die Hölle sein?

Fotografiere noch eine Weile in Sorrent. Bestimmende Farben sind das Orange-Ockergelb der Haustünche das Braun des Tuffsteins und das satte Grün der Feigen- und Zitronenbäume und des buschigen Laubwerks in den Schluchten die das Plateau durchfurchen. Dann mit dem Bus über die Steilküstenstraße die allmählich ihren Schrekken verliert, zurück.

Hätte ich eine Pappschachtel bei mir gehabt, hätte ich Dir aus den Scavi eine lebende Schlange mitbringen können die grauschwarz gescheckt 70 cm lang, wahrscheinlich eine Äskulapnatter, in einem antiken Bassin unweit eines pompejanischen Bordells, vom Touristenstrom unbeachtet, sich ringelte. *Harmonia* fiel mir da ein, Tochter des Ares und der Aphrodite, die mit ihrem Gatten Kadmos von jenem in eine Schlange verwandelt wurde und später in den Elysischen Gefilden lebte. Die Sünde und das Paradies. Zeus der vom Vesuv herab als ein Erzengel straft und aus dem harmonischen Garten Eden vertreibt mit dem flammenden Magma-Schwert.

Abendessen unter freiem Himmel am Hafen, Zuppa di cozze Risotto al pescatore Insalata mista Melone Vino Greco. Die Menschen an den Tischen um mich herum zu zweit oder in Gruppen, ich wie immer allein aufnehmend sammelnd und speichernd. Auch der Herr im Panamahut saß wieder da; lüftete zum Gruß den Hut da ich vorbeiging und seinen Gruß mit höflichem Nicken erwiderte.

Im Zimmer angelangt sah ich mit Schrecken, daß sich die Ameisen inzwischen verdoppelt hatten. Zum Glück war der Sohn des Padrone anwesend der den Fußboden mit Gift einsprayte so daß dieser hernach aussah wie die Luftaufnahme eines Schlachtfelds.

Neid packt mich am Abend wenn eine eigentümlich libidineuse Atmosphäre herrscht. Da sitzen dann überall unter schwankenden Funzeln und Laternen kosende Pärchen, flanieren für Drink and Dancing präparierte Touristen; aus Hausfenstern plätschert Guitarrenmusik. Wozu bin ich hergekommen? Zum Philosophieren in der klausnerischen Einsamkeit mediterraner Berge? Ach es ist beschämend. Fett und faul friste ich meine Ferien; zum Lesen bin ich zu träge, und die Sehnsucht nach einem geliebten Gegenüber macht jede hohe Reflexion zunichte.

Und noch eine Glosse. Auf dem Bahnhof in Chiasso hörte ich einen Eisenbahner, der am Zug entlangstapfte, das 1. Thema aus Mozarts g-moll-Symphonie pfeifen. Was für eine musikalische Nation, frohlockte ich, es ist eben doch wahr, Italien war und bleibt die Pflanzschule der europäischen Musik! In Positano erst hörte ich aus dem Radio den Ursprung dieses Pfeifens: Die Pop-Travestie des Themas, schlagermäßig umharmonisiert marktgängig gesoundet unterfüttert mit Hintergrundsummchor und rassigflottem Schlagzeugrhythmus etwas unterspickt, alles Schmerzliche Dissonante Querständige herausgefiltert, das Ganze kurz leicht faßlich regelmäßig periodisiert: „Vergiß das Populare nicht!" mahnte Vater Mozart den Sohn, keine Sorge mon cher père, heute läßt es sich gewiß nicht vergessen, Marxpop Mozartsoße oder Hegelcomix, es ist alles schon da wie der Igel im Märchen. (Odi profanum et arceo).

Also Sibylle mein Wieselchen: Auch wenn es hier sehr schön ist, beginnt mich doch Positano ein ganz klein bißchen zu ennuyieren was sich durch Ausflüge zwar mehr als ausgleichen läßt, aber dafür muß ich auch immer recht teuer zahlen. Ich überlege daher ob ich nicht nur noch bis nächsten Freitag hierbleibe und dann wenigstens vorübergehend woandershin fahre, wo das Leben abgeschiedener und nicht so kostspielig ist. Ich könnte z. B. von Neapel mit dem Palermo-Nachtschiff zu den Isole Eolie fahren, nach Vulcano oder Stromboli nördlich Siziliens. Wie fän-

dest du das? Auf jeden Fall lasse ich dich meine künftige
Adresse rechtzeitig wissen.

Dein: Helmut.

24. Juli 1973

Liebe Sybilla Cumana. Heute Ausflug nach Ravello: Zu-
erst mit dem Bus bis Amalfi, dort muß umgestiegen werden. Eine große Anzahl Menschen wartet; kaum kommt
der Bus, stürzen sie sich gepäckbewehrt auf ihn wie eine
Gänseschar aufs Futter und beweisen schlagend die zi-
vilisatorische Überlegenheit englischen Schlangestehens.
Der Busschaffner gestikuliert und brüllt aus dem Fenster:
Leute, laßt mich doch erst wenden! Dann gehts auf einer
Bergstraße hinauf. Wilde Gestalten im Bus alte bärtige
Weiber in Schwarz mit Einkaufstaschen, nur noch ein oder
zwei Zähne im Maul. Vor einer hölzernen Brücke müssen
alle aussteigen und zu Fuß hinübergehen, Nonnen Touristen Bäuerinnen mit Schuhkartons in denen Küken piep-
sen. Der Bus rollt zaghaft hinüber – man darf wieder einsteigen, Lohn der Angst. Ravello ein altes hochgelegenes
Bergnest, die Architektur mit normannisch-sarazenischem
Einschlag, maurischen Zierbändern und Fensterbögen und
gotischen Simsen und Zinnen. Aus dem Fenster einer Villa
tönt ein verstimmtes Klavier; jemand übt zweistimmige
Inventionen, Krönungskonzert 3. Satz. Die Gewitterwol-
ken verziehen sich wieder und geben einen dunkelblauen
ganz reinen Himmel frei, die Nachmittagssonne gewährt
das goldene Licht um dessentwillen die Maler nördlich
der Alpen seit jeher Italien aufgesucht haben, warme in-
tensive Farben und jene klaren Konturen bis zu den höchsten Berggipfeln hinauf, die mir die Woche bis jetzt mit
ihrem diffus silbergrau gleißenden Himmel vorenthalten
hat. Endlich! Auch die Luft ist anders geworden, frischer

würziger nicht mehr so schwül wie bisher. Beim Zeus, Sibylle! Dieses Licht müßtest Du sehen, die tiefstehende Sonne die sich jenseits des Gartens der Villa Cimbrone im Meer spiegelt. Erst jetzt glaube ich wirklich angekommen zu sein – und werde mir bewußt wie bedenklich es ist, in der Fremde nicht diese selbst sondern das mitgebrachte *Bild* von ihr wiederfinden zu wollen, il disegno interno.

Ich betrete einen modrigen Kreuzgang aus dem 11. Jahrhundert, in dem es kühl dunstet aus Palmenkübeln. In den Anblick versunken merke ich nicht, wie ein Herr neben mir höflich den Panamahut lüpft zum Gruß. Erst da er mich mit einem „Buona sera, Señor" anspricht, wende ich den Kopf und gewahre den mir nun schon sonderbar vertrauten Herrn mit dem Menjoubärtchen und der blaugoldenen Ankerkrawatte, diese vornehme seltsam unzeitgemäß wirkende Erscheinung, hochgewachsener aristokratischer Typus mit gebräunter Sorgenstirn edler Neurasthenie und edlem Schuhwerk, nachlässig gekleidet aber in gute Stoffe, weißes Sommerjackett, sandfarbene Leinenhose; an lässig hängenden Armen nervös gestikulierende langfingrige Hände. Er entschuldigt sich dafür, mich in meinen Kontemplationen gestört zu haben und stellt sich vor als: Roberto Kufner, Argentinier, halb deutscher halb italienischer Abstammung, zu Besuch in der Heimat seiner Großeltern mütterlicherseits, die es Ende des vergangenen Jahrhunderts aus schierer Überlebensnot von Salerno nach Buenos Aires verschlagen habe. Er selbst arbeite seit kurzem im Nachbarstaat als Kulturreferent für die Regierung Allende in Santiago de Chile. Ich stelle mich meinerseits vor; spotte „Ein Argentinier in Chile? Freiwillig?" und frage ihn geradeheraus, warum er ganz offensichtlich meine Bekanntschaft zu machen wünsche. Er antwortet kryptisch: Weil er mich für geeignet halte, eine Überlieferung aufzubewahren und gegebenenfalls weiterzureichen. Welche Überlieferung, frage ich, und warum gerade ich? Darauf lacht er nur und spricht, immer im gleichen helltimbrierten leisen wie beiläufig gesprochenen Parlando, dies werde schon noch erhellen, ich möge doch morgen gleich wieder nach Amalfi mich begeben, wo er mich zu einem Konzert im Dom einladen wolle. Mir will das dubios vorkommen. Du weißt Sibylle, ich kann das nicht leiden, verschwörerisches Getuschel Geheimniskrämerei Mysticism vages Raunen.

„Ich weiß noch nicht, vielleicht," weiche ich so höflich wie möglich aus; er scheint belustigt zu sein und sagt: „Wie es aussieht, trauen Sie mir nicht. Das verstehe ich, gut sogar. Unter Südamerikanern stellen Sie sich entweder Rauschgiftschmuggler vor oder Gauchos, für die es nur drei wichtige Dinge im Leben gibt: eine Waffe, ein Pferd, eine Frau." Dies wehre ich ab, frage ihn statt dessen, ob er mit den Schriftstellern seiner Nation, mit Cortázar Borges Bioy Casares bekannt sei – „Leider nur flüchtig" — und was er von der politischen Lage in Chile halte, worauf er ein düsteres Bild zeichnet — mit dem Eingreifen der Militärs, vom Pentagon im Verhören von Gefangenen trainiert und von der Nixon-Regierung und der CIA auch in jedem anderen Betracht gefördert, sei täglich zu rechnen – und dann etwas Seltsames tut. Ganz langsam streckt er den Arm nach mir aus, sagt „Sie entschuldigen, Señor," tastet mit den Fingern nach dem Nasenbügel meiner Sonnenbrille, zieht sie mir vorsichtig ab, klappt sie zusammen und steckt sie mir in die Hemdtasche, klopft mit den Fingerspitzen wie zur Bestätigung oder Beruhigung noch einmal auf diese und sagt: „Verzeihen Sie bitte diesen Übergriff. Aber wenn Sie aus Lateinamerika kommen, können Sie Sonnenbrillen, die den Blick ins Auge Ihres Gegenübers verwehren, nicht mehr ertragen, ohne dabei an elektrische Kabel und ordenbehängte Caudillos zu denken." Ich stammle etwas von „Schutz der Augen vor dem Sonnenlicht," aber er entgegnet nur lächelnd, seines Wissens sei noch kein Bantu oder Beduine deswegen erblindet weil die Sonne Afrikas ihn beschienen, wohl aber weil ihm einer dieser sonnenbebrillten Warlords oder Kindersoldaten mit dem Bajonett —— il resto non dice. Statt dessen verabschiedet er sich, indem er den Hut zieht und mir die Rechte zum Arrivederci reicht, und erinnert mich noch einmal an das Kirchenkonzert, morgen, in Amalfi, um 15 Uhr.

Zurück im Bus. Mir ist blümerant zumute sowohl der stattgehabten Begegnung wegen, als auch weil ich auf der linken Seite des Busses zu sitzen komme der mit Karacho um die Haarnadelkurven brettert (zwar jedesmal vorher hupend, aber ohne das Tempo zu verringern – soll doch ausweichen wer's noch schafft; rette sich wer kann); säße ich rechts, könnte sich der Blick an festen Felswänden beruhigen — zur Linken aber taumelt der Blick in unermeßlich tiefe Gründe.

Daheim in Positano kaufe ich mir eine ganze drei Kilo schwere Melone, die ich im Verlauf des Abends verzehre. Buona notte. Ameisen zeigen sich nicht mehr. Auch gut. Ein traumloser Schlaf.

25. Juli 1973

Am Vorabend überwogen noch die Bedenken; heute morgen siegte die Neugier. Sibylle mein Beißwütchen: Du bekommst jetzt von meiner und quasi fremder Hand das merkwürdigste Geschreibsel zu lesen, das ich Dir je gesandt habe und das Du vielleicht je gelesen hast; für meine Reisebriefe viel zu voluminös, schicke ich dir diese Aufzeichnungen in einem separaten Großumschlag; hab 1500 Lire dafür berappt aber das soll's mir wert sein.

Mußte auf den Bus nach Amalfi drei Stunden warten. Diese Stunden wieder mit Lektüre und qualmender Pfeife zugebracht, meinem Miniaturvulkan. Wenn man die Pfeife angezündet, so sieht man, wie im Augenblick der Rauch in freier Luft verschwindet – nichts als die Asche bleibt zurück. So wird des Menschen Ruhm verzehrt und auch sein Leib in Staub verkehrt.

Zur Busfahrt schrieb ich ja schon das ein oder andere. Sie ist jedesmal aufregend, die aus dem Fels gesprengte Straße so schmal daß kaum zwei Autos aneinander vorbei können. Der Radius der Kurven so knapp daß Busse sich in die ganze Straßenbreite einschrägen und vorher die womöglich Entgegenkommenden mit einer Art Martinshorn warnen. Die lotrechten Felswände und Abstürze aus hellgrauem Kalk bewachsen mit üppiger Flora; Schluchten werden überquert, Steilklippen von kurzen Tunnels durchbrochen, eine wilde überwältigende Szenerie. Begegnen sich zwei Busse in einer Kurve – ha! Die Strecke besteht ja nur aus Kurven! –, muß einer behutsam zurücksetzen, nachdem ein Fahrgast ausgestiegen ist um Meter für Meter einzuwinken. Vollends chaotisch wirds wenn hinter dem Bus eine Pkw-Schlange wartet und dann ihrerseits zurück muß. Eine solche Situation ergab sich kurz nach unserer Abfahrt. Um sich dem Dilemma zu entwinden, mußte unser Bus in eine bergab führende Querstraße ausweichen, blockierte damit aber den von dort heraufrollenden Verkehr. Zuletzt standen Bus- und Autofahrer Passanten und Passagiere wüst gestikulierend zwischen ihren ineinander verkeilten Fahrzeugen und suchten die Lösung des gordischen Knotens mit Palaver und Gefuchtel.

Die alte Seerepublik Amalfi, Rivalin Genuas und Venedigs, kalkweiße Stadt der Normannen Hohenstaufen Sarazener, besitzt im Unterschied zu Positano einen dichten Stadtkern mit einer schönen Piazza zu Füßen einer Freitreppe die zur Basilika hinaufführt, und erstreckt sich zwischen steilem Gefels ebenso in der Horizontale wie in der Vertikale. Zum bergichten Landinneren hin verengt sich die Stadt immer mehr und läuft schließlich im Valle dei

Mulini aus, dessen Papiermühlen uns das schöne Bütten liefern auf dem Du immer so gern schreibst. Da bis zum Konzert noch zwei Stunden Zeit war, folgte ich eine Weile dem malerischen Pfad in dieses Tal hinein, machte dann kehrt und gelangte gerade noch rechtzeitig zum Dom in dem die Kirchenbänke bereits mit Besuchern fast zur Gänze besetzt waren. Auf einer der hinteren Bänke saß Kufner und winkte mir zu; er hatte mir einen Platz freigehalten.

Kaum hatte ich Platz genommen, keuchend und etwas verschwitzt, begannen vier Männerstimmen begleitet von Zinken und einer Schalmei mit einem Gesang auf die Worte „Sederunt principes", der sehr alt sein mußte. Eine Stimme intonierte den Beginn jeder Silbe, hielt diese ungeheuer lang aus, und darüber krähten die übrigen in Diskantlage den Silbenvokal in Melismen die ständig zwischen leichten quasi auftaktigen und schweren betonten Notenwerten wechselten, also gleichsam in jambischem Metrum, und auf den Schwerpunkten als Konkordanzen nur Oktav Quint und Quart kannten, dazwischen freilich auch, unbetont sich kreuzend und querend, Terzen und Sexten aber eben so als wäre nur den einfachsten Intervallen erlaubt, den Rang einer Konsonanz zu behaupten. Dieses ptolemäische Jauchzen und tänzerische Krähen ging so schien mir eine kleine Ewigkeit dahin, und nachdem es mich anfangs befremdet dann eleviert hatte, fing es zuletzt doch an, mir ob seiner Einförmigkeit auf die Nerven zu gehen, denn alle Abwechslung, so kam es mir vor, ergab sich einzig aus dem Wechsel der Vokallaute, einem Umschwung der selten genug erfolgte.

Als das Stück mit einem gregorianischen Choral geendigt, scholl brausender Applaus („Da capo!") durchs Kirchenschiff der Basilika; mein Begleiter erhob sich und ich folgte ihm durchs Portal und über die Freitreppe hinunter auf die Piazza, wo er mich zu einem Caffè einlud. Ich bedankte mich für die willkommene Offerte und so suchten wir uns einen freien Tisch vor der Eisdiele *Pianeta dei Gelati*. Der Eisplanet: Welch eine Labung verheißende Lockung lag in diesem apokalyptischen Namen! Die Sonne hatte die Piazza ausgeglüht bis in den letzten Winkel, ihn aufgeheizt und ausgetrocknet wie einen Backofen. Soll doch dieser Planet abkühlen bis zum Gefrierpunkt. Besser denken reden schreiben ließe sich dabei allemal.

Während Kufner bei einem blasiert dreinschauenden Kellner die Bestellung aufgab, blickte ich weiter in die Runde. Die Fassade neben uns war rosa blau und gelb getüncht; seltsam genug daß ich noch unter dem Eindruck des Gehörten fand, solche Farben seien „abgeschmackt". Indem mein Begleiter mit dem Löffel in dem Caffetino rührte, den ihm der Kellner auf einem Tablett gebracht und geringschätzig vor ihm auf den Tisch geknallt hatte, schaute er gedankenverloren hinüber zu den schwarzweiß gemusterten Marmorbändern und Kachelmosaiken über dem Portal des Doms aus dem noch einige letzte Konzertbesucher heraustraten, um die Freitreppe zur Piazza hinunterzusteigen. Dann wandte er sich mit einer abrupten Bewegung mir zu, klopfte sich mit dem Löffel, mit dem er soeben noch in der Tasse gerührt, einige Male schnell an den rechten Nasenflügel und sagte in dem beinahe akzentfreien Deutsch, das ihm, wie er erläutert hatte, seine aus Deutschland stammende Mutter fürs Leben mitgegeben:

„Hören Sie den jauchzenden Aufschrei der Bambini auf der Treppe, Señor! Qui! La! Questo! Ecco! Paolo! Mit gelöster Zunge stößt das Geschrei beim Hinunterspringen in sprunghafte Zusammenhänge vor. Sie sprachen von Farben, die Ihnen abgeschmackt vorkamen. Aber ist das Organ, mit dem ich meinen Caffè abschmecke, nicht auch das Organ des Singens und Benennens? Damit *der Name* an Einfluß gewinnt? Wo theologisch gedacht wird, läßt sich ja spekulieren, daß noch *vor* dem Namen jedes einzelne Graphem alle übrigen Zeichen, alle virtuellen Namen und

Bedeutungen, ja alle sowohl möglichen wie tatsächlichen Gedanken in sich bergen könnte. Dies könnte für den je einzelnen geschriebenen Buchstaben gelten, für Aleph wie Omega, und hat sich, wenn Sie mir ein Beispiel verstatten, ja auch in den Initialverzierungen der Evangeliare von Lindisfarne, Kells oder Heinrich dem Löwen ausgeprägt. Dort sind sie mehr als nur Buchschmuck, nämlich die Einsenkung des Zeichens ins Ornament, im Sinne einer Auffassung von Welt als einer unendlich verschlungenen göttlichen Arabeske, einer *inscriptio dei*.

Señor, Sie haben neben mir in diesem teils romanischen, teils maurisch-byzantinischen Dom gesessen und dort einem Quadruplum zugehört, das man auch *Organum* nennt, erstaufgeführt wahrscheinlich zum Stephani-Fest 1199, ein gesungenes Gegenstück zu jener Initialmalerei, von der ich eben sprach. Sie haben ja bemerkt, daß in ihm ein gregorianischer Choralzeilenabschnitt nacheinander in Einzelsilben zerlegt wurde, indem diese konsonantisch angerissen und dann vokalisch, mittels Stimmkreuzung, Inversion, Hoquetus und Imitation, so ungeheuer weit gedehnt wurden, daß der tönende Silbenlaut als Orgelpunkt oder Bordun die Oberstimmen grundierte wie eine Farbe."

Hier hielt mein Begleiter kurz inne, strich sich mit dem Mittelfinger der Rechten nachdenklich über das Menjou-Bärtchen und fuhr, nachdem er sich selbst wie zur Bestätigung kurz zugenickt, im gleichen eigentümlich beiläufigen leisen helltimbrierten Parlando fort, mit dem er begonnen hatte. „Tatsächlich schiene es nicht unangemessen, Señor, diese Grundierungen im Tenor durch einen Cantus firmus, der seiner enormen Länge wegen gar nicht mehr als solcher hörbar ist, synästhetisch als *Tinkturen*, und ihren Wechsel, im Verbund mit den ekstatisch zwischen Hebung und Senkung hüpfenden Oberstimmen, als Spektralverschiebung wahrzunehmen, als einen *Farbenwechsel*, der sich erst dort zugunsten des Benennens verliert, wo gegen

Ende des Stückes der Tenor mit je einer Brevis pro Schlag syllabisch die Worte sal-vum fac prop-ter mi-se-ri-cor-di-am tu-am skandiert so, daß diese wieder als Nomina, nicht mehr nur als Phoneme deutlich werden und die Komposition eigentlich erst erkennbar machen als Sprachauslegung. Eine Sprachauslegung aber als *Schriftfärbung*; bestimmte Abschnitte nannte man nicht zufällig *colores*. Nicht, weil sie kolorieren, sondern weil sie koloriert *werden* von der Vokaltinktur des tintigkühlen U, des goldgelben E und des warmen, braunschwarzen A. Auffällig ist, daß nur diese drei Vokalsilben zu tönenden Initialen monumentalisiert werden, als wäre das O zu rotglühend und das I allzu weiß, um zum Färben zu taugen; der Rest der Worte wurde, wie Sie ja hörten, in der schlichten Einstimmigkeit der gregorianischen Melodie gesungen. Welch eine glühende farbprächtige Durchleuchtung von Sprachklang, nicht wahr, wie ein gotisches Buntglasfenster, durch das die Sonne scheint, nein, *tönt*. Überblendungen gibt es dabei nicht — so, wie Sprache in der Sukzession verläuft von einem Zeichen zum nächsten, wechselt auch die Be- oder besser gesagt Durchleuchtung; die Konsonanten wirken als Schnittkanten, nein, als Klappscharniere zwischen den Illuminationsmodi; das Alphabet wechselt die Sprache. Können Sie mir noch folgen?"

Ohne meine Antwort abzuwarten, zog Kufner ein Blatt Papier aus seiner Hemdtasche, entfaltete es und fuhr fort: „Man weiß von der Existenz dieser Werke, seit 1864 ein Belgier namens Edmond de Coussemaker einen um 1280 geschriebenen Traktat eines Theoretikers aus England veröffentlichte, der von ihm den sprechenden Namen *Anonymus* IV erhielt. Hören Sie, Señor: *Magister Leoninus fecit* Meister Leonin machte *magnum librum organi* das Große Buch der Organa *pro servitio divino multiplicando* zur Bereicherung des Gottesdienstes. *Et fuit in usu* Und blieb in Gebrauch *ad temporis Perotini Magni* bis zur Zeit des Perotinus Magnus. *Ipse vero Magister Perotinus* Dieser Meister Perotin nun *fecit quadrupla optima* machte beste Quadrupla *sicut Viderunt, Sederunt* wie ›Viderunt‹, ›Sederunt‹ *cum abundantia colorum armonicae artis* mit einer Überfülle an Farben der Kunst der Harmonie. *Liber vel libri magistri Perotini* Das Buch bzw die Bücher des Meisters Perotin *erant in usu* waren in Gebrauch *in coro Beatae Virginis maiore ecclesiae Parisiensis* im großen Chor von Notre Dame zu Paris *et a suo tempore* und zwar zu seiner Zeit *usque in hodiernum diem* bis zum heutigen Tage.

Keine andere Quelle, Señor, gibt weitere Auskünfte über die Urheberschaft des großen vierstimmigen Organums, das wir vorhin im Dom gehört haben. Während von Perotins Vorgänger Leonin wenigstens gemutmaßt werden kann, daß er als Dichter und Kanonikus an Notre Dame gewirkt und etwa von 1135 bis 1201 gelebt hat, haben wir vom Schöpfer der Quadrupla, Perotinus Magnus, nichts als den Taufnamen und die Würdigung seiner Größe.

Nun heißt aber Perotin wörtlich nicht *der große –*, sondern *der kleine Pierre*, zu Deutsch *das Peterchen*, und dieses Diminutiv, das die Lebensspur des Schöpfers noch einmal minimiert, könnte uns jetzt fast als Symbol gelten für jene Annäherung ans Kleinerwerden und *Verschwinden* des Namens selber, ans Transnominale, von dem ich eingangs sprach, eben als Verweis auf einen Bereich, in dem nicht mehr das Wort gilt, sondern nur noch der schiere Laut, der einzelne Ton, die reine ungemischte Farbe, und in diesen doch zugleich das gesamte Potential ihrer Spektralbrechungen.

Sie sprachen von Farben, Señor, und das kam Ihnen abgeschmackt vor. Aber wie ich schon sagte: Das Organ des Abschmeckens, die Zunge, ist zugleich das Organ des Singens und Benennens. Hören Sie den Bambini auf den 62 Stufen der Freitreppe zu: Ecco! Paolo! Questo! Qui! La! In sprunghafte Zusammenhänge stößt das Geschrei mit gelöster Zunge vor, damit der Name an Einfluß gewinne. Und mögen Ihnen auch meine Zusammenhänge sprunghaft vorkommen, so hörten Sie doch aus jenem jauchzend und krähend aufschreienden glossolalischen Gesang im Dom, daß wir Zungen haben, auf die die Sonne scheint, und daß der Sprung von den gesungenen Silben *seeee—* und *deeee—* zu *ruuuu—* aus einem gellenden goldgelben Ton unversehens einen tief leuchtenden tintenblauen machte, einen Azur- oder Lapislazuli-Ton; übrigens heißt die Note G, in der diese Silbe *-runt* aus dem Wort *Sederunt* notiert ist, in der Sprache der Solmisation (Sie wissen: auf der Skala von do-re-mi-fa) *sol*. Sol wie Sonne. Wir haben Zungen, auf die sie scheint."

Etwas unwillig, in falsch prosaischem Zungenschlag gab ich darwider, daß mir Apollos Gestirn eher aufs Haupt als auf die Glottis scheine, mir mit seiner fürchterlichen Hitze den Scheitel versenge und mangels eines Sonnenschirms über unserem Tisch vor der Eisdiele nachgerade das Hirn verdunsten lasse; wie mörderisch es in Phöbus' Reich zugehe, sehe man ja daran, daß die schon lang anhaltende Dürre längs der Costa Amalfitana bereits die Zisternen Brunnen Quellen und Reservoire habe austrocknen lassen; auch in meiner Pension in Positano sei das Wasser schon rationiert; aus der Leitung tröpfele es nurmehr spärlich und im leeren Swimmingpool des benachbarten Hotels dörrten die Nadeln der Pinien und Zypressen.

Kufner blickte mich, der ich mir mit der Eiskarte vergeblich Kühlung zuzufächeln suchte, mit emporgezogenen Brauen an – belustigt, wie es schien – und höhnte: „Ihr feuchtweich dunstenden fischblütigen nebeltrübsinnigen Nordeuropäer! Was brauchen Sie Wasser? Sind Sie ein Karpfen, sind Sie ein Hecht? Sind Sie ein Schwamm? Besteht der menschliche Körper nicht sowieso schon zu neunzig Prozent aus Wasser? Aber nun muß ich mich sputen, gleich geht mein Bus hinauf nach Ravello. Dort will ich mich noch einmal im Garten der Villa Rufolo ergehen und mir vorstellen, wie Wagner inmitten dieses arabisch blühenden Märchenreichs die Idee kam zu Klingsors Blumenmädchen im zweiten Akt Parsifal. Und Sie fahren zurück nach Positano? Ich darf Ihnen empfehlen, Señor, die Fahrt um ein kleines zu verlängern bis Sorrent. Besuchen Sie dort einmal die Terrasse des Kapuzinerkonvents, wo sich Nietzsche und Wagner ein letztesmal begegneten; lehnen Sie sich dort ans Geländer, lassen Sie beim Untergang der Sonne den Blick über den Golf von Castellamare bis zu den Inseln im Westen schweifen und versuchen Sie sich auszumalen, worüber die beiden in jenem Oktober des Jahres 1876 gestritten haben mochten. Vielleicht über Limpidezza?" Ich erwiderte, daß mir wenig daran gelegen sei, jetzt schon zurückzufahren; vielmehr hätte ich mich darauf eingestellt, noch bis in den Abend hinein in der Seerepublik zu verweilen; zumal mir bis jetzt nicht klargeworden sei, was es mit der „Überlieferung" auf sich habe, die er mir „mitzugeben" doch gestern versprochen. „Ach ja, gewiß, natürlich," brach es aus meinem Begleiter hervor, indem er sich mit der Hand gegen die Stirn schlug: eine Ostentation von Zerstreutheit, die mir unglaubhaft schien. „Nun denn," so sagte er, „wenn Sie tatsächlich noch ein Weilchen auszuharren die Güte haben wollen, könnten wir uns, wenn ich gegen halb acht zurückkomme, zum Abendessen ins Ristorante gegenüber verfügen, sehen Sie, dort drüben das Haus mit der Pergola. Dann erzähle ich Ihnen alles in Ruhe. Wäre dies Ihnen genehm?"

Ich sagte ihm mein pünktliches Erscheinen zu. Kufner erhob sich, winkte dem Kellner zum Zeichen daß er zahlen wolle, stopfte sich den Zipfel seiner Ankerkrawatte in den Hosenbund, nahm mit der linken Hand den Panamahut ab, reichte mir unter einer tiefen Verbeugung indem er sich den Hut an die Brust drückte, die Rechte zum Arrivederci und ‚Bis später!' und schritt davon.

Fast gleichzeitig war, wie ich sofort und mit Dankbarkeit verspürte, die Sonne hinter die Gipfel der Berge getaucht, welche Amalfi gegen Norden und Westen abschirmen, so daß nun die Schlucht, der sich die Stadt einschmiegte, im Schatten lag und ihre gespeicherte Hitze an die Luft abgeben konnte, die vom Meere kühlend hereinstrich. Ich schlenderte eine Weile ziellos durch die Gassen, verweilte im Chiostro del Paradiso, schlug den Weg ins Mühlental ein, betrachtete lange den orientalischen Zierat der Fassaden an Villen und Torbögen und erfreute mich am Duft, der von Wicken, Hibiskus- und Oleandergewächsen, Feigen und Kakteen aufstieg und den Geruchssinn streifte so wie ein Seidentuch über eine Wange streicht. Als ich wieder auf die Piazza gelangte, schlug die Uhr vom Glockenturm die halbe Stunde; ich begab mich zum Restaurant, in dem Kufner bereits an einem Tisch im Freien unter der Pergola Platz genommen hatte und ins Sortieren eines Bündels von Papieren und altertümlich aussehenden Heften vertieft war. Zerstreut blickte er auf, als ich mich neben ihn setzte, schob den Packen beiseite und reckte langsam den Arm, um mir unter quasi zärtlich bedauerndem Schnalzen der Zunge und Schütteln des Kopfes, unendlich vorsichtig — „Sie gestatten?" — mit Daumen und Zeigefinger erneut die Sonnenbrille am Nasenbügel anzuheben, behutsam von den Ohren zu streifen und zusammenzuklappen. Dann reichte er mir die Speisekarte, die ich nach flüchtigem Betrachten beiseitelegte, um mein Gegenüber unvermittelt anzugehen: „Was wollen Sie von mir?," fragte ich, nicht barsch aber drängend, und unmißverständlich im Wunsch mich nicht abspeisen zu lassen mit Ausflüchten oder vagen Andeutungen. „Warum gerade ich? Sie folgen mir doch schon seit einer Weile. Was soll an mir sein, das Sie interessieren könnte?"

„Vielleicht Ihre Durchschnittlichkeit," gab Kufner unverblümt zurück. „Ferne sei es von mir, Sie zu kränken,

Señor. In meinen Augen besitzen Sie folgende Vorzüge. Erstens *sehen* Sie lieber als daß Sie *dächten*. Das Wahrgenommene sofort unter den Begriff zu subsumieren käme Ihnen gewalttätig vor, abgesehen davon, daß es Ihnen ohnehin an Begriffen gebricht; statt nachzudenken, sehen Sie lieber nach, und diese begriffslose Wahrnehmung, ein Privileg der Jugend, kann ganz nützlich sein. Zweitens halten Sie sich an das Tatsächliche und Vorfindliche eher als an das Spekulative. Das Dunkle, Ahndungsvolle, Unbestimmte gilt Ihnen als Schwarmgeisterei. Auch das ist von Vorteil. Drittens kennen Sie Ängste und Abneigungen in hohem Grade, wie ich zu beobachten oft genug Gelegenheit hatte. Dieses Idiosynkratische ist unverzichtbar. Viertens reisen Sie allein. Das enthebt Sie der Notwendigkeit, alles Wahrgenommene sogleich austauschen zu müssen und mit einem Gegenüber in Hin- und Widerrede zu verdünnen. Bei alledem sind Sie weder beschränkt noch gebildet, weder allzu prosaisch noch wirklich poetisch, kurzum, das perfekte Mittelmaß, der vollkommene Mittler für die Überlieferung meiner Geschichte, ein weißes, unbeschriebenes Blatt.

Beginnen sollte ich damit, daß mein Vater, der in Buenos Aires als Rindfleisch-Exporteur zu Wohlstand gekommen war, mir nicht nur den Besuch einer guten höheren Schule, sondern nach meinem Erlangen der Reifeprüfung auch das Studium an europäischen Universitäten ermöglichen konnte, so daß ich als Student in mehreren Städten der Alten Welt Aufenthalt nahm, zuerst in Prag, dann in London, und zuletzt in Wien. Hier besuchte ich, vor zwei Jahren, Kurse in alter und neuer Geschichte, Kunstgeschichte und Literaturwissenschaft. Der Wiener Kunstverein hatte mir eine Gästewohnung in einem Biedermeierhaus des IV. Gemeindebezirks zur Verfügung gestellt, über dessen efeubewachsene Pawlatschentreppe ich täglich hinunterging, um in der Mensa der nahegelegenen Technischen Universität zwischen Operngasse und Wiedner Hauptstraße das Mittagessen zu nehmen. Und ich erinnere mich, als wäre es erst gestern gewesen, wie ich dort eines Tages wieder, nachdem ich mir auf einem Tablett mein Menü vom Kantinentresen besorgt, an einem der Tische Platz genommen hatte und eine überaus betagte, zierliche, gebrechlich wirkende und in ein altmodisches Kittelkleid aus verschossenem Veilchenblau gekleidete Dame, die einen Pappbecher in der Hand, auf dem Kopf ein Schleierhütchen und vor den Augen eine dunkle Brille trug, sich zu mir herantastete, um sich an meinen Tisch zu setzen und mich anzusprechen. Ich hatte keinen Grund, daran Anstoß zu nehmen; Sie erleben es ja selber, daß man in den Mensen der Universitäten täglich am Tische von seltsamen Gestalten besucht wird, die Flugblätter, Raubdrucke, Haschisch oder Zeitungen anbieten oder einfach nur um Geld für eine warme Mahlzeit betteln.

Die alte Dame aber sprach:

3. D (orange)

Aus dem Land der Finsternis dringt meine Stimme zu
Ihnen, junger Mann, erschrecken Sie nicht, es möchte sonst
sein, daß sie Ihnen nur raschelt, abgestorben, wie totes
Laub im Herbst; Sie erlauben doch, daß ich mich zu Ihnen
an den Tisch setze? Vielleicht sind Sie ja derjenige, der so
gütig war, mir vor dem Eingang ein Zehn-Schilling-Stück
in meine Haube zu werfen; für das habe ich mir jetzt eine
Apfelsine gekauft und einen Becher Kaffee einfüllen lassen
am Automaten, wie Sie sehen — ich nicht; ich kann den
Kaffee nicht sehen, nur riechen und schmecken, und mir
am Becher die Hände wärmen, das tut gut, jetzt im Herbst,
da das Laub schon rotgelb sich färben soll, wie man mir
sagt. Jeden Tag komme ich hierher in die Mensa, ziehe mir
so einen Becher aus dem Automaten, ertaste mir den Weg
zu einem freien Tisch, schäle meine Orange, trinke in aller
Ruhe meinen Kaffee aus und setze mich danach wieder
draußen neben dem Eingang aufs Trottoir. Die Pförtner
und das Mensa-Personal, das Fräulein Leiwand von der
Buchhaltung, der Herr Stangl vom Inskriptionsbureau,
sie alle kennen mich schon seit Jahrzehnten; und da ich
niemandem zur Last falle, niemandem mich aufdrängen

will und peinlich darauf sehe – „sehe" ist gut! –, also darauf achte, keinen Schmutz zu verbreiten, wehrt man mir auch nicht, daß ich meine Haube neben mir auf den Asphalt stelle und gar nicht einmal erwarte, sondern bloß hoffe, daß Studenten, die einzeln oder in Paaren oder Gruppen hinein- oder herausschlendern, oder Passanten, die zur Haltestelle der Tram hinauf oder zur U-Bahn-Station hinunter hasten, mir im Vorbeieilen ein Geldstück hineinwerfen oder einen Knopf.

Früher hatte ich hin und wieder noch meine Harmonika dabei aus Glas, aber Sie können sich denken, daß die Musik bald nicht mehr ankam gegen den Lärm der Lastkraftwagen und den Krach der Bauarbeiten auf dem Karlsplatz, gar nicht zu reden vom Kreischen der Tram in den rostigen Schienen, die sich hier, um die Wiedner Hauptstraße zu queren, zu einer engen S-Kurve krümmen, dieses Schrillen übersetzt sich mir im Kopf jedesmal in ein diagonal aufschleifendes, gellendes Silbergelb, ja wirklich, junger Mann, übersetzen sich mir Geräusche und Töne immer in Farben, wieso erstaunt Sie das? Es ist doch gewiß bei allen Blinden so, oder ähnlich.

Erlauben Sie, daß ich mich vorstelle. Mein Name ist Marianne Kirchgeßner. Wodurch ich mein Augenlicht verlor, fragen Sie? Das geschah infolge der Kindsblattern, die ich mit vier Jahren bekam, eine gefürchtete Krankheit, von der zur meiner Zeit, da man von Bakterien oder Viren noch nichts wußte, kaum jemand verschont blieb. Es war nun einmal so, daß die Pocken dann, wenn sie überwunden waren, wie um etwas zum unverlierbaren Souvenir ihrer selbst zu hinterlassen, Kinder häufig erblindet und im Gesicht vernarbt zurückließen, die sich dann nur noch tastend durch jenes Land der Dunkelheit bewegen konnten, in das die Krankheit sie einzig geleitet hatte, um hinter ihnen jede Möglichkeit zur Heimkehr ins Reich des Lichts zu versperren. Freilich gab es schon seit der Jahrhundertmitte die

Methode der Inokulation, eine Immunisierung, die Lady Montague auf ihren Reisen bei türkischen Ärzten studiert und nach Europa gebracht hatte, wo sie, etwa im theresianischen Wien, sodann in großem Umfange Anwendung fand, auch bei den kaiserlichen Kindern, aber das Verfahren galt bei den hiesigen Ärzten, die um ihr Behandlungsmonopol sich sorgten, vorerst als gefährlich und wurde in Bruchsal jedenfalls nicht appliziert. Sie glauben mir nicht? Lesen Sie im Brief nach, den Leopold Mozart ein Jahr vor meiner Geburt aus Wien schrieb. „Wissen sie das die inoculation der Kindsblattern sehr glücklich vor sich gehet? Zu Medling, nache an Schönbrunn, hat die Kayserinn dem englischen Inoculateur ein Haus für die Kinder eingegeben. Es betrift arme Kinder, deren iedes beym Eintritte, oder vielmehr die Elteren, einen duccaten empfangen. Es sind bereits über 40. inoculiret worden, und glücklich vorbey. Der Kayser und die Kayserin Kommen fast täglich in das Haus, und sind gänzlich dafür eingenohmen. Hingegen sind fast alle Herren Medicj hier fast darüber rasend. Was Wunder? Es war halt eine gewisse Kranckheit, und eine gewisse Cur, die, sie möchte gerathen oder nicht, meistens viel eintrug." Und wenn ich jetzt mit Spinnenfingern über mein Gesicht husche, dann ertaste ich, was Sie erblicken, wenn Sie sich überwinden, mich anzuschauen: ein blasses pockennarbichtes Antlitz unter einer Haube, ein Dienstmagd-Gesicht mit kleinem Mund, kurzer stumpfer Nase, aschblondem Haar, bloedem erloschenem Auge und kurzem Hals über einem Spitzenkragen, eine Maske wie aus dem Wachskabinett des Doktor Hirzel am Graben, und grad so spinnfingrig-fingerfitzig ertastete ich mir einst als Kind die Welt, bis mir die Kuppen empfindsam wurden wie straffgespannte elektrisierte Drähte oder Saiten.

Diese Welt war fürs erste das Meublement der elterlichen Wohnung in Waghäusel bei Bruchsal, einer Ihnen wahrscheinlich nicht bekannten Amtsstadt im badischen

Kreis Karlsruhe, die immerhin zu meiner Zeit Residenz der Fürstbischöfe von Speyer gewesen ist und in der ich am 5. Junii 1769 als fünftes von neun Kindern des Kammerzahlmeisters Josef Anton Kirchgeßner und seiner Frau Maria Eva Theresia, geborene Waßmuth, zur Welt gekommen bin. Zu den Kästen und Kommoden, Tischen und Stühlen, die ich mir ertastete, hatte sich irgendwann auch ein Fortepiano gesellt, auf dessen Klaviatur ich mich nach Anleitung meines Vaters rasch so gut zurechtfand, daß ich, nur dem Tast- und Gehörsinn folgend, schon bald zu einer kleinen Virtuosin heranwuchs, die jeden einzelnen Ton sowohl als Klang wie vor dem innern Auge auch als Farbton aus dem Spektrum des Regenbogens wahrnahm. C war rot, D leuchtete mir wie die Schale einer Pomeranze, E schien zitronengelb, F grün wie die Wäschewiese hinterm Haus, G blau wie der Rock eines preußischen Grenadiers, A indigo wie der Nachthimmel über böhmischen Wäldern, und das H glomm mir als ein Violett, das sich mit dem nächsten Halbtonschritt zum c wieder ins Rot verschieben würde.

Unser Reichsherr von Beroldingen, Joseph Anton, Domkapitular von Speyer und Hildesheim, erwarb für mich, als ich zehn Jahre alt und meine Begabung unüberhörbar geworden war, vom Karlsruher Hofkapellmeister Schmittbaur, der mich im Spielen unterwiesen, eine Glasharmonika, die dieser nach Franklins Vorbild mit etlichen Verbesserungen selbst gebaut hatte. Einhundert Speziesdukaten hat sie damals gekostet. Das war viel Geld zu jener Zeit, junger Mann! Diese Harmonikas waren teurer als Tafelklaviere, weil sie so zerbrechlich und aus böhmischem Kristallglas mit seltenen Hölzern gebaut waren von größtem Kunstverstand. Wie so ein Instrument beschaffen war, fragen Sie? Nun, die Harmonika ähnelte in Form und Größe einem Clavichord, welches aber statt der Tasten und Saiten eine Folge von kelch- oder glockenförmig gewölbten Glasschalen, je eine pro Halbton, über zweieinhalb Oktaven im Fingerabstand auf einer Horizontalachse reihte, die von einem Pedalriemen in Rotation gebracht wurde, während die angefeuchteten Fingerkuppen des Spielers die Glasränder berührten und durch die Reibung die Gläser so in Schwingung versetzten, daß sie zu klingen anhuben.

Mit einer solchen gläsernen Maschine trat ich mit meinem Förderer, späteren Begleiter und Liebhaber, dem Musikalienverleger Boßler, im Januar 1791 meine erste Konzert-Tournee durch Europa an, die mich am zehnten Juni jenes Jahres nach Wien führte. Ich merke Ihren Unglauben, junger Mann, wie kann das angehen, fragen Sie; ich spüre, Sie echauffieren sich, mein Gerede enerviert Sie – Sie wähnen sich mystificiert – Sie meinen, im Geschwätz dieser alten, zerlumpten Vettel bloß die Schwarmgeistereien und Lügengeschichten einer womöglich betrunkenen Greisin zu hören, aber hören Sie weiter, und glauben Sie mir: Es gibt aus den alten Tagen noch weit mehr solcher Übriggebliebenen wie ich, als es den Anschein hat; halten Sie nur immer Augen und Ohren offen, dann ahnen Sie, daß viel Längstvergangenes aus der Tiefe lebend emporragt ins Jetzt, und ins Künftige gar, denn was einmal gewesen ist, wird und muß sein immerdar. Ach wären Sie so nett, mir eine Zigarette zu drehen? Danke. Und anzuzünden? Verbindlichsten Dank. Sie sind sehr aufmerksam und liebenswürdig, studieren Sie hier?

Schauen Sie, da sitzen wir nun im vierten Wiener Gemeindebezirk an einem Tisch der Mensa in der Technischen Universität gleich neben dem Maschinenbausaal, vor uns die Omnibusse und Motorräder, die durch die Operngasse dröhnen, über uns die Einflugschneise zum Schwechater Flughafen, hinter uns die Baustelle am Karlsplatz, und noch gut erinnere ich mich, daß zu meiner Zeit hier die Vorstadt Wieden gewesen ist, von der Inneren Stadt getrennt durch Glacis, Bastion, Zolltor und Karrenwege, und daß, wo jetzt der Autoverkehr braust um die Secession und den Naschmarkt, Ochsenwagen einst rumpelten und die Frauen ihre Wäsche zum Bleichen ausgelegt haben am Ufer der Wien, die nunmehr unter einer Betondecke versiegelt und verschwunden ist; und ja, genau wo wir jetzt sitzen, auf dem Gelände der TU, hat in meinem Besuchsjahr 1791 das Freihaus auf der Wieden gestanden, das einstige Landgut des Grafen Starhemberg, das mir mein Begleiter Boßler als ein weitläufichtes, gelb getünchtes, dreigeschossiges, von etlichen hundert Mietern bis unters Dach besiedeltes und von allen kaiserlichen Taxen befreites Zinshaus beschrieb mit sechs begrünten Innenhöfen, ein Städtchen en miniature, mit Kirche, Apotheke, Handwerkern und sogar einem Theater, in dem fürs Vorstadtpublikum musikalische Possen gegeben wurden, Stücke wie Kasperl der Fagottist oder die Zauberflöte, Singspiele in deutscher Sprache mit stupenden Verwandlungen, märchenhaften Effekten, Wunderinstrumenten, wilden Thieren, Flugmaschinen, oder zum Beispiel einem Duett zweier Geharnischter, das der Komponist (übrigens in derselben Tonart: c-moll) in den ersten vier Takten jenes Werkes anklingen ließ, das wir bei ihm in Auftrag gaben für meine Harmonika. Er hat es in sein *Verzeichnüß aller meiner Werke ab Monath Februari 1784* als ein *Adagio und Rondeau für Harmonica, 1 flauto, 1 Oboe, 1 viola e violoncello* eingetragen, und der Ritter von Köchel hat ihm später, wie er mir in einem Brief mitteilte, die Nummer 617 gegeben, nach der in seinem Verzeichnis nur noch wenige Nummern gefolgt sind bis zu der Zauberflöte und dem Requiem, über dem Mozart gestorben ist noch im selben Jahr.

Ich erinnere mich, daß Mozart mich warnte *Das Stück ist nicht leicht zu exequiren, Gnädigste*, sehen Sie, da schütteln Sie wieder den Kopf, ich spüre es an einem ganz leichten Luftzug, der mir über die Stirne streift, als hielten Sie mich für eine Ventriloquistin oder Stimmenimitatorin, aber ich versichere Ihnen, es ist wahr, genau so hat er es mir gesagt und mir das Stück auf dem Klavier mitgeteilt, denn wie anders hätte ich es einstudieren können? Eine Notensetzmaschine für Blinden-Notenschrift gab es zwar bereits, die Pianistin Marie Therese Paradis etwa, Mozarts Schülerin, besaß eine, ich jedoch nicht, auch keine Handdruckerei, daher mußte ich mir die neuen oder in Auftrag gegebenen Kompositionen für mein Instrument immer vorspielen lassen, um sie aus der Erinnerung nachspielen zu können, mein Gedächtnis war noch fabelhaft damals.

Am 19. August brachte ich das Quintett in meiner Akademie – Mozart übernahm den Bratschenpart – im Kärntnertortheater zur Uraufführung, und bei Gott, es war schwer zu spielen! Denn der konzertierende Stil, mit dem sich die Harmonika dem kammermusikalischen Satz einfügte, hatte mitunter etwas geradezu Zirzensisches, Akrobatisches, das die Virtuosität einer Blinden ins rechte Licht setzen sollte, und verlangte knifflige Läufe, Triller, Kreuzgriffe, geschwinde chromatische Passagen auf Glaskelchen, die ja nur langsam, verzögert einschwingen: Hat der angefeuchtete Finger den Ton endlich gezogen, muß er sich sputen, schon auf dem nächsten Glas die rechte Reibung zu finden, damit es in Vibration gerät. Drückt er zu kräftig, hemmt er die Einschwingung – touchiert er zu schwach, glitscht ihm das nasse Glas unter den Kuppen davon, ohne zu antworten auf die Berührung. Mir aber gelang alles recht wohl, so daß nach dem Konzert der Graf Czernin näselnd zu mir sagte *Das war eine magnifique Musik, die sie exequirt hat; ich bin ganz surprenirt.*

Vielleicht wundern Sie sich darüber, junger Mann, daß Mozart mit seinem empfindlichen Gehör und seiner Vorliebe für warme, gedeckte Klangfarben, wie etwa der Bratsche oder Klarinette, seine Satzkunst an dieses starr klirrende, klimpernde Instrument verschwendete. *Ich brauche das Honorar,* hat er mir unverblümt gestanden, *ich muß jeden Auftrag annehmen, zwar sind heuer meine*

Einnahmen höher als im Vorjahr, die Dinge scheinen sich mählich /: Gott lob!:/ zum Besseren zu wenden, aber Konstanzes Curen in Baden kosten ein Martergeld. Das war freilich nur die halbe Wahrheit, denn es ist ja auffällig, nicht wahr, daß Mozart gegen Ende seines Lebens öfter für Instrumente wie Harmonika, Flötenuhr, Glockenspiel geschrieben hat, deren Klängen, anders als denen einer Geige oder Viola, etwas Starres, Mechanisches, Entseeltes eingeschrieben ist, etwas zutiefst Melancholisches. Aber warum, so werden Sie fragen, hat er dann das Schrillen der Harmonika nicht wenigstens abgeschliffen und ins Futteral eines wattierten, gedämpfteren Klanges gebettet? Hätte er statt der näselnden Oboe und der spitzigkühlen Flöte nicht Freund Stadler mit seinem Bassetthorn um Sukkurs bitten können, für den er doch kurz hernach ein Konzert und große Obligatpartien in seiner Prager Krönungsoper geschrieben hat? Ja, nicht wahr, aber der Anton Stadler hätte von den Einnahmen der Akademie einen höheren Anteil verlangt, als wir zu zahlen bereit waren, und für sein Instrument hätte er eine prominentere Rolle im Stück verlangt, als Mozart zu schreiben willens war. Wissen Sie, ich glaube, es ging ihm gerade darum, das Zerbrechliche, diese flirrende, quietschende Reibung, die das Touchieren der Gläser erzeugt, als unablösliches klangfarbliches Integral der Composition einzusetzen. Eigentlich hätte es ja auch nähergelegen, lange Notenwerte und länger ausgehaltene Akkorde zu schreiben, nicht diese Sechzehntel und Zweiunddreißigstel, diese harschen Vorhaltdissonanzen, chromatischen Wechsel- und Durchgangsnoten, kennen Sie das Stück überhaupt? Heute wird es nur noch selten gespielt, und wenn, dann auf dem Klavier oder der Celesta, aber das ist dann nicht mehr dasselbe, weil diese Instrumente den Ton nur anschlagen, aber nicht aushalten können. Es gibt da einen Takt, in dem es besonders gequält zugeht, Takt 38 vor der Wiederholung, glaube ich, wo die Flöte zur Paralleltonart Es in Sechzehnteln absteigt und dabei durchkreuzt wird von der Gegenbewegung der Harmonika in chromatischen Zweiunddreißigsteln aufwärts, das klimpert sich im Diskant *h-c-cis-d* gegen *es-d* und wirkt so, als kratzte jemand mit dem Nagel über eine Fensterscheibe. Ja, ich bin mir sicher, daß es Mozart darum ging, den Klang in seine Extreme aufzuspalten, in dieses Seraphische, sphärisch Entmaterialisierte einerseits und ins Dinghafte, Geräuschhafte andererseits, dieses ganz materielle Klirren, Schaben, Klimpern, Scheppern. Sie haben recht, junger Mann, alles akrobatisch Konzertante, das zur Schaustellung von Virtuosität eingesetzt wird, dient natürlich auch dazu, extreme Valeurs auszuloten, es frappiert ja stets aufs neue, daß Zirkuseffekte, die dem Affen Publikum seinen Zucker geben, einesteils die Konvention bedienen und gleichzeitig kühne Experimente sein können, das haben wir doch von Franz Liszt gelernt, nicht wahr?

Das Adagio steht in einfacher dreiteiliger Liedform mit einem kontrastierenden Mittelteil und das Rondo hat die üblichen Ritornelle und Couplets, der Ausdruck aber ist, wenn er sich nicht in trauriger Kindlichkeit verliert, ernst bis entrückt, zumal die absteigenden oder soll ich besser sagen niederschwebenden Vorhaltfolgen wie eine Gnadenformel aus Kirchenmusiken oder Opern klingen, denken Sie nur an das Accompagnement zu Konstanzes Martern-Arie bei den Worten *Des Himmels Seegen belohne dich*, und so verweist diese sakrale Sphäre wieder zurück auf jenes Duett der zwei Geharnischten, das die ersten vier Takte beschwören und das in der Zauberflöte die letzten Schreckensprüfungen einleitet, zunächst die *Feuerhöhle*, durch welche Pamina und Tamino furchtlos zu wandeln haben, nein, kein Tanz auf dem Vulkan sondern ein abgeklärtes, ganz verklärtes Wandeln mitten durch seine Flammenhöllen hindurch, nicht wahr, der welcher wandelt diese Straße voll dissonanter chromatischer

Beschwerden, wird rein durch Feuer, Wasser, Luft und Erden, das Feuer musikalischer Eingebung, das Wasser der benetzten Finger, die Luftschwingungen der Töne und das Irdene der Glaskelche, eine schmerzensreiche Initiation, aus der wir mit der Musik so geläutert hervortreten wie die Neophyten der Freimäurer, denen im Initiationsritus die Augen verbunden wurden. Die Farben aber, die ich in meinem Reich der Finsternis in diesen Tönen wahrnahm, waren nun eben nicht feurig, sondern spielten um ein fast monochromes kaltes Weißblau ähnlich der Glasur auf den Näpfen, Tellern, Schalen des Küchengeschirrs, das meine Mutter, woran ich mich aus der Zeit vor meiner Erblindung noch entsinne, in einem Küchenspind bewahrte und das, immer wenn jemand auf ein bestimmtes Dielenbrett zu treten kam, leis schepperte und klirrte.

Nach meiner Wiener Begegnung mit Mozart habe ich ganz Österreich und Deutschland bereist, Polen und das Baltikum, Kopenhagen und den Haag, St. Petersburg, London und Italien, wo man sich noch gut der Schwestern Davies erinnerte, die das Instrument als erste in Venedig und Neapel einem staunend gerührten Auditorium vorgeführt hatten. Viermal spielte ich in Preußen vor König Friedrich Wilhelm II., zehn Jahre bin ich an Adelshöfen oder in privaten Akademien aufgetreten und habe dabei fast alle großen Tonsetzer meiner Zeit kennengelernt, Fasch, Cramer, Reichardt, Naumann, die Böhmen Rösler, Vanhal, Vranicky, die Welschen Salieri, Clementi, Viotti; ach die andern fallen mir jetzt nicht mehr ein, es ist ja auch schon ein Weilchen her, nicht wahr? Ja schütteln Sie nur den Kopf, es wird Ihnen nicht helfen, bestimmt schwindelt es Ihnen schon in Ihren Gedanken und dreht sich dort im Kreise so, wie meine gläsernen Glocken immerfort sich drehten auf den Podien Europas.

Wissen Sie, was Schubart in Stuttgart 1791 über mich geschrieben hat? Ich weiß es noch auswendig: Ihr Spiel ist *zum Bezaubern schön*, es weckt *nicht Traurigkeit*, sondern stilles Wonnegefühl, Ahnungen einer höheren Harmonie, wie sie *die guten Seelen* in einer schönen Sommermondnacht durchzittern. Unter ihren Fingern reift der Glaston zu seiner vollen schönen Zeitigung und stirbt so lieblich dahin wie Nachtigallenton, der mitternachts in einer schönen Gegend verhallt.

Der gute Stürmer und Dränger mit seinen „guten Seelen"! So pflegt ja, nicht wahr, die gnädige Frau Kommerzialrat vor ihrem Gatten ihre Küchenperle zu verteidigen: „Gönn auch dieser guten Seele, die sich einmal nur vergessen". *Schöne* Seelen waren gemeint, aber da schon mein Spiel und die Sommermondnacht und die Zeitigung und die Gegend „schön" waren, mußte ein anderes Schmuckwort Ersatz leisten, am besten eines, das Ästhetik und Moral so allgemein wie möglich ineins faßt. „Zum Bezaubern schön" ist bestimmt eine Anspielung auf die Arie *Dies Bildnis ist bezaubernd schön* aus der Zauberflöte gewesen, und daß mein Spiel „nicht" Traurigkeit wecke, leugnete absichtsvoll, daß es in meinen Konzerten bisweilen zuging wie bei der Premiere der Räuber, nämlich daß es unter dem empfindsamen Publikum doch immer Menschen gab, die bei meinem Spiel in Weinkrämpfe, Seufzer, Schreie ausbrachen, in Ohnmacht stürzten oder sich schluchzend in die Arme fielen, mit rollenden Augen die Fäuste ballten oder düster brütend die Arme vor der Brust verschränkten, während ihnen Mund und Kinn bebten und die Thränen über die Wangen liefen; daß also die toteste, ja lassen Sie es mich einmal tatsächlich so ausdrücken, die toteste, kälteste, starrste, mechanischste Maschinenmusik ihnen das lebendigste heißeste Menschengefühl entlockte, ein Widerspruch, der nicht allzu schwer zu enträtseln ist, denn der Harmonika-Klang ist ebenso weich wie durchdringend, schwingt ein wie die menschliche Stimme, ja kömmt dem Gesang eines lebendigen Menschen so nahe wie kein anderes Instrument, so daß im Gegenzug der lebendige Hörer seiner eigenen Maschinenhaftigkeit gewahr wird, seine Seele als toten Kristall wahrnimmt und seinen Leib als einen Automaten, und dies muß ihn gewiß zutiefst erschüttern. Sind Sie so gut und drehen Sie mir noch eine Tschik, junger Mann? Danke.

Wo war ich stehengeblieben? Bei unseren Welschen? Jaja, in Potsdam hat mir Boccherini, der nach dem Tod des Infanten Don Luis de Borbón schon mehr als ein halber Spanier geworden war und nun in Diensten des preußischen Königs stand, mit dem Holz seines Bogens einen Fandango auf dem Cello geklopft, den er im Palacio von Boadillo del Monte komponiert hatte, und seine zweite Frau, María Pilar Joaquina, hat dazu mit andalusischen Kastagnetten geklappert, das war schon bizarr. Und in Zarskoje Selo ist mir Sarti über den Weg gelaufen, der, im Dienst Katharinas der Großen, soeben für den Sieg des Prinzen bei Ochakov ein Tedeum mit Schellen, Kanonen und Glocken geschrieben und den Ehrgeiz hatte, modale byzantinisch-altslawische Intonationen mit italienischem Rokoko zu versöhnen, kuriose Mixtur! Über den Besuch Diderots bei der Zarin wußte er mir Schönes zu erzählen.

Zweimal auch trat ich in London in den Salomon Concerts auf und danach geleitete mich Haydn am Arm über den verkehrsreichen Hanover Square, wobei wir, ins Gespräch vertieft, beinahe von einem dieser modischen Ungetüme, einem Phaëton, überrollt worden wären; es gelang ihm gerade noch, mich, die ich der Annäherung der monströsen Kutsche nicht gewahr gewesen, am Ärmel meines Kattunkleides aufs Trottoir zu zerren. Es war sein zweiter Aufenthalt auf der Insel, er hatte England, seine grünen Ländereien, seine Menschen und ihre schönen Gebäude und Manieren über die Maßen liebgewonnen und bedauerte nur, daß das Land nicht katholisch sei, *sonst bliebe ich gerne hier,* hat er mir gestanden.

Clementi war ja bereits seit längerem eingebürgert, als ich ihm in London begegnete. Sie wissen vielleicht, junger Mann, daß Sir Beckford ihn als ein lebendes Souvenir von seiner Grand Tour mitgebracht hatte, nein, nicht der Sohn des Lord Mayors, mit dem er immer wieder verwechselt wird, nicht *William* Beckford, dieser geniale Irre, der die satirischen *Biographical memoirs of extraordinary painters* verfaßt hat und sich für seine Saturnalien ein gothisches Spukschloß, Fonthill Abbey in Wiltshire, errichten ließ und den Schauerroman *Vathek* geschrieben hat, sondern dessen Cousin, Peter Beckford von Steepleton Iwerne in Dorsetshire, ein *dog breeder & writer on hunting*, nicht minder steinreich, verwöhnt, exzentrisch und wahrscheinlich den Knaben mehr zugetan, als erlaubt war. Der hat Clementi als Vierzehnjährigen auf seiner Kavalierstour in Rom dem Vater abgekauft, ihn mitsamt seinen unterwegs zusammengekauften Gipsrepliken antiker Statuen und seinen Veroneses, Raffaels und Tizians nebst weiteren Mitbringseln heim nach Dorset gebracht, ihm dort *british manners & customs* beigebracht, also Reiten, Trinksprüche, Jagen, etwas Latein und Französisch, Verwaltungsrecht und Ökonomie, anglikanische Bräuche, Fechten, Tanzen und Schwimmen, *sports & exercises* an frischer Luft, kurz alles, was ein junger Landedelmann aus der Gentry brauchte, um in seiner Classe nicht allzu unangenehm aufzufallen. Zugleich aber hat er ihm, was wir ihm hoch anrechnen müssen, die besten Claviere des Königreichs und die besten Musiklehrer beschafft, und alledem haben wir zu verdanken, daß Clementi ein brillanter Klaviertechniker wurde, ein eloquenter, witziger, wenn auch etwas sarkastischer Gesellschafter, gewandt in Conversation wie Conduite, körperlich so abgehärtet, wie die Anstrengungen seiner vielen Tourneen es nur eben forderten, und im Komponieren seiner Sonatensätze oft so, daß der italienischen Bravura seiner Eingangsthemen mit ihren donnernden Dreiklängen und rauschenden Skalen aufschlußreich widersprochen wird von der englischen Noblesse seiner Seitenthemen mit ihren wehmütigen Flektionen.

Wissen Sie, junger Mann, ich stelle mir oft vor, wie dieser mediterrane Jüngling vom Spleen seines aristokratisch gedämpften Milieus sich verschatten ließ, stelle mir vor, wie er beim Dinner an der Tafel im Dining Room von Steepleton Iwerne saß und hinausschaute durch die Stores der großen Fenster, hinaus über die fernen weiten Rasengründe des Parks, die solitären Eichbäume, hinter denen die Sonne unter Regenschleiern zur Neige ging, während die Gesellschaft in gepflegter Langeweile, im Ritual ihrer abgründig schwermütigen Alltäglichkeit sich erging, und wie die letzten Sonnenstrahlen dabei durch die Fenster schienen auf die soliden Mahagonimöbel und die, in schwere reichverzierte Goldrahmen gefaßten, italiänischen Landschaftsbilder an den seidentapezierten Wänden. So wird, stelle ich mir vor, dieser begabte Jüngling, dazu ausersehen, gleich einer lebenden Vedute an englische Wände und in englische Interieurs italienisches Licht zu werfen, einen Abglanz Roms und Neapels, nur zerstreut doch gleichwohl empfänglich das Idiom sich angeeignet haben, das Sie in den vielen Italianismen Englands wiederfinden, in Palladios Fassaden, in Hamiltons Antikenleidenschaft, in den künstlichen Wasserfällen, Grotten, Einsiedeleien und klassizistischen Pavillons jener Landschaftsgärten, die das Ufer der Themse als ein von Dichtern und Malern erträumtes, gleichwie von Reisenden und Historikern empirisch ausgeforschtes Abbild Arkadiens säumen; Ruinenlandschaften, die das Ideale wie das Natürliche im Zauberbann des Pittoresken zu beschwören suchen. Vor diesem Hintergrund dürfen wir uns die Dinnergespräche vorstellen in Steepleton Iwerne, die Blasiertheit, die abgründige Langeweile, die kleinen privaten Intrigen, die bedrohliche

Leutseligkeit, aber eben auch den zivilisierenden Einfluß von Maß und Form.

„He's in for a pretty considerable sum of money."

„Well, a penny saved is a penny gained."

„Gentlemen, please to take the ladies in to dinner. Will you kindly take your seats?"

„I've been out this morning, that has given me an appetite."

„First come, first served. May I have the pleasure of helping you to some soup?"

„I am really very sorry to have missed your delightful party last night, but I trust you will excuse my absence when you learn the cause."

„This bears out my theory."

„Give me the good old times!"

„Now let's have the beef, James."

„Will you have fat or lean, Sir?"

„A little of each. Half and half."

„Today our coachman has given us a month's notice."

„May I help you to some vegetables? How is your lawsuit getting on?"

„Try this cabbage, I think it will be your taste."

„Gentlemen, you have the dishes before you, help yourselves. Charity begins at home."

„This sauce could do with a little more salt. Don't take that amiss."

„May I trouble you for the bread? James, get me a few more potatoes, please."

„Allow me to pour you out a glass of wine."

„I thank you, Sir, but I must abstain from drinking wine."

„Obviously, my watch goes fast."

„How the time slips by!"

„Won't you have some dessert?"

„So far from having said anything of the sort, I maintain on the contrary that — "

„He's at his old tricks again, I see."

„Ladies, let's go to the drawing-room and leave the gentlemen to smoke."

„Let me offer you a cup of coffee. Do you take sugar? Two lumps?"

„The favour of your answer, Sir, can never be sufficiently acknowledged; and the speed with which you discharged so troublesome a task doubles my obligation. Nothing could do me greater honour than your invitation; nothing could be more flattering than the sentiments which you expressed by it; however — "

„Let's join the ladies now."

„Just listen to the rain! Shall we go and take a little walk?"

„I've no objection. Was just goin' to make the same suggestion. A rolling stone gathers no moss."

„I must trouble you to lend me an umbrella."

„No, let's stay at home. It's very dirty out of doors."

„Sir Henry Wotton's compliments to Sir Peter Beckford and he would be glad if Sir Peter were willing to take part in a picnic to Graham's Fields, the coach leaving punctually at three o'clock."

„I'll keep it in mind, James."

„Would Master Muzio be as kind as to play us some dainty little tune?"

Ach das ist aber reizend von Ihnen, junger Mann, daß Sie mir, während ich mich in meinen Phantastereien erging, noch einen Kaffee aus dem Automaten gezogen haben; nur muß ich den Becher leider verschmähen, ich könnte sonst keinen Schlaf finden heute nacht, die Bänke im Volkspark sind hart genug für meinen alten Rücken.

Als ich 94/95 in London spielte, praktizierte dort ein Augenarzt, ein Dr. Fiedler, von dem es hieß, er habe wiederholt gute Erfolge bei der Behandlung von Blinden erzielt. London galt damals geradezu als ein Eldorado guter Starstecher, wie es ja auch ein englischer *Quack* gewesen ist, der in Leipzig ein halbes Jahrhundert zuvor die erblindenden Augen Johann Sebastian Bachs endgültig ruiniert hat, nicht wahr, und so habe auch ich mich von Dr. Fiedler behandeln lassen und erlangte — *wonders! wonders!* — tatsächlich für kurze Zeit ein geringes Sehvermögen zurück, an dem mir freilich wenig lag, so gut hatte ich es mir in meinem Reich der Dunkelheit schon eingerichtet. Ja wirklich versagten mir die Finger den Dienst von dem Moment an, da mir ein wenig trübes Licht in die Pupillen drang und den inneren Farbensinn, dem mein Tastsinn vertraute und gehorchte, zu verdunkeln drohte, ich weiß, es klingt kaum glaubhaft, aber ich war zuletzt regelrecht froh, als diese kurzzeitige Einblendung, Überblendung sich wieder eindämmerte und mit dem Regenbogenspektrum der Töne auch die nervöse Empfindsamkeit der Fingerkuppen wiederkehrte. Man hatte mich in Wien schon überreden wollen, den Doktor Mesmer zu konsultieren, der mit Hypnosebehandlung bei der blinden Pianistin Marie Therese Paradis, der Schülerin Mozarts, einige Erfolge erzielt habe, aber Mesmer hing zu meiner Londoner Zeit bereits der Elektrotherapie im Geiste Voltas, Galvanis und Franklins an, die mir unheimlich war.

Also bin ich blind geblieben und habe mich bis heute in meiner Blindheit und chromatischen Synopsie gewissermaßen häuslich eingerichtet; freilich, moderne Ophthalmologen könnten mir vielleicht helfen mit einer Netzhaut-Transplantation, aber wozu, ich bin alt, ich habe die Herrlichkeit der Welt, von der mein Begleiter Boßler schwärmte, die Landschaft um Salzburg oder Neapel oder die Themse bei Richmond nie gesehen, und jetzt wäre es zu spät, ohnehin könnte ich jetzt keine Behandlung mehr bezahlen, von Reisen ganz zu schweigen.

Clementi ist jahrelang auf Reisen gewesen. Zunächst als Virtuose, dann auch als erfolgreicher Geschäftsmann mit wechselnden Compagnons, als Handelsvertreter, Agent und Repräsentant des Musikalienverlags und der Klavierbaufirma *Longman, Broderip, Collard, Davies & Co.* immer unterwegs zwischen London, Paris, Wien und St. Petersburg. Alles, was er bei Beckford gelernt hatte, kam ihm jetzt zugute: gesellschaftlicher Schliff, einnehmendes, gewinnendes Gebaren, Sprachkenntnisse, Bildung, Sinn für Geld und Gewerbe, Zähigkeit, Widerstandskraft gegen die Strapazen des Reisens. In Wien hat er mit Beethoven englische Publikationsrechte an mehreren von dessen großen Werken ausgehandelt, das muß ein Alptraum für jeden Musikverleger gewesen sein, denn erst einmal galt es, den Kordon zu durchbrechen, den Beethovens Entourage, diese Schindlers, Schuppanzighs, Holze und wie sie alle hießen, um ihren tauben Meister gezogen hatten; sodann waren Gespräche mit dem Meister, der zumeist kränkelnd, mißtrauisch und übellaunicht gewesen ist oder, wenn er bei guter Stimmung war, sich an Demütigungen und kaustischen Scherzen auf Kosten seiner Getreuen vergnügte und nur mit Hülfe von Konversationsheften oder gießkannengroßen Hörrohren sich verständigen konnte, eine Herausforderung an Geduld und Taktgefühl und Verhandlungsgeschick seines Geschäftspartners, beinahe ebenso mühsam wie die Gespräche, die Griesinger im Auftrag Breitkopf & Härtels mit dem skrupulösen, müden, zögerlichen, um jeden Kreuzer feilschenden greisen Haydn führte.

Berühmt geworden ist Clementis Klavierwettbewerb mit Mozart vor Kaiser Joseph II.; Sie haben vielleicht schon einmal davon gehört, nein? Nun, Mozart hat seinem Vater hernach geschrieben, jener sei ein bloßer Mechanikus; er spiele gut, wenn es auf die Exekution der rechten Hand ankomme, dies gebe er zu, seine Force seien die Terzenpassagen; ansonsten aber habe er um keinen Kreuzer Gefühl oder Geschmack. Daß er von diesem Urteil nichts würde zurücknehmen wollen, zeigt sich daran, daß er zwei Jahre später schrieb, Clementi sei ein Scharlatan wie alle Welschen, und seiner Schwester abriet, dessen Sonaten zu spielen: ein Verdikt, das diesem zum Glück nie unter die Augen gekommen ist, denn er, der Mozart verehrte, auch wenn er dessen Spieltechnik, ein détaché-Spiel, das mit der Wiener Klaviermechanik eng zusammenhängt, nicht pflegte, sondern das gebundene Spiel bevorzugte, das ihm der Instrumentenbau Broadwoods oder seiner eigenen Fabrikation nahelegte — Clementi also wäre gewiß am Boden zerstört gewesen, Gefühl und Geschmack waren ja, nicht wahr, die Zentralkategorien seiner Epoche, während Spieltechnik zwar vorausgesetzt wurde, in Mozarts Akzentuierung jedoch als Geläufigkeit, als „bloße Mechanik", wie ein Zerrbild, eine Karikatur von Metierbeherrschung erscheint: als eine Verselbständigung der Mittel gegenüber jenen Zwecken, auf die es, als ihren Gehalt, in der Musik doch vor allem ankomme. Ein Ciarlattano aber ist ein Kurpfuscher, Gaukler, Possenreißer und Zauberer, ein musikalischer Quacksalber aus dem Reich der Commedia dell'arte, der jene Gehalte bloß behauptet, statt daß er sie in der Idee sinnlich aufscheinen ließe. Daß aber „alle" Welschen Scharlatane seien, nämlich Blender und Effekthascher, gehört zu jenem Fundus von Ressentiments, an dem Vater und Sohn nie arm waren — Ressentiments, die allerdings aus unvergleichlicher Metierkenntnis erwuchsen —, und wenigstens ein Teil jenes harschen Urteils über Clementi mag, wie so oft, dem Impuls geschuldet gewesen sein, es dem Vater rechtzumachen, dem im Grunde nur teutsche Musik als echt und wahr galt.

Mozart ist zu früh gestorben, als daß er Clementis weitere Entwicklung hätte verfolgen können. Dessen letzte Sonaten und Capriccios, die sich sternenweit von seinen frühen entfernen und in Regionen vorstoßen, die sonst nur der späte Beethoven betreten hat, gehören, wiewohl sie den

Boden eines noblen Klassizismus — ihren Empire-Stil sozusagen, jedenfalls ihr englisches Erbe — nie verlassen, zu den kühnsten Konzeptionen in der Geschichte der Klaviermusik, vergleichbar nur den 36 Fugen von Reicha. Sehen Sie, junger Mann, da erzählen Sie mir, daß Sie in Ihren Klavierstunden Clementis *Gradus ad parnassum* durchbuchstabiert haben, und genau darin steckt der ganze Jammer, denn jeder Pianist kennt diese Lehrbuch-Etüden, kennt den Akademiker, aber keiner den Experimentator, den Mozart durchs Medium seiner Rancune hellhörig genug wahrgenommen hat, einen Komponisten, der Virtuosität, Pedalgebrauch, rasende Dreiklangs- und Oktavläufe, extreme Griffe und Lagen später nur noch in den Dienst der Auslotung expressiver Valeurs gestellt hat.

Diese Entdeckerwut aber war ein Ausdruck von Leidenschaft, und Clementi war auf dem Grund seiner englischen Contenance eine leidenschaftliche Natur von südländischem Temperament. Einen Aufenthalt in Lyon nutzte er dazu, die Tochter des Bankiers Imbert erst zu verführen, dann zu entführen; er floh mit ihr in die Schweiz, wo ihm die Polizei allerdings so zusetzte, daß er, um sich aus der Schlinge zu ziehen, die Geliebte zurückließ. Weniger hitzig, dafür sein späteres Leben schwermütig verschattend, geriet sein Werben im Berliner Kreise Varnhagens um die siebzehnjährige Caroline Lehmann, die er 1804, als Zweiundfünfzigjähriger, denn auch zur Gattin gewann, ein Glück, das mit dem Tod der geliebten Frau im Kindbett schon ein Jahr später ein bitteres Ende nahm.

Diesen Verlust hat er nie verwunden, auch wenn er später ein zweitesmal sich verehelichte, mit Emma Gisborne, die ihm zwei Töchter und zwei Söhne schenkte. Fürs erste suchte er die Anfälle von Schwermut und Verzweiflung, die ihn heimsuchten, durch manische Betriebsamkeit zu verscheuchen, er komponierte, unterrichtete, ging auf Reisen, trieb Handel, gründete die Philharmonic Society, begann eine Encyclopädie der Musik und erntete mit seinen späten Symphonien Triumphe auf den Podien von Weimar und Berlin, Wien und Paris.

In einer von ihnen, der Grand National Symphony, verarbeitet er das Lied „God save the King" und schuf mit dieser Apotheose des britischen National-Anthems einen tiefsinnigen Hymnus an die Größe Britanniens, ein Denkmal der schönsten und innigsten Dankbarkeit, die er für sein Gastland empfand, so daß um so rätselhafter bleibt, warum er keine dieser späten Symphonien in seinem Verlage gedruckt herausbrachte. Wollte er sich auf diese Weise das Aufführungsmonopol sichern? Sah er seine Werke mit den Skrupeln des Alters und, wie alle Komponisten des neunzehnten Jahrhunderts, eingeschüchtert von den kompositorischen Standards Beethovens, für so geringwertig an, daß sie einer Publikation unwürdig seien? Oder schwindelte ihm vor dem Abgrund, der zwischen seiner Herkunft aus dem römischen Barock und dem kühn vorwärtsgerichteten Blick dieser Werke ins späte neunzehnte Jahrhundert klaffte? Das ist schön, junger Mann, daß Sie jetzt lachen, das höre ich gern, Sie haben ja recht, Ihr Lachen meint: Was soll *ich* da erst sagen, deren Leben als eine Brücke schwindelerregend über mehr als zwei Jahrhunderte sich spannt?

Als Muzio Clementi mit achtzig Jahren auf seinem Landsitz in Evesham starb, gerieten die Autographe und Stimmen dieser grandiosen Werke in den Besitz seines Neffen, des Reverend Clementi-Smith, dessen Dienstmädchen einen Teil der Blätter eines Tages versehentlich zum Müll beförderte. Was übrig blieb, gelangte nach dem Hinschied des Geistlichen zum Teil ins British Museum, zum Teil an einen Historiker und Sammler, dessen Nachlaß von Sotheby's an die Congress Library in Washington verkauft wurde, wo er dann ein halbes Jahrhundert lang seinen Dornröschenschlaf schlief, bis erst in Ihrem Jahrhundert, junger Mann, das Puzzle dieser über die halbe Welt verstreuten Fragmente so zusammengesetzt und die Leerstellen so rekonstruiert werden konnten, daß ein Aufführungsmaterial zustande kam, welches freilich nicht hindern konnte, daß die zerrissene Kontinuität der Wirkungsgeschichte und die Exterritorialität dessen, was ich die englische spätklassische Schule nenne, eine begeisterte Übernahme der Symphonien ins Pantheon der Werke bis heute nicht zuließen, oder haben Sie schon je auf einem Konzerthausplakat gesehen, daß ein Dirigent von Rang eines dieser Werke aufs Programm gesetzt hätte?

Nein, junger Mann, für meine Glasharmonika hat Clementi nichts komponiert; er entschuldigte sich, überaus höflich, mit „Arbeitsüberlastung", aber ich vermute, daß ihm der Klang meines Instrumentes schlicht zu dünn war, zu dürftig, zu wenig geeignet für den flamboyanten Stil und die Constable-Farben seines Komponierens. Warum ich dann so ausführlich von ihm erzähle, fragen Sie? Weil Clementi ein Musterbeispiel darstellt für Englands kulturelle Adaptionsfähigkeit, ach was red' ich, es ist ja viel mehr, eine Lust an Überschneidung, Kreuzung, Mixtur, ein schönstes Beispiel für das, was herauskommt, wenn zwei fundamental verschiedene, aber ineinander verliebte große Kulturen sich einander zuwenden und da, wo sie sich punktuell vereinigen, ein Drittes zeugen, aus dem eine Art Sehnsucht spricht, wie sie ja oft aus Überblendungen, aus Ambivalenzen hervorscheint; schon Jahrhunderte zuvor erwiesen solche Überkreuzungen ihre Fertilität, als etwa die Normannen Italiens Küste um Amalfi besiedelten oder zur Zeit der Königin Elisabeth die Sonette des Sorrentiners Tasso oder die Madrigale der Musica Transalpina hinübergelangten auf die neblichte Insel. Was wäre Purcell ohne den Generalbaß, der in Florenz und Mantua ein erstes Mal erklang, was George Frideric Handel ohne die Concerti, die in Venedig oder Bologna gedruckt wurden?

Ist Ihnen bewußt, junger Mann, wie viele Romanismen die englische Sprache zwischen *parlando* und *parliament* enthält? Bedenken Sie doch, daß alle Opernhäuser in London selbstverständlich Italienische Oper brachten, nicht deutsche oder französische oder nationalenglische; bedenken Sie, daß zur Kavalierstour jedes jungen Gentleman nicht notwendig Deutschland, nicht notwendig Frankreich, auf jeden Fall aber ein langer, mitunter jahrelanger Aufenthalt in Italien gehörte, wo schließlich die klassische Antike, die aller schönen Gesittung den Maßstab setzte, wenn auch nur in Trümmern so doch bis zum Anfassen *gegenwärtig* sich zeigte und in all ihrem Reichtum studiert werden konnte und sollte zum Nutzen des Kontemporären, ja Zukünftigen. Sir Christopher Wrens St. Paul's Kathedrale wäre ohne Buonarottis S. Pietro nie entworfen worden; Palladios Villen, gebaut nach den klassischen Maßen von Säule und Portikus, stehen im Veneto ebenso wie in Sussex und Kent; Englands Landschaftsgärten, die zum Seelenvollsten, Bewegendsten zählen, was menschliche Kultur je angelegt hat, überführen mit ihren Tempeln, Schafweiden, Pavillons, Grotten und Ruinen das Arkadien des Südens ins milde Regennaß und unter das gedämpfte Licht nördlicher Küsten. Nichts davon sah ich selber je mit eigenen Augen, doch Boßler hat es mir geschildert, schon das sättigte mich mit Glück, wenn ich in Hampstead Heath ihm eingehängt zur Seite stand und tief Atem holte im Wind, der vom nahen Meere heranstrich über Wiesengründe, Dünen und Kornfelder und mir die Wange streichelte, das Haar mir strähnte.

Und das führt mich zurück zu Sir Peter Beckford und seinem Cousin William. Beide waren nämlich gut befreundet mit William Hamilton, der zwei Jahre nachdem Benjamin Franklin meine Glasharmonika in London erfunden hatte, als Gesandter an den Hof König Ferdinands von Neapel ging. Dieser Hamilton, mit dem die Beckfords korrespondierten und den sie auf ihren Italienreisen besuchten, wo sie sich von ihm herumführen und recommendieren ließen, war ein universal gebildeter, polyglotter, weltmännischer Diplomat, Gelehrter und manischer Sammler, der in den vorrevolutionären, vornapoleonischen Jahren noch genug Muße zur Pflege von Kunst und Wissenschaft hatte; er war es, der Franklins Nichten Anne und Cecily Davies, die mit Clementis Compagnon Davies weitläufig verwandt waren, Ende der 60er Jahre, nachdem sie in London und Dublin, Wien und Paris die neue Maschine ihres Onkels vorgestellt hatten, zu einem Harmonika-Konzert an den neapolitanischen Hof lud, wo sie der Aufmerksamkeit des Königs sicher sein konnten, der selber ein Liebhaber ausgefallener, skurriler Instrumente war und über ein Reich regierte, in dem überhaupt das Barocke und Bizarre immer schon eine günstige Heimstatt gefunden hatte.

Als Sir William 1764 seinen diplomatischen Dienst im Königreich beider Sizilien antrat, das im Macht- und Interessenbereich Spaniens und Habsburgs lag, war Neapel, die zweitgrößte Stadt Europas, eine übervölkerte, malerische, ebenso schöne wie schockierende Kapitale, in der Schmutz und Kultiviertheit, Luxus und Elend sich beilagen, überwölbt vom aktiven Vesuv mit seinem bei Tage rauchenden und bei Nacht feuerleuchtenden Krater. Der Berg beherrscht und durchdringt ja auch heute noch, da er keine Flammen mehr speit, alle Lebensbereiche Kampaniens von der landwirtschaftlichen Nutzung und Bebauung des vulkanischen Bodens bis hin zu den religiösen Bräuchen und Zeremonien; der verzückte Glaube des Volkes an das Wunder des San Gennaro, die Verflüssigung seines hochheiligen Blutes beim großen Vulkanausbruch von 1631, nährt sich am Menetekel der fließenden Lava ebenso, wie es die naturwissenschaftlichen Spekulationen der Gelehrten taten, die in Hamiltons Ära noch die Kraft zur Integration besaßen, sich ein letztesmal vor der Zersplitterung in unverbundene Disziplinen aufrafften zur universalgelehrten Synthese ihrer Erkenntnisse. Als zweiundzwanzig Jahre später Goethe in Neapel bei Hamilton zu Gast weilte, begegnete er einem Vorbild, einem Gelehrtentypus, dem er selber nacheifern würde: aufgeklärt und von schöner Menschlichkeit, gleich künstlerisch wie szientifisch gebildet, ein Forscher, für den Musik, Dichtung und Malerei, erdgeschichtliche *natural philosophy*, Antikenrezeption und kunsthistorische Studien eines Sinnes waren.

In den ersten, ich vermute: glücklichen zwei Dezennien seines Dienstes scheint Sir William, wenn Sie mir, junger Mann, den burschikosen Ausdruck erlauben wollen, in diplomatischem Betracht eine ruhige Kugel geschoben zu haben. Haklige Negotiazionen und Verwicklungen, Revolution, Krieg, Flucht und Lazzaroni-Aufstand lagen noch in weiter Ferne; die Kämpfe zwischen Krone und kolonialem Kronjuwel bereiteten dem Botschafter im fernen Neapel zwar Verdruß und Sorge – andererseits: Amerika lag fern; selbst da die vereinigten Staaten mit Frankreich einen Allianztraktat schmieden, den Benjamin Franklin vermittelt hat, erkennt noch kaum jemand jenseits des alten Kolonialdualismus am Horizont die Heraufkunft epochaler Umwälzungen. Fürs erste hat Hamilton alle Zeit der Welt für seine Studien. Ich stelle mir vor, wie er vor seinem Schreibtisch sitzt am schmalen geöffneten Balkonfenster, durch das der Blick fällt über den Golf und die Inseln bis zum Posilipp, während seine Gattin Catherine Barlow, die eine exzellente Musikerin ist, das Fortepiano spielt oder die Glasharmonika. Dünne Mullgardinen wehen sacht im Luftzug, in der Ferne raucht der Vesuv, weiße Segel sprenkeln das Tyrrhenische Meer. Unterdes haben die Ausgrabungen von Herculanum und Pompeji begonnen; Hamilton fördert und beaufsichtigt die Arbeiten und dokumentiert sie mit einem Tafelwerk, das 1777, von farbigen Kupfern prächtig illuminiert, in London erscheinen wird.

Gewaltige Schätze häufen sich in seinem Palais: pompe-
janische und etruskische Vasen, Münzen, Büsten, Torsi;
schon ein Jahr nach seiner Ankunft hat er die große Vasen-
Sammlung aus dem Haus Porcinari angekauft, die er mit
Kupfern und Farbtafeln von Tischbein unter dem Titel
Antiquités étrusques, grecques et romaines in Neapel und
später in Florenz dokumentieren läßt. Ein ums andere Mal
läßt er sich von Bergführern auf den Vesuv ziehen, wo er
seinen Vulkanismus-Studien obliegt, die er in London publizieren wird: *Observations on Mount Vesuvius etc.*, und
Campi Phlegraei; studiert, erörtert, angezweifelt, bewundert, von Forster, von Goethe, von der Zunft der Forscher
und Gelehrten ganz Europas.

Inmitten dieser glücklichen zwei Dezennien bin ich
zur Welt gekommen, junger Mann, in dem selben Jahr, da
auf eine italienische Ode Metastasios in Wien der alte Jo-
hann Adolf Hasse, *il Sassone divino*, der noch unter König
August gedient hat als Opernkapellmeister in Dresden,
eine Kantate für Anne und Cecily Davies mit dem Titel
„L'Armonica" komponiert; Cecily studiert Gesang bei
Hasses Gattin, der venezianischen Primadonna Faustina
Bordoni; diese Kantate für Sopran, Glasharmonika und
Orchester wird zu Ehren der Vermählung der Erzherzogin
Maria Amalia mit dem Herzog von Parma in Schönbrunn
uraufgeführt und hilft den englischen Schwestern, sich mit
Unterstützung Christoph Willibald Glucks am Hof Maria
Theresias zu etablieren, wo Anne die kaiserlichen Töchter,
darunter Marie Antoinette, die künftige Königin Frank-
reichs, an der Harmonika unterrichtet.

Im folgenden Jahr, da der deutsche Hofmaler König
Ferdinands, Jakob Philipp Hackert, unter Hamiltons
Ägide seine ersten Vesuv-Studien unternimmt, führen
die englischen Schwestern das Werk in Neapel auf. Das
Auditorium beehren mit ihrer Anwesenheit il Re Ferdi-
nando von Bourbon e la Regina Karoline, Tochter Maria

Theresias; il Ambassadore di Vienna Graf Kaunitz e la Signora, nata Principessa d'Öttingen; il Marchese Tanucci e la Marchesa; il Ambassadore d'Inghilterra Esq. Hamilton e la sua Signora; la vecchia Principessa di Belmonte Pinelli; la Principessa di Francavilla; la Duchessa di Calabritto; la Marchesa d'Onofrio, kurz, alles, was Rang und Namen hat in der Hauptstadt. 150 Zechini bringt das Konzert ein. Der König geruht sich huldvoll für die bizarre Maschine aus Inghilterra zu interessieren, macht aber deutlich, daß er seiner geliebten Drehleyer, der *Lira organizzata*, weiter den Vorzug gebe. Hamilton, dessen Privatvermögen die Staatsschatulle beider Sizilien übersteigen dürfte, hat sich unterdem bereits eine Harmonika in London bestellt, die soeben zu Southampton in ein Frachtschiff mit Kurs Genua-Neapel-Palermo verladen wird.

Nur wenige Wochen später findet zu Füßen des Vesuvs eine nicht weniger spektakuläre musikalische Akademie statt; es konzertiert der vierzehnjährige Mozart, ein schon recht welt- und sprachgewandter Bursche, den viele im Publikum noch als püppisches Wunderkind in Erinnerung haben. Als ich Mozart '91 in der Rauhensteingasse besuchte, las er mir auszugsweise aus den Briefen vor, die sein Vater, der ihn seinerzeit begleitete, an seine daheimgebliebene Gattin aus Neapel geschrieben hatte. Ich sagte es ja schon, mein Gedächtnis war damals noch gußeisern; daher ich alles behalten habe und bis ins Kleinste wiederholen kann.

„Wir haben unsere schönen düchene Kleider in Rom gelassen," schreibt er am 19. Mai 1770, „und haben unsere 2 schöne gallonierte Sommerkleider anlegen müssen. des Wolfg: seines ist Rosenfarbener Moar, doch von so besonderer farb, daß es in Italien Colore di fuoco oder feuerfarb genänet wird: mit silbern spitzen, und Liechthimmelblau gefüttert. Mein Kleid ist eine Art von zimmetfarb, ein piquierter florentinerzeug, mit silbern spitzen und Apfelgrün gefüttert. Es sind 2 schöne kleider, die aber, bis wir nach Hause kommen, wie die alten Jungfern aussehen werden. gestern abend besuchten wir den Englischen gesandten Hamilton (unsern bekannten aus London), dessen frau ungemein rührend das Clavier spielt, und eine sehr angenehme Person ist. Sie zitterte, da sie vor dem Wolfg: spielen sollte. sie hat einen kostbaren flügl aus Engelland vom Tschudi, mit 2 manual und die Register mit einem Pedal um solche mit dem fuß abzuziehen. wir fanden Mr: Beckfort und M. Weis bekannte aus Engelland alda."

Wie klein war die Welt der Gebildeten in jenen Tagen, nicht wahr, junger Mann? Mit Beckford ist William d. J. gemeint, nicht Sir Peter aus Dorset; Vater Mozart traf ihn zuvor schon in Rom, und in früheren Jahren mit Hamilton in London; doch hören Sie weiter, wie schön Leopold erzählt.

„Eines der schönsten sachen ist der tägliche paßeggio, wo die Nobleße in einigen hundert Kutschen alla Strada nuova e al Molo abends bis nach Ave Maria spatziren fährt. die Königin fährt öfters mit, aber alle Sontage und feyrtäge gewiß. da diese spazierfarth am Meer ist; so schiesset man auf den schiffen, wenn die Königin mitfährt, und rechts und Links halten die Kutschen stille, und grüssen die Königin, wenn sie durchfärth. so bald es ein wenig Abend ist, werden bey allen Kutschen die flambos angezindet, um eine Art von Illumination zu machen," heißt es am 5ten Junii, und vier Tage später schreibt Vater Mozart an seine daheimgebliebene Frau: „Es ist auf eine gewisse Art schade, daß wir nicht länger hier verbleiben können, indem verschiedene artige Sachen den Sommer durch hier zu sehen sind; und eine beständige Abwechselung der früchte, kräuter und Blumen, von Wochen zu Wochen hier zu sehen ist. die Lage des Ortes, die Fruchtbarkeit, Lebhaftigkeit, Seltentheiten etc: hundert schöne Sachen machen mir die Abreise aus Neapl traurig: die Unfläterey, die Menge der Bettler, das abscheuliche volk, ja das gottlose volk,

die schlechte Erziehung der Kinder, die unglaubliche aus-
gelassenheit so gar in den Kirchen macht, daß man auch das
gute mit ruhigerem gemüthe verlässt. Ich werde nicht nur
alle Seltenheiten in vielen schönen Kupferstichen mitbringen, sondern habe auch von Mr: Meuricoffre eine schöne
Sammlung von Lava des Vesuvii erhalten, nicht von der
Lava so iederman leicht haben kann: sondern untersuchte
Stücke mit der Beschreibung der Mineralien, so selbe in
sich halten; die rar sind, und nicht leicht zu bekommen.
Den erschrecklichen Aberglauben und die Menge der gott-
losisten Abgötterey, so das hiesige volk hat, könnte dir hier
in kürze nicht beschreiben. du must aber nicht unter dem
volk die Lazaroni allein verstehen, nein! auch Leute von
distinction sind voll des Aberglaubens."

Leopolds letzter Brief aus Neapel vom 16. Juni zeigt
noch einmal in aller Deutlichkeit, junger Mann, wie irrig
es wäre, wenn man seine Konzertreisen mit dem Sohn
als rücksichtslose Überforderungen, als schikanöse Mal-
traitements und Dressurakte um des Geldes und Ruhmes
wegen ansähe. *Wenn ich unter Weegs krank war, saß mein
Vatter nächtelang bey mir am Bett und hielt mir die Hand,*
erzählte mir Mozart, und: *Alle Reisen waren für ihn immer
auch Bildungsreisen, die nicht nur zu meiner Fortün in
der musikalischen Welt, sondern zur Erweckung meines
Geistes und Schulung des Geschmaks auf der Grundlage eines ächten toleranten, aufgeklährten Christentums dienen
solten.* „Den 13. am St: Antoni tag, würdest du uns nicht
auf dem Meer gesucht haben. Wir sind um 5 uhr morgens
in einem wagen nach Pozzolo gefahren, und dort vor 7
uhr angelangt, uns zu schif gesetzt und nach Baja gefahren
alda die Neronischen bäder, die unterirdische Grotten der
Sybilla cumana, il Lago d'averno, il Tempio di Venere,
Tempio di Diana, il Sepolchro d'agripina, die Eliseischen
felder oder Campi elisi, das todte Meer, wo der Charon
schifman war, la piscina mirabile, und die Cente Camerelle

etc: im Rückweg viele alte bäder, tempel, unterirdische Zimmer etc: il monte nuovo, il monte gauro, il molo di Pozzoli, il Colißeo, la Solfatara, l'Astroni, la grotta del Cane, und il Lago di Agnano etc: vor allem aber la grotta di Pozzuoli, und das Grab des Virgilii gesehen.

Heut sind wir Mittags zu speisen auf der höhe à S: Martino bey den Carthäusern gewesen, und haben nach dem tische alle seltenheiten und kostbarkeiten dieses Orts gesehen, und die Aussicht bewundert. Montag und Erchtags etc: werden wir den Vesuvium etwas näher betrachten, Pompea und Herculanum die Stätte so man ausgrabt und die bereits gefundenen Seltenheiten bewundern, Caserta etc: und Capo di Monte besehen etc: welches alles Geld kosten wird. Man muß alle seltenheiten zu sehen allezeit eine flambo mit haben, indem *vieles unter der Erde ist.* Ich und der Wolfg: waren mit unserm bedienten ganz allein, wir hatten 6 schifleute und den Cicerone, die alle ihre Verwunderung nicht bergen konnten den Wolfg: zu sehen, indem die 2 alten graubarteten schifleute sich erklärten niemals einen so jungen knaben dieser Orts gesehen zu haben, welcher diese Alterthümmer zu sehen an diese Orte gekommen wäre." Mozart setzt eine kurze Nachschrift hinzu: „Ich bin auch noch lebendig, und bin beständig lustieg wie allzeit, und *reise gern*: nun bin ich auf dem Merditeranischen" – ja, Sie haben recht, es klingt nach *merde* – „auf dem Merditeranischen meere auch gefahren." Das Wortspiel ließ ihm der Vater durchgehen, ebenso den Widerspruch, daß, wo dieser schreibt „Der Vesuvius hat mir das vergnügen nicht gemacht sich brennend oder vielmehr feuerspeiend zu zeigen; man sieht sehr selten ein wenig rauch," bei jenem auf gut Salzburgisch zu lesen ist „Heunt raucht der Vesuvius starck, poz bliz und ka nent aini."

Drei Jahre später besuchen Vater und Sohn den Magnetiseur und Hypnose-Arzt Dr. Franz Anton Mesmer im Wiener Bezirk Landstraße. „H: v Messmer spielte uns auf der Harmonica, oder dem GlasInstrument der Miss Devis, und recht gut! es hat ihn das Instrument bey 50 duccatten gekostet: dann es ist recht schön gemacht. der Garten ist unvergleichlich mit prospecten und Statuen, Teater, VoglHauß, taubeschläg, und in der Höhe ein Belvedere in den Brater hinüber." An seine daheimgebliebene Frau schreibt Leopold drei Wochen später noch einmal: „Weist du das der H: v Messmer recht gut die Harmonica der Miß Devis spielt? er ist der einzige der es in Wienn gelernt hat, und hat eine viel schönere Gläser Machine als die Miß Devis hatte," und fügt den Seufzer bei: „der Wolfg: hat auch schon darauf gespielt, wenn wir nur eine hätten."

Nach den glücklichen sechziger und siebziger Jahren wird ein neues Kapitel aufgeschlagen. Mozart wagt 1781 den Schritt in die prekäre Existenz des freien Künstlers. Im Jahr darauf ziehen dunkle Wolken am Horizont auf. Hamilton verliert seine geliebte Gattin durch Krankheit. Größere Studien wird er nicht mehr publizieren. Verwaist stehen die Harmonika und das Fortepiano zwischen den Vasen, Büsten und Torsi des Palazzo. Ein weiteres Jahr später tritt England den Canossagang nach Versailles an und paraphiert zähneknirschend, daß Amerika Republik wird; der Verlust des Kronjuwels bleibt ein nationales Trauma; die junge Demokratie beflügelt die Freiheitsträume in ganz Europa, vor allem im revolutionär gärenden Frankreich, das, sollte es nach einem republikanischen Umsturz seine Verfassung nach amerikanischem Vorbild prägen, zur ohnehin seit Jahrhunderten bestehenden Erzrivalität mit Britannien eine Schwungkraft entwickeln könnte, deren alles überrollender und hinwegfegender *élan vital* zu einer enormen Bedrohung des Bestehenden sich auswüchse. Abzusehen sind schon jetzt neue Kriege, neue, rasch wechselnde Allianzen, taktische Stratageme und Komplotte, geschlossene und wieder gebrochene Waffenstillstände,

Heeresaufmärsche und Okkupationen, Handelsbeschränkungen und Zollbarrieren, Steuererhöhungen, leere Kassen und Inflation, verwüstete Ländereien, geplünderte Kunstschätze, Volksaufstände, Labilität und Fragilität allerorten, Verhältnisse so zerbrechlich wie Glas. Kein Stein wird auf dem anderen bleiben; Grenzlinien werden neu gezogen; ein hergelaufener Korse mischt ganz Europa auf; Staaten und Staatsformen kommen ins Wanken; Wissenschaft und Künste, Dichtung und Philosophie brechen zu völlig neuen Ufern auf. Aber was schwätze ich altes Weib daher, Sie, junger Mann, wissen das alles ja selbst und viel besser als ich, nicht wahr?

Möchten Sie wissen, wie sie weitergeht, meine Geschichte? Dann bitte ich Sie: reichen Sie mir doch einmal meinen Strickbeutel herüber, der dort über der Lehne hängt, oder nein, greifen Sie selber hinein, bitte, und ziehen Sie sich die Mappe heraus, die darin stecken muß, ganz unten, eine orangefarbene Pappmappe. Haben Sie sie? Gut. Ich muß Sie jetzt alleinlassen und wieder draußen neben die Türe mich aufs Trottoir hocken, damit mir heute noch jemand eine Münze hineinwirft in meine Haube, oder einen Knopf. Die Mensa schließt erst am späten Nachmittag, bis dahin können Sie geruhig den Inhalt der Mappe durchblättern und lesen, was immer Ihnen in die Augen sticht, ich komme dann vor dem Schließen wieder zu Ihnen und Sie dürfen mir den Packen sodann wieder im Strickbeutel verstauen, abgemacht? Recht so?

Bei den Blättern in der Mappe handelt es sich um Aufzeichnungen, die meinem Freund und Begleiter Boßler im hessischen Asmannshausen zum Geschenk gemacht wurden und aus denen er von Zeit zu Zeit mir vorgelesen hat, nämlich um den Bericht eines flottenärztlichen Feldschers im Dienst der englischen Kriegsmarine, eines jungen Mediciners, an dessen Namen ich mich jetzt nicht mehr erinnere und der als Gehülfe des Wundarztes Admiral Nelsons,

Dr. Howard Walpole — nicht verwandt mit dem Premier und dessen Sohn, dem Erbauer von Strawberry Hill und dem Autor des *Castle von Otranto* — vor der Kulisse zuerst des Vesuvs und sodann der kaiserlichen Hofburg zu Wien die denkwürdigen Ereignisse um Hamilton, Lady Emma und den Sieger von Abukir teils zu Schiff, teils zu Lande, aus nächster Nähe und doch in gebührendem innerem Abstand begleitet und sich notiert hat unter Beifügung einiger Einschübe, die Boßler, ohne Gewähr für eine korrekte Transkription, sich abzuschreiben für der Mühe wert befand. Höre ich jemanden vorlesen aus diesem Konvolut, will mir immer scheinen, als mische sich in Schlachtenlärm, Konversation und vulkanisches Beben auch etwas vom sirrenden Schwingen und Klirren meiner Harmonika hinein, das die Bilder der Geschichte unscharf werden läßt wie verwackelte Daguerrotypien aus zittriger Hand. Alsdann bis später, junger Mann!

4. Es (weiß)

Weiß, rot und blau knattert die Flagge am Besanmast in
steifer Brise aus Südwest; als *Weißes*, *Rotes* und *Blaues Ge-*
schwader werden unsere drei britischen Flotten geführt.
Mit weißen Schaumkronen rollt die Tyrrhenische See
blau wie getemperter Stahl aus Sheffield; weiß gleißt und
blendend die Mittagshelle, und die letzten Reste der Blutsfarbe haben soeben Tatler, Starbuck und Idler vom Deck
gescheuert mit Schrubber und Soda, Meerwasser, Natron.
Der Sieg ist unser; Frankreich ist geschlagen vor Ägypten,
und das Rot, mit dem der Brite diese ersten Augusttage des
Jahres 1798 in die Annalen seiner Geschichtsbücher ein-
schreibt, wird als Blutsfarbe nur dem noch erkennbar sein,
der es mit eigenen Sinnen erfahren hat, das Schlachten und
Morden auf See, das Donnern, Bersten und Splittern von
Holz und Eisen, das Gebrüll der Verstümmelten und Sterbenden, die niederkrachenden Masten, die explodierenden
Pulverfässer, den Einschlag der Zwölfpfünderkugeln, die
zerrissenen Gliedmaßen, das Lodern und Brennen von
Tauwerk und Segeltuch und im himmelhoch aufschlagen-
den Lohen der Brände, im Widerschein des flackernden
Glosens auf dem Wasser die treibenden Trümmer, die

Toten und, schlimmer noch, die lebendig über Bord Gefegten, die mit ihren Armen panisch gegen das Ertrinken anrudern und um eine Hülfe schreien, die doch niemand in dem unbeschreiblichen Lärm und Getümmel ihnen gewähren kann. Ja, ihr Geschichtsschreiber, die ihr eure Pupillen bewegt über Chroniken und Logbüchern und kalten Herzens über Karten euch beugt, um auf ihnen eure Fähnchen einzustecken, Aufmarschterrains zu verschieben und die Pfeile der Frontlinien mal hierhin, mal dorthin zu rücken: Nicht habt ihr's am eigenen Leibe erlebt, das unendliche Leid; und daher wird euch immer verschlossen bleiben, daß sich für den, der im Felde steht, Krieg nicht in großen Stratagemen, in taktischen Manœuvres und Gebietsgewinnen oder Materialverlusten saldiert, sondern in den engen und dabei doch unauslotbaren Grenzen des Einzelnen als Leid nur, als Schmerz des Körpers und der Seele sich zuträgt. Wie dann ließe Militärhistorie sich anders schreiben denn als wirres, zufälliges, in jedem Augenblicke neu sich configurierendes Muster aus den individualen Erfahrungen eines letzthin Unsagbaren?

Voilà, hier habt ihr eure Manœuvres, eure Stratageme: Im Mai dieses Jahres begann Bonaparte seine ägyptische Kampagne. Mit 35 000 Soldaten war seine Flotte besetzt, als sie Toulon verließ, zuerst Malta besetzte, dann Alexandria und schließlich Kairo den Mamelucken entriß. Dem Korsen schien Englands Seeherrschaft im Mittelmeer schwach genug zu sein, um sie brechen zu können; drei ganze Tage, vom 1. bis zum 3. August 1798, hat das Gemetzel gewährt vor der Mündung des Nils. Zunächst war die Stellung der Franzosen vorteilhaft, aber dann gelang es unserer *Irresistible*, ihre Linie zu durchbrechen und das Admiralsschiff *L'Orion* in Brand zu schießen. Schrecklich der Moment, da es aufflog; grauenvoll der Anblick des zweiten Tages, da die *Artèmise* und die *Timoléon* brannten, bis letztere mit ohrenbetäubender Wucht explodirte. Die

Guillaume Tell, die *Généreux*, die *Diane* und die *Justice* ergriffen die Flucht und wurden verfolgt; die übrigen Schiffe des Feindes strichen die Flagge. Unsere auf Grund gelaufene *Culloden* ward wieder flott; die Schiffe, die sich ergeben hatten, wurden übernommen, die Verwundeten gepflegt, die Gefangenen ehrenvoll aufgenommen, die Toten bestattet, manche auf See, die meisten am Strande Ägyptens. *Höchste Gottheit, milde Sonne, hör Ägyptens frommes Flehn!*

Gut ein Monat ist seither vergangen. Die *Vanguard* hält Kurs auf Neapel, schwarz ragen ihre Geschütze aus den Stückpforten, die Stirnwunde unseres Konteradmirals *of the Blue* ist gut verheilt, hat ihm aber ein dauerndes Kopfwehe hinterlassen; seine Admiralskajüte verläßt er, von Augenschmerz durchdrungen, im Glast des Mittagsbrandes nur noch dann, wenn es sich nicht vermeiden läßt. Dann steht er reglos, wie aufgepflanzt, an Deck in weißen Hosen und blauem, mit Schärpe, Orden und Epauletten geschmücktem Rock neben dem Steuermann, gibt einsilbig Ordres, und nur der sehnsüchtig an Italiens Küstenlinie geheftete Blick unterm grauen, vom Wind aufgezausten Haar verrät, was in ihm vorgeht. Öfter noch steht er im Dunkel der Nacht mit dem Sextant an der Reling und bemißt am Stand der Gestirne den Kurs. Das Salutieren der Deckswache nimmt er nicht wahr; ein geliebter Gegenstand ist's, um den Tag und Nacht sein Sinnen kreist; jeder an Bord weiß Bescheid; man flüstert miteinander und verstummt sofort, wenn seine Schritte auf den Planken sich nähern.

Das Takelwerk knarrt, die Spanten im Schiffsleib ächzen, unser kanonenbewehrter Koloß pflügt die Wogen, stampft und schlingert; zwei Offiziere, ein Bootsmann und 15 Kanoniere sind seekrank — pah, Bagatelle! Was den Scharbock ferngehalten – Sauerkraut, Bouillon-Extract, Branntwein, erprobt und bewährt seit Cooks Reisen zu den Antipoden –, wird auch die Übelkeit vertreiben, einen

Brechreiz, den nicht nur der gestörte Gleichgewichtssinn in der Horizontalen, sondern dazu noch die ubiquitäre Schrägung der Wände, Böden und Decken im Schiffsinnern bewirkt; kaum etwas ist ja rechtwinklig, lot- und waagerecht in den Kajüten und unteren Decks, und das Auge, das am Schiefen keinen Halt findet und auf Deck sich flüchtet, muß dort erneut den unausgesetzt schwankenden Winkeln zwischen der Kimmlinie des Wassers und der Lineatur von Reling, Aufbauten und Masten standhalten.

Nausea, Nausikaa! Walpole stapft, wenn er nicht gerade in der Kajüte sein *hurdy-gurdy* orgelt oder abgeschossene Gliedmaßen in Gläsern conserviert, die mit Spiritus gefüllt und von mir zu etikettieren sind — *good olde liquor, this waste is a shame* —, Walpole also stapft durch die übelriechenden Mannschaftsquartiere im Zwischendeck, befiehlt Lüften, Motion an frischer Luft, und hat Sorge getragen, daß in Palermo frisches Wasser aufgenommen wurde, dazu Pomeranzen, Pökelfleisch, Zwieback, Melonen und ein paar Ziegen, die im Unterdeck kläglich meckern, seekrank auch sie. Seekrank! Es ist zum Lachen. Längst haben die Toten, in Segeltuch genäht, ihr christlich Begräbnis gefunden; längst sind die Wunden der Blessierten, mit Branntwein eingerieben, verheilt; und wo doch einmal der Schwarze Brand die Glieder zum Faulen bringt und zum Stinken, tun mein Narkoseschwamm und Walpoles Amputationssäge ihr gnädiges Werk — wobei der Doktor knurrend dafürhält, es bedürfe eigentlich der Narkose gar nicht, da der Verletzte, sobald ihm die Säge sein Schicksal verkünde, ohnehin vom schieren Anblick derselben in Ohnmacht zu fallen pflege.

Ein Gemüthsmensch, unser Walpole: Wundarzt Nelsons, seit dieser im September '93 zum erstenmal einlief in den Golf von Neapel als Kommandant der *Agamemnon*, wozu und weshalb? Weil nach der Guillotinierung Ludwigs XVI. und Marie Antoinettens halb Europa, darunter England und Neapel, in Panik sich der Verteidigungsallianz Preußens und Österreichs, dem Frankreich ein Jahr zuvor den Krieg erklärt, angeschlossen hatte und ein Allianzkontrakt zwischen Neapel und Großbritannien die Engländer zum Aufhalten der zu Lande und zu Wasser vorrückenden Truppen General Bonapartes verpflichtete, nachdem Neapel den Franzosen den Krieg erklärt hatte. Und wer hat jenen Beistandsvertrag zustandegebracht? Nun, König Ferdinand und Sir William Hamilton, heißt es officiell. Dabei pfeifen's die Stare von den Maulbeerbäumen und die Lazzaroni am Molo, daß der Kontrakt von zwei Frauen eingefädelt wurde. Da staunt ihr, ihr Herrchen süß und fein, wie? Ja, von zwei Damen, schlau, ehrgeizig, schön und durchtrieben, miteinander vertraut ja befreundet, seit die eine, Emma Hart geb. Lyons, von Hamilton vor sieben Jahren zur Gemahlin genommen und in alle politischen Geschäfte eingeweiht wurde, und die andere, Königin Karoline, beim Ausbruch der Kriege ein Jahr später, als gute Habsburgerin ihren Haß auf das revolutionäre Frankreich, das ihr die Schwester geköpft, in eine gerissene Bündnisdiplomatie ummünzte, zu der ihr Gemahl kaum sich verstanden hätte, eine Boudoir-Diplomatie, heimlich, subtil, verschlagen und zart geflüstert, Wange an Wange, Ohr an Mund und Mund an Ohr, bis es zuletzt nicht mehr zu unterscheiden war vom wispernden Hauche der Liebenden, der Hamiltons, auf ihrem ehelichen Beilager. Als könnte euch dies überraschen, meine Herren Cavalieri! Sind nicht auch eure Entscheidungen, sei's im Privaten, sei's im weltpolitisch Großen, stets eher im Bette, auf dem Kopfkissen, unter der Schlafhaube oder gar auf dem Nachtstuhl gefällt worden als — im Conferenzsaal?

Pah, euer König! Er ist ein unpolitischer Schwächling, ein Musenliebling wie einst der glücklose Charles I., Anakreon *in loco amoeno*, verzärtelt und unbegabt zum

Herrschen, und daß das Directoire, das seit drei Jahren in Paris regiert, dem Bourbonen am liebsten die Herrschaft entreißen würde: Hat's nicht seine Berechtigung? Seine Untertanen kujoniert er mit einem streng absolutistischen Regiment, aber statt weise zu herrschen, wie es Joseph in Wien tat, indem dieser die Verwaltung reformierte und dem Adel und Klerus die Privilegien stutzte, geht jener lieber in den ausgedehnten Wäldern bei Caserta auf Eber- und Hirschhatz oder läßt sich im Atelier Hackerts, des *Premier Peintre du Roi*, die neuesten Ansichten vom brennenden Vesuvius zeigen. Oder er singt und läßt sich auf dem Clavier begleiten von Lady Emma und auf der Viola von Sir William. Oder er dreht seine Orgelleyer, die *lira organizzata*, dieses Bettler-Instrument, dem nur der Moritatensang noch fehlt, das Äffchen und der Penny-Teller. Wenn unser Doktor sie spielt in der Kajüte, preßt sich doch die ganze Mannschaft die Hände an die Ohren! Und dabei bedenke man, daß unsere Seekanonaden ohnehin schon alle Trommelfelle blessiert haben; fast jeder von uns ist halb taub; Walpole und ich können nur noch brüllend uns verständigen; seit Abukir plagt mich in jeder Gehör-Nerve ein beständiges maledeites Sirren, Klirren und Klingeln. Walpole ficht das nicht an; er kurbelt mit der Linken sein hurdy-gurdy, die Rechte bedient die Tastatur, und indem er sich auf Ferdinand beruft, der sein Spiel von Hadrava, dem Sekretär der österreichischen Botschaft erlernt hat — ein Böhme, wer sonst —, nennt er sein Geblök *a truly royal art of musicke, beloved by His Majesty's subjects, even by the lazzaroni.*

Eben. Schlimm genug. Habe nicht der König – so dröhnt er dann weiter unter seiner Perücke – durch Vermittlung von Legationsrat Hadrava schon '86 bei Dr: Hayden, der unlängst in London Triumphe gefeiert und in Oxford promoviert worden sei, fünf Concerti für das Instrument bestellt und, da er mit ihnen zufrieden gewesen, gleich zwei Jahre später noch einmal acht Notturni in Auftrag gegeben, die er sich 1790 in Wien, aus Anlaß der Doppelhochzeit zweier seiner Töchter, in persona vom Meister überreichen ließ?

Na und? sage ich. Sollen diese klingenden Katzbuckeleien eines Esterhazyschen Tonschranzen zur Rechtfertigung dienen armseeligen Bettelgekreischs? Aber gut, der Brite im allgemeinen liebt ja auch die Sackpfeife, und Hamilton im besonderen das nervenzerrüttende Sägen seiner Glasharmonika, so wie unsere Altvordern sich ergötzten am Geschnarr des Regals und noch bis vor kurzem Frankreichs feine Desmoiselles an Cornemuse und Vielle im Salon sich entzückten, o Sancta Caecilia! Doch da hättet ihr ihn hören sollen, unsern Doktor, wie er sprach:

„Listen, Kraut," — daß er meinen Taufnamen *Kurt* nicht richtig aussprechen kann, wohl auch gar nicht *will*, kränkt mich schon lange nicht mehr — „man hat mir geschrieben, wie sich die Sache zutrug. Die Audienz fand unmittelbar vor Haidns Abreise nach London statt. Der war froh, sich seines Auftrags noch eben rechtzeitig entledigen zu können, bezeugte dem König und der Regina Karolina seine Honneurs, überreichte seine kostbar gebundenen Notturni, und Ferdinand nahm sie in Gnaden entgegen. Als er aber von der Englandreise des Meisters vernahm, raunzte er ‚Was? Hat er nicht versprochen, an meinen Hof nach Neapel zu kommen?‘ und schritt ungehalten aus dem Zimmer. Eine ganze Stunde harrte Hayden, *fuming at the loss of time*, in der Antechambre aus, bis Seine Durchlaucht, den die Königin unterdes besänftigt und zu besseren Manieren angehalten, wieder eintrat, Haiden eine gute Reise wünschte und ihm Recommendationsbriefe an Neapels Gesandten in London mitgab für den Fall, daß der Tonsetzer es sich doch noch anders überlegte. Der aber dachte nicht im Traum daran, je nach Italien zu gehen. Statt dessen instrumentierte er einige der Notturni um, indem er die Lira-Stimmen für Flöte und Oboe und die Klarinettenpartien für Violine setzte, und führte sie in dieser Neufassung bei seinen Salomon-Concerts '91/'92 auf, wo sie unseren Prinzregenten, den *Prinzen von Wallis*, wie Haydn ihn nennt, unseren künftigen George IV – God bless him – dermaßen entzückten, daß der sie gleich noch einmal bei sich daheim in Carlton House exequiren ließ. Und ich sag Ihnen was, Kraut: Auch wenn ihr Hunnen von Musik so viel versteht wie ein Nashorn vom Deckchenhäkeln, müßten Sie doch erkennen, wie komplex und kunstfertig und feinsinnig diese Notturni gesetzt sind, wie subtil in Klang und motivischer Arbeit. Ich sage Ihnen vor Gott als ein ehrlicher Mann: Haidn ist der größte lebende Tonkünstler, den ich kenne, und wie feinfühlig, gleichsam wetterfühlig seine Kunst ist, mögen Sie am Namen der neuen Messe ex d-moll ablesen, die er derweil, wie mir aus Wien rapportiert wird, zum Namenstag seiner Fürstin schreibt: *Missa in angustiis*, in Bedrängnis, in Ängsten. Wie wahr, wie wahr! Denn was erleben wir jetzo? Aggression, Hegemonialstreben, imperiale Gelüste? Nein, Furcht und Mißtrauen! Angst auf beiden Seiten! Frankreich bangt um die Integrität seiner Grenzen, fürchtet die Invasion, den Zorn der Herrscherhäuser Europas, die Rache für das vergossene Königsblut, die Vergeltung für die Greuel seiner Revolution, und handelt nach der Devise, daß Angriff die beste Verteidigung sei. Europa erinnert sich noch gut der Eroberungsfeldzüge des vierzehnten Ludwig, ängstigt sich vor den Truppen eines haßerfüllten Pöbels, vor dessen Wut auf die Adelskaste und den hohen Klerus, vor dem Raasen der Guillotine, der Sanskülotten und der Jakobiner, vor der Abschaffung seiner Ständeordnung, dem Übergreifen des republikanischen Aufruhrs auf seine Territorien. Diese Stimmung in unserem weltpolitischen Augenblick ist eingefangen in Haydns Messe, mein Lieber, lassen Sie sich das gesagt sein, und bedenken Sie zudem, daß seine Schottischen Lieder, die bei Napier in London herausgekommen, auch von Sir William praenumerirt worden sind."

Schon recht, Hamilton gilt an Bord in Fragen des guten Geschmacks stets als höchste Autorität und letzte Instanz; und indem Walpole zärtlich ein Glas in den Händen drehte, in welchem das von einem Granatsplitter abgefetzte linke Ohr Selkirks, unseres 1. Bootsmaats, in Spiritus dümpelte, setzte er versonnen hinzu: „Bedenken Sie: Als Hayden '89 die Notturni schrieb, neigte sich seine dreißigjährige Zeit in fürstlichen Diensten dem Ende zu. Die alte Fürstin war gestorben; die Hofhaltung auf Esterháza wurde erst eingeschränkt, dann, nachdem auch der Fürst gestorben war, ganz aufgegeben, weil sein Nachfahre gegen die ins Ungeheure angewachsene Verschuldung ansteuern mußte mit einer rigorosen Kürzung des Etats, unter der dann auch der kostspielige Opernbetrieb und die Hofkapelle zu leiden hatte. Die großen Jahre unter Nikolaus dem Prachtliebenden waren dahin. Ich zumindest höre aus den Adagios jener Werke die tiefe Einsamkeit und Melancholie heraus, von der Haiden damals gelegentlich schrieb — *selten* nur schrieb, muß ich sagen, denn er ist ein Künstler, der als Person am liebsten hinter seinem Werk verschwinden möchte —, eine milde herbstliche Poesie und ein fröstelndes Abschiedswinken nicht zufällig just in dem Jahr, da in Paris die Revolution ausbrach und in ihrem Gefolge, wie Sie und ich erlebt haben, das Unterste zuoberst gekehrt und keinen Stein auf dem andern gelassen hat."

Nun, mit letzterem hat er ja recht, unser Wundarzt, und was für das Gebäude der europäischen Nationen und ihrer Staatsverfassungen gilt, das mag für die *disiecta corporis membra* des einzelnen Menschen, wie wir auf See erfahren haben, erst recht gelten. Bei Calvi, vor Korsika war es, wo Horatio Viscount Nelson sein rechtes Auge verlor; wie das geschah, hat er Hamilton im März '94 geschildert. Ein Jahr später, nachdem er, zum Konteradmiral *of the*

Blue ernannt, mit seinem Geschwader sich vor Genua mit den Österreichern vereinigt hatte, büßte er in der Schlacht von Kap Saint Vincent auch noch seinen rechten Arm ein. Zwischen Schulter und Ellenbogen wurde er ihm von einer Kanonenkugel abgerissen, und Walpole hat ihn nur deswegen nicht in Spiritus konserviert — *'tis a pity, the British Museum would pay a pretty sum of money for it* —, weil ihn mein Abraten und zuletzt wohl auch ein Rest eigener Pietät von einer solchen Geschmacklosigkeit fernhielten. Zum Ausgleich für den Verlust des Arms erhielt Nelson die Ernennung zum Ritter des Bath-Ordens; eine faire Compensation würde ich das nicht nennen; die mag unserem *sea hero* noch bevorstehen, wenn er in Kürze, wie beabsichtigt, in Neapel seinen Fuß an Land setzt und Lady Hamiltons Sorge um sein Wohlbefinden im Verein mit ihrer maßlosen Schwärmerei für den Helden von Abukir endlich zu der Passion — *poor Sir William!* — aufflammen wird, mit der alle schon lange rechnen und von der Nelson träumt, wenn er mit dem Sextant in der Nacht unterm flimmernden Firmament die Höhe des Polarsterns berechnet.

Wie geschickt er es handhabt, als Einarmiger, das Kursmeßgerät! Und das erloschene Auge: Verleiht es ihm, ohne von einer schwarzen Klappe bedeckt zu sein, nicht dennoch das Flair des Freibeuters, das Verwegene eines Piraten, der als Brigant der Meere die Normen der Bürgerlichkeit kühn überfliegt? Im Ernst frage ich mich, was Lady Emma wohl eher in Bann geschlagen hat: sein offenes meerblau spähendes Auge unter der schöngeschwungenen Braue – oder das *blinde* Auge daneben, hinter dem die Seele versperrt ist und desto mehr reizt zur Lösung des Rätsels, wer dieser Mensch sei, dessen Genie weniger aus seiner kleinen Gestalt, seinem wortkarg scheuen, fast schüchternen Gebaren leuchtet als aus seinen *Taten*. Könnte es sein, so frage ich mich, daß ein Frauenzimmer, seit Jahren geschult in der Darbietung klassischer Attitüden, lebender

Bilder, in Nelson nicht den *Menschen* liebt, sondern das romantische *Bild*, die alte Allegorese der Rivalität zwischen Amor und Mars? Ist es Emma womöglich darum zu tun, diesen künstlerisch approbierten Gegensatz aufzuheben in der äußersten Idealisierung, die sich denken läßt: indem sie ihn *lebt* — diese Spannung zwischen Eros und Bellona stärker und inniger lebt als je eine ihrer pantomimisch dargestellten Figuren, Sibylle, Maria Magdalena, Sophonisbe, Kleopatra, Iphigenie, Niobe und wen immer ihre *tableaux vivants* sonst noch verkörpern?

Ob Großbritannien je Dank bezeigen wird für den Dienst, den diese Frau seinem Geschwader erwies? Wird es das diplomatische Geschick dieser Dame je ehren, einer Lady aus kleinen, ärmlichen Verhältnissen, deren liebreizenden Überredungs- und Schmeichelkünsten die Nation es womöglich zu verdanken hat, daß sie keine schmähliche Niederlage erlitt? Jeder weiß doch, daß sie es war, die einstige Schankdirne von St. James Market, die einstige Kammerjungfer und Kinderzofe und Schauspielerin, welche Königin Karoline von der Notwendigkeit überzeugte, unserer unterversorgten, ausgehungerten Flotte Lebensmittel nach Sizilien senden zu lassen. Ja, dies ist wieder so ein lebensrettendes Stück Boudoir-Diplomatie gewesen, ein zartes Gewebe aus Einflüsterung, Bitten, Vorhaltungen, calculirtem Thränenfluß und scharfsichtigen Argumenten, wie es in Whitehall oder Westminster niemals so wirkungsvoll hätte infiliiert werden können. Allein, gleich ob Emma dereinst als Lady Hamilton oder als Lady Nelson nach England heimkehren wird — ich habe lange genug in London gelebt, um nicht vergessen zu können, wie starr die Ordnung, wie hart in England die Anschauungen von Rang und Stand gegen bürgerliche Verdienste sich sperren; undenkbar dünkt mich die Möglichkeit, der König könnte die Tochter eines Hufschmieds aus Cheshire, die sich als Geliebte eines Captain Payne von diesem an Sir Harry

Fetherstone und von diesem an den Right Honourable Charles Greville weiterreichen ließ, der sie seinerseits, um für eine vermögende Standesheirat frei zu sein, an seinen Oheim William weiterreichte — undenkbar, sage ich, will mir scheinen, daß der König sie in den Adelsstand erheben könnte; und ob sie später einmal als Witwe je einen rechtlichen Anspruch auf eine Pension wird erheben dürfen oder nicht doch wieder zurückgestoßen wird in das Elend, aus dem sie sich emporgekämpft, muß dahingestellt bleiben.

Welche *ménage à trois* blüht uns da! *Tria juncta in uno.* Sieben verflixte Jahre währt nun schon die Ehe des ungleichen Paares: Hier der 68jährige vierte Sohn des Lord Archibald aus einer der ersten schottischen Familien, hochgelehrt und gebildet, steinreich, für die nachlassende Manneskraft schadlos sich haltend am Jagen und Sammeln und Forschen, manisch, narzißtisch; dort die 33jährige Handwerkerstochter, brünett, gelehrig und geschickt, bildschön, eitel, ehrgeizig, sinnenfroh, narzißtisch auch sie, Kindermädchen und Malermodell einst, jetzt Galathea, zum Leben erweckt von einem Pygmalion, der sie zu seinem Stand erhoben, der sie liebt, kein Zweifel, aber *wie* liebt er sie? Und stimmt denn mein Vergleich? Hamiltons Inszenierungen vor seinen zahlreichen Besuchern, bei denen es Emma zufällt, Kunst zum Leben zu erwecken durch deren plastische Verkörperlichung, Historisches zu vergegenwärtigen, ein antikes Lebensgefühl zu verlebendigen: sind sie nicht in Wirklichkeit, gerade umgekehrt, ein bannendes Innehalten des transitorischen Werdens und Vergehens lebendiger Zeit in der tödlichen Erstarrung zur Pose, zur Draperie, zur Statue? Leben denn also die ‚Lebenden Bilder‘, oder sind sie nicht vielmehr ein Ausdruck des *Todes im Bild*? Möchte sich daraus erklären, daß diese lebenshungrige junge Frau dem mortifizierenden Bann ihrer Rolle sich entrang, die Fesseln durchtrennen *mußte*, um mit offenen Armen sich zu flüchten an die Brust eines Mannes der *lebendigen Tat*?

Mitte September nun schon. Längst hätten wir in Neapel anlegen müssen, doch erst brachten uns widrige Winde vom Kurs ab, und jetzt hält eine Flaute uns im Golf von Policastro gefangen; seit Tagen rührt sich kein Lüftchen; auf geronnener See treibt das Geschwader ziellos einher; unter brennendem Sonnenglast stockt das Wasser wie Gallert, und faulichte Dünste entsteigen ihm, so weit der Blick schweift, bis zum Saum der gebürgigen Küste Lucaniens an Steuerbord. Hoch über uns kreisen die Geier des Meeres; reglos steht Nelson zu Seiten des Steuermanns und späht durchs Perspektiv gen NW; im Ladedeck unten schimmeln die Limonen und gären die Pomeranzen; faul hängt in den Wanten das Schiffsvolk. Manche schrubben in sinnlosem Betätigungsdrange das Deck; andere würfeln, spielen Karten; wieder andere polieren und ölen ein ums andere Mal ihre Flinten, fluchen und wischen sich den Schweiß von der Stirn. Die Stimmung ist gereizt in der fiebrigen Schwüle; gestern gingen Hogwood und Pinnock mit Fäusten aufeinander los und mußten sich, bevor sie von Burney, Gill und Halliday ausgepeitscht und in Arrest gekettet wurden, von mir ihre Blessuren verbinden lassen. Vor der Hitze, die die Deckplanken abstrahlen, habe ich mich unter Deck in meine Kajüte geflüchtet; die erzwungene Untätigkeit macht, daß meine Gedanken zurückschweifen zu jenem Palazzo Sessa mit seiner bellissima vista über Neapel, jener Villa, in welcher selbst die Keller, die Schlaf- und Baderäume eine einzige wirre Kunstkammer darstellen, ein Raritätenkabinett, eine Gerümpelkammer, in der die Hervorbringungen aller Epochen willkürlich durcheinander gestellt sind, Büsten, Torsi, Vasen, Bronzen und was nur immer Sir William zufällig zusammengekauft hat; und hier mag er, den Hofrat Goethe anzüglich einen „Kunst- und Mädchenfreund" genannt hat, im Jahr '86, verwitwet und vereinsamt seit langem, voll Sehnsucht seiner neuesten Trouvaille geharrt haben, nachdem ihm ihre Ankunft von seinem Neffen Greville avisiert worden war. Vielleicht, ja, sehr wahrscheinlich hat er da zu sich gesprochen: *The prospect of possessing so delightful an object under my roof soon certainly causes in me some pleasing sensations.*

Ja, die Venus und der Virtuoso! Ich habe gelesen, was mein Landsmann Tischbein, der Maler, im Jahr darauf an Herrn Merck schrieb: *Hamilton ist durch dieses Mädgen der Glükligste Mensch auf der Welt geworden, denn er denkt daß er den Apol und die Venus lebendig bey sich im haus habe.* Gewiß, mehr noch als auf all seine Vasen darf Ritter Hamilton nun stolz sein auf den Besitz dieses köstlichen Exponats, in dem er alle Antiken, alle schönen Profile der sicilianischen Münzen, ja den Belvedereschen Apoll selbst findet. Ein Jahr nach Sir Williams Eheschließung mit Miß Hart raunte mir Walpole, während er soeben einem Decksmann den zertrümmerten Fuß am Knöchel absägte, ins Ohr: *well, obviously Sir Willum has married his gallery of statues.* Und so, als sein kostbarstes Ausstellungsstück, hat ihn Emma wohl bis heute bezaubert, ihm die alten Tage vergoldet und ihn veranlaßt, sie seinen Besuchern vorzuführen, die auf ihrer Grand Tour aus ganz Europa ihm Visite abstatten. In der Verzauberung seiner Gäste sieht er sein eigenes Glück gespiegelt, in ihrem Erstaunen den Abglanz des eigenen Hingerissenseins.

Welch sonderbare Blüten kann nicht die Liebe zum Alterthum treiben, eine Liebe, so stark, daß sie nicht allein, wie doch sonst allerweil, den Geist, sondern nun gar auch den eigenen lebendigen Körper dazu bewegt, dem Antiquen sich anzuverwandeln in idealischer Gleich- und Ineinssetzung — und in bedenklichem, wo nicht gar lächerlichem Mummenschanze nicht minder: Inzwischen liegt ja nicht bloß Sir William und nicht nur unser Admiral — dieser von Kirke, nein, von Kalypso verzauberte Odysseus, ein

Rinaldo im Banne Armidens, ein Simson in den Stricken Delilas —, sondern halb Europa jener Frau schon zu Füßen. Bereits jetzt ist noch keine häufiger gemalt worden als sie, von Vigée Le Brun, Gavin Hamilton, Angelika Kauffmann, Tischbein und wieder und wieder von Romney und von Rehberg, als Sibylle, Mnemosyne, Vestalin, Agrippina, in etruskischen, griechischen, ägyptischen Drapierungen und Stellungen, immer höchst sublimirt in ihrem erotischen *appeal,* der als Kunst unangreifbar sich macht und auf Männer und Frauen um so anziehender wirkt in einer Gemütsbewegung, die durchmischt ist aus Erschütterung, Liebe, Erschrecken, Mitleid, Rührung und Freude.

Nicht auf alle, muß ich einschränken. Daß unser cynischer Doktor mir Lady Emma, vor unserem ersten gemeinsamen Besuch ihrer Attitüdendarstellungen anno '95, in zweifelhaftem Licht portraitieren würde, hatte ich kaum anders erwartet. *Bitchcraft is witchcraft. Ich sage Ihnen, Kraut, machen Sie sich auf was gefaßt. Diese Hexe ist das merkwürdigste Compositum, das ich je gesehen habe. Ihre Figur ist infolge ihrer Enormität nicht weit von Monstrosität entfernt. Jeden Tag wird sie fetter. Sie möchte unbedingt glauben, daß ihre Proportionen ihrer Schönheit nützen, tut sich aber schwer damit. Ihre Gesichtszüge sind schön, ganz Natur und gleichwohl ganz Kunst; damit will ich sagen: ihre Manieren sind ungeschliffen, obzwar leger, wenn auch nicht von jener Nonchalance, die gute Erziehung stiftet, sondern eher wie die einer Schankdirne. Sie ist ungemein gutherzig und möchte gefallen und bewundert werden von allen, die ihr über den Weg laufen; „überdies," sagt Sir Willum, „macht sie meine apple-pies." Über ihren gesunden common sense hinaus hat sie sich seit ihrer Verehelichung Kenntnisse in den Künsten erworben, und man staunt über den Fleiß, mit dem sie das aus sich gemacht hat, was sie ist. Im Verkehr mit Männern ist ihre Conversation voller Übertreibung; allerdings hat sich mir der Eindruck von*

diesen Spuren ihrer Herkunft auch wieder abgeschwächt,
seit ich die anderen Damen von Neapel kenne, who like to
behave in an excessively libidinous manner.

Nun, dieser Sarcasm mochte noch angehen, zumindest,
wenn ich ihn mit dem Abscheuchen des Herrn General-
superintendenten Herder aus Weimar vergleiche, der, im
Banne von Goethens Enthusiasmus und ein Jahr nach
dessen Reise, Herzogin Anna Amalia nach Neapel begleitet hatte und von Lady Hamiltons Vorführung einer
Bacchantin sich seines frommen Keuschheitspanzers so jäh
entkleidet fand, daß der Prediger in ihm das Korsett nur
desto enger schnüren mußte. *Hamiltons Hure*, so schrieb
er hernach, sei *in ihrem Innern eine sehr gemeine Person,*
eine *Äffin aber, daß nichts darüber geht.* Seltsam nur, daß
in der Beschreibung der Herzogin sein Eindruck gänzlich
contrair sich malt: *Weg war Herderns trockene Weisheit!*
Wie mit einem elektrischen Funken wurd Leben Wonne
u Seligkeit über sein ganzes Wesen ergossen, er wurde ein
Gott u wollte selbst schaffen.

Wohlan denn! Ich war gespannt, wie das Ding sich an-
lassen würde, nachdem die Pinasse Walpolen und mich
am Molo abgesetzt, und wir in einer Tragchaise uns zur
Villa Angelica, dem Sommerpalast der Hamiltons am Fuße
des Vesuvs, bringen ließen, wo wir in einen Salon geführt
wurden, in dem ein übermannshoher, links und rechts
von Wandschirmen begrenzter goldener Rahmen stand,
hinter dem hell leuchtende, große Kerzen so aufgestellt
waren, daß sie, ohne selbst sichtbar zu sein und so, als
werde ein Gemälde beleuchtet, ihren Schein auf das Innere
des Rahmens warfen, der einen mit schwarzem Sammet
ausgekleideten Guckkasten vorstellte und an einen aufrecht stehenden, geöffneten Sarg gemahnte. Eingesenkt in
dieses Futeral, saß Lady Emma unter vollem, brünettem
Lockenfall, gekleidet in eine in der Taille gegürtete Tunika
aus weißem Musselin, das Halbprofil uns zugewandt, auf

einem niedrigen Piedestal aus Gips, das einem mit Bandreliefs umschlungenen antiken Säulenstumpf nachgebildet war, und spielte zur Einstimmung, nachdem Sir William uns willkommen geheißen und uns sein geliebtes Sammlerstück vorgestellt, einige Piecen auf Franklins Harmonika, wobei ich Gelegenheit hatte, in ihren Zügen jene eigentümliche Unbestimmtheit des Alters zu studieren, von der mir schon andere entzückt berichtet hatten, nämlich die großen Unschuldsaugen des Kindes, die voll erblühten Lippen der Jungfrau und das Geründete, Üppige, Weichliche der Mutter und reifen Matrone, Eigenschaften mithin, welche in ihrem Wechselspiel einesteils anziehend waren und doch auch wieder, wenigstens in mir, ein befremdlich Vages, Uneigentliches, nicht ganz Geheures vorstellen wollten, einen Vorschein von Verstellung, von Camouflage, deren Verführungskraft, wie es schien, denn doch nicht recht zu trauen war.

Walpole, der meine Ambivalence gespürt haben mußte, wisperte mir zu, Emma habe *her skill in attitudes by the study of antique figures* in Romneys Studio gelernt, antiker Statuen mithin, *from which she learned a variety of the most voluptuous and indecent postures.* Nun, frivole oder schamlose Posen, eine Susanna im Bade etwa, sah ich nicht an jenem Abend — doch müßte ich lügen, wenn ich leugnen würde, daß die Aufhebung der Distanz zwischen Bild und Betrachter, an der auch der große Rahmen nichts ändern konnte, etwas aufreizend Indiskretes, das Gemüth über Gebühr Afficierendes besaß. Ich bitte sehr! Wir möchten doch selber das reglose Objekt beleben mit unserer Einbildungskraft, den schönen Schein beseelen so, daß seine Gehalte in unserer Imagination, und einzig dort, ihr höchst eigenes Leben gewinnen, geformt, gefärbt und bewegt allein von unserem inneren Sinn. Wo aber das Bild schon von Anfang und aus eigenem Triebe hinübergegangen ist ins Reich des verkörpert Lebendigen, mit

Gesten hantiert und agiert mit den Künsten der Mimin, mögen deren Züge unter braunen Locken mit schmollenden kirschroten Lippen und dem ausdrucksvollen Spiele der kindlichen Augen auch noch so sehr bestricken — da also entscheidet sich denn, ob der Betrachter sich seine Distinktion bereitwillig abnehmen läßt, oder ob ihn diese Überwältigung peinlich ankömmt.

Wir sahen zunächst die Vestalin Tuccia. Mit Würde vorwärts schreitend, trug die erhabene Gestalt, die Lady Hamilton vorstellte, das Gefäß in den Händen. Ein über das Haupt gezogener Schleier umschlang den Körper. Mit dem Selbstbewußtsein ihrer Unschuld blickte sie vertrauensvoll empor.

Sodann Mnemosyne. Wieder umschlang das Gewand das Haupt und die ganze Gestalt. Der Blick war nun gesenkt. Die ernste Stirne verriet tiefes Denken. Vom Schleier umwickelt und von der Linken getragen, stützte die Rechte das halbverschleierte Haupt.

Jetzt Tisiphone: Welch ein Kontrast! Mit schrecklich drohender Gebärde, Wut in den flammenden Augen, erhob sie sich. Um die düstere Stirn ringelte sich schlangengleich das Haar. In der geballten Faust schleppte sie das Gewand hinter sich. Die Rechte schien Fackel oder Dolch zu schwingen. Der unaufhaltsame Schritt der Rächerin verfolgte Orest, den Muttermörder.

Rasche Verwandlung: Nun eine Bacchantin. Wie im Tanz berauschender Orgien umflatterte das gelöste Haar die Stirn. Die gehobene Rechte schien den Thyrsusstab zu schwingen. Aus dem wilde Lust atmenden Mund der Mänade rauschten Dithyramben und ,Evoë Bacche!'.

Alsdann Kassandra: Finsterer Ernst umwölkte die entschleierte Stirn. Die Linke sank. Auf dem rechten Arm ruhte die Hälfte des Gewandes. Die erhobene Rechte deutete zum Himmel. So stand Priamos' Tochter, da sie das Schicksal von Troja verkündete.

Und so gings immer fort, als mediceische Venus, als Diana auf der Jagd, als Agrippina, trauernd am Grab des Germanicus, als Andromache, um Hektor trauernd, als Madonna des Guido oder des Raffael, als weissagende Sibylle, Heilige Cäcilie, Penelope und Helena, Circe und Sirene, als Kind oder Greisin in proteischer Verwandlung, und immer unter der reizenden Draperie eines kamelhaarfarbenen Kaschmirshawls oder eines Schleiers von feinem, durchsichtigem indischem Zeuge mit gesticktem Saum: zauberähnliche, in raffinierter Täuschung vorüberfliegende Erscheinungen, die selbst meinen abgebrühten Begleiter Walpole zu der geflüsterten Bemerkung hinrissen: *Amazing Grace! Look, Kraut: every change of dress, principally of the head, to suit the different situations in which she successively presents herself, is performed instantaneously with the most perfect ease, and without retiring or scarcely turning aside a moment from the spectators.*

In der Tat; und bisweilen frug ich mich, ob es wirklich die je einzelne Attitüde war, die das Publikum rührte und erschütterte, oder nicht vielmehr der Moment der Verwandlung, der Wechsel von einer Gestalt zur nächsten, der magische Übergang. Ließ sich hier denn nicht von einer Szenenfolge als im Theater sprechen, einer genau calculirten Dramaturgie im Zyklus der tableaux vivants, ja, war nicht der Effekt wohlberechnet, der aus dem Kontrast zwischen den Bildern und dem großen Spannungsbogen ihrer Sukzession erwachsen sollte? Selten währten die einzelnen Stellungen länger als zwei oder drei Minuten; der Umschlag von einer Pantomime zur nächsten vollzog sich jäh, unerwartet und doch genau in dem Augenblick, da sich die Scheinhaftigkeit des Phantasmas ins krud Stoffliche aufzulösen und den Bann des Betrachters zu lockern drohte.

Darauf, daß der Effekt, den dieses bunten Bogens Wechseldauer auf seine Zuschauer machte, ein frappanter sein würde, war ich vorbereitet gewesen und wunderte mich daher nicht, daß den Damen und Herren, denen die Herrlichkeit der Antike mit Anmut und Würde lebendig begegnete in einem angehaltenen, erfüllten Augenblick, zum aufstöhnenden „Aah!" und „Ach" und „Oh!" die Thränen ins Auge traten. Bedenklich war mir bloß, daß noch ein Weiteres, Anderes sich in diese Empfindungen mischte, ein von Eros Geschlagenes, das ich als unrein, als kunstfremd insofern empfand, als Amor ja zwangsläufig *Interesse* ins Spiel bringt, ein Interesse, sage ich, welches mit dem interesselosen Wohlgefallen am Schönen nun einmal schlecht sich verträgt. Habe ich mich damit schon verraten? Muß ich, ja kann ich abstreiten, daß Liebe, wenn nicht Begierde sich mir ins Hirn schlich, als ich die schönen Glieder im weißen Musselin sich regen sah, die reizenden Füße in römischen Sandalen, die lockenden Arme unterm wallenden Schleier, das vom Shawl drapierte Köpfchen, schmachtend und schmollend; gewiß, keinen Mann gab's in diesem Salon, der nicht dahinschmelzend vor der Angebeteten hätte niederknien wollen, wie Walpole mir mit einem mahnenden Knuff in die Seite bestätigte: *Take care, Kraut! You're not the only one. Bitchcraft is witchcraft.*

Auch die Damen im Publikum waren gerührt und ergriffen; allein ich wäre ein schlechter Psycholog, wenn ich nicht wahrgenommen hätte, daß immer wieder der ein oder andere Blick von ihnen verstohlen zur Seite geglitten wäre, um die Würkung der Darbietungen auf ihre männlichen Begleiter mit einem Ausdruck von Tadel oder Mißgunst zu prüfen. Scheelsüchtig mag ich diese Blicke nicht nennen, aber dafür, daß aus solcher Ambivalence zwischen Rivalität und Sympathie mit der Geschlechtsgenossin auch *Abwehr* erwachsen konnte, gibt der Bericht einer deutschen Freundin Angelika Kauffmanns, die im März '91 Zeugin einer Attitüden-Vorstellung gewesen, ein treffliches Beispiel.

Große Gesellschaft. Chevalier Hamilton spielte die haupt Rolle mit seiner Schöne, Er einen alten verliebten Geken und Sie Comödie. Ihr hartgebakene Odenwälder, kömt hieher und lernt eure Fühllosigkeit einsehen! Ich schämte mich meiner starken Nerfen, wie ich so Alles, Damens und Herrens, weinen sah. Da sizte ich also neben einer Angelika, die so laut schlukte, das sich Steine hätten bewegen können. Der arme Rehberg sah aus wie ein Knabe der düchtig Schläge vom H. Schulmeister bekömt. Die Herren Kniep und Verschaffelt weinden ziehrlich, man konte die langsam herabrollenden antikischen Tränen zehlen. Miß Schinkens — nur ungern mag ich der Autorin das Wortspiel mit dem Namen *Ham*-ilton durchgehen lassen — *stand das Weinen nicht sehr übel, es war der toden blassen Gesichtsfarbe sehr angemessen. Gräfin Solms weinde sich fast die Nase wieder in jhre alte Formen. Der Hofmeister von den prinzen Schwarzenberg weinde auch bitterlich. Er hatte mich aber, schon eh das die Mis Hart anfing, versichert, daß er weinen würde. Mich überlief ein Schauder bei dem Gedanken, wie ein Mensch seine Talenten so unedel verwenden mag, eine Wahnsinnige zu imitieren? Von Anfang kostete es mich Mühe, mein Lachen zu verbergen. Über das Geheul aber, wie ich sie so mit jhren großen Augen auf uns zu komen sah, wich ich ordentlich zurük, denn ich vergaß, daß sie uns nur amusiren wolte. Nur schade, daß sie nicht schon ladi Hamillton ist, um in allen großen Conversationen gehen zu können, denn Hamillton führt sie herum wie ein fremdes Thierchen, das man ums Gelt sehen läßt.*

Allein man täusche sich nicht! Denn mag auch ein Quentchen Abgunst dieser Caricatur zugrunde liegen, mag auch im aufgeklärt nüchternen, scharfsichtig idiosynkratischen Spott auf jene ungehemmte Zurschaustellung von Empfindsamkeit die Abwehr dessen sich artikulieren, was der eigenen Natur näher steht als einem lieb ist — so drückt sich in den satyrischen Zeilen der Urheberin doch auch vieles vom Bedenklichen der Sache selbst aus, als da wären die immerfort drohende Nähe zu Divertiment und Amusement, zum kunsthistorischen Ratespiel, zum Ridikülen und Affectierten, zu Dressur und Prätension, und nicht zuletzt jenes ein wenig zu eingespielte, allzu verständnisinnige Einvernehmen zwischen der Erwartungshaltung des Publikums und einer Darbietung, die solche Disposition suggestiv zu bedienen und zu befriedigen trachtete: Was, wie Dr. Walpole und meine Wenigkeit zeigten, selbst bei ausgewiesenen Skeptikern einschlagen konnte wie die Kugel aus einer Schiffshaubitze.

Wann Viscount Nelson zum erstenmal Emmas Attitüden gesehen, weiß ich nicht, denke mir aber, daß es gelegentlich seines ersten Landganges zum Zwecke des Antrittsbesuchs bei seinem Ambassador zu Neapel im September '93 geschah. Mit verräterischer Zurückhaltung schilderte er damals seiner Gattin, einer Wittib namens Fanny Nisbet, die er 1787 geehelicht, Lady Hamilton als eine junge Frau *of pleasant manners who honours the position to which she has been raised.* Ja, ja, „Position", Rang und Stand: Dies ist es, was zählt, was immer vornehmlich zählen soll im Saldieren und Vindizieren, und worin beides sich begegnet: die Stellung der Person in der Gesellschaft und die des Körpers in der Attitüde; und während ich in meiner stickichten Kajüte sitze und darauf warte, daß endlich wieder eine frische Brise die Segel fülle, träume ich mich voraus in eine Zukunft, in der, was unter Menschen brüderlich und schwesterlich vereint sein will, nicht länger von der Mode streng geteilt wird, sondern auf ganz andere Weise, und strenger als je zuvor, getrennt und *positioniert* werden wird: nämlich diesmal vom *Geld* – und der Macht, die aus ihm erwächst.

Ich war ja dabei, als die Admiralsschaluppe, mit Nelson an Bord, an Neapels Hafenmole festmachte. Auch Walpole saß mit mir im Boot, als es anlegte und vertäut wurde, als das Fallreep herabgelassen wurde, die Wache salutierte und unser Admiral in Begleitung zweier Officiere an Land schritt, wo eine Delegation von Hofbeamten und Botschaftspersonal sich hinter Sir William versammelt hatte, der in Begleitung seiner Gattin zur Begrüßung bereitstand. Diese trug sich zwischen den Herren so formell zu, wie es der Anlaß erforderte: Nelson, im blauen, mit Schärpe und Ordenssternen besetzten Rock, das früh ergraute Haar frei im Winde flatternd gleich der Flagge Britanniens, die am Mast auf der Mole aufgezogen worden war, das sehende Auge im unsoldatisch weichen Gesicht kühn geradehin spähend; und Hamilton, den schmalen, nach Gelehrtenart leicht gebeugten Körper im braunen Zivilrock soldatisch gestrafft und das länglichte, blasse Gesicht mit dem gestreckten Kinn, der scharfen Nase und den kühlen graublauen Augen unter der grauen Perücke so erhoben, daß der Blick, der es sonst gewohnt war, gesenkt zu sein auf Papiere und Dinge, nun genötigt ward, aufrecht dem Begrüßten ins Auge zu schauen (was insofern schlecht gelang, als Hamiltons Blick, wie ich zu beobachten Gelegenheit fand, sein Gegenüber nicht eigentlich *traf*, sondern gleichsam durch dieses *hindurchträumte* so, als wäre ihm an dessen würklicher Erfassung gar nichts gelegen, sondern als käme es ihm darauf an, das idealische Bild zu fokussieren, das erst *hinter* dessen Träger sich zusammenzusetzen vermag) — Nelson und Sir William also, sage ich, nahmen vor einander kerzengerade Posto, verneigten sich leicht, und begrüßten sich mit der Anrede: „Your Excellency!" — „Mylord!"

Nach diesem knappen Rencontre war es an Emma, Honneurs zu machen. Sie, die ein leichtes, in der frischen Seebrise sich bauschendes Sommerkleid mit kurzen Puffärmeln aus hellblauem, mit goldenen Ankern besticktem Leinen trug, sagte „Mylord!", knickste (tiefer und länger als angebracht war, wollte mir scheinen), reichte am unbedeckt aus dem Ärmel gereckten Arm unserem Admiral die Rechte zum Handkusse, und da die Beugung des rechten Beines im Knicks ihre Gestalt um ein weniges verkleinerte, hob sie zum Ausgleich das Gesicht, um die nur kurz demütig gesenkten Augen nun in voller Größe und strahlend zum Begrüßten empor aufzuschlagen. Was in diesem Moment in Lady Hamilton gleichwie in Nelson sich zutrug, läßt sich nur mutmaßen; wobei die Art der Mutmaßung wohl abhängt von der Antwort auf die Frage, ob es tatsächlich möglich ist, daß ein einzelner Augenaufschlag, ein Blick zwischen zwei Menschen im Bruchteile einer Secunde hinlänglich ist, ein Seelenfeuer zu entzünden, das über ihr Schicksal ferner entscheidet. An mir ist es nicht, die Frage zu beantworten. Alles, was ich sah, war auf Seiten Lady Hamiltons jenes Opalisieren des Ausdrucks, von dem ich anläßlich ihrer Attitüden bereits gesprochen, in diesem Fall ein Changieren zwischen dem Züchtigen von Knicks und gesenkten Lidern und – man sehe mir das harsche Wort nach – dem Zuchtlosen jenes aufwärts aufgeschlagenen Blickes, in dem die Augensterne für einen winzigen, jähen Moment als schwarze Sonnen explosiv sich weiteten, aufglühten und ebenso schnell wieder erlöschend sich zusammenzogen: ein Vorgang, der sich, wie ich zu beobachten nicht umhin konnte, in Nelsons kühnem, klarem, ruhigem Auge, um einen Bruchteil verzögert, wiederholte und dergestalt refraktirt ward als wortlose Antwort, als Echo des Herzens. So mochten sich einst Herkules und Omphale gefangen haben in den Stricken ihrer Liebe, so mochten im ersten Wechsel der Blicke zwischen Antonius und Kleopatra beider Geschicke schon besiegelt gewesen sein.

Als mein Blick sich dem Bann dieser kurzen Scene entwand, fiel er wieder auf Sir William, dessen Auge dem meinen kurz begegnete, um sogleich wieder zwischen seiner Gemahlin und Nelson hin und wider zu irren; täusche ich mich nicht, so stand in diesem irritierten, beunruhigten Spähen, so wie im Anhauch der Blässe, die sein Gesicht jäh überflogen, bereits das ganze Herzensdrama geschrieben, dessen wir alle Zeuge geworden sind bis heute, und dessen Ingredienzien, alt und schal, uns vertraut sind, seit Menschen leben und lieben: Angst vor Treulosigkeit, Täuschung, Betrug, illusionäre Hoffnung, Resignation und Verzicht.

Es tat mir weh, dieses Menetekel von der Wand seiner Contenance, dieser geschlossenen, immer aufs äußerste beherrschten und streng kontrollierten Gesichtszüge, ablesen zu müssen, denn – ich kann mir nicht helfen – ich mochte diesen Mann und mag ihn noch immer. Als Gelehrter aus Leidenschaft, dessen Bildung ihn befähigte, so hülflos wie klarsichtig vor dem inneren Auge zu anticipiren, welche Folgen diese Begegnung zweier Naturen von vulkanischer Seelenglut haben werde, stand Sir William von Anfang an ratlos, im Handeln gehemmt von Selbstbeherrschung und Reflexion, unbeholfen in allen Dingen triebkräftigen Lebens, zerstreut und befremdet auf verlorenem Posten. Er, der es gewohnt war, nach Maßgabe von Vernunft und Diplomatie zu handeln, spürte in diesem einen, kleinen Augenblick die ganze Hinfälligkeit solcher Maximen vor der Gewalt des Faktischen, womöglich Irreversiblen. Im Forschen und Denken geschult und mit dem Blick dessen, den das Alter zu beugen begonnen, auf Ausgleich, Balance, Form, Konvention, Fassung, gute Haltung und Reputation bedacht, sah er seine Rolle vorgezeichnet: als – im Privaten – die des gütig Verzeihenden, generös Verzichtenden, verbittert Gewährenden und hoffnungslos Liebenden – und im publiquen Auge als die des gehörnten Senex, des impotenten Pantalone, des Hahnreis und Gecken, tragisch und lächerlich ineins.

Erklärt es denn Hamiltons Resignation nicht schon hinlänglich, daß er *Sammler* ist? In den Dingen bagatellisiert der Sammler die Größe und Unerträglichkeit des Daseins. Über dem Bild dieser Dinge versinkt ihm die Welt. In der Sammlung sind ihm die verlorenen Dinge gerettet. Alles Fremde zwischen Ich und Welt hebt sich ihm auf im Besitzen und Berühren der Dinge. Sein antiquarischer Sinn ist Totenbeschwörung, Traum, Exegese und Lektüre zugleich. Sein Sammeln ist nicht Tätigkeit, sondern Verhaltensweise des Geistes: schwermütiges Eingedenken, Schachtelung, Kassettierung von Gedanken, Einkapselung ihrer Progression. Ich habe ihn ja selbst gesehen, auf dem Prager Hradschin, in der Sammlung der Rudolfinischen Kunstkammer, jenen Teufel-im-Glase, jenes Galgenmännchen, eingeschlossen in Lavaglas, habe es lange betrachtet, dieses Prisma, das einen Rauchtopas nachahmen sollte, um zu wissen, daß Herr Goethe irrt, wo er wähnt, Sammler seien glückliche Menschen und den schönen gläsernen Formen wohne das Glück inne. Nicht der *Freude* Thränen sind es doch, zu denen Franklins gläserne Harmonica rührt! Hamiltons antike Vasen und Statuen: ja, als Bilder, in ihrer auratischen zeitlichen Ferne, entziehen sie sich der Berührung — und möchten doch begriffen werden, belebt, beseelt. Pygmalions Trauer ist auch die seine, und für die Erfüllung seiner Sehnsucht nach Anverwandlung zahlt er jetzt den Preis. Denn kein lebhaft und tatkräftig ins Künftige Strebender vermag dieser Schwermut des Sammlers standzuhalten, kein üppiges Frauenzimmer in der Blüte ihrer Jahre, ehrgeizig, vital und sinnenfroh, kann auf Dauer mit einem Manne glücklich sein, der das Glück des Lebens im Todtengehäus des Museums sucht; und ist ihm denn nicht ganz Italien, einschließlich des geliebten Vesuvs und der unter seiner Lava begrabenen Geisterstädte, ein einziges Museum? Ist es nicht auch schon ein musealer Blick, den er auf das, dem Untergang geweihte, Königshaus Neapels wirft? Ist dieser Blick nicht scharfsichtig genug, um in den aktuellen politischen Konstellationen und Verwerfungen Europas die Hinfälligkeit des alten Kontinents, den Verfall seiner Ordnung und Institutionen wahrzunehmen, so daß ihm Geschichte selber, als Verfallsgeschichte, zu *Natur*geschichte werden muß? Noch einmal, ein letztes Mal gefragt: Wie ließe sich, in Ehe und Liebe, glücklich werden mit solcher Melancholie?

Nun aber: Unser ist das Glück! 22. September 1798: Die Nebel zerreißen, der Himmel ist helle, und Äolus löset das ängstliche Band. Wind ist aufgekommen, bläst aus SSO und füllt die Canvas. Unter stolz geschwellten Segeln hält unser Flaggschiff unter dem Kommando Kapitän Berrys Einzug in den Golf. Die mörderischen Strömungen an den Klippen der Punta Tragara hat unser wackerer Captain geschickt umschifft; die Wrackplünderer und Leichenfledderer von Capri haben das Nachsehen. An Backbord erhebt sich aus der See in indigovioletter Lasur der Walfischrücken von Procida, hinter dem der grünbewachsene Kegel Ischias sich erhebt; an Steuerbord erstreckt sich die gebürgichte Halbinsel von Sorrent mit ihren Weingärten und in der Abendsonne goldglänzenden Orangenhainen; über uns wölbt sich, frisch ausgefegt von der Frühherbstbrise, der mit Schäfchenwolken bis zur Kimmlinie durchflockte Himmel. Alle Mann sind an Deck, rufen und winken und spähen nach dem Lande; unser Geschwader eskortiert eine Flotille von wimpelgeschmückten Fischerbooten, aus denen die Marinari unter Pfiffen, Jubeln und „Evviva Inghilterra!"-Rufen uns willkommen heißen zum Anlegen in Neapel.

Der Doppelkegel des Vesuvs, wahrer Herrscher und Despot über den Golf und die Campania felix, glührot illuminirt von der zur Neige gehenden Sonne, hat sich die Stirne mit einem Turban aus dick quellendem, giftgold-rosafarbenem Aschenrauch umwölkt, und so mehr wir uns der Küste nähern, so mehr scheint der Schicksalsberg zurücke weichen zu wollen. Im Näherkommen gewahren wir am Saum der Küste vom Misenischen Kap bis Portici unabsehbare Scharen von Menschen, welche auf Balkonen, Molen und Landungsbrücken stehen, auf vertäuten Schaluppen schaukeln, an Kräne und Masten sich klammern, winken und jauchzen: Fischer, die ihre roten Mützen in die Luft werfen, krückenschwingende Veteranen, Honoratioren und Nobilitäten, die Weste mit Schärpen umwunden und den Galafrack mit Ordenssternen besteckt, Gentiluomini, die den Zweispitz schwenken, kreischende Marktweiber, Bettelmönche, Padres unter Soutane und Perücke, zahnlose Greise, unzählige Kinder, die da auf- und niederspringen und aus dünnen, schrillen Kehlchen einstimmen ins „Evviva Inghilterra"-Geschrei, in diesen Triumph ohnegleichen.

Trommler und Pifferari lärmen, im Wind strafft sich die Flagge Großbritanniens, aufgezogen am Mast auf der Mole. Alle Glocken der Stadt läuten, die Geschützbatterie vom Kastell feuert zwölfmal Salut. Das Geschwader geht auf Reede vor Anker, Segel werden gerefft. Die Admiralspinasse macht am Kai fest. Über das Fallreep schreitet der Held von Abukir mit seiner Amfortaswunde an der Stirn, die ihn heute mehr schmerzt denn je; er grüßt: „Your Excellency!" — Er wird begrüßt: „Mylord!" Sir Williams Miene ist unbewegt, blaß; Lady Emma knickst, reckt den nackten Arm zum Handkuß empor; ihr Gesicht glüht alswie im Fieber. Schon drei Tage zuvor ist im Palazzo Sessa mit einem Ball und einem Empfange Nelsons Geburtstag gefeiert worden. Kurz zuvor hat der Botschafter in einem Brief, wie mir Walpole anvertraut hat, den Sieger vom Nil *unsern Busenfreund* genannt; das Wort hat einen Beigeschmack von Wahrheit.

Am späteren Abend große Gesellschaft und Empfang in Hamiltons Stadtpalais. Miß Ellis Cornelia Knight, Emmas Freundin, eine etwas überspannte Dichterin, die seit Jahren in Neapel lebt und Panegyriken auf Englands Siege schreibt — Walpole hat mir einst, in komisch fistelndem Falsett, ihre *Lines adress'd to Victory in consequence of the success of Lord Cornwallis and his Army against Tipoo Sahib* deklamirt — besagte Miß Ellis also trägt ihre Ode *The Battle of the Nile* vor, die, wie Walpole zu berichten weiß, demnächst für eine Singstimme mit Begleitung des Fortepiano gesetzt werden soll von Haydn. Ein paar Attitüden folgen; den Beschluß der Unterhaltung macht Lady Emmas Spiel auf der Harmonica. Gegen Mitternacht wird diniert; Sir William geleitet Miß Knight zu Tische, Nelson führt Lady Emma am Arm. Das Tischgespräch kreist um Politik.

Die Lage ist prekär. Bonaparte wird seinen Vorsatz, Wien zu erobern, mit Sicherheit nicht aufgeben. Der Friede von Campoformio, den Neapel im Vorjahr vermittelt hat, mag ihn fürs erste abhalten von weiterer Avance. Aber die Versöhnung der Erzfeinde wird und kann nur von kurzer Dauer sein. Ganz Oberitalien, die Cisalpine und die Ligurische Republik, sind bereits französisches Protektorat und bedrohen von Südwesten das Habsburgerreich. Seit Februar ist ein weiteres Protektorat hinzugekommen, die Römische Republik; der Papst ist ins Exil geflohen. Zu einem neuen Koalitionskrieg hat Premier Pitt die Herrscherhäuser von England, Rußland, Österreich und Neapel zusammengeschmiedet; daß Preußen sich diesmal heraushält, ist freilich fatal. Bonapartes Flotte im Mittelmeer mag geschwächt sein, droht aber nichtsdestoweniger von Malta im Süden und Ligurien im Norden mit einem Zangenangriff aufs Königreich. Und das französische Landheer ist ohnehin nach Truppenzahl und Kampfesmut unverändert stark und so wildwütig als ein gereizter Leopard.

Eine Kostprobe davon erhält Neapel bei seinem, von vornherein zum Scheitern verurteilten weil täppischen, halbherzigen und dilettantischen Versuch, die Römische Republik zu befreien. General Mack, ein Österreicher, befehligt den Einmarsch; die Truppen Neapels sind schlecht ausgebildet, schlecht bewaffnet, undiszipliniert und unmotivirt; die Invasion wird denn auch zurückgeschlagen. Allen bei Tisch ist bewußt, daß es nur noch eine Frage von Wochen ist, bis General Bonaparte den entscheidenden Vorstoß wagt, wenn schon nicht auf die Insel, so doch auf den kontinentalen Teil des Königreichs beider Sizilien; man weiß, daß Frankreich diesem neuen, vierten Protektorat das Statut und den Namen einer *Parthenopeischen Republik* zu geben gedenkt. Nelsons Aufgabe im Oktober wird es sein, wenigstens Malta den Franzosen zu entreißen, die sich in den Kreuzritterfestungen des ausgeglühten Felseneilands zwischen Schlangen und Skorpionen verbunkert haben; möglich, daß auch dieser Versuch scheitern wird.

Zum äußeren Feind gesellt sich der innere. Im Volke gärt es. Republicanische Kräfte im aufgeklärten Bürgertum könnten versucht sein, zunächst gegen das französische Protektorat und sodann gegen das Königshaus die Lazzaroni aufzuhetzen, diesen Bodensatz der Bevölkerung, Verlierer und Zukurzgekommene, Banditen, Bettler, Habenichtse, Hirten vom Berge, Briganten, Marktweiber, Tagelöhner und wer immer sich murrend und fäusteballend ihnen beigesellt zu Aufruhr und Umsturz. Zur Sicherheit wird man erwägen müssen, den König und seine Familie zu einer temporären Umsiedlung nach Palermo zu ersuchen, vielleicht im Dezember schon. „Naples is a dangerous place," pflichtet Nelson bei. Kommt es zum Äußersten, werden er und die Hamiltons dem König nach Sizilien folgen. Lady Emma klatscht in die Hände: *How exciting! How romantic! How adventurous!* Sir William sorgt sich um seine Sammlungen. Diese Vandalen aus dem Languedoc, aus der Normandie, aus der Bretagne: werden sie seine Skulpturenschätze plündern, seine etrurischen Vasen als Nachtgeschirr entehren? Miß Knight, nicht gewohnt, Panegyriken auf Niederlagen zu dichten — *Good Lord,*

my nerves can't stand it, please! — dringt auf Themen-
wechsel. Walpole, der am Ende des Tisches sitzt, erhebt das
Glas und bringt einen Toast aus: Gentlemen! Ladies! Auf
unsern König George, *God save our gracious King! Scatter
his enemies and make them fall, confound their politics, fru-
strate their knavish tricks! Rule, Britannia, rule the waves!*
   Man begiebt sich auf einen Rundgang durch die Palast-
gemächer; Sir William macht den Museumsführer. Seit ein-
undzwanzig Jahren nun schon ist er Member of the *Society
of Dilettanti*, mit Greville, Townley, Joshua Reynolds,
Richard Payne Knight und anderen, Mitglied einer Gesellschaft, die, zunächst als Dining Club für Gentlemen gegründet, nun einer Connaisseur-Kultur huldigt, die nicht
überall im besten Rufe steht. Walpole ätzt mir ins Ohr:
*The nominal qualification for membership is having been
in Italy, and the real one, being drunk.* Übrigens betreibe
Hamilton einen schwunghaften Handel mit dem Verkauf
seiner Exponate an Museen und Privatsammler in England. Die Firma *Wedgwood* etwa: Kopiere sie nicht in ihrer
Keramikfabrik *Etruria* antique Gefäße aus Lavaglas, die
ihr Sir William zur Verfügung gestellt? Habe er mit seinem
Sammlernarzißmus nicht eine der ergiebigsten Erwerbs-
quellen Britanniens erschlossen? *Who else should have pro-
vided the design of those pompejan Wedgwood coffee-cups
& sugarpots, hm?*
   Die Venus des Correggio findet Bewunderung, all-
gemeines Erstaunen auch ein kleiner tanzender Bronze-
Faun aus dem Atrium einer Pompejanischen Villa. Hellauf
entzückt ist Miß Knight von einem Priapos aus Herkulanum und mehreren phallischen Votivgaben aus Stein;
eine Abhandlung der Society über diesen Gegenstand mit
farbigen Kupfern hat in England Skandal gemacht, zumal Payne Knight so verwegen gewesen, die Form unseres
christlichen Crucifixes aus diesem antiquen Fruchtbar-
keitssymbol abzuleiten. Recht beklommen ward mir, als

ich der Geste ansichtig ward, mit der Lady Emma einen solchen Phallos, den sie zwischen Daumen und Zeigefinger hielt, dem verdutzten Nelson lachend in die Hand legte. Glaubt mir, Signori: Sir William war hierbei nach Lachen nicht zumute.

Nun präsentirt er uns seine Sammlung von Glaslaven vom Vesuv. Wie oft er den Vulkan schon bestiegen, vermag er selbst nicht zu sagen; Walpolen hält es nicht länger, er drängt: „Sir Willum, meinetwegen plündern Sie Pompeji, rauben Sie Herkulanum aus, bezaubern Sie uns mit Ihren Vasen, Ihren Correggios, von mir aus mit ganz Etrurien — aber wühlen Sie sich doch nicht in des Ätnas Kavernen, maulwurfeln Sie nicht in den Höhlen des Vesuvs! Ich bitte! Sie sind doch ein Ritter des Wassers," – ein Wortspiel mit seinem Titel eines *Knight of Bath* – „nicht ein Ritter des Feuers oder der Erde! Bewahren Sie sich Ihren guten Geschmack als Antiquar – nicht als ein Salamander, der, tausendmal ins Feuer geworfen, tausendmal unversehrt aus ihm hervorkriecht!"

Nelson wirft ein detachirtes Auge auf die Kupfer, Aquarelle und Ölveduten an den Wänden: Piranesis Archäologie eines Traumes von altrömischer Grandeur — mythologisch verbrämte, ins Ideale und abendlich Phantastische stilisierte Seehäfen von Claude Lorrain und, wirklichkeitsnäher bereits, von Vernet — Hackerts blühend detailreiche Fernsichten — bis ins kaum mehr Wahrnehmbare changierende, nach einer speciellen Klecks technik ineinandergetupfte Wasserfarben auf den Blättern des Alexander Cozens — und immer wieder Darstellungen vom Lavafluß und Feuerauswurf des Vesuvius bei Nacht, naturphilosophisch exakt und pittoresk zugleich beim Österreicher Wutky, schrecklich erhaben, dramatisch ausgeleuchtet und monumentalisirt im Blick des Aufklärers Wright of Derby.

Die Rede kömmt hier nun auf einen Landschafter namens Johann Peter Hofmeister, der, 1762 in Hardenberg bei Göttingen geboren, seit '87 in Neapel sein Atelier hatte und eines Tages von Freunden als vermißt gemeldet ward. An sieben Jahre ist dies nun schon her.

Walpole nimmt mich mit beiden Händen bei den Schultern, um mich — *Now listen well, Kraut, this is about your fellow countryman* — nach vorne zu schieben; er kennt meine Neigung, in Gesellschaft mich lieber am Rande oder in einer Gruppe ganz hinten zu postiren, wie's meinem Rang und Stande gemäß. Sir William berichtet, Hofmeister sei am Morgen des 5. Decembris '91 mit seinem Gehülfen Giuseppe, übrigens bei gutem Wetter, zum Skizzieren ausgeritten. Da er nach drei Tagen noch nicht zurückgekehrt war, zeigte seine Zimmerwirtin in der Via Nerone, eine Signora d'Anguissola, sein Ausbleiben bei der Munizipalität an. Hamilton persönlich nahm die Sache unter seine Fittiche und sandte einen berittenen Suchtrupp aus, der am Rande der Solfatara von Pozzuoli die Staffelei, den Schnappsack und das Notizbuch, aber keine weiteren Spuren des Abgängigen fand. Nachdem man pro forma noch eine Weile Ausschau nach ihm gehalten, ward der Akt zu Beginn des Jahres '95 geschlossen und der Maler ex officio für todt erklärt. Man hatte erwartet, in Hofmeisters Notizbuch Hinweise auf seinen Verbleib zu finden, doch des Malers Schrift war schwer lesbar und im Umkreis Sir Williams gab es niemanden, der des Lesens im Deutschen mächtig genug gewesen wäre, daß er das Gekritzel vollständig und zweifelsfrei hätte entziffern können.

Sir William hat mir, auf Empfehlung Walpoles, die Kladde meines Landsmanns zu treuen Händen übergeben: Vielleicht, daß *ich* mich daraus klug zu machen verstünde. Welche Ehre!

Zwei Jahre sind seither verstrichen; dramatische Wandlungen, Phasen erzwungener Untätigkeit im Wechsel mit neuen Schlachten zur See, beständiges Kreuzen auf dem mittelländischen Meere zwischen Leghorn, Menorca und

Malta, Aufruhr der Herzen und Aufruhr der Waffen, Commando-, Orts- und Quartierwechsel haben es nicht vermocht, mich von meinem Vorsatz abzuhalten, in meiner Kajüte die Einträge des Malers in ihrer regellos altfränkischen Orthographie buchstaben- und zeichengetreu zu transkribiren in lateinischen Lettern. Diese Abschrift sei meinen Aufzeichnungen hier eingefügt; vielleicht, daß ein Klügerer, als ich es bin, in Hofmeisters Notizen Hinweise auf den Anlaß seines Verschwindens zu finden vermöchte.

5. E (gelb)

5. apr 785 die bagage ist aufgeladen, die an die deichsel ge-
spannten rosse schnauben u scharren im schnee, der stan-
genreiter trägt schwere uiberstiefel, damit ihm die deichsel
nicht das bein zerschmetert wenn sie hin- und herschlägt
auf den schlechten straszen

ein geschenk von meiner schwester dorothea in frankfurt
zum abschied eine tabatière aus schwarzem bein, mit einem
goldenen reifen und einer unter glas auf elffenbein gemahl-
ten miniatur einer nächtlichen scene, in einer mondhellen
einsamen gasse stehen zwei schwarzgekleidete männer
in betrachtung des wolkigten nachthimels versunken als
horchten sie auf eine serenata eine nachtmusique

meine reiseapotheke so gut gefüllt als es einem hypochon-
der nur anstehet, zinnverschraubte vierkantfläschgen für
haupt- und wurmpulver, rosmarinessenzen, tinkturen u
balsam, uiberdem hühneraugenpflaster, schnäpper, tabak-
klistier, nicht vergessen mein reisebestek, das necessaire
mit taschenmesser, scherchen, schreibzeug, manicurgerät-
he u. das reisenachtgeschirr

darzu das portable schreibepult u. die handbibliothek mit je einem band in klein 8°, lessing gottsched weisze gellert wieland gleim plato u kant klopstock hölty uz u bürger, sowie einem dizionario u. einer italiänischen grammatick

2. mai 785 auf der steinigten öde der passhöhe von sankt bernhard sizen o. liegen in der stellung in der man sie just gefunden, die verschütteten u erfrorenen todten, welche die mönche mit hülfe ihrer hunde aus den lawinen geborgen, als eine unheimliche kongregazion stumm beyeinander, u. da sie im ewigen winter, der auf dieser höhe herrscht, nicht verwesen, können die fromen brüder sie in der morgue hinter dem kloster so lange liegen o sizen lassen, bis sie ein verwandter abhohlt zum begräbniß

für die diligence musste ich rittgeld, kaleschgeld, schmiergeld zum schmieren der wagenachsen u wartegeld zahlen, u. ob die stahlfedern am untergestell der wägen gleich vor allzu groben stöszen schuz bothen, war es mir ohnmöglich nur eine minute in der nacht zu schlaffen, die wägen stoszen einem doch die seele heraus u. die size sind hart wie stein

8. mai 785 nur mit verbundenen augen auf der brüke uiber der brausenden düstern schlucht die das wildwasser aus dem granit gesägt hat, zirbelkiefern an schrofen thalstürzen, gletscherfirnen in eisigtem blau, bei sonnenuntergang das trokene harte schneeweisz der gipfel an ihren spizen in rosa u apfelsingold getunkt, 28. mai ölstudie

2. jun 785 in der schweiz hat es zulezt immerfort jämmerlich geschnieen, nach langer fataler u beschwerlicher reise endlich der blik auf den comosee von sorico aus, der see glizert im gegenlicht der sonne wie pures silber, weiche schimernde atmosfäre mit farbigen schatten, studie in was-

serfarben, mit dem boot von menaggio auf die halbinsul von bellagio

mauern aus sonnendurchwärmten bruchsteinen uiber welche eidechsen huschen

gasthof, kamerknecht	12.—
speisen, wein, liechter	10.50
haberstroh für die pferde	4.90
fuszstroh u bettstroh	2.10
diligencen, posten	68.15
summa	97.65

18. jun 785 das matte trokene iedennoch kräftige tobakgelb der hauswand hinterm grün der cypresse u des weinlaubs die einen harten schlagschatten auf den brökelnden verpuz werfen

4. julii 785 ein brunnen im wald bei viterbo, das gestein in mal hellerem mal dunklerem braun laviert unterm aufgerissenen laubwerk welches das verfallene gemäuer mit dumpfen grüntönen umwuchert

22. jul eine arkadische abendlandschaft, nicht in claudes luftperspective sondern mit klaren scharfgezeichneten einzelheiten in allen bildgründen, uiber dem rundtempel zur linken u. der portraitstele zur rechten steht die reinste durchsichtige himelsbläue, das abendgold der staffage mögte den betrachter in virgils aetas aurea versezen

10. aug 785 ein boscetto von eichen u cypressen auf erhöhtem mittelgrund daraus ein bach in mehrern stuffen hervorrieselt, im vordergrund schattig uiberwachsen von geissblatt u kräutern um die kühle des ohrtes anzuzeigen,

u. mit einer fernsicht auf berge wo man die uiberreste eines tempels siehet

4. 7° 785 bei subiaco eine heroische landschaft mit aufziehendem gewiter, der verfallene baumstumpf als ein memento, hinter der agave zur linken ein pilger am stab, der uiber felsichte stuffen zu einem votivbild in einer grotte hinaufsteigt

darstellung der natur muss *dichtung* sein, die italienische vereint alles was den poëtischen karakter einer landschaft erhöhen kann, was die natur unter den günstigen einflüssen eines milden himels hervorbringt finde ich hier in der reizenden fülle u mannigfaltigkeit anmuthigster gegenden

am 14. 8is 785 endlich uiber den ponte molle einritt nach rom

21. 8° 785 das grosze bild vom bogen des septimius severus bis zum minerventempel, dahinter das coliseo, rechts am bogen des titus vorbei bis zum labirinth der palatinischen trümer u. ihrer durch gartencultur u wilde vegetation geschmükten einöde, skizzenblat zu einem panorama mit bleistift, *wobei denn freilich die glühende farbe mit ihren schattig blauen gegensäzen u. all dem zauber der daraus entspringt, hinzuzudenken wäre*

11. 9is 785 die negroni unter santa maria maggiore war ehmals eine der reichsten villen von rom, jezt pflanzt man darin kohl u rüben, u. lässt in mitten der trümer ziegen grasen

je weniger die gegenden kultivirt sind, desto mahlerischer sind sie, vide diderot: *il faut ruiner un palais pour en faire un objet d'interêt*

dec 785 valenciennes macht ölstudien nur der veränderli-
chen phainomena halber, das zeitenthobene classische gilt
ihm für nichts, ihm ist es um das sujet der wetter- und
lichterscheinungen zu thun, luft farben wolken dämpfe
nebel regen gewiter, hackert hingegen um topografisch
akkurate lokalisirung, vide seine *pyramide des caius cestius*

winckelmanns *edle einfalt stille grösze* verstört als ein
zwiefach oxymoron, wie kann einfalt als naïve natürliche
simplicität sich zum edlen nobilitiren, und grösze ist doch
nicht still sondern lermt alswie das donnern jupiters das
rauschen des wasserfalls das dröhnen der orgl das brausen
im unwetter, u. wie kann etwas grosz *und* schlicht zugleich
sein?

zu neujahr 786 die nächtliche illumination des kapitols, *le
girandole* uiber san pietro, castello u ponte sant angelo

3. jan 786 das coliseo im schein des nachtgewölkes das
der mond von unten erhellt, im schimer der fakeln ein
heer aus zerlumpten skrufulösen betlern, die sich in mitten
der trümer ein kohlfeuer angezündt u. daherum stehen o
hoken, u. wie larven u lemuren zwischen den ruinen auf u
nieder wandeln als eine procession, deren wispern murren
u halblautes fluchen von den mauren in beständigem echo
refraktirt, in mehrern perspektiven ein capriccio in piranesis manier

abkehr von der idee des fruchtbarn augenbliks, vide lessings
laokoon, als abkehr von des aristoteles einheit von handlung ort u zeit, von centralperspektive u camera obscura

5. jan 786 mit öl auf karton das grabmahl der caecilia me-
tella an der via appia antica, 6. jan eine himelsstudie am
quirinal

hier verjüngt sich immerwährend das dasein vor melankolischen trümern, die anmuth der umgebenden natur scheint der düstern schwermuth der ruinen gar ein lächeln abzuringen u. die unaufhaltsame zerstörung der denkmale zu uiberzeitlicher schönheit zu erheben

feb 786 habe mir den jungen giuseppe scalfoni gemietet zum lastentragen, musz lachen wie der giovinastro in gutmüthigem burlo schilt: *ah questi pittori! inglesi, tedeschi, francesi! imer muss ich ihnen ihre portefeuilles geben und ihnen den sonnenschirm halten, dann ziehen sie ihre papiere heraus; seht, dort sizt grad so einer auf seinem feldstuhl im schatten unter dem schirm; heute morgen habe ich ihm alle seine sachen auf meinem esel dahingeführt, staffelei, farbkasten, leinewand, wein und brod, ohimè! das musz ich nun alle tage thun, notte e giorno faticar per chi nulla sa gradir; piova e vento sopportar, mangiar male e mal dormir, oh oh oh* u. s. w., so comisch wehklagt der ladro den lieben langen tag

30. märz 786 eine commission von sir peter beckfort ein pastorales ufer mit hirten u nymphen im idealischen geschmak, soll bis zu seiner abreise am zwoten vollendet seyn, die rötelskizze ist schon fertig u. ganz vernünftig geraten

in der spanischen weinschenke trefe ich meine landsleüte bey karten kegelspiel u billard, wir punschen bis zum morgengrauen, der schankwirt limonadier u coffeesieder macht einen guten profit mit uns

3. apr 786 die hervorbringung von *capricious beauties* sey das privilegium der natur, hat joshua reynolds vor zwey jahren in seinen *discourses* geschrieben u. damit den mahler von der strikten observanz kompositorischer regeln beim landschaften dispensirt, *pittore improvvisatore*

brod, fleisch, wein, käs, öl, tabacc	17.46
miete, unschlitt, brennholz	32.15
pigment, malkreide, karton	11.-4
wäsche, porti	4.95
summa	65.60

18. apr 786 morgendünste zerschmelzen zu farbigen lamellen, streifen von züngelndem orange gold im azur, ein abgeklärtes blau

14. mai 786 mit francis towne, einem freund des seeligen alex cozens, und mehrern andern inglesi in der spanischen weinschenke, wo er uns dessen aquarellirverfahren erklährt, cozens habe wasser mit tusche gemischet und ohne viel uiberlegen tuschklekse (*blots*) auf dem papier verteilt, *rude and unmeaning*, aus deren gleichwie zufällig entstehenden mustern (*patterns*) landschaften gemacht werden können, man gewinnt die landschaft aus dem ingeniosen wurf der blots, u. ziehet darnach die linien aus, die den kontur der formen blosz *andeuten* sollen, alex soll gesagt haben, in der natur machten sich formen zunächst in *flächen* kenntlich und sodann erst durch umrisse, u. es seye möglich *aus nichts etwas* zu machen, das tupfen (*blotting*) der tuschfleken stifte die idee der composizion ganz von selber

19. mai 786 der äskulap-tempel auf einer insel im see der villa borghese

1. jun 786 bei ostia antica, dunstige klarheit lavirt auf nassem papier, im warmen licht der uibergang von himel zum meer in gebrochenen tönen gleichmäsziges blau

die römische campagna ist unsere akademie, unsere beste lehrmeisterin des *plein air*

11. julii 786 la serpentara bei olevano, horazische gefilde, meditation uiber vergänglichkeit u melankolische versenkung, ansicht des monte soratte in der campagna mit bauschichter bewölkung in dünner lasur

man schwermt hier sehr von den montgolfieren des grafen zambeccari, so wie in england lunardis ballon aufsehen machte, ersterer stieg uiber venedigs canale della guidecca an 200 fusz in die höhe um eine vogelperspektivische vista zu zeichnen, allein der wind rütelte so starck an seiner gondel dasz ihme der stift fortdauernd verrutschte u. zulezt das blat den händen entrissen und fortgewehet ward

der ballon mit der venetianischen gondel schwebte lautlos u majestätisch von allein wie ein engel in die luft, darzu eine ohngeheure menge von zuschauern reglos ergrifen in tiefstem schweigen

5. aug 786 eine himelsstudie mit schweren wolken uiber rom

6. aug. 786 am ufer des albaner sees ein gewiter bey castel gandolfo

von den lieblichen höhen so mit dem üppigsten baumbewuchs geschmükt sind schweift der blik uiber den nemisee unter regenschleiern

das himelslicht ist die stimgabel für die tönung der erde

6. 7is 786 bei franz baptist weinheber einem mahler aus prag zu gast, wo ich vorstellungen des vesuvs, mondscheine, sonnenaufgang etc sahe, gemahlt auf seidenpapier mit transparentfarben die des abends vermittelst einer lampe durchleuchtet, einen frappanten effekt hervorbrachten,

bevor er mahler wurde, würkte er als koch am wiener bür-
gerspital beim kärntnertor, jezt steht er täglich an der staffelei im gala-frock aus lila-farbenem moar, weste u kamisol
mit goldborten breit und doppelt bordiert, seine fisiogno-
mie hat etwas von den karakterköpfen messerschmidts u.
gäbe lavatern ein trefliches studienobjekt ab, er wohnt in
einer turmvilla am pincio zwischen weinlaub u palmen,
zucchini u auberginenpflanzen in schmuckrabatten

den 5. 8is 786 fürchterliches wetter, schon graues sehr
leuchtendes licht in der erde grünlich rothe lichtblike in
den bergen die stark blau, ton durchsichtig, blau grüne
schatten in der ebene, feürig und samtartig alles nach regen,
blau hell braun grün blau blau grünlich blau grau modell-
irt

7. 8° 786 civitella getaucht in eine lichtatmosfäre aus vio-
let-, gelb- und satten grüntönen, die gebürgszone violet
gegen himelsblau, die waldzone in grün braun u sepia

den 8. 8is 786 unbändige tiefe von farbe und contrast, die
hintersten berge haben denselben grund wie die luft, nur
nach oben zu blau contouriert u. sind das hellste in der
landschaft, grosze hitze und farbe gegen mittag unter den
grandiosen ästen breitschattender bäume

29. 8° 786 einfache groszartige linien der flachhügelichten
ebene mit dem abendlich beleuchteten sabiner gebürge,
der zarte u. doch so karakteristische schwung u zug seiner
umrisse, im vordergrund der claudianische aquædukt mit
zwei solitairen pinien, skizze in tempera

robert de vernon ein mahler aus frankreich, ist aus seinem
atelier in der akademie der villa borghese von räubern ent-
führt worden, die im irrigten glauben alle stranieri müssten

wolhabend seyn, zu seiner freiung nun ein hohes lösgeld pressen

14. 9° 786 ein blauvioletter wolkenstrich am abendhimel über dem trasimenischen see, im flüchtigsten das universale festhalten

2. 10is 786 verkrüpelte ölbäume an einer felswand im parco chigi, cyclopische felsenmauern von uralten kolossalen steineichen uiberragt im innern des schauerlich dunkelnden haines, ein enger pfad uiber eine verfallene treppe neben räthselhaften, von pflanzenteppichen umhüllten u verschleierten grotten, baumwurzeln um felsbroken gekrallt, der fels saftig warm, grünes moos mit herunterhängendem gras

ich stehe früh auf, gehe spornstreichs an die arbeit, der künstler muß morgens nie etwas anderes denken, das schwächt den geist für die arbeit, ich mahle ohne unterbruch bis 1 uhr, baade dann, schlafe eine stunde u. kleide mich hierauf um zu tisch zu gehen, dreymal des tages wechsele ich die leibwäsche u. brauche nie ein stück, selbst ein handtuch nicht zweymal, giuseppe spottet *il mio padrone sempre è polito come una verginella*, nachmittags mache ich visiten, lese o schreibe briefe

19. 10° 786 in tivoli die cascata grande am sibyllentempel, uiber diesem wassersturz hätte newton das licht ohne prisma zerlegen können, hoch droben die villa so mæcenas dem horaz geschenkt, die ganze gegend ein reichblühender landschaftsgarten, studie mit bleistift u tempera

den 20. jan 787 hörte ich ein concerto spirituale in der capella sistina ein miserere von allegri, miserabile denn auch gesungen

22. jan 787 ziegenhirten bei olevano, die berge sind schwül grünlich blau gebrochener ton mit gebrochenem röthlichem licht u. stimt mit den wolken, contrast zwischen dem warmen grün in der ebene und dem bläulichen regenbogengrün in der luft die nach oben schön in blauem ton endigt, die vordersten hügel sind das glühendste von farbe braun u warm grün, mit bläulich tiefem ton im schatten groszes spiel von farbe u kraft, milde oben in den wolken u bergen

1. feb 787 besuch bei thomas jenkyns der in castel gandolfo in einem steinalten casinetto sein sommeratelier hat, er lebt immerfort in der größesten geistreichen geselligkeit mit den vielen besuchern die in ihme den aufmerksamsten gastgeber finden

der körper muss zur unterstüzung der leibeskräfte mit guten u gesunden speisen genährt werden, ich esse stark aber nur einmahl des tages, mein frühstük besteht aus einer schalle chocolade mit etwas geröstetem brode, abends trinke ich viel in eis gekältetes wasser, u. giuseppe bringt mir aus dem gasthaus paste mit sallat

3. feb 787 die bibliotheca greca in der villa hadriana, dann die cypressenallee der villa d'este in tivoli, die terrassirten wasserkünste, vide salomon gessners *brief uiber die landschaftsmalerei*

9. feb 787 mit rehberg verschaffelt kniep u tischbein frugales abendbrod im gasthof, sie wollen im märz nach neapel, laden mich ein mit ihnen zu fahren, das spectacle des thätigen vesuvs sey ein erhabenes sujet, auf protektion sei zu hoffen u. auf commissionen dürfe ich gewiss rechnen, ich bin d'accord bedinge mir aber aus, dasz giuseppe mich begleite, wer solte etwas darwiderhaben, er ist mir unentbehrlich geworden

kniep sagt, das gegenwärtige ausbrechen des feuers des vesuvii setze die meisten fremden allhier in bewegung, u. man müsse sich gewalt anthun um nicht mit fortgerissen zu werden, u. tischbein bestätigt: *diese naturerscheinung hat würklich etwas klapperschlangenartiges u. zieht die menschen unwiderstehlich an, es ist als wenn alle kunstschätze roms zu nichte würden, die sämmtlichen fremden durchbrechen den lauf ihrer betrachtungen und eilen nach neapl*, an aufträgen werde kein mangel seyn

den 2. märz 787 auf unserem weg nach neapl halten wir rast in gaëta, uiber der bucht steht die sonne niedrig am horizont mit kranzweis aufgefächerten strahlenbündeln, das meer spült heran u. tönt wie eine harmonika

gleich hinter gaëta die ersten feigenkakteen, bleistift mit wasserfarben

kalesch- u schmiergeld	54.20
gasthof, pranzo, vino, aqua	34.—
stallgeld, liechter	9.10
posten	27.95
douane u taxen	8.90
summa	134.15

8. märz 787 wir wohnen nun am meer mit der schönsten vista, hier ist eine welt die gott gemacht hat, gesundheit, ruhe, leben, ich glaube es den napolitanern, dasz wenn gott sich eine gute stunde machen will, er sich ans himlische fenster legt und auf neapel herabsiehet, auch sehe ich oder fange an zu fühlen, wie man ein grieche sein konnte

9. märz 787 sahe von hackert eine gouache mit dem krater des ätna, davor die ruinen des turms des filosofen empedo-

kles, hackert ist peintre de paysages marines et chasses de sa majesté le roi de deux siciles mit einem gehalte von 1200 ducati, sein bruder georg ist graveur du roi, beide wohnen im stadtpalais francavilla des don michele imperiale in der chiaja u. sommers im königlichen pallast von caserta, ihr atelierbetrieb florirt u. es giebt immer grosze abendgesellschaft mit besuchern wie z. e. sir hammelton, dem bischof von derry, casanova, gräfin lichtenau aus berlin oder prinz august von sachsen-gotha, izt macht er eine suite von vues aller see-häffen des königreichs

von katharina der groszen ergieng an ihn der auftrag, den russischen seesieg uiber die osmanische flotte zu mahlen, zu diesem behuf liesz fürst orlow vor leghorn eigens ein schif in die luft sprengen, damit hackert eine würkliche vorstellung einer solchen begebenheit erhielte

10. märz 787 es heiszt der könig wandele oft am schäferstab im griechenkostüm durch ein fantasirtes arkadien und spiele dabey die orgel-leyer, die ein faunisches blöken u flöten tönen lasse, oder er trage eine bocksmaske und stampfe den päan im lorberhain

11. märz 787 hier wird von den künsten viel gesprochen und noch mehr gethan, man könte fraglos mehr thun wenn man wolte, allein das gute findet allenthalben obstacles, das böse geschiehet von selbst, ich lebe sehr glüklich u vergnügt in diesem paradiesischen clima, habe ein casinetto am posilipp gemietet wo die luft vortrefflich ist u. die aussicht so schön, wie die stranieri ihren posilipp u. ihren golfo di napoli nur immer kennen

hackert sagt er componire mit seinen vues d'italie eigentlich immer englische gärten in denen der betrachter, sich selbst uiberlassen, in einsamkeit spatzierengehen könne

15. märz 787 mit tischbein ist ein kaufmann aus frankfurt gekomen der sich baron möller nennt, er trägt sich mit der absicht in kniepens begleitung nach sicilien sich einzuschifen, dieser baron ist ein einnehmender mann mit einem groszen u klaren auge, er sagt in den augen sey alles u. sucht im studium der natur, gleichwie in der kunst der alten, nach einem gemeinsamen gestaltprincip, spricht dunkel von der metamorfose der urformen u. empfiehlt mir *mich so viel als möglich zu verleugnen* und alle objecta *so rein als nur zu thun wäre in mich aufzunehmen*, er räth mir den krater des vesuvii aufzusuchen, um den blik an denen gesteinen mineraliis u schmelzflüssen der lava zu schulen, ich bekannte ihm dasz mir vor dem teufelsbrodem dieses höllenrachens schauere aber dies liesz er nicht gelten, lachte nur ob meiner hasenherzigkeit u. meinte, es seye gar nichts daran u. s. w., auch giuseppen der zeuge dieses ratschlags gewesen, stunden die haare zu berge, der leporello schlug das kreüz u. schwur himel u hölle, es solten keine zehn pferde ihn hinaufbringen, *cospetaccio e maledetto, ohimè, ohimè, senza me, caro padrone!* u. s. w.

6. mai 787 ein blat mit einer parthie im englischen garten zu caserta, eine sizende frau, den kopf auf den rechten arm gestüzt, unter einem weit in den raum hineinragenden baum, ein anderes blat mit den rükenfiguren eines liebespaares in classischen gewändern auf einem spatziergang in einer weiten felslandschaft, rechts unten in der ecke ein antiques grabmahl, sie legt ihm die hand auf die schulter, er rekt den arm u. weist mit der hand auf

vor sechs jahren soll loutherbourg in london für zahlendes publikum sein *eidophusikon* eröfnet haben, d. i. ein miniaturtheater das auf einer gukkastenbühne transparentgemälde mit bewegten lichteffekten zeigt, zum exempl vesuv-ausbruch sonnenuntergang seeschlachten mondaufgang meeresstürme u. s. w., die würkung soll frappant seyn, ob aber auch poëtisch? das fragt sich wol, sieht so die kunst der zukunft aus, in bewegten bildern?

12. jun 787 der bläulich silberne duft der fernen, als ich ankam war mein auge noch wie ungeschlifenes glas, jetzt erst fange ich an zu sehen

14. jul 787 in pompejana habe drei vues en gouaches gemacht in commission von lord berwick, vom theater welches jez ganz aufgedekt ist u vom isis-tempel u vom landhauß, beim ausgraben fand man im hartgebakenen schlam den vollkommen erhaltenen abdruk einer weiblichen brust, selbst das dünne tuch das sie einst bedekte, war mit seinen feinen falten im stein akkurat abgedrukt, ohnweit desselben grub man dreiundzwanzig versteinte leichen einer familie aus dem aschenboden, deren gewänder, als toga, tunika etc., ingleichen excellente praeservirt

lebt es im abgrund auch? wohnt unter der lava verborgen noch ein neues geschlecht? kehrt das verlorne zurük? frägt ein dichter, im angesicht von *pompeji und herkulanum*

nach hogarths *analysis of beauty* wäre die schönheitslinie ein sanft geschwungenes *S* eine harmonisch gewundene schlangen-linie, wunderliche herkunft des schönen aus den windungen der sündenstifterinn die sich im paradies um den baum der erkenntniß schlängelt

31. jul 787 wenn ich mahle, warnt giuseppe jeden der mir uiber die schulter blikt, *stören Sie nicht meinen padrone bei seinem gottesdienst*, der gutherzige narr ist mir recht gewogen, ich bringe ihm broken von deutsch bey, er dolmetscht mir das genuschelte idiom kampaniens

uiber tags ist zuviel blau im boden, der tonige grund von mauern erde fels fodert ein braun-oker welches [*unleserlich*] das gelb mit bürste u spachtel

aug 787 bey einem alten engländer las ich heute: seltsam, iemanden zu finden der, sich im dünkel der salons selbst eingesperrt, die düfte eines offnen felds verschmäht zugunsten geruchloser fiktionen einer leinwand, seltsam wer, nur mit handgezeichnetem prospect zufrieden, die inferioren wunder einer künstlerhand den darbietungen einer gottheit vorzieht, lieblich fürwahr die mimesis der *kunst*, doch noch weit lieblicher die werke der *natur*, traun ich verehre, niemand könnts mehr verehrn, des mahlers zauberhandwerk, der mir vor augen führt was ich nie sehen werde, ein fernes land in meines uiberträgt u. italiänisch licht an englands wände wirft, doch kann nachahmend stricheley nie mehr als unserm *auge* schmeicheln, die natur: *all unsern sinnen*

23. 7is 787 auf dem markt ein podest von bretern, uiber vier fässer gelegt, commedia mit arlecchino colombina pantalone pulcinellen u doktor bartolo in spiznasigten larven, u. fantastisch costumirt, derbe possen dazu tromeln u pifferari hanswurst spizbuben seiltänzer u pupenspieler, flüchtig skizzirt mit bleistift u aquatinta

am 24. strichelte ich eine kleine suite von porträtten, mit bleistift u sepia, von kupferstichhändler milchweib strohschneider bandelkrämer huterin laternenwärter wäscherinn hasenbalgkrämerin strohhutkrämer fischweib kapuzinermönch

marktschreyer u bänkelsänger, katzendoktoren preisen ihre curen an, kurpfuscher ihre zaubertränke u amulette, ein gukkastenmann hält den gaffern orgl- u automatenkästen tromelautomate eine kommodenstanduhr eine sprechende lesende schreibende singende machine u einen schachautomaten feil, darzu eine künstliche endte die ganz munter ihren haber frisst u verdaut

am 26. 7° 787 zum souper bei ritter hamilton, miß hart spielt auf der harmonika, danach auf dem clavier mit viel expreßion, gusto u feür von clementi die sonaten, so mr beckfort dedicirt sind, mit sehr schnellen doppie terzi, doppie seste e ottave, ein zuhörer namens galiani, vetter des alten cavaliere, sagte hernach: *chesta sì, ca è na bella museca! ma si clementi po' eseguì chesta sciorta 'e robba, clementi nun è n'ommo, è nu diavolo!*

ich beneide tischbein u rehberg um ihr glük, die fräule hart mahlen zu dürfen, in ihren zügen vereinen sich *chastity, simplicity* u *grace*, der süsze liebreiz afroditens mit juno-nisch keuscher hoheit u. der anmuthigen coqueterie eines engl landmädgens, vide romneys fancy pictures, *amor löst den gürtel der venus* etc

der ton der vertraulichkeit unschiklichkeit u zügellosigkeit, der am hiesigen hofe herrscht, ist unbeschreiblich, es ist eine welt der tittelsucht, der pompeusen aufdringlichkeit u. des plumben sinnengenusses in welchem sich besonderst der marchese t*** suhlt, ein ränkesüchtiger scharfsinniger aber schmuziger mensch, uibrigens cicisbeo der fürstin a*** die derohalber für eine nebenbuhlerinn der königin angesehen wird von der das volk sagt, dasz sie durch sieben paar lederner mannshosen hindurchsehe

29. 7is 787 rötelskizze blik vom posilippo über capo mi-seno procida nach ischia, im vordergrund eine gruppe pil-grime die vor einer capelle andacht halten

in ritter hamiltons villa die ränder der harmonikagläser
gefärbt nach dem regenbogenspektral, aber ihr ton vollkommen farblos als ein reines wasser reine dünne luft

zur erschaffung der harmonika: als prometheus wieder
einmal bey seinem menschengeschlecht in gestalt franklins auf [*unleserlich*] blitze des zeus und tyrannengewalt
geschirmet, nun dem geliebten zum trost noch die harmonica schuf, bath er athenen, daß sie die glokenspiele in
göterwonne eintauchete, doch sie tränkte ihn wieder in
schmerz [*unleserlich*]

[*Hier Bleistiftanmerkung am Seitenrand:*] apr 789 meine
liebe schwester dorothea aus frankfurt hat mir mit der
post das *intelligenzblat für die gebildeten stände* und herrn
bertuchs weimarer *journal des luxus und der moden* zu-
gesandt, fand in lezterem einen artikel des amerikaners
franklin so bedenkenswert, dasz ich ihn meinen blätern
anhier einlege

6. F (grün)

Den 6. Januar 1706 bin ich, Dr. Benjamin *Franklin*, in Boston in der Provinz Massachusets als sechzehndes Kind meiner Mutter zur Welt gekommen. Mein Vater war ein *Färber* und Seifensieder. Durch Schulunterricht und eigene Forschbegierde mit mancherlei Kenntnissen ausgerüstet, kam ich in meinem zwölften Jahre bei meinem älteren Bruder, der ein Buchdrucker war, in die Lehre. Hier benutzte ich jede Freistunde zum Lesen, zur Abfassung schriftlicher Aufsätze und Gedichte – verwandte mein übriges Geld auf Bücher — und noch ehe ich mein sechzehndes Jahr erreicht, waren Lockes *Versuch über den menschlichen Verstand* und Xenophons *Denkwürdigkeiten* meine Lieblingsschriften.

Im Jahre 1723 verließ ich die Druckerei meines Bruders und gieng nach Philadelphia in Arbeit, wo ich, wie man mich später erinnerte, hungrig und zerlumpt ankam. Hier erlangte ich gute Konnektionen und gieng dann 1724 nach London, wo ich anderthalb Jahre in einer Druckerei arbeitete, kehrte hierauf wieder nach Philadelphia zurück, und errichtete daselbst 1728 eine eigene Druckerei in Compagnie mit meinem Mitgesellen Meredith.

Meine Industrie, die Schönheit und Genauigkeit meines Drucks, und die Unterstützung meiner Freunde verschafften mir bald viele Geschäfte. Ich gab *cum applauso* eine politische Zeitung heraus, wurde Drucker der Regierung in Philadelphia, errichtete 1731 die erste Leihbücherei überhaupt und fieng im folgenden Jahre an, jährlich ein Taschenbuch unter dem Titel *Poor Richard's Almanack* herauszugeben: eine Schrift, die allerley nützliche ökonomische, moralische und andere Aufsätze enthielt und so stark gelesen wurde, daß zuletzt 10000 Exemplare davon gedruckt wurden. Voll Begierde, den Namen eines Gelehrten zu verdienen, lernte ich erst jetzt, und zwar ganz für mich, die lateinische und französische Sprache. Auch hernach habe ich vieles, ohne instruirt zu werden, mir selbst aus denen Büchern beigebracht. Mit Eifer betrieb und unterstützte ich alle litterarischen Einrichtungen meines Vaterlandes und erhielt 1743 den Auftrag, den Plan der *Philosophical Society of America* bestimmter zu entwerfen.

Im Jahre 1736 betrat ich meine politische Laufbahn. Ich wurde zum Sekretär bei dem Parlamente von Philadelphia und einige Jahre hernach zum Repräsentanten für die Stadt Philadelphia bei demselben erwählt. Schon 1737 erhielt ich die Stelle eines Postmeisters von Philadelphia. Bei den öftern Feuersbrünsten daselbst machte ich zuerst den Plan zur Errichtung einer Feuerkompagnie; auf diese folgte auch bald auf meinen Vorschlag eine Brand-Assekuranzgesellschaft.

Bei dem ersten Anfange der Streitigkeiten der Kolonien mit England, die wegen der Auflagen entstanden, wurde ich 1764 als Unterhändler nach London geschickt, wonach ich 1766 eine Reise nach Deutschland machte. Als nachher diese Streitigkeiten in offenen Krieg ausbrachen, wurde ich nach Paris gesandt, wo ich im Dezember 1775 ankam. Die Achtung, mit der man mich dort empfing, entsprach, wie ich wohl ohne unbescheiden zu sein behaupten darf, meinen Verdiensten. Ohne fremde Unterstützung wäre Amerika nicht frei geworden, und ich darf mir schmeicheln, den Allianztraktat mit Frankreich zu Stand gebracht und ihn auch am 17. Februaris 1779 unterzeichnet zu haben. Vier Jahre darauf ward am 20. Januaris 1783 in Versailes der Friede geschlossen, wodurch Nordamerika für eine freie Republik erklärt wurde.

Ich, der ich mich um meine Mitbürger dadurch, wie ich glaube, unsterblich verdient gemacht, bereicherte zugleich auch Künste und Wissenschaften mit den wohlthätigsten und angenehmsten Erfindungen. Meine Theorien zum Strömungsverlaufe des Golfstroms müßten sich annoch in irgendeinem Pariser Archiv befinden. Als vorzüglich wichtig möchten meine Entdeckungen in der Elektrizität angesehen werden, und vorzüglich die so praktische Anwendung der Lehre von der Elektrizität auf die Theorie der Gewitter. Der kühne Gedanke, man müsse den Blitz wie die Elektrizität ableiten können, gehört, wie wohl behauptet werden darf, ganz mir, und dadurch habe ich die Menschen in den Stand gesezt, dem Feuer des Himmels seine Bahne vorzuschreiben. In Dr. Forsters *Reise um die Welt* etwa läßt sich nachlesen, wie Kapitän Cook mit einer an der Spitze des Hauptmastes befestigten Eisenkette die Blitze eines Unwetters veranlaßt, nicht im Schiffe einzuschlagen, sondern gefahrlos an diesem vorbei sich ins Wasser herniederleiten zu lassen. Dem Himmel entriß ich den Blitz, den Tyrannen das Zepter. Fiat lux! —: so hat Herr Fragonard mich denn auch in Allegorie vorgestellt. Das feine Gefühl meiner Wirksamkeit und mein vielfältiges Originalgenie dehnten sich aber auch über schöne Künste und Literatur aus. Jenes Toninstrument, das an Zartheit und Süßigkeit nichts neben sich leidet, die *Harmonika*, ist von meiner Erfindung. Auch hat man von mir einige theoretische Betrachtungen über die Tonkunst, über den Gesang und das Versmaß eines Volksliedes, u. s. w. Von mir ist der mit Recht so bewunderte Aufsatz *Der arme Jakob*, der im zweiten Theile von Engels *Philosophen für die Welt* frey übersetzt steht; so wie noch andere kleine Schriften.

Am 24. Julio 1785 verließ ich Frankreich und kam am 15. September zu Philadelphia an; mein Empfang war so feierlich, wie es der Stifter der Freiheit seines Vaterlandes wohl verdiente. Ich habe nachdem in einer glüklichen Ruhe gelebt, die aber noch immer durch nützliche Thätigkeit für meine Mitbürger ausgezeichnet ist. Seit einigen Jahren leide ich an Steinschmerzen, die zeitweilig so heftig sind, daß ich das Bett hüten muß; indessen habe ich bis jetzt /: Gott Lob!:/ den vollen Gebrauch meiner Sinne behalten und zeige in guten Augenblicken der Krankheit noch immer die Laune und Munterkeit, die mir im freundschaftlichen Umgange eigen ist. Wenn aber meine Seele dereinst ihre sterbliche Hülle verlassen haben wird, rechne ich auf ein Leichenbegängniß mit einem Pomp, der in Philadelphia noch ungesehen ist.

Angeborne und erworbene Eigenschaften vereinigen sich, mich, wie man mir ohne Schmeichelei versichert, achtungswert zu machen. Bescheidenheit, Menschenliebe und Freimüthigkeit sind die Grundlagen meines Charakters; eine ungetrübte Heiterkeit, eine einnehmende Gefälligkeit im gemeinen Leben, und eine beständige Gleichmüthigkeit in großen Unternehmungen verbinden sich in mir mit der größten Vorsicht in meinem Betragen. In allen Dingen, bei allen politischen oder philosophischen Untersuchungen habe ich es mir zu eigen gemacht, immer die einfachste Ansicht der Sache aufzufassen und sie darnach zu prüfen. Mein System von Lebensweisheit ist eben so einfach: Schmerz und Langeweile suche ich stets durch Mäßigkeit und Arbeit zu entfernen. Ohne gleichgültig gegen den Ruhm zu sein, verachte ich doch ungerechte Urteile, und wenn mich Dankbarkeit erfreut, so weiß ich doch auch dem Neide zu verzeihen. Freiheit und Recht, praktische

Moral und *common sense* sind meine Leitsterne. Mein Umgang ist, wie jeder, der mich kennt, gern bestätigen wird, äußerst anziehend; gern dringe ich in die Kleinigkeiten des bürgerlichen und häuslichen Lebens ein, und setze sie durch die Fülle meines Geistes und meiner Erfahrungen in ein neues Licht.

Als Nachkommen werde ich einen Sohn und eine Tochter hinterlassen, die den größten Theil meines Vermögens erben sollen; meinem Enkel aber, William Temple Franklin, werde ich meine Bibliothek und alle meine Papiere und verschiedene Landesbesitzungen, so wie auch mehreren Stiftungen ansehnliche Legate vermachen. Da ich mich in der Hauptsache unverändert als Buchdrucker begreife, habe ich mir zum Epitaph diese Grabinschrift entworfen: *Hier ruht der Leib des Buchdruckers Benjamin Franklin gleich den Deckeln eines alten Buches, aus welchen der Inhalt entfernt und die ihrer Beschriftung & Vergoldung beraubt sind, den Würmen zur Speise; doch wird der Text selbst nicht verloren seyn, sondern, woran er fest glaubt, dereinst in einer neuen schöneren Edition erscheinen, durchgesehen & korrigirt vom Verfasser.*

Der Redacteur dieses hochwohllöbl. Journals hat mich gebeten, einige Erinnerungen an den Ursprung der Erfindung meiner *Harmonika* beizufügen. Ich willfahre seinem Wunsch um so lieber, als über mein Instrument einige irrige Meinungen zirkulieren, die zu berichtigen schon lange an der Zeit war. Freilich will ich gern zugeben, daß über die Würkung der Harmonika auf die Nerven noch mehr Untersuchungen angestellt zu werden verdienten, zumal über das Beben der Finger-Nerven, verbunden mit der bebenden Musik. Wo ich nicht irre, so berichtet der Göttinger Doktor Lichtenberg in seiner Korrespondenz, daß Mesmer und seine Nachahmer und Gehülfen auch die Harmonika bei ihren Streichen genützt haben sollen. Ist es dann, wenn man dem Effekt des Instrumentes eine Schädigung der Gesundheit nachsagt, ein Wunder, daß die Obrigkeit mancherorts seine Verwendung polizeilich untersagt hat? Ich für meinen Theil habe nie einen Zweifel daran gelassen, daß ich Dr. Mesmers Behandlungsmethoden, die er mir in Paris *in persona* erläutert hat, ablehnend gegenüber stehe, mag auch sein Schüler La Fayette sie in unserem Unabhängigkeitskriege an Soldaten, deren Nerven im Gewehrfeuer zerrüttet wurden, mit Erfolg praktiziert haben, ja mag auch unser nazionaler Heros, General Washington, dem Wiener Doktor in einem Briefe seine Anerkennung ausgedrückt haben.

Dem sei nun wie ihm wolle – als ein Mann der praktischen Vernunft, der Thatsachen und des aufgeklärten gesunden Menschenverstands, muß ich Mesmers Theorie vom thierischen Magnetismus zwar so lange, wie sie nicht widerlegt wird, gelten lassen. Ein triftiges Urteil zu fällen über die Annahme, es könne das Nervensystem des Menschen durch die elektrischen Ströme eines Magneten, den man ihm über den Körper streicht, heilsam stimuliert werden, bleibe dem Gelehrten überlassen, der ich nicht bin. Anders steht es um jene Hypnose, mittels deren Patienten in eine Trance gesenkt werden, die vom Klang meines Instrumentes, wie man mir berichtet, just eben so ausgelöst werden könne wie von einem Pendel, das vor ihren Augen hin- und herschwinge. Hier, ich gestehe es nur, empört sich in mir das Bewußtsein, das die schöne Vernunft von sich selber zu hegen bestrebt ist, ihr Wille zur Autarkie, ihr Widerwille gegen Einflüsterungen, *suggestiones* und *insinuationes*, gegen *manipulationes* und Charlatanery, Hokus-Pokus und Mummenschanz.

Man hat mir erzählt, wie Dr. Mesmer die Nachbehandlung seiner Hypnose-Patientin, der Gräfin Thun, veranstaltet hat. Während die Gnädigste — nur Personen von Stand konnten die Behandlung sich leisten; seien wir froh, daß unser großer demokratischer Staatenverbund den

Dünkel und die Privilegien des Standes nicht mehr duldet! — vor niedergelassenen Portieren auf einem Kanapée hingestreckt lag im seidenrot tapezierten Kabinett, das nur von wenigen Kerzen zaubrisch illuminiert war — schon dies eine zweideutige, nach Maaßgabe von Schicklichkeit und Sitte überaus bedenkliche Posizion! — setzte sich der Doktor an die Harmonika, tratt aufs Pedal, ließ die Gläser schwirren, und fantasirte auf ihnen einen Galimathias aus flirrend changierenden Harmonien, einen *medley* aus geisterhaft schwebenden Akkorden, ungestalt und formlos; er hat es immer wieder betont, daß er nie nach Noten spiele, sondern stets *improvisando*; das Ergebnis mag denn auch darnach gewesen sein.

Was er anders mit seinen Patientinnen angestellt, möge daraus erhellen, daß besagte Gräfin kurz hernach guter Hoffnung gewesen ist; der Herr Graf, der lange schon vergebens einen Stammhalter sich ersehnte, wird es dem Doktor, woran ich nicht zweifle, mit einer Extra-Gratifikation gedankt haben. Fest steht nun einmal, daß das Aufkommen des Instruments in die Epoche der schwachen Nerven fiel; und hieß es nun, daß die Harmonika magisch auf die Nerven wirke, so konnt es nicht fehlen, daß sie sich aller empfindsamen Seelen bemächtigte. That sie es im Guten, zur Stärkung des Herzens und fröhlichen Ertüchtigung der Seelen, so soll es mir recht sein. That sie es aber als Usurpatorin, zur Schwächung des Willens, des Verstandes und der Nerven, so lege ich wert auf die Feststellung, daß ich dies nie gewollt und auf den Spott besagten Professors aus Göttingen (wo das Städtgen eigentlich liegt, kann ich, da ich eine Mappe Deutschlands nicht zur Hand habe, nicht sagen), der mich als den *Erfinder der Disharmonica zwischen England und der Neuen Welt* schmält, gern verzichte.

Angefangen hat alles damit, daß ich mich seit 1757 in London aufhielt, um der Royal Society meine Theorien zur Elektrizität vorzustellen. Zur Königlichen Gesellschaft zählte damals auch ein gewisser Edmund Delaval, der sich mit Forschungen abgab, die meiner Aufmerksamkeit bis dato entgangen waren. Dieser lud mich und einige weitere Gentlemen eines Abends im Oktober '58 ein, ihn in seiner Villa am Rande der Stadt, zwischen Mayfair und Marylebone gelegen, zu besuchen. Ich erwartete das übliche Diner, die üblichen steifleinenen, formellen Konversationen bei Tische, wie sie in unserer Neuen Welt zum Glück einem frischeren, unbefangneren Tone gewichen sind, und war daher nicht wenig überrascht, als unser Gastgeber, kaum daß wir im Schein einer trüben Lantern unsern Kutschen entstiegen waren und unsere Garderobe abgelegt, uns in ein von Kerzen flackernd illuminirtes Kabinett führte, uns auf Sopha, Sesseln und Kanapée niederzusetzen bat und, sobald wir seiner Bitte entsprochen hatten, ein rotsammtenes Tuch, welches bis jetzt über etwa zween Dutzend zartstenglichten Weingläsern unterschiedlicher Größe gelegen, mit Schwung so wegzog, daß auf ein Mal sichtbar ward, wie diese Gefäße mit Wasser je unterschiedlich gefüllt und akkurat angeordnet auf einem Tische befestigt standen und die Wachslichter in ihnen mit schönen Reflexen spielten. Ich muß gestehen, daß mich dieser Ciarlattanism, dieser *trick* eines auf überraschende Würkung erpichten Zauberkünstlers, nicht sonderlich beeindruckte. Als guter Americaner, der das Nützliche und handfest Thatsächliche Europens alter Neigung zu Schwarmgeisterey und schönem Schein entschieden vorzieht, hatte ich mit den Moden und Alfanzereien in der Gesellschaft der Alten Welt ja schon einen Burgfrieden geschlossen und wußte daher nicht mehr als mit dem Kopfe zu nicken, als ich drei Jahre später in Herrn Goldschmidts *Vikar von Wakefield* las: *They would talk of nothing but high life, and high lived company, with other fashionable topics, such as pictures, taste, Shakespeare and the musical glasses.*

Und vor letzteren rieb sich unser Gastgeber nun die Finger. Ich habe später in solchem unablässigen Händereiben ein untrügliches Zeichen dafür gesehen, daß mein Gegenüber ein Glasspieler aus Profession sey. Auch der seelige Puckeridge, auf den ich gleich zu sprechen komme, hatte diese Manier. Denn die Unterseiten der Finger, zumal der je letzten Fingerglieder, die nach langer Praxis die Neigung gewinnen, immer leicht auswärts gekrümmt zu bleiben, in jener Haltung also, in der sie über die Glasränder streichen — diese Glieder nun also müssen sich die Feuchtigkeit bewahren, die sie durch ein kurzes Eintauchen in eine Wasserschale gewinnen; und solcher Weise benetzt, teilen die Finger mit Reiben und Streichen, ohne daß es dem Spieler nach einer Weile noch bewußt wäre, sich andauernd die Feuchte ihrer Haut mit, um diese vor jener Austrocknung zu bewahren, welche die Finger alsdenn tonlos über das Glas hinweggleiten ließe.

Welche Piecen uns Delaval in seiner Vorstellung bot, die er nach einer Verneigung nebst einigen höflichen Begrüßungsworten begann, weiß ich nicht mehr, glaube aber, daß es sich um Arrangements von Handel's *Water Musick* gehandelt hat. Ich sollte hier einfügen, daß die Muse der Tonkunst in meinem Elternhause zu Boston nicht häufig zu Gast war, obzwar eine Harfe und ein Fortepiano in unserem Salon standen, auf denen meine Mutter bei Gelegenheit sich hören ließ mit traulichen Melodien wie *Carrickfergus* oder *The Rose of Ballybran* zu festlichen Empfängen, Hochzeiten oder Weihnachten. Insoferne ich außer einer philanthropischen Neigung zur schönen Geselligkeit und fröhlichen Gesittung des Musicierens nichts weiter dergleichen auf den Lebensweg mitbekommen, war mir das Gespielte selbst, das ich an jenem Abend vernahm, einigermaßen gleichgiltig. Um so mehr fesselte mich, aus mehrern Gründen, die Technik des Hervorbringens der Töne.

Zum einen schien es, als ob diese nicht aus der *materia*, die sie erzeugte, hervorgingen und von ihr in den Raum ausgesandt würden; ja, als ob die Töne, ihrer Herkunft nach, gar nicht zu localisieren wären, sondern augenblicks, schon beim ersten Einschwingen, gleichsam frei im Zimmer schwebten, sich aus allen Richtungen zusammengestimmt hätten, um als ein *fluidum*, ähnlich einem Gase oder der Luft selber, das Vakuum diffus doch vollständig auszufüllen mit ihrer Bebung.

Zum andern vexierte mich die unablässige Kreisbewegung, in welcher die Hände die Gläser rieben, um diese zum Tönen zu bringen, und fast ergriff mich ein Mitleiden mit dem armen Delavalen, dem diese Motion in seinen Handgelenken und Arm-Musculis gewiß die größeste Anstrengung und durch das beständige Kreisen keinen kleinen Schwindel im Hirne abfodern mogte, so daß ich mich bei dem Gedanken ertapte: ob es nicht klüger seye, wenn die Gläser selber statt der Hände des Spielers in Rotation gebracht würden?

Rätsel gab mir auch die Anordnung der Gläser auf dem Tische auf, da jene nicht der Abfolge resp. Reihung der zwölf Halbtöne entsprach, wie sie uns von der Claviatur des Fortepiano vertraut ist, sondern einem räumlichen Schema folgte, welches die Gläser sowohl neben- wie hintereinander gestaffelt, dazu je um einiges gegeneinander versetzt positionierte, so daß für die Grunddreiklänge und -akkorde die Finger horizontal wie vertikal gespreizt werden mußten, was, wie ich glaubte, von einem eingefleischten Clavieristen nur mühsam zu erlernen sein könne.

Im übrigen frappirte mich der überaus reine und an Lautstärke ungemein variable Ton dieser (temperirt gestimmten) musical glasses. Von allen Vorzügen des Instrumentes dürfte nicht der geringste der sein, daß man es nicht nachstimmen muß, wenn die Feuchte der Luft oder die Raumtemperatur sich verändern.

Nicht ohne Belustigung beobachtete ich die Würkung der Musik auf meine Brüder von der Königlichen Societät. Statt enerviert sich die Hände gegen die Ohren zu pressen, was bey dem Schrillen, Durchdringenden der Klänge leicht zu erwarten gewesen, blickten diese gelehrten (und wie ich, ohne ihnen zu nahe zu treten, doch behaupten darf: einigermaaßen abgebrühten) Gentlemen mit verklärtem Auge zur Decke empor, als blickten sie geradewegs in ein imaginaires Reich der Sylphen und der Seraphim, und ich glaubte zu sehen, daß sich dem ein oder andern gar eine Thräne ins Auge stahl, um sogleich unwillig-verschämt mit dem Taschentuche abgetupft oder mit dem Handrücken ausgewischt zu werden, als wäre es nur ein Staubkorn gewesen, das ihm hineingeflogen.

Die Pause, da uns Livrierte mit Thee, Mandlmilch, Bisquits zu erfrischen kamen, bot Gelegenheit, Delavalen, der weiterhin unablässig die Finger sich rieb, nach seiner Machine auszufragen, und da erfuhr ich denn, daß das Glasspiel, das in Böhmen, Schlesien und Frankreich unter dem Namen *Verrillon* bekannt, aber trotz seiner Zierlichkeit, mit dem es sich dem verzärtelten Geschmack des Parisers doch gut angedient hätte, dort nie so popular geworden seye wie auf unsern Inseln, eine Erfindung von hohem Alter sein müsse. Er glaube, daß schon die Chinesen mit Holzstäbchen klingende Gläser gestrichen, ja daß schon im Reich der alten Perser das Glasspiel im Schwange gewesen und dort den Namen *sazi kasat* geführt habe. Er, Delaval, habe seine Kunst von einem Irrländer, einem gewissen Mr. Puckeridge aus Clonmel erlernt, der, soferne er nicht gerade im Debauchieren sein Glasspiel lieber mit Branntwein denn mit Wasser fülle, daher im Verfolg seiner Trunksucht schon so manches Instrument zu Scherben zerschmissen, ein capabler Musicus ja ohnbestritten die führende Autorität für die *angelick organ* im Königreiche sey, indem es ihn nicht geniere, heute vor adlichten Herrschaften und morgen in Schenken und Tavernen und dann wieder in der Kirche und zu anderen feierlichen Anlässen aufzutreten. Puckeridge habe ihm verraten, daß schon anno '31 der Frankfurter Kammermusicus Carl Ludwig Weißflock ein Clavier von auserlesenen Gläsern durch 3 Oktaven gebaut, auf dem dieser, ohne irgend eine Dämpfung, nach Gefallen piano und forte ausdrücken konnte und sich damit am Zerbster Hofe habe hören lassen; und daß auch Eisels *Musicus autodidactus*, der '38 in Erfurt publicirt worden, Anleitungen gebe zum Bau eines Verrillons, welches nicht mit denen Fingern zu streichen, sondern mit umwickelten Holzklöppeln zu schlagen seye.

„In 1746 at Little Haymarket," fuhr Delaval fort, „even the famous Mr. Gluck played on twenty-six glasses tuned with spring water, with full orchestral accompaniment," was mich nun vollends in Erstaunen setzte, da ich bis dato nicht geglaubt, daß auch die größten Meister in der Composition diesem klimpernden Apparate ein geneigtes Ohr geliehen. Doch, doch, bekräftigte Delaval das Gesagte; der Ritter Gluck habe das Konzert, wie die Gazetten gemeldet, drei Jahre später in Kopenhagen besonders zu des Auditorii größtem Contentement auf einem aus lauter Glas bestehenden und früher dort nicht bekannten Instrumente wiederholt.

In Wahrheit sei freilich das Instrument noch um ein Erkleckliches älter, denn habe nicht schon der Nürnberger Harsdörfer im vorichten Jahrhundert eine *Anleitung, eine lustige Weinmusik zu machen*, in seinen *Mathematischen & Philosophischen Erquickungs=Stunden* gegeben? Und stehe nicht gar im Inventario der Sammlungen des Schlosses Ambras zu Innspruck *ain Instrument aus Glaswerch*, welches mindestens schon vor 1596 in Tyrol erbaut gewesen sein müsse?

Delaval proponirte, als er sahe, daß mich seine Machine so mehr fesselte, je mehr ich von ihr erfuhr, ich möge zum weitern Verfolg der Sache seinen Lehrer, Puckeridge, in personam aufsuchen und befragen; er wolle sich gern anheischig machen, ein Treffen zu vermitteln, indeme er mit einem Recommendationsbrief meinen Besuch avisiere; bis Ende der Saison werde jener noch, wie er wisse, zu Dublin im *Golden Anchor Inn* Logis nehmen; sein Meister sei eine jener originellen Naturen, deren es, wie ich ja wisse, in Irrland unzählichte gebe, und insoferne man nie sicher sein könne, ob, was er sage, der Wahrheit entspreche oder geflunkert sei, möge ich im voraus mich vorsehen und vor dem Schwadronieren des alten Trunkenbolds auf der Hut sein; dennoch zweifle er nicht, daß ich einige nützliche Kenntnisse aus meinem Besuch ziehen könne, zu dessen Behuf ein etwan mitgebrachtes kleines Praesent in Form einer Bouteille, die, wie er augenzwinkernd hinzusetzte, nicht mit Selter-Wasser gefüllt sein sollte, gewiß keinen schlechten Dienst leisten werde.

Nach der Pause trat Delaval wieder hinter sein Glasspiel, bath um Ruhe, und strich und klimperte noch einige weiteren Piecen von Dr. Arne und Dr. Boyce, die je mehr ihrer folgten so mehrers mich bezauberten und erhoben; er begann das Spiel mit den geisterhaftesten Tönen, so ich je gehört, bis sie in voller Harmonie zerflossen und mit wunderbarer Gewalt von einem Adagio ins andere gingen. Ich sage „Gewalt", weil ich wiederum Gelegenheit hatte zu beobachten, wie diese Musique meinen hartgesottenen Confratribus von der Königlichen Akademie Thränen der Wehmut abpreßte, was sie erst dann zu geniren schien, als nach dem Konzert ein jeder seine Garderobe in Empfang nahm und theils schweigend oder verlegen hüstelnd, theils mit gezwungen derben Scherzen Abschied nahm und in seine Kutsche stieg.

Mein Entschluß stand fest. Am 5. März 1759 schiffte ich mich zu Holy Head in das Packetboot nach Howth ein, und geriet sogleich in einen der fürchterlichen Stürme, die

die Schiffahrt auf der Irischen See zu allen Zeiten schon zu einem Hazard gemacht und bey nahe auch uns an den Klippen von Anglesey zerschmettert hätte, wäre nicht der Capitain ein Seemann von altem Schrot und Korn gewesen, der, nachdem wir eine Weile im Windschatten der Isle of Man Schutz gesucht, so geschickt vor dem Winde segeln ließ, daß wir endlich, der Gefahr mit Gottes Hülfe entronnen, am folgenden Abend die Küste der *Grünen Insel* erreichten und, nachdem wir uns samt Bagage ausgeschifft, von den am Pier wartenden Lohnkutschern aufgeladen und auf einer elenden Aschenpiste in die City von Dublin gefahren wurden.

Ich hatte mich meinem alten Freund, Reserve-Lieutenant O'Keeffe von den *2. British Light Dragoons* angekündigt, der am Fitzwilliam Square in einem schmalen dreistöckichten Backsteinhaus residierte und mitsamt seiner Gattin Fanny, geb. MacDermot, meinem Besuch mit Freude entgegensah. Das gutherzige Paar zählte zur Schaar jener Freunde, deren ich damals in Britannien noch viele besaß; später, mit Beginn der Konflikte zwischen der Krone und unseren Staaten, sollten die meisten von mir abfallen wie reife Früchte vom Baum, wurden aber zum Glück von neuen Getreuen ersetzt im wackern Frankreich, wo man unserer Sache eine nachgerade überschwängliche Sympathie entgegenbrachte.

Nachdem meine Gastgeber mich unter der Türe begrüßt und herzlich umarmt, mir auch ein Gästezimmer gewiesen, in dem bereits ein gutes Kaminfeuer flakerte, ließ ich mir die Bagage vom Kutscher herauftragen, kleidete mich um und verbrachte den Rest des Abends im heitersten Gespräch mit denen Freunden im Salon. Am andern Morgen, gleich nach dem Frühstück, begab ich mich, umweht von einem feinen Staubregen, dem der Ruch von Torf- und Kohlfeuern beigemischt war, ungesäumt auf den Weg zum *Golden Anchor*, der, wie man mir sagte, in den *Liberties* ohnweit der Patricks-Kathedrale zu finden sei, einem anrüchigen, schmuzigen Quartier aus rußgeschwärzten, geduckten Häusern, vor denen krüpplichte Alte ihren Rausch ausschliefen und Kinder im Koth, baarfüßig und zerlumpt, mit Reifen, Sprungseil und Kreisel spielten, während ihre Mütter unter Zetern das Spülwasser auf die Gosse schütteten. Durch dieses Elend (: dem *nota bene* – zur Schande Britanniens! – nächst den Hungersnöthen der Pfälzer Bauern, die Bevölkerung unserer Staaten den größten Zuwachs verdankt) suchte ich mir meinen Weg zu dem Gasthaus, in dem Puckeridge Quartier genommen, und fand mich endlich vor einer windschiefen Schenke, deren Wirtsschild in Gestalt eines Ankers an rostigen Haken quietschte im regnichten Wehen. Ein rauchichter Ruch nach Tabak und Torf, vermischt mit dem sauren Dunst verschütteten Bieres, schlug mir entgegen, da ich den eichenen Schankraum betrat und den Wirt, der hinter der Theke damit beschäftiget war, die Krüge auszuspülen, nach seinem Gast fragte. „Pockrich?" höhnte der stropirte Patron und spie aus, auf das faulichte Stroh, welches auf den Dielen den Straßenkoth und das verschüttete Bier aufzusaugen hatte, bis es einmal die Woche zusammengefegt und durch neues ersetzt ward. „To Hell or to Connaught with him! Konnt seine Zeche nimmer zahln, da hab ich ihn auf die Gasse geschmissen." Auf meine Frage, wo jener nunmehr sein Logis genommen, kritzelte mir der Wirt etwas auf einen Zeddel und ich bot ihm zum Dank für seine Adresse an, die Quartierschulden seines Logiergastes zu übernehmen, eine Offerte, die jener nicht zweimal sich machen ließ. Dann handelte ich dem Wirt noch eine Flasche Branntwein ab – mein Gastgeschenk – und begab mich auf weitere Suche nach dem Tonkünstler.

Aus dem Staubregen war unterdes ein scharfer, alles durchweichender Sprühregen geworden, der mich nötigte, den Mantel am Kragen zu schließen, meinen Dreispitz tief in die Stirne zu ziehen und den Kopf beständig gesenkt zu halten; das Gekritzel des Wirtes hatte ich mit Noth entziffert als *223 Peddlar's Court, ober der Pferde=Träncke*, eine jener gerade eben handtuchbreiten, ohngepflasterten Gassen im Labyrinth unzählichter Durchgänge, Höfe und Hausgeviere, zwischen denen herrenlose Hunde streunten, Gerümpel sich türmte, Ratten im Koth scharrten und unter jedem Schritt die Scherben zertrümmerter Bouteillen knirschten. Als guter Americaner, der den Degen so unerschrocken zu führen weiß wie das Pistol oder den Shileelagh, wandelt Furcht mich selten nur an; hier aber ergriff mich, wie ich gestehe, ein Gefühl, das der Teutsche in seiner Sprache *Angst* heißt, ein für den Engelländer kaum übersezbares, und schwer zu beschreibendes Wort für Bedrohung, das sich mutmaaßlich aus dem Wort *Enge* ableitet und mein beklommenes Herz im Innern mit dem Umsperrten der äußeren Lage evident zusammenschloß, ein Empfinden, dem ich dadurch zu wehren suchte, daß ich der „Enge" ein „l" hintansetzte, mithin einen persönlichen Schutz-Engel mir schuf, der mich durch diese Trübsaal sicher zum Meister der *angelick organ* geleiten sollte.

Ein Bettler, dem ich, als er durch Rauch und Nebel auf mich zugehumpelt, einen Penny gegeben, wies mir die Richtung zu einem vereinzelt stehenden, mit Brettern halb vernagelten Hause, dessen Rauchfang mit den Jahren so krumm geworden als ein krüpplichter Weidenbaum, und als ich an der Türe desselben mit dem Klopfer mehrmahlen kräftig gepocht, öffnete mir, nachdem sie argwöhnisch durch den Türspalt gelugt, eine zerlumpte Wäscherinn, frug nach meinem Begehr und hieß mich, als ich ihr den Anlaß meines Klopfens erklärt, die Stiege empor gehen bis zur letzten Tür unterm Dache, hinter der ich den Gesuchten, der offenbar sein Bett schon seit Tagen nicht verlassen, ohnfehlbar antreffen werde.

Also erklomm ich die wurmstichige Stiege, pochte auf ihrem obersten Absatz an die Thür, die zur Dachkammer führte, und harrte der Erlaubnis, einzutreten, die denn auch, aber erst nach längerem Zuwarten und wiederhohltem Klopfen, erfolgte. Die Stimme, die von innen zu mir drang, ein röchelnd gekrächztes „Cumme inn, for hell's sake", war nicht eben dazu angethan, mir das Eintreten schmackhaft zu machen, und der Anblick, der sich mir bot, nachdeme die Augen dem Dämmer der Kammer sich etwas akkommodiert, ist kaum zu beschreiben. Neben einem kleinen eisernen Ofen, auf dem eine henkellose Theekanne stand, inmitten zahlloser Töpfe, Pfannen und Gläser, die zwischen Notenblättern, Büchern und Unrath rings über den Boden verstreut standen, um die Wassertropfen aufzufangen, die aus dem lecken spinnwebichten Dache fielen, lag eine Matratze aus verfaultem Stroh, auf der sich unter einem Halbdutzend Decken, die von Motten bereits so durchlöchert waren, daß sie kaum mehr ihren Zusammenhalt wahrten, ächzend ein Mann mit dem Oberkörper aufrichtete, den ich nach der Beschreibung Delavals nur mit einiger Anstrengung als jenen Tonkünstler erkannte, der mit seinem Glasspiel auf unseren Inseln das Publikum entzückt und Triumphe gefeiert hatte. „Mr. Puckeridge, I presume?" grüßte ich und trat näher. Der Begrüßte, bekleidet nur mit einem Hemde, das vor Jahren einmal weiß gewesen sein mochte, grüßte nicht zurück. Das genarbte, vom Trunk und von den Pocken ganz porös gewordene Gesicht glotzte aus stieren, blutunterlaufenen Augen unter einer von Ungeziefer wimmelnden Perücke, indeme aus dem halb offenstehenden Mund ein dünner Speichelfaden aus dem linken Mundwinkel rann.

Also starrte Puckeridge mich an, während ich nach der Bouteille in meiner Manteltasche griff; allein als hätte er schon erraten, wonach ich suchte, krächzte er: „Auf dem Ofen in die Theekanne, da können Sie's reinschütten, ich trink's gleich so weg aus der Tülle, hab meine Gläser versetzen müssen." — „Ihre musical glasses?" frug ich zurück, aber darauf gab er keine Antwort, sondern winkte nur mehrere Male mit der Rechten ab, als müsse er etwas verscheuchen als ein Ungeziefer, vielleicht eine Erinnerung? Ich that ihm den Gefallen, entkorkte die Flasche, goß ihm den Inhalt in die Kanne, aus der ich zuvor den Staub gepustet, und reichte ihm dieselbe, welche er mir mit Hast, als ein Verdurstender, aus den Händen riß, um sie sogleich an den Mund zu setzen und mit verzweifelter Gier aus der Tülle einen Schluck nach dem andern zu nehmen, indeme sein Adams Apfel auf und nieder hüpfte, was mir einen ganz sonderlichen Eckel machte.

Er hatte noch kaum die Kanne abgesetzt, da war mit seiner Contenance schon eine verblüffende Alteration vor sich gegangen: Seine Züge hatten sich gestrafft, die Augen blickten nun klar und scharf; er warf das Laken von sich, sprang von seinem faulichten Strohsacke hoch, tapte zu einem Hocker, ließ sich, ohne sich weiters um mich zu bekümmern, auf ihm nieder, rieb sich die sehnichten, an ihren Spitzen aufwärts gekrümmten Finger und blickte mich endlich mit einem verschlagenen Ausdruck an, den ich fürs erste nicht zu deuten wußte. „Wenn Sie mich engagiren wollen, müssen Sie erst meine Gläser beim Pfandjuden auslösen,“ sagte er; allein ich mußte ihm dies sogleich abschlagen, worauf er eine Weile wieder stumpf zu Boden sahe und mit dem schmollenden Ausdruck eines Kindes in Schweigen fiel.

Indes trachtete ich, dieses bockichte Schweigen zu brechen; also reichte ich ihm die Hand (die er fürs erste nicht nehmen wollte), entschuldigte mich dafür, daß ich nicht gekommen sei, ihn unter Vertrag zu nehmen, sondern von ihm ein mehrers über das Glasspiel zu erfahren, und brachte zum Grund meines Anliegens die Hoffnung vor, mit einer Verbesserung seiner Machine, solle heißen: mit leichterer Praktikabilität derselben auch das elende Loos derjenigen zu verbessern, die, wie er selber mir hier *ad oculos* zeige, aus ihrer kunstverständigen Mühsaal noch nicht den *profit* zu ziehen vermogten, auf den sie doch, wie jeder tüchtige Mann, einen gewissermaßen naturrechtlich verbürgten Anspruch hätten. Ein wackerer Künstler, der sein Metier verstünde, dürfe wie jeder Handwerksmann einen Lohn fodern, der seiner Leistung adäquat wäre, und menschlicher Erfindergeist sei überall gerufen, wo es darum zu tun sei, die Proportion zwischen Arbeit und Ertrag zu bessern, indem diese erleichtert, beschleunigt und *meliorisirt* werde.

„Yerra, was gibts da schon zu beschleunigen, Sir," knurrte Puckeridge, der sich unterdes die Perücke abgenommen, um aus ihr mittels einer italiänischen *maccaroni* bedächtig die Läuse zu stochern. „Schneller dürfen die Finger numal nich drehn auf'm Glas. Weder zu schnell noch zu langsam, sonst klingt's nich. Da is nichts zu verbessern oder zu erleichtern. Sie müssen nur immerfort drehen, immerzu im Kreis, wie ein Leyermann, und wenn's schwingt, dann stimmt's schon, können Sie mir glauben. Ich frag mich nur, was *Ihr* Nutzen davon sein soll? Wisha, aus purer Menschenfreundlichkeit tut doch keiner die Arbeit beschleunigen. Welchen *profit* wollen denn *Sie* aus der Sache ziehn?"

Ich beeilte mich, ihn meiner uneigennützigsten Anteilnahme am Fortschritte der Wissenschaften und des Handwerks der Menschen zu versichern; solcher Progreß sei ein Gebot der Vernunft selber, welche ohne des Menschen *Industrie* nicht auskomme; und da ich mir schmeicheln dürfe, schon zur Bändigung der Himmels-Electricität eine *invention* gemacht zu haben, die itzo zur Wohlthätigkeit der ganzen Menschheit diene, sei es nunmehro mein edelstes Bestreben, dergleichen *ingenium* auch in den Dienst der Musik zu stellen; übrigens sei ich vermögend genug, um auf private Interessen an der Sache nicht angewiesen zu sein.

Hier lachte Puckeridge kurz und trocken auf; das kurze Lachen ging in einen langen Husten über, den er mit einem ebenso langen Schluck aus der Branntweinkanne zu lindern suchte, woraufhin er, nachdem er einmal kräftig aufgestoßen, sagte: „Wie schön für Sie. Dann können Sie mir ja doch meine Gläser auslösen. Das Pfandhaus steht in 81 Camden Street. Und Sie erwarten, daß ich Ihnen das abnehme? Yerra, Sir, Ihr Ingenium hat Sie vermögend gemacht — das meinige mich nicht. Wie reimt sich das? Vermögend konnten Sie nur werden, weil Sie bei allem, was Sie taten, Ihren *profit* nie aus den Augen verloren und mit Wohlthätigkeit immer auch, wenn nicht zuvörderst, Ihnen selbst wohl taten, dat's fo' sure!"

Ich hielt dagegen, daß mein Vater ein Färber gewesen, der sechzehn Kinder habe ernähren müssen; daß Entbehrung mir vertraut sei; daß ich als *apprentice* im Druckergewerbe sowohl *idleness* wie *industry* erfahren und dergestalt, mit klaren moralischen Gerüsten versehen, mich emporgearbeitet, so wie unzählichte Landsleute in unseren Colonien es allein durch ihrer Hände Arbeit zu einem Wohlstand gebracht, der nicht mehr den Privilegien von Rang und Stand wie in Europens verrotteten Feudalgesellschaften, sondern allein der Thatkraft unseres mutigen jungen Kontinents sich verdanke, solle heißen, dem Fleisse des Einzelnen, welcher demzufolge auch die Wohlfart nicht dem Staate, sondern der moralischen Verbindlichkeit des *individuums* in die Hände lege. Und um diese, nicht um etwelchen Gewinst, sei es mir zu thun.

„Ach was," krächzte Puckeridge und schob sich die Perücke, aus der er soeben mit der getrockneten italiänischen Paste die letzte Laus gekrazt, auf dem schütteren Haupthaar zurecht. „Sofern es auch bei Ihnen in America ererbtes oder erarbeitetes Vermögen giebt, das den unmittelbaren Bedarf zur Reproduktion des Lebens übersteigt, erwirbt es seinem Besitzer, er mag wollen oder nicht, *Macht* —

und diese Macht wiederum setzt ihn in den Stand, sein Vermögen zu mehren, und damit wieder seine Macht, et eo ipso sein Vermögen. Ist das Ihr ‚Fortschritt‘? Ein *progressus ad infinitum*? Sirrah, wenn Capital sich *akkumulirt*, entstehen doch automatisch, sein Besitzer mag es wollen oder nicht, Machtverhältnisse, nämlich Abhängigkeiten und Hierarchien, die womöglich wirkmächtiger sind als jede Ständeordnung. Was Sie in Ihren Colonien practiciren, Sir, ist die Werteordnung einer künftigen Welt, die alles ins Verhältnis von Nutz und Zwecken setzt, in eine Nützlichkeit, welche Habgier als Hauptlebensziel bestimmt und die Rechte des Menschen nach dem Maaß seiner Verwendbarkeit für besagte Akkumulation bemißt. Musha, Sir, ich sage Ihnen voraus, daß diese Ihre künftigen auf Geld gegründeten Machtverhältnisse einmal dermaßen bedrückend wirken werden, daß man sich des Korrektivs von Rang und Stand vielleicht gern wieder erinnern wird, jedenfalls dann, wenn letzterer nicht auf Vermögen, sondern auf Verdiensten gründet. Ich bin jederzeit anzuerkennen bereit, daß bei Ihnen tapfere und tüchtige Männer zu Vermögen gelangen, aber das Unheil, das hernach aus diesem unwillentlich erwächst, mag ich mir ungern ausmalen.“

Ich hätte hier einwenden können, daß ich mir unter einem „Korrektiv der Macht“ denn doch lieber Recht und Gesetze vorstellte als das Unrecht einer abgelebten, morschen Ordnung, wollte aber dem Gespräch eine andere Richtung geben, um zu dem Gegenstande, dessentwillen ich meine Visite gemacht, zurückzukehren. Allein Puckeridge ließ mich so bald nicht zu Wort kommen, sondern höhnte: „Fortschritt, Vernunft, Zeitpfeil, Linearität! Von A nach B, von B nach C, immer schön gerade auf der Strecke bleiben! Ich kann mir schon denken, was Sie im Sinne haben. Am liebsten würden Sie meine Gläser in eine Reihe stellen, aus der Fläche nehmen und zur Gerade ordnen, eins neben das andere wie eine Schwadron angetreten zum Appell vor der Garnison, eine Compagnie Todter in Reih und Glied, Friedhofskreuze, ausgerichtet auf Kante, he? Und dann? Rund bleiben die Gläser trotzdem, Sir; nur Rundes vermag zu rotieren; schon haben Sie wieder den Kreis statt der Gerade, die Unvernunft statt der Vernunft, den Wahnsinn der mythischen Wiederkehr. Indem Sie mein Instrument — yes, Sir, *mein* Instrument, darf ich wohl sagen — *meliorisiren*, wie Sie sich auszudrücken die Güte hatten, setzen Sie Ihre instrumentelle Vernunft an die Stelle der zwecklosen Zwecke, der unbrauchbaren Schönheit, der unnützen Contemplation, die in der räumlichen, nichtlinearen Anordnung meiner Gläser ihren Ausdruck findet."

Puckeridge hatte sich in Rage geredet; ich nutzte eine Unterbrechung, während deren er sich mit dem Handrükken den Schaum aus den Mundwinkeln wischte, um ihm zu entgegnen: „Mich interessieren weder Repräsentanzen noch Symbole. Sehen Sie hier den Bauplan, den ich auf der Überfahrt in meiner Kajüte entworfen. Die Schönheit, von der Sie reden, kann nur das Ergebnis der Mechanik sein, nicht diese selbst. Mir ist es um Handhabbarkeit zu thun. An der Kreisbewegung soll und kann sich nichts ändern. Es ist aber kein Unterschied, ob die Finger rotieren oder die Gläser. Das Resultat ist das gleiche — einzig, daß die Töne treffsicherer und rascher aufzufinden sind, wenn die Finger nurmehr linear, in der Horizontale, gespreizt werden, und daß dieses schneller und leichter zu erlernen sein wird."

Im übrigen möge er, Puckeridge, nicht vergessen, daß es eine Wechselwirkung gebe zwischen dem Fortschritt des Instrumentenbaus und dem des Komponierens, denn so wie dieses auf die Weiterentwicklung der Instrumentenmechanik antworte, müsse umgekehrt jener auch wieder dem differenzierteren neuesten Stande des Komponierens sich anpassen, um nicht den Anschluß zu versäumen und am Ende zum veralteten Träger veralteter musikalischer Gedanken zu verkommen. Meinethalben möge er dies *instrumentelle Vernunft* nennen; ich zöge es vor, von ästhetischer gleichwie ökonomischer Vernunft zu sprechen, da doch nun einmal in unserer entwickelten Geldwirtschaft ein wirtschaftlicher Nutzen allein aus der optimirten Verwertung von Schönheit gezogen werden könne. Es stehe jedem individuo frei, sich den *facts*, dem Bestehenden, dem was nun einmal der Fall seye, mit einer trüben Verquikkung von Ästhetik und Moral entgegenzustemmen, aber dann dürfe es sich nicht beklagen, wenn solche Weigerung zu seinem eigenen höchstpersönlichen Schade gerate.

Hier hielt es Puckeridge nicht länger; er schnellte vom Hocker auf, ruderte wüst gestikulierend mit den Armen und sprang im Hemde vor dem Ofen erregt hin und her — ein ergötzliches Ballett zwischen den Pfannen und Schüsseln, die auf dem Boden standen – das mich zum Lächeln würde gereizt haben, hätte nicht sein Gesicht einen Ausdruck getragen, in dem Trotz, Zweifel, Eckel und Grimm so rasch sich abwechselten wie im Antlitz eines Mimen auf der Schaubühne. „To hell or to Connaught with *facts, facts, facts!*" zischte er, trat dicht an mich heran und hielt mir seinen gereckten schmuzigen Zeigefinger zur Warnung gerade unter die Nase. „Yerra, Sir, fein haben Sie sich das ausgedacht. Die Gläser werden nebeneinander auf eine Horizontalachse gereiht, und diese wird über ein Schwungrad mit einem Treibriemen in Rotation versetzt, der von einem Pedal angetrieben wird. Grandios. Es lebe die Music-Manufactur. Setzen Sie doch statt der Gläser gleich Nähnadeln in einen Stichkopf, dann gewinnen Sie ein prächtiges Instrument für unsere Nähterinnen. Die werden es Ihnen danken. Die Arbeitskraft wird billiger, die Machine ersetzt den Menschen, wozu braucht man ihn dann noch? Er sitzt vor der Werkbank, tritt sein Pedal, den Rest besorgen die Automate. Fügen Sie Ihrem Glasspiel doch gleich ein Uhrwerk bei mit Federaufzug. Das klimpert Ihnen die Musique, einen Spieler braucht es dann nimmer, das spart Geld, da haben Sie Ihren *profit*. Wisha, machen Sie nur so weiter, dann haben Sie in zweihundert Jahren conservirte Musik in kleinen Kästchen, die jedem Hundsfott in der Rocktasche stecken und über dünne leichte Schläuche ihm jederzeit, auf den Druck einer Taste hin, eine Infusion von Klängen in die Ohren träufeln, wenn er in der Kutsche sitzt oder durch die Straßen läuft. Man hängt sich das Kästchen als ein Collier um den Hals, trägt die Schläuchlein beständig im Ohre und ist stolz darauf, mit der automatisirten Welt als ein lebender Automate beglückt im Einverständnis sein zu dürfen."

Ungerührt hielt ich darwider, daß die Arbeit von Künstlern damit nicht überflüssig oder abgeschafft werde; Angebot und Nachfrage werde den Preis der Ware Musik weiterhin so reguliren wie jetzo und die Erschließung neuer Märkte den Verlust ausgleichen, der dem *individuo* durch die Verbilligung seines Arbeitswertes etwan zustieße. Dem Neuen sich zu versperren, sei sinnlos, da dieses einer willenlosen Dynamik des Ganzen gehorche und nicht dem Willen eines Einzelnen. „Listen, Puckeridge: Noch mögen Sie Ihre Piecen von Handel oder Gluck auf Ihrem Verrillon ausführen können. Aber warten Sie, bis ein Komponist Ihnen rasche Triller und chromatische Staccato-Zweiunddreißigstel im Allegro abfodert: Dann müssen Sie kapitulieren, und dann wird überhaupt keiner mehr Sie engagiren. Oder? Wie oft haben Sie schon danebengegriffen?"

„Selten," gab er zurück. „Nur, wenn ich nüchtern war. Wenn ich meinen Sprit intus hab, treff ich Ihnen die Töne wie ein Zielschütze auf zweihundert Yards. Jeder Künstler braucht ja so'n Zeug zum Incitament seines Brägens, der eine Taback, der andere Weiber – dieser Coca-Blätter, jener den Duft vergammelter Äpfel oder was auch immer.

Wenn's nach Ihrer *Vernunft* ginge, Sir, müßt man den Taback und all das Zeugs verbieten, dazu wirds vielleicht, wenn alle Leute sich ihre Schläuchlein ins Ohr gestöpselt haben, auch noch kommen, wahrscheinlich in Ihren Colonien zuerst, aber unsersgleichen wird es dann nimmermehr geben. Denn unser ist die Unvernunft und die Kreisbewegung und nicht die Beschleunigung, sondern der einwärts gedrehte Stillstand, ein raasend rotierender Stillstand, ein zweckloser Zweck — mit dem Sie aufräumen möchten. Viel steht dafür, daß Ihnen dies gelingen wird. Aber ich sage Ihnen, Sir: Nur der gefühlvolle Spieler ist für mein Instrument geschaffen. Wenn Herzbluth von seinen Fingern träuft — wenn jede Note seines Vortrags Pulsschlag ist — nur dann, hören Sie, nur dann nähere er sich diesem Instrument und spiele."

Das Gespräch war sinnlos geworden. Ich griff nach meinem Hut, und während ich mir die Handschuhe überstreifte, bemerkte ich kühl nur noch dieses: „Ich muß mich verabschieden, Mr. Puckeridge. Und ich versichere Sie, die Würkung meiner Erfindung wird ans Fabelhafte grenzen. Ich halte es nicht für unwahrscheinlich, daß, wenn das Instrument wieder verloren gehen sollte, die Erzählung davon für die Zukunft das sein wird, was die Geschichte der Leyer des Orpheus für uns ist. Aber sagen Sie mir noch ein Letztes: Wie sind Sie darauf gekommen, das Glasspiel zu erlernen?"

„Aus langer Weile," gab er zur Antwort. „Yes, Sir, beileibe nicht aus Enthusiasmus oder um die Furien am Eingang des Hades zu besänftigen. Da unsere Mutter früh gestorben, wuchsen wir bei unserem Vater auf, der, statt sich neu zu verheurathen, lieber seine Abende am Schanktisch im Kreis seiner Freunde verbrachte, wo wir bis in die Nacht hinein bei ihm sitzen mußten, um beim Kartenspiel seinen Mitspielern über die Schulter zu lugen und ihm mit kleinen Zeichen, die zwischen uns abgestimmt waren, einem Naserümpfen oder doppelten Lidschlag oder *hm-hm*, das Blatt seiner Gegner zu verrathen, ein Schwindel, der, wenn er aufflog, was /: Gott Lob:/ selten geschah, in Prügeln endete. Stunde über Stunde mußte ich so ausharren und pflegte alsdann müde den Kopf mit Wange und Schläfe auf den linken, auf dem Tische ausgelegten Arm zu betten, mit den Fingern der Rechten müßig über den Rand der Gäser zu streifen, in denen mein Gesicht verzerrt sich spiegelte, und mit dem Summen und Singen, das ich erzeugte, mich fortzuträumen aus der schäbigen Societät; und ich erinnere mich, daß es mir einmal gelang, den Ton dabei so durchdringend anschwellen zu lassen, daß alle in Mitschwingung versetzten Gläser, der Spannung nicht mehr standhaltend, auf dem Tische zerplatzten und ihren Inhalt über die gelegten Spielkarten versprützten, was meinen Vater so erzürnte, daß er mich einen f—ing Hundsfott schalt und mit seinem Shileelagh grün und blau und halb tod schlug, hier sehen Sie noch die Narben. Yes, Sir, Langeweile: Auch sie ist ein notwendiges Incitament, eine Voraussetzung jedweder Productivität, Ihnen doch auch vertraut, oder? Nein?"

Ich antwortete hierauf nichts. Puckeridge hatte mir den Rücken zugedreht und sich auf Zehenspitzen, die Hände hinter dem Rücken verschränkt und den Kopf in den Nacken geworfen, unter ein Dachfenster gestellt, um in die Nacht hinauszuspähen. "Horchen Sie!" flüsterte er. "Hören Sie's? Das Plätschern der Tropfen vom Dach in den Kannen und Tassen und Schüsseln? Meine Regenmusique! In jedem Gefäß tönt es anders. Hier ein wässriges *pitch*, dort ein gläsernes *pling* oder metallenes *bang*, jedes Tropfen in seinem eigenen Rhythmus und Zeitmaaß, aus allen Richtungen complementär in der Kammer rechts und links, oben und unten, hinten und vorn und wir mitten darin. Was giebt es Herrlicheres als Naturlaute? Doch tönt ja nicht das, was vom Himmel kömmt; vielmehr ist es die irdene Waare uns zu Füßen, die in Schwingung gerät. Daran werden Sie denken, spätestens dann, wenn Ihr Leib sich anschickt, wieder zu Erde werden zu wollen. Glas ist sublimirte Erde, Sir, und wie leicht bricht das. Sie neigen sich zurück zu dem, aus dem Sie erschaffen wurden, und dann zerspringt der unirdische wesenlose Ton wie eine Seifenblase. Was einmal organisirte, galvanisierte *materia* war, ist nur mehr Anorganizität, Asche und Schlacke, schweres Gefels, der Kalk von Gebein tief im Boden, und aus ihm kömmt wieder das Glas."

Dann wandte er sich unter einer schroffen Drehung mir zu, und seine elevierten Züge hatten aufs neue ein mürrisches, finster drohendes Aussehen angenommen, indeme er sprach: "Alsdann viel Glück, Herr Americaner. Kehren Sie heim auf Ihren zukunftsfrohen Kontinent und befördern Sie die Wohlfahrt von Millionen, in dem Sie Manufacturen und Fabriken errichten, in denen Heere besitzloser Wanderarbeiter vom Lande für 2 Shillings am Tag das Werkpedal treten. So wird der Fleiß den Wohlstand besorgen, und so ist es vernünftig. Allein da Sie so hingebungsvoll die Electricität studiert haben — Delaval hat mich hievon unterrichtet —, sollten Sie nie vergessen, daß sich das electrische Feld im Körper des Menschen nicht, gleich dem Blitz, ableiten läßt. Jede Nerve, auf welche die Torsionsschwingung der geriebenen Gläser sich überträgt, erwirbt in einem Maaß, das uns noch ganz unbekannt ist, eine veränderte *voltage*, und diese afficirt das Gehirn des Spielers auf gefährliche Weise. Sirrah, ich bin mir sicher, daß Sie sich des Schadensrisikos bewußt sind; wer Assekuranzgesellschaften gründet, speculirt ja auf Schäden, nicht? Ein treffliches Kalkül. So können Sie jedem Erwerber Ihres Instrumentes gleich eine Assekuranz-Police mit verkaufen. Slán, agus go raibh míle maith agad. Leben Sie wohl."

Ich wandte mich grußlos zur Thüre, öffnete sie, schritt hinaus, und schloß sie sacht hinter mir zu. Zwei Tage später kreuzte ich unter einem Himmel von wolkenloser Bläue auf einem Schoner den spiegelglatten St.-Georgs-Kanal, und noch ehe das Schiff am Bristol Pier angelegt, hatte ich in meiner Kajüte alle wesentlichen Berechnungen zum Bau meiner Machine fertig skizziert, so daß ich nach meiner Rückkehr in London ohnverzüglich an die Anfertigung eines Prototyps gieng. Daß zwei Jahre vergehen sollten, bis dieser in Vollendung vor mir stand, konnte ich nicht ahnen. Auch schwante mir nicht, daß Puckeridge wenige Wochen nach meinem Besuch auf der *Emerald Isle* einem Schlagfluß erliegen sollte, so daß er zu meinem Bedauern nicht mehr Gelegenheit bekam, sich von meinem neuen Instrument seine Überzeugung so abnehmen zu lassen wie von einem Highwayman, der am Hohlweg den Kutschpassagier um seine Bagage erleichtert.

Fürs erste gab ich in einer Kunstschreinerei in der Camden Street ein Gestell aus Birnbaum und Mahagonny in Auftrag, eine Traglade auf vier Beinen in Sitzhöhe nebst einem Pedal und einem Schwungrad, welches aus massivem Holz, besser noch aus durchbrochenem Gußeisen oder Messing angefertigt werden könne. Den Treibriemen aus Leder, der die Trittkraft vom breiten Pedal auf das Rad übertragen sollte, verschuf mir ein Lohgerber aus Southwark.

Die akkurate Berechnung der Umdrehungsgeschwindigkeit war kein Kleines, aber es liegt auf der Hand, daß die Construction der Gläser mir das meiste Kopfzerbrechen bereitete. Ihre Stimmung und Tonhöhe wollten zunächst ins exakte Verhältnis zu Stärke und Durchmesser des Materials gesetzt sein, wobei die Art und Herkunft des Glases in die Berechnung noch nicht alsogleich einbezogen wurden — was sich später als Fehler erwies.

Die Gläser sollten in Glocken- resp. in Kalottenform gefertigt werden, indeme ihr Diameter von Halbton zu Halbton kleiner werden mußte und ihrem Boden jeweils ein offener Halß aus Glas mit angeblasen werden sollte. Diese Glocken nun sollten auf einer eisernen Spindel von der größesten d. h. tiefsten, bis zur kleinsten und höchsten gereihet werden, wobei jedweder Berührung zwischen ihnen mittels eines dämpfenden Stoffes zu wehren war, für den ich zunächst Holz, dann Pappmaché, zuletzt Kork vorsah. Dergestalt sollte jeweilen zwischen den horizontal aufgeschobenen Gläsern die nächstkleinere Kalotte aus der nächstgrößeren im Abstand einer Fingerbreite hervorragen: ein Einfall, der mir gekommen war, als ich in der Küche meiner Dubliner Gastgeber am Fitzwilliam Square gesehen hatte, wie die Dienstmenscher die gespülten Schüsseln, Schalen und Teller auf dem Trockenspind ihrer Größe nach ineinander geschoben, so daß diese den Platz auf dem Bord engstmöglich füllten und zugleich genug Zwischenraum zum Abtropfen, Trocknen und Lüften hatten.

Fürs erste waren vierundzwanzig Glaskelche für zwei Oktaven von g bis g'' vonnöten, je einer pro Ton. Gelänge die Erfindung, würde es ein leichtes sein, dem Spieler, dessen Arme weiter würden ausholen können oder wollen, Instrumente mit erweitertem Tonumfange anzubieten, wobei allerdings infolge der — in Proportion zum einheitlichen Drehtempo der Spindel — allzu mählichen Umdrehung sehr großer (resp. allzu raschen Drehgeschwindigkeit sehr kleiner) Glocken einer ohnmäßigen Erweiterung jenes Umfanges natürliche Grenzen gesetzt waren.

Zum Material bestimmte ich zunächst schlichtes Bleiglas, dessen Anfertigung ich bei Glasermeister Steepelton in Lower Merchant Street, *ober dem Strand, im Haus Zu den zwei Pferdeköpfen*, in Auftrag gab. Die erste Lieferung enthielt, als ich sie der mit Holzwolle gefüllten Kiste entnahm, zwei zerbrochene Gläser (cis', d'') und ein gesprunges (f'). Die zweite barg sieben zerschellte Gläser; Steepelton entschuldigte dies mit den infolge schlechten Wetters rauhen Transportwegen. Die dritte war ohnbeschädigt;

allein nachdem die Gläser aufmontiert worden, erbrachte eine Probe, daß sie nicht zum Einschwingen zu bewegen waren und dannenhero ihre Stärke und Durchmesser von Grund auf neu berechnet werden mußten.

Darüber verging ein ganzes Jahr.

Ende 1760 gelang ein weiterer Versuch, dergestalt daß die Gläser nun zwar immerhin einen Ton gaben, aber schlecht klangen. Ich erwog daher, ob nicht venezianisches Glas sich besser schicke und orderte eine Kiste Gläser aus Murano, die mitsamt dem Frachtsegler und seiner Bemannung in einem Sturm vor der Küste von Portsmouth versank. Eine zweite traf glücklich ein, klang aber zu meinem Erstaunen noch schlechter als ordinaires Bleiglas.

Zuletzt, anno 1761, erinnerte ich mich des ob seiner Reinheit gerühmten böhmischen Kristallglases, und mit diesem, das ein Exporteur aus dem mährischen Brünn nach schier endlosem Zuwarten schließlich lieferte und mit dessen Schliff ich recht zufrieden sein durfte, glaubte ich endlich ein paßables Resultat erzielt zu haben, indem nun der Klang der Diskantlage flötenartig cantabel und leuchtend einschwang, während die tiefen Lagen etwas vom warm Nasalen einer Gambe hatten — nur, daß sich itzt, da die Gläser adjustirt waren und der Mechanismus sein Functioniren trefflich unter Beweis stellte, die Temperirung *des Ganzen* als falsch herausstellte: Was neue Berechnungen von Schwungradgröße, Riemenspannung und Umdrehungstempo erfoderlich machte, denen entsprechend eine gänzlich neue Anfertigung des Instrumenten-Corpus zu folgen hatte. Dankbar gedenke ich hier des Herrn Charles James aus London, der mir von Anfang an beim Berechnen und Construiren der Machine zur Hand gegangen ist.

Ende 1761, als alle Probleme gelöst waren, ließ ich meine Glaß-Machine von Dr. Boyce und Dr. Arne, dem Compositeur des Liedes *Rule Britannia*, examiniren. Beide waren nach ihrem Probespiel entzückt und versprachen mir für das Instrument eine profitable Zukunft, ob seine aufwendige Herstellung gleich den Erwerb wohl leider bloß für die wohlhabenden Stände zulassen werde. Andererseits werde es sich gewiß nicht nur für den Salon kunstsinniger Damen schicken, sondern seines durchdringenden Klanges wegen auch in Sälen vor einem hundertköpfichten auditorio sich durchsetzen können, so daß sein publiquer Einsatz in Akademien die Investition leicht *amortisiren* werde.

Ich gestehe, daß mich dies nicht wenig beruhigte, hatte ich doch annähernd dreitausend £ St. und viele hundert Arbeitsstunden für seine Entwickelung verwandt und mußte durchaus befürchten, die Frucht meiner Mühen höchstens für Gotteslohn zu erndten. Nachdem mit den Herren Arne und Boyce die zwei führenden Kapazitäten Londons auf musicalischem Gebiet dem Instrument ihren Seegen gegeben, trachtete ich nun auch den Beyfall des Amateurs zu gewinnen, der die Musik nicht als ein Gewerbe betrieb. Aus diesem Anlaß ließ ich an meine in London lebende Nichte mütterlicherseits, Miß Marianne Davies, die sich mit ihren 17 Jahren bereits als capable Scholarin Herrn Dodgsons auf dem Fortepiano ausgezeichnet, eine Einladung kommen, ihre Künste auf meiner neuen Machine zu probiren.

Auf Antwort mußte ich nicht lange warten, und am 12. Decembris 1761 trat Miß Anne in Begleitung einer Dienstmamsell vor meinem Logis aus einer Chaise, indem sie das Musselinkleid raffte und, auf meinen Arm gestützt, vom Trittbrett sprang, gefolgt von ihrer Schwester Cecilia, einem munteren Ding, das, wie ihre Mutter mir verraten, schon seit längerem eine Neigung zum Gesange gefaßt, sich wohl auch schon in Solfeggien und Arien übte, übrigens als von ihrer geliebten Schwester, mit der sie jezt lustig schwazte, unzertrennlich sich zeigte, wie verschieden sie sonst auch waren. Anne war schreckhaft und dünnhäutig, großgewachsen, schwarzhaaricht und trug im Gesicht meist ein ernstes, schwermütiges Aussehen, während Cecily, welche ihrer Schwester um 6 Jahre voranging, blond, klein und rundlicht geraten war, gerne lachte und mit der Welt und ihren Verhältnissen rundum im Einverständnisse schien.

Als die Schwestern beim Eintreten in meinem Studio die Glaß-Machine gewahrten, war es denn auch Cecily, die die Hände zusammenschlug, entzückt aufjauchzte und ein ums andere Mal jubelte: „Oh look, my dear Sister: isn't it beautiful?" Ganz anders Anne: Vorsichtig, wie auf Zehenspitzen, näherte sie sich dem Instrument, runzelte die schöne Stirne, als hätte sie von ihm etwas zu befürchten, betrachtete prüfend jede Einzelheit und strich, wie in Gedanken verloren, mit dem Handrücken der Rechten über die Ränder der nebeneinander aufgereihten, im Dämmer des Salons matt schimmernden Gläser. Dann wurde ein Hocker herbeigebracht, das Pedal getreten, das Rad in Schwung und die Spindel mit den Glaskelchen in Umdrehung gebracht, und Anne, die auf dem Hocker Platz genommen, tastete sich mit den Fingern, die sie zuvor in eine Wasserschale getaucht, zögerlich über die rotirenden Glasränder.

Bei der allerersten Berührung zuckte sie erschrocken zurück, als wäre ihr ein galvanischer *choc* in die Nerven gefahren; ängstlich ließ sie die Arme sinken und entschuldigte sich sogleich vor uns — aber vor allem, wie ich heute denke, vor sich selbsten — mit den gemurmelten Worten „pardon me, it's nothing, nothing". Dann faßte sie wieder Muth, und ertastete sich eine Piece von Handel, die schon recht artig gelang.

Cecily und ich applaudirten, doch Anne schien des Lobes nicht zu achten, sondern sagte, als sie sich vom Hocker erhoben und wieder uns zugesellt: „Für das Auge des Spielers wäre eine Unterscheidung der Gläser in Chromatik und Diatonik nützlich, ähnlich den Tasten des Claviers."

Der geneigte Connoscento unter der Leserschaft dieses wohllöbl. Journals weiß, was aus jenem Vorschlag wurde, einer Idee, so simpel und evident, daß sie nur dem Kopfe eines praktischen Musikers hatte entspringen können, nicht mir. Statt die Gläser nach Art von Claviertasten mit den Farben von Ebenholz und Elfenbein bemalen zu lassen, unterschied ich hinkünftig die diatonischen Stufen der Oktave nach den in den Glasrand eingefärbten Stufen des Regenbogenprismas, während jene Gläser, die den Fortepiano-Tasten zur Erhöhung (#) oder Erniedrigung (b) entsprachen, mit einem neutralen Weiß auf ihrem Rande gekennzeichnet wurden. Alsdenn erhielt auf dem Instrument die Tonhöhe C die Farbe rot, Cis weiß, D orange, Es weiß, E gelb, F grün —

o. X (Das schwarze Auge des Vulkans)

„Äh-bringste mir 'n Bier ausser Küche mit?" Und ich war doch neugierig geworden, ob Georg — „Hier-bitte. Wie weit bist du denn schon gekommen mit dem Lesen? Ah ja: bis zur Hälfte exactement. Na viel Frohsinn weiterhin, Schorse!" (Und zur Bekräftigung einen gutherzigen Klaps auf die Schulter –:!: –, non senza malizia.)

„Mann!! Ick sahchte ,Bier', nich Dschindscher Äil!" — „Wieso. Ale heißt doch Bier. Magst du lieber Indian Tonic statt Ginger, oder Bitter Lemon?" (distilled by Appointment of HRH since —): Aber da mußte ich doch schlucken (trocken nur); auch Georg musterte das gelbe Etikett auf der Schweppes-Bouteille, die ich ihm eben noch lockend unter die Nase gehalten, nun aufmerksamer. Und starren, die Braunen erstaunt erhoben; und schweigend nicken. War ja auch zu auffällig, das Datum, unübersehbar schwarz-auf-gelb:

Auf dem Flaschendeckel (geriffelter Schraubverschluß, aus Hartplastik!, dz): 1783, das Gründungsjahr der Brauerey: also Hoflieferantin regis Georgii III, tempore Pitti d.J.? „Denn könnwa uns ja vorschtelln, daß bei der Friedenskonferenz zu Versaij der Bendschamin Franklin und die Vertreter Frankreichs und der brittischen Krone sich je ein Fläschlein von der Brause einjefüllt und mit ihren Gläsern anjeschtoßn ham bei der feierlichen Vertragsunterzeichnung am dritten Septemba," so Georg; und fürder sinnierend: „Wer weiß, ob ohne diesen englischen Schprudel die Kolonien je eine freie Republik jeworden wären ——"

(*Und Donald Duck* nicht Kaiser von Amerika, wie? Du Knalltüte! (Obwohl — wenn ich's recht bedachte —— so ein britisches Weltreich, in dem die Sonne nicht untergeht, von Helgoland bis Hawaii, dazu noch 1 koloniales Außenpöstchen im Mittelmeer: ‚Ye Kingdome of Naples' — doch-doch, 's hatte was, unbestritten! (Und gleich noch zergrübelter sich forttträumen: ‚Nee-nie, nee-nie, Nänie? What a Pitti.')))

„*1783: Können wir uns* noch ganz andere Sachen vorstellen, caro amico. Denn während Franklin die Vertragsbedingungen aushandelt, schreibt Mozart seinem Vater am 7. Juni:

‚*Nun muß ich meiner schwester* wegen den clementischen Sonaten ein paar worte sagen. Daß die komposizion davon nichts heisst, wird Jeder der sie spiellt, oder hört, selbst empfinden. Merkwürdige oder auffallende Pasagen sind keine darin, ausgenommen die Sexten und Octaven, und mit diesen bitte ich meine schwester sich nicht gar zu viel abzugeben, damit sie sich dadurch ihre ruhige statte hand nicht verdirbt, und die hand ihre natürliche leichtigkeit, gelengigkeit, und fliessende geschwindigkeit dadurch nicht verliert. Denn was hat man am Ende davon? Sie soll die Sexten und Octaven in der grösten geschwindigkeit machen /: welches kein Mensch wird zuwegen bringen, selbst clementi nicht :/ so wird sie ein entsezliches Hackwerk hervorbringen, aber sonst weiter in der Welt nichts! Clementi ist ein Ciarlattano wie alle Wälsche: er schreibt auf eine Sonate Presto auch wohl Prestißimo und alla Breve — und spielt sie Allegro im 4/4 tackt; – ich weis es, denn ich habe ihm gehört. Was er recht gut macht sind seine Terzen Paßagen; – er hat aber in London Tag und Nacht darüber geschwizt. Ausser diesem hat er aber nichts – gar nichts – nicht den geringsten vortrag, noch geschmack, – viel weniger Empfindung.'

Als hätte sich die Natur über dieses Urteil empört, steigt am folgenden Tag, dem 8. Juni '83, im Süden Islands, bei klarem, ruhigem Wetter, über der Provinz Sida eine Wolke aus Staub und Dunst auf, die sich über den Bergketten am nördlichen Horizont in der Form eines riesenhaften, unheildräuenden Akazienschirms ausdehnt und binnen kurzem über die Gegend eine so rabenschwarze Finsternis breitet, daß, wie der Chronist der folgenden Ereignisse, der Pastor Haldur Steingrimsson, mit zitternder Feder aufs Papier kratzt, ,in denen Zimern alle Talgliechter mußten entzündet werden, da man die Hand nicht mehr vor Augen sahe'.

Dieser 8. Juni, an dem gegen 9 Uhr die Erde auf einer Länge von 16 Meilen über dem vulkanischen Graben des südisländischen Laki sich spaltete, war ein Pfingstsonntag; und Steingrimsson erinnert daran, daß in der Bibel der Hl. Geist ,denen Aposteln in einem mächtigen Rauschen alswie von Feuer' erschienen sei, so wie nach der Eruption nun auch ,die Feuersfluth mit der Geschwindigkeit eines Stromes daherrauschte, welcher sich, im Frühjahr von Schmelzwasser angeschwollen, seine Bahne sucht'. Wo der Lavastrom sich in Wasser oder Feuchtwiesen ergoß, waren die Explosionen so laut, ,als würden mehrere Schiffskanonen gleichzeitig abgefeuert', und wo er auf ein Hindernis stieß, auf Felsen etwa, wurden große Placken geschmolzenen Erzes durch die Luft geschleudert, die zu Boden klatschten ,als wären's Kuhfladen'. An anderer Stelle spricht der tapfere Gottesmann von Feuerflüssen ,alswie in einer riesenhaften Schmiede-Esse oder Glaß-Hütte'.

Acht Monate dauerte der Ausbruch. Die Lavamasse, die in dieser Zeit der Erdspalte entquoll, wuchs zu einem Volumen von 15 Kubikkilometern an und war die größte, die je einem Vulkan entströmt war; übereinandergehäuft, ließe sich mit ihr die ganze Stadt Neapel bis zum Monte Vomero hinauf bedecken. Die vulkanischen Gase, die bei der Eruption freigesetzt wurden, übertrafen diejenigen beim Ausbruch des Mount St. Helens um das Achtzigfache und enthielten gewaltige Mengen von Schwefeldioxid.

Bei kräftigerem Ausstoß hätte sich dieses in der Stratosphäre auflösen können – da aber der Ausstoß des Laki ein eher schwächlicher war, ging jenes ungute Element, das nur bis in die Troposphäre gelangte, mit dem Wasser der Regenwolken, die in geringer Höhe über Island heckten, eine Verbindung ein – und was in dieser maleficanten chymischen Hochzeit nun ausgebrütet wurde, war Schwefelsäure, saurer Regen.

Im Regelfall hätten die um diese Jahreszeit vorherrschenden Nordwinde die Todeswolke zum Polarkreis weggeschaufelt, doch die stabile Hochdruckzone, die über Nordosteuropa kauerte, ließ sie statt dessen in Gegenrichtung, nach Südosten, zum europäischen Festland hin driften; und damit nahm die Katastrophe ihren Lauf.

Am 10. Juni: schrieb Sæmundur Magnusson Holm von der Universität Kopenhagen, es sey auf die Schiffe, welche in Dänemark eingelaufen, vom Himmel eine Aschen gefallen, welche alle Aufbauten, Decks und Segel schwarz gefärbt habe wie Pech, und am gleichen Tag berichtet Johan Brun, ein Pastor aus Norwegen, aus dem Himmel habe sich auf die Erde ein Gestiebe von Asche gesenkt, welche alles Gras, Blumen, Kräuter und Blätter im Huy habe welken lassen. In Hamburg vertont Carl Philipp Emanuel Bach unterdes Klopstocks Morgengesang am Schöpfungsfeste.

Sechs Tage später, so meldet Antonin Strnadt aus Prag, halte ein staubichter Nebel, dessen Schwaden über die

Moldau trieben, mit der Strömung des Flusses Einzug in die böhmische Hauptstadt, und am Tage darauf notiert sich Nicolas von Beguelin in Berlin, die Sonne habe ihren ganzen Schein verloren und glimme nurmehr trübe, wie in Bluth getunkt."

„*Woher willst'n dit* allet so auf'n Tach jenau wissen?" (: Georg, zurückgelehnt; die Hände hinterm Nacken verschränkt; kritisch verkniffnen Auges). – „Na woher wohl, du Wikipedophiler. Aus Gazetten, Briefen, Diarien, Kirchenbüchern & Almanachen; das 18. Jahrhundert war ja die Blütezeit der Correspondenzen zwischen den Gelehrten Europas; das erste Jahrhundert, in dem überall die Gebildeten ihre Erfahrungen und Wahrnehmungen in Tagebüchern exakt sich notierten; das Säkulum einer Naturbeobachtung, in die sich das Staunen derer flocht, denen das ‚Wunder des zum-ersten-Mal‘ mit jugendfrischen Farben im weitgeöffneten Blick begegnete; die Epoche einer Lust an Wahrnehmung, an einer Empirie, welcher mangels gesicherter Kausalerkenntnisse obendrein ein Mut zu Spekulationen beigesellt war, denen die immer auch von Grauen durchzitterte Unsicherheit im Angesicht von Erscheinungen, deren Folgen und Ursachen im Dunkel lagen, nichts von ihrer Imaginationskraft zu nehmen vermochte. Noch war allerdings nicht abzusehen, was am 18. Juni eintritt:

Da dreht sich über dem Kontinent der Wind und treibt die giftige Wolke nun nach Süden und Westen, über ganz Frankreich und ganz Britannien und über die Alpen bis nach Neapel hinunter. Am selben Tag schreibt Joseph Haydn aus Estoras, der gerade an der Komposition seines Cellokonzerts in D-Dur arbeitet, an seinen Verleger Artaria in Wien:

‚*Hoch Edl Gebohrner* Insonders hochzu VerEhrender Herr! Übersende hiemit die Laudonische Sinfonie, von welcher die Violin stim gar nicht nothwendig ist, folglich ganz aussen bleiben kan: überschücken Sie mir von den 2ten theil deren liederen entweder die Music derselben. oder von jedweden lied die erste Stroph, damit ich die noch abgängige vollenden köne. Für die Clavier Sonaten v. Clementi sage ich verbundensten dank, Sie sind sehr schön. solte der Verfasser in Wienn seyn, so bitte bey gelegenheit an den selben mein Compliment. Verbleibe hiemit mit vollkomenster Achtung Euer HochEdlgebohrnen ganz Ergebenster diener Joseph Haydn mppria.' Am gleichen Tag feilt Mozart, während seine Frau in den Wehen liegt, am sinistren Allegretto des d-moll-Quartetts, das er später seinem ‚caro amico' Haydn widmen wird, derweil aus dem nordfranzösischen Laon der Botaniker Robert de Lamanon schreibt:

‚*Der Dunst ist kalt* und feucht, indeme der Wind aus Süden kömmt; man kann ohne geschwärzte Gläser mit einem Fernrohr in die Sonne blicken! Dieser Nebel, den iemals gesehen zu haben selbst die Ältesten hiesigen Ohrtes nicht sich erinnern, soll auch bereits in Paris aufgekommen seyn, ingleichen zu Turin.' Und tatsächlich ergänzt Giuseppe Toaldo aus Padua, ganz Norditalien sei schon von diesem ‚Dunst bedecket, so nach Schwefel stinckt'.

Vier Tage später erhalten wir den ersten Bericht vom Auftauchen des Nebels in England. Im Norfolk Chronicle erwähnt ein gewisser Henry Bryant ein ‚ungewöhnliches Duster in der Luft, mit Todtenstille & starcker Thaubildung'; einen Tag darauf findet sich im Tagebuch Gilbert Whites, eines Geistlichen aus Hampshire, der Eintrag:

‚*Die Blätter an den Halmen* des Weizens haben sich gelb verfärbt und sehen auß alswie vom Frost verbrandt.' Weitere drei Tage später, am 26. Juni, meldet der Schweizer Mathematiker Leonhard Euler aus St. Petersburg einen ‚Staubnebel'; und daß bis Ende des Monats die unheilschwere Wolke Tripoli in Syrien erreicht hat, können wir

den Zeilen des holländischen Professors van Swinden ent-
nehmen, die davon sprechen, daß ein ungemein dichter
Dunst Land und Meer bedecke; die Sonne sei kaum mehr
zu sehen, und wenn, dann nurmehr in der Farbe von Blut.
Am 1. Juli schließlich meldet der Geologe Iwan Michaelo-
witsch Renovantz, daß der Nebel nun auch über Bagdad
und dem Altai-Gebirge erschienen sei.

In Europa: verdichtete sich die Wolke unterdessen immer mehr, da die Eruptionen des Laki auf Island bis in
den Oktober sich fortsetzten, so daß, wie der ungarische
Wetterkundler Ferenc Weiss zu Recht mutmaßte, ,der dik-
ke Dunst beständig neu aufgefüllet ward'. Luftdruck und
Winde strudeln ihn in einer gewaltigen Spiralbewegung
nieder, bis er als Bodennebel auf die Erdoberfläche sich
senkt und über sie legt wie ein Leichtuch, das bis zum Ende
des Sommers sich nicht mehr heben will."

„*Klingt ja grauslich.* Und wie ham die Menschen auf das
Ereignis jeantwortet?" — „Wie schon die Neapolitaner,
Schorse, beim großen Vesuv-Ausbruch 1631. Mit Predig-
ten, Wallfahrten, Prozessionen, Exorzismen, Bußübungen.
Das Ende der Welt schien gekommen, die Apokalypse sich
zu erfüllen. Itzo ernte der Mensch, was er mit seinen Sün-
den gesät: die Geißel des HErrn. ,Ja, ihr verstockten Seelen,
starrt nur ins Firmament und starret auf den Horizont,
gehüllt in pechfinstre Ausdünstungen,' eifert in Alsfeld der
Prediger Johann Georg Gottlob Schwarz, ,denn aus diesen
tönt des HErren Stimme und offenbart uns in der Natur
SEine Allmacht.'

Und nun stell dir vor: Du säßest am vierten Sonntag
nach Pfingsten im weißgestrichenen moosbedeckten Holz-
kirchlein des Pastor Steingrimsson, draußen glimmt niedrig überm Gras eine eisenrostrote Sonne und die Lavaflut
wälzt sich in der Farbe des Feuersalamanders durchs Tal
gerade auf das Gotteshaus zu, das da bis in seine Fundamente bebt und schwankt über den Kataklysmen der

Erde. Die Gemeinde: mummelt ängstlich ihre Gebete, weicht und wankt aber nicht; ins Orgeln der Choräle auf dem Harmonium mischt sich das unterirdische Grollen des Vulkans; der schwarzgekittelte Hirte mit der wagenradgroßen Tellerkrause steht auf der Kanzel und beschwört seine zitternden Schäfchen: ‚Fürchtet euch nicht; in der Wohnstatt des HErrn kann euch nichts geschehen.‘ Seine Predigt hält er länger als gewöhnlich.

Beim Verlassen der Kirche: bietet sich den Besuchern des Gottesdienstes ein erhabenes Bild: Zwei große Flüsse, vom Lavastrom aufgedämmt, haben ihren Lauf geändert und im Überfließen die Feuerfluten nur wenige Meter vor der Kirchentür zum Erkalten und somit zum Stillstand gebracht. Hätte die Gemeinde nach einer kürzeren Predigt das Haus eher verlassen, wäre ein jeglicher auf seinem Heimweg von der Lava umzingelt und getötet worden. ‚Von diesem Tage an,‘ schreibt Steingrimsson, ‚hat das Feuer in meiner Gemeine keinen größeren Schaden mehr angerichtet.‘"

„*Also Glaube & Afterglaube,* hm. Ick dachte, wir wärn im Zeitalter der Lumières?" — „Die Connoscenti? Die Rationalisten, Forscher und Gebildeten? Gab es natürlich auch, und schon am 7. August hielt in Montpellier ein Wissenschaftler einen Vortrag, in dem er den Nebel mit dem Vulkanausbruch in Island in einen Kausalzusammenhang stellte. Benjamin Franklin hat diesen Gedanken dann auf seiner Rückreise nach Philadelphia weiter verfolgt und ausgearbeitet.

Andererseits: weißt du ja, daß nicht für alle Gebildeten des Zeitalters sich Naturphilosophie und Offenbarungsglaube ausschlossen, auch nicht für den Anti-Deisten William Cowper –" –„Ach! Du meinst den Dichter: den mit dem zahmen Hasen?! (‚If I survive thee I will dig thy grave; And when I place thee in it, sighing say, I knew at least one hare that had a friend.‘)" — „Eben den, Schorse." (Und wehmütig überlegen: Hatt'ich den nicht auch mal

übersetzt; in Irland war's? (Vorüber, ihr Schäfchen, vorüber ——))

„*Cowper: mokiert sich,* einerseits, über den Aberglauben
seiner Zeitgenossen: ‚Some fear to go to bed, expecting an
earthquake; some declare that the sun neither rises nor sets
where he did, and assert with great confidence that the
day of judgment is at hand.' Andererseits inspiriert ihn die
schwefelsaure Wolke im Jahr darauf, als das ganze Aus-
maß des Verderbens bekanntgeworden ist, das sie über die
nördliche Hemisphäre bis an die fernen Küsten Japans gebracht hat, zu den theologisch-moralischen Folgerungen,
die er aus den Endzeitvisionen seines größten Gedichtes
zieht. Hör zu, Schorse; ich sag's dir auswendig auf —" –
„Allet aus'm Kopp?" – „By heart, wie man so lieb sagt im
Englischen" (Gott, 's kann schon 'ne wundervolle Sprache
sein — wenn nur das Denglish aus Business & Werbung
einem nicht auch diese Freude noch vergällen müßte —)
„Allor' aspetta:

‚*Gewiß bedarf es* zwischen den Nazionen des gesellschaftlichen Austausches, Friedens, guten Willens und
wechselweisen Beistands in der Welt, die ihrem eigenen
Verfall die Todtengloke zu schlagen scheint und mit der
Stimme aller ihrer Elemente den allgemeinen Untergang
verkündet. Wann waren Winde je mit solcher Vollmacht
zur Zerstörung losgelassen? Wann hat die Welle ihre
alten Einfriedungen so hochmütig gesprengt, und über-
schwemmt das Trockene? Von unten Feuer, und Kometen
oben, unheimlich, beispiellos und unerklärlich, entflamm-
ten ihr Fanal am Firmament, und unsre alte verrückte Erde
hatte ihre Schüttelkrämpfe weit häufiger, als ihre sonstge
Ruhe ahnen ließ. Ist jezt die Zeit für Zank, wenn alle Stre-
bepfeiler des Planeten zu knicken scheinen, und die Natur
mit trübem, ekelvollem Blick des Endes harrt von Allem?
Mag auch dies End' noch ferne seyn, und einen längern
Aufschub die Prophezeiung fodern, die noch unerfüllt ist

— es sind doch grimme Zeichen: sie deuten auf Verdruß in Seiner Brust, der unsre Erde heilt oder zertrümmert, sie klagen oder jubeln heißt.'"

(Aber täuschten mich meine Augen — oder standen da nicht tatsächlich, hinterm Rücken Georgs, auf der Türschwelle, Pfote-in-Pfote und andächtig lauschend, die vier Waisen? Wie lange mochten sie dort schon zugehört haben, mit artig aufgestellten Ohren und Löffeln? (Und streng den Finger auf den Mund: Pssst! Und mit der Hand unauffällig fortgewedelt: Wollt ihr wohl —!?! Mensch, wenn Schorse euch sähe! Der zweifelt doch eh' schon oft genug an meinem Verstand! (An seinem eigenen freilich nicht minder.)))

„Na lassenwa dit ma dahinjeschtellt sein, Werner; aber wie sah dennu die ‚Schadensbilanz‘ aus, die man aus dem Fennomehn jezogn hat?" Und Georg wagte nun doch (‚wider besseres Wissen & Gewissen‘) einen Schluck aus der Flasche A.D. 1783 („Salute!"–„Cheers!"); schüttelte sich denn auch danach pflichtschuldigst-angeekelt; brrrrr, kohlensaure Perlen im sprudelnden Naß vor die Säue: what a Pitti! — Ich, mit angemessenem Grimm:

„Die Folgen?–: Wie kaum anders zu erwarten. Krankheiten, Mißernten, Teuerung, Hungersnöte. Die Sterblichkeitsrate in Mittelengland zum Beispiel doppelt so hoch wie normal. In Frankreich sterben allein in diesem Sommer 5 Prozent der Bevölkerung. Unter den Toten: auffallend viele junge Feldarbeiter, bisher kräftig, frisch, gesund – nach ein paar Wochen Arbeit und Atmen in dem sommerheißen Schwefeldunst: schlapp, hustend, ausgemergelt; vergiftet eben.

Am verheerendsten: war der Schaden in Island, wo mit den vulkanischen Gasen auch Fluorwasserstoffsäure, wie man sie in der chemischen Analyse zum Ätzen von Glas benutzt, auf die Erde troff. Steingrimsson schreibt: ‚Den Pferden fällt das Fleisch von den Knochen, die Haut verfault ihnen am Rist. Noch schlimmer trifft es die Schaafe. Kaum ein Glied von ihnen bleibt frey von Geschwüren, am Maule zumahl, wo ihnen die Kieferknochen so schwellen, daß sie sich durch die Haut bohren. Ihre Knochen und Knorpel sind so weich, als wären sie zerkaut worden.'

Vom Bestand an Pferden und Rindern: stirbt die Hälfte; von den Schafen Islands gehen drei Viertel zugrunde. Ein Viertel der Bevölkerung kommt ums Leben; mit der Hungersnot einher geht die Auflösung der sozialen Bindungen; Kriminalität, bisher kaum bekannt im Land, breitet sich aus. Steingrimsson: schläft fortan im Kuhstall, um Viehdiebe abzuschrecken. Seine geliebte Frau, 31 Jahre alt, verhungert vor seinen Augen. Ich stelle mir vor, wie er mit gereckten Armen in die blutrot verschleierte Sonne starrt und die Fäuste ballt, wie Hiob.

Der Sommer 1783 auf dem europäischen Kontinent: wird ungewöhnlich heiß. Die merkwürdigsten Wetterphänomene, Dürre und Wespenplagen, bizarre Wolkenformen und Sonnenuntergänge in niegesehenen Farben ängstigen die Menschen —"; „Also 'n Treibhauseffekt, wie heute —— " (: dumpf gemurmelt) – „Ja, aber bewirkt von Schwefel-, nicht Kohlendioxid. Im übrigen wird's ein annus mirabilis:

Hamilton in Neapel: trauert um seine im Vorjahr verstorbene Gattin Catherine. Haydn schreibt seine Armida, Schiller seinen Fiesco, Beaumarchais seine Mariage de Figaro, Moses Mendelssohn sein Jerusalem, und Nicolai beginnt die Publikation seiner Reise-Beschreibung durch Deutschland und die Schweiz, nebst Bemerkungen über Gelehrsamkeit, Industrie, Religion und Sitten in zwölf Bänden. In Wien wird das Allgemeine Krankenhaus gegründet, in England das Reinigungsverfahren für die Herstellung von Stahl und Schmiedeeisen erfunden, und über Lyon und Versailles steigen die ersten Montgolfièren in den schwefelsauren Himmel.

Doch im Winter '83/84 kehrt sich das aufgeheizte Szenario um: Da schirmen die Staubpartikel die Sonnenenergie ab, halten den Frost am Boden fest und wölben sich als eine Kälteglocke über die Erde:

Die kleine Eiszeit: ließ auf der ganzen nördlichen Hemisphäre zwischen Alaska und Ägypten die Temperaturen fallen, schwächte den Jetstream, änderte die Richtung der Monsunwinde und verursachte in Japan eine so große Hungersnot, daß der Kaiser Sondertruppen aufstellen mußte, welche die Straßen von Leichen freizuräumen hatten.

In England: fror die Themse bis zu ihrer Mündung bei Gravesend zu; meterhohe Eisbrocken stauten sich vor den Pfeilern der London Bridge und mußten von Bediensteten der City mit Ketten und Sägen zerteilt werden.

Noch im fernen Neapel: erfroren in diesem Winter Hunderte in ihren unbeheizbaren Häusern. Besonders streng war der Winter im östlichen Nordamerika: General Washington, der soeben seine siegreiche Armee aufgelöst und sich nach Mount Vernon zurückgezogen, klagte, er sei dort eingeschlossen von Eis und Schnee. Der St.-Lorenz-Strom fror auf einer Länge von Dutzenden von Meilen landeinwärts zu; in South Carolina fror der Hafen von Charleston ein, so daß die Menschen auf dem Eis Schlittschuh laufen konnten; ja, selbst auf dem Mississippi trieben noch Eisschollen an New Orleans vorbei in den Golf von Mexiko."

„*Und der Bendschamin Franklin* hat dit allet richtig deduziert, sahchste." — „In groben Zügen: ja. An die Literary & Philosophical Society von Manchester schreibt er: ‚Der Effect, mit dem die Sonne die Erde erwärmt, ward ungemein reducirt. Daher fror die Erdoberfläche schon frühe ein. Daher blieb der erste Schnee auf ihr liegen, ohne zu schmelzen. Daher kühlte sich die Luft stärker ab. Wohl deswegen wurde der Winter 1783–1784 strenger als jeder andere zuvor.'

Und im Zuge seiner Spekulationen über die Ursachen fragte er sich, ,ob hiefür die gewaltige Menge Rauchs verantwortlich zu machen sey, die im Sommer für lange Zeit dem Hekla auf Island entquollen.' Den Laki kannte damals außerhalb Islands niemand, der Hekla aber war schon lange so berühmt-berüchtigt wie Ätna und Vesuv; Weelkes läßt bereits 1600 in einem concettistischen Madrigal singen:

,*Thule, the period* of Cosmographie, doth vaunt of Hecla, whose sulphurious fire doth melt the frozen clime and thaw the sky, Trinacrian Aetnas flames ascend not higher. These things seem wondrous, yet more wondrous I, whose hart with feare doth freeze, with love doth frye.'"

— Und Georg: blähte nun doch, beeindruckt, die Backen, um aus kurz geöffneten Lippen ein staunendes „Bòa!" zu entlassen. „Ischa man bannich ß-pitzfindich, seggt der Nordländer. Aber janz fein-du, diese Schpindel von orbis-pictus-Bildern, in deren Mitte sich die Metaffernlinien des Dichters bündeln wie Lichtschtrahlen sich brechen in der Linse!" – „Nicht wahr?

Als hätte Elisabeths Zeitalter der Kosmographie einen Wirkungszusammenhang von Vulkanausbruch und Klimakatastrophe, von Schwefelglut und Froststarre schon geahnt und im Bild einer Kontradiktion bannen wollen, die sich nirgendwo in so zugespitzter Paradoxie wiederfinden läßt wie im Herzen eines liebenden Menschen. Was allerdings auch einen moralischen Beiklang hat. Denn ,sulphurious fire' war traditionell ein Attribut der Hölle, ein Begleiter des leibhaftigen Gottseibeiuns, und Schwefelgeruch eine Sinnesspur von Sündenverderbnis. — Die zweite Madrigalstrophe: variiert das Conceit am Beispiel des Vulkans Fogo auf den Kapverdischen Inseln:

,*The Andelusian merchant* that returnes laden with Cutchinele and China dishes, reports in Spaine how strangely Fogo burnes, amidst an ocean full of flying fishes. These things seem wondrous, yet more wondrous I, whose hart with feare doth freeze, with love doth frye.' Hier sprechen nicht mehr Kosmo- und Kartographie, sondern Handel & Seefahrt, globalisiert schon vor vierhundert Jahren" (nur nicht mit so üblen Folgen wie heute ——) –

„*Aba wat heißt'nn* ‚China-Tische' und det davor, Katschinele oder so?" – „Porzellan ist gemeint, und der kostbare karminrote Farbstoff, gewonnen aus der Cochinelle. Fällt dir sonst noch was auf, Schorse?"

„*Allah-dings, du!* Wenn die Elisabethaner für ‚Herz' das Wort ‚hart' schrieben, könnte man doch die Miß Hart nich als ‚Frollein Hirsch', sondern als das ansehen, was sie für alle Männer ihrer Zeit jewesen is: eine Herz-Dame im Liebesglücksschpiel; hieß es denn nich, die schpätere Lady Hamilton sei schpielsüchtich jewesen und habe Williams und Nelsons Geld am Pharo-Tisch und bei Tric-Trac & Whist verplempert?"

(*Also Pharao, oder* Faro Linguarum, Pikbube, Karo-As und Kreuz-König?; gar nicht dumm, diese Volksetymologien à la Schorse; und: gab's nicht bei Mozart eine ‚Madame Herz' (mit ‚Monsieur Vogelsang' und ‚Mademoiselle Silberklang'), in KV 486? Hm; mal nachschauen.) „Mit höherem Recht könntest du, Georg, deinen eigenen Namen auf den ‚Landmann' im Griechischen zurückführen, den γεῶργος, schwersinnig zu Boden gebeugt, Erdmann und Bauer, Prototyp des melancholischen Temperaments, dem Staube zugeneigt, aus dem alles kommt und in den alles wieder hinab muß."

Und lachend (aber 's klang nicht wirklich heiter): „Jedenfalls siehst du nun, was sich alles ablesen läßt aus so einem Flaschendeckelchen, von der geplanten Sperrung sämtlicher britischen Seehäfen zum Schutz vor eingeschleppten Seuchen über das Aussterben ganzer Volksstämme im Alaskanischen Sommer '83, dem kältesten seit fünfhundert Jahren, bis hin zur Dürre im Delta des Nils, dessen gesunkener Pegel den Anbau von Getreide nicht mehr gestattete, so daß bis Januar '85 ein Sechstel der Bevölkerung Ägyptens sei's flüchten mußte, sei's ums Leben kam.

In Süd-Island: wurden die verarmten hungernden Bewohner in die Region des Pastors Steingrimsson umgesiedelt, obwohl es auch dort nichts zu beißen hab. Stoisch rapportiert er: ‚Wir hielten Rath und beschlossen, uns zur Küste im Osten zu begeben. Ein Mann, der uns vorausgezogen, ein Bauer aus Stapafell mit Namen Eirikur, knüppelte an diesem Tag 70 ausgewachsene See-Hunde und 120 Heuler am Ufer todt. Ich hielt bey schönstem Wetter in Kalfafell Gottesdienst, wo wir alle fröhlich dem Herrn in Seiner Güte dafür danketen, daß Er uns in diesem kargen Lande genährt und Tod & Hunger, die uns andern Falles erwartet hätten, von uns abgewendet.‘ Tja. —— "

„*Eens mußte mir nu* noch verraten, Werner." – „Ja, was denn?" – Aber Georg fieselte erst noch ein Weilchen mit den Fingern bedächtig im Tabakbeutel herum, rollte das braune Gekrümel im zarten Papierlein zur Fluppe zurecht, fuhr mir der Zungenspitze an deren gummiertem Rande entlang und faltete das Packerl ‚Schwarzer Krauser‘ erst umständlich zusammen, bevor er fragte: „Warum haste mich justemang in der exackten Mitte meiner Leck-Türe untabrochn?"

„*Ochgott, ist das so schwer* zu erraten, Schorse? Aus dem bis jetzt Gelesenen ersiehst du doch schon, daß die Texte deines Konvoluts so ineinandergeschachtelt sind wie die hohlhölzernen, buntlackiert-rundlichen Matruschkas aus Rußland. Im Ganzen bilden sie eine Folge von einander einschließenden Ringen; und da diese Konzentrizität oder Symmetrie, in Seitenansicht, gleichsam eine zur Mitte hin chronologisch absteigende und von da wieder ansteigende Einwölbung aufweist, ließe sich im Ganzen die konkave Gestalt einer Schale oder Schüssel in ihr sehen, eines Kraters, Tellers, Kelches oder einer Glocke analog der Form jener Kalotten, aus denen Franklin seine Glasharmonika baute.

Bedenke Uhland: ‚Ich suche im grausen Trümmerfall die Scherben des Glückes von Edenhall. Der Steinwand Masse springt zu Stück, die hohe Säule muß zu Fall, Glas ist der Erde Stolz und Glück, in Splitter fällt der Erdenball einst gleich dem Glücke von Edenhall.'

Nun hast du ja selber erst vor kurzem gelesen, daß Franklins gläserne Glocken in ihrer Mitte nicht geschlossen waren, sondern mit einem „offenen Hals" angeblasen wurden, durch welchen die Spindel, mit der sie rotieren sollten, gesteckt wurde; folglich war es nun an mir, dafür zu sorgen, daß sich unsere Textkalotte in ihrem Zentrum nicht schließt, sondern öffnet. Capito, Amigo? Wir wollen doch nicht den Irrtum befördern, dieser Vulkan könnte jemals zugedeckelt und nie mehr tätig sein. — Dann bis später!"

Und Schorse: war denn doch zu verblüfft, als daß er Protest hätte murren wollen; statt dessen: suchte er sich auf dem Blatt, das vor ihm lag, den Satz, den er begonnen, aber nicht zu Ende gelesen:

Alsdenn erhielt auf dem Instrument die Tonhöhe C die Farbe rot, Cis weiß, D orange, Es weiß, E gelb, F grün —

7. Fis (weiß)

—— Fis weiß, G blau, As weiß, A indigo, B weiß, H violett und mit der Oktav beginnt alles genauso von neuem; Dankschreiben der Empfänger und Besitzer des Instruments bestätigen mir, wie sinnreich diese optische Kennzeichnung sei.

Als guter Geschäftsmann wußte ich, daß die Machine, die fürs erste den Namen *Glassy-Chord* erhielt, nur dann in Serie würde gebaut werden können, wenn genug Vorbestellungen einträfen. Dafür, daß diese allein aus dem inländischen (britischen) Markte kämen, wollte ich meine Hand nicht ins Feuer legen. Europas führende Musiknation hieß *Italien*; was lag folglich näher, als meinem guten Mayländer Freund, dem Physico Giovanni Battista Beccaria, die Erfindung in der Hoffnung zu avisieren, dieser werde sich, nachdem sie sich in seiner Heimat durchgesetzt, für ihre Verbreitung einsetzen. Also schrieb ich ihm am 13. Julii 1762:

Dear Friend! Perhaps it may be agreeable to you, *as you live in a musical country*, to have an account of the new instrument lately added here. You have doubtless heard the sweet tone that is drawn from a drinking glass by passing a wet finger round its brim. One *Mr. Puckeridge*, a gentleman from *Ireland*, was the first who thought of playing tunes, formed of these tones. Mr. *E. Delaval*, a most ingenious member of our *Royal Society*, made one in imitation of it, which was the first I saw or heard. Being charmed by the sweetness of its tones, and the music he produced from it, I wished only to see the glasses disposed in a more convenient form, and brought together in a narrower compass, so as to admit of a greater number of tones, and all within reach of hand to a person sitting before the instrument. The advantages of this instrument are, that its tones are incomparably sweet beyond those of any other; that they may be swelled and softened at pleasure by stronger or weaker pressures of the finger, and continued to any length; and that the instrument, being once well tuned, never again wants tuning. *In honor of your musical language*, I have borrowed from it the name of this instrument, calling it the *Armonica*.

Einer Antwort meines geschätzten Freundes entsinne ich mich nicht. Meine Stellung als pennsylvanischer Geschäftsträger machte es nötig, daß ich kurz darauf, noch im gleichen Jahr, in die Kolonien zurückkehrte, wo ich die Entwicklung, die meine Erfindung in der Alten Welt nahm, nurmehr am Rande verfolgen konnte. Immerhin erfuhr ich zu meiner Genugtuung, daß schon anno 1762 meine Nichte Anne Davies im Great Room in Spring Gardens und hernach in Bristol und Dublin mit Succeß ihre ersten Akademien mit dem Glassy-Chord gegeben, während ihre leichtherzigere Schwester weiterhin mit *industry* im Gesange sich zu vervollkommnen trachtete. Zwei Jahre später war es Stephen Forrage, welcher als erster bei uns in den Kolonien meine Harmonika, die unterdes, wenn auch in geringer Stückzahl, von mehrern Handwerksbetrieben Neu-Yorks, Pittsburghs und Bostons in Serie angefertigt wurde, im Dezember in den Assembly Rooms an der Lodge Alley von Philadelphia unserem noch etwas ungeschliffnen, aber gutmüthig amusirten Publikum präsentierte — welches der Vorstellung nun nicht etwa mit Europens Thränenflüssen, Ohnmachten und Nervenkrämpfen, sondern mit Ausrufen wie „huzza, huzza!", „smashin'!", „great fun!", „hip-hip-hurrah!" und herzhaft aus dem Halfter gezogenen und in die Luft abgefeuerten Pistoln respondirte, wobei es sich etliche im Auditorium sogar zur Ehre anrechneten, mit ihrer Weitherzigkeit zugleich ihre Schießkünste unter Beweis zu stellen, indem sie die Krystalltropfen der Kronleuchter im Concert Room der Reihe nach zielsicher anvisierten und zum Zerplatzen brachten, so daß am Ende kaum noch auszumachen war, ob der Applaus nun dem Glasspieler oder den Glasschützen galt.

Im gleichen Jahr, womöglich bereits im April, muß es gewesen sein, daß meine Nichten in London mit einem Wunderkinde Freundschaft schlossen, welches in Begleitung seiner älteren Schwester und seines Vatters, eines fürstbischöflichen Kapellmeisters aus Saltzburg, bis zum September '65, mithin anderthalb Jahre lang, in der britischen Kapitale logirte, wo der Knabe mit seinen unglaublichen Fähigkeiten im musikalischen Satz, im Phantasieren und Accompagnieren auf dem Clavier und der Orgel, dazu mit seinem herzigen Gebaren, im Sturm die Gunst des Publikums, einschließlich der Königin Charlotte und des Prinzen von Wales, gewann. Wo immer die erste Begegnung mit dem Knaben stattgefunden haben mogte, welcher derzeit, wie mir ein Korrespondent berichtet, als würklicher k. k. Kammerkompositeur in Diensten des Kaisers zu Wien eine Opera auf ein adelskritisches Buch des Chevalier de Beaumarchais schreibt (was Joseph, wie mich dünkt, kein schlechtes Toleranztestat ausstellt) — wo immer dies also gewesen sein mogte, ob in der Wohnung der Mozarts in Chelsea, im tausendfach zaubrisch illuminirten Vergnügungspark von Vauxhall oder in der Rotunde der Ranelagh

Gardens, ob in Begleitung Beckforts und Ritter Hamiltons, der im nämlichen Jahr seinen Botschafterposten in Neapel antreten sollte (und später an meinen Studien zur Elektrizität lebhaften Antheil nahm) — es scheint eine herzliche Freundschaft gewesen zu sein, die beide Frauenzimmer je auf ihre Weise dem „Master Wolfgang" entgegenbrachten, die blonde rundliche Cecily im Überschwang ihrer stürmischen Liebkosungen („come on, be a good boy, have a kiss, little Sweety, o look, Anne, isn't he sweet, you tiny little rascal, hm?"), die hagere schwarzlockichte Anne im ernsten, reservirten Habit ihrer desto tiefer empfindenen Innerlichkeit. Die Abschrift eines Briefes des Vatters liegt mir vor, den dieser sieben Jahre später aus Mayland an seine daheimgebliebene Gattin schrieb:

Vor einigen Tagen ist die Miß Devis hier angelangt; sie fuhr auf der Post bey unserer Wohnung vorbey. ich erkannte sie und sie erkannte uns, dann wir stunden eben auf dem Balcon. Ich gieng ein paar stunde darauf zu den 3 Königen, sie zu besuchen, dann ich bildete mir ein daß sie dort absteigen wird; weil es das ansehnlichste Wirtshaus und nicht ferne ist. Sie, ihre schwester, Vatter und Mutter hatten eine unaussprechliche freude: ich zeigte ihrem Bedienten des H: Haße wohnung an, und gleich kam H: Haßes Tochter mit einer solchen freude, die nicht auszusprechen, denn sie sind von Wienn aus Herzensfreunde. alle haben sich alsogleich um euch erkundiget, sie empfehlen sich. du wirst dich wohl erinnern, wer die Miß Devis ist, mit der Glaß=orgl? ——

Von „Herrn Haße" werde ich noch einiges sagen müssen; fürs erste sei mir nur zu bekennen gestattet, wie eigenthümlich es mich anmutet, daß weitere sieben Jahre später derselbe Vater seinem Sohn, der jetzt in Paris um Kompositionsaufträge kämpfte, schrieb:

Nun wirst du den americaner Minister H: Dr: Francklin sehen. Frankreich erkennt die 13 Amerikanischen Provinzen für ohnabhängig und hat mit ihnen tracktaten geschlossen. Schreibet mir, ob frankreich den Krieg den Engelländern wirk: erkläret hat?

Nein, „gesehen" haben wir uns nie — leider!, wie ich heute sagen muß — aber ich will meinem Bericht nicht vorgreifen. Vorgriffe solcher Art sind mir selbst ein ohntrügliches Anzeichen der Verlegenheit, in die mich die Bitte des Herrn Redacteurs dieser hochwohllöbl. Gazette nunmehr, beim Fortfahren, insoferne stürzt, als die künftigen Geschehnisse im Zusammenhang mit meiner Erfindung mir nicht mehr aus eigenem Mittun, aus eigenem Erleben gegenwärtig sind, sondern nurmehr vermittelt, so ohnverläßlich und fragmentarisch bei der Hand liegen, daß ich, zu Konjekturen genötigt, welche freilich nicht mit Erdichtungen verwechselt werden mögten, für die Faktizität des Berichteten meinen geneigten Lesern nicht umstandslos geradestehen kann. Das meiste muß ich jezo aus dem umfänglichen Briefwechsel mit meinen europäischen Korrespondenten ziehen – ob ich gleich 1766, als die verhängnisvollen Unruhen wegen der Stempelakte ausbrachen, abermals als Agent von Pennsylvanien und andern Staaten in persona nach Europa reiste, um vor dem Parlament zu Westminster die Freiheiten der Kolonien zu verteidigen. Man wird mir hoffentlich nachsehen, daß die ohngeheure Dynamik der folgenden Ereignisse meine Aufmerksamkeit vollständig abzog von jenen Naturstudien und Erfindungen, die mir, im Vergleich mit diesen weltpolitischen Umwälzungen, wie müßiges Tändelspiel erscheinen mußten; und daß Musik und die schönen Künste ohnehin nie wirklich im Mittelpunkt meiner Okkupationen gestanden, sagte ich ja schon.

Die politischen Ereignisse werden dem geneigten Leser bekannt sein. Die Stempelakte wurde zurückgenommen. Da ich aber bei der zunehmenden Unzufriedenheit mit der englischen Regierung die Sache der Kolonien weiterhin kräftig und furchtlos vertrat, wurde ich dem König und der Regierung mißliebig, büßte meine Generalpostmeister-stelle ein und kam beim Ausbruch der Feindseligkeiten in Gefahr, in Verhaft genommen zu werden. Mithin kehrte ich im März 1775, nach neunjährigem Aufenthalt in Europa, nach Philadelphia zurück, und es wird den geneigten Leser im Licht der dramatischen Geschehnisse vielleicht weniger befremden, daß meine privaten Connectionen mit den Schwestern Davies im Verlauf dieser langen Zeit nicht etwa enger sich knüpften, sondern vor den Anforderungen mei-nes Amtes zurücktraten und schließlich fast zur Gänze sich dissolvierten. Daß ich gleichwohl jede Nachricht, die mich vom Lebensweg meiner Nichten erreichte, zuerst mit Freude und später mit Sorge und Bangen aufnahm, möge man mir glauben.

Schon 1765 begaben sich die Schwestern auf eine Kon-zertreise nach Paris und Wien, wo es ihnen gelang, die Huld des Habsburgerhofes, und das heißt: die persön-liche Gunst der Kaiserin Maria Theresia zu gewinnen. Welche Personen oder Instanzen sich hiebei als Vermittler bewährten, entzieht sich meiner Kenntniß — genug, daß Anne, nunmehr 24 Jahr alt, und Cecily, die im dreißig-sten Lebensjahre stand, drei Jahre später, und wiederum in Begleitung ihrer Ältern, erneut zu einer großen Concert-Tournee durch Europa aufbrachen, in deren Verfolg sie die Konnexion zum österreichischen Hof ausbauen, verstär-ken und absichern konnten. Sinnfälligster Ausdruck dieses Privilegs wurde ihre Protektion durch die drei führenden musikalischen Persönlichkeiten im theresianischen Wien.

Da war, zum einen, Abbé Pietro Metastasio, seit 1730 k. k. Hofdichter, der schirmend die mächtige beringte Pratze über sie hielt, eine fast schon siebenzig Jahre alte, unter schwerer Perücke ächzende Celebrität, ein römischer Löwe, dessen von zahllosen Tonsetzern ohnzählige Male componirte „dramme per musica", besser bekannt als „opere serie", seit etwa 1720 ihr Genre als die in Europa (mit Ausnahme Frankreichs) führende Gattung der mythologisch-heroischen Oper etablirt und damit die Weltgeltung der italiänischen Musik erneuert hatten. (Schwer vorstellbar, daß seine Dramen, die feudalhierarchische Moralitäten mittels verschlungener Liebesintriguen und Staatsaktionen prunkvoll repräsentieren, in Bostons *Tivoli*, in Neu-Yorks *Concert & Dancing Hall* oder in *Fitzwilliam's Saloon* von Philadelphia sollten auf Beyfall rechnen dürfen.)

Sodann war es Christoph Willibald Gluck, der nach Wanderjahren in Prag, London und Neapel sich am Habsburgerhof etablirt hatte, um als Opernreformator neuen Wein in alte metastasianische Schläuche zu gießen, eitel genug, sich „Ritter" Gluck nennen zu lassen — was Herrn Mozart, der mit demselben silbernen Sporn der Academia von Bologna geehrt worden ist, bis heute nicht einfällt, vielleicht, weil er nie vergessen hat, wer ihm, dem neiderregend genialen Zwölfjährigen, mit Intriguen die Aufführung seiner „Finta semplice" in Wien so ritterlich hintertrieben hat in jenem Jahr, da die Davies-Schwestern auf Europa-Tournee gingen. Erklären läßt sich Glucks Protektion wohl nur aus seiner Sympathie mit dem Glasspiel, dessen er selber zeitweilig gepflogen und für das er wohl auch das ein oder andere Stückgen geschrieben.

Schließlich wäre Johann Adolf Hasses zu gedenken, des „göttlichen Sachsen" und weiland königlich polnischen und kurfürstlich sächsischen Hofkapellmeisters, ein Greiß und liebenswertes Opern-Fossil von annähernd siebenzig Jahren, in dessen Hause am Kohlmarkt die Schwestern Logis gefunden, wo sie mit dem venerablen Alten, diesem Doyen der musikalischen Schaubühne, und seiner Gemahlin, der venezianischen Primadonna Faustina Bordoni, rasch familiär wurden. Wenn ich meinem Wiener Correspondenten Glauben schenken darf, scheint die Bordoni, deren schwindende Reize sie der Bühne kaum mehr, dem

Unterrichten desto eher empfahlen, mit mütterlicher Sorge und Strenge der muntern Cecilia sich angenommen zu haben, um „das Kind", wie sie ihre Untermieterin ohne Herablassung zu nennen pflog, zur vollen Entfaltung seines Talents mittels täglicher Lektionen in Solfeggien, Stimmbildung und ebenso ausdrucks- wie geschmackvollem Gesange zu erziehen; indeme ihr italiänisches Temperament, ihre Launen und Capricen freilich oft genug mit ihr durchgiengen als einem scheuenden Pferde — wobei sie, durchs geöffnete Fenster für alle zu hören, die draußen auf der Gasse vorbeiwandelten oder -ritten, „attacca subito!" wieherte, „messa voce!" schrie oder „più! mi – mi – mi – fa! anchora! no! no! no! stupida fanciulla! guarda la tessitura! più piano! mi – mi – mi!" und, wie ich mir auszumahlen geneigt bin, oft genug im Furor die Notenblätter vom Pult fegte, indeme ihr Busen wallte unterm faltichten, gleich dem Kropfe des Truthahns geröteten Halse, ihre Backen sich blähten und die glühschwarzen Augen ihr stier aus dem Kopf tratten: Eine nicht eben reibungsfreie Education, welche Cecilia indes mit gutmüthig seufzender Nachsicht über sich ergehen ließ – wußte sie doch, daß sie aus dieser harten Schule als *accomplished singer* hervorgehen werde und sich der Protektion Faustinens und ihres Gatten ferner würde versichern können, um das schönste Ziel jeder Sängerin zu erreichen: in Italien auf eine Opernbühne zu gelangen. Meinen geneigten Lesern sage ich ja nichts Neues, wenn ich daran erinnere, daß, wer es je dahin bringt, als Komponist eine *scrittura* oder als Sängerin von einem *impresario* eine Invitation nach Venedig, Mayland oder Neapel zu erhalten, das Höchste erlangt hat, was an Ruhm, Einkommen und Künstlerehre heute in Europa zu gewinnen ist.

Zum Glück hatte Marianne unter den *fits & whims* der Bordoni nicht zu leiden. Sie, als die trotz ihrer jüngeren Jahre Gesetztere, erwarb sich rasch das Vertrauen Maria

Theresias, die ihr die Unterrichtung der kaiserlichen Töchter, darunter Marie Antoinettens, der künftigen Königin Frankreichs, auf der Harmonika anvertraute, ein Privileg, das sie in den Rang einer Hof- und Gesellschaftsdame, Gouvernante und Spracherzieherin erhob, welche eben nicht nur mit Musik, sondern auch mit dem Schliff englischer Rede und Countenance (welche diejenige Frankreichs eben erst mählich auf den zweiten Rang zu verdrängen begann) den nicht ganz so feingehobelten Boden, auf dem Habsburgs Erben heranwuchsen, abschleifen sollte. Und so mag ich mir gern vorstellen, wie Anne, nachdem sie in einem der seidentapezierten Cabineter der Hofburg ihrer Schützlingin die Haltung der Fingerkuppen auf den rotirenden Glaskelchen zum wiederholten Male, mit engelsgleicher Geduld, vorgemacht und erläutert ("prithee, would Your Royal Highnesse please keep the left thumb attached to C sharp, the right thumb being touched down on g, yes, but pretty softly, please, yes, that's excellent!"), hernach mit ihr, Arm in Arm, in vertrautem Plaudern, auf dem Kanapée bey einer Schale Thee Platz nimmt; und nicht minder gern will ich mir ausmalen, wie Anne und Cecily in Begleitung von Hofdamen und Livrierten, den Sonnenschirm in der Linken und mit der Rechten sich den Florentinerhut auf den im Fahrtwind wehenden Locken festdrückend, in einem der erzherzöglichen Vierspänner auf einer Lustpartie durch den Prater oder den Laxenburger Park karriolen unter Jubeln, Lachen und Gesang. *Alla stagion de' fiori, e de' novelli amori è grato il molle fiato d' un zefiro leggier. O gema tra le fronde, o lento increspi l'onde, zefiro in ogni lato compagno è del piacer.*

Gelegentlich jener Übungsstunden hatte ein Livrierter stets darauf zu achten, daß im Schälchen das Wasser, an welchem die feinen Fingerspitzen der kaiserlichen Desmoisellen von Zeit zu Zeit nippten, weder zu kalt noch zu heiß, sondern stets wohltemperirt sei. Ey, wie verwöhnt!

Und doch! Ferne sei es mir, dem Amerikaner, dem Demo-craten, dem Mann der thätigen Vernunft und des common sense, der, allen geschnörkelten Worten abhold, auch der Korsettage des spanischen Hofzeremoniells, dessen die Habsburger in Wien pflegen, nur kopfschüttelnd und mit tiefem Ingrimm im Herzen zusehen kann — ferne also, will ich sagen, sei es mir, unter dem aristocratischen Parfum, das den Verwesungsgeruch von Europens Ständeordnung nur mühsam übertünchen kann, nicht auch das Leid der von Revenuen, Taxen, Pachtzinsen und Ertragszehnden geschundenen, zu Fron- und Kriegsdiensten gepreßten, recht- und besitzarmen Classen wahrzunehmen, an deren Blut die Adelskaste saugt als ein Vampyr; ja wer unter uns, in den horizontweiten Planen der Büffelweiden und Prai-rien, je als ein freier Mann auf freiem Grunde gestanden hat, dem wird bei dem von herzhaften Pistolschüssen be-gleiteten „hip-hip-hurrah", mit dem in *Ellie's Saloon* unsre Pflanzer und Kuhtreiber vor dem *star-spangled banner* ihrer jungen Heimat salutieren, die Thräne eher ins Auge sich stehlen als im Angesichte all des morschen Prunks, in dem die abgelebte Ordnung der Alten Welt ihren Ausdruk findet. Und doch —— und dennoch — komme ich nicht umhin zuzugeben, wieviel Bestrickendes dieses jugend-frohe Bild der bei Hofe prosperierenden Töchter Albions auch wieder für mich hat — wie der Hoffnungsglanz dieses Gemähldes mich bezaubert — aber auch vexiert: Als ge-lange mir nun erst zu Bewußtsein, daß das ohngeheuer Verfeinerte meines Instrumentes, sein (sit venia verbo) *Nerven-Luxus* dem pragmatisch Kunsthandwerklichen, Kräftigbürgerlichen, welches doch meine Maaßgabe gewe-sen, eigentlich von Anfange an widersprochen hat — daß ihm vielmehr die Sphäre des seidentapezierten, intarsierten oder verspiegelten Privatcabinets stetsfort eingeschrieben geblieben ist, ein Kostbares, Erlesenes, Empfindliches, auch empfindsam Launisches, eine gläserne, wächserne, frauenzimmerhafte Blässe, Volubilität und Fragilität; mit einem Wort: Als hätten, aller Vernunft zuwider, bei der Konstruktion meiner Machine die *subconscious layers* meines Gemüts mir eingeflüstert, das Humanum in einem goldenen Schnitt aus Anarchie und Feudalismus zu suchen, ja als seye in letzterem ein, erst noch näher zu bestimmendes, zu entdeckendes Reservoir geborgen, auf dessen Gehalte unsere künftige freie Gesellschaft nie verzichten dürfe, wenn sie nicht Verrat üben wolle am Wichtigsten, am Menschlichsten ihrer selbst.

Ihren ersten Höhepunkt erreichte die Carriere der Desmoiselles Davies im folgenden Jahr 1769. Aus Anlaß der Vermählung des Infanten Ferdinand, des bourbonischen Herzogs von Parma, mit Erzherzogin Maria Amalia von Österreich — eine Verbindung, die den Einfluß Habsburgs auf die nördlichen Provinzen Italiens sichern sollte, mithin nicht, wie bei uns in den Staaten, der innig-privaten Geneigtheit zweier mündiger Bürger, sondern dem Machtkalkül und den Territorialansprüchen der Imperatrix geschuldet war — wurden die großgreisen Herren Hasse und Metastasio auf allerhöchste Ordre mit der Abfassung und Komposizion einer Fest-Cantate beauftragt, die, wie ich denn doch nicht ohne persönlichen Stolz bemerken darf, den Namen meiner neuen englischen Machine erhielt: „L'Armonica"; und fast mit Gewißheit nehme ich an, daß es die erste Composizion für mein Instrument überhaupt gewesen ist, die da im Großen Saal von Schönbrunn erklang.

Leider versagt mir meine Korrespondenz jedes Dokument einer persönlichen Zeugenschaft; aber da nun keine Quelle zu mir spricht, dient sich mir so mehr die Phantasie als Born einer Imagination an, welche das ungemein Festliche der Aufführung so deutlich vor Auge und Ohr mir führt, als wäre ich selbst zu Gast gewesen damals, inmitten der mit Galanteriedegen, Ordenssternen, Schärpen, Perücken und roten Gala-Röcken geputzten Herren, welche hinter den Stühlen stunden, auf denen die Damen mit ihrer hochgetürmten und bänderverzierten Coiffure in weit sich bauschenden Reifröcken aus Atlas, Damast und Chiffon Platz genommen, um mit Fächern sich die im Kerzenlicht erhitzt schimmernden Mienen zu kühlen: Ein schwirrendes Wogen von wirbelnden Fächern, das sich mir mahlt als ein Heer flatternder Papillonsflügel auf dem seidenschillernden Blütenmeer der *parure des dames*, dem das kleine livrierte Orchestre aus Streichern, Hornisten und Hautboïsten, das vor kerzenbestückten Pulten die Harmonika umringte, gegenübersaß.

Ardir, germana: a' tuoi sonori adatta volubili cristalli l'esperta mano! Ich stelle mir vor, daß Anne sowie Cecily, die mit dem Notenblatt in der Hand neben der Harmonika stand, unter altrömischem Lockenfall, beide gekleidet in eine auf der Taille gegürtete Tunika, ein classisches Geschwisterpaar vorführten, das in antikisierender *attitude* den Centralbegriff der Cantata – „Harmonie" – darstellte, nämlich im Sinn des Zusammenstimmens der Musik so wie des Einklangs der Seelen und Herzen im frischvermählten Paar gleichwie der einträchtigen Habsburgischen Provinzen — deren Gleichklang vice versa in der Liaison, welche an diesem Tag zu feiern war, als auch in der Musik wie in der edlen Rhetorik des Odentextes ihren symbolischen Ausdruck finden sollte — unbeschadet des möglichen Einwandes, daß der Klang meiner Gläsermachine eben doch nicht nur mit Schönheit, angelikaler Reinheit und überirdischem Glanz sprach, mithin um den großen Augenblick eine geradezu verklärte Aura wob, sondern noch etwas anderes, weniger Festliches, vielmehr ein Bedenkliches und wiederum, aber nun auf beunruhigende Weise, Symbolisches mit sich trug: nämlich den Charakter des Zerbrechlichen, Gefährdeten, Verletzlichen und in seinem klirrenden Pfeifen denn auch mitunter Befremdenden (schneidend genug, daß zuzeiten einige Zuhörerinnen sich schmerzverzerrten Gesichts die Hände auf die Ohren preßten), will sagen: Unüberhörbar war, daß die pastorale Serenität der Ode (*An perchè col canto mio dolce all'alme ordir catena, perchè mai non posso anch'io, Filomena, al par di te?*) gleichwie die sphärische Harmonie, in welche das Glas und der Gesang sich stimmten, etwas Verhextes, nicht ganz Geheures im Saale Laut werden ließen, oder vielmehr als ein Menetekel an die Spiegelwände von Schönbrunn schrieben.

Dies hat zum einen wohl damit zu thun, daß die Töne meines Instruments selber bereits dem Klang der menschlichen Stimme ähneln, so daß es, wenn sich Gesang in sein Erklingen mischt, ihn als ein geisterhaftes Echo seiner selbst wiederzugeben und zu beantworten scheint, als einen leblosen Widerschein des Belebten, ein Gegen-, Zerr- und Spiegelbild dessen, was aus beseelt durchwärmtem Herzen strömt; ja, ich als Erfinder der Machine muß den Mut aufbringen, zuzugeben, daß etwas insgeheim Inhumanes, Widernatürliches und an den Vesten der Vernunft Zerrendes darin beschlossen ist, daß das kaltspröde Material gläserner Kalotten sich höhnisch aufschwingen will zur Nachahmung wärmster Menschlichkeiten. Ist es ein Zufall, so frage ich mich heute, daß immer mehr Komponisten der neapolitanischen Oper meine Harmonika just in jenen Scenen einsetzen, wo die Primadonna in somnambulem *Wahnsinn* sich ergeht?

Zum anderen, und vom Obgesagten wenig geschieden, schreibt die Volubilität dieses scheinmenschlichen Klanges insoferne ein Menetekel, als er zum Symbol fester, unangreifbarer Herrschaft am allerwenigsten sich hergiebt. Trompeten und Paucken schickten von altersher sich als Repräsentanzen von Macht; Oboen und Geigen standen seit langem schon ein für das Reich Amors und Philomeles — wozu dann durfte die Glasmachine taugen, wenn nicht zur Allegorie von Verwundbarkeit, Brüchigkeit, Fragwürdigkeit? Gewiß, zart und durchdringend ineins, durfte ihr Klang für den dünnhäutigen Hörer die Persistenz des *Exquisiten*, des *Adelsprivilegs* behaupten, aber zugleich doch auch da, wo er in langausgehaltener Diskantlage ins Schneidende gerät, am Thron des Bestehenden sägen, soll heißen, die Labilität der alten, abgelebten Herrschaft hörbar machen und mit den scharfen Incisionen seines tönenden Skalpells gleichsam eine Vivisektion am moribunden Körper der europäischen Ständeordnung vornehmen.

Von frappanter Würkung zumindest ist, daß die Harmonika sowohl in der einleitenden Sinfonia wie in der nachfolgenden Aria noch ihr *tacet* hat und erst dort, wo im zentralen Recitativ die Sängerin in einen Dialog mit ihm eintritt, accompagnato die Stimme erhebt. *Gewagt, Schwester!–: wie du den flüchtigen Krystallen deine klangvolle Stimme akkommodirst und jene mit kunstfert'ger Hand zu erlesenem Wohlklang verführst! Denn wer kann da schweigen, wenn von Parma bis Istrien des Beyfalles Widerhall schallt in der Runde zum durchlauchtigsten Hochzeitsfeste Amaliens & Ferdinandos? Alsdann zaudre nicht, dem neuen Harmonischen Instrument den gelinden, traurigen, zarten Ton zu entlocken. Nichts gegen Mars mit dem Lärm der Trompeten seiner zürnenden Diener! Allein eine süß' Harmonie, nicht des Zornes, sonders der zarten Empfindung, ziemt Amor mehr.* In der ultima aria schließlich läßt sie zum Gesang, der den *Zefiro* adressirt, konzertierend sich hören: ein reizendes Stückgen, auf welches Applaus verdientermaßen folgen muß — nein, kein „smashing!" zwar, kein „great fun!", ganz gewiß auch kein Pistolschuß – aber ein anerkennendes Raunen, Murmeln und ein verhaltenes, der Conduite angemessenes Klatschen war es denn wohl schon, ein Klatschen gleichsam mit den Fingerspitzen nur, vor dem die englischen Schwestern nun, Hand in Hand, und die hochgegürtete Tunika sich raffend, mehrmals knicksend sich verneigten, bevor auf leutseligsten Wink der Kayserin je ein Lorberkranz ihnen auf die Locken und dem Capellmeister auf die Perücke gedrükt ward vom Hofdichter selber, der, apoplektischen Gesichts, die Altersschründe mit kalkweiß brökelndem Puder und Wangenrouge dick übertüncht und die Lippen mit Rotstift ins künstlich Schwellende verjüngt, es sich ungeachtet seiner Betagtheit nicht nehmen ließ, seinem Ruf als Schwerenöther, römischer Löwe und manneskräftiger Bonvivant Genüge zu thun, indem er sich den Kopf jeder Lady zwischen die beringten Pratzen klemmte und so küßte, daß den Damen Hören und Sehen verging; und man hat mir berichtet, daß Graf Kaunitz hernach zu Anne, welche blasser als sonst und nur mit größester Anstrengung noch aufrecht sich hielt, komplimentierend sprach „Ah, Mademoiselle, quelle céleste voix! Cela est vraiment pour prier," bevor jene um Erlaubnis bat, sich um ihrer angegriffenen Nerven halber retirieren und in einem Nebengelaß aufs Kanapée betten zu dürfen, wo Cecily besorgt sich über sie beugte, um zu fragen „Wie ist dir, my beloved Sister?" und lediglich ein gemurmeltes „It's nothing, nothing" zur Antwort zu erhalten.

Das Glück der Schwestern schien gemacht, und mit ihrem Ruhm verbreitete sich der Ruf meiner Gläsermachine über Europens Salons. Während der alte Hasse eine *scrittura* für eine Opera zur Faschingssaison in Mayland erhielt, brachen Marianne und Cecilia, wieder in Begleitung ihrer Ältern, 1770 zu einer Tournee auf, die sie durch die wichtigsten Residenzen Italiens führen sollte. Mit Bangen male ich mir auß, wie die kostbare Machine auf ihrem knirschenden Reisewagen, immer unter Steinschlag- und Lawinengefahr, die Serpentinen der Alpenpässe erklimmt; und mit Bangen stelle ich mir vor, wie sie vor dem Wegelosen der Gletscherfirnen, da die Gäule ausgespannt werden müssen, aus- und umgeladen wird auf eine Last-Chaise, welche sodann, von livrierten Trägern geschultert, in dünner Luft unter tiefblauem Azur über Schneepfade hinübergeschleppt wird ins Transalpine, um weiters auf rumpelndem Karren die Reise zu machen über Mantua, Parma, Bologna und das Appenninische Gebürg.

In Neapels Teatro San Carlo feiern die englischen Schwestern, auf Einladung Ritter Hamiltons, des britischen Gesandten, und durch Vermittlung des österreichischen Ambassadors Graf Kaunitz, die geschwisterliche Vermählung des Gesangs mit dem gläsernen Ton in Anwesenheit des bourbonischen Königs Ferdinand und seiner theresianischen Gemahlin Marie Karoline. Künstler, Diplomaten, die Notabeln der Stadt und die große Schaar ausländischer Besucher, für die ein Besuch Pompejis, der Campi Phlegräi und des Vesuvs Pflichtprogramm und Höhepunkt ihrer Grand Tour zu sein pflegt, sitzen im Publikum. *Il lento, il tenue, il flebil suono:* Mein römischer Correspondent, der Zeuge dieser denkwürdigen Akademie gewesen, berichtet mir, Hamiltons scharfgeschnittene Züge im schmalen Gelehrtengesicht hätten mit unaussprechlichem Entzücken an der Darbietung seiner Landsmänninnen gehangen; die Augen weit aufgerissen, den Oberkörper vorgereckt, habe er, wie aus der Nähe zu sehen gewesen, über der Musique kaum zu atmen gewagt; und gewiß seye in ihm schon in diesem Moment der Entschluß gereift, den Schätzen seines Palazzo eben so eine Glasmachine einzuverleiben. Il Re Ferdinando hingegen habe sich, die weißbestrumpften Beine unterm Embonpoint lang ausgestreckt, in seinem goldenen Fauteuil geräkelt und mit verhaltenem Gähnen im Schafsgesicht dem drohenden Schlummer offenbar nur dadurch wehren können, daß er zur Musique auf der Lehne sacht den Tackt mitschlug, wohl auch ein Stückgen mitbrummte oder -pfiff, zuzeiten vom Konfeckt naschte, das ein Lackay ihm bereithielt, ein Wort an seine Gemahlin neben ihm richtete („è bella, eh?"), die freilich seiner nicht achtete, sondern aufrecht und konzentriert, das Gesicht hinterm wirbelnden Fächer sich kühlend, dem Gesang der rosenwangichten Inglesina und dem seidigpfeifenden Schleifen aus der Machine ihrer Schwester lauschte, welche hager, ernst und blasser denn je aus den Gläsern die Töne zog. Hernach habe Durchlaucht, dem Hamilton die Bauweise der Harmonika erläutern mußte, der schwarzlockichten Virtuosin huldvoll zu sagen geruht: *Sie hat mich ausgezeichnet divertirt, mein Kind; man sollte gar nicht glauben, daß in einem so kleinen Köpfchen so viele hübsche Noten stecken können. Spielt sie denn auch die Lira organizzata? Die möge sie hübsch üben, damit Wir sie gern wieder bey Uns hören wollen.*

O der gekrönten Bestien: Ihre Stunde wird schlagen, das weiß ich wohl. Um so lieber ergänze ich mir den Bericht meines Correspondenten mit den Bildern vom Paßeggio der Carossen, die auf dem Molo, eskortirt von Fakelträgern, zu abendlichen Lustfahrten die Familie Davies in Begleitung Hamiltons und seiner Gattin ausführen, vom Castel d'Ovo entlang den Reihen der Hafenkais und der daselbst ankernden und vertäuten Schaluppen, Brigantinen, Frachtsegler, Fischerboote und mit stattlichen Zwölfpfündern bestückten Galeonen und Gaffelschoner, wobei der britische Gelehrte seinen Ladies die Sehenswürdigkeiten erklärt und nicht versäumt, ihnen das Spectacle zu präsentieren, das die in der Dämmerung rotgelb glühende Lava gewährt, welche am Westhange des Vesuvs, überwölbt vom Rauch, der aus dem Schlunde des Feuerbergs von unten violett illuminirt wird, stockend hinabquillt, um zuletzt unter Fauchen, Zischen und Dampfen sich zu ergießen ins Tyrrhenische Meer. Alle pragmatische Nüchternheit des Americaners, alles Handfeste, Utilitaristische, Abgebrühte schmilzt mir, wie ich gestehe, unterm romantischen Bilde der klein, zart, gefährdet scheinenden Rückenfiguren dahin, die da an der Hafenmole, ihrem Wagen entstiegen, in Betrachtung des ohngeheuren nächtlichen Teufelsrachens versunken stehen, die Ladies in weißen römischen Chiffonkleidern sacht gebauscht vom Zephyr, der vom Meere herbei streicht, der Herr, der zum Verweis aufs Spectacle den Arm reckt, in Dreispitz und marineblauer Weste, braunen halblangen Breeches, weißen Seidenstrümpfen und schwarzen Schnallenschuhen: Ein zerbrechliches Ensemble, ein winzicht verlorenes Grüppchen ausgesetzt dem Tremendosen, confrontirt dem schrecklich Erhabenen, dem heiligen Zorne des Subterranen. Ich bitte! Man möge doch uns, den wakkern Bewohnern der Neuen Welt, nicht absprechen, was jedes Herz in der Brust des Menschen, wo immer dieser auch siedle, schlagen läßt: das Empfinden von Ehrfurcht vor dem Göttlichen in der Natur gerade auch dort, wo es sich, wie im Buche Hiob, als vernichtend offenbart. Sollten wir in den Colonien nicht dessen genug erfahren? Erzählen uns nicht die Pioniere, Trapper und Goldsucher, die in die noch unerforschten Weiten des Westens sich vorgewagt, von Geysiren, Salzwüsten, himmelhohen Tafelbergen und meilentiefen Canyons; von Indianer-Massakern, giftigem Gewürm, erschrecklichen Stürmen, Hurricanen, in allen Höllenfarben glosenden Wolkengebirgen über den horizontweiten Gefilden, durch die mit Gebrüll der Tornado sich fräst, Menschen, Vieh und ganze Farmhäuser in die Luft wirbelt sonder Barmen? Nein, so unempfänglich sind wir nicht, beim Zeus! Nur, daß wir, über allem Walten der himmlischen Vorsicht, denn doch nicht ins Schwarmgeistern fallen, sondern, nach einem Momente heilsamen Schreckens, rüstig die Ärmel aufkrempeln zum Tagesgeschäft und thätige Vernunft gern wieder über unser Leben regiren lassen. Ja, selbst dort, wo noch der Aberglaube seine Geißel schwingt über dem Fortschritt der Erkenntniß, in obscuren Cirkeln, in Sekten, welche hie und da, der Apokalypse harrend, in unsern entlegenen Wäldern brüten und Freudlosigkeit predigen und Ertötung des Fleisches unter altfränkischer Mode und alterthümlichen Meublen, wo noch der Holzpflug herrscht, gar die Hexenfurcht umgeht — selbst dort also, sage ich, gewährt heitre Toleranz dem Dunkelmännerthum die Freiheit des Glaubens, im Wissen darum, daß der Geltungsanspruch von Freiheit nur dann auf Universalität hoffen darf, wenn jene noch dem rückständig Verstocktesten die Türe offenhält zum Widerruf, zum Wiedereintritt ins Licht der Vernunft, soll heißen, wenn öconomische, merkantile und staatspolitische Freiheit, zum Verfassungsrange erhoben, auch die Freiheit der Meinungsäußerung, der Religionsausübung *und mithin des Irrtums* umgreift. Ja, wir sind Pioniere — und eben darum auch Visionäre, auch Träumer.

Das bereits angekündigte Konzert in der Salle San Paolo von Rom mußte abgesagt werden. Anne war unwohl. Sie litt an leichtem Fieber mit Brechen und Kopfwehe, und da ihr Zustand nicht rasch genug sich besserte, konnte auch die avisierte Akademie in Viterbo unpäßlichkeitshalber nicht stattfinden. Cecilia, ihrer Schwester inniger zugetan als je, saß ganze Tage in den abgedunkelten Zimmern der Gasthöfe am Bett ihrer sorella und versorgte diese mit lindernden Umschlägen und jenen Tinkturen und Applikaturen, welche die, von „nerveuser Exhaustion" sprechenden, Ärzte ihrer Patientin verordnet.

In Parma und Mantua scheinen die Schwestern sich wieder aufs Podium gewagt zu haben; soferne meinem Correspondenten zu glauben ist, scheint ihre Darbietung von Succeß gekrönt gewesen zu seyn — nur daß alsogleich die nerveusen Symptome bei Anne sich, kaum daß sie mit dem Spielen begonnen, wieder einstellten, so daß die musikalischen Akademien nur mit größter Mühe zu einem guten Ende geführt werden konnten.

In Venedig sehen wir Faustina Bordoni gemeinsam mit Cecily auf der Bühne singen; es wird ein Triumph für die *Inglesina*, wie die Welschen nun hingerissen und zärtlich die kleine sommersprossichte Nachtigall von der neblichen

Insel im Norden nennen – und ein Debacle für die alternde Primadonna. Diese aber, ob ihr gleich bei allen Spitzentönen ihres Mezzo-Soprano die Luft außgegangen, hat viel zu viel Weltklugheit, um sich nicht ins Ohnvermeidliche zu schücken und, nicht ganz ohne Eifer, aber auch ohne Scheelsucht die Überlegenheit ihrer Schützlingin gelten zu lassen. Wer protegirt, der mag schließlich nicht gut auch intriguiren: Und dies müssen wir Hassens Gattin, mochte diese von Zeit zu Zeit stets wieder von ihren alten *fits & whims* überwältigt werden, hoch anrechnen in einem Milieu, zu dem Sängerkriege und Primadonnengezänk so regulair zählen wie Loge, Vorhang, Soffitten.

1771 finden wir Familie Davies im Mayländer Gasthof *Zu den 3 Königen*, wo Vater Mozart ihnen, wie aus seinem bereits citirten Brief erhellt, Visite macht. Sein fünfzehnjähriger Sohn hat eine *scrittura* für die scenische Serenata *Ascanio in Alba* bekommen, welche des alten Hasses Festoper *Ruggiero*, die mittlerweile componirt ist und zur selben Zeit Premiere haben soll, konkurrenziert. Doch geben wir dem Vatter selbst das Wort.

Den 16ten war H: Haßes opera und den 17 die Serenata, die so erstaunlich gefalen, daß man sie heute wieder repetieren muß. alle Cavalier und andere Leute reden uns beständig auf den Strassen an, dem Wolfg: zu gratulieren. Kurz! mir ist Leid, die Serenata des Wolfg: hat die opera von Haße so niedergeschlagen, daß ich es nicht beschreiben kann. Gestern haben wir in gesellschaft des H: Haße bey Sr: Ex: Gr: Firmian gespeiset. so wohl H: Haße als der Wolfg: sind wegen der Composition schön Beschenket worden; über daß was sie in Geld bekommen, hat H: Haße eine Tabattier, und der Wolfg: eine mit Diemanten besetzte Uhr erhalten.

Rivalität, Intriguen gar vermag ich aus diesen Notizen nicht zu lesen; der von der Gicht geplagte Veteran in Diensten Metastasios, welcher einsehen mogte, daß seine Ära der höfischen Repräsentation dem Ende sich zuneigte, scheint das Solitäre des Jungen, von dem er immerhin sagte *Ich liebe ihn unendlich*, ebenso neidlos erfaßt und mit allenfalls wehmütigem Lächeln hingenommen zu haben, wie seine Gattin den Nachtigallenschlag der Inglesina als ihrem eigenen überlegen anerkannte. Hasses *Wort* aber hatte immer noch Gewicht; seine *Recommendation* öffnete Sängern Tor und Tür, und so kam es dazu, daß Cecilia Davies nun nicht mehr so häufig mit ihrer Schwester gemeinsam auftrat, die ohnehin immer öfter sich unpäßlichkeitshalber entschuldigen mußte, sondern daß sich die Pforten des *Dramma per musica* vor ihr auftaten, der Großen Oper — in welcher die Kunst dieser lebensfrohen, gutherzigen, des Finassierens und Intrigierens unkundigen und im Schmeicheln, Ködern, Durchstechen und Komplotte Schmieden gänzlich unerfahrenen Sängerin als ein Meteor ebenso jäh aufstieg wie erlosch.

Die genauen Circumstancen habe ich nicht (und werde ich wohl nie) erfahren. Aus einem Brief des alten Vatter Mozart indeß, den, nebst einigen weiteren, mir seine annoch in St. Gilgen verheurathete Tochter, itzige Reichsfreiin von Berchtold zu Sonnenburg, liebenswürdiger Weise abschreiben ließ, läßt sich immerhin erahnen, was geschehen ist. Um den Sohn vor allzu gutherzig-naiver Protektion der Aloysia Weber abzuschrecken, hält er ihm im Jahr 1778 das Exempel der Cecilia Davies vor Augen.

Es ist lächerlich, daß du für die Acktion der Mad: Weber gutstehen willst. Da gehört was mehrers dazu, und die alt=kindische, auch aus lauter guter Meinung und freundschaftlichen Menschenliebe unternohmene Bemühung des alten Haße hat die miß Devis auf ewig von der welschen Schaubühne verbannt, da sie die erste Sera ausgezischet und ihre parte der de Amicis übergeben wurde. Nicht nur ein frauenzimmer, sondern ein schon auf dem Theater geübter Mann zittert bey seinem ersten Auftritte in einem

fremden lande. Welcher impressario würde nicht lachen,
wenn man ihm ein Mädl von 16 oder 17 Jahren, die noch
niemals auf dem Theater gestanden, recomandieren wollte?

Gewiß, mit den Worten „auf ewig verbannt" übertreibt
der Vater, vom pädagogischen Eros gestachelt, ein weniges,
denn Cecilia scheint wiederholt noch zu Auftritten gelangt zu sein. Richtig ist aber, daß in den Folgejahren ihr
Ruf nicht mehr schritthalten konnte mit ihren nurmehr
laulichten Erfolgen; daß ihr Stern unter Zischen verglühte
am Himmel der großen, der italiänischen Oper; daß sie der
gnadenlosen Rivalität und Concurrenz, die in diesem Metier herrscht, nicht gewachsen sich zeigte, so daß es allein
noch die kleinen Residenztheater und provinciellen Schau-
bühnen in Städtgen wie Graz, Brünn, Gotha, Ludwigsburg
etc waren, aus denen Invitationen zu Akademien kamen,
schwach frequentirten Vortragsmatineen oder -soireen,
deren Beyfälle einer altgewordenen Zuhörerschaar denn
auch stets wieder eher der *Erinnerung* an die einst große,
gefeierte Sängerin galten, als dieser selbst, wie sie sich dem
Auditorio hier und heute vorgestellt.

Auf diese Weise glich sich die Deklinationskurve ihres
Ruhms dem mählichen Verlöschen der schwesterlichen
Kunst Mariannens an, die ihr rätselhaftes Nervenleiden
auf bald jeder Station ihrer Tournee, in Dresden, Preßburg,
Riga, wo es auch sei, zur Konsultation der örtlichen Ärzte
nötigte, welche nach etwelchem rathlosen Consilio, und
im Bann der Ideen, mit denen Galvani seit 1766 in Bologna
experimentierte, stets wieder zum Schlusse gelangten, die
körpereigene Voltage der Patientin, jene *vis electricitatis in
motu musculari*, müsse von der körperfremden Electricität
gestört worden sein, welche aus der Reibung zwischen den
rotierenden Gläsern und den Fingern der Spielerin in ihre
Nerven und Muskeln fließe. Sollte an der Warnung des unseligen Puckeridge doch etwas gewesen sein? Ganze Tage
verbrachte Anne, von Nausea, Tremor in den Händen,

Kopf- und Gelenkschmerzen gequält, in ihren vollständig abgedunkelten Gastzimmern; und wagte sie sich dann wieder, wankend und tastend, hervor ans Tageslicht, vermochte sie dieses nicht anders mehr zu ertragen denn mit einer dunklen Brille, die ihr das Aussehen einer Blinden verlieh. In ihrer Rathlosigkeit suchten die behandelnden Mediciner Zuflucht bei purgierenden Mitteln wie Aderlaß, Einlauf, Blut-Abzapfen mit Egeln, gläsernen Schröpfköpfen und dergleichen — nun, ich bin kein Jünger Äskulaps und stehe nicht an, solchen Methoden ihre Richtigkeit und Billigkeit zuzugestehen, habe mir aber doch von Dr. Bolton aus Pittsburgh sagen lassen, daß es bei einer wahrscheinlich anämischen und zu verdicktem Milzfluß neigenden Patientin wie Miß Davies tunlicher geraten wäre, Mittel zur Verdünnung der stockenden Säffte, also etwa einen Influx aus Ziegenmilch mit Branntwein und Latwerge, zu reichen, auch der Digestion nicht zu vergessen, welche mit warmen Bauchwikeln und Löffeln von Gerstenschleim am besten gefördert werde. Sancte Hippokrate! Verschone uns von deinen annoch im Dunkeln tapenden Priestern! Wie viele ohngezählte Menschen mögen nicht schon verfrüht ins Grab gesunken sein durch die Wunderthaten deiner Adepten! Mit wie vielen Irrtümern ist der Fortschritt deiner Erkenntnis teuer, allzu teuer bezahlt!

Immerhin war es meiner Nichte gelungen, mit ihrem Konzertieren bis zur Mitte der 1770er Jahre meiner Machine zum Siegeszug durch die Salons zu verhelfen, nicht so sehr in England, wo der conservative Geist der Nation, ihre Liebe zum Althergebrachten, den *musical glasses* die Treue hielt, weniger auch in den romanischen Ländern, wo zupackendes Temperament und Sinnlichkeit handfesteren klanglichen Genüssen den Vorzug gaben, als vielmehr in Österreich und Teutschland. Kaum ein Duodez-Fürstenhaus, kaum ein den Musen geweihter Bürger-Cercle, in dem die Harmonika nicht reüssierte, und das heißt, so-

wohl erklang als auch von empfindsamen, litterarisch gebildeten Geistern in Wort und Dichtung poetisch verklärt
wurde. *Die Wirkung dieses Instruments kann in gewissen
Situationen mächtig werden; ich verspreche mir hohe In-
spiration von ihr*, soll Herr Schiller gesagt haben. Warum
gerade dort? frage ich mich. Liegt es an der eingeborenen
Neigung dieser Nazion zu Geisterseherei, Seelenzerglie-
derung, Traum, Rührung, Irrationalism? Oder handelt es
sich bloß um eine hysterische Mode, nämlich um einen
Reflex auf jenen landauf-landab gelesenen Roman, mit
dem der Weimarer Hofrath, Herr von Goethe, seinen
Landsleuten 1774 ein *Weltschmerz*-Fieber inokulierte,
welches das Sensorium für die Leidensspur im Klang meiner Gläsermachine entschieden geschärft, es sozusagen
reif und gereizt gemacht hat zur Wahrnehmung subtilster
seelischer Regungen, die, wie mir scheint, nein, immer
weniger abweisbar *sich aufdrängt*, in den immateriellen,
gleichwohl durchdringenden Schwingungen des Glases
Laut werden?

Unter diesem Aspect war es ja nur eine Frage der Zeit,
daß die Seelenheilkunde sich meines Instruments bemächtigte — auf welche Weise, mag ich so genau lieber nicht
wissen. Ein tiefes, nachgerade fröstelndes Unbehagen be-
schleicht mich bei dem Gedanken, daß eine Erfindung,
dazu ersonnen, klare Schönheit mit vernünftiger Praktikabilität zu vereinen, für Hokus-Pokus mißbraucht werden
sollte, für Charlatanery, Geister-Schwärmerey, magische
Insinuation und alle Arten unheilvoller Einflüsterungen
im Hirne des Kranken.

Und nicht nur dort. Wie meine französischen Korrespondenten berichten, soll derweil in Paris ein Physikus
und Entrepreneur namens Gaspar Etienne Balliard in den
schauerlichen Gewölben des Kapuziner-Convents vor
zahlendem Publico mit einer Zauberlaterne auf weißen,
aufsteigenden Qualm Gespenster und tanzende Skelette

projizieren und diese, eines Cagliostro würdigen, bewegten Bilder aus dem verdunkelten Hintergrunde nicht nur mit Totengeläute, Blitz- und Donnerschlag, Schuhu-Geschrey, schrillem Pfeifen und Windgeheul, sondern auch mit den glasichten Klängen aus meiner Harmonica begleiten lassen: Ein abgeschmacktes, mich zutiefst genirendes Spectacle, indes von einer Suggestionskraft, daß es schon den ein oder anderen Chevalier, dem vom Nerven-Kützel das Haar sich sträuben mogte, veranlaßt haben soll, den Degen zu ziehen, um den Phantasmagorien aus dieser Hexenleuchte beherzt Paroli zu bieten und seine angstkreischende Begleiterin gegen den Teufelsspuck zu verteidigen!

Der fragwürdigen Experimente des Wiener Magnetiseurs Dr. Mesmer gedachte ich auf diesen Seiten bereits; nicht ohne Grauen kann ich lesen, in welch leutselig harmlosem Licht die Pforte des Mesmerschen Hauses an der Rauchfangkehrergasse sich seinen Gästen öffnete. *H: von Messmer, wo wir am Montage speisten, spielte uns auf der Harmonica, oder dem GlasInstrument der Miss Devis, und recht gut! es hat ihn das Instrument bey 50 duccatten gekostet: dann es ist recht schön gemacht. der Garten ist unvergleichlich mit prospecten und Statuen, Teater, VoglHauß, taubeschläg, und in der Höhe ein Belvedere in den Brater hinüber*, schreibt Vatter Mozart aus Wien an seine daheimgebliebene Gattin und ergänzt an anderer Stelle, Mesmer habe eine *viel schönere Gläser Machine als die Miß Devis hatte*, und *der Wolfg: habe auch schon darauf gespielt*. Wie enthusiasmiert der Vater zu sein scheint, erhellt aus dem nachgestellten Seufzer *wenn wir nur eine hätten*; der Seufzer drükt auch auß, wie prohibitiv der Anschaffungspreis des Instruments damals noch war.

Daß aber Leopolds Schwermen so uneingeschränkt auch wieder nicht galt, vielmehr im Laufe der Jahre eine deutliche Abkühlung erfuhr, mag daraus hervorgehen, daß er an einem Sänger späterhin rügte, seine *messa di voce*, also das An- und Abschwellen lang ausgehaltener Töne, seye ihm *schier zu oft* gekommen und habe ihm *die nämliche traurige Wirkung* gemacht *wie die Töne des Glasinstruments oder der Harmonica, dann es war fast die nämliche Klangart.*

So wäre es denn vor allem eine „traurige Wirkung", mit der meine Erfindung das empfindsame Publikum zu Rührung reizte, zu Nervenschwäche, Zittern und Thränenfluß? Sollte just solche Décadence von mir beabsichtigt gewesen sein, ausgerechnet von mir, dem lebensklug-praktischen, tatkräftig rüstigen Manne des jungen Continents?

Ich gestehe, daß ich mir über dieser Frage nicht lange den Kopf zerbrach. Dringlichere, viel bedeutendere Dinge lagen mir ob. Im März 1775 kehrte ich nach Philadelphia zurück, wo ich zum Congreßmitglied ernannt und an die Spitze des Sicherheitsausschusses berufen wurde. In dieser Position hatte ich hervorragenden Anteil an der *Declaration of Independence* vom 4. Juli 1776, die ich daraufhin auch gegen den britischen Friedensunterhändler, öffentlich wie privatim, als ohnabänderlich verteidigte. Um Hülfsmittel zur Aufrechthaltung des Beschlusses zu beschaffen, proponirte ich die Ausgabe von Papiergeld, wozu ich aus meinem eigenen Vermögen 4000 £ St. beilegte.

Nach Ausbruch unseres Freiheitskrieges begab ich mich Ende 1776 nach Frankreich, wo ich mit höchster Achtung begrüßt wurde und nach Paraphierung des Allianzvertrags vom 6. Februaris 1778 als bevollmächtigter Minister der dreizehn vereinigten Staaten von America auftrat. Vor allem durch die Presse suchte ich die publique Meinung für die americanische Sache zu gewinnen, die ich als Sache der Freiheit und Civilisation der ganzen Menschheit darstellte. Freilich wäre es naiv anzunehmen, die Sympathien Frankreichs hätten dieser Sache ganz sonder Eigennutz gegolten. Selbst dort, wo diese von den Philosophen und Écrivains des Landes mit warmherzigem, edelmüthigem

Eifer verfochten wurde, mischte sich doch auch ein Calcul hinein, das dem bilateralen Verhältnisse mit England galt, dem uralten Erbfeind, welchem nunmehr, was Waffengewalt in den kanadischen Kolonialkriegen nur unzulänglich vermocht hatte, kräftig eins ausgewischt werden konnte nach der Devise *Wer meines Feindes Feind, der ist mein Freund.* Ja, hier waren alte Rechnungen zu begleichen; war nicht das katholische Frankreich schon immer als Unterstützer und Beschützer aufrührerischer Provinzen wie Schottland und Irland aufgetreten? War die Erinnerung an Frankreichs Kriege mit dem verbündeten Burgund, an den heldenhaften Sieg der englischen Bogenschützen über die erdrückende Übermacht der royalen Reiterarmee bei Azincourt nicht heut noch lebendig im britischen Volke? Lag es daher nicht auf der Hand, daß der Beistandskontrakt von 1778 nicht nur in Westminster als Kriegserklärung und Fortsetzung der alten Rivalitäten zwischen Albion und Gallien um ihre Besitzungen in Übersee aufgefaßt wurde?

Allein so wie in der Kunst — just so wie im zwiespältigen Klangeffekt, in der janusköpfigen Würkung meiner Glasmaschine — ist alles Politische gewiß von Fragwürdigkeiten gekräuselt und Ambivalencen. So wie in Frankreich die Sympathie für die americanische Sache zwischen uneigennützigem Idealismus und krassen Machtinteressen schwankte, wurde in England letztere mit Wut – und zugleich mit schlau abwartender, schadenfreudiger Berechnung wahrgenommen: Sollte der Franzmann schon den Abfall der Kolonien als Menetekel an britische Wände schreiben müssen, so sollte er zum Dank für diese Perfidie wenigstens ersticken an dem Kuckucksei, das er sich selber ins Nest gesetzt, nämlich am Umsturz seiner eigenen ständischen Ordnung, an der Abschaffung und Neuordnung aller Werte; gewiß, am Ende seines frenetischen Vivats für Democratie und Menschenrechte werde seine eigene Schwächung, Zerrüttung und Auflösung stehen, jene törichte Ersetzung des Geburtsadels durch den Verdienstadel, jene Pöbelherrschaft, wie sie schon jetzt ihren Ausdruck finde im Rechte jedes Americaners, eine Waffe tragen zu dürfen. Ja, dann Gott befohlen! Man werde schon sehen, wohin der Irrwitz führen werde, und am Ende werde es England sein, das denen, die soeben noch über die Volksherrschaft jenseits des Atlantiks gejubelt, nach ihrer Flucht auf der Insel Asyl gewähren und den Niedergang Frankreichs zur Stärkung des eigenen Imperiums und der überseeischen Besitzungen nutzen werde. So suchte man sich in England das Ohnausweichliche schönzureden und aus der Not eine Tugend zu machen.

Daß die Ambiguität, die ich oben mit dem Doppelgesichtigen des Harmonika-Klanges in Vergleich gesetzt, tiefer noch reichte, erhellt in zwiefacher Hinsicht. Zum einen schloß das Engagement von Frankreichs intellectuellen Köpfen die schärfste Kritik an gewissen Erscheinungsformen unserer jungen Herrschaft keineswegs aus. Gewalt und Rechtlosigkeit, Lynchjustiz und Sklaverei fanden nicht nur in Monsieur Voltaire einen erbitterten Gegner. Zum anderen fanden sich gerade unter Englands Schriftstellern, Publizisten und fortschrittlichen Geistern viele, die unseren freiheitlichen Ideen im Prinzip zwar nahestanden, allein zerrissen zwischen Liberalität und Patriotismus, unserem Streben nach Autonomie just in dem Moment die Zuneigung versagten, wo es sich der Allianz mit dem Erbfeind jenseits des Kanals versicherte – was sie hinwiederum nicht davon abhielt, mit Frankreichs Kritik an unserem Sklavenhandel wärmstens sich gemein zu machen, wiewohl dieser doch gewiß keine Erfindung unserer Colonien, sondern eine von ihrer eigenen heißgeliebten Nation geschaffene Einrichtung war — wenn auch hinwiederum in England Sklavenhaltung selber durch den Casus des Negers Somerset, der auf die Insel gelangt war und dort vor Gericht seine Freiheit erstritten, schon 1772 zu Fall gebracht worden war.

So heikel, so verwickelt standen die Dinge, als meine diplomatische Kunst nach langem Bemühen endlich den Frieden vom 3. Septembris 1783 errang, der in Versailles kontraktiert wurde. *Eripui coelo fulmen, sceptrumque tyrannis.* Die Rückreise nach America gab mir Muße, nach langer Zeit mich wieder meteorologischen Beobachtungen sowie der Abfassung eines Traktats über den Einfluß vulkanischer Aktivität auf das Wetter hingeben zu können. In der Heimat begrüßten mich unter Glockengeläut und Canonendonner der Jubel des Volkes und die Glückwünsche unseres tapferen Generals Washington. Dreimal noch wurde ich, in einstimmiger Wahl meiner Mitbürger, Gouverneur des Staates Pennsylvanien, als dessen erster Abgeordneter ich beim Congreß zur Befestigung unserer jungen Freiheit mitwirkte.

Jetzt schreiben wir das Jahr 1788. Zurückgezogen vom öffentlichen Leben, walte ich nur noch als Vorsitzender des Vereins zur Aufhebung der Sklaverei, welcher justament eine Denkschrift an das Repräsentantenhaus vorbereitet hat. Von weiteren Thätigkeiten dispensiren mich die lästigen Steinschmerzen, in die ich mich mit Geduld und Vertrauen auf Gottes Willen schicke. *Somewhat back from the village street*, auf der Porch meiner Villa in Philadelphia, vor weißgestrichenen, bretterverschalten Wänden unterm Portikus, sitze ich, in einen Plaid gewickelt, im Schaukelstuhl und diktiere meiner Tochter, die mir auf einem Rohrstuhl gegenübersitzt, diese Aufzeichnungen, während der alte Hesekiel, unser treu dienender Neger, den ich vor Jahrzehnten meinem Nachbarn freigekauft und zur Annahme des Sakraments der Hl. Christlichen Taufe überredet, mit zitternden Händen, die das Porcellan leis erklirren lassen, den Thee uns serviert: *The time-piece in the hall says, it's five o'clock, Massa Franklin.*

Nur selten noch erreichen mich unter meinem *antiquen portico,* auf welchen hohe Pappeln ihre Schatten werfen, Nachrichten von meinen Nichten aus Europa. Den letzten Brief von Cecilia Davies erhielt ich vor einem halben Jahr.

Er berichtet mir vom Wirken Pitts des Jüngeren unter König Georg, seinem abgelehnten Vorschlag zur Erweiterung des Wahlrechts, vom Tode des Preußenkönigs Friedrich, kurz nachdem dieser den deutschen Fürstenbund gestiftet gegen Österreich, von Kaiser Josephs Bestreben, Bayern gegen Abtretung der habsburgischen Niederlande zu erwerben.

Er erzählt von den litterarischen Novitäten, die unter Englands Gebildeten im Schwange sind, von Schubarts Fürstengruft, Cowpers Task, Moses Mendelssohns Morgenstunden, von Burns' Gedichten, Schillers Don Karlos und vom Hinschied des Bear of Lichfield, Doktor Johnson.

In seinem Observatorium zu Slough habe Dr. Herschel den siebenten Planeten entdeckt (und ihn *Georgium Sidus* getauft), und im Ständetheater zu Prag solle Tirso de Molinas altes Schauerstück vom *Don Juan, ossia il dissoluto punito*, wieder aufgeführt werden, diesmahl mit einer Musique von Mozart, von der geraunt werde, sie seye sehr schwer zu exequiren. Bey Haydn habe Ferdinand, der König beider Sizilien, vor dem sie, Cecily, und ihre Schwester einst aufgetreten, Konzerte für seine Lira organizzata in Auftrag gegeben, und den Deutschen Hackert habe er als Hofmaler nach Neapel kommen lassen mit dem Auftrage, Veduten aller Seehäfen des Königreichs anzufertigen. Ritter Hamilton, dessen Gattin, wie ich ja wisse, vor fünf Jahren gestorben sei, habe sich auf Vermittlung seines Neffen Lord Greville eine hübsche junge Gesellschafterin in seinen Palazzo kommen lassen, eine gewisse Emma Lyons, die sich, man wisse nicht warum, „Hart" nenne, von zweifelhafter Herkunft, und noch zweifelhafterem Beruf; sie seye Schauspielerin, habe Romney wiederholt gesessen;

in London zerreisse man sich die Mäuler über den Scandal. Der Weimarer Hofrath, Herr von Goethe, habe soeben auf seiner Grand Tour durch Italien incognito auch Neapel besucht; nicht auszuschließen sei, daß er seine Erinnerungen an Sir William, von dem es heiße, daß er Miß Hart zum fleißigen Erlernen der Harmonika anhalte, eines fernen Tages publiciren werde.

Was mein Instrument angehe, so sei ich vielleicht schon unterrichtet, daß Herr Reichardt für den König von Preußen ein Rondeau für Glasharmonica, Streichquartett und Kontrabaß komponirt und Capellmeister Röllig einen fragmentarischen Traktat „Über die Harmonica" veröffentlicht habe. Um so trauriger, schreibt Cecily weiter, daß ihre Schwester Anne auf Anrathen der Ärzte das Glasspiel schon seit einem Halbdutzend Jahren gänzlich aufgegeben. Sie habe eine honette kleine Wohnung bezogen im Obergeschoß der Villa von Lord Deputy Palmerston zu Chelsea, wo sie hinter verdunkelnden Portieren ein stilles, eingezogenes Leben führe. Ans Heiraten denke sie nicht. Familie Davies gönne ihr eine kleine Apanage, die sie, als Vorleserin und Gesellschaftsdame von Lady M****, mit Einkünften aus Clavier-Lectionen für Töchter der gehobenen Stände so ergänze, daß sie nicht Noth leiden müsse. Ihre Gesundheit bleibe fragil, und die Hoffnung auf gänzliche Wiederherstellung derselben hätten die Ärzte ihr schonend auszureden vermocht. Ein ums andere Mal müsse sie ganze Tage lang das Bett hüten. Dann schmerze ihr das Haupt zum Zerspringen; dann zittere ihr das Händepaar; und an solchen Tagen reise Cecily nach London, um für ihre Schwester zu sorgen, indem sie, auf der Bettkante sitzend, mit ihr rede von den alten Zeiten, ihrem ersten Vorspiel-Besuche einst bei Uncle Ben und all dem, was an jenem denkwürdigen Tag noch gänzlich unvorhersehbar gewesen und sodann in Wien und Neapel zur reichsten Entfaltung gekommen sei – mit ihr rede von den Konzertpodien des Kontinents, von den Opernbühnen und Triumphen in Europa, so lange, bis ein barmherziger Schlaf die Leidende ins bessere Reich der Träume hinübergeleitet.

Cecilia selbst erfreut sich eines Lebens als treusorgende Mutter vierer Kinder (fünf weitere starben kurz nach der Geburt) und Gattin eines braven Mannes auf dessen Landsitz Bromley Hall in Somerset. Jener, Colonel i.R. James Hoxton, der sich aus dem aktiven Militärdienst verabschiedet hatte, um sich ganz der Kultivierung seiner Ländereien zu widmen, war zur Zeit ihrer letzten öffentlichen Auftritte in England Cecilys hingerissenster Verehrer, ein Habitué, der ihr auf allen Stationen ihrer Tourneen nachreiste, um ihr nach jedem Auftritt die opulentesten Tulpenbouquets, an die stets ein Billet-doux geheftet war, in die Garderobe schicken zu lassen, bis er am Ende ein Herz sich faßte, in persona um ihre Hand anzuhalten und, als ihm diese nach gebührendem Werben gewährt wurde, die Sängerin glücklich heimzuholen als Regentin über seine Besitzthümer. Dort bewohnt sie nun ein Haus, das nach dem Geschmack des zweiten Königs Georg gebaut ist, herrscht als kluge Wirtschafterin über zweitausend Acres Forst- und Weideland, Stallungen und Remisen, Fischteiche und eine Meierei, über ein Personale aus Gärtnern, Wildhütern, Stallknechten, Wäscherinnen, Kammer- und Küchendienern, hat immer ein freundliches Wort übrig für Pächter und Tagelöhner, und läßt es sich über aller Verantwortung für das Gedeihen des Haushalts nicht nehmen, an Festtagen oder Empfängen für die Gentry der Nachbarschaft sich noch einmal an das große Tafelclavier zu setzen, das ihr Gatte ihr, auf daß sie ihrer Talente nicht verlustig gehe, in den Parlour gestellt, um sich an dem ein oder anderen Liede oder an einer Aria zu versuchen. Ihre ganze Liebe gilt den Kindern: William, dem ältesten, einem blonden, stämmigen, dem Schmause zugethanen, gutmüthigen Bär von einem Burschen; Charles, dem mittleren Bruder, der, schmächtig von Gestalt, seiner kecken, spitzichten Zunge wegen im Scherz *unser Giftpilz* gerufen wird und wie zum Ausgleich für das ihm vorenthaltene materielle Erbe, das nach britischem Recht an den Erstgeborenen fallen wird, an der Musikalität sich schadlos hält, die er von der Mutter schon itzo geerbt; und dem jüngsten Zwillingsgeschwisterpaar, Edward, einem nachdenklichen Kinde, das gern mit geschlossenen Augen sinnend das Haupt auf den verschränkten Armen ruhen läßt, während sein kokettes Schwesterchen, Charlotte, das Haar sich munter mit Bändern und Schleifen aufputzt. Anne komme, wenn es ihr die Gesundheit gestatte, jährlich einmal in der Sommerfrische zu Besuch. Die Kinder hingen an ihr mit großer Zuneigung, schreibt Cecilia in diesem letzten Brief, den ich nun, auf meiner Veranda sitzend, im Schaukelstuhl über dem Plaid zusammenfalte, um die Gedanken schweifen zu lassen ins Ferne, Vergangene und Künftige.

Gern mahle ich mir auß, wie die Schwestern Davies mit den Kindern im offenen Landauer oder auf einem hochgegürteten Phaëton über die Landwege Somersets rollen, unter Lachen und Plaudern unter einem Himmel, der allen Menschen in Freiheit leuchten möge, den wackern und guten Völkern der Alten Welt gleichwie den Bürgern unseres unbegränzten, prosperierenden jungen Kontinents. Möge die Epoche, die nach mir kömmt, die Erfüllung dieses Wunsches sehen! Mehr bleibt mir, verehrter Herr Redacteur, nicht zu berichten. Stolz auf das, was ich zum Wohle meiner Mitbürger habe leisten dürfen, verneige ich mich in Ehrfurcht vor dem Allmächtigen, dem ich meine bescheidenen Talente verdanke. *In thee we trust;* und den Lesern Ihres hochwohllöbl. Journals rufe ich zu: Gott schütze Europa; *God bless America.*

8. G (blau)

[Bleistiftnotiz unterm voranstehenden Texteinschub:] apr 789 franklins bild des *menetekels*, u. das gewicht so er auf *ambiguität* legt, wie auch seine warnung vor der nerven-electricität, gilt diese auch für schwingungen der wellen des lichts u der farbe wodurch das bild den mahler afficiren könte so dasz dieser uiberhaupt erst durch es zu leben imstande wäre? immer gesezt, es spiele das instrument auf dem körper des künstlers

---

3. 8is 787 im vordergrund die reben eines weinstoks, die weitausgreifend durch die krone einer ulme laufen, darunter rothbemüzte winzer mit büttenkarren u zugochsen, dahinter der apfelgrüne helle spiegel des meeres, der zart-violette vesuv, u. der duftige abendhimel aus beiden farben gemischet

am 6. 8° 787 speisten wir bey ritter hamilton, miß hart war willig sich in einem concert auf der harmonika hören zu lassen, die aussicht aus seinen zimern ist einzig schön so dasz wir, während das instrument in den zartesten tönen sich erging, den blik aus dem fenster hinaus in den abendglanz der sonne schweifen lassen konten, unter uns das blaue meer, im angesicht capri, rechts der posilipp, links ein altes jesuitergebäude, weiterhin die küste von sorrento bis ans cap minerva erst im goldbrand des untergehenden gestirns dann im aprikosenschimer des abendhauchs, bis der prospekt zulezt als endlich auch die harmonika schwieg, von blau zu violet sich schattend ganz zur ruhe ging, in der gesellschaft wagte keiner um liechter zu bitten, erst als die nacht tief u schwer im fensterrahmen stand, ruffte der hausherr nach kerzen in deren licht der zauber des unvergleichlichen bildes dessen wir genossen, augenbliks erlosch

wer ein lebendes exempel der idee sucht, dasz kunst u wissenschaft eine einheit bilden könnten, findet es in der person hamiltons, vide seine *campi phlegraei*, mit den kolorirten kupfern von fabris

10. 8is 787 wenn der mittag kocht schieszt die oktobersonne ihre tyrannin hitze herab, dann ist es gut in kalten tröpfelgrotten frisch betaut u geissblattumrankt auf einem stein zu sizen oder unterm wildbelaubten schatten eines zwielichtigen haines

16. 8is 787 im vordergrund die transluzente fluth eines verwunschenen gewässers uiber einem kieselgrund unter eichenwurzeln, im mittelgrund links ein eremit am brunnen rechts frauen in blau u carmoisin welche wasserkrüge auf dem kopf balanzieren u. ziegenhirten, davor apoll mit der leyer, in der ferne visionäre thäler, gestaffelte höhenzüge verblauend, ein abgeklärtes blau von goldenem licht durchwebt, so zu sagen eine dunstige klarheit

die nachahmung des wirklichen muß sich zum idealischen erheben, zu einem höheren poëtischen styl, zur aisthetischen idee von der ursprünglichen harmonischen einheit der schöpfung

schöne welt griechenlands, wo bist du, kehre wieder, holdes blüthenalter der natur, ausgestorben zeigt sich das gefilde, keine gottheit zeigt sich meinem blik

22. 8is 787 im atelier die küste nahe castellamare im morgennebel, die feuchte der immer noch heissen lufft webt zarte schleier um procida u ischia, links ferne capri als eine sphynx uiber den wassern schwebend

das clairobscür im picturesquen

nov 787 der geisterhafte effect in der nacht beim mondschein da ich am molo stand und den feuerschein der lavaflüsse am vesuvio sah, den vollmond in seiner ganzen herrlichkeit neben dem sprühfeuer des vulcans, u. die lava auf ihrem glühenden ernsten wege hinab

miete u feuerholz	120.—
ölfarben, zeichenkarton, leinwand	42.80
fleisch, brod, wein etc	74.20
tabacc	12.10
wäscherinn	8.95
porti	6.75
summa	273.80

7. 9is 787 heute weht der scirocco u. peitscht das meer, studien für ein marinestück am capo miseno mit blick gegen nisida, oft wurden ich u. meine palette von gischt u wellen ganz durchnässt

su conca d'oro, regio decoro spira nettuno, scherza portuno ancor bambino col suo delfino, con anfitrite, or noi di dite fè trionfar, nereïde amabili, ninfe adorabili, che alla gran dea, con galatea corteggio fate, deh ringraziate per noi quei numi, che i nostri lumi fero asciugar

die galanterie der gentiluomini eine in konversation materialisierte vernunft, uiberall hochstilisirte symbolwelten u illusionshorizonte

11. 9is 787 die neptunsgrotte eine schmugglerhöhle, tritonen mit muschelhörnern buhlend um najaden, man müszte ölfarben haben die nach schlick tang salzwasser fisch riechen

17. 9is 787 sehr beliebt sind hier ansichten des feuerspeienden vesuvii bey nacht, wie sie lusieri, wright of derby, grenier de la croix u valenciennes machen, diese uibertragen ihre beobachtungen von den actuellen vulkanausbrüchen auf die vorstellung der katastrofe anno 79 mit dem untergange pompejanas u erculaneos u. finden darin alle foderungen an das erhabene in der mahlerey so erfüllt wie es burke in seiner *analysis of the sublime* dargestellt

4. 10° 787 heute flieszt die lava nach ottajano im nordosten hinunter, vor hundertfunfzig jahren flossen lavazungen nach süden und westen, torre annunziata und bosco reale waren in gran pericolo, torre del greco u resina u portici wurden zerstört, nach langer trügerischer ruhe droht der berg jezt wieder vom fosso della vetrana auf san sebastiano lava u feürigten schlamm hinab zu schücken, kaum ist der flusz erhartet u kalt so siedeln gleich wieder die menschen darauf u. pflanzen wein u gemüse denn der vulkanische boden ist ungemein fruchtbar

9. 10is 787 felsschlucht bei sorrent darüber das haus des torquato tasso, der karamelbraune tuffstein auf den das sinkende tagesgestirn sein leztes glühendes gold legt

10. 10is 787 viel atelierarbeit nachzuholen weil ich es im julio wegen der üblen luft nicht wagen konnte die mittägliche küste zu machen

18. 10is 787 auf nassem papier: wolken aufgerissen u zerstreut, ihre massen imposant u verschiedentlich beleuchtet, durchdrungen von sonnenstrahlen, blumen öffnen ihre kelche, bläter zart am ast hangend schmüken sich mit frischem u glänzendem grün

in hohenheim bei stutgard soll ein englischer garten angelegt sein in dem ein englisches dorf so nachgebaut ist dasz es den anschein erwekt, es wäre auf den trümern des antiquen rom errichtet worden, u. im englischen park zu cassel will der fürst ein gothisches schloss bauen, in dessen bibliotheque nur schauer-romane, *quaere* warum es in denen *gothic novels* der miss radcliffe, horaz walpol et al. immer *italiäner* sind, die unter falltüren in geheimen societäten kellerverliesen unterirdischen schreckenskabinetern mit kerzen todtenschädel u vergiftetem dolch hantieren

die aufhebung der categorie *styl* selber in denen englischen gärten, gleich ob à la grecque, à l'egyptienne, o. im gothischen geschmak, alles ist jezt neben- und durcheinander erlaubt soferne es nur gefällige uiberraschungen gewährt, die fantasie reizt, mit unerwarteten prospekten das gemüth ergötzt u. den geist zu freiem associiren, träumerisch-combinatorischem, gleichwie passivem durchs-bild-gezogen-werden verlokt unterm wandeln durch künstliche paradiesesgärten deren künstlichkeit als natur sich ausgibt und just dadurch ihr artificielles, ihr gemachtsein offenbart als auch ihre vergänglichkeit dort, wo trümer von vegetation uiberwuchert

derart pflanzt der englische gärtner als ein melankolischer ideenbildner das capricciose der italiänischen landschaft in alle erdböden europens ein, um uiber das transitorische des seienden hinweg zu trösten, die vertreibung aus dem paradies war gewisz der grausamste richtspruch der menschheitsgeschichte u. die engl gärten legen jezt gegen das urteil revision ein, indeme sie sagen: was in folge vergangen, *bestehet weiter u nebeneinander her,* seid alle versöhnt u geladen, den fusz wieder zu sezen ins einstmals verbotne gefild

daher das synchrone gesezt wider das diachrone, das multifocale wider das monofocale, wider den *seul point de vue* von dem diderot spricht

19. 10° 787 in cumae gedanken an die begegnung der sibylle mit aeneas, die gegend mit ihrer feinen wolkendecke aus grau-silberweiß machte mir aber einen gewissen bänglich tristen eindruk

neapel die bunte lebendige schaamlose grausame geistreiche décadence unserer korrodierenden adelsgesellschaft

als der abbate galiani im sterben lag u. der engl premiergeneral gaston, den er nicht leiden konte, zwei stunden vor seinem verscheiden vorsprach, sagte der moribunde zu seinem diener: *meld' er der exzellenz dasz ich sie nicht empfangen kann, denn mein wagen wartet, und sag' er ihr, dasz man ihr auch den ihrigen bald schücken wird*

22. 10is 787 von john robert cozens, dem sohn des alexander, sahe ich zwei bläter mit den ruinen von paestum,

bleistift u aquarell mit feder u. schwarzer dinte auf gefir-
nisstem papier, cozens sezt den gelbgrauen stein der tempel
unter einen weiten himel aus schwarz- u weiszgrauen wolken u regenschleiern was aus der melankolie der trümer ein
schiksaalsdrama macht, eine verfallstragödie

3. jan 788 hier munkelt man von einer feengrotte auf capri,
grotta azzurra genannt, deren wasser vom indirecten einfall des lichts in unirdischem himelsblau glühe, kein einhei-
mischer wagt sich mit dem boot in diese höhle aus furcht
für denen geistern

das blau eines wolkenträchtigen himels lege ich mit himel-
blau u weisz an, o. wenn er nicht so klar ist, tue ich ein
wenig lampenrusz darunter, die wolken selbst belege ich
dünn mit ein wenig weisz u lampenrusz, auch wol etwas
indigoblau, o. mische etwas purpur darein, für einen eher
feüerichten himel bei sonnenauf- oder -untergang ver-
schatte ich die wolken mit kupfer o mennigeroth u. mit
gelbem bleioxid u safrangelb o. beerengelb

6. jan 788 ritter hamilton lud hackert, cozens d.j. u mich
zum soupieren ein, miß hart präsentirte nach dem souper wieder einige ihrer attitüden, am unvergleichsten ihre
nachbildung der cumaeischen sibylle, danach liesz sie sich
auf der harmonika hören, ich liebe dieses göttliche weib
mit ganzer seele u. dankte der schöpferin dieses melo-
dischen edens dasz sie mit den tönen der harmonika, die
das herz des menschen mit unbekannten kräften in thränen
zersplitern wie hohe gläser zersprengen, endlich meinen
busen meine seuffzer und meine thränen erschöpfte, unter
diesen tönen nach diesen tönen gab es keine worte mehr

7. jan 788 euphonie, uiber den glokenthon, theorie des har-
monikaspielens, warum die wellen u ströme des wassers

nicht thönen, akustizität der luft, schwingungen einer mit electricität geladenen gloke, vide h****

17. jan 788 auf beschwerlichem pass hinüber auf den piano di sorrento, die terrasse des kapuzinerklosters, felsschluchten, ich stieg in eine dieser klüfte hinab, bäume senkten ihre zweige vom oberen rande herab, imergrüne bäume wuchsen unten, rankendes gebüsch, mit aromatischer kräuter u blumen gemischter menge in der kühlen tiefe, gegen uns uiber that sich eine felsengrotte auf, die inwendig mit moos bekleidet war, u. uiber welche herab hangender, von lüfften bewegter epheu einen zarten vorhang zog

19. jan 788 das mülenthal bei amalfi, im lichten baumbewuchs der schlucht das spiel von licht u schatten

22. jan 788 mit deutschen brüdern in apoll nach dem griechischen coffeehauß, meyer aus dessau hat ein stipendium vom großherzog bekommen, gieszt sich für freüde eine bouteille wein über den kopf, schulze aus coblentz gieszt vergorenen bilderwein in neue schläuche, holländische genres aus dem volksleben mit rothbemüzten fischern die lustig saltarello tanzen, orangenschälerinnen, liebespaaren mit guitarre, zigeunerweibern mit tambourin, es ist ziemlich grauenhaft, verkauft sich aber gut u. der hamburger *musen-almanach für die gebildeten stände* jauchzt: *hut ab, der mann kann was, solche mahler braucht das land*

dieser unbedarfte gedanke, dasz man nur durch rückhaltlose schmierage zeigen könne dasz man es ernst meine, also durch grobheit oder naïvetät, apotheose des mittelmaaßes

29. jan 788 sonnenuntergang uiber den campi flegrei, ich glaube man vergisst hier die ganze welt, und wünscht nur zu sehen u. zu athmen

2. feb 788 aus solennem düster der fischergrotte der perspectivische blik hinaus uiber die flimernde see

ob messina gleich durch das erdbeben fast gänzlich zu grunde gerichtet, so hat es sich schon wieder empor geholffen, und ist beinahe schon wieder aufgebauet, theils durch die hülfe des gouvernements, theils weil es ein freyer haffen ist, und andere privilegien, die man dieser schönen stadt ertheilt hat

10. feb 788 die kunst der zukunft liegt im capriccio, *ma capriccio significa paura*

a sort of delight full of horror, a sort of tranquillity tinged with terror, die natur im bann u zeichen des sublimen meint doch, wie burke vor dreiszig jahren schrieb, unterm signum der fantome des schauderns aber nicht in der welt sondern tief im innern der imaginazion

alsdann müsste es genügen, auf einer architekturskizze das westminster-parliament in mitten palatinischer trümer zwischen vestatempel u titusbogen, o. die st-pauls cathedrale zwischen venetianische lagunen zu sezen, u. der schreken wäre schon da

pigment, röthelstifte, malkreide, papier	44.35
miete u feuerholz	101.—
unschlitt, lampenöl	23.25
weinschenke	40.65
tabacco u porti	12.10
ein neuer perükenstock	9.50
summa	230.85

15. feb 788 wir begleiten k**** u. seinen reisegenossen zum schiff, lezterer erzählt uns von seiner abschiedsvisite bey einer dame von sehr zarter u sittlicher unterhaltung, diese herzogin wohnt auf einem hochgelegenen schlosse uiber der stadt in einem groszen u hohen zimer das auf den ersten blik keine besonderliche vista zu haben schien, der reisende sprach:

die dämmerung war schon eingebrochen u. man hatte noch keine kerzen gebracht, wir gingen im zimer auf & ab, u. sie, einer durch läden verschlossenen fensterseite sich nähernd, stiesz einen laden auf, u. ich erblikte was man in seinem leben nur einmahl sieht, that sie es absichtlich, mich zu uiberraschen, so erreichte sie ihren zwek vollkommen, wir standen an einem fenster des obern geschosses, der vesuv gerade vor uns: die herabflieszende lava, deren flame bey längst niedergegangener sonne schon deutlich glühte u. ihren begleitenden rauch schon zu vergolden anfing, der berg gewaltsam tobend, uiber ihm eine ohngeheure feststehende dampfwolke, ihre verschiedenen massen bey jedem auswurf blizartig gesondert u. körperhaft erleuchtet, von da herab bis gegen das meer ein streif von gluthen u. glühenden dünsten, uibrigens meer & erde, fels & wachsthum deutlich in der abenddämmerung, klar friedlich, in einer zauberhaften ruhe, dieß alles mit einem blik zu uibersehen u. den hinter dem bergrüken hervortretenden vollmond als die erfüllung des wunderbarsten bildes zu schauen, muszte wol erstaunen erregen

alsdenn gibt es *bilder*, bilder der kunst, die von der natur *erfüllt* womöglich gar uibertroffen werden? wenn dieses möglich ist, wäre es dann nicht müszig noch ferner die *abbildlichkeit* der bilder zu verfolgen? mithin käme es nicht auf *ab*- sondern auf *ur*bildlichkeit an, auf *pittura interna* im sinne von cozens, u. am ende hätte schönheit gar nichts mehr mit *imitazione della natura* zu thun u. dörfte sich alles figürlichen u. jeder gegenständlichkeit entschlagen?

6. märz 788 proponirte ich ritter hamilton ein ganzportrait von miss hart *in nudo*, aber er schlug es mir dankend ab u. erinerte mich an das verschleierte bildnis zu saïs

18. april 788 erstand in einem spielzeugladen für das söhngen meiner schwester dorothea einen vesuv en miniature aus karton u sperrholz artig gefertigt, der vulkan welcher ganz nach der natur mit denen ruinen von pompeji gemacht, ist 24 zoll lang, 18 zoll breit, 11 zoll hoch, es befinden sich darbei 24 dazu gemachte funkenfeuer, welche sehr lange speyen u. in denen zimern angezündet werden dürfen, 6 fl. die kiste dazu 30 kr., ein kleinerer detto, so auf die nemliche art gemacht ist, mit 12 funkenfeuern 2 fl., ein noch kleinerer detto ohne ruinen 1 fl.

4. mai 788 gern streke ich mich im gras u farn zum lesen aus, so wie sir brooke boothby mit einem buch von rousseau auf dem ganzportrait von wright of derby, u. *verschmelze mit der erde*

den 26. jun 788 sahe ich von angelika kauffman ein groszes ganzportrait der marchesa t***, zum ausweis ihrer naturphilosophischen bildung steht eine vakuumpumpe neben ihr, *quaere* ob es die selbe machine sey so wright of derby im mittelpunkt seines gemähldes mit der luftpumpe hat, daneben weitere apparate, als zum exempel galvanometer sextant präcisionswaage elektrisirmachine u kondensator, *vide* lichtenberg

12. aug 788 unterm firmament dunstet der morgen, wir reiten auf maultieren zur solfatara bey pozzuoli, schwefel grün lehmgelb im blendenden widerschein der frühe durch

myrthen- u orangenhaine uiber bröklige pfade zwischen mauern von feldstein, darüber wölbt sich des äthers infiniter glanz, feigen pfirsche kastanien oleander kaktus säumen die gärten am wegrain, baugainvillea fällt uiber die mauern sprüht eine gischt aus rosa lila weiszen blüthen, giuseppe stellt sonnenschirm klappstuhl u staffeley am kraterrand auf u. besorgt das portefeuille, bringt brod u wein mit wasser vermischet, ich skizzire bis zum abend ein halbdutzend bläter vom einstieg zur unterwelt am eingang des avernus, bin gar nicht zufrieden, man müszte drek u schlam in die farben mischen um das colorit dieser schmiede des hephaistos recht zu treffen, wird kunst unkünstlerisch wenn sie der natur zu nahe kömmt oder erfüllt sie just dann erst ihren begrif?

4. 9° 788 akustizität des erdbodens

5. 9is 788 sollte alle plastische bildung, vom crystal bis auf den menschen, nicht akustisch, durch gehemmte bewegung zu erklären sein, chymische akustik, vide h****

16. 10is 788 eine procession in honorem sancti ianuarii

1. feb 789 die fensterläden am casinetto frisch laquirt in limettengrün

den 6. mai 789 zum erstenmahl auf den vesuv, in gräulicher hitze, vor mir her reitet mein zeternder sancho pansa, gärten u vorstädte an der gränze zum plutonischen reich schon von dikem aschgrauem staub bedekt die finsteren kohlschwarzen fisiognomien unserer bergführer aus bosco trecase, ihre gesichtslinien wie in lava gefurcht, wir lassen unsere maultiere am fusze der somma beim eremiten stehen u. müszen nun in die ledernen gürtel der führer greifen um uns uiber die aschenhänge hinaufziehen zu lassen unter

ächzen u fluchen da der stab, an dem wir gehen, die stiefel-
sohlen nicht hindert, auf der geröllichten schräge ein ums
andermal abzugleiten, der staub brennt in die augen, macht
uns husten und benimt uns den otem, grosze glühende
steine fallen aus dem krater geschleudert neben uns nieder,
u. wenn der wind den aschen- und steinregen nach unserer
seite treibt, müssen wir in nahen klüften schuz suchen

im atrio de cavallo ein feld von gekröselava, wulstig sich
schlängelnde gesteinsmassen wie eingeweide von tausen-
den thieren in einer abdeckerei, ein schlachtfeld von verwesenden deren gedärme herauszquillt, eine furchtbare un-
gestalte anhäufung *die sich immer wieder selbst verzehrt
und allem schönheitsgefühl den krieg ankündigt*

dampf aus dem kegelschlund, das geschmolzene material
erstarrt unter dem feuerstrom, die schwimmenden schlak-
ken zu seiten des damms auf dem der gluthstrom ruhig
fortfließt mit verdüstertem glühn, aus unzählichten rizen
qualmt dampf, die erstarrte decke auf dem lavastrom brei-
artig gewunden, immer glühender der boden, ein unüber-
windlicher qualm wirbelt erstickend u sonneverfinsternd,
*erst plumpten die schwerern broken u. hüpften mit dump-
fem getön an der kegelseite hinab, dann klapperten die
geringern hinterdrein, und zulezt rieselte die asche nieder*

4. jun 789 gedanken zu einer bildnerischen darstellung
des amorfen, es gilt nicht zum himel hinan zu bliken sondern nurmehr nieder zur erde aus der alles kömmt nur um
wieder in ihr zu verschwinden, die devise muss heissen:
hinunter

26 julii 789 nachrichten aus paris von der stürmung der ba-
stille, der dekel uiber dem siedenden topf der gesellschaft
springt auf u. wie beim ausbruch des vulkans ergiesst sich

eine fluth der gewalt so verderblicher je gewaltsamer die unterdrükung zuvor gewesen, was mag dieser feuerstrom bringen, tod u greuel oder nach dem erkalten neuen frucht-barn boden für die einpflanzung von freiheit gleichheit brüderlichkeit, unterm boden aber wird weiter das unheil brüten bis zum nächsten ausbruch

10. 7is 789 träumte mir des nachts, ich reiste mit heigelin u. den zween hackerts von neapel fort nach leghorn, ich wusste dasz es für immer sein müsse, das einst so glän-zende neapel erschien mir jetzt schwarz u traurig wie ein grab, sonst waren die klöster auf den bergen umher an den heiligen festen mit tausend lichtern erleuchtet, es wurden kanonen u feuerwerke abgebrannt, nun war alles dunkel u öde, die hohen paläste standen finster u schweigend, kaum hier u dort blinkte ein einsames licht, als ich erwachte war mein blut in gährung, meine nerven waren in erschütte-rung, u. mein herz war in wehmut

okt 789 fürst leopold III friedrich franz von anhalt-dessau soll im schlosspark von wörlitz einen vesuvius en minia-ture geschaffen haben, in dessen innerm eine machine mit-tels feuerkünsten die illusion des lava-auswurfs besorgt, darneben soll er einen akkuraten nachbau von hamiltons *villa emma* am posilipp errichtet haben, meine schwester dorothea schreibt mir aus frankfurt:

durch ein triebwerck unten kann aus dem see, auf welchem sich man vor dem vesuvio mit gondeln wie auf dem golfo di napoli treiben lassen kann, wasser bis in den bauch des kraters heraufgepumpt werden, ist nun der krater mit pul-verrädern und schwermern geladen, entzünden sich im schnellen huy die aufgestekten lampenreihn u. beginnt die schreckbare explosion, so rauscht zu gleicher zeit aus einem auf der abendseite angebrachten medusenkopf aus auge

*nasenlöchern u. mund ein wasserstrom den obern krater
herab, der, von lampenschein u raketenbliz erleuchtet,
ganz natürlich wie geschmolzener feuerstrom aussieht*

detto auf einem avertisement zettul des vergnügungsparks
der *royal zoological gardens* in surrey lase ich: *Eruption!*
VESUVIUS *Every Evening this Week! Admission one
Shilling*

12. 10° 789 doktor graham ein kurpfuscher u quack aus
london, hat eine fasten-machine ersonnen, indem sie den
poren des menschlichen körpers über dünne schläuche
nichts anderes zuführt als feinste nährende teilchen von
erde, sezt sie ihn in den stand, beliebig lange ohne essen o
trinken sich gesundheit u stärke zu wahren, als miß hart
noch in london lebte hat graham sie bei seinem *himlischen
bett*, auch dies so eine charlatanery, zu seiner göttin *hygieia*
tochter des äsculap gemacht, als solche posirte sie nur von
einem durchsichtigen schleyer bedekt, in seinem *wellness
temple* u. liesz sich von zahlenden gästen begafen

6. jan 790 gänzliche anverwandlung der kunst an natur bis
zu ihrer einswerdung im materialen, u. das hohe opfer das
der künstler mit solcher selbstauslöschung zu bringen hat

28. feb 790 auf dem markt werden 6 zoll hohe halbfiguren
aus bemahltem u gehöltem thon feilgeboten, männer u
weiber jeden alters u standes die klagend die arme breiten,
der körper von einem kelch roter feuerflamen umlohet,
man sagt mir sie stellen *anime in purgatorio* vor, solche
stehen hier in beynahe iedem haus auf der credenz o dem
camin o schrank

19. apr 790 louis de silvestre behauptet er habe am abend
des 19. mai 1734 bei grottaferrata um viertel nach sechs

am blauen himel eine viertelstunde lang einen *aus wolken gebildeten* christus am kreuz gesehen, er hat es dann gleich mit öl auf leinwand gebannt, ein ciarlattano auch er, uiberall der schändlichste aberglaube

7. mai 790 abends um 9 uhr die erleuchtung, wie das aisthetische dilemma zu lösen seye

5. jun 790 vollkommen heiter wandle ich durch heitre täge, argwöhnisch beäugt von giuseppe, der gutmüthige tropf wähnt ich seye im kopf nicht mehr richtig, wenn er wüsste

19. jun 790 es gilt alles zu verwerfen was der geschmak bis anhero diktirt, nicht blosz alles mythologische poëtische u ideale, classicism o. naturalism, gegenstände genres vues o. interieurs o. galanterien, sondern auch transparence, perspektive, raum, abbildlichkeit selber

das licht der mahlerfarben lügt, nur die pure materia spricht wahr

4. julii 790 evoë bacche, alle götter griechenlands sind mit mir

die materiale mahlerey muss stofflich werden, indeme der mahler nicht den stoff aufnimt sondern sich selbst an ihn entäussert, sich in ihm gänzlich dissolvirt

aug 790 sollen meine zunftgenossen getrost schmälen u. meine arbeit mit hohn uiberschüten, lass sie weiter ihre antidionysischen weinlesen pinseln, ihre heroischen felsenküsten ohne heros, ihre idealen meeresbuchten ohne idea, ihre griechischen götterlandschaften mit tempeln in denen kein got mehr wohnt

10. 7is 790 vom lethestrom umflossen in ewiger glüksee-
ligkeit, will kein got auf erden sein, sind wir selber götter

8° 790 drükende mietschulden, und immer der hunger

von isaac barrow las ich, as he laye unravelling in the ago-
nie of death, the standers-by could hear him say softly *ich
habe die herrlichkeit der welt gesehen,* und danach sagt er
nichts mehr sondern drehte sich zur wand und starb

1. 9is 790 schon lange keine commissionen mehr, meine
bücher beim pfandjuden versezt

10° 790 es gibt keine reine materia, nur verbindungen, folglich käme es in der materialen mahlerey darauf an, alles ins
rechte mischungsverhältnis zu sezen

jan 791 seit monaten bin ich giuseppen den dienstsold
schuldig, er aber lässt es mich nicht vergelten sondern
bleibt, statt sich einen neuen padrone zu suchen, in treuer
anhänglichkeit

feb 791 fleiszig

30. märz 791 habe heute alle meine alten gegenständlichen
arbeiten verbrannt, das zeug taugte nichts, ich bin froh es
nicht mehr sehen zu müssen

apr 791 weiter fleiszig

ich bin der gesalbte, genagelt ans kreüz meiner werke

mai 791 und imer der hunger, wenn nicht giuseppe mir
von dem brod u fleisch das er von seiner mutter bekömmt,
abgäbe, wäre ich längst

jun 791 schon lange keine invitation mehr zum souper bei ritter hamilton, der anblik der götlichen emma fehlt mir mehr als alles andere

aug 791 weiter fleiszig

am 15. 10is 791 eine neue erleuchtung, heller u klarer als jede andere bisher

10° 791 kein brennholz mehr, keine kerzen, kein papier

11° 791 fleiszig

9. As (weiß)

Hier brechen Johann Peter Hofmeisters Aufzeichnungen in seinem Skizzenbuch ab; es folgen nur noch weiße unbeschriebene Blätter. Walpolen fragte ich, was mit den Bildern des Malers geschehen sei; er zuckte mit den Achseln und meinte, die frühen Veduten im idealen oder klassischen Stile Hackerts hätten sich, sofern sie nicht ohnehin Auftragsarbeiten gewesen, als Souvenirs an Grand-Touristen noch recht gut verkauft und befänden sich jetzt wohl vornehmlich in englischen Landhäusern und einigen Fürstengalerien Deutschlands; die späteren hingegen, die nurmehr als ungegenständliche teigichte Kleckereien dem Hohn der Zunftgenossen und dem Unverständnis prospektiver Erwerber sich dargeboten, seien unverkäuflich gewesen und hätten mit der Zeit das Atelier des Malers so verstopft, daß kaum mehr ein Durchkommen gewesen. Was der Plünderung durch die Zimmerwirtin entgangen sei, die für den Verlust ihres Mietzinses an einigen beiseitegerafften Bildern sich schadlos gehalten, sei hernach zur Speise der Flammen geworden, als beim Aufstand der Lazzaroni nicht nur die Casa der Signora d'Anguissola allgemeiner Brandschatzung und Verwüstung zum Opfer fiel. Im Bilde der lodernden Leinwände, des beißenden Rauchs, der vom Firnis genährten, gefräßig die Farben verzehrenden Flammen und der in kohlschwarzem Glanze abblätternd sich rollenden und in Blasen zerplatzenden Lackschichten finde ich nun, wo unsere kleine Landkarawane auf Personen- und Lastkutschen über Bruck an der Mur vom Mürzzuschlager Gebürge hinunter der Wiener Neustadt sich nähert, das Sinnbild für unsere zurückliegenden fatalen zwei Jahre.

Wie vorausgesehen, floh die kaiserliche Familie im December 1798 nach Palermo, gefolgt von Nelson mit den Hamiltons und unserer etwas überspannten Dichterin, Miß Knight, die in wohligem Schauder von dieser romantischen Flucht sich inspiriren lassen wollte; ihre *Lines written after a walk at Villa Lucchesi near Palermo with Lady Hamilton and Lord Nelson* sind unserem sarkastischen Doktor ein unversiegbarer Born der Erheiterung; mir gefällt ihr elegisches Pathos.

Napoli, Napoleon! Das Königreich war Ende des Jahres an Frankreich gefallen; Nelsons Versuch, im October Malta den Franzosen zu entreißen, war gescheitert; zum Konteradmiral *of the Red* befördert, segelte er nun mit der *Foudroyant* im Juni des folgenden Jahres zwecks harter Vergeltung für den republicanischen Aufstand nach Neapel. Die Quartiere der Aufständischen, die sich, nachdem die französischen Truppen aus dem Königreiche abgezogen waren, unter Zusicherung ihres Lebens ergeben hatten, wurden – in klarem Verstoß gegen die Kapitulationsbedingungen – niederkartätscht, Tausende wurden verhaftet und Hunderte hingerichtet, und es hat Lady Hamilton, die inzwischen, wenn auch nur informell, zur Privatsecretärin Nelsons avancirt war, in Neapel kaum Freunde gemacht, daß sie persönlich der Hinrichtung des rebellischen Admirals Caracciolo am 29. Juno beiwohnte, vielleicht, um sich Anregungen geben zu lassen für ihre Attitüden. Immerhin konnte der König nach der Niederschlagung des Aufstands zurückkehren, doch die Massenhinrichtungen dieses Sommers blieben dem englischen Admiral und seiner Einflüsterin in den Augen der liberalen Bürger und des aufgeklärten Adels von Neapel als ein untilgbarer Schandfleck haften, so daß beiden die Stadt unterm Vesuv kein Ort mehr sein konnte und ein Fluch ihnen nachgellte, dessen Widerhall noch in Wien, ja in England noch zu vernehmen war.

Auch in London sorgte die nicht mehr zu verbergende Liaison des Siegers von Abukir mit der Gattin des Botschafters zunehmend für Naserümpfen und Stirnrunzeln. Da sah man's doch wieder, daß Herkunft aus den unteren Ständen nichts Gutes zur Folge haben konnte! Stimmen mehrten sich, die die politisch wie militärisch heikle Lage im Mittelmeer der Schwäche ihres Envoyés und einer gewissen sittlichen Verwilderung ihres Konteradmirals zuschoben, vor allem aber den Einflüsterungen einer Buhlerin, die mit ihren unzüchtigen Darbietungen offenbar noch den härtestgesottenen Commandeur einer Zwölfpfündergaleone um den kleinen Finger zu wickeln und um den gesunden Menschenverstand zu bringen verstand. Nelsons Stellung wurde prekär, die Stellung Sir Williams nicht minder. *Palermo ist nicht Kythera!* hielt General Suworow empört dem Admiral vor. *Ich hatte gedacht, daß Sie sich von Malta nach Ägypten begeben hätten, um dort mit Hülfe der Araber die Reste der mit Zauberkräften begabten Gottesfeinde unserer Zeit zu schlagen! Statt dessen...*

Also fiel Nelson in Ungnade; also wurde Hamilton im Januar 1800 von seinem Botschafterposten abberufen. Admiral Goudall suchte seinem Freund Nelson ins Gewissen zu reden: *Hier tuschelt man, Du seiest Rinaldo in den Armen Armidens, und es bedürfe der Kühnheit eines Ubaldo, Dich den Armen der Zauberinn zu entreißen.* Die Vorwürfe nagten an der Ehre des Kriegshelden; in einer unerhörten Anstrengung gelang es ihm im Februar 1800, sich der beiden Schiffe, die in Abukir hatten fliehen können, der *Guillaume Tell* und *Le Généreux*, zu bemächtigen: für Miß Knight der lang ersehnte Anlaß zur Abfassung eines neuen Gedichts namens *Additional Verses to God save the King*.

Unser Schiffsvolk tat sich nicht leicht mit dieser excentrischen Dame, die, das Haar zu einem bizarren Fluderwisch aufgebunden, oft stundenweis deklamirend über Deck schritt oder, über die Reling gebeugt, plötzlich mit ausgebreiteten Armen das Meer und den Küstensaum am Horizont mit Pindarischen Oden adressirte, häufiger aber noch die Männer, die zum Flicken der Canvas, zum Polieren der Gewehre oder Scheuern der Planken beieinander saßen oder standen, mit der Frage überfiel: Was sie jetzt gerade in diesem Momente empfänden? Was sie in der Seeschlacht empfunden, beim Einschlag der Kugeln, beim Explodieren der Pulverfässer, beim Sterben der Cameraden? Zur Antwort erhielt sie jedesmal ein *Nothing*, welches ihr zuerst ein schier ungläubiges Entsetzen auf die Züge malte und dann, wenn sie nach hartnäckigem Insistieren, sie *müßten* dabei doch *irgendetwas empfunden* haben, dieselbe Antwort – *nothing* – erhielt, dazu veranlaßte, in fassungsloser Entrüstung von hinnen zu stapfen — was den Matrosen nur recht war, die ihr ein nicht eben courteoises *Verrückte Fregatte!* nachschnoben.

So erlebte ich es auf der denkwürdigen Überfahrt von Neapel via Syrakus nach Malta. Das Felseneiland südlich Siciliens schien endlich den Franzosen entrissen, die Übergabe La Vallettas nur noch eine Frage weniger Wochen. Sir Arthur Paget, der neue Botschafter, hatte am 22. April Hamiltons Nachfolge angetreten; Sir William, seiner Amtspflichten ledig, und Lady Hamilton hatten sich daraufhin an Deck der *Foudroyant* begeben, um die Übergabe La Vallettas zu erleben an der Seite Nelsons, der, kränkelnd und zermürbt von den Intriguen hinter seinem Rücken, vom undurchschaubaren Wirrwarr aus Beförderung hier und Deckelung dort, aus Kompetenzbeschneidung, Strategiewechseln und Kommando-Rivalitäten zu dieser Zeit bereits an Rückkehr nach England dachte. Walpole hat mir aus einem Brief des britischen Gesandten am Wiener Hof vorgelesen — wie dem Mann es gelingt, immer wieder an Abschriften derart vertraulicher Dokumente zu gelangen, kann ich mir nur aus dem regen Tauschhandel erklären, den er mit seinen in Spiritus conservirten Gliedmaßen betreibt, welche von Museen und Privatsammlern, nicht nur Medicinern, geschätzt werden —, einem Briefe also, der eine unmißverständliche Sprache spricht. *Von Nelson und Lady Hamilton bekam ich Briefe. Ob er heimkehren will, wird aus ihnen nicht klar. Ich hoffe, er wird vorher wenigstens noch Malta nehmen. Er scheint sich gar nicht über das Maaß an Mißcredit, in den er geraten, im klaren zu seyn, denn er schreibt weiterhin, sehr ohnverständig, über Lady H. etc. Allein es ist hart, einen Helden, der er auf seinem Terrain zweifellos ist, zu verurteilen dafür, daß er sich in eine Frau vernarrt, die raffinirt genug ist, auch weitaus Klügere zu Narren zu machen als einen Admiral.* Die Hoffnung des Verfassers erfüllte sich nicht. Malta hielt stand; die Kapitulation ließ auf sich warten.

An Bord feierte Lady Emma ihren 35. Geburtstag mit einem opulenten Souper, bei dem Miß Knight es sich nicht nehmen ließ, ihren *Song addressed to Lady Hamilton on her Birthday April 26th, 1800, on Bord The Foudroyant in a Gale of Wind* vorzutragen, und ich erinnere mich gut, wie blaß und apathisch Lady Emmas Gatte am Tische saß, konnte ihm doch nicht verborgen geblieben sein, was in einer der Kajüten auf dieser Überfahrt vorgefallen sein muß — legt man Doktor Walpoles Diagnose einer Schwangerschaft bei Lady Emma zugrunde, die er unlängst im Juno vorgenommen und dabei den Zeitpunkt der Geburt auf Ende Januar 1801 ohne Zweifel prognosticirt hat.

Wer der Vater sei: Darüber herrscht in unserer ganzen Reisegruppe, Sir William eingeschlossen, ein schweigendes Einverständnis, zumal Lady Emma, die eine Tochter sich wünscht, bereits den Namen des Kindes, *Horatia*, bestimmt hat.

Unterdes, schon im August '99, hatte Königin Karoline sich vorgenommen, um ihrer Sicherheit willen, als auch um die Kriegsalliance gegen Frankreich zu befördern, mit ihren jüngsten Kindern nach Wien zu reisen — zum denkbar ungünstigsten Zeitpunct, da Österreich, das just derweil um friedlichen Ausgleich mit Frankreich und Stillstand der Waffen sich mühte, zudem die allzu enge Bindung Neapels an England mit Stirnrunzeln wahrnahm, das feine Gefädel seiner Diplomatie durch diesen Verwandtenbesuch als gestört ansehen mußte, als unwillkommene Einmischung und Provocation, die den Interessen Seiner Majestät mehr schaden könnten als eine verlorene Schlacht. Der Kaiser — *Gott erhalte* unsern guten Franz! — tat alles, was innerhalb der Grenzen respektvollen Anstandes möglich war, um die Königin von ihrem Besuch abzuhalten. Am Ende ließ sich gegen diesen Besuch wenig mehr ausrichten, als die Einladung vorab unter die Bedingung zu stellen, daß Karoline sich jeglicher politischen Betätigung bei Hofe enthalten müsse. Sie war klug genug, diese Condizion anzunehmen, und wird nun, da wir uns der Hauptstadt der Habsburger nähern, ebenso klug sein, vor Ort ihrer nicht mehr zu achten.

Am 10. Juni 1800 war es soweit. Mit vier russischen und einer englischen Geleitfregatte stachen die *Foudroyant*, die aus Malta zurückgekehrt war, und die *Alexander* in See, an Bord die Königin und ein reiches Gefolge, dazu die Hamiltons und Miß Knight, Nelson, sein Leibarzt und dessen Feldscher, meine Wenigkeit.

Welche Empfindungen Sir William bewegten, als er an der Reling dem mählich verblauenden Küstensaume Kampaniens nachsah, der Stätte seines Lebens und Liebens und Wirkens in einer der schönsten, schrecklichsten Gegenden der Welt, in diesem von ihm rastlos, jahrzehntelang durchforschten, durchsammelten, beschriebenen und erträumten Museum aus lebendig thätiger Gegenwart und in Todtenstarre gebannter Antiquität, aus immerfort blühend sich erneuender Natur und verfallenen Artefakten, ewigen Denkmälern menschlichen Geistes, uralt wie Stein, ja zeitenthoben — dies also läßt sich nur ahnen. Seit Monaten schon hatte er seine Sammlungen in Kisten verladen lassen, große, mit Holzwolle gefüllte und an das British Museum adressirte Holzkisten für seine Folianten, Münzen, Vasen, Gemälde, Statuen, sein Tafelklavier, seine Glasharmonika; was er in Seekoffern mit sich führt, ist nurmehr sein allerpersönlichster Besitz, Papiere, Bücher, Wäsche und Medikamente; auch ein kleines portables Clavichord und seine geliebte Viola begleiten ihn in seiner Kabine.

Beim Diner in der Admiralskajüte erschreckt Walpole, um verwegene Speculationen technischer Natur nie verlegen, Miß Knight mit der Vision, französischen Ingenieuren könne die Entwickelung eines Schiffes gelungen sein, das nicht auf sondern *unter* dem Wasser schwimme, von wo es dann unbemerkt als ein Rudel Hayfische sich anpürschen und aus unterseeischen Geschützen auf die Rümpfe der in trügerischem Frieden über ihm schwimmenden Segler feuern könne, *and then God have mercy upon our souls;* er sehe schon die nächste Ode unserer Dichterin vor seinem geistigen Auge: *Lines written upon the French submarine attack shortly before the sinking of the Foudroyant near Livorno in June 1800. — Please, stop it, Doctor! My nerves can't stand it!* — Ein Gemüthsmensch, unser Wundarzt; ich sagte es ja schon.

Am 14. Juno ging unsere Flotille im Hafen von Leghorn vor Anker. Geplant war zunächst, daß die Reisegruppe sich hier trennen sollte, indem die Königin mit ihrem Gefolge nach Wien und ihre Freunde weiter auf dem Seewege nach England reisen würden. Da aber Nelsons Vorgesetzter Lord Keith der *Foudroyant* den Transport von Zivilisten weiters nicht mehr gestattete — unter anderem mit der Begründung, Lady Hamilton habe *jetzt lange genug das Kommando über die Flotte* gehabt — und der Admiral seine Loyalität zu Königin Karoline eben so hoch ansetzte als die zu seinen schutzbefohlenen Landsleuten, ward entschieden, gemeinsam die Reise nach Wien fortzusetzen, und zwar zunächst zu Lande, da der Seeweg von Leghorn nach Triest, der uns um die gesamte italische Halbinsel herum hätte führen müssen, als zu riskant und zu langwierig galt.

So recht verstanden habe ich den Calcul nie; denn auch der Landweg war gefährlich: Der Vormarsch Bonapartes hatte ja schon fast ganz Oberitalien unter französische Herrschaft gebracht; Leghorn selbst wurde von der Invasion bedroht. Miß Knight schrieb in diesen Tagen an Captain Berry, nur schiere Unwegsamkeit könne unseren Plan, nach Wien zu gehen, noch vereiteln, und setzte hinzu: *Lord Nelson is well,* er hält sich bewundernswert wacker; *however Sir William seems broken, desperate and nervous.*

Die Bedrohung wuchs mit jedem Tag; dennoch gelang es erst nach einem Monat nervenzerrender Verhandlungen und Präparationen, die gewaltige Karawane aus Last- und Personenkutschen in Marsch zu setzen, zunächst nach Florenz, zwei Tage darauf nicht etwa über Sarzana und Bologna, die schon von Bonapartes Truppen besetzt waren, sondern über Arezzo und Foligno in Richtung Ancona am Adriatischen Meer. Der französische Vormarsch blieb uns auf den Fersen und spornte zur Eile; die Bergstraßen entlang des Etruskischen Appennin waren eine Hölle aus Steinen, Felsbrocken und wagenradtiefen Löchern unter sengender Hitze. Südlich von Perugia, ohnweit des Kastells von San Giovanni, brach an der Kutsche Sir Williams und Lady Emmas eine Achse; der Wagen kippte jäh zur Seite; beide zogen sich Verletzungen zu, die unser Doktor zum Glück als nicht schwer befand. Auch Miß Knights Kutsche brach bei Arezzo zusammen; die Arme mußte unter der Obhut einiger Bediensteter zurückbleiben und dichtend der Reparatur harren (*Lines written upon the repair of a broken carriage axle near....*), während der restliche Reisezug zur Sicherheit vorauseilte.

Am 24. Juli endlich waren alle glücklich in Ancona angelangt. Dort nahm uns ein russisches Geschwader aus zwei Fregatten, einer Brigantine sowie der *Nawarskij* auf, denen die österreichische Fregatte *Bellona* folgte. Die Überfahrt war beschwerlich, die See ging hoch; Sir William, die Königin und etliche aus ihrem Gefolge litten erbärmlich an der Seekrankheit; wir alle dankten Gott, als wir am 1. August 1800 in Triest von Bord gingen und sicheren Habsburgischen Boden betraten, wo alle Zoll-, Grenz- und Mautstationen bereits Ordre erhalten hatten, den Schlagbaum zu öffnen und uns unvisitirt passieren zu lassen.

Unsere unter Glockengeläut einlaufenden Schiffe wurden von drei Salven zu je 21 Kanonenschüssen von der Festung, den Batterien des Militärspitals und den k. k. Schiffen begrüßt; die Königin und ihre Kinder nahmen im Palazzo Pitti Quartier; am Abend wurden die Tribunale, die Gran Guardia, die Loggia, die Fassade von S. Pietro, die Bibliothek, das Theater und die Häuser am Platz, die Säulen, der Brunnen und der Uhrturm von zahllosen Kerzen und Öllampen in Form von Transparenten erleuchtet, die den königlichen Namen Ihrer Majestät nachbildeten.

Hamilton und die Königin hatten sich an Bord des russischen Schiffs heftig erkältet. Ein gefährliches Fieber kam hinzu, das sie zwei Wochen in Triest ans Bett fesselte und weitere 34 Personen der königlichen Suite inficirte. Den armen Sir William hatte unser Doktor schon fast aufgegeben, als er sich wider alle Befürchtungen zu erholen begann, so daß seine Reisegruppe am 12. August den Weg fortsetzen konnte nach Laibach, wo uns zu Walpolens unaussprechlichem Entzücken die Philharmonische Gesellschaft eine Fest-Academie gab, bei der u. a. Haydns *Military Symphony* ex G zur Aufführung kam.

Weiters ging die Reise über Klagenfurt nach Graz, wo wir im Schmelzlerischen Gasthof Logis nahmen. Ein Ausschnitt der *Grätzer Zeitung* liegt mir vor, der von Lord Nelson berichtet, dieser sei vor unserer Herberge, *die schöne Lady Hamilton am Arme, auf die Gasse unter das Volk* getreten und habe *auf diese Art die Begierde desselben ihn zu sehen, auf das gefälligste* befriedigt.

Man fand, daß die Portraits, die man von ihm hat, ihm so ziemlich ähnlich sehen. Er ist von kleinem, magerem Körperbau, blassem und eingefallenem Angesicht, in das Gesicht gekämmten Haaren. Den Verlust eines Auges bemerkt man nicht so sehr, als den des rechten Armes, da er keine Machine trägt, sondern den leeren Ärmel an den zusammengeschlossenen Rock angeheftet hat. Neben der Hochachtung, die der Held allgemein einflößte, erregte die Schönheit der Lady Hamilton ebensoviele Bewunderung. Bei diesen Eindrücken übersah man jedoch nicht eine junge Mohrin von beyläufig 17 Jahren, welche die vierte Person in dem Wagen des Lords ausmachte und für ein Gegenstück einer schwarzen Schönheit zu den erhabenen Reizen der Lady Hamilton gelten konnte. Über Sir William finde ich in dem Artikel kein Wort.

Heute schreiben wir den 17. August 1800. Unter Ächzen und Knirschen windet sich unsere Suite von Reisewägen, abgebremst von den Kutschern, am Semmering entlang die steile Paßstraße hinab. Unter uns flimmert das Wiener Becken im Sonnenglast eines heißen Augustnachmittags: Weiden und Pappeln inmitten gelber Raps- und staubgrüner Maisfelder schütteln ihr silbrig blinkendes Laub im Winde; zur Rechten dehnt die pannonische Ebene horizontweit sich nach Ungarn hinein; links ragen die Kirchturmspitzen idyllischer Weindörfer hervor, welche hintereinander gestaffelt die Hügel des Wienerwalds säumen, in dem der Alpenkamm gemächlich gen Nordwesten ausläuft. In Wiener Neustadt wollen wir im Gasthof Zum Hirschen soupieren und unser Nachtlogis nehmen, um gleich morgen früh über Baden nach Wien weiterzureisen. Wie wir hören, ist Königin Karoline mit Kindern und Gefolge schon vor vier Tagen glücklich eingetroffen und hat in Schloß Schönbrunn bereits ihre Gemächer bezogen. Nelson und die Hamiltons werden bescheidener, doch angenehm Quartier beziehen im *Gasthof aller Biedermänner* am Graben, Haus-Nr. 1175. Enorme Hitze wird uns erwarten; schon gestern herrschten laut *Wiener Zeitung* in der inneren Stadt 28,5° Reaumur. Wie zu erwarten steht, wird Sir William bei diesem Wetter das Zimmer nicht verlassen — was seiner Gattin, die ihre Schwangerschaft annoch gut verbirgt, umso unbeschwerter Gelegenheit geben wird, sich am Arme Nelsons der erwartungsfrohen Menge zu präsentiren.

Schon jetzt ist die Prominence beider unbeschreiblich. Er ist der Seeheld, der Bonaparte die erste schwere Niederlage bereitet hat. Sie ist die excentrische Schöne, die auf bürgerlichen Anstand pfeift. Heldentum, Liebe und souveränes Überfliegen von Sitte und Convention weben eine romantische Aura um dieses Paar. Alle versteckten und offenen Sehnsüchte nach dem Ausbrechenden, dem ganz Anderen vermag das Volk, das sonst in trüber Alltäglichkeit befangen lebt, auf diese illustren Menschen zu projiciren. Die Wiener Buchhandlungen, sagt Walpole, böten zahllose Portraitstiche Nelsons zum Kauf, wie auch, für 3 bzw 2 Florin, wahlweise von Hand in schönen Farben illuminirte oder nur braun gedruckte Blätter von der Seeschlacht bei Abukir, etwa im Verlag *Artaria & Co*; in Wielands neuem teutschen Merkur sei ein Gedicht von

Hammer-Purgstall erschienen, *Auf den Sieg der Britten vor Alexandria*; außerdem werde uns auf den Praterwiesen ein Feuerwerk erwarten, das sich gewaschen habe, ja, er drücke sich so aus, weil bisher noch fast alle Feuerwerke des Herrn Stuwer vorzeitig vom Regen gelöscht worden seien. Den Anfang mache:

Eine prächtige Brillant-Fronte, betitelt: Die ägyptische Sonnen-Spalier. Abwechslung, Zusammensetzung, Farbenspiel und anhaltendes Feuer werden diese Fronte jedem Kenner besonders empfehlen. – Zweite Fronte. Das Opfer-Feuer im Mars-Tempel. Hier erscheint eine perspektivische Zeichnung, in deren Mitte sich ein prächtiger Tempel befindet. In diesem zeigt sich ein Opfertisch mit dem heiligen Feuer, das zur Kriegszeit dem Gotte Mars brennet. – Dritte Fronte: Die Brillant-Zeichnung à la Nelson. Diese ganz aus Funkelfeuer zusammengesetzte Zeichnungs-Fronte soll durch ihre Pracht, ihre Schönheit und ihre Größe des großen englischen Seehelden würdig sich zeigen. – Vierte Fronte. Die ägyptische Rose. Die sehr große, in allen ihren Teilen ganz bewegliche Brillant-Fronte wird dadurch umso sehenswürdiger, weil unter stets abwechselnden, mannigfaltigen, kunstreichen Bewegungen der Feuer-Machinen, doch in der Mitte, immerfort eine gleichsam aus Edelsteinen zusammengesetzte ganz bewegliche Rose sich darstellet, deren Schimmer gewiss allen Beyfall finden wird. – Hauptfronte. Nelsons Sieg bey Abukir. Die Fronte, 432 Schuch lang, stellet einen Theil des Mittelländischen Meeres vor: in einer Entfernung siehet man, nach der Natur gezeichnet, die egyptische Küste, und auf derselben Abukir, nebst einigen Gebirgen: rechts erscheint die englische Flotte, und links, an der Mündung des Nils, die Französische. Hierauf fängt von beyden Seiten die Seeschlacht an. Über eine Weile nähern sich die Englischen Schiffe den Französischen. Man sieht dann wie von letzteren das Admiralschiff, der Orient, in Brand geräth, und von den Flammen verzehret wird. Nun ist der Sieg der Englischen Flotte entschieden. Über derselben steigt die Fama empor, und schwinget sich mit majestätischer Bewegung über die Afrikanischen Gewässer, um nach Europa und England die Kundschaft von Nelsons großem Sieg zu bringen. Endlich kommt sie nach London, und nun entzündet sich – Die Dekorazion, welche England sinnbildlich vorstellet, und aus zu vielen Gegenständen bestehet, als daß sie hier umständlich beschrieben werden könnte. Das darf ich jedoch zu derselben Empfehlung zum voraus sagen, daß noch nie eine Dekorazion von so prächtiger Zeichnung gesehen worden ist.

20. August. Es ist gekommen, wie Walpole es vorhergesagt hat. Ein kräftiger Gewitterguß hat das Feuerwerk des vom Pech verfolgten Herrn Stuwer, der *alle seine Kräfte aufgebothen, um hier durch vereinigte Kunst, Pracht und Neuheit den Beyfall des verehrten Publikums zu erwerben,* in Wasser ertränkt. Heute brennt wieder die Sonne über der Stadt, als wenn nichts gewesen wäre; über den Graben flaniren die Bürger, darunter auch etliche lüderliche Weibspersonen, Stubenmenscher, Gelegenheitsmacherinnen und Grabennymphen vom Schnepfenstrich, und sammeln sich unter den Balkonen des Gasthauses in der Hoffnung, einen Blick auf Nelson zu erhaschen. Manchmal tritt er denn auch am Arm Lady Emmas heraus, um schüchtern zu winken und der Schar der hüteschwenkenden Gaffer ein enthusiastisches „Vivat! Hurra!" zu entlocken. Keinem entgeht, daß er Lady Emma ganz und gar ergeben ist. Er hält sie für einen Engel, während sie ihn wie einen dressirten Bären führt. Sie muß beim Essen an seiner Seite sitzen und ihm das Fleisch schneiden und er, der kleine, magere Mann neben der hohen stattlichen Gestalt mit dem Kopf einer Pallas, trägt ihr Taschentuch. Geht sie hinter ihm drein, trägt sie seinen Hut unter dem Arme, das rührt mich, ich weiß nicht warum.

Walpole macht mich auf die Mode à la Nelson auf-
merksam, die viele Frauenzimmer hier tragen, auf Hauben
etwa, die dem Kopfe des Nilkrokodils gleichen; *it fits the
Baron of the Nile, doesn't it?* Manche Damen tragen hochgegürtete, mit ausgezupften Fransen besetzte Empire-
Kleider, gesteppte Hauben mit Straußenfedern und einer
Krause von Bändern und Federn, sowie am kurzgelockten
Tituskopf entweder kreisrunde Ohrringe oder Gehänge in
Ankerform, dazu blaue Shawls, übersät von goldenen Ankern, wie Lady Emma sie schon vor zwei Jahren in Neapel
gern trug zu Ehren ihres Geliebten. Den Herren bieten die
Tuchläden Nelson-Überröcke, aus marineblauem Kasch-
mir und Halbtuch, oder feiner Seide für den Sommer.

Nelson und Lady Emma, die von ihrer Freundin Karoline als hoffähig eingeführt worden ist, machen täglich
Visiten. Unterdes sorgt sich in einem Briefe Hamiltons
Nachfolger in Neapel wegen des Umstandes, daß sich
Lady Hamilton, *deren Influence groß ist und deren Ab-
sichten ungut* („evil"), *sind, im Umkreis Ihrer Majestät
aufhält. Daß diese die Lady Hamilton, für die in Nea-
pel mit Beiwörtern* („attributes") *nicht gegeizt wird, im
Schlepptau, wie man hier sagt, nach Wien mitgenommen
hat, wird hier als wenig geziemend für sie selbst oder für
ihre königlichen Töchter angesehen.* Der schlechte Ruf, der
Lady Emma nachgeeilt ist, hindert nicht, daß das Paar den
Cercle in der Hofburg besucht, in die Comödie und in das
Kasperl-Theater in der Leopoldstadt geht, Arm in Arm
über den Kohlmarkt und die Bastion spaziert oder durchs
Kärntnerthor hinaus schlendert auf das unter Joseph II.
planierte, von Bäumen bepflanzte und von gepflegten Wegen durchkreuzte Glacis, in den Häusern des Adels und
der wohlhäbigen Kaufmannsfamilien soupirt oder dinirt,
während Sir William, wie erwartet, der Hitze wegen sein
Logis nicht verläßt. Vor geschlossenen Fensterläden sitzt
er im abgedunkelten Zimmer und macht sich Noticen; ich

kümmere mich um sein Wohlergehen und frage mich, wie er nach 36 italienischen Jahren sich England wird akkommodiren können.

Unterdem streift Walpole durch die Buch- und Musikalienhandlungen der inneren Stadt. Daß ihm niemand das Grab Mozarts zeigen kann, empört ihn. *Our nation would have eternalized him by a marble monument in Westminster Abbey*, schnaubt er. *Why didn't he accept Salomon's invitation to come to England? Bloody fool! He would have made a fortune!* Zwei prächtig gestochene Notenbücher hat er mir stolz gezeigt. Das eine, für 1 Florin 20 Kreuzer, zeigt auf dem Titelblatt, umwunden von einem Myrten-Cranz, *Die große Seeschlacht bei Abukir vom 1ten bis 3ten August 798, eine charakteristische Sonate fürs Clavier oder Piano-Forte von Herrn Iohann Wanhal, aus Verehrung zugeeignet dem Helden Sir Horatio Nelson, Baron vom Nil und von Burnham Thorpe, Contre Admiral der englischen Marine. Wien im Kunstverlag der sieben Schwestern.* Und er läßt es sich nicht nehmen, mir auf dem Fortepiano, das sich in der Restauration des Gasthofs im Erdgeschosse befindet, diese „charakteristische" (das heißt programmatisch malende) Sonate vorzuspielen und ins Geklirr hinein, das seine wulstigen Finger dem verstimmten Instrument entlocken, Erläuterungen der musicalischen Bilder zu brüllen.

Listen, Kraut: Introduktion! Die hohe Admiralität in London ernennt den Sir Horatio Nelson zum Befehlshaber der Flotte.

Maestoso: Die englische Mannschaft begiebt sich an Bord.

Allegro moderato: Admiral Nelson erteilt Befehl zur Abfahrt. Die Anker werden gelichtet. Spannung der Segel! Die Schiffe segeln ab. Die feindliche französische Flotte wird im mittelländischen Meere gesichtet. Die Avisoschiffe entdecken die feindliche Flotte und bringen Nachricht. Kriegsrat hierüber.

Tempo Militare: Nelson ermuntert das Schiffsvolk zur Seeschlacht. Die Mannschaft ist bereit zu siegen oder zu sterben. Signal zum Angriff. Die Flotte nähert sich der feindlichen und greift an. Der Angriff wird lebhaft. Anfang der Kanonade! Starkes Kanonenfeuer! Die Engländer durchbrechen die feindliche Linie. Sie setzen dem feindlichen Admiralsschiff heftig zu. Dieses brennt und springt in die Luft. Allgemeine Betäubung und Totenstille. Fassung und erneuerter Angriff. Der Angriff wird noch lebhafter. Hier: Das heftigste Kanonenfeuer aus allen Ladungen! Allgemeine Jagd auf die in Unordnung geratene feindliche Flotte. Die Engländer kentern. Zwei feindliche Schiffe brennen und krachen. Andere werden verfolgt. Diese streichen die Flagge. Einige Schiffe suchen sich durch die Flucht zu retten. Die feindliche Flotte wird geschlagen und fast ganz vernichtet. Das gestrandete englische Schiff wird wieder flott. Siegesgeschrey der Engländer.

Andante: Die englische Nation empfängt ihre Helden.

Finale all' Inglese: Siegesfeier. Hören Sie, Kraut, hier läßt Vanhal unser *Rule Britannia* anklingen, prächtig, prächtig! Tonika, wumm, bumm, Schluß!

Walpole läßt nach den mit Aplomb gedonnerten Schlußakkorden die Hände sinken; er ist ergriffen. Mich packen Eckel und Dégoût. Wollt's der Himmel, daß so ein Notenschmierer einmal mit zerschmetterten Gliedern zwischen den brennenden Trümmern einer Fregatte auf dem Meere triebe, die feinen Klavierspielerfingerchen zerschossen zu klumpichtem Brei, die Trommelfelle zerrissen im blutenden Ohr!

Mein Abscheuchen läßt der Doktor nicht gelten. Solche Battaglien seien schon im 16. Jahrhundert ein approbiertes musicalisches Genre gewesen, meint er, und es könne der Instrumentalmusik nur gut tun, sich eines festumrissenen, außerhalb ihrer selbst gelegenen Inhalts zu versichern, um nicht daherklingeln zu müssen als leeres Getön. Zum Beleg dessen schlägt er mir einen weiteren Notenfolianten auf: *Nelsons große See-Schlacht für das Forte-Piano mit Begleitung einer Violin oder Violoncello, verfaßt und zugeeignet Seiner königlichen Hoheit, Prinz Augustus Frederick, Duke of Sussex. Von Ferdinand Kauer. Wien, auf dem Graben in der Joseph Ederischen Kunst und Musikalien-Handlung, No. 116. 2 florin. Wir beehren uns, dem geneigten Publico unsere demnächst folgende Publication zu empfehlen: Mozart's Zauberflöte, arrangirt für das Forte-Piano mit Begleitung einer Violin oder Violoncello.*

Das müssen Sie hören, sagt Walpole sonder Barmen, und stürzt sich als ein Berserker auf die Claviatur.

Introduktion: Allegro! Vorteilhafte Stellung der französischen Flotte bei Abukir in Aegypten.

Andante! Nelsons Entschlossenheit, dieselbe anzugreifen.

Weiter Andante: Nelsons Aufruf an das Schiffsvolk, Vorbereitung zum Tod oder Sieg.

Nochmal Andante! Das Lavieren der kleineren Schiffe.

Nun aber: Marcia! Seemarsch der sich nähernden englischen Flotte.

Allegro: Der mutvolle Angriff.

Allegro: Durchbrechung der französischen Linie.

Allegro: Heftige Kanonade!

Immer noch Allegro! Das französische Admiralsschiff l'Orion gerät in Brand.

Allegro: Fliegt in die Luft!

Weiter Allegro: Allgemeine Betäubung und plötzlich unterbrochene Kanonade.

Jetzt più Allegro: Das Treffen beginnt auf das Neue.

Più Allegro! Kanonade und Gefecht mit doppelter Wut.

Più Allegro: Timoleon und Artemise brennen.

Immer noch più Allegro: Flucht und Verfolgung der Wilhelm Tell, der Généreux, der Diane und Justice.

Più Allegro! Die übrigen französischen Schiffe streichen ihre Flaggen.

Più Allegro: Das gestrandete englische Schiff Culloden wird flott.

Jetzt Andantino! Übernahme der französischen Schiffe.

Andantino: Verpflegung der Verwundeten, Aufnahme der Gefangenen, Begrabung der Toten.

Allegro! Freudenfest über den erhaltenen Sieg. Und nun frage ich Sie, Kraut: Malt die Musik die Seeschlacht? — Oder präfigurirt umgekehrt jede Schlacht, ob zu Wasser oder zu Lande, die Musik?–: nämlich die Bewegung sich kreuzender motivischer Linien und Gestalten, das Getümmel widerstreitender Stimmen und Rhythmen, die Spannung und Auflösung von Harmonien, also Mut und Verzagen, Avance und Retraite, Triumph versus Desperation, Sieg contra Niederlage, lebendiges Gefüge gegen Zerfall ins Amorphe, bebende Furcht, lähmende Apathie wider hellauf lodernde Begeisterung und überschwenglichen Kampfesmut, kurz, das ganze Drama unserer Existenz, von dem unsere Sonatensätze sprechen, nein, *handeln*. — Ich habe ihm darauf wenig mehr entgegnen können, als daß meines Wissens der von ihm so geliebte Dr. Haydn sich nie dazu versehen habe, solchen französischen Quark zu schreiben; daß das malende Genre *französischer* Herkunft sei, sei ihm, dem britischen Patrioten, sicher bewußt? —

Knapp drei Wochen sind seither verstrichen. Im Stadtpalais von Nikolaus Fürst Esterhazy II. in der Wallnerstraße sind Hamiltons und Nelson bei ihrer Antrittsvisite huldreich empfangen und zu einem Besuch in Eisenstadt invitirt worden. Heute, Sonnabend den 6. September, bricht unsere Reisegruppe nach Kismarton, wie die Ungarn die Stadt nennen, auf — einschließlich Sir Williams, der die teils mitleidigten, teils verächtlichen Blicke, die in Gesellschaft auf ihm ruhen, allerdings kaum mehr erträgt und am liebsten in seinem abgedunkelten Zimmer geblieben wäre, um Münzen zu ordnen oder seine Gemmen zu catalogisiren. (Aufs Camin hat er sich einen großen kolorirten Stich vom Vesuv gestellt, dessen Umrisse im Dämmer des Cabinetts kaum auszumachen sind; nur der Auswurf der Lava glüht rot und düster aus diesem Schattenreich.) Aber er will keinen Affront riskiren und zieht es vor, gute Miene zum bösen Spiel zu machen.

Begleitet werden wir von James Harris Lord Malmesbury, einem reichen, verwöhnten, blasirten Fex und Müßiggänger, der sich mit Sport, Literatur, Lustknaben und geckenhaftem Aufputz den Ennui bei seinem Oncle in Wien vertreibt. Walpole und ich werden Zeuge, wie er in der Kutsche seinem Nachbarn zuraunt: *Lord Nelson scheint es nicht eben eilig zu haben, wieder an Bord zu gehen. Ich glaube nicht, daß er je wieder Dienst machen wird. Hach, und dann diese Tucke, die Hamilton! Es ist wirklich degoutant, sie mit ihm zu sehen!* Wenn er wüßte, was Nelson noch am Morgen vor unserer Abreise geschrieben hat! (Walpole hat einen Blick darauf erhascht): *Ich sehne mich nach einer Schlacht. Wenn ich das Kommando über die kaiserliche Armee hätte, würde ich nur ein einziges Wort gebrauchen — vorwärts! Und niemals würde ich sagen: Rückzug.*

Lady Emma freut sich wie ein Kind auf die Begegnung mit Haiden. Das macht sie Walpolen lieb. Daß ihre Ankunft dem Tonsetzer avisiert worden ist, haben wir von Verleger Artaria erfahren, der von Hayden die Nachricht erhielt, *daß die Mylady Hammelton den 6ten dieses nach Eisenstadt komen wird, allwo Sie wünschte meine Cantate Ariadne a Naxos zu singen, welche ich aber nicht besitze, bitte danenhero mir dieselbe sobald möglich zu procuriren und anhero zu schücken.* Schon erhebt sich vor uns am östlichen Horizont der schönbewaldete Rücken des Leitha-Gebürgs; die Straße windet sich um die Kämme seiner südlichen Ausläufer gen Nord-Nordost, wo in der Ferne erhöht an den grünen Hängen über der Stadt nunmehr das massichte, kaisergelbe Geviert des Schlosses aufsteigt.

Der Fürst ist hoch verschuldet, aber sein Reichtum ist immer noch sagenhaft. Seine Einkünfte belaufen sich auf eine Million Gulden im Jahr und seine Weinkellereien, die sich als ein Labyrinth unter den Häusern und Gassen der Stadt erstrecken, gleichen den Katakomben von Rom. Gegen uns erweist er sich auf die entgegenkommendste, gastfreundlichste Weise. Vier Tage weilen wir nun bereits bei ihm und werden in noblem, um nicht zu sagen königlichem Stil regalirt. Hundert Grenadiere, keiner von ihnen unter sechs Fuß hoch, warten uns bei Tische auf, wo sie uns jede Delicatesse in üppigster Fülle serviren, dazu Caffè, Cioccolata, Sorbetti, Dolci e Frutte, Vini, Prosciutti, Rosin- und Mandelkuchen, Lord Malmesbury kann sich nicht sattsehen an den schmucken Kerlen; *hach, der dort drüben, der zweite von rechts, ist der nicht süß? So rücke sie doch etwas zur Seite, dumme Jungfer, ich seh' ja nichts mehr! Ich glaube, eben hat er zu mir herübergeblinzelt, wie?*

Am Sonntagabend wurde ein Feuerwerk abgebrannt; am folgenden Tage, Mariae Geburt, wurde der Namenstag der Fürstin Maria Hermengild festlich begangen mit einem Ball. Sie ist eine charmante, hübsche, natürliche Frau von ungefähr 30 Jahren. Ein treffliches Ganzportrait hängt im Schlosse, das sie in Gestalt der Sibylle am Eingang der Cumaeischen Grotte sitzend darstellt, das leicht gesenkte Halbprofil in wissendem Lächeln gestützt auf die Hand. Gemalt hat es Elisabeth Lebrun vor zwei Jahren.

Die entblößten Felder zeigen unterdes der ungebetnen Gäste Zahl, die an den Halmen Nahrung fand und irrend jetzt sie weitersucht. Des kleinen Raubes klaget nicht der Landmann, der ihn kaum bemerkt. Dem Übermaße wünscht er jedoch nicht ausgesetzt zu sein. Was ihn dagegen sichern mag, sieht er als Wohltat an; daher frönen Winzer und Bauern willig zur Jagd, die ihren guten Herrn

ergötzt. Also gingen wir gestern zur Hatz auf Nieder-
wild und Vögel. Leider machte ein vorzeitig einsetzender
starker Regen, daß die Strecke nicht höher ausfiel denn
63 Hasen, 3 Fasane, 622 Rebhühner und 25 Wachteln, in
Reihen freudig hingezählt zum Halali, das vom Hang des
Leithagebürgs widerhallte.

Nelson lobt die reizende Landschaft. Doch wie immer
spricht er sehr wenig, und nur, wenn er unter Freunden
ist. Da er außer der Sprache Englands nur ein wenig Französisch und Italienisch versteht, dolmetsche ich ihm aus
dem Deutschen. Allen fällt die halbmondförmige Narbe
über seinem rechten Auge auf, die Spur des Hiebes über
die Stirn, den er in der Schlacht von Abukir erhalten hat.
Man munkelt von den fabelhaften Schätzen, die er mit sich
führe, von den 20000 Goldstücken, die er jährlich als Einkommen beziehe, und trinkt auf seine Gesundheit unter
einem *flourish of trumpets* und Kanonenschüssen.

Lord Malmesbury kann seine Mißbilligung dessen, daß
Nelson angeblich nicht noch einmal zu dienen gedenkt,
kaum mehr verhehlen. *Sein Eyfer für den publiquen Dienst
scheint im Aufwallen seiner Liebe und Eitelkeit gänzlich
verlorengegangen zu sein. Sie alle sitzen ständig nur herum
und sagen sich den lieben langen Tag hindurch nichts als
Artigkeiten & Schmeichelworte.* Seinem Abscheu vor Lady
Emma legt er keine Zügel an. *Das ist die ungebildetste, un-
geschliffenste, unangenehmste Trutsche, der ich je begegnet
bin,* zischt er. *Da hat die Fürstin, die weiß, wie sehr die
Hamilton von Musik begeistert ist, in ihrer Güte extra eine
Schar Musiker aufgeboten, die uns aufspielen sollen, darunter den berühmten Haydn, der ja nur noch formell in ihren Diensten steht — und was macht sie? Statt zuzuhören,
setzt sie sich an den Pharo-Tisch, spielt Nelsons Karten und
gewinnt zwischen 300 und 400 Gulden!*

Daß dies nicht wahr ist, sei hier bezeugt. Der unreife
Lüderling spricht nur seiner Tante nach, die schon im Juli

behauptet hatte, Nelson und die Hamiltons hätten in Neapel in einem Haus zusammen gewohnt, wovon dieser die Kosten, die enorm gewesen, habe tragen müssen, und wo täglich die halbe Nacht lang jede Art Glücksspiel vor sich gegangen. *Nelson pflegte mit Bergen von Gold vor sich dazuhocken und meistens einzunicken, woraufhin Lady Emma von dem Haufen sich nahm, ohne nachzuzählen, und mit dem Gelde bis 500 £ pro Nacht setzte. Ihre Passion ist das Spiel, und Sir Willum sagt, sobald er todt ist, wird sie als Bettlerin dastehen.* Das vernahm die Tante von einem, der es von einem zweiten gehört hatte, welcher sich auf die Erfindungen eines dritten verlassen, und dies ist der Ursprung aller Fabeln und Legenden.

Wahr ist hingegen, daß Lady Emma zwei Tage nicht von Haydns Seite wich. Es fällt schwer, diesen Mann nicht zu mögen. Eingehängt in seinen Arm, schlenderte sie, einen Kopf größer als er, mit ihm über die Wege des fürstlichen Parks, der sich den Hügel hinan erstreckt, und Walpole und ich stapften in gebührendem Abstande hinterdrein, um hie und da die Brosamen von der Tafel ihrer Conversation aufzupicken. Für einen Achtundsechzigjährigen hält er sich bewunderswert aufrecht. Sein Gala-Dienstrock und die altfränkische Perücke mit Zopf und Haarbeutel bezeugen noch etwas von seinem einstigen subalternen Rang bei Hofe, aber im Umgang und Gebaren zeigt er, bei aller liebenswürdigen Courteoisie, die in sich ruhende Selbstsicherheit, das Selbstbewußtsein, welches ihm sein gewaltiges Lebenswerk sowie die jüngsten Triumphe in England eingepflanzt. Sein Gesicht fanden wir ganz so, wie in London es Hoppner en face gemalt und George Dance im Profil mit Bleistift gezeichnet hat: schmal, blatternarbigt, das braune Auge gütig, ruhig verweilend, mitunter schwermütig verhangen, sonst offen und anziehend, der Nasenzinken lang und groß, die Unterlippe merklich vorstehend, das Kinn mit dem Kehlsack etwas zur Brust herab hängend. Sein Betragen ist freundlich, in seinen Worten wechseln Sachlichkeit mit Witz. Er lacht gern, doch immer nur leise; sein Lächeln hat manchmal einen Anflug von Sarcasm. Er spricht, im starken Dialekt des Österreichers, ganz gut Französisch und Italienisch und hat auch seine Brocken Englisch nicht vergessen, die er auf seinen beiden Reisen zu lernen Gelegenheit hatte. Zu seinen stärksten Eindrücken in England, sagt er, zählte eine Handel-Commemoration in Westmünster-Abtei mit mehr als tausend Mitwirkenden; itzt schreibt er ebenfalls Oratorios, anfangs auf Miltons *Paradise Lost*, derzeit auf Thomsons *Seasons*, der „Frühling" sei bereits fertig, aber die Arbeit gehe ihm nicht mehr leicht von der Hand, *die Jahreszeiten werden mir das Rückgrat brechen,* klagt er, zumal ihm von Baron van Swieten, der ihm die Büchel schreibe, gegen seinen Willen tonmalerische Genres aufgenötigt würden, *französischer Quark* wie Grillengezirp, Froschquacken etc., über solche Concessionen ans Populare seye er doch wohl schon lange hinaus. „Ach ja, London," seufzt er. „Acht Tage vor Pfingsten hörte ich in St. Pauls-Kürch-Spittal 4000 Kinder singen aus denen Waisen-Häusern; ein Performer gab den Tact dazu; keine Music rührte mich zeitlebens so hefftig als diese andachtsvolle und unschuldige."

Haydn ist auch ein großer Liebhaber englischer Kupferstiche, mit denen er sich von Breitkopf aus Leipzig bezahlen läßt; zu seiner Sammlung zählen Blätter von Smith, Bertolozzi und Rowlandson. Lady Emma sang uns, von ihm am Clavier akkompagnirt, mit starker Stimme Miß Knights pindarische Ode *The Battle of the Nile* vor, die von Haydn in Töne gesetzt und Sir William dedicirt worden ist, sodann die Cantata *Arianna a Naxos*, und ihr Gesang enthusiasmierte die Zuhörer derart, daß sie geradezu ekstatisch wurden. Ich allein fand (und behielt es für mich), sie singe häufig falsch; ihre Expreßion war zwar intensiv und vielfältig, aber daß sie ihre Lieder mit Gesten begleitete, stellt meiner Meinung nach den tiefsten Grad von Geschmacklosigkeit dar, ob ich gleich zu ihrer Verteidigung anführen müßte, daß die ins Körperliche reichende Identificirung mit dem Auszudrückenden, die sie durch ihre Attitüden sich erworben, beim Musiciren ihr eine beherrschte, detachirte Haltung wohl schlechterdings nicht mehr gestattet.

Haydn wehrte das, was von dem Beifall ihm gegolten, bescheiden ab und erzählte hernach von seinem Schüler, einem Clavierspieler aus Bonn namens *Louis Beethofen*, der in Wien sich niedergelassen und dereinst die Welt mehr in Erstaunen setzen werde als es ihm, Haydn, je gelungen, und zwar vermöge eines unbezweifelbar großartigen Talentes, das höchstens noch übertroffen werde von der Impertinenz, mit der jener bisweilen arg großspurig und verbissen auftrete und die auch in seiner Musique in Gestalt einer gewissen Vergröberung der Faktur, eines gewissen plebejischen Auftrumpfens sich niederschlage. Im heurigen Jahr habe dieser Großmogul sechs Quatuors veröffentlicht, zuvor schon Trios, Concerte, sowie drei Sonaten, die ihm, Haydn, gewidmet seien mit pflichtschuldigstem Dank, wiewohl er dem Burschen, der sowieso alles schon gekonnt und ohnehin alles besser gewußt, bey guten Nerven nur wenige Lectionen habe geben können. Zwei Simphonien habe der formidable Limmel auch schon gemacht, deren erste, wider allen guten musicalischen Anstand, nicht auf der Tonica sondern mit einem Dominantseptaccord als mit einem Fragezeichen einsetze, und aus Wien sei ihm zu Ohren gekommen, daß bereits eine dritte in Skizzirung seye, die, wie er, Haydn, uns unter der Hand zu berichten sich höchlichst geniere, *dem Bonaparte solle gewidmet werden*, ja, er teile unser Entrüsten, es sei unerhört, schier unglaublich; der Feind, vor dem alle zittern in Wien, der Feldherr, dessen Kanonenkugeln beim zu erwartenden Bombardement von den Hängen des

Wienerwalds wahrscheinlich zuerst im Vorgarten seines (Haydns) unlängst erworbenen Landhäusls in der Vorstadt einschlagen würden, der Erste Konsul einer Militärregierung, dessen Niederlage bei Abukir doch gerade hiesigen Ortes von allen überschwänglich gefeiert worden: Ausgerechnet dem solle die Helden-Sinfonie dieses von einem Ohrenleiden geplagten, ungebärdigen Zuwanderers aus dem Rheinischen gewidmet werden, es sei ein Affront, eine Provocation zweifellos, wenn nicht gar ein Act der Liebedienerei vor dem künftigen Fremdherrscher, der nach dem Einmarsch wahrscheinlich frech in Schönbrunn sich einquartieren werde, darunter werde er es kaum tun in seiner maaßlosen Ambition, die ihn wer weiß wozu noch alles befördern werde, vielleicht zum Papst? Zum Kaiser von America? Zum Herrscher über die ganze Welt?

Gleichviel! Er, Haydn, sei kein Prophet, weissage aber zuverlässig, da er seinen Scholaren gut genug kenne, daß dieser, sobald Bonaparte nicht mehr als ein Prometheus das Feuer der Freiheit, der Aufklärung und Menschenrechte bringe, sondern als Usurpator der Macht und Unterdrükker des Volkes, als Tyrann und Empereur sich inthronisiere, das Widmungsblat seiner Sinfonia eroica desillusionirt in hundert Fetzen zerreissen und seine Simpathien denen zuwenden werde, die sie verdienten: den edlen Engländern! Er sehe voraus, daß der Rheinländer mit gleicher Freude und noch größerem Gelingen die Arrangements schottischer, irischer und walisischer Volkslieder, die er, Haydn, derzeit für Thomson und Whyte in Edinburgh schreibe, fortsetzen werde. Er prophezeie, daß jener das Agnus Dei seiner, Haydns, *Missa in tempore belli* mit den leisen Paukenschlägen, die es offenlassen, ob bei ihnen an Kriegstrommeln oder bängliches Herzklopfen zu denken sey, noch werde übertreffen wollen im *Dona nobis pacem* eines eigenen feierlichen Hochamtes, das in den itzigen Zeitläuften ja kaum anders mehr als eine Bitte um inneren *und äußeren* Frieden verfaßt werden könne. Schließlich werde es ihn, Haydn, auch kaum wundern, wenn der Bethofen, ein Meister der Variationsform, über *Rule Britannia* und *God save the King* Variazionen für das Fortepiano schreiben werde, sofern er es nicht schon getan habe; ja es fehle nur noch, daß jener sogar eine Battaglie schriebe zur Feier irgendeines zu erhoffenden, nein, zu erwartenden Sieges eines unserer Feldherrn, sei es Admiral Nelsons, sei es Generalmajor Wellingtons, ei warum nicht eine Schlachten-Simphonie, für einen Musikautomaten gar; er könne sie förmlich schon hören vor dem geistigen Ohre:

Auf der einen Seite den französischen 6/8-Rhythmus der Kriegstrommeln zum *Marlborough s'en va-t'-en guerre*, nerveus, aggressiv, aufrührerisch, auf der anderen den Aufmarsch der Britten im gemessenen Geradtakt des *Rule Britannia.* Dann beidseits Angriffssignale der Feldclarinen und Schlachtgetümmel mit Accelerando-Stretta bis zum Sieg der Briten im großbesetzten Orchestre einschließlich kleiner Trommeln, Trompetten, Kanonen und Machinen für klein Gewehr-Feuer. Danach die Rudera, die disiecta membra des Marlborough-Lieds, lento oder mesto, als Walstatt der Franzosen, über die der Pulverrauch treibt, als Trümmer- und Ruinenfeld aus Liedfragmenten, in ein leichenfahles, lugubres Moll getaucht und pianissimo ersterbend zum Donnern einer fernen, letzten Kanone. Abschließend Tusch und Sieges-Sinfonie mit *God save the King*, letzteres womöglich fugiert, auch dies traue er ihm zu, dem Teufelskerl, aber wie gesagt, er sei kein Hellseher, und es könne alles auch ganz anders noch kommen in unseren Zeitläuften, in denen die Verhältnisse so zerbrechlich geworden seien wie Glas und auch er, Haydn, nur noch ein Greis sei; hin sei alle seine Kraft, alt und schwach sei er; er werde es nicht hindern können, daß die künftigen zwei, drei Generationen von Componisten, die sich eher als Tondichter denn als Tonsetzer verstünden, in ihm wenig mehr als einen gewohnten Hausfreund sehen würden, der für die Neuzeit kein tieferes Interesse mehr haben könne und mit dessen zopfichter Kunst die Jungen für diesmal aufzuräumen gedächten, dies seye nun einmal, seit Adam um Even gefreit, das Gesetz der Natur, jaja, u. s. w.

Lady Emma erbat sich von ihm ein Andenken; er schenkte ihr einen Bleistift, mit dem er im Vorjahre den Druck der *Schöpfung* korrigirt. Nelson verehrte ihm eine seiner goldenen Taschenuhren. Als ein weiteres Souvenir und Dokument seiner Hochachtung erhielt Lady Emma aus Haydns Händen noch sein Lied *The Spirit's Song*, dessen Schenkungstag, den 9. September 1800, sie alsogleich auf dem Blatte datierte, während Nelson so nobel war, ein Druckexemplar von Miß Knights *Battle of the Nile* der Hofbibliothek zu vermachen mit der handschriftlichen Widmung *From Bronte Nelson of the Nile, presented to His Imperial Majestys Library at Vienna in September 1800.* Auch Haydns Gattin sollte mit einer Gabe bedacht werden, allein hier wandte der Meister ein: *Darwider protestire ich förmlich, ich liebe mein Weib, es fehlt ihr an nichts, aber sie hat keine Verdienste, die Belohnung verdienen. Ich verlange nichts, ich lade auch nicht gern Verbindlichkeiten auf mich; sind indessen die Herrschaften in der Lage, daß sie sonder Ohngemächlichkeit meine unbedeutenden Verdienste vergelten wollen, so schlage ich es freilich auch nicht aus.*

Am Montage, welcher der Fürstin *jour de fête* war, d. h. an ihrem Namenstage besuchten wir in der Schloßkapelle ein feierliches Hochamt, bei dem, Nelson zu Ehren, noch einmal Haydns *Missa in angustiis* ex d-moll von '98 zur Aufführung kam. Zunächst sollte die Messe in Eisenstadts Bergkapelle gehalten werden, einem kaisergelb und verschnörkelt skurrilen Kirchlein, das am Ortsrande in einen Kalvarienberg mit den Kreuzwegstationen Christi hineingebaut ist, aber für die große Besucherschaar und den

Chor, der mit Streichern, Trompeten und Pauken begleitet wird, erwies sich das Gotteshäuschen auf dem Kreuzberg als zu klein.

Die Besucher, die dem anglikanischen Glauben anhingen, setzte der katholische Ritus, der ihm gar zu fern ja nicht steht, kaum in Zwiespalt, und Haydns Werk ergriff alle Anwesenden stark. Walpole zumal schwamm in Seeligkeit; daß es der Musik gelang, dem Cyniker Thränen der Rührung zu entlocken, sah ich nicht ohne Bewegung. Die von Haydn an der Orgel dirigirte Execution des Werkes war ohne Fehl; die Sopranistin, der höchst anspruchsvolle Coloratur-Soli oblagen, meisterte ihren Part da, wo ihre Stimme als ein erregtes Flehen über den Chortumult sich zu schwingen hatte, mit Excellence.

Das Werk muß wohl jeden in Erstaunen setzen, der es einmal gehört. Ist dies noch eine Musik der Andacht, der Erbauung, der Demut und der frommen Observanz — oder schon ein Manifest, das mit den wuchtigen Schlägen des niederstürzenden d-moll-Dreiklangs im ersten Takt des Kyrie sein *dubito, ergo sum* an die Pforten der Una Sancta Apostolica hämmert? Ist es denn überhaupt noch ein Werk, das für die Begleitung kirchlicher Zeremonien zu Diensten steht, und nicht in Wahrheit eine *symphonie militaire*, welche die Objectivation des Missale-Textes, indem sie ihm folgt, zugleich auslöscht? Ja, so wollte es mir vorkommen: Die heiligen Worte sind nicht mehr Ziel und Gegenstand der Musik, sondern Losungsworte, die sie beflügeln, anfeuern zur Individuation ihrer durchgebildeten Gestaltung, die eben eine *symphonisch autonome*, nicht mehr sakral verpflichtete Durchgestaltung ist, eine Verarbeitung und Durchführung thematischer Bezüge, die, wie mir ketzerisch in den Sinn schlich, auf geistliche Worte eigentlich gut und gern hätte verzichten können und in englischen Konzertsälen besser als in österreichischen Privatkapellen zu Hause wäre; ja, wer weiß, ob man das Werk, nach dieser Aufführung, nicht künftig die *Nelson-Messe* wird nennen wollen?

Die Größe der Musik teilt sich vor allem durch ihre Wucht und Lakonie mit. Alles ist knapp, verdichtet, konzis in Faktur und Gestalt und im Detail von äußerster Differencierung, oft düster im Ton, der Klang sparsam, rauh, dunkel gefärbt, die Gebärdensprache selten flehend und innig, häufiger trotzig, fordernd, resolut ja grimmig; Aufschwünge wie im *Pleni sunt coeli* oder im *Osanna*, die den Dreiklang einmal kurz in Dur aufsteigen lassen, werden rasch abgehandelt; und wo contrapunctische Passagen wie im *Kyrie*, im *In gloria dei patris* oder im *Dona* einsetzen, bauen sie sich nicht, wie in den Messen der Scarlatti und Cavalli, die ich in Neapel zu hören Gelegenheit hatte, gravitätisch zu zäh ausbuchstabierten Fugen auf, um die Musik mit einem Schlußstein in Gestalt einer monumentalen Schulmeisterperücke zu überhöhen, sondern kommen rhetorisch knapp pointirt und eingewoben in den symphonischen Fluß daher, dicht und komplex gewiß, und doch so leichtfüßigt, daß das Schwierige nie als schwer auftritt und die schlagende Gewalt der tönenden Ereignisse nie zu Pomp und Repräsentation sich objectivirt.

Mit einer Ausnahme. Ich übertreibe nicht, wenn ich festhalte, daß allen Zuhörern der Atem stockte, als zum Schluß des *Benedictus*, zu einer gedämpften Musik im Charakter eines bänglich gedrückten Geschwindmarsches, der den Einritt Jesu auf seinem Eselchen in die heilige Stadt eher düster abschreiten läßt als mit Jubel begrüßt, bei den Worten *qui venit in nomine domini* unerwartet ein dröhnender Appell der Pauken und dreier Trompeten im Fortissimo gleich wie von außen, dinglich und sigelhaft, ins musikalische Gefüge einbrach, als ein *slogan*, wie die alten Kelten ihren Kampfaufruf nannten, eine Schicksals-Fanfare, drohend und erhaben, die dem guten Doctor neben mir die Schweißtropfen auf die Stirne trieb, indem er flüsternd, fast

keuchend nur *awesome, awesome, tremendous! terrible!*
stammelte und das Entsetzen auch auf den Mienen Nelsons
und Hamiltons sich malte.

Ite missa est: Im Hinausgehen, vor der Kirchentüre, verriet uns die Fürstin Hermengild, Haydn habe diese Passage
just in den Tagen der Schlacht von Abukir geschrieben,
obzwar der siegreiche Ausgang derselben erst am Tag der
Uraufführung von berittenen Kurieren in Wien gemeldet
wurde; und sei es, daß der Komponist in Vorahnung der
Größe dieses historischen Augenblicks das Ereignis pro-
phetisch als eine gleichsam musikalische Zeitungsmeldung
ins Werk geschmuggelt – sei es, daß das Gefühl des Tremendosen hier, für einen Moment nur, nicht mehr thema-
tisch vermittelt und begründet, sondern unverstellt, rein,
absolut habe Laut werden sollen – oder sei es auch, daß
jenes unwillentlich, nämlich allein kraft der unbewußten
Gesetze der Transformation oder Translazion alles Seienden untereinander im Werke sich eingesenkt und incor-
porit habe —— bemerkenswert sei doch auf jeden Fall, so
setzte Sir William den Gedanken der Fürstin fort, daß diese
musikalische Epiphanie des Gewaltigen, Gewalttätigen, eigentlich Militärischen im liturgischen Zusammenhang es
offenlasse, ob er, der da komme im Namen des Herrn, ein
Menschen*held* sei oder ein Menschen*tyrann*, ein Christus
triumphans & militans oder ein drohend zürnender, stra-
fender Menschensohn; wie immer man sich entscheide, was
immer man herauslese aus dem Gehörten – diese tönende
Exegese eines historischen Nervenpuncts gehe über die
Kriegsfurcht der *Missa in tempore belli* insofern hinaus, als
hier keine Klage formuliert sei und, wie das Tongeschlecht
unmißverständlich bezeuge, schon gar nicht eine Affir-
mation oder ein Triumph, sondern eine *An*klage, ein sich
Aufbäumen und Einfordern, ein Aufbegehren im Sinne
Hiobs, welches mit dem demütig-gottgefälligen *laus deo
gloria,* das man dem guten Papa Haydn schulterklopfend

zuzubilligen pflege, kaum mehr etwas zu tun habe. Was aus dem Werk spreche, sei, wie Sir William fortfuhr, im Grunde die schiere Häresie, Zorn auf Gottes Ungerechtigkeit, ein wütiges Hämmern an seinen Thron, das *Gegenbild zur Theodizee* der gleichzeitig geschriebenen *Schöpfung*, legitimiert aus dem unbewußten Wissen des Künstlers um alle Schrecknisse auf der Erde und auf den Wassern, also auch das Wissen um einschlagende Kanonenkugeln, niederstürzende Masten und krachende Wanten, explodierende Pulverfässer, abgerissene Gliedmaßen, brennende Segel und Schiffstrümmer, auf den Wogen treibende Leichname, das Wissen um das jäh Hereinbrechende, vulkanisch Eruptive unheilvollen Geschicks, woraus sich auch die Tonart d-moll erkläre, die eine Schicksals-Tonart schon bei Mozart gewesen, etwa dort, wo Don Juan am Ende seinem eigenen Tod in Gestalt einer lebenden Skulptur gegenübergestanden, *vis-à-vis de rien ou du roi* sozusagen, einem steinernen todesverkündenden Bilde, zum Leben erweckt nicht vom liebenden Blicke Pygmalions, sondern von sündenverachtender Hybris, dem Überfliegen aller moralischen Sitten und Convenzionen, welche die Menschen sich klüglich gesetzt.

Daß es Sir William bei diesen Worten vermied, das Auge auf seine Gattin und Nelson zu richten und statt dessen den Blick stier zu Boden senkte, verwunderte niemanden; jedem unter uns war klar, auf wen oder was hier angespielt ward.

Wir verließen Wien am 26. Septembris 1800, einem Freitage, auf 3 halbbedeckten viersitzigen Wägen und 2 Calaischen über Brünn in Richtung Prag, wo wir im *Schwarzen Löwen* Logis nahmen. Wir soupirten bei Grießnockerlsuppe und Gansbraten mit Apfelsoß, und mehr ist mir von unserem Aufenthalt nicht im Gedächtnis geblieben als Doktor Walpoles Überlegen bei Tische, man müsse nach Haydns Ableben, auf das allzu lange gewiß nicht mehr zu warten sei, notfalls bei Nacht und Nebel, seinen Schädel zum Ruhme des Britischen Museums ausgraben, nach England schaffen, dort examiniren und vermessen, um auf diese Weise womöglich dem Geheimnis der Genialität ein Stück weit auf die Schliche zu kommen, es sei ein Jammer, daß mit Mozarten dergleichen nimmer möglich sei, desto mehr solle man darauf sehen, im Falle Haydns die Gelegenheit beim Stirnhaar zu packen, denn, so setzte er hinzu, wer sie dort nicht ergreife, dem weise sie leicht den Hintern.

Mit Rücksicht auf Ladys Emmas Wohlbefinden, die nun im sechsten Monat schon guter Hoffnung war und häufig an Nausea litt, sollte ihr ein weiterer Landweg in rüttelnden Kutschen erspart bleiben; die Straßen durch Sachsen und Preußen sind ja nicht mehr als erdigte, hie und da mit Strauchwerk, Ästen oder Bohlen ausgebesserte Wege, auf denen man winters im Morast und sommers in Sand und Staub versinkt, und wo sie doch einmal auf ein oder zwei Meilen gepflastert sind, greifen die groben Feldsteine Wagen, Räder und sonderlich das Eisenwerck an und richten es zu Grunde. Daher schifften wir uns am 1. Oktober auf der Elbe in Losowitz ein und erreichten am folgenden Abend Dresden.

Dort war es an mir, Abschied zu nehmen von meinen Begleitern, um über Thüringen und Franken auf Schusters Rappen heimzugelangen ins hessische Asmannshausen, allwo ich meine teuren Ältern noch bey guter Gesundheit anzutreffen hoffte. Lord Nelson entließ mich in Gnaden, auch Lady Emma sagte sehr gnädig Adieu; Sir William schenkte mir zum *Farewell* eine griechische Münze mit dem Bildnis des Gottes Dionysos, die ich annoch beständig in meinem Hosenbeutel als einen Glücksbringer mit mir herumtrage. Walpole, dem ich zuvor das Notizbuch Hofmeisters zurückgegeben (freilich nicht meine Transkription desselben), knuffte mich herzhaft in die Seite, umklammerte mir dann mit beiden Händen als mit einem Schraubstock die Oberarme und röhrte *Take care, my good friend*, wonach auch er mir ein Abschiedsgeschenk in die Hand drückte: ein versiegeltes Gläschen, in dem ein Ohr in Spiritus schwamm. *Belonged to Dunkirk, 2nd Boatsman; well he won't miss it anyway, miserable ol' fool, didn't like my hurdy-gurdy; look, Kraut, it's the Lord's revenge for someone who doesn't love music. Take it as a warning to those who won't listen.*

Anfang November traf ich glücklich in meiner Heimatstadt ein, wo ich seither am örtlichen Armenspital, gestiftet im Zeichen des Hl. Urban, als Hülfs-Chirurgus meinen Dienst versehe und ein Auskommen gefunden habe, das mich in den Stand gesetzt, bald nach meiner Anstellung ein gutes Weib, Clara, geb. Schachtschneider, zur Ehe zu nehmen und nach Kräften auch meinen Ältern, die den Heimkehrer unter Thränen willkommengeheißen, in ihren Sorgen und Nöten beizustehen.

Von Walpolen, der nach seiner Rückkehr ein Cottage in der Grafschaft Kent bezogen, wo er annoch der Rosenzucht und seiner anatomischen Sammlung pflegt, empfange ich in unregelmäßigen Abständen Briefe, die mir, wenn auch sparsam und mit Sottisen nicht geizend, Auskunft geben über die Menschen, die ich sieben Jahre lang zu begleiten das Privileg gehabt.

Anfang 1801 etwa schrieb mir der Doktor, seine Reisegruppe habe von Dresden ihren Weg fortgesetzt auf der Elbe über Magdeburg und Lauenburg nach Hamburg, allwo sich die Gesellschaft an Bord des Postschiffes *King George* begeben, ungünstiger Winde halber jedoch fünf Tage an Deck habe ausharren müssen, ehe der Segler auf der Elbe an Cuxhaven und Helgoland vorbei seinen Kurs auf Great Yarmouth habe nehmen können. Miß Knight habe in Hamburg die Gelegenheit wahrgenommen, den Dichter Klopstock zu besuchen, der ihr zu ihrem Entzükken Stellen aus seinem *Messias* vorgelesen. Am 6. November endlich, nach stürmischer Überfahrt, sei unter düsterm Gewölk die grüne Küste von Nelsons Heimatgrafschaft Norfolk in Sicht gekommen mit ihren rußgeschwärzten Kais, ihren roten Backsteinhäusern und hohen Kaminen, und da seien sie alle an der Reling niedergekniet, um dem Herrn zu danken dafür, daß Er sie heimgeführt auf sicherm Wege. Zwei Tage später hätten sie triumphal Einzug gehalten in London. Seither lebten Sir William und Lady Emma mit Nelson und dessen Gattin, unter einem Dache vereint, auf Nelsons Landsitz Merton Place in Surrey; das ganze Haus sei gepflastert mit Bildern von Lady Emma. Und Walpole setzte etwas unbestimmt hinzu, die vier hätten *ein Arrangement getroffen*; es scheine zu *functioniren, wie auch immer.* Im übrigen habe Lady Emma am 29. Januar von einer Tochter entbunden; Geburt und Taufe (auf den Namen *Horatia*) hätten in großer Heimlichkeit stattgefunden und vierzehn Tage vorher habe Nelson sich von seiner Gattin Fanny formell getrennt, um seine Liaison mit Lady Emma sowie seine Adoptiv-Vaterschaft pro officio legitimiren zu können.

Im Sommer 1803 teilte mir der Doktor mit, Sir William, der den Verlust seines Vermögens in Italien und eines Teiles seiner Sammlungen im Schiffbruch vor den Scilly-Inseln, den Abschied von Neapel und die Untreue seiner Gattin nie verwunden, sei am 6. April gestorben und seinem Testament gemäß neben seiner ersten Gattin Catherine in der Kirche von Milford Haven in Pembrokeshire beigesetzt worden. Daß sein Hinschied so bald schon nach seiner Rückkehr erfolgte, habe in London zu bösartigen Rumours geführt des Inhalts, gewisse interessirte Personen hätten sein Ableben womöglich tatkräftig zu beschleunigen getrachtet. – Übrigens sei Hofmeisters Tagebuch samt der Franklin-Einlage von seiner (Walpoles) Küchenmagd zum Feuern des Stubenkamins mißbraucht worden; leider habe er den Frevel zu spät entdeckt. Um so dringlicher rate er mir, meine Transkription in verlässliche Obhut zu geben.

Ende 1805 schilderte mir Walpole die Umstände von Nelsons Tod in der Schlacht von Trafalgar, nicht ohne entrüstet hintanzusetzen, seine Nachfolger als Wundärzte des Admirals, Sir William Beatty und Dr. Scott, müßten Pfuscher, Bartscheerer und Quacksalber sein, da sie jenen so kläglich in den Armen seiner Getreuen hätten verenden lassen, was er, Walpole, mit Sicherheit zu verhindern gewußt. Übrigens habe in Wien der Vanhal, der Komponist der *Schlacht bei Abukir*, aufs neue eine charakteristische Sonate verfaßt, diesmal betittelt *Die See-Schlacht bei Trafalgar und Tod des Admirals Nelson*, die sich auf dem Markt für die clavierspielenden Desmoiselles gewiß eines guten Absatzes erfreuen werde. Auf den elenden, aus dem Mastkorb der *Redoutable* abgefeuerten Bleiklumpen, der Nelson durch die Brust gegangen, hätten Sammler in London 100 Guineen geboten, die Kugel sei aber in den Besitz der königlichen Familie gelangt und liege nun als ein würdig verehrtes Ausstellungsstück unter einem Glassturz. Hinter Glas hänge jetzt auch über des Doktors Kamin in seinem Kenter Cottage ein Stich von Nelsons Tod an Bord der *Victory*, im Mahagonny-Rahmen mit schmaler Goldinnenleiste, *engraved & printed by Benjamin West & James Heath*, ein monumental schönes, wenn auch schwermütiges Tableau, unter dem er, Walpole, täglich des morgens zum Frühstück seinen Thee trinke und seine bebutterten Weißbrodscheiben am Feuer röste.

10. A (indigo)

Da bin ich wieder, junger Mann. Haben Sie sich gut un-
terhalten mit meiner Geschichte? Sind Sie so gut und verstauen Sie mir das Heft bitte wieder in meinem Strickbeutel, ganz unten bitte, wo es mir nicht so leicht entwendet
werden kann, danke. Daß Nelsons Gattin Fanny im Alter,
so wie ich in meinen Kinderjahren, das Augenlicht verlor,
wissen Sie vielleicht, nein? Erblindet, hat sie alle um sich
herum überlebt, erst Sir William, dann ihren Mann, zuletzt
auch Lady Emma, wenn Sie Geschichte studieren, junger
Mann, ist Ihnen der Ausgang des Geschehens vielleicht
bekannt. Nicht? Nun denn, so lassen Sie mich erzählen.

Als es ans Sterben ging, trug Hamilton seinem Neffen
Greville auf, beim König zugunsten Emmas, unter Verweis auf die Dienste, die sie ihrem Vaterland geleistet, um
Fortdauer seiner Pension zu ersuchen. Der Antrag wurde
abschlägig beschieden. Lord Nelson setzte vor der Schlacht
von Waterloo zu seinem Letzten Willen ein Kodizill auf,
das vom König für Lady Hamilton die Mittel zur Auf-
rechterhaltung ihrer gesellschaftlichen Stellung erbat. Das
Kodizill gelangte zunächst in die Hände seines Bruders, des
Rev. William Nelson, der aus ihm die Befürchtung zog, es

könne ihn erbrechtlich benachteiligen. Daher unterschlug er das Papier eine Weile, gerade so lange, bis seine Gültigkeit erlosch. Zwar erbte Emma Nelsons Haus in Surrey, aber mit den Jahren lasteten immer mehr Schulden und Hypotheken auf ihm, so daß es ihr schließlich genommen wurde. Erst zog sie nach Richmond, nahm dann in Bond Street Logis, wurde auch hier von Gläubigern verjagt und versteckte sich schließlich, man weiß nicht, wo. 1813 saß sie im Schuldgefängnis von King's Bench ein, wurde dort von einem barmherzigen City-Alderman ausgelöst und floh zuletzt mit ihrer Tochter Horatia übers Meer nach Calais.

Der Grenzhafen Calais war damals das, was in etwa Casablanca zur Nazizeit gewesen ist, ein Ort für Gestrandete, Flüchtlinge, Expatriierte, Emigrés; Emma bezog eine armselige Wohnung, und das Schlimmste dort ist für sie nicht die Mittellosigkeit gewesen oder die Krankheit, der sie am 15. Jänner 1815 schließlich erlag, sondern der Verlust ihrer gesellschaftlichen Stellung. Den Besuch einer barmherzigen Gönnerin wollte sie nur unter der Bedingung erlauben, „daß es keine Dame von Rang und Titel" sei, so schämte sie sich ihres Elends. Nur wenige Trauergäste folgten ihrem Sarge, ein paar Kapitäne, deren Schiffe gerade vor Calais ankerten, ihre Tochter, einige britische Landsleute und ein Arzt. Zweimal wurde ihr Leichnam umgebettet; heute ist das Grab unauffindbar. Englische Marineoffiziere stifteten 1918 eine Gedenkplakette für ihr Sterbehaus; im zweiten Weltkrieg, bei der Einkesselung der Alliierten in Dünkirchen, bombten es deutsche Tiefflieger in Schutt und Asche.

Sechs Jahre vor Emmas Tod waren in Wien zum zweitenmal die Truppen Bonapartes einmarschiert, und als der todkranke Haydn im Lehnstuhl gesessen, war eine französische Kanonenkugel im Gartenhof seines Hauses in der Vorstadt Gumpendorf eingeschlagen, so daß im Haus alle Bediensteten schrien und zitterten und er sie zu besänftigen trachtete mit den Worten „Fürchtet euch nicht, Kinder, wo Haydn ist, kann euch nichts geschehen", aber das hat er wohl vornehmlich zu sich selbst gesprochen, denn natürlich hat er sich gefürchtet, alt und krank und hinfällig, wie er war. Immerhin war es eine noble Geste Bonapartes, zu seinem Schutz eine Ehrengarde vor seiner Haustür Posto nehmen zu lassen, eine Geste des Respekts, der Verantwortlichkeit und der Ritterlichkeit, wie sie zweifellos auch dem preußischen König zu Ehren Voltaires, im zwanzigsten Jahrhundert jedoch niemandem mehr eingefallen wäre, einem Jahrhundert, in dem, wohin Sie auch blicken, ob auf Stalins Sowjetunion oder das von Hitler überfallene Polen, es zumeist die Künstler, die Intellektuellen, die Lehrer, die Geistlichen, die Schriftsteller und Studenten gewesen sind, die als erste eingesperrt, verschleppt, gefoltert und ermordet wurden; kurz vor seinem Tode noch erhielt Haydn Besuch von einem französischen Officier, der ihm eine Tenor-Arie aus der *Schöpfung* vorsang und ihm berichtete, wie hingerissen Napoleon in Wien einer Aufführung des Oratoriums beigewohnt habe, in welchem dieser ein Echo auf seinen eigenen neuen Weltentwurf zu vernehmen gemeint. *Mit Würd' und Hoheit angethan,* so sang es ihm der feindliche Officier vor, *mit Schönheit, Stärk' und Mut begabt, gen Himmel aufgerichtet steht DER MENSCH, ein König der Natur. Die breit gewölbt' erhabne Stirn verkündt der Weisheit tiefen Sinn, und aus dem hellen Blicke strahlt DER GEIST, des Schöpfers Hauch und Ebenbild.* Wenn hundertdreißig Jahre später deutsche Offiziere der Wehrmacht oder der SS, die ein anderes Menschenbild hegten, in den besetzten Ländern an die Türe klopften, ging die Sache meist weniger nobel aus, nicht wahr, junger Mann?

Ach wie freundlich von Ihnen, daß Sie mir eine Mandarine anbieten, oder ist es eine Clementine? Nein, wie ich wohl schon sagte, weder Clementi noch Haydn haben für meine Harmonika, dieses gläserne Heiligenhaus der Tonmuse, wie Jean Paul es nannte, etwas komponiert; ersterem war der Klang zu starr und zu dürftig, und Haydn trug zwar keine Bedenken, für Flötenuhr oder Lira zu schreiben, erwartete aber höhere Honorare, als wir zu zahlen imstande waren; im übrigen war er in seinen letzten zwei Lebensjahrzehnten ein schwer beschäftigter und recht wohlhabender Mann, der Aufträge nur noch dann annahm, wenn sie Ruhm und Ehre eintrugen. Die Arrangements schottischer und walisischer Volkslieder für seine Edinburgher Verleger hat er aber, wiewohl sie gut bezahlt wurden, nicht, wie Sie meinen, junger Mann, in erster Linie des Geldes wegen gemacht, sondern weil er, wie später auch Beethoven, eine Herausforderung darin sah, diese doch so poetischen Verse und uralt fremden Melodien mit dem Schliff seiner Wiener Satztechnik, der zu ihrer Zeit modernsten und höchstentwickelten Europas, *salonfähig* zu machen: was hier unverächtlich gemeint ist und sich weniger dem Einfluß Ossians oder Herders verdankte als dem Reiz, den es für jeden experimentellen Künstler hat, wenn sich sein Metier an einer Handhabung fremden Materials bewährt, das durch Konfrontation mit dem Vertrauten erst recht aufleuchtet in seiner Fremdheit.

Nein, die Handschriften der Kompositionen, die für mich gemacht wurden, sind allesamt verlorengegangen. Allein, ist das wirklich zu beklagen? Im Druck ist ja einiges überliefert, aber wenn ich Mozarts Quintett ausnehme, ist doch eigentlich für meine Harmonika keine Komposition von Rang je geschrieben worden. Gut, da gab es ein Rondeau in B für Harmonika mit Streichquartett und Kontrabaß von Reichardt, dem Singspielkomponisten und Kapellmeister Friedrichs des Großen und Friedrich Wilhelms II., später Hofdirigent unter Louis Napoleon, aus dem Jahr 1786, hübsch, nett zu spielen und so konventionell wie das Quartett in C von Johann Gottlieb

Naumann, der nach Lehrjahren in Italien als Kapellmeister in Dresden wirkte, wo Mozart ihn 1789, als das Werk komponiert wurde, besuchte und es sich womöglich gar von ihm vorspielen ließ; es gab ein Largo in c-moll von Johann Abraham Peter Schulz, 1799 in Berlin geschrieben, und ein Quintett in c-moll von Karl Leopold Röllig, welches, komponiert in Wien vier Jahre nach Mozarts Tod, das expressive Potential der Harmonika auszuleuchten und mit dem Klang der Streicher zu kontrastieren bestrebt war; aber reizvoller waren dann doch eher die Stücke der Böhmen, das Adagio mit Variationen von Mašek etwa, der das Amt für Kirchenmusik an St. Nikolaus-Kleinseite in Prag bekleidete, oder das Grand Solo avec l'accompagnement de l'orchestre, das Reicha 1806 in Wien für mich gemacht hat und das ich in meinem letzten Stuttgarter Konzert 1808 auf dem Programm hatte. Der große Mann! Sie wissen, daß er später Professor an der École royale de Musique in Paris wurde? Daß Berlioz einer seiner Schüler war?

Jaja, unsere Böhmen. Kein anderes Land nächst Italien war damals ein so reicher Nährboden für tüchtige Musiker. Sie kamen in Forst-, Pfarr- oder Lehrerhäusern hinterm Walde zur Welt – auch Glucks Vater ist Forstmeister in Böhmen gewesen –, besuchten Jesuitenkollegien, Klosterseminare oder die Lateinschulen der Provinz, verdienten sich ihre ersten Sporen auf den Orgelbänken mährischer Kleinstädte oder in den Privatkapellen kleiner Grafenschlösser im böhmischen Wald, und eroberten dann die Welt: die Theater von Wien, das Conservatoire von Paris, die Mailänder Oper. Die Emigrés in der Hauptstadt der Habsburger bildeten eine eigene Fraktion, von Mozart wachsam beäugt, mit Mysliveček und Vanhal war er noch befreundet, aber sein Verhältnis zu Vranicky, dem Komponisten einer Oper namens *Das Fest der Lazaronen*, war schwankend, und Koželuh hat er nicht leiden können, das darf Sie nicht verwundern, junger Mann. Daß er von seinen zeitgenössischen Kollegen nur wenige gelten ließ, entsprach nicht nur seinen künstlerischen Grundsätzen, seinen höchsten Ansprüchen und seinem kritischen hypernervösen Naturell, sondern auch der verschärften Konkurrenz, in der sich ein ungebundener Künstler wie er durchzusetzen hatte. Ja, wer in Brot und Würden und fester Anstellung sitzt, wer bei Hof seine Schäfchen ins Trockene gebracht, der hat leicht tolerant sein. Der kann gelassen gewähren, was auf dem freien Markt ein Rivale dem andern nimmer durchgehen läßt.

Wie gesagt, die Handschriften der Kompositionen, die für mich geschrieben wurden, sind verloren und verschwunden. Als ich zur Zeit der napoleonischen Kriege mit Boßler auf unserem Landgut zu Gohlis bei Leipzig lebte, fielen mal französische Infanteristen, mal preußische Grenadiere bei mir ein und requirierten, was nicht niet- und nagelfest war, „je suis désolé, Madame, mais je suis obligé de — ". Vielleicht hielten sie die Notenblätter für verschlüsselte Spionagebotschaften, oder verwendeten sie zum Feuermachen, oder zum Beschreiben der Rückseiten, Papier war ja rar und so begehrt wie Fourage, Wasser, Heu für die Pferde und Brennholz. Solche Plünderungen waren damals nichts Seltenes.

Zu jener Zeit hatte ich mich vom Konzertpodium aber ohnedies schon verabschiedet, warum, fragen Sie? Nun, junger Mann, zum einen befürchtete ich, daß die durch die Fingerspitzen in meinen Körper übertragenen Schwingungen der Glasglocken mir das Nervensystem zerrütten könnten, wie es bei Herrn Röllig und Miß Anne Davies ja tatsächlich geschehen war, verstehen Sie, anders als bei der Geige oder dem Klavier oder der Pauke, wo sich immer ein Gegenstand, ein Bogen oder eine Taste oder ein Schlegel, neutralisierend zwischen das schwingende Material und den Körper des Spielers stellt, anverwandelt sich dieser beim Harmonikaspiel vollkommen dem Instrument, wird selber so vibrant wie Glas und mit der Zeit so fragil wie dieses; zuletzt fürchtete ich, meine Nerven wären die Sprünge im Kristall meines Leibes und meiner Seele, die Bruchlinien eines drohenden Zerfalls, und ich könnte eines Tages plötzlich in tausend Scherben zerspringen.

Zum andern hatte man, just dieser Besorgnis wegen, schon zu meiner Zeit begonnen, die Technik der Franklinschen Maschine weiterzuentwickeln. Bartl in Olmütz zum Beispiel ersann eine Tastenharmonika, um die Vorzüge der Klaviermechanik mit denen des Glasklangs zu vereinen. Der Abbate Mazzuchi hingegen baute eine Harmonika, die mittels zweier oder mehrerer Violinbögen gespielt wurde. Hopkinson in Philadelphia wiederum verwendete Metall statt Glas, um den Klang robuster und die Mechanik haltbarer zu machen, und nannte das grausige Ding *Bellarmonic*. In Bremen fügte Domkapellmeister Müller ein Flötenwerk hinzu und taufte seine Zwittermaschine *Harmonicon*. Konrektor Zink aus Homburg baute eine Orgelharmonika, die *Coelestine*, und so ging es immerfort weiter, mit Grassas Instrument de Parnasse, Whitakers Cherubine Minor, mit Orphika und Xanorphica, Physharmonika, Harmonium, Harmonichord bis zum Farbenklavier, bis zu Chladnis Euphon oder Clavicylinder-Glasröhren; über dem Fortbestehen klassischer Instrumente wie Flöte, Geige oder Klavier in ihren wenig veränderten weil bewährten Grundgestalten übersehen wir ja leicht, daß im Instrumentenbau allenthalben ein genauso rascher Wandel herrscht, ein unablässiges Erfinden und Experimentieren, wie im Reich der Künste, der Technik und Wissenschaft insgesamt.

Aber wie es immer so geht mit dem Fortschritt in allen Dingen, und ein Fortschritt war es zweifellos, daß die Instrumente nun leichter zu handhaben und weniger kostspielig waren und weniger zerbrechlich gerieten: Man tauscht die verbesserte Praktikabilität einer oder mehrerer

Akzidenzien gegen die Verschlechterung des Substantiellen ein, und mit der Erfindung der Tastatur ging das Schönste der Glasharmonika überhaupt, nämlich die ungemein subtile Innervation, der ganz übersinnliche, wesenlose Klang verloren, auch im Zusammenspiel mit anderen Instrumenten, die stetsfort kräftiger und lauter zu klingen und sich in immer größeren Sälen vor immer mehr Zuhörern akustisch durchzusetzen hatten.

Auch deswegen also trat ich nicht mehr in der Öffentlichkeit auf, sondern beschränkte mich künftig darauf, durch das ganze neunzehnte Jahrhundert bis ins zwanzigste hinein auf das Echo zu lauschen, das die Komponisten von ferne der Harmonika nachriefen, Berlioz in seiner Beschwörung der Äolsharfe, Mahler in Glocken und Harmonium seines Orchesters, Strauss 1919 in seiner *Frau ohne Schatten*, sie alle bis hin zu Schönberg, Berg und Webern in der irisierenden Reibungsschwingung des Streicherflageoletts, denken Sie an das gläserne Trio aus Berlioz' *Fee-Mab*-Scherzo oder an den Beginn der ersten Symphonie Gustav Mahlers, der in der Heimat der Schmelzöfen und Kristallhütten zwischen Mähren und Böhmen heranwuchs. Immerhin gab es ja im Nordböhmischen eine Familie Pohl aus Kreibitz, die seit 1785 über fünf Generationen bis 1945 Harmonikas baute, spielte und für Museen restaurierte; noch der Vorsitzende der Reichskulturkammer Dr. Goebbels hat Schüler zum letzten Pohl geschickt, Carl Ferdinand Pohl, der später im Flüchtlingslager Zittau umgekommen ist, aber nein, junger Mann, die Tradition ist damit nicht gestorben.

Denn nach dem zweiten Weltkrieg hat Bruno Hoffmann mit seiner selbstgebauten Glasharfe die Erinnerung wieder aufleben lassen. Hoffmann hat sich der englischen Tradition der *musical glasses* entsonnen, wie sie bis zu Franklins Erfindung im Schwange war. Er hat die gläsernen Kelche nicht auf einer pedalgetriebenen, über ein Schwungrad bewegten Horizontalachse rotieren lassen, sondern neben- und hintereinander, wie Weingläser auf einem Wirtstisch, aufrecht stehend postiert, das hat er mechanisch verfeinert und ausgeklügelt und ist mit seiner *Glasharfe*, wie er das Instrument nannte, auf Tournee gegangen bis nach Süd- amerika. Wo kommen Sie her, junger Mann, aus Buenos Aires? Sehen Sie, auch dort hat er konzertiert; er hat auch Schallplatten aufgenommen, im Fernsehen gespielt und in einem Dokumentarfilm über Benjamin Franklin, und eine kleine verschworene Gemeinde von Freunden der Glas- musik um sich geschart, unter die sich mit den Jahren leider auch etliche verschrobene Mystiker und Esoteriker, An- hänger der Lehren Rudolf Steiners und von zweifelhaftem pädagogischem Eros beflügelte Adepten gemischt haben, die sich regelmäßig in christlichen Begegnungsstätten zu Tagungen zusammenfinden, ein Vereinsblättchen her- ausgeben, in dem sie ihren Verstiegenheiten ungehemmt Raum geben, und im übrigen privat gut genug sich kennen, um einander spinnefeind zu sein und heute mit-, morgen gegeneinander so zu eifern und zu rechten, wie es wohl typisch ist für Eingeweihte, die einander das Monopol aufs hermetische Wissen neiden. Ach so, das ist Ihnen aus Ihren Seminaren vertraut, junger Mann, ja sehen Sie, auch mich suchte man in solche Gesprächsrunden zu locken, aber nachdem ich mehrere Einladungen unbeantwortet gelas- sen hatte, traf keine mehr ein. Ohnehin glaubte man bald, ich hätte es nach meinem letzten Stuttgarter Konzert, in dem Zumsteeg dirigierte, der am nächstfolgenden Morgen einem heftigen Brustkrampf erlag, doch noch einmal mit einer Konzerttournee versucht, in deren Verlauf ich selber, bald nach meiner Ankunft in Schaffhausen, am 9. Dezem- ber 1808, einer heftigen Brustentzündung erlegen sei, eine Legende, zu der in Prag auch Wenzel Tomašeks Tonstück *Fantasie für die Harmonika, am Grabe der Kirchgeßner* aus dem Jahr 1809 beigetragen hat, aber wenn dem so

gewesen wäre, wie könnte ich Ihnen dann jetzt gegenüber-
sitzen, nicht wahr?

Was aus meiner Harmonika geworden ist, fragen Sie?
Nun, die habe ich vor vier Jahren demselben Trödler verkauft, dem ich von Zeit zu Zeit auch die Knöpfe zum
Tausch oder Ankauf gebe, die man mir in die Haube wirft,
ich warte, bis sich ein- oder zweihundert angesammelt
haben, dann bringe ich sie in die Bindergasse, bekomme
dafür ein paar Schillinge oder eine Wurstsemmel, aber was
ich Ihnen eigentlich erzählen wollte, junger Mann, zwingt
mich, Sie noch einmal nach Böhmen, und zwar in die Zeit
vor dem Wiener Kongreß zurückzuleiten, nämlich ins
Jahr 1812, da vor dem brennenden Moskau das geschlagene
Heer Bonapartes seinen Rückzug aus Rußland antrat, ein
Jahr vor Blüchers Sieg an der Katzbach über Maréchal
Macdonald und wenige Monate vor dem Tod meines guten
Boßler.

Eine nicht sehr breite, aber profunde Kluft, noch heiß
und schweflicht von den vulkanischen Feuern der Revolution, trennt die Ära Franklins oder Hofmeisters von
diesem Böhmen anno 1812. Das Land war von den Ko-
alitionskriegen weitgehend verschont geblieben und hatte
sich im Lauf der über hundertfünfzig Jahre, die dem West-
fälischen Frieden gefolgt waren, von den Verheerungen
des Dreißigjährigen Krieges nicht lediglich erholt, sondern
war unterdes zum blühendsten und wohlhäbigsten unter
den habsburgischen Kronlanden aufgestiegen. Die Leib-
eigenschaft war unter Joseph II. aufgehoben worden, und
diesem guten Kaiser verdankte das Land nun religiöse Toleranz, Belebung der Gewerbe und Beförderung der Volks-
bildung; ja, alles, was mein Begleiter durch das Fenster
der Kutsche wahrnahm, die uns von Dresden nach Prag
führte, besprach den Fleiß der Bauern, den Kunstverstand
der Handwerker, den soliden Wohlstand der Kaufleute, der
producirenden und der besitzenden Classen vom Bürger-

stand bis zum Landadel und über alledem die weise ordnende, vernünftig zügelnde Hand der Zentralgewalt im kaiserlichen Wien, die auf ausgleichende Rechtsprechung, kluge Verwaltung und Gewährung regionaler Autonomie bedacht war, so daß im allgemeinen die Tschechen und die Deutschen im Lande noch friedlicher Nachbarschaft pflegten und der Nationalismus, der in der zweiten Jahrhunderthälfte immer kräftiger sein häßliches Haupt erhob, um in der ersten Hälfte des zwanzigsten Jahrhunderts aufs greulichste zu explodieren, vorerst nur in romantischen Mythen, Sagen und Liedern sich behauptete, die mir durch den Kopf gingen, als unser Reisewagen am 26. September über die Landchausseen der böhmischen Schweiz schwankte und schaukelte, und nie habe ich den Verlust des Augenlichts schmerzlicher empfunden als auf dieser Reise, die meinem lieben Boßler neben mir ein ums andere Mal leise Ausrufe des Erstaunens, ja, des Entzückens entlockte.

„Ach könntest du sie nur sehen, liebe Marianne," schwärmte mein Freund und Beschützer, „die schönbewaldeten Kuppen der vulkanischen Bergkegel, hinter denen der Gipfel des Milleschauer von Dünsten umwallt sich erhebt ins herbstliche Blau des Himmels über Böhmens Hain und Flur! Und wie fruchtbar die Äcker, wie üppig die Gärten, Wiesen und Weiden in den Flußthälern! Hier wachsen Hafer und Kartoffeln, Flachs, Raps oder Rübsen, dort gedeihen Hopfen und Powidln; Gänse-, Pferde- und Bienenzucht zeugen für Fleiß und Gelingen; weiter ferne im seegensreichen Gefild seh ich ein Spinnhaus, eine Kattunweberei und daneben im Thal eine Kornmühle zu Füßen des stattlichen Landguts, das womöglich dem Fürsten Schwarzenberg gehört, am Abhange eines Hügels, der gerade noch eine rauchende Köhlerhütte erkennen läßt, die in des Tannenwalds Schatten sich duckt. Und nun geht's über eine Brücke hinein nach Leitmeritz: sieh da, es scheint gerade Markttag zu sein; wie schön, daß der Rosse verlangsamter Trab es erlaubt, im Vorbeifahren einen Blick zu erhaschen auf die mannigfachen Producte dieses Landstrichs. Was ist da nicht alles zum wohlfeilen Kauf ausgelegt auf den Tischen der Marktstände! Dort seh ich verzinnte Löffel, Nadeln, Nägel, Waffen und Schlosserwaaren; hier liegen Bleikapseln für Mineralwässer, Zinnfolie, Lampen und Spenglerarbeiten; drüben werden Leder- und Schuhwaren feilgeboten, Handschuhe, Hüte, Knöpfe, Kinderspielzeug, Papier, Dinte und Bleistifte.

Und überall und immer wieder auf den Höhen diese Wälder, blaugrün und kühl, von Tannen zumeist, der Schmuck und Reichtum des Landes! Man schlägt das Holz für die Balken von Bauernkaten wie Grafenschlössern, brennt aus ihm die Kohle, flößt es zu Thale, verfeuert es in Schmieden, in Glas- und in Schmelzhütten und, nicht wahr, liebe Freundin, was wäre unsere böhmische Musik ohne die Holzblasinstrumente und Waldhörner, die hier angefertigt werden und selbst in den Häusern des kleinen Adels, der ein vollbesetztes Orchestre nicht sich leisten kann, wenigstens als Feldparthie aus Hautbois, Clarinette, Horn und Fagott zur Tafel aufspielt oder den Jagdherrn ergötzt bei seiner Rast auf der Lichtung."

Ich konnte ihm nur recht geben, meinem guten Boßler; es ist ja keine Frage, junger Mann, daß seit den Tagen der Mannheimer Schule, die von böhmischen Musikern gegründet und kompositorisch repräsentiert wurde, ein ausgeprägter Sinn für Bläserfarben, ein feines Gehör für den Kontrast und die Mischungen von Blasinstrumenten zum Kennzeichen jener Musiker wurde, die Böhmen seit dem Beginn des 18. Jahrhunderts deswegen in so großer Zahl hervorbrachte, weil alle Kinder der Bauern und Handwerker in jeder Stadt Böhmens in den gewöhnlichen Leseschulen Musik lernten. Und da das kleine und damals noch keineswegs überall wohlhäbige Land diese begabten Künstler gar nicht alle in Amt und Brot setzen konnte, exilierten sie sich nun in einer einzigartigen Centrifugalbewegung über ganz Europa. Jan Dismas Zelenka, Zeitgenosse Bachs und der einzige, der ihm als Kontrapunktiker gleichkam, lotete in Wien und in Dresden die Farben von Horn, Fagott und Oboe in seinen Capriccios und Triosonaten aus; Johann Stamitz, der in Paris noch unter Rameau gedient, versammelte um sich her in Mannheim, mit Fils und Richter, Cannabich und Wendling, die besten Bläser für ihren *manirierten goût*, beargwöhnt von Leopold Mozart, bewundert von Wolfgang, der bis in seine große Partita für dreizehn Bläser ex B oder die nachtschwarze achtstimmige Harmoniemusique in c-moll das Erbe der Mannheimer Böhmen pflegte; František Antonín Rosety aus Leitmeritz, jenem Städtchen, das wir gerade durchfahren hatten, Franz Anton Rösler also, wie er auf Deutsch sich nannte und seinen Namen später zu Rosetti italianisierte, bediente das Bläserensemble am Hof des Fürsten zu Oettingen-Wallerstein, die *Harmonie*, wie man solche Instrumentengruppen damals nannte, und komponierte bis zu seinem Tode im mecklenburgischen Ludwigslust eine Fülle von Oboen-, Fagott- und Hornkonzerten; und so ging es immer weiter, bis hin zu Antonín Rejcha, dem kühnen, spekulativen Kopf, gleich groß als Compositeur wie als Theoretiker, der in Paris Aufsehen erregte mit seinen experimentellen Besetzungen, Trios für drei Waldhörner etwa, Quartette für vier Flöten, über sechsundzwanzig Bläserquintette, die sein Schüler Berlioz *etwas kühl* genannt hat; und so dachte ich mir, während ich mich in den zerschlissenen Sammet meines Kutschpolsters drückte, daß all diese Bläserfarben direkt aus den kühlen tiefen Wäldern und dunklen Tannenforsten hervortönten, welche die Hügel des Böhmerlands, zumal an dessen Grenzsäumen, gegen die schlesische Lausitz, gegen Mähren, Österreich und Bayern zu, unabsehbar bedecken bis zum Horizont, durchschnitten von verschwiegenen Thälern, über denen der Nebel steht, durchzogen von Flußauen oder Hochmooren, spärlich besiedelt von den Weilern und Hütten der Köhler und Waldbauern, getaucht in Einsamkeit und Schweigen, in eine Stille, welche der Schrei des Tannenhähers und das Knacken von Geäst nur noch unauslotbarer machen, als sie in diesen Wäldern ohnehin immer ist.

Also malte mir Boßler, vor dem geöffneten Kutschfenster auf den Knauf seines Stockes gelehnt, die Farben des Landes fürs innere Auge meiner Wahrnehmung, die, wie stets aufs höchste geschärft, auf Geruch und Gehör sich zu beschränken hatte. Der Luftzug trug den Ruch von Wagenschmierfett, Kuhmist, Heumahden und Holzstößen durchs Fenster herein, und in die Ohren drang, mal nach-, mal durcheinander, das furchende Scharren und Knarren der Wagenräder auf Kies, Sand und Erde, das Schnauben der Pferde, das Krächzen der Raben in den Birn- und Apfelbäumen der Chaussee, und in den Weilern und Städten, die wir passierten, das gutturale Gewirr der Stimmen aus dem Mund deutscher Krämer, tschechischer Fuhrknechte, slowakischer oder polnischer Marktweiber und russischer Stallburschen, durchmischt vom Gemauschel galizischer Juden, dem breiten Idiom ungarischer Ochsentreiber und durchzogen vom lallenden Gebrüll Betrunkener aus geöffneten Wirtshaustüren, hinter denen die Housle aufspielte zu Polka und Skočná, Walzer und Sousedská, Dumka und Furiant.

Schwefelgelb versank die Herbstsonne hinter den Türmen der Stadt im Dunst, als unsere Kutsche auf der Karlsbrücke über die Moldau rasselte auf dem Wege zu unserer Freundin, der nun schon sechzigjährigen, in Würde ergrauten Sängerin Josepha Dušek, die seit dem Hinschied ihres Gatten František Xaver im Jahr '99 nicht mehr am idyllischen Gartenhang in jener Villa Bertramka wohnte, in der ihr gemeinsamer Freund Mozart einst zur Zeit seiner Don-Juan-Premiere Quartier gefunden, sondern jetzt in

einer Witwenwohnung am Welschen Platz auf der Klein-
seite residierte, wo wir für zwei, drei Tage gastliche Aufnahme erwarten durften. Vater und Sohn Mozart hatten
Josepha nicht nur als Freundin, sondern, im Gegensatz zu
manchen Kritikern, auch als Sängerin so hoch geschätzt,
daß Wolfgang ihr eine Scena und mehrere Concert-Arien
schrieb; und Franz Xaver, der aus dem nordostböhmischen
Choteborky stammte, hatte als Pianist so viel gegolten, daß
er mit Jan Ladislav Dušek aus Časlav, der als Virtuos auf
dem Fortepiano in London zu Ehren gekommen und ein
halbes Jahr vor unserer böhmischen Reise in Paris gestorben war, bis heute ein ums andere Mal verwechselt wird.

Unsere Gastgeberin erwartete uns auf der Treppe. Ich,
die ich der Freundin seit fünfzehn Jahren nicht mehr begegnet war, durfte ihr das Gesicht betasten und fand, sie sei
die nämliche geblieben, als die ich sie in Erinnerung behalten: Unter üppig gelocktem Haar ein fülliges Rundoval mit
großen, etwas glubschigten Augen unter schwerhängenden
Lidern, eine kleine, spitzichte Nase über einem herzförmig
aufgeschwungenen Mund zwischen runden Wangen, darunter ein fleischichtes Kinn und ein kurzer, dicker Hals.
Nein, Josepha war nie eine Schönheit gewesen, aber die
seelenvolle Güte, die sie auszeichnete und um deretwillen
sie von vielen geliebt wurde, hatte ihre Züge geprägt und,
wie ich mit Freude mir ertastete, bis heute nicht verlassen.

Der Salon, in den wir geleitet wurden, war schon von einigen Kerzen erleuchtet, die an einem Pleyelschen Claviere
brannten, das Josepha (die an ihm sich selbst zu begleiten pflegte) um seines silbernen, ein wenig verschleierten
Klanges und leichten Anschlages wegen besonders liebte.
Ihm entlockte sie, wie sie mir sagte, „Töne, liebe Marianne,
die deiner Harmonika anzugehören scheinen, die durch
Vermählung von Kristall und Wasser so sinnreich kon-
struiert ist und deren poetisches Monopol das romantische
Deutschland besitzt — "

„— Das ohne England und Italien nie romantisch geworden wäre," durfte ich, ohne die Freundin zu kränken,
hinzusetzen. „Das ist richtig," gab sie lachend zurück, „allein — wer von uns denkt denn noch an Römische Ruinen
oder an Yoricks empfindsame Reise, wenn wir bei unserem
Jean Paul lesen *Der Zephir des Klanges, die Harmonica,
flog wehend über die Gartenblüthen und die Töne zeigten
sich auf den dünnen Linien des aufwachenden Wassers?*
Doch laß uns zum Souper hinübergehen, meine Liebe."

An der Abendtafel begrüßten uns zwei weitere Gäste,
ein Schüler Dušeks namens Vincenc Václav Mašek aus
Zwikowetz, und Venceslav Tomašek aus Skuteč; beide
komponierten, auch für die Glasharmonika, und es konnte
nicht ausbleiben, daß unser Gespräch über der mit Mehl-
klößen, Eierschwammerln, Topfengolatschen, Palatschin-
ke und Pilsner Bier reich gedeckten Tafel um die Musiker
des Landes kreiste: Um Benda — um Brixi — um Gyrovec,
der sich entschlossen, sein Glück in Italien zu suchen; Mozart, der eine seiner Symphonien in seinem eigenen Sub-
skriptionskonzert auf der Mehlgrube aufgeführt, beneidete
ihn: *Sie glüklicher Mann! Ach könnte ich mit Ihnen reisen,
wie froh wäre ich!* Zwei Jahre studierte Gyrovec in Neapel, ging im Revolutionsjahr '89 nach Paris, anschließend
nach London, wo er sich '91 Haydns annahm: einer jener
umtriebigen, rastlos produktiven, langlebigen Meister, an
denen unsere Zeit so reich war — um Václav Pichl, Kapellmeister und Operndirektor in Mailand und Monza,
Übersetzer der Zauberflöte ins Tschechische und im Palais
Lobkowitz mitten im Dirigieren von einem Schlagflusse
niedergestreckt — um Wenzel Stich, der seinen Namen zu
Punto italianisierte — um Dušeks Freund Leopold Antonín Koželuh, wie Mozart ein Lehrer der blinden Marie
Therese von Paradies; auch Napoleons zweite Frau Marie-
Louise hat er unterrichtet und, wie Haydn, für Thomson
in Edinburgh schottische Volkslieder bearbeitet — um den

vor vier Jahren verstorbenen Pavel Vranicky, Sohn eines
Gastwirts und Postdienstmeisters, Mozarts Altersgenossen
und Logenbruder, den Herr von Goethe 1796 um die Ver-
tonung seiner Fortsetzung der *Zauberflöte* ersucht hatte
und der, statt dessen, ein Jahr später eine *Grande Sinfonie
caractéristique pour la Paix avec la République françoise*
schrieb einschließlich solcher Sätze wie *Englischer Marsch*,
Revolution und *Das Schicksaal u. der Todt Ludwigs*, der
Gute, als hätte er nicht gewußt, wie brüchig dieser Friede
von Anfang an gewesen — um den noch ganz jungen,
hochbegabten Jan Hugo Voríšek aus Wamberg — und
um Mozarts Freund, den (zeitweilig geistesgestörten) Jan
Křtitel Vanhal, dessen Schlachtensonaten (Mašek höhnte
ihrer als einer „Böhmischen Schlachteplatte") unser Miß-
fallen fanden, auch wenn wir zuzugeben bereit waren, daß
kein notleidender Künstler — und Vanhal war ja, nicht
wahr, einer der ersten Freischaffenden seiner Zeit — dafür
zu tadeln sei, wenn er ums liebe Brot Gefälligkeiten liefere
für ein auf Sensationen lüsternes Publicum.

Die Rede kam auch auf den vor über fünfzig Jahren
dahingegangenen Anton Fils, der schon als Siebenund-
zwanzigjähriger ins Grab sank. „Schade, daß dieser vor-
treffliche Kopf wegen seines bizarren Einfalls, Spinnen
zu essen, vor der Zeit verblüht ist," meinte Tomašek, und
fügte bei: „Überhaupt besaß Fils einen ganz besonderen
musikalischen und physikalischen Charakter. Er hatte viel
Brittisches in seiner Physiognomie und in seinem ganzen
Seelenzuschnitt." — „Und stammte, da er sich nie ‚Antonín' schrieb, womöglich aus Bayern, nicht aus Böhmen,"
wandte Mašek ein, „im Unterschied zu Josep Mysliveček,
unserem waschechten Tschechen, Italiens *divino Boëmo*:
auch er ein guter Freund Mozarts, der schon seit den frühen sechziger Jahren in Mailand und Neapel für die Oper
tätig gewesen ist und dessen Sonaten, anders als diejenigen
Clementis, Mozart seiner Schwester mit *gehöriger Preci-*

sion und *vieller expreßion, gusto und feuer* zu spielen an-
empfahl. Sein Ende war, wie ihr ja alle wißt, elend; Mozart
berichtet von einem Besuch: *wenn sein gesicht nicht wäre,*
so wäre er völlig der nämliche voll feuer, geist und leben.
ein wenig mager, natürlich; aber sonst der nämliche gute
und aufgeweckte Mensch. wie seine krankheit am stärck-
sten war, machte er eine opera nach Padua. na nuzt nichts,
man sagt es auch hier selbst, daß ihn die Doctors und Chir-
urgi hier verdorben haben. es ist halt ein förmlicher bein-
krebs. der chirurgus Chaco, der Esel, hat ihm die Nase weg
gebrennt; man stelle sich iezt den schmerzen vor."

Mašek warf die Frage auf, ob es ein Gemeinsames gebe,
das allem böhmischen Komponieren zugrunde liege. Josepha brachte den Einfluß der Volksmusik ins Spiel, Boßler
sprach von der Neigung zu bizarren Rhythmen und irregu-
lären Metren, ich erinnerte an die Vorliebe für Bläserfarben,
Tomašek sprach vage von einer gewissen stämmigen, eigen-
sinnigen Querköpfigkeit, einer Neigung zum Obstinaten,
auch Cholerischen, wie es etwa aus Zelenkas *Hipocondrie*
à 7 concertanti herauszuhören sei, die durchaus als Charak-
terstudie im Rahmen einer musikalischen Temperamenten-
lehre, nämlich als ein Essay über das specifisch böhmische
Schwanken zwischen weichlichter Wehmüdigkeit und
störrischem Aufbrausen verstanden werden dürfe. Davon
abgesehen jedoch gebe es in der Kunstmusik nationale Ei-
genheiten eigentlich gar nicht; schon zweihundert Jahre vor
dem Aufkommen des Notendrucks seien Komponisten
bereits Handelsreisende in eigener Sache gewesen, immer
unterwegs, oft auch in nicht musikalischem, sondern poli-
tischem Auftrage oder diplomatischer Function herumge-
reicht von Hof zu Hof, von Land zu Land; und so spreche
auch in unseren Tagen die Kunstmusik — er müsse sagen:
zum Glück — ein internationalisiertes, gesamteuropäisches
Idiom, das von Madrid bis Petersburg, von Stockholm bis
Neapel in seiner Grammatik und seinem Vokabular weit-

gehend genormt und vereinheitlicht sei. Nicht auszuschließen, daß künftige Generationen von Tonsetzern dagegen
würden Protest anmelden wollen mit einer forcirten Her-
ausbildung von Nationalstilen, aber ob das der Musik zum
Guten ausschlagen werde, bleibe dahingestellt.

Mašek selber beantwortete sich die Frage zu unserer
Überraschung auf kritische Weise, indem er von einem
bedenklichen Hang zur Anpassung ans musikalische juste
milieu sprach, von einer Neigung zum Gefälligen und
Unterhaltsamen, die zweifellos aus den öconomischen
Zwängen jener enormen Concurrenz herrühre, die unter
den immer zahlreicher werdenden Künstlern walte, welche
auf dem freien Markt um die Futtertröge der erstarkenden
Bürgerclasse sich rauften und dabei gar nicht umhin kämen,
sich bis zur Selbstverleugnung dem Populargeschmack zu
assimiliren. Dem Widerspruch, sich einerseits nur durch
forcirte Individuation ein Stück aus dem Kuchen schneiden
zu können und andererseits, aller Absicherung durch eine
Anstellung bei Hof oder Kirche ledig, sich selbst doch auch
nicht durch allzuviel Eigensinn aus der Schaar der Mit-
bewerber katapultiren zu wollen, sei kaum mehr standzuhalten. Gewiß, mit dem gewachsenen Markte, etwa des
internazionalen Notendrucks, seien die Absatzchancen für
Composizionen gestiegen; gleichzeitig aber schwinde ihre
Mäcenirung durch den Adel, der, um seine Erträge und
Revenuen fürchtend, einen rigiden Sparkurs verfolge, seine
Privatkapellen auflöse und Musikern, die er entlasse, nicht
mehr jenen Freiraum, jene Schutzzone gewähre, in der sie,
wie einst Haydn in Estoras (Gott hab' ihn seelig), *original
werden* könnten. Wo es noch Vacaturen gebe, seien diese
nurmehr mager entlohnt, knapp terminirt und schlecht
abgesichert, das heißt, jederzeit bedroht von vorzeitiger
Vertragsauflösung. Gewiß, auch früher sei nicht alles Gold
gewesen, was an Fürstenhöfen geglänzt, man müsse nur
an das elende Antechambrieren und Betteln um Aufträge

denken, mit dem Mozart sich beim Churfürsten von Mannheim gedemütigt habe, der ihm ein ums andere Mal mit der
Beteuerung *ja liebes Kind, es ist halt keine Vakatur da* frech
ins Gesicht gelogen — von den Impertinenzen des Salzbur-
ger Fürstbischofs ganz zu schweigen —, gleichwohl sehe
er, Mašek, voraus, daß mit der beginnenden Capitalisirung
des Musikmarktes die Dinge sich eher zum Schlimmeren
als zum Besseren wenden würden, so daß womöglich in
zweihundert Jahren das Diktat des Geldes im Verbund mit
dem geschmacksdefinierenden Diktat der Presse, welche
ihrerseits zunehmend weniger nach den Kriterien der Sache selbst als nach den Gewinnzwängen jener Financ-In-
vestoren sich werde ausrichten müssen, von denen jene,
wie nachgerade alles auf der Welt, dann wahrscheinlich
vollkommen abhängig sei, das Componiren, Schreiben
und Malen freier Künstler zu einem selbstmörderischen
Wagestück werde geraten lassen, einem Hazard, über den
diesen nicht einmal mehr zu klagen erlaubt sein werde, da
es dann zum ideologischen Kernbestand besagter Journale
und ihrer Lohnschreiber zählen werde, Künstlern, die dieses täten, vorzuhalten, sie hätten ihre Berufsentscheidung
ja doch freiwillig, im vollen Bewußtsein des Lebensrisikos,
getroffen: Was ein ganz abwegichtes, törichtes Argument
sei, da noch kein Mensch auf Erden jemals die ihm von
einem Quartier-, Arbeit- oder Geldgeber diktirten Con-
dizionen *zur Gänze* zustimmend, ohne Vorbehalte gegen
specifische Klauseln hingenommen, sondern jene, ob es sich
nun um einen Mietcontract, eine Commission oder einen
Anstellungsvertrag handele, stets *sub reservatione mentalis,*
mit knirschenden Zähnen und geballten Fäusten zu akzep-
tiren genötigt sei, da er aufgrund seiner unterlegenen weil
abhängigen Position gar nicht über das Privileg verfüge,
Vertragsbedingungen *frei & äquivalent* auszuhandeln.

Es lag nahe, daß Tomašek mich hier fragte, warum ich
mich ohne Not, aus freien Stücken, vom Concertpodium

verabschiedet und, nachdem ich ihm dies beantwortet, nach dem Zweck meines Besuches in Böhmen sich erkundigte. Ich gab ihm zur Antwort, daß ich im Auftrag des Darmstädter Hof- und Cammermusicus Pohl, dessen Vater seit 1785 im nordböhmischen Kreibitz Glasharmonikas herstelle, in anderen Landesteilen, also etwa im Süden oder Südosten Böhmens, zugunsten meines Instrumentes Erkundigungen nach den Fortschritten und neuesten Entwicklungen in der Glas- und Kristallherstellung einziehen wolle; worauf Tomašeks Leibesfülle unterm Frack begeistert in Wallung geriet, indem er mir sagte, dies treffe sich ja hervorragend; er stehe nämlich schon seit Jahren in Diensten des Grafen Jiri František von Buquoy, und dieser habe in seinen Glashütten bei Gratzen ein Hyalith- oder Lavaglas entwickelt, welches die Basaltware der englischen Manufactur *Wedgwood* zum Vorbild habe. Vielleicht sei mir bekannt, daß die Productionsstätte der Briten sinnigerweise *Etruria* heiße, da ja die Manufactur ihr Design nach jenen antiken pompejanischen Gefäßen forme, die ihr einst der Botschafter seiner Majestät in Neapel, Sir William Hamilton, zum Modell übersandt. Freilich, so alt wie die Hütte in Kreibitz, die seit 1414 bis heute ohne Unterbruch tätig sei, seien die gräflichen Glashütten unter der Leitung Carl Stölzles in Gratzen, Georgenthal oder Chlumetz bei Wittingau nicht, gleichwohl sei der lange Weg gewiß der Mühsaal des Reisens wert, da ich dort die aufschlußreichsten Eindrücke mir verschaffen und für meinen Auftraggeber mit nach Hause bringen könne; mit einem Recommendationsbrief beim Grafen wolle er mir gern Entrée verschaffen, etwa auch zu der Kristallhütte von Greisenau, die allerdings in einer äußerst abgeschiedenen, ja er müsse schon sagen, trostlosen um nicht zu sagen gottverlassenen Gegend stehe, allein er entbiete sich gern zu dieser kleinen Gefälligkeit; ein Wink genüge, und der Brief von ihm sei schon auf der Post.

Boßler und ich berieten in der Nacht die Sache und fanden zuletzt, sie sei zumindest eine Excursion wert. Beim Frühstück ließen wir Tomašek unsere Entscheidung zukommen; danach machte sich mein Begleiter auf einen Weg durch die Stadt, um einen gedeckten Zweispänner, besser noch eine geschlossene Kalesche zu mieten; die Strecke nach Greisenau lag ja abseits der officiellen Posten für die habsburgischen Diligencen, und der marode Zustand der Straßen machte eine solid gewagnerte, gutgefederte und -gepolsterte Kutsche unverzichtbar.

Am Abend besuchten wir im Nostitztheater eine Aufführung von Mozarts *Don Juan oder Der steinerne Gast*, und setzten am folgenden Tag die Suche nach einem geeigneten Wagen fort. Am Ende gelang es Boßler, einem Wagner am Neustädter Ufer eine Kutsche abzuhandeln, die robust genug gebaut schien, um auch den gröbsten Unbilden des Weges standzuhalten, und ganz in Schwarz lackiert war, was ihr das Aussehen eines Leichenwagens verlieh, woher ich das wisse, fragen Sie? Nun, junger Mann, für Blinde haben Farben unabhängig davon, welchem Material sie aufgetragen sind, eine je specifische Temperatur, die unsereins schon durch bloßes Handauflegen erspüren kann; Rot fühlt sich für den Tastsinn anders an als Grün, Blau unterscheidet sich von Gelb, und im Vergleich zum eisigen Weiß erscheint der hypersensitiven Hand das Schwarz jedweder Oberfläche beinahe schon in Heißglut zu stehen.

Mühsamer war das Unterfangen, einen Lohnkutscher zu dingen. Wen immer wir bis zum Abend aus seiner armseeligen Hütte klopften — sobald wir unser Reiseziel nannten, vermochten weder gutes Geld noch gute Worte die Männer zu einem Dienst zu verlocken, den sie andernfalls nimmer ausgeschlagen hätten: Dann schlugen sie das Kreuz – und uns die Türe vor der Nase zu; erst gegen Mitternacht ließ sich ein Slowake namens Petr, den wir in der Vorstadt aus einem Verschlage geklopft, den sich der Trunkenbold mit

Frau und dreizehn Kindern teilte, von einem gutgefüllten Beutel Reichsthaler und dem Versprechen einer Extra-Gratifikation bei zuverlässigem Transport dazu erweichen, morgen in der Frühe gestiefelt auf den Bock zu steigen und Zügel und Peitsche zu ergreifen für eine Fahrt ins Ungewisse.

Wir beluden noch am Abend den Wagen mit unserer Bagage und gingen früh zu Bett. Josepha ließ es sich nicht nehmen, in stockdunkler Herrgottsfrühe mit uns auf-zustehen; sie ließ uns Strohsäcke zum Wärmen der Füße aufladen und vergaß auch nicht, mit einem Fourage-Korb, in dem Kuchen, gesottenes Huhn, Brot und eine Flasche Wein sich befanden, uns für die Fahrt zu proviantieren. Petr bequemte sich mit einer Stunde Verspätung herbei-zustiefeln, was uns kein gutes Omen dünkte; er roch nach Schnaps und Stallmist, war mürrisch und unausgeschlafen, und während er die Pferde einschirrte, nahmen Boßler und ich Abschied von Josepha, die uns, wie ich an mei-ner benetzten Wange spürte, mit Thränen in den Augen umarmte. *Gebt auf euch acht, ja?* schluchzte sie, und ich strich der Freundin tröstend über die Wange und sagte, was man in solchen herzzerreißenden Momenten zu stammeln pflegt, etwas wie *Ach du dummes Mädel, was sollte uns denn zustoßen?*

Die Peitsche knallte, die Gäule zogen an, und rasselnd setzte sich unser Wagen in Marsch, über die Karlsbrücke und durchs Neue Tor hindurch auf die Landstraße gen Tabor und Budweis. Der Morgen war kalt und, wie die starke Feuchte auf meiner Haut mir sagte, neblicht und trüb. Boßler war außergewöhnlich schweigsam auf der Fahrt. Die Begeisterung, die er im Norden des Landes mir noch mitgeteilt, schien von ihm geschwunden; über Stunden sprach er kein Wort, sondern schien nur hin und wieder schwer zu seufzen. Ich hielt dies zunächst für einen Ausdruck von Müdigkeit, dann frug ich ihn im Scherz, ob

er seine Lust am Schwärmen im Prager Quartier liegengelassen, worauf er schließlich seiner Bedrückung Ausdruck
gab, indem er verriet, es sei ihm einiges nicht geheuer beim
Hinausschauen aus dem Wagenfenster. Es liege ihm nichts
daran, mich zu beunruhigen, aber er könne nicht länger
verschweigen, daß die Menschen, die unserer Kutsche ansichtig geworden, sich bekreuzigt und mit allen Anzeichen
der Furcht im Gesicht sich von dem Anblick abgewendet;
ja, eine Gruppe Bauernweiber, die vor einem Gnadenbild
am Wegrain zur Andacht niedergekniet, seien, als wir vor-
beigetrabt – vor etwa einer Stunde sei dies gewesen – unter
Schreien aufgestoben und davongerannt, als sei der Leib-
haftige hinter ihnen her.

Anderswo seien die Straßen, in Dörfern etwa, die doch
sonst von munterem Marktvolke wimmelten, menschenleer gewesen, als hätten die Bewohner, vor unserer Ankunft
gewarnt, sie fluchtartig verlassen. Noch unheimlicher seien
ihm jene Gestalten gewesen, die vor kurzem, zwischen
dem Städtchen Chribská und dem Weiler Marienthal,
reglos am Wegrand gestanden in grauen Regenpelerinen,
die Forke, den Rechen oder die Sense in der Hand, wie
Vogelscheuchen, aus grauen wie erstorbenen Mienen uns
nachschauend mit Augen, die ins Weiße verdreht; wie Lei-
chensteine auf einem Gottesacker hätten sie da gestanden,
starr und stumm, leeren Blicks, und die Gegend, durch die
wir just eben führen, auf der Straße von Chlebnowitz nach
Marktneudorf, sei auch nicht gerade dazu angetan, ihm das
Gemüt zu erheitern. „Fast muß ich dich um deine Blindheit beneiden, liebe Freundin," sagte er, „denn andernfalls
fiele dein Blick nur auf eine Einöde aus Haidekraut, auf
denen Pfade richtungslos sich kreuzen, spärlich bewachsen
von Birken und krüpplichten Sumpf-Erlen, bedeckt von
totem Geäst, kalkweiß ausgebleicht wie Knochen, und nur
der Schornstein einer Ziegelbrennerei in der Ferne verrät
hier noch etwas von menschlicher Industrie."

Auch unser Kutscher schien es eilig zu haben, die ungute Gegend zu passieren, indem er die Gäule mit beständigen, nach links und rechts ausgeteilten Peitschenhieben zu scharfem Galopp anhielt, so daß wir in unseren Wagenpolstern hart hin- und hergerüttelt wurden. Boßler klopfte mehrmals protestierend mit dem Knauf seines Stockes gegen das Bockfenster, aber Petr wollte oder konnte dessen nicht achten, sondern hetzte ungeachtet der beschränkten Sicht seine schweißtriefenden Mähren weiter unbarmherzig über Stock und Stein durch den Nebel.

Als die Dämmerung auf tiefe Tannengründe sich senkte, hielten wir Ausschau nach einem Nachtquartier. Der Wirt des ersten Gasthauses, vor dem wir haltmachten, scheuchte uns mit der Behauptung weiter, alle seine Betten seien bis unters Dach bereits belegt, was angesichts der Totenstille im Hause mehr als zweifelhaft schien; auch die folgenden zwei Häuser, in denen wir um Logis ersuchten, wiesen uns ab; erst beim vierten Versuch ließ sich der Pächter einer Branntweinkaschemme am Rande eines erbärmlichen Gänsedorfs namens Stanoviče dazu herab, Boßlern und mir eine spinnwebichte Kammer unterm Dach anzuweisen; Petr könne im Stroh bei den Pferden schlafen; und als sein Weib zeternd zu Einwänden anhub, schickte er sie mit einem auf Tschechisch heiser gezischten Fluch, der uns, wiewohl wir kein Wort verstanden, bedrohlich genug vorkam, in die Küche für ein Nachtmahl, das uns im Schankraum, aus dem die wenigen Gäste bei unserem Eintreffen schweigend sich davongeschlichen, aufgetragen wurde. Wir ließen es stehen, da es aus kalten Schweineneiren mit Hafergrütze bestand, welches wir nicht glaubten hinunterbringen zu können, und gingen zu Bett.

Am nächsten Morgen brachen wir zeitig auf, nachdem wir erst noch Petr auf dem Heuboden aus den Armen einer betrunkenen Stallmagd zerren mußten. Der Nebel war womöglich noch dichter und kälter als am Vortage; wir stärkten uns im Wagen am Proviant, den uns die gute Josepha mitgegeben, während unser Kutscher die angeschirrten Pferde mit *Hussa!* und *Hurrr!* und *Hüah!* zur Eile antrieb — zu einem Galopp, der bald genug in Trab überging, welcher alsdann zu Schritt sich verlangsamte, da die Straße immer unwegsamer wurde und zuletzt nurmehr als zwei Furchen sichtbar war in einem schlammigen Morast, in dem die Räder ein ums andere Mal steckenblieben, was uns zum Aussteigen und Anschieben nötigte, während Petr, dessen abergläubischer Furcht nun auch Überdruß und Wut sich beigesellt hatten, ausspie und fluchte und damit drohte, diesen vermaledeiten Dienst eher jetzt als später zu quittieren.

Hätten wir seiner Drohung nur geglaubt! Dann wäre uns der Schrecken erspart geblieben, der uns in die Glieder fuhr, als wir nach einer Rast unweit des Städtchens Schlachtentreu, im Verlauf deren Petr kurz auszutreten bat, so lange seiner Rückkehr harrten, bis uns bewußt wurde, daß er, nachdem er aus unserer Tasche den Beutel mit dem gesamten Fuhrlohn entwendet, tatsächlich das Hasenpanier ergriffen und uns im Unwegsamen alleingelassen hatte. Und hier muß ich nun ein Loblied auf meinen verstorbenen Boßler singen, junger Mann, da sich der Gute von dieser Fatalität nicht entmutigen ließ, sondern sich beherzt auf den Bock schwang und, da er sich zum Glück mit einer präcisen Charte Böhmens versehen hatte, den Rest des Weges ohne größere Schwierigkeiten fand, so daß wir am späten Nachmittag, nachdem wir den Weiler Greisenau durchquert, auf der Straße uns befanden, die sich in jenen Thalkessel hinab senkte, in dem die Glashütte des Carl Stölzle mitsamt Wirtschaftsgebäuden, Stallungen und einem ehemals herrschaftlichen, nun freilich heruntergekommenen Gutshause unserer Ankunft harrten.

Vor der Türe begrüßten uns der Hüttenmeister, Bohumil Čopek mit Namen, und zwei seiner Gesellen; Čopek hatte ein einnehmendes Gebaren, dazu eine allerdings befremdliche Stimme in weibischem Falsett, die, wie mir Boßler später verriet, gut zu seinem zwergenhaften Wuchs passe, welcher im auffallenden Gegensatz zu den ungeschlachten Gesellen gestanden, die wir darauf, um ihrer Hünenhaftigkeit willen, im Scherze Gog und Magog tauften; zum Haushalte scheine, so ergänzte Boßler, neben einigen Bedienten bloß noch der Vater des Meisters zu zählen, der schon so hinfällig sei, daß er, im Lehnstuhl hin- und hergetragen, nurmehr ein weinerliches Lallen und Sabbern von sich zu geben imstande sei.

Man bot uns an, gleich morgen vormittag die Glasöfen uns zu zeigen; für heute sei es dafür zu spät; wir mögten uns auf der Gästekammer ein Weilchen ausruhen und dann ein Abendessen im Speisesaal nehmen, das bereits in Zubereitung sei. So taten wir; und als wir uns zum Mahl im Saale einfanden, einem langen ungeheizten Gewölbe, dessen Wände reihum mit Hirschgeweihen und ausgestopften Birk- und Auerhähnen behängt waren — offenbar war das Herrenhaus vorzeiten eine Försterei gewesen —, wurden wir mit zwei weiteren Gästen bekanntgemacht, zweien Studiosis der Hüttenwissenschaft und Metallurgie, die aus Pilsen zur Besichtigung angereist, Franz Xaver der eine, Jiri Nepomuk der andere, lustige guthmütige Bursche, nicht ohne Witz, mit Backenbärten, Sturmfrisuren unter Renaissance-Kappen, à la mode das heißt altdeutsch gekleidet mit Westen und weiten Hemdärmeln; der eine trug, wie Boßler mir schilderte, eine kleine Lesebrille, wie sie durch Schubert berühmt geworden, und der andere rauchte eine langstielige Pfeife mit einem Porzellankopf, der von einem emaillierten Deckel geschlossen wurde, welchem eine miniaturisierte Scene hübsch aufgemalt war.

Wir waren müde und verabschiedeten uns von den munteren jungen Leuten früh zur Nachtruhe. Jene schienen, wie es das Privileg der Jugend ist, noch keineswegs des

Schlafes zu bedürfen, sondern nahmen, wie wir beim Auskleiden aus dem geöffneten Gaubenfenster unseres Dachkabinetts hörten, welches mit nicht mehr als je einem Stuhl, Kasten, Bett, Henkelkrug und Nachtgeschirr versehen war, vor dem Hause unten auf der Terrasse Platz, um ihre angeregte Konversation fortzusetzen. Der Nebel schien sich unterdes gelichtet zu haben, die Nacht versprach klar und mild zu werden, der Himmel leuchte, so schwärmte Boßler, im reinsten Indigo, und über den waldichten Saum jener kreisrunden Wiesenmulde, in der unser Haus stand und deren Hänge gleich dem Krater eines vor Urzeiten erloschenen Vulkans in ebenmäßiger Wölbung anstiegen, erhebe sich soeben die riesige blutrote Scheibe des Vollmonds.

Allein wie müde ich mich auch schlafen gelegt — im Bett schien der Schlaf mich fliehen zu wollen. Reglos und wach lag ich auf der Seite, zum Fenster gewandt, während Boßlers tiefe Atemzüge schon in Schnarchen sich verzerrten, das ich mir vergeblich in den einschläfernden Waldfrieden eines ratschenden Sägewerks zu übersetzen suchte. Drunten im Gebüsch flötete, so spät noch im Jahr, eine letzte Nachtigall, hie und da drang das Kwiezen eines Käuzchens durchs Fenster, und darein mischte sich das Gespräch der Studenten, deren Diktion mich, ich weiß nicht, warum, junger Mann, an die Serapionsbrüder unseres Gespenster-Hoffmann gemahnte. Das Tote, Starre der Maschinenmusik und die widrige Spielerei mit musikalischen Maschinen und Automaten habe ihm von jeher ein quälendes Mißbehagen bereitet, so setzte der eine das Gespräch fort, während sein Freund dagegenhielt, ihm schienen alle solche Versuche, aus metallenen, gläsernen Zylindern, Glasfäden, Glas, ja Marmorstreifen Töne zu ziehen, im höchsten Grade beachtenswert, da das Ziel dieser Bestrebungen die Auffindung des vollkommensten Tons sei; er halte den musikalischen Ton für desto vollkommener, je näher er den geheimnisvollen Lauten der Natur verwandt sei, die noch nicht ganz von der Erde gewichen, und daher scheine ihm, daß etwa die *Harmonika* rücksichtlich des Tons sich gewiß jener Vollkommenheit, die ihren *Maßstab in der Würkung auf unser Gemüth* finde, am mehrsten nähere, und es eben daher schön sei, daß gerade dieses Instrument, welches Naturlaute so glücklich nachahme und auf unser Inneres in den tiefsten Beziehungen so wunderbar wirke, sich dem Leichtsinn und der schalen Ostentation durchaus nicht hingebe, sondern nur in der heiligen Einfachheit ihr eigentümliches Wesen behaupte. Hör das Gedicht, guter Freund, so setzte er fort, das ich auf Franklin gemacht:

Welcher Unsterbliche / hat die goldbekränzten Glok-ken / an den Stab des Stahls / ineinander gefügt / und das gewindelte Kind / in den geheimnisvollen Sarg gelegt? // O du Sarg, in dir schlaffen / des Luftreichs Geister alle / ge-bannt der Töne heilige Schaar / und es wird durch erlösend Berühren / springen frei hervor / gewaffnet mit wonnege-tauchtem Speer / und schwärmen unsichtbar unsere Biene / zu stechen des Sterblichen Herz. // Darum weint wer die Glokke nur hört und träumt vom Olympos / und von le-theischer Nacht duftet Vergessenheit ihm.

Unter diesen Worten mußte ich entschlafen sein, als ich irgendwann zu unbestimmbarer Stunde vom dumpfen Ge-polter in einer der ferneren Kammern erwachte, bald aber, da dem Rumor weiter nichts folgte, wieder entschlummer-te und bis zum Morgen durchschlief.

Beim Frühstück erfuhren wir, Jiri Nepomuk sei ver-schwunden. Er habe zur Nachtruhe sich verabschiedet und am Morgen habe man sein Bett zerwühlt und leer gefunden. Sein Freund war außer sich vor Unruhe und raufte sich, im Zimmer auf und ab laufend, das Haar; auch der Hüttenmeister war in Sorge und hatte bereits einen Suchtrupp mit einem Rudel Bullenbeißer losgesandt, die am Rock des Verschwundenen die Fährte aufgenommen und seine Spur verfolgen sollten. Boßlern und mir, die wir den jungen Freund nach Kräften zu beruhigen suchten, ging die Fatalität nahe; um uns auf andere Gedanken zu bringen, lud uns Čopek zur Besichtigung der Glashütte ein, die ohnehin für diesen Morgen geplant gewesen, und um sich abzulenken, schloß sich der arme Franz Xaver unserer Visite an.

Zunächst machte man uns in einem Ausstellungsraume im Seitentrakt des Herrenhauses mit den Erzeugnissen der Hütte bekannt, geriffelten Schüsseln und Schalen aus Kristall für das Tafelgeschirr, Lampenschirmen in der Form von Glockenblumen und zierlich gewölbten Blütenkelchen, Humpen und Trinkgläsern aus Weiß- und Rubinglas mit vergoldeten Rändern und eingefärbten oder -gravierten Wappen, Jagdmotiven oder Scenen aus der antiquen Mythologie; schließlich zeigte man uns die Kalotten für die Harmonika in allen Größen für beinahe vier Oktaven, und ich durfte zur Probe auch einmal mit dem angefeuchteten Finger über einen der klingenden Kelche streichen, um mich von der Reinheit seines Tons und der Perfection seines Schliffs zu überzeugen. Optische Gläser, versicherte Čopek, würden in dieser Hütte nicht producirt, da für das Schleifen achromatischer Konkav- oder Konvexlinsen eine specielle Technik gefordert sei, über die seine Beschäftigten nicht verfügten.

Wir gingen sodann über den gepflasterten Hof hinüber zu einer der Hütten, die uns, kaum daß wir sie betreten, mit der schier unerträglichen Hitze, die in ihr herrschte, den Atem verschlug; die Temperatur dürfte mindestens 60° C betragen haben und die sechs mit Schutzbrillen, Handschuhen und Lederschürzen gewappneten Höllengeister, die in diesem glühenden Inferno ihre Arbeit versahen, waren genötigt, gegen den Wasserverlust ihres Körpers, den der unablässige Schweißfluß verursachte, mit wiederholten Schlucken aus großen Bierkannen anzugehen, die zu diesem Zwecke bereitstanden. So beschrieb mir Boßler das Bild und setzte hinzu, gegen den blendenden Glasfluß aus dem Schmelzofen und das gleißende heißauflodernde Feuer in seinem Innern, aus unerschöpflichen Wäldern unablässig genährt vom Holze, das eine besonders heiße und von Asche- und Kohlenteilen reine Flamme gewähre, seien die schweigsam geschäftigen Beelzebuben in dieser Unterwelt teils nur als wandelnde Scherenschnitte, teils in scharf konturierendem Seitenlichte zu sehen wie auf den Schmiede-Bildern des Joseph Wright von Derby, der ja schon um 1771 mit Sepia auf Papier in zwei Versionen das *Interior of a Glass-House* laviert habe, nämlich dasjenige Wedgwoods zu Etruria, welches dem hiesigen vollkommen gleiche, er habe die Blätter ja gesehen seinerzeit, als wir in England auf Tournee gewesen.

Hier nun waren die Arbeiter dabei, die durch Schmelzen erzeugte, bei hoher Temperatur und beim Austritt aus einer der sechs Öffnungen des Glashafens noch dünnflüssige, hell rotglühende, beim Erkalten mählich aus dem zähflüssigen in den starren Zustand übergehende amorphe Masse, welche aus Verbindungen der Kieselsäure mit Kalk und Kali oder Natron besteht, in Form zu bringen mittels eines anderthalb Meter langen Rohres, *Pfeife* genannt, welches am untern Ende trompetenartig erweitert, am obern Drittel mit einer Umhüllung von Leder und am Ende mit einem Mundstück versehen war. Diese Pfeife tauchten die Arbeiter in die zähflüssige Glasmasse, drehten sie einige Male um ihre Längsachse, zogen sie dann heraus und bearbeiteten die Masse sodann hin- und herwälzend auf der eisernen Marbelplatte, platteten sie mit dem Plätteisen geschickt hier und da ab, bliesen die Masse noch einmal auf, ließen die Pfeife nunmehr horizontal rotieren, zogen die Masse mit einer federnden Zange aus, plätteten, klopften, schlugen sie weiter, schnitten oder schlugen überstehende Teile von ihr ab, drehten drückten bliesen schnitten in flinker Folge, im Wettlauf mit dem raschen Erkalten des Glases, sprengten zuletzt mit einem gezielten Schuß Wasser auf die immer noch, wenn auch nurmehr tiefrot glosende Masse das Gefäß vom Stengel ab und durften, nachdem sie mit derart virtuosem Kunstverstand eine Bouteille oder einen Kelch geschaffen, welcher nun zum Erkalten deponiert ward, an einem Schluck Bier aus der Kanne sich laben.

Lange konnten wir nicht aushalten; die Hitze ward unerträglich; Boßler fürchtete, ich könnte in eine Ohnmacht fallen, also gingen wir alle ins Freie. Beim Hinausgehen stieß Franz Xaver mit dem Schuh leis scheppernd gegen ein Stückchen emailliertes Blech. Er hob es auf, klemmte sich umständlich die Bügel seiner Nickelbrille hinter die Ohren, nahm es in Augenschein und zeigte es Boßlern, der ihm bestätigte, daß es sich um den Pfeifendeckel des verschwundenen Jiri handele. Beide wiesen den Fund sogleich dem Hüttenmeister vor, der zunächst abwiegelte, solche bemalten Deckel fänden sich auf jedem Pfeifenkopf, und da alle seine Handwerksbursche dem Tabak zusprächen, könne auch einer von diesen das Stück verloren haben. Erst als der Student ihm versicherte, die aufgemalte Scene — zwei Rückenfiguren, in einer mondhellen Gasse in Betrachtung des wolkigten Nachthimmels versunken — sei ein Unikat und somit zweifelsfrei dem Besitzer zuzuordnen, verdüsterten sich Čopeks Züge; er versprach, die Männer, die mit ihren Hunden unterdes erfolglos von der Suche heimgekehrt, gleich morgen früh noch einmal in Marsch zu setzen.

Der Rest des Tages verging in Sorge und Trübsal; auch das üppige Abendmahl mit Waldpilzen, Schöpsenkeule, Speckknödeln, Hasenpfeffer, Blutwurst und Schinken vermochte uns nicht zu erheitern. Wir gingen früh zu Bett. Wieder stand ein Nachthimmel aus reinem Indigo hinterm Fensterkreuz unserer Dachkammer, traurig erhob sich der

Mond aus Osten, aus den Wiesen stieg der weiße Nebel auf und schwarz und schweigend stand der Wald über unserer Thalsenke; Fledermäuse huschten ums Dach, und ein ferner Eulenschrei war das letzte, das ich vor dem Entschlummern hörte. Der Traum nahm mich auf sonderbaren Reisen bei der Hand, bis ich, weit nach Mitternacht wohl schon, erneut, wie in der Vornacht, geweckt wurde von einem rumpelnden Rumor, den ich mir nicht zu deuten wußte und über den ich so lange nachsann, bis wieder Schlaf mich umhüllte bis zum Morgengrauen.

Beim Frühstück erfuhren wir von einer Aufwärterin, der junge Herr, Franz Xaver, sei verschwunden; auf unser Erkunden beim Hüttenmeister suchte uns dieser zu beruhigen, der Herr Studiosus habe offenkundig den Verlust des Freundes nicht mehr ausgehalten und müsse wohl Hals-über-Kopf fortgeritten sein, um auf eigene Faust weitere Nachforschungen anzustellen; er selbst, Čopek, werde die Suche nach Jiri Nepomuk auf jeden Fall heute fortsetzen; wir mögten uns diese Fatalität nicht zu Herzen gehen lassen, sondern auf Spaziergängen in der freundlichen Gegend dieses Landstrichs uns die Grillen vertreiben, worauf Boßler mir heimlich einen Stoß in die Seite gab und ihm für die Empfehlung dankte: Gewiß, dies würden wir gerne tun!

Sie können sich denken, junger Mann, wie sehr ich den Verlust meines Augenlichts beklagte, als Boßler mich nach dem Essen beim Arm nahm, um mit mir nach eigenem Gutdünken auf Spurensuche zu gehen und nach den beiden Vermißten zu fahnden auf dem weitläuftigten Terrain der Hütte, ihrer Stallungen, Höfe, Neben- und Wirtschaftsgebäude. Wo immer uns offene Türen Zugang gewährten, streiften wir — Boßler spähend, ich horchend — umher, zwängten uns in Verschläge, erklommen Leitern, stiegen in Keller hinab, öffneten Kästen und Luken, leuchteten in Brunnenlöcher und Röhren und Kammern und dunkle

Gänge, und wo Öffnungen versperrt oder Türen verriegelt waren, da hofften wir wenigstens mit Klopfen und Rufen auf irgendein Echo. Doch alles Suchen, alles Spähen war vergebens, und zu meinem Verdruß bohrte sich mir beim Heimgang auch noch eine Scherbe, auf die ich getreten, in die Schuhsohle; ich bat Boßler, sie mir herauszuziehen, und dieser tat mir den Gefallen.

Beim Abendessen bat er Čopek um eine Unterredung. Der verfügte sich an unseren Tisch. Boßler zog die Scherbe, die er mir entfernt, aus der Tasche und wies sie ihm, ohne ein Wort zu sagen, vor. Der Hüttenmeister wußte nicht, was er mit dem Fund beginnen sollte, zuckte lachend die Schultern und sagte, auf dem Gelände einer Glashütte sei ein Stück Glas, so wolle er meinen, nichts Ungewöhnliches. Gewiß, entgegnete Boßler — nur, daß es sich bei der Scherbe um das Fragment eines kleinen Augenglases handele, wie Franz Xaver es getragen, und habe nicht der Meister uns am Vortage noch versichert, daß optische Gläser in seinem Betriebe nicht hergestellt würden? Čopeks Stirne mußte sich daraufhin verdüstert haben; er sagte uns zu, gleich morgen früh die Sache der Gendarmerie im nächsten Kreisstädtchen Katmeriče zu melden. Von dieser Versicherung beruhigt, begaben wir uns zu Bett.

In dieser dritten Nacht hatte der Himmel sich mit einer dichten Wolkendecke bezogen; die Vögel des Waldes waren verstummt; weder Mond noch Stern stand am Himmel, kein Windzug wehte durchs Fenster herein; schwer und schwül stand die Luft im Fensterrahmen. Mein überscharfes Gehör ließ mich auch in dieser Nacht erwachen; aber diesmal war es kein fernes Rumpeln, sondern ein nahes, ein allzu nahes, bedrohlich nahes Kratzen und Scharren am Türschloß unserer Kammer, das mich in Alarm versetzte. Angehaltenen Atems horchte ich auf dieses sinistre, verstohlene Schaben, und als mir ins Bewußtsein gedrungen, daß jemand sich Zutritt zu unserem Schlafgemach verschaffen wollte, rüttelte ich an Boßler, der dessen freilich, solchen Protestes gegen sein Schnarchen gewohnt, nicht achtete, sondern nur schnaufte, ich möge ihn doch bitte in Morpheus' Armen lassen; und so war er just weiter am Ächzen und Murren, als mit Krach die Tür aufgestoßen wurde und, da ich panisch aufschnellte und jetzt auch Boßler, jählings erwacht, aus den Kissen sich reckte, der fistelnde Falsett des Hüttenmeisters gegen uns laut ward.

„Genug des süßen Schlafs, Gnädigste! Mein Herr," so keifte der Zwerg, „Sie wissen zuviel, das mag ich nicht leiden. Es ist nie gut, zuviel zu wissen. Das mußte gestern auch Herr Franz Xaver zu meinem Bedauern erfahren, meinem tiefsten Bedauern. Mille regretz! — aber daß man Bohumil Čopek ins Gehege kommt, ist nicht ratsam. Ist gar nicht ratsam. Fatal genug, daß unser geistesverwirrter Herr Vater seine Glasmixtur-Recepturen mir nicht hinterlassen kann. Er wird sie mitnehmen ins Grab, und was soll dann aus den Erzeugnissen unseres Hauses werden? Woraus besteht denn Glas? Aus Kalk, Natron und Kali, Kieselsäure, Eisenoxyd, Manganoxyd, Thonerde und Magnesia? Gewiß, gewiß, Gnädigste, aber woher kömmt denn der schöne Rubinton? Und woher der Kalk? Auf welche Weise raffinirt der Winzer seinen roten Wein? Indem er ein Lamm ausbluten läßt in die Kelter. Wie raffinirt der Pflanzer in Virginia seinen Rohrzucker? Indem er die Plantage mit dem Blut seiner Negersklaven düngt. Junges, frisches, unverdicktes Menschenblut hat gewiß doch den leuchtendsten Rubinton, und der Kalk von jungem elastischem Menschengebein übertrifft den aus Gruben gewonnenen um ein vielfaches an Reinheit. Es versteht sich, Gnädigste, daß ich nicht zulassen kann, daß dieses Geheimnis unserer marktführenden Manufactur, das Geheimnis auch Ihrer klingenden Glocken, ans Licht kömmt. Sie mögen hier ruhig schlafen, aber die Concurrenz schläft nicht. Es ist schon genug, daß die Legenden es ausplaudern, die in dieser Gegend kursieren. Sie kennen sie ja, die uralte Sage vom Harmonikaspieler, der zur Hochzeitsfeier aufspielen wollte und ihm, kaum daß er das Instrument angestimmt, unter den angefeuchteten Fingern, und ohne daß er dies gewollt, die schauerlichste Todtenklage sirrend und pfeifend Laut ward, so daß die Festgesellschaft in Grauen erstarrte und die Zinnen des Schlosses zu wanken anhuben, bis zuletzt das ganze Gemäuer mit Mann und Maus in der Erde versank. Welch törichter Aberglaube spricht aus dem Garn, das ein ängstliches Volk sich da gesponnen, nicht wahr, als ginge es nicht in Wirklichkeit um razionales Calcul, um Chemie, Akustik und Profit. Los, Männer, bindet sie und schafft sie hinunter in den Keller!"

Der Befehl galt offenkundig den Gesellen, Gog und Magog, die hinter dem giftigen, mit einem Pistol bewehrten Gnom bereitstanden und jetzt schweigend zu uns herantraten, um uns die Hände hinter dem Rücken zu fesseln, aus dem Bett zu schleifen und vorwärts zu stoßen durch den Korridor. Boßlern war es noch gelungen, nach Wasserkanne und Nachtgeschirr zu greifen und diese den Hünen entgegenzuschleudern, doch der Effect solcher Gegenwehr glich dem eines Schneeballs, mit dem ein Erdrutsch aufgehalten werden soll; fluchend überwältigte man uns und zerrte uns hinaus auf den Gang zur Stiege. Dort hörten wir im Vorbeistolpern aus einer geöffneten Türe das Husten eines Menschen, riefen auch sogleich flehentlich, verzweifelt um Hülfe, doch zur Antwort ward uns nur das demente Sabbern, Greinen und Kichern des irrköpfichten Alten, der in seinem Tragstuhle sitzend gar nicht begriff, was hier vor seinen Augen sich zutrug.

Wir waren am Absatz der Treppe angelangt und glaubten, daß nun unser letztes Stündlein geschlagen habe — als Boßler hinter den Männern eine Gestalt aus dem Dunkel sich anschleichen sah. Ich für mein Teil hörte und spürte, was niemand sonst vernahm: ein sich näherndes Knarren von Dielenbrettern, einen ganz feinen Luftzug —— und was dann geschah, ereignete sich im Bruchteile einer Secunde. Der Schemen, der aus der Tiefe des Korridors sich dem Hüttenmeister angepirscht, stieß einen faustbewehrten Arm vor, der ihm das Pistol aus der Hand schlug, schnellte sich gleichzeitig, begleitet vom Kampfschrei „Huà!", auf dem rechten Bein um die eigene Achse, schleuderte dabei sein linkes Bein zur Seite, was Čopek einknicken ließ wie einen sich faltenden Zollstock, umschlang mit dem linken Arm den Hals des zu Boden Gehenden und drückte dem solcherart von hinten Umklammerten mit der Rechten das Pistol, das dieser fallengelassen, an die Schläfe.

„Eine Bewegung, und euer Wichtel geht über den Acheron!" rief die Gestalt den verdutzten Riesen zu; und wir mochten unseren Sinnen kaum trauen. Es war Franz Xavers Stimme! So war er nicht tot? „Bindet die Herrschaften los! Augenblicklich! Sonst ist euer Giftzwerg im Hades! Bestimmt nicht im Elysium!" rief er und spannte zur Bestätigung seiner Drohung mit vernehmlichem Klicken den Hahn seiner Waffe. „Tut, was er sagt," keuchte der Gnom; murrend willfahrten die Männer seinem Befehl und lösten unsere Handfesseln. Dann befahl unser Befreier die drei in eine Kammer, verschloß die Tür, warf den Schlüssel und das Pistol fort und hieß uns rasch vor die Haustüre laufen, wo schon zwei gesattelte Pferde zur Flucht bereitstünden.

Wir stolperten eilends hinunter; Boßler hatte in seiner Jugend einige Reitstunden genommen, ich aber war noch nie auf dem Rücken eines Pferdes gesessen. Ein ums andere Mal suchte ich mich aufzuschwingen, glitt aber stets wieder, den Halt verlierend, an der glatten Haut des Tieres hinab, wiewohl Boßler, der schon im Sattel saß, mich zu sich hinaufzuziehen suchte, während Franz Xaver uns zur Eile drängte: Denn wirklich hörten wir im Haus eine Tür splittern und gleich darauf schwere Stiefel die Stiege hinunterpoltern, so daß es am Ende das schiere Entsetzen, die nackte rasende Angst wohl gewesen, die mich zu Boßler aufs Pferd hinauf scheuchte. Die Haustüre sprang auf, mit Gebrüll stürzten die Männer heraus, just in diesem Moment schwangen wir die Zügel, klatschten den Mähren aufs Hinterteil, und in jagendem Galopp preschten wir über den stockdustern Hof hinauf auf den Waldweg, während schon die Kugeln aus dem Pistol, das Čopek abfeuerte, uns um die Ohren pfiffen, in der Schwärze der Nacht jedoch ihr Ziel verfehlten.

Da wir damit zu rechnen hatten, daß die Männer uns verfolgen würden, sprengten wir in fliegender Hast, was die Pferde nur hergaben, über Stock und Stein; zum Glück war unser junger Student mit den Wegen so vertraut, daß er uns, obgleich seiner Augengläser beraubt, nicht ein einziges Mal in die Irre führte. Einmal glaubte ich hinter uns in der Ferne, näherkommend, das Schnauben eines galoppierenden Reitertrupps zu hören, aber bald verlor es sich wieder in der Tiefe des Waldes.

Stunde um Stunde trieben wir die Pferde zur Eile an; im wollenen Nachthemde durch den taufeuchten Wald galoppierend, fror mich erbärmlich. Unterwegs berichtete Franz Xaver, er sei in der Vornacht, so wie wir und mit den gleichen Worten, überfallen, gefesselt und in ein Dachverlies gesperrt worden; er zweifele nicht daran, daß er es unseren Nachforschungen am folgenden Tage, die natürlich nicht unbemerkt geblieben, zu verdanken habe, daß er nicht, wie sein Freund und all die anderen armen Teufel vor ihm, spornstreichs getötet und zum Gewinn von Blut und Knochen ausgeweidet worden sei; die Fesseln habe er sich durch stundenlanges Reiben an einer Holzkante endlich durchtrennen und sich mit seinem Taschenmesser aus dem Bretterverschlag ins Freie sägen können gerade in dem Moment, als das Poltern des Geschirrs, das Boßler den Hünen entgegengeschleudert, ihn auf unsere bedrängte Lage aufmerksam gemacht habe. Aus einem Dachfenster habe er zuvor erspäht, daß vor der Haustüre zwei Rösser gesattelt bereitstanden. Daß er bei seiner Verschleppung in das Dachverlies seine Brille verloren, sei mißlich, zumal jetzt im nachtschwarzen Walde; andererseits habe er ja dem Verlust seine und unsere Errettung zu verdanken und wolle daher nicht klagen, daß er jetzt, halb blind, allein auf Gespür und Gedächtnis seinen Orientierungssinn setzen müsse.

In der Morgendämmerung erreichten wir glücklich das Kreisstädtchen Bischofshain, wo uns auf der Gendarmerie sogleich mit wärmenden Decken und heißem Coffee Stärkung zuteil ward. Der Commissarius namens Hajek, vor dem wir Meldung erstatteten, ein gedrungener, schnauzbärtiger, cigarrepaffender Uniformierter, schien von dem, was wir vortrugen, nicht sonderlich überrascht zu sein. Gerüchte über die diabolischen Machenschaften der Glashütte zirkulierten in der Region seit Jahrzehnten, sagte er, und es sei kein Wunder, daß unsere Reise zu diesem Ziel überall von Grauen am Straßenrande begleitet gewesen, von Ängsten, denen, wie sich nun wohl belegen lasse, nicht Aberglaube, sondern ein begründeter, berechtigter Abscheu des Volkes zugrunde gelegen: Insgesamt 17 namentlich bekannte Stallburschen und Dienstmenscher aus der Region seien als vermißt gemeldet, und wie viele namenlose Personen sonst noch der Hütte zum Opfer gefallen, werde nie zu ermitteln sein. Freilich, hin und wieder seien Durchsuchungen vorgenommen worden, aber leider habe man den Glasteufeln von Greisenau nie etwas nachweisen können; um so zufriedener sei er jetzt mit unserer Zeugenschaft.

Ein berittener Trupp wurde ausgesandt, während wir schon auf der Weiterfahrt waren gen Mittag in Richtung Krumau und Linz. Auf dem Gasthof in Budweis erfuhren wir, daß die Gendarmen sich der zwei Mordgesellen und des Hüttenmeisters gerade noch zur rechten Zeit, ehe dieser sich durch Erhängen am Dachsparren seinen weltlichen Richtern entziehen konnte, bemächtigt, sie in Verhaft genommen und bei dieser Gelegenheit gleich auch Indizien in Gestalt von Stoffetzen und Knochenresten eingesammelt hätten, welche inzwischen durch Prof. Hadrava von der Universität Prag, den man als Gutachter hinzugezogen, dem verschwundenen Jiri Nepomuk zweifelsfrei hätten zugeschrieben werden können.

Im Dezember nach unserer Rückkehr verstarb nach kurzer Krankheit mein guter Boßler, so daß ihm nicht mehr gegeben war, zu erfahren, was ich in Gohlis zu Ostern des folgenden Jahres im Leipziger Tagblatt las: daß im Proceß der drei Culpanten vor dem Kreisgericht zu Deutsch-Brod der Schuldspruch ergangen sei.

Čopek und seine zwei Mordgesellen hatten im Verhör vor der Gendarmerie sofort ein umfängliches Geständnis abgelegt, nein, junger Mann, nicht unter Folter; die Constitutio Criminalis Theresiana von 1769, die dergleichen Werkzeuge in ihrem Anhang noch auf feinen Kupfertafeln abbildet, hatte ja bald nach ihrem Erscheinen den Widerspruch aufgeklärter Juristen hervorgerufen, Abhandlungen, verfaßt *mit der kalten Gleichgültigkeit eines Rechtsgelehrten*, die zwar zunächst per Dekret unterdrückt wurden. Doch dann wandte sich Mozarts späterer Logenbruder Joseph von Sonnenfels mit einer Eingabe direkt an die Kaiserin, so daß diese eine Länderkommission zur Untersuchung der strittigen Causa berief, als deren Ergebnis die Tortur 1776 endgültig aufgehoben wurde.

Die Verurteilten wurden auch keineswegs, wie Sie wahrscheinlich vermuten, dem Schwert des Scharfrichters und Abdeckers auf dem Marktplatz zu Deutsch-Brod überantwortet. Es wird Sie überraschen, junger Mann, daß die Greisenauer Teufel mit schwerem Kerker und Zwangsarbeit davonkamen, da die Nemesis Theresiana schon unter Joseph II. reformiert und die Todesstrafe generell durch

Freiheitsstrafe ersetzt worden war. In Mozarts Epoche vor zweihundertfünfzig Jahren drang ja der Zeitgeist auf Abschaffung von Folter und *capital punishment*, während in Ihrem Jahrhundert das Bestreben dahin geht, sie fast überall auf der Welt wieder einzuführen, sofern sie nicht ohnehin, wie in Franklins Heimat, von Anbeginn galten und weiter gelten sollen. Auch in Ihrer Heimat Argentinien wird man sie wieder einführen, und in Deutschland war es erst vor 27 Jahren noch möglich, daß ein Pianist, der soeben noch Mozart gespielt, einzig dafür, daß er einen herrschaftskritischen Witz erzählt hatte, seinen Kopf unters Fallbeil legen mußte in einem Lande, das Mozart frech unter die *Germanen* reihte, und nun müssen Sie fort, sagen Sie? Herr du meine Güte, gleich schließt ja auch die Mensa! Wie schade, noch so viel hätte ich Ihnen zu erzählen aus dem Land der Finsternis, haben Sie verbindlichen Dank für den Kaffee und die Zigaretten, horchen Sie demnächst einmal genauer auf das Klimpern, Schaben und Klappern, das vom Büffet, wo die Teller und Gläser ineinandergestellt werden, zu uns herüberklirrt, und denken Sie dabei an die Worte des Dichters Leopold Schefer: *Ich verbiete, daß etwan ein armer Schulmeister – denn mein Vater ist auch nicht erfroren – für seine kalte Stube einen Schragen Holz bekommt; lieber ein Clavier, Musikalien, eine Handbibliothek, Bienenstöcke ein Schock, Obstbäume, Muscatellerbirn; nicht ein Glas zum Trinken, sondern eine Glasharmonika.*

Leben Sie wohl, junger Mann, und seien Sie gewiß: Dieser Technischen Universität und diesem Boden werde ich, was immer in Wien einst noch auf ihm gebaut sein wird, so leicht nicht abhandenkommen.

11. B (weiß)

„Es klang wie eine Drohung," schloß Kufner und rück-
te sich die Nelsonkrawatte zurecht. „Das war's, was ich
Ihnen auf den Weg mitgeben wollte. Sie brauchen es sich
nicht zu notieren. Sie müssen es nicht einmal jemandem
weitersagen."

„Aber sollte ich es nicht überliefern?" fragte ich.

„Gewiß," gab er zurück, „und dafür genügt es, wenn Sie
es bewegen in Ihrem Herzen."

„Sind Sie denn dieser sonderbaren *Erda*, Ihrer alten
Dame, hernach noch einmal begegnet?"

„Nein, nie wieder, auch vor der TU nicht. Eines späten
Abends, da mein Aufenthalt in Wien zu Ende ging, wollte
ich sie ausfindig machen. Die Reue hatte mich gepackt.
Wie Sie sehen, liegt die Mappe Frau Kirchgeßners hier vor
mir auf dem Tisch. Statt ihr das Konvolut, wie erbeten, in
den Strickbeutel zu stecken, hatte ich es, ihre Blindheit
ausnutzend, einfach bei mir behalten, und sie, im Fluß des
Erzählens, hatte von dem Trug nichts bemerkt.

Nun aber, von schlechtem Gewissen gespornt, wollte
ich ihr den Packen zurückbringen, wollte mich entschuldigen, mich bedanken für ihre Erzählung, und begab mich zu

diesem Ende in den Volkspark, wo, wie sie mir angedeutet hatte, ihr Nachtquartier auf einer der Ruhebänke zu finden sei, die tagsüber von Liebespaaren oder Tauben fütternden Pensionisten besetzt waren. Ich traf auf diesen Bänken aber nur Sandler an, die sich, in Parkas eingemummt, schon zum Schlafen ausgestreckt hatten und, als ich mich ihnen näherte, mißtrauisch die Köpfe von ihren Plastiktüten hoben, ihren letzten Besitztümern, zwischen denen sie es sich bequem gemacht. Zuletzt traf ich auf einen hageren Mann mit Adlernase, der wohl im Kopf nicht mehr ganz richtig war, den seine Schlafgenossen „Admiral" riefen und der, da ich ihn begrüßte, hochgewachsen und vor mir kerzengerade sich aufrichtend, die Hacken zusammenschlug, militärisch salutierte und auf meine Erkundigung nach einer Frau Kirchgeßner wie ein aufgezogener Automat die Meldung abhaspelte: ‚Keine Frauen und Kinder an Deck; aye, aye, Sir; Fregatte fertig zum Auslaufen,' dann aber mit flehentlichem Winseln barmte: ‚Liaba Herr, hättens amol 'ne Tschik für an ausg'dienten Diener seiner Majestät?' Kurzum, es schien, als hätte niemand eine Dame mit einer Harmonika je gesehen oder je von ihr gehört."

Es war spät geworden, sehr spät; vom Glockenturm hatte es längst ein Uhr geschlagen; wir waren die einzigen, die noch geblieben waren unter der Pergola des Restaurants, und der einzige Laut, der durchs Dunkel noch drang, war das Zirpen der Zikaden, ein Vorhang aus flirrendem Schaben, ein nachtschwarzes Netz aus heiser kratzendem sägendem Sirren, ausgespannt so weit wie der gestirnte Himmel über uns. Die Kellner hatten schon vor Mitternacht alle Gedecke und Leintücher von den Tischen entfernt, um auf ihnen die Hartplastikstühle, nachdem sie einen nach dem anderen mit lässigem Schwung umgedreht, für die Nacht abzustellen, und saßen nun, der Begleichung unserer Rechnung harrend, rauchend und gedämpft plaudernd noch in einem entfernten Eck.

„Darf ich mir Ihre Mappe mitnehmen?" fragte ich.

„Den Teufel dürfen Sie," entgegnete mein Gegenüber und lachte. „Sie sind auch ohne Beleg hinlänglich gewarnt, Señor."

„Gewarnt wovor?"

„Vielleicht vor dem, was von unten kommt, was aus der Erde emporsteigt, aus dem Boden quillt oder aus den Abgründen der menschlichen Seele; hier in Kampanien ist ja alles giftig und kavernös. Kein Laut ist zu hören am Lago d'Averno, kein Vogel singt an Vergils Eingang zur Unterwelt. Sollten Sie einmal versucht sein, die paar Kilometer nach Gesualdo zu fahren, dann hüten Sie sich um Himmelswillen vor den *Mefite*, diesem grünschillernd verschlammten Vulkantümpel mit seinen übel stinkenden Dämpfen. Immer wieder erstickt dort jemand an Methan-Gasen, zuletzt war's ein Geowissenschaftler aus Bari im vergangenen Jahr, als ich selbst mich in Gesualdo einquartierte, im Albergo der Signora d'Anguissola, und ich erinnere mich noch, als wäre es heute gewesen, wie ich in der Abenddämmerung im kleinen Speisesaal des Hotels stand und zusah, wie die alte schwarzgekleidete Signora die Tische deckte für ihre Table d'hôte.

,Zwei Kerzen noch zwei Augenlichter', murmelte sie, nachdem sie auf einem Tisch ein Leintuch, das im Dämmer des Speisesaals leichenbleich schimmerte, noch einmal glattgestrichen und auf ihm Servietten, Wasserkaraffen, Gläser, Teller, Besteck, Körbchen voll geschnittenen Weißbrots und Fläschchen mit Essig und Öl verteilt hatte, ,zwei Augenlichter, Lautlichter, due luci in tenebris, Schwärze und Schmerzen, o und u, o du, *o duolo*, de profundo clamavi'. Und hob wieder den Kopf und die Stimme, um vernehmlicher fortzufahren:

,In Luxus ist Carlo, der junge Fürst, aufgewachsen, im Palazzo di Gesualdo zu Napoli, am Hof eines der vornehmsten, ältesten Fürstenhäuser, aus Venosa stammend in Apulien, ja in Luxus, unter Musikern und unter Gelehrten; schon sein Vater, Don Fabrizio, hatte eine eigene musikalische Accademia gegründet; und nach dem Tod seines älteren Bruders Luigi hat sich Don Carlo mit Maria d'Avalos vermählt, einer Witwe und, wenn man den Zeitgenossen glauben darf, bildschönen Frau, die ihm nicht nur zwei Kinder, erst einen Sohn, dann eine Tochter geschenkt, sondern ihn auch unausgesetzt zum Hahnrei gemacht hat, zum cucco, zum marito cornuto, sehen Sie sich nur ihr Portrait in San Domenico Maggiore an, Signore, dann wundert Sie gar nichts mehr. Es war der 26. Oktober im Jahr unsers Herrn 1590, da man sie im Stadtpalast San Severo mit ihrem adligen Liebhaber Don Fabrizio da Carafa in flagranti ertappte, und i due amanti sind auf der Stelle hingemetzelt worden, abgeschlachtet wie Vieh, ob vom Principe selbst oder von seinen Bediensteten, ist nie geklärt worden. Auch das zweite Kind Don Carlos, seine Tochter, an deren Legitimität er jetzt nicht mehr recht glauben konnte, ist bald unter ungeklärten Umständen verstorben.

La giustizia? Sì, sì, la giustizia, haha! Die Munizipalität hat eine formale Anhörung veranstaltet, o bene, benissime! Eine Anhörung, die bald im Sande verlaufen ist; was tut's, solche Scheidungsmodalitäten regelten damals Familien und Sippen auf eigene Weise, heute doch auch noch. Unsere Feudalgesetze verlangten nun einmal, daß fürstliches Blut reingehalten werden muß, eh, Beppone, du Bastard? Ich hab dir schon tausendmal gesagt, du sollst deine rotzigen Klamotten nicht hier herumliegen lassen, was sollen unsere Gäste sagen! Maledetto!

Aus Furcht vor Blutrache hat sich der Principe dann erst einmal in seinem Castello verbunkert, bis nach zwei Jahren Gras über die Sache gewachsen war und er mit Fürsprache des Erzbischofs, dessen Neffe er war, erneut um die Hand einer Braut anhalten konnte, wieder einer erlesenen Schönheit, diesmal aus dem Hause d'Este von

Ferrara. Dort, am Hof Alfonsos II., hat Don Carlo einige Jahre zugebracht und versucht, die inneren Stimmen, die ihn marterten, Stimmen, die zu Reue mahnten, von Seelenqual sprachen und von Zerknirschung, zum Schweigen zu bringen, zu betäuben, zu überglänzen mit Klang und Pracht und Spiel, mit Komödien, Pastorellen, Intermedien, hat alles nur daran gesetzt, sich berauschen und inspirieren zu lassen vom mäzenatischen Luxus des estensischen Hofes, von Guarinis Sonetten, Tassos Madrigalen, Luzzaschis Musik und dem Concerto delle Dame des Fürsten.

Und dort ist es auch gewesen, wo er seine ersten, noch ziemlich normalen Libri di Madrigali à cinque voci hat drucken lassen, deren eines auch jener Tarquinia Molza huldigte, die zum Damen-Orchester zählte. Mit Eleonora d'Este vermählt hat er sich im Jahr unseres Herrn 1594, und die Ehe, die, wie üblich, auch dem machtstrategischen Kalkül der beiden Familien entgegenkam, scheint zunächst harmonisch und später auf konventionelle Weise unglücklich gewesen zu sein, ganz wie bei uns, eh, Beppone, du Bastard?

Drei Jahre darauf ist der Fürst nach Kampanien zurückgekehrt. Der Palazzo war in der Zwischenzeit verkommen, heruntergekommen, der Garten verwildert, das Weinland verdorrt; vom Castello, dessen Bauzeit bis in die Ära der Normannen hinunter reicht, bröckelten Stuck und Verputz, und so sieht es heute noch aus; gehen Sie einmal hinüber, stolpern Sie über den Schutt und schauen Sie sich ihn an, diesen bösen, heillosen Verfall, die unbeschnittenen Bäume und Hecken, überwucherten Wege, verrosteten Balkongitter und ausgetrockneten Zisternen, böse, böse, sage ich Ihnen, ein Fluch liegt auf diesen Besitzungen, die der Principe bis zu seinem Ableben nie mehr verlassen hat. Vor seinem eigenen Ende sind ihm beide Söhne noch dahingegangen, und seiner Gemahlin hat er deswegen einen Hexenprozeß machen lassen; man hat sie im Jahr, da er seine Sacrae cantiones veröffentlichte – im Selbstverlag, da er keinem Verleger mehr traute –, gefoltert und weggesperrt in irgendein sotterranes Verlies, in dem sie ihrem Ende entgegendämmern sollte, während ein oder zwei Stockwerke über ihr der Fürst sich dichtend und musizierend in seine Schwermut vergrub. Mit seiner Baßlaute, einer Gambe und einem Clavichord, einem Rosenkranz, einem Kerzenleuchter und einer Flasche Lacrimae Christi hat er sich eingeschlossen in sein Studiolo und wie besessen, wie im furore, im Fieber, ein Madrigal nach dem anderen komponiert, deren Texte, mal von ihm selbst, mal von Nenni oder Tasso oder irgendwelchen namenlosen belorbeerten Poeten, unentwegt ums Immergleiche kreisen, um *duol* und *dolor*, u und o, um *dolor che m'uccide*, die zwei Augenlichter, *i begli occhi*, die letzten zwei Lautlichter die ihm noch geglommen haben müssen aus der Dunkelheit in die er sich selbst verbannt hat, ein letztes Glosen aus dem Land der Finsternis, seinem Reich der Schwärze und der Schmerzen, so wie meine zwei Kerzen jetzt flackern hier auf dem Wirtstisch zwischen Brot und Wein. Und nur mit sich selbst hat er noch gesprochen, wenn er in seinem verrottenden Castello oder im Kloster Santa Maria delle Grazie, das er zu seiner Salvation erbauen ließ, durch die Säle geschlichen ist, während die Diener scheu auf Abstand hielten und verängstigt tuschelten hinter seinem Rücken. Und dann und wann ist er stehengeblieben, hat sich die Spinnweben aus dem hohlen spitzbärtigen Gesicht gestrichen, diesem flackernden El-Greco-Gesicht, und plötzlich aufgelacht, gestikuliert, und die Kerzen haben sein Gefuchtel zu Schatten verzerrt an die Wand geworfen, oder er hat den Kopf gesenkt und sich die Schläfen gerieben mit beiden Händen, als habe er die unablässigen Qualen im Kopf zermahlen ja pulverisieren wollen unter der drehenden Reibung der Fingerkuppen, und er hat auch geflucht und gebrüllt ganz fürchterlich, oder mit dem Fuß auf den

Boden gestampft wie um Erinnern selber zu zertreten, vielleicht hat Eleonora das vernommen dort unter ihm in ihrem Kellerverschlag.

Mit der Zeit haben ihn die Dienstboten verlassen, einer nach dem andern, stets unter höflichen Vorwänden, die sieche Mutter bedürfe der Pflege, der Bruder bedürfe der helfenden Hand bei der Ernte, so daß am Ende durch die steinernen Korridore nur noch das Echo hallte seiner selbst.

Im Jahr unseres Herrn 1613 ist Carlo Gesualdo, Principe da Venosa, gestorben, und seine unglückliche Witwe hat ihn überlebt, triumphierend ob ihrer Befreiung. Kaum war er tot, hat Signor Simone Molinari aus Napoli alle sechs Madrigalbücher des Fürsten gedruckt, in Partitura, mit Taktstrichen, nicht zum Absingen tauglich, doch zum Studieren, zur Kontemplation. Aber ich sage Ihnen, an den Libri quinto e sesto war *nichts* mehr normal; unser Herr Domkapellmeister von San Gennaro hat mir erst neulich wieder gesagt, es sei eine Sünde, eine Sünde und Schande sei es, wie der Fürst die Lehre von den Figuren, vom Kontrapunkt und von der Redekunst ins Hybride getrieben und eben dadurch mit Normverstößen untergraben habe, auf diese Weise sei das Fundament unserer Musik genauso kavernös geworden wie der von Kellern und Verliesen unterhöhlte Grund seines Palazzo es heute noch ist. Da wechselt, so klagt Monsignore, die Tonart abrupt; da bringen jähe harmonische Kontraste das ausgewogene Stimmengefüge aus dem Lot; richtig eingeführter Kontrapunkt wird unrichtig fortgeführt; passende Zusammenklänge werden durch unpassende plötzlich verquer; die Stimmführung läuft aus dem Ruder; dort brechen unversehens Solo-Exclamationen hervor; hier werden Dissonanzen absichtlich regelwidrig aufgelöst; da werden symbolische oder rhetorische Figuren exzentrisch übersteuert; kurz, alles klingt zugespitzt, verdreht, geschraubt, exzessiv und verrückt, ja verrückt. *Spiriti, spiriti!* Monsignore meint, der

Wahnsinn spreche nur zu deutlich aus diesen Partituren, der Abfall vom rechten Glauben, das Bündnis mit dem Bösen, daher man die Noten wegsperren und besser nicht zur Aufführung bringen solle, es sei kein Segen daran. Dennoch hoffe er, und habe darum im stillen vor dem Gnadenbild unseres San Gennaro schon so manchen Rosenkranz und manches Avemaria gebetet, daß dem genialen Psychopathen im Jenseits die Gnade zuteil geworden sei, die der Herr auch dem Verworfensten gewähre, so dieser nur reuig gewesen am Ende.

Die Blumen, die ich von Zeit zu Zeit auf der Grabplatte des Fürsten in Gesù Nuovo ablege, werden allerdings immer wieder vom Pfarrer entfernt, weil der sich nicht anfreunden kann mit dem Gedanken, daß ein Mörder in seiner Kirche liege. Im übrigen soll, wie man hier raunt, noch ein VII. Madrigalbuch existieren, aber keiner weiß, wo es versteckt liegt, vielleicht hat es der Principe in den Mefite versenkt, aber man munkelt ja auch, es gebe ein sechstes Buch Mose, eh? Spiriti, spiriti! Aber nun ist meine Tavola fertig gedeckt, prangt das Bukett nicht prächtig, Signore? Und schimmern die Kerzen nicht wie zum Trost? Dabei ist es ja nur der Wunsch unserer Gäste, dem ich mit diesen Kerzen, in alberne Chianti-Bastflaschen gesteckt, nachkomme; Kerzen gehören in die Kirche, basta così! Ginge es nach uns Alten hier, würden die Deckenlichter den Saal in helles kaltes Neonlicht tauchen, um die Schatten noch aus dem letzten Winkel zu fegen mit gleißendem Besen, eh, Beppone, du Bastard?'

So die Worte der alten Signora d'Anguissola, meiner Wirtin, denen ihre an einem Nebentisch sitzenden Enkelkinder aufmerksam gelauscht hatten, ein Mädchen mit roter Schleife im Haar und sein Brüderchen, Zwillinge offenbar und unzertrennlich. Beide hielten, wann immer ich sie sah, die Augen geschlossen. ‚Spiriti, spiriti,' wiederholte das Mädelchen, einen Arm unterm Kinn und den andern erhoben, als sollte dieser den Geistern zuwinken, während ihr Fratellino nachdenklich den Kopf auf die verschränkten Arme, die auf dem Tisch lagen, hatte sinken lassen. Also seien Sie auf der Hut, Señor. – Mein Gott, ist es spät geworden! Signori, il conto, per favore! Wie Sie jetzt noch zurückkommen nach Positano? Keine Sorge, ich bringe Sie hin. Ja, ich habe einen Mietwagen."

Kufner stand auf und ging zu den Kellnern hinüber; die Rechnung wurde beglichen; wir stiegen in den Fiat, der am Hafen abgestellt war; Kufner steuerte bedächtig hinauf auf die Küstenstraße. Zum Glück konnte ich außerhalb des Lichtkegels, der im Wechsel der Kurven, im beständigen Schwenk über die Horizontale, Asphalt und Tunnelwände mit bleichender Helle bestrich, nicht gewahren, wie zur Linken die Felswände schroff in die Tiefe stürzten. Wir sprachen die ganze Fahrt über kein Wort; mein Begleiter schwang das Lenkrad und schaltete souverän aus lockerem Handgelenk, als wäre das Automobil zu spielen wie ein Musikinstrument, das dem Notensystem der Straße folgte im Ebenmaß einer Courante. Mit Schwung strich unser Lichtkeil durch die Schwärze von Nacht und Gestein, bohrte sich als ein Peilstrahl durchs Dunkel, verlor sich zur Linken in der Luft, schlug jäh um winklige Klippen nach rechts, traf dort grell auf massives Gemäuer, schwenkte wieder geradeaus, kippte nach links, wo, wie ich ahnte doch gottlob nicht sah, die Bergwand über zweihundert Meter lotrecht abfiel ins Meer, und fräste sich dann wieder zum beharrlich heiseren Brummen des Motors verzehrend durch die Finsternis, eine gefräßige *serpente di luce*.

Es muß gegen 3 Uhr nachts gewesen sein, als Kufner mich aussteigen ließ oberhalb meiner Pension. Ich dankte ihm für die Einladung und reichte ihm zum Abschied die Hand; er ließ den Motor wieder an und rief mir durchs offene Autofenster noch nach: „Werfen Sie Ihre Sonnenbrille ins Tyrrhenische Meer, wo es am tiefsten ist!" Dann gab er Gas, brauste um eine Ecke und ich stolperte die Gasse hinunter. Auf mein Läuten öffnete ein Nachtportier die Tür zur Pension, ein junger Mann im zerknitterten weißen Hemd, der eine Gazetta dello Sport in der Hand hielt. „Es ist spät," sagte er, ohne Vorwurf in der Stimme, müde blinzelnd. „Scusi, Signor," entschuldigte ich mich, schloß meine Zimmertür auf, warf mich unausgekleidet aufs Bett und war sofort eingeschlafen.

26. Juli 1973

Ganz fauler Tag; das Frühstück natürlich verschlafen; dann mich im Café am Strand geräkelt und die SZ gelesen. Nachmittags setzte ich mich auf einen Granitklotz am Molo und nahm mir den Doktor Faustus vor. Gestörte Lektüre, da ich vor jedem größeren Brecher das Buch in Schutz nehmen mußte, das sich, schludrig gepaperbackt, unter dem Einfluß von Wind und Salzwasser schon in Einzelblätter aufzulösen beginnt. Lumbäcker, nichts als Lumbäcker!

Am späten Nachmittag setzte sich ein Angler auf einen Nachbarstein. Warf zunächst Brotkrümel ins Wasser, um Fische anzulocken. Ließ dann einen Plastikeimer ins Wasser, zog etwas Meerwasser herauf und weichte darin ein Weißbrot ein, das er quetschend und walkend zu einem breiigen Klumpen knetete. Daraufhin kramte er aus einer Blechschachtel einen Haken hervor, verknotete diesen mit dem Fadenende der Rute — statt daß die Leine über Rollen mit einer Kurbel ab- oder aufgespult wurde, ließ sich die Rute wie ein Perspektiv ausziehen oder ineinanderschieben —, pulte sich aus dem Brotklumpen ein Kügelchen, spießte es auf den Haken und zog sodann seine Teleskop-Rute auseinander. Das alles wirkte eigentümlich angenehm beruhigend durch seine gelassene Akribie, seinen geduldigen Ernst.

Und so saß er denn solitär harrend auf seinem lächerlich kleinen Klappstühlchen während es langsam dämmerte. Sein erster Versuch hatte Erfolg: Ans Ufer zog er einen silbern blinkenden konvulsivisch zuckenden Fisch von der Größe einer Sardelle. Fortan aber schien dem Einsamen das Glück abhold zu sein, denn trotz stundenlanger, gleichmütigen Gesichts verfolgter Versuche blieb sein erster Erfolg auch sein letzter und das tat mir leid. Daß er diesen unseligen Fisch gleich zu Beginn gefangen hatte, mochte ihm Hoffnung auf reiche Beute beschert haben, eine Hoffnung die nicht eingelöst wurde. Und so saß er weiter Stunde um Stunde auf seinem Stein, warf immer wieder seine Leine aus und erntete von vorübergehenden spettatori die ihm über die Schulter sahen oder einen Blick in seinen leeren Eimer warfen, mitleidigen Spott.

Am Abend im Zimmer begonnen, Kufners Erzählung aufzuschreiben für Dich. Muß mich sputen, so lange die Erinnerung noch frisch ist.

Beim Abendessen im Ristorante am Hafen habe ich ihn nicht mehr gesehen. Ob er schon abgereist ist?

27. Juli 1973

Mich weiter von den nunja-Strapazen der vergangenen Tage erholt und gefaulenzt. Schade daß es heute nur konservative Blätter zu kaufen gab, Welt Bild und Frankfurter Allgemeine. Wie üblich feindselig die Kommentare der FAZ zu den großen Streiks in England oder zur linken Wissenschaft an den Berliner Unis. Aufschlußreich auch die Hoffnung des Blattes, in Chile möge eine starke Hand endlich mit eisernem Besen das Land ausfegen, damit wieder ungestört gewirtschaftet und vertrauensvoll investiert werden könne.

Setzte mich auf einen der Steinquader am Meer, danach in ein Café in der Nähe. Gingerino bestellt; hielt es für eine

Art Ginger Ale; 's war aber etwas wie Cinzano rosso. Dann zum Abendessen geschlendert in den höher gelegenen Ortsteil. Dort jedoch festgestellt daß noch lange kein Pranzo serviert wurde; „viel zu früh, Signore." Ein charmanter Fanciullino mit großen schwarzen Augen strich zuerst neugierigscheu um meinen Tisch herum, sprach mich dann beherzt an und ließ sich die Yashica und den Inhalt meiner Aktenmappe zeigen; wie heißt du? „Giuseppe." Interessierte sich besonders für das Notizbuch aus dem er sich die deutschen Tages- und Monatsnamen abschrieb.

Da mir am Ende die Zeit zu lang wurde, stapfte ich wieder hinunter in ein anderes Lokal, wartete dort Doktor Faustus lesend bis zum Abendessen. Ho mangiato come un principe: Zuppa di cozze Spaghetti al pescatore Insalata mista Frutta (Trauben, in einer Glasschale schwimmend vom Wasser gekühlt und gereinigt), Vino bianco; auf einer Terrasse mit weitem Blick übers Meer.

Hielt weiter Ausschau nach einer Ankerkrawatte einem Panamahut; aber Kufner blieb verschwunden. Dafür saßen neben mir zwei junge Amerikanerinnen die in meiner Pension wohnen, kichernde Sunnygirls die beim Auftischen der Cozze „ooh" und „aah" und „mmh, mussels" seufzten, worauf ich konziliant anbot: „Would you like to prove?" — Sie likten aber nicht. Als ich dann mit liebevoller Akribie auf dem Salat Aceto e Olio Pfeffer und Salz verteilte, brachen sie, die Hände vor den Mund gepreßt, in so unbändiges Glucksen aus daß ich, einerseits peinlich verstimmt, andererseits einem Impuls zum Anbändeln folgend fragte: „What is so ridiculous?" — Die Antwort verstand ich nicht, wurde mir aber sogleich des wahrhaft Ridiculosen meines plumben Wortschätzchens bewußt und mümmelte mit sturer Inbrunst drauflos.

Soweit für heute. Ein ereignisloser Tag. Finde mich damit ab, als Kauz des Ortes angesehen zu werden. Mögen die alten schwarzgekleideten Weiber die auf Baststühlen vor ihren Häusern sitzen und sich beim Stricken über die Stranieri mokieren, auch den Kopf zerbrechen, was dieser Einzelgänger da immer eiligen Schritts in seinem Aktenmäppchen mit sich herumschleppt — ich verrat's nicht. Nur Giuseppe kennt das Geheimnis.

28. Juli 1973

Ausflug nach Ischia. Wieder das Einbootmanöver; wieder an der Steilküste entlang; kurzer Stop am Molo von Capri; dann quer über den Golfo, zur Rechten Capo Miseno und Procida, links steigt der vulkanische Kegel des Monte Epomeo in die Höhe, davor das Castello. Im Porto mittägliche Stille, nur die Grillen zirpen, sonst hält alles Siesta. Große Hitze: als wäre diese das thermische Resultat aus der Reibungsenergie des Zirpens.

Wandere durch die würfligen weißgekalkten Häuser zum kleinen Drahtseillift, schwebe über die Macchia hinauf auf den Berg, trinke dort etwas, rauche eine Pfeife. Die Pfeife stammt von Ton und Erden, auch ich bin gleichfalls draus gemacht, auch ich muß einst zu Erde werden; sie fällt und bricht, eh man's gedacht, mir oftmals in der Hand entzwei: Mein Schicksal ist auch einerlei. Schlage mich dann durch die Büsche zu unserem Aussichtspunkt. Als wären wir erst gestern zusammen hier gewesen; jeder Stein jede Wegbiegung jeder Blick ist mir im Gedächtnis haftengeblieben. Halte es hier oben nicht lange aus, es ist zu heiß. Lasse mich in der Drahtseilgondel wieder hinuntertragen und schleppe mich an der Küste entlang auf der Haupteinkaufsstraße von Porto alsdann durch drei Kilometer Pinienwald nach Ponte d'Ischia zum Aragoneser Kastell und wieder zurück. Überall säumen farbenprangende Buden und Stände die Straße mit Obst kandierten Erdnüssen und Mandeln Rosinen Spielzeug und Hausrat.

Wie es scheint haben deutsche Touristen in großer Anzahl die Insel besetzt; eine Bar heißt „Berliner Kind", daneben steht mit Kreide an eine Tafel geschrieben „Hier deutsches Kaffe und Kuchen". Aber schön die sonnendurchfluteten Kastanienwälder.

Um Viertel vor vier legt das Schiff bereits wieder ab; das ist der Nachteil meines Standorts: daß man schon früh am Nachmittag die Heimfahrt antreten muß. Aber es soll mir recht sein; die Niederschrift der Erzählung Kufners wird genug Zeit verschlingen. Wie lange mein Gedächtnis dieser Aufgabe noch standhält? Immerhin spuken mir die Dinge die er berichtet hat unablässig durch den Kopf.

Das Ausbootmanöver scheint wieder recht waghalsig, eine Menge Passagiere ist zu verstauen, gleich zwei Boote kommen angetuckert. Unser Boot schaukelt bedenklich und der Wasserspiegel steigt je mehr korpulente Fahrgäste sich hineinplumpsen lassen an den Außenwänden um so höher. Eine englische Lady hat solche Angst, daß ihre Reiseleiterin sie wie ein Kind an die Brust drückt und ihr die Augen zuhält auf der ganzen Fahrt zum Molo. Käsebleich aber wohlbehalten steigt die Dame ans rettende Ufer.

Was aus dem großen Streik in England geworden ist, weiß ich nun immer noch nicht; konnte auf Ischia keinen Spiegel kriegen auch keine Rundschau, nur eine Zeit, diese trutschige Tante die ihre Liberalität so gern ans juste milieu verkauft, lies mal nach was dort über die Berliner Hochschulen steht; ja das ist bei uns so Sitte, chacun à son goût.

Liebe Sibylle mein Markstein: von Dir ist noch kein einziger Brief gekommen; ist es wirklich die Zwischenprüfung, die Dich vom Schreiben abhält? Was mich betrifft, so werde ich diese Tagebuchaufzeichnungen fortsetzen, weiß aber nicht ob es sinnvoll ist sie Dir weiterhin zuzuschicken wenn Du nicht antwortest. Zumal ich ohnehin in einer guten Woche schon die Heimreise antreten werde.

Dein: Helmut

Sybilla antica! Heute Ausflug nach Paestum. Wache rechtzeitig auf, der Bus geht um 9. Wieder auf der Steilküstenstraße, über Amalfi. Ich komme zwischen Mitglieder einer Familie zu sitzen, die sich nach ihrem Akzent als Wiener erweisen. Aber was für welche! Durch den ganzen Bus tönts, da man zwei Autos mit dem W-Kennzeichen passiert, „Du, Poldi, zwaa Weana san dogschtondn. Zwaa Weana!" – „Jo, Pepi, hobs g'hert." – „Gläch zwaa!" – „Gehst denn net!" – „Zwaa Weana!" Die Fahrt geht über Salerno, eine in der Mittagssonne hitzeflimmernde von Menschen wimmelnde Großstadt voller Krüppel, wilder Gesichter verwegen bis grenzdebil, feindlich starrend; jedes Land hat ja so eine Stadt, in der ein verzerrter Menschentypus vornehmlich sich ballt; was für Italien Salerno, mag für Deutschland Ludwigshafen sein (vielleicht der Ausdünstungen der Chemiewerke wegen?). Waren es solche abenteuerlichen Physiognomien, die im Mittelalter die Jünger Hippokrates' und Äskulaps an die Schola Salernitana lockten? Oder zu den Reliquien des Evangelisten Matthäus im Dom, erbaut unter Robert Guiscard dem Normannen? Oder verdanken sich solche Entstellungen heute schlicht dem Geldmangel, der ungenügenden ärztlichen Versorgung?

Weiter gen Süden, man verläßt die Gebirgsregion und gelangt in eine ehemals sumpfichte malariaverseuchte Ebene. Unerwartet tauchen neben der Straße die Tempel der Ceres des Poseidon und die sog. Basilika auf, Griechenlands nördlichste baugeschichtliche Zeugnisse: Kraft durch Anmut gezügelt, Beweglichkeit durch Gesetze geregelt, Maß und Form nach dem Gleichnis des menschlichen Leibes, überwältigend körperliche Vision des dorischen Stils, selbst stereoskopischer Fotografie unzugänglich aber immer wieder, in kontrastiver Harmonie mit der unheroisch staubig-öden Kakteenlandschaft, als pittoreske Idylle gesehen, von Catel, oder von den Stiftern des *doric revival* in England. Sehen allein reicht hier nicht; man muß die Bauten betreten, durchwandeln. Die räumliche Staffelung der Kapitelle, Architrave und kannellierten Säulenschäfte unbeschreiblich schön proportioniert; perfektes Gleichgewicht aus wuchtig schwerer Archaizität und Eleganz. Streift man mit den Fingerkuppen über die Hohlkehlen, fühlt es sich an als müßte der Stein gleich zu klingen anheben.

Après-midi d'un Faun: Nahm am Nachmittag ein kleines Pranzo in einer ländlichen Osteria etwas abseits der Straße im Freien unter Ölbäumen und Pinien. Stille und Hitzeflimmern, die Grillen sägten als wenn sie's bezahlt kriegten, ab und zu rieselte mir eine Piniennadel ins Essen, im dürren Gesträuch lauerte Pan bocksfüßig mit seinen Dryaden. ‚Panische Stille'.

Die Rückfahrt nahm vier Stunden in Anspruch für die lächerlichen 80 Kilometer; irgendwo vor Amalfi hatte es wohl eine leichte Carambolage gegeben und auf der Strada della Pazzia war eingetreten was ich immer befürchtet hatte, das Stau-Chaos kilometerlanger Fahrzeugschlangen. Eine Stunde steckte unser Bus fest, kam nicht voran noch zurück; manche Fahrgäste stiegen aus und gingen zu Fuß nach Hause, andere spazierten ein bißchen herum, plauderten miteinander; man nahms stöhnend aber mit Gelassenheit.

Zurück in Positano, frage ich nach dem neuen Spiegel, aber der ist schon ausverkauft, obwohl doch der Ladro am Zeitungsstand gesagt hatte, er werde erst in 3–4 Tagen angeliefert, mithin allerfrühestens heute; daß auch von Dir immer noch kein Brief gekommen ist, fügt zum Verdruß den Ärger bei. Faules Besteck.

Heute endlich der lange schon beabsichtigte Ausflug
zum Vesuv. Im Bus nach Sorrent, bis Ercolano mit der
Circumvesuviana, die vor einer Woche übrigens bei Torre
Annunziata aus den Gleisen sprang, es gab fünf Tote und
über hundert Verletzte zu beklagen. Von Herkulanum im
Bus auf Serpentinen über die Schlackenhänge zur Lift-
station. Klare Luft, gute Fernsicht, windig. Im Bus, der
seine Fahrgäste mit lautstarker Rundfunkwerbung trak-
tiert („In gamba con *Caramba*"; „Allora noi presentiamo:
♫ *Il Carosello*"), bezeigt ein junger
Amerikaner mit seiner italienischen Freundin Interesse
an meiner Kamera, knüpft ein Gespräch an, möchte nach
München weiterreisen, ich radebreche auf Englisch und
Italienisch, viel kommt dabei nicht heraus, wie sollte es
auch, wenn ich in einer Sprache nicht zu Hause bin.

Schwebe dann mit dem Sessellift über die Lavahalden
des Hauptkraters auf den Gipfel, überwältigt vom Rund-
blick über Neapel und die Inseln und Halbinseln des Gol-
fes. Auf dem Kraterrand zerrt der Wind, aber mich friert
nicht; ich stiefele über dem erkalteten Höllenschlund auf
dem ausgetretenen Pfad am Kraterrand entlang, auch ein
Stück in den Krater hinein wo aus Felsritzen heiße Dämpfe
aufsteigen, in denen sprachkundige Guides zur Demon-
stration für die Fremden Eier garkochen, trotzdem will mir
nicht gelingen, dem starren braunocker bis blauschwarz
gerunzelten von der Sonne friedlich ausgeleuchteten Gefels
das innere Bild zu überblenden von pyroklastischen Wolken Magma-Eruptionen rotglühend in stygischer Nacht
stratosphärenhohen Staubexplosionen Schlammlawinen
Steinhagel unter brüllendem Fauchen Donner und Erdbeben; wohl weiß ich daß es jederzeit wieder geschehen
könnte, weiß um die Observatorien Seismographen Eva-
kuierungspläne, dennoch wie kann etwas das in solcher

Totenstarre ruht wieder so energetisch sich beleben, der Augenschein spricht dagegen, der Blick, welcher über die paradiesischen Gefilde dort unten schweift, über Villen Weinberge Dörfer Obstgärten und das Kielwasser ferner Schiffe geschwungen wie weiße Augenbrauen auf dem Gesicht des Meeres.

Lasse mich vom Lift wieder hinuntertragen; auf der Rückfahrt das obligatorische Chaos auf der Irrsinnsstraße kurz vor der Ortseinfahrt von Positano. Zwei Busse können nicht aneinander vorbei weil parkende Autos das Nadelöhr verstopfen.

Beim Eintreten erkundigt sich der Pensionschef, wie lange ich noch bleiben wolle. Mein Zimmer sei vom 1. August an reserviert. Bis zum Dritten, sage ich, worauf er ein nachdenkliches Gesicht macht und ankündigt, dann würde ich ein anderes bekommen müssen. Da bin ich aber gespannt. Hoffentlich keine Bruchbude die in den Hof hineinschaut. Vielleicht will man mich ja loswerden weil ich als Einzelgast zu wenig zahle.

Abendessen wieder unter einem weinlaubumrankten Dach am Hafen. Es ist wunderbar mild und klar, schummrige Laternen glühen, schnucklig funzeln die Häuser an den Hängen wie Johanniskäfer. Überall auf dem Heimweg schlendern mir durch die verschachtelt getreppten weißgekalkten Gäßchen jungverliebte Paare entgegen. Ein Eldorado für Flitterwöchner. Wird Zeit, daß ich abreise. Bloß weg!

31. Juli 1973

Sitze wieder im Café am Hafen, lese SZ, rauche, verweile mit den Augen auf meiner im Wind hysterisch glühenden und qualmenden Pfeife. Die Pfeife pflegt man nicht zu färben; sie bleibet weiß, also der Schluß, daß ich auch dermaleinst im Sterben dem Leibe nach erblassen muß. Im Grabe wird der Körper auch so schwarz wie sie nach langem Brauch. Das ist ein ganz klarer Tag heute, jeder Baum und Stein in den Bergen ist mit mikroskopischer Genauigkeit auszumachen. Würde gern einen Leserbrief an die Zeit schreiben, diese korrupten Leitartikler, hab aber keinen Typewriter, meine Klaue könnte ja doch keiner entziffern. Setze mich dann wieder ans Ufer, hab aber keine Ruhe, die Brandung ist heut gar zu stark, die Gischt schäumt meterhoch und schlägt prasselnd nieder. Ein paar optimistische Angler haben bei dem Seegang kein Glück, quod erat expectandum.

Wandere dann auf einem schmalen Pfad am Meer entlang zu einer Bucht, die von einem weiteren Sarazenenturm bewacht wird. Diese Türme scheinen hier alle zu Villen ausgebaut zu sein.

Da ich in die Pension zurückkomme, werde ich gleich zum Umzug gebeten; das neue Zimmer ist ca doppelt so groß, doppelt so hoch, angenehm kühl, hat zwei Betten, führt nicht zum Hof hinaus sondern liegt in der Mitte des Hauses und hat daher überhaupt keine Fenster sondern nur künstliches Licht in Gestalt zweier 25-Watt-Tranfunzeln die in nackten Fassungen an einem Kabel von der Decke herabhängen. Wenn wenigstens eine davon neben dem Bett hinge! Die zwei Türen lassen sich nicht schließen und stehen schief im Rahmen. Na großartig.

Daß die italienischen Vacanze beginnen, ist unübersehbar. Die Pension hat sich schlagartig gefüllt mit Italienern die es aus dem staubigen Rom in die Strandbäder zieht. Jedes Bett wird gebraucht. Wie es hier zugeht wenn überdem noch die Ferien der übrigen europäischen Länder beginnen, läßt sich ausmalen. Nur fort!

Speise zu Abend, schreibe weiter am Kufner, hau mich dann in die Falle.

1. August 1973

Ausflug nach Neapel. Ich schlinge mein Frühstück hinein, Milchkaffee und Marmeladenweißbrot (ein Königreich für ein English Breakfast!), und spurte zum Bus der um viertel vor neun geht aber ja doch sein akademisches Viertel einhält; brumme über Sorrent Castellamare am Vesuv vorbei in die Innenstadt, lasse mich am Bahnhof absetzen und trabe dann, wie im Vorjahr, die lange schnurgerade Diagonale des Corso Umberto hinunter zum Hafen. Ungeheure Straßenschlucht, ein düsterer Canyon aus ockergrauen siebenstöckigen Fassaden mit schwarzen Balkongittern, beklemmende Perspektivflucht, ein monumentales Largo in es-moll. Um nicht angebettelt zu werden, tarne ich mich als das was ich bin: als Student. Die Yashica stopfe ich in die Aktenmappe, ein Übriges tun Bart schulterlange Haare Schubertbrille und italienisch brauner Teint (gut, daß die Uni ganz in der Nähe liegt — aber ach, sind jetzt nicht Semesterferien?). Leider ist es wieder dunstig geworden, die Konturen des Vesuvs sind nur zu ahnen.

Stapfe dann wie am Ankunftstag am Castel d'Ovo vorbei zum Parco communale, ärmliches Grün, verdorrte Blumenrabatten, staubige Palmen, um von dort auf den Vomero zu fahren. Hinauf führt eine Funiculare — *Funiculi, Funicula!* —, ähnlich den Zahnradbahnen der Schweizer Alpen. Im hochgelegenen Stadtteil angelangt, spaziere ich eine Weile durch die Gärten der Villa Floridiana, setze mich eine Weile unter Palmen auf eine Bank, neben mir im Nonnenhabit drei Damen aus dem Convento, fahre wieder hinunter, nehme in einer Bar einen Kaffee, schlendere weiter zur Schiffsanlegestelle wo ein irrsinniger Betrieb herrscht, Hunderte wollen mit ihren Autos nach Capri oder Ischia übersetzen. Fotografiere im Spätnachmittagslicht die ocker orange lehmgelben Mauern am Castel Nuovo, Bernardo-Belotto-Farben, und trödele dann wieder über den Corso zurück zum Hbf, kaufe mir den neuen Spiegel, fahre mit dem Bus zurück zum Castel d'Ovo. Registriere ohne innere Beteiligung die Porosität zwischen dem Säkularen und Sakralen, zwischen Straße und Interieur, Untätigkeit und Beschäftigung, warte in einer Galleria rauchend trinkend lesend auf meine Abfahrt, werfe eine fast volle Flasche Ginger Ale um, werde von due ragazzi um Zigaretten angebettelt, habe aber keine und fahre dann heim.

2. August 1973

Zuerst die Koffer gepackt, dann mich am Strand ins Café gesetzt um diesen Brief zu schreiben, es ist jetzt fünf nach halb vier. Was ich weiter machen werde, weiß ich noch nicht, hab zu nichts Rechtem Lust. In der Zeitung lese ich, in der Generalität des chilenischen Militärs sei das Fäusteballen gegen die Regierung Allende kaum mehr zu übersehen. Gehe zurück in die Pension, leg mich aufs Bett und döse bis zum Abendessen leer vor mich hin.

Muß dann ja auch bezahlen. Hinter dem Tresen hockt eine Alte die mir gleich nicht geheuer ist. Harte filzige Züge im Gesicht, Greifvogelklauen, schwarzes Gefieder. Sie fragt, wie oft ich in ihrer Pension gegessen habe. Ehrlichdumm wie ich bin, sage ich, das wisse ich nicht genau, es werde ja wohl irgendwo aufgeschrieben sein. War es jedoch nicht. Die Olsche fragt im Hinterzimmer ihre Familie die aber auch keine Ahnung hat. Verdammte Schlamperei. Sie kritzelt dann mit dem Bleistift einfach eine Phantasiesumme auf einen Zettel, elf Essen à tausend Lire. Dabei könnens nicht mehr als sechs bis acht gewesen sein. Proteste prallen an ihr ab. Also reiche ich ihr ein Bündel großer Scheine, die Alte zählt mit angelecktem Finger gierig nach, sagt, sie könne nicht rausgeben und rundet großzügig zu ihren Gunsten auf volle Tausend auf. Ich zittere so vor

Ärger, daß ich kein Wort mehr herausbringe und darüber sogar vergesse, mir meinen Passaporto zurückgeben zu lassen. Prächtiges Finale.

Hätte mich gern von Kufner verabschiedet. Aber er hatte mir nicht verraten, in welchem Hotel er residiert, und ich hatte es versäumt, ihn danach zu fragen.

3. August 1973

Der Tag ging regenschwer und sturmbewegt. Schlechte Träume in der Nacht. Schleppte meinen Koffer hinauf zur Bushaltestelle und fuhr durch tiefhängende triefnasse Wolken nach Neapel. Setzte mich im Hbf in den bereitstehenden Rapido Richtung Messina, von wo wie ich wußte die Tragflügelboote zu den Äolischen Inseln abgehen. Saß allein im Abteil, las von Preßlufthämmern durchschüttert die SZ in einem ganz alten verschnörkelten mit samtigen Plüschsitzen behaglich ausgestatteten Coupé, hatte noch anderthalb Stunden Zeit bis zur Abfahrt, wunderte mich aber nach einer Weile, daß es abgesehen vom Knattern der Preßlufthämmer so still blieb. Niemand stieg zu oder ein oder aus, kein Zug fuhr ein oder ab. Gespenstische Ruhe auf den sonst so quirligen Bahnsteigen. Ich erkundige mich. „Sciopero!" heißt es lapidar, Streik. Maledizione! Daß die Bergarbeiter in England streiken, ist ja wunderbar, aber hier sollen die Bahner doch bitteschön fahren und nicht faulenzen.

Also muß ich umdisponieren, erkundige mich nach einem Bus Richtung Rom. Der fährt denn auch, braucht aber fünf Stunden für die 200 Kilometer, na gut was solls, ich hab keine Wahl, und ja auch keine Eile. Und so geht es denn auf holprigen Landstraßen durch die Dörfer Kampaniens, ein Stück an der Küste entlang, dann durch die römische Campagna an den Albaner Bergen vorbei und zuletzt parallel zur Via Appia Antica hinein in die città eterna, wo ich staubig müde und zufrieden gegen 18 Uhr aussteige.

Erkundige mich über einen Telefonautomaten nach Einzelzimmern, „tutto occupato" heißt es ständig. Schließlich spricht mich ein Kerl mit Schirmmütze an, bietet mir ein Zimmer mit Frühstück für 2500 Lire, ich bins zufrieden. Das Zimmer hat vergitterte Fenster wie im Knast und einen mächtigen Rauchfang, war wohl einst eine Cucina, in der Mitte des gekachelten Fußbodens befindet sich, etwas vertieft, ein vergitterter Abfluß. (Das Gitter wohl zu dem Zweck, Ratten am Heraufwieseln zu hindern.) Aus dem Nebenzimmer schallt das Gebrüll dreier junger Amerikaner im Hasch-Delirium. Va bene, lang bleibe ich eh' nicht, Stazione Termini liegt nahe.

Bin dann mit dem 64er zu Freund Giovanni gefahren. Der Glückspilz haust jetzt in einem edlen Altbau unweit der Piazza Navona. Er öffnet mir, überrascht, erfreut, läßt sich erzählen, Gespräch auf Italienisch, ich mühsam stotternd, er in fließendem schönstem Parlando bei Kaffee, Whisky, Wein. Si, si, Napoli è difficile. Er hat vor kurzem seine Ferien in England verbracht und sagt es sei das Schönste, das er je im Leben gesehen, ich solle das Land unbedingt einmal besuchen. Bellissimo paese, bellissima architettura. Dann serviert er mir ein Abendessen, Spaghetti, Melanzane, ein im Wasser schwimmender Büffelkäse, dessen Name mir nicht mehr einfällt, Melone, etc.

Sehr spät zurück zur Pension im wie gewöhnlich überfüllten Bus, bin stockmüde.

4. August 1973

Habe erst ein Telegramm an Dich aufgegeben und sitze jetzt in einem Café am Forum Romanum über dieser Epistel; unter der Nase qualmt mein lieber kleiner Toback-

Vesuvius; weiß nicht, ob Du den letzten Brief mit der extradicken Beilage, Kufners Erzählung Erster Teil, schon bekommen hast. Dieser hier wird wohl der insgesamt vorletzte sein. Da du deinen Aufenthalt bei Tante Rita über die Dauer meiner italienischen Reise hinaus zu verlängern gedenkst, und da ich mir nicht sicher bin ob es auf jeder Insel des Archipelago den ich morgen mit dem Rapido nach Sizilien ansteuern werde, ein Postamt gibt, werde ich Dir den letzten wahrscheinlich erst nach meiner Rückkehr aus Berlin zusenden. Der Zug nach Messina geht morgen um acht Uhr dreißig; dort werde ich nach Milazzo umsteigen und sehen ob ich am Abend noch einen Aliscafo zu den Inseln bekomme. Besuchen will ich zumindest Lipari Panarea und Stromboli; für Salina Filicudi und Alicudi wird die Zeit nicht reichen. Kufners Geschichte hat meine ganze Neugier auf Vulcanismo geweckt.

Nun so stell dir deinen Freund jetzt erst einmal in neronischer Haltung auf dem Palatin vor, zur Leyer einen Ruinengesang anstimmend beim Anblick der im Nachmittagsgold brennenden Herrlichkeit. Bis bald!

Dein: Helmut

5. bis 12. August 1973

Cumæische Sibylle! Bis zuletzt schien es als wollten mich die Götter nicht freigeben. Noch am Tag vor der Rückreise tobte Neptun jauchzten die Nereïden stießen die Tritonen in ihre Muschelhörner pflügten auf Delphinen reitend das Meer und vergraulten die Tragflügelboote. Tags darauf mußte mich Poseidon zornschäumend ziehen lassen, verbündete sich aber hinterrücks mit Hermes der die Bahnstrecke erst bei Palermo und später auch noch bei Kufstein unterbrach und den Passagieren zwei Stunden Verspätung einbrockte. Als auch das nichts half und ich in München-

Riem in letzter Minute ins Flugzeug hastete, sprang Äolus ein und sammelte über Tempelhof Sturm und Regen, dem die Maschine bei der Landung nur schwankend und trudelnd zu trotzen wußte. — Rückblende:

Am schönsten sind die Augenblicke, da Sinneseindrücke sich überlagern und Synästhesien Erinnerungen und Erwartungen zu einem Moment zusammenziehen. Das erste Glas kühlen Getränks das nach langer staubiger Wanderung an die Lippen gesetzt wird — der kaum merkliche Übergang vom Mittag zum Nachmittag, in dem die Farben aufglühen, ihre bis dahin in bläulich milchigem Flimmern verborgene Substanz vor dem Auge auffächern — und wenn dazu eine kühle Brise den Geruch von wildem Rosmarin heranträgt, die Arbeitsgeräusche in der Ferne Siesta halten, das Gedächtnis sich auftut und Türen öffnet zum Künftigen — dann schießt alles, wie von einer Linse gebündelt, zu einem Brennpunkt zusammen der eines emphatischen Namens harrt.

Es ist unsagbar schön hier auf Vulcano. Oleander blüht hellrot-rosa Ginster leuchtendgelb Disteln von hellblau bis lila; überall duftet es nach Kamille Fenchel und Thymian. Nicht viele Menschen bewohnen das Eiland, kaum je ist ein Auto zu sehen oder zu hören auf der einzigen Straße. Lesen muß ich bei Kerzenlicht; es gibt noch nicht viel elektrischen Strom aus Dieselgeneratoren auf der Insel. Bis auf Kapern Schwertfische Bimsstein Wein und Trinkwasser, das aus Zisternen gewonnen wird, muß alles fürs Leben mit dem Schiff herbeigeschafft werden.

Am Abend erwacht der Fels, auf allen Inseln erstarrte Lava, und beginnt zu leuchten. Der älteste in bröseligen Klumpen und Falten von Erdbraun über Ocker zu Rostrot und Beige sowie dort wo Schwefelgase kristallin sich niederschlagen, in allen erdenklichen Varianten von Gelb. Der jüngere, von der Erosion noch nicht geglättet, in bizarr gerunzelten Furchen und Blasen blauschwarz wie Tinte.

Vor diesem Farbenreichtum müssen selbst die Blumen kapitulieren — das Tote wird zum Lebendigsten.

Mein Quartier auf Vulcano ein Landhaus niedrig einstöckig blendend weiß getüncht wahrt unbewußt die Kontinuität von der Antike zur Gegenwart. Die Jalousien des Fensters hüten das Geheimnis des Auswendigen: Öffnet man sie, tut sich ein Vorhang zum Längstvergangenen auf. Das Dunkel der Kammer war das real Gegenwärtige — was jetzt von draußen hell hereinbricht, ist die Phantasmagorie eines zweiten Pompeji. Ein üppig wuchernder nach dem Gießen feucht dampfender Garten inmitten eines Atriums, bedrohlich nah überwölbt vom Kegel des *Gran Cratere* dessen öde fossilierte Starre herniederweist auf den Garten und ihm ein luxurierend Gefährdetes Hybrides verleiht. Etwas von archaischer Gastfreundschaft blitzt auf, als ich zur Begrüßung einen irdenen Krug mit kühlem Zisternenwasser bekomme. Kein Wasser war je so gut wie das aus dieser tönernen (tönenden?) Amphore, und nannten die Griechen ihren Krug für Wasser und Wein nicht „κρατὴρ"?

Den alteingesessenen Insulanern hat sich ihre Isolation und ökonomisch prekäre Lebensweise in die Mienen gegraben: Sie erscheinen mürrisch finster wortkarg mißtrauisch bis zur Feindseligkeit. Eine Ausnahme macht der alte Wirt einer im hohen Schilf versteckten Trattoria. Nachdem ich die gebackene Seebarbe verspeist habe und er mir den Capuccino gebracht hat, setzt er sich zu mir, erzählt von Frau und Sohn; offen blinzelnde Augen im gerunzelten Antlitz; die Gesichtshaut tiefbraun getrocknete Lava; läßt mich mit seinem Teleskop die fern im Meer schwimmende Basaltklippe den *Strombolicchio* betrachten, zeigt mir seine Fremdenzimmer, und wärest Du Sibylle an meiner Seite gewesen, hätte er meiner Braut gewiß zum Abschied im Garten eine Nelke gebrochen und artig überreicht. Gastfreundschaft und äußerste Reserve — tertium non datur.

Auf der Fahrt zur nördlichsten Insel des Archipels kurzer Halt vor Panarea. Seit tausendvierhundert Jahren vor Christi Geburt stehen dort auf dem SW-Kap der Punta Milazzese hoch überm Meer die ovalen Fundamente eines Dorfes. Vielleicht war diese Ansiedlung ja ein frühgeschichtliches Touristendorf mit Kurtaxe und table d'hôte. Als ein schäumendes Seeroß pflügt der Aliscafo weiter das Meer, und jetzt bin ich auf einem schwarzbraunen Eiland von geometrisch perfekter Kegelform gestrandet und scheine am Ende der Welt zu sein. Die meisten Einwohner Strombolis haben schon Anfang des Jahrhunderts ihre Häuser verlassen und sind nach Argentinien ausgewandert. Der Friede der jetzt herrscht, ist die Stille des Paradieses aus dem sie vertrieben wurden, weil es für sie keines mehr sein durfte. Einst lebten sie vom Tauchen nach Schwämmen; die Erfindung des Kunststoffs zerstörte ihre Lebensgrundlage. Zu hören ist jetzt nurmehr das Rollen der Brandung und das Kreischen der Seemöwen.

Gestern habe ich mit einem Bergführer den 920 Meter hohen Vulkan bestiegen, der Aufstieg dauerte drei Stunden und begann in der Abenddämmerung. Er führte zumeist über feines lockeres Basaltgeröll auf dem die Sohle ebenso ausgleitet wie einsinkt aber nie wirklich Halt findet; der Abhang des Stromboli mit seinem steilen immergleichen Neigungswinkel hat etwas von einer gigantischen Kokshalde. Auf dem Rand des Kraters angelangt bot sich uns ein unvergleichlich erhabener Anblick: In der Tiefe rings um unseren nachtschwarzen Berg bis zum Horizont im Zephyr gekräuselt feingerippt das Meer von Indigo und Violett bis zu Orange gegen Sonnenuntergang wo auf der Kimmlinie des Wassers über dem untergegangenen Gestirn dieses Orange zu einem gelben Streif zerflossen war und als Gelbgrün am westlichen Himmel sich aufwölbte bis hinauf zum sternklaren Tiefblau direkt über unseren Köpfen, das hinter uns im Ost sich wieder bis Indigo verschattete: das ganze Spektrum des Regenbogens. Gerade uns zu Füßen der Höllenschlund aus dem im gleichmäßigen Abstand von je zweieinhalb Minuten eine Eruption von Magma als ein fuoco d'artifizio in die Höhe gespuckt rotgelb zerglühte verpuffte und zerstob. Begleitet wurden diese periodischen Auswürfe feurigen Gesteins, das sich am Kraterrand erkaltet als Glaslava Bimsstein Tachylit abgesetzt hatte, von einem Lärm der mich an Salven von Gewehrfeuer an das Donnern schwerer Geschütze das mal nähere mal fernere Grollen von Seekanonaden gemahnte, ein Gebrüll in das sich bisweilen noch andersartige, entgegengesetzte Laute mischten, schrill sirrende gläsern schleifende Töne unbestimmter Herkunft, ein schütteres fremdharmonisches Klirren alswie aus einem riesenhaften bebenden Geschirrkasten, ein Sirenengesang, lockend und quälend ineins, auch mein Bergführer wußte nicht woher dies kommen mochte. Warum fiel mir justament hier das *Ohr des Dionysos* ein?

Vor meinem inneren Auge stieg der Fujiyama auf, in dessen Krater sich unlängst wieder eine Studentin mit dem Schrei „Das ist zu heilig!" gestürzt hat; solche Suizide im Vulkan haben in Japan eine alte Tradition. Und der Ätna kam mir dort oben in den Sinn, in den Empedokles sich fallen ließ, um sich in ihm zu transsubstantiieren – nicht auszulöschen: Weil er kein Zergehen ins Nichts, mithin auch kein Entstehen aus dem Nichts annahm, sondern nur Veränderungen von Mischungsformen und Mischungszuständen der vier sich gleichbleibenden Rhizomata: nämlich der vier Elemente; und die göttliche Summe des Seienden wäre mithin, in Abkehr von allen anthropomorphen Gottesvorstellungen, das Weltganze mit den in ihm wirkenden antithetischen Kräften. Dieses hätte dann Kugelgestalt, wäre die Weltkugel: Und diese Rundform, die eine universale Reziprozität stiftet, bedeutet für die Erkenntnislehre des Philosophen, der in den Ätna sich stürzte, daß es

einen Kontakt zwischen Wahrgenommenem und Wahr-
nehmendem gibt, aber daß es zur Wahrnehmung nur dann
kommen *kann*, wenn *Gleiches auf Gleiches trifft:* Ausfluß
des Bewußtseins von der *Harmonia* der Welt (die nicht aus
dem Gleichgewicht gebracht werden sollte).

Nach zwei Stunden gegen 24 Uhr traten wir im Schein
unserer Taschenlampen den Rückweg an der mich noch
mühseliger ankam als der Aufstieg, da er mehr ein Gleiten
Stolpern Bremsen Rutschen genannt zu werden verdiente
denn ein Hinabsteigen. Eine Freude für die Kniekehlen;
der Muskelkater wird schnurren.

Heute morgen ein schwerer Seesturm; die Brecher zer-
sprühen in meterhohen Fontänen an den schwarzen Ba-
saltklippen; kein Boot geht ab; meine Abreise muß ich
verschieben.

Am folgenden Tag ist die See glatt wie ein Laken; das
Tragflügelboot bringt mich nach Messina; die Meerenge
bewachen Scylla und Charybdis. Der Rapido nach Rom
wird im Hafen entkoppelt, die einzelnen Waggons werden
in die Fähre rangiert und nach Anlandung in Reggio di Ca-
labria wieder zusammengeführt und aneinandergekoppelt.
Im Abteil von Neapel bis Rom eine Mutter mit Sohn und
Tochter, letztere beiden etwa 12 Jahre alt und von anspring-
ender Eloquenz, virtuoser Gestik und Mimik; schnell
kommen wir ins Gespräch — Taschen werden ausgepackt
— Servietten verteilt — sie bewirten mich mit Schinken-
brötchen Gebäck und Aprikosen vom Vesuv. Was hier als
„panini" klingelt, schrappt in Berlin als „Schrippen": Die
Differenz von Klang und Rhythmus sagt alles über den
Unterschied der Kulturen.

Vor dem Verlassen des Landes dicht unterhalb des Bren-
ner-Passes regnet es sacht. Draußen an den Waggonfen-
stern rinnen die Tropfen herab und verhüllen den letzten
Ausblick ins Land. So mochten sich einst die Augen der
Auswanderer getrübt haben, an denen sich die Vertreibung

aus dem Paradies, das es für sie nicht mehr sein durfte, noch einmal vollzog. Die Häuser die sie auf Stromboli zurückließen, haben keine Augen mehr. Die blinden Fensterhöhlen verklagen klaglos und stumm den geschichtlichen Prozeß der als Naturbeherrschung begann und sich dann als Herrschaft von Menschen über Menschen in der Konkurrenzgesellschaft rächte. Dafür klagt die Natur nun ihr Recht ein. Bunte Kräuter und Sträucher überwuchern Treppen Simse und Fensterläden; Katzen und Mäuse, Spinnen und Skorpione, Schlangen und Eidechsen nisten im Gemäuer: Sie sind jetzt die Herren im Hause.

Apropos. Die Fliegen, Eidechsen und Ringelnattern auf den Stilleben der Aertsen, Kalf, Claesz, Snyders mögen zwar auch pittoreske Versatzstücke sein und den Bilderwohlstand des Nordens mit einer Aura von Wärme Sonne Süden und müßigem Dösen besetzen. Aber mehr noch tragen sie zu dem luxurierend ausgebreiteten Obst oder Blumenstrauß ein Moment des schillernd Überreifen Faulenden ins Bild hinein. In die Projektion jener Sehnsüchte mischt sich ihre eigene Kippfigur: Aus Reife wird Verwesung, aus Reichtum Verfall und Verarmung, aus der Völlerei des üppigen Bildes die Leere in den Augenhöhlen des Vanitas-Schädels, *memento*, *et ego*. Und keine Echse, die nicht vom Mythos der Drachensaat des Kadmos zehrte.

Schlangen zuhauf gab es auf Stromboli; ich sah Hunderte von ihnen; sie haben keine natürlichen Feinde auf diesen Eilanden, winden sich als Zweige durchs Gezweig der Büsche, hängen reglos als graue Äste in staubgrauem Geäst, kringeln sich zwischen Lavafelsen, ruhen aufgerollt auf dem von der Sonne durchwärmten Gestein. Warum nur verwandelte Ares die *Harmonia* und ihren Gemahl Kadmos in *Schlangen*? War alles eine notwendige Folge jenes unseligen Angebindes, jenes Halsbandes, das ihr *Hephaistos* der göttliche Schmied, der Gott der Vulkane, zur Hochzeit geschenkt?

Vier Töchter entsprangen der Hochzeit Harmonias mit Kadmos: Agauë, Ino, Autonoë und Semele.

Agauë verleumdete gemeinsam mit Ino und Autonoë ihre Schwester Semele, die gestorben war, als sie von Zeus mit Dionysos schwanger ging, und wurde deswegen von jenem mit Wahnsinn geschlagen, so daß sie im bacchantischen Taumel Pentheus, ihren eigenen Sohn, in Stücke riß.

Auch Autonoë wurde zur Strafe für jene Verleumdung von Dionysos in Taumel und Raserei versetzt, so daß sie, als König Pentheus in Stücke gerissen wurde, vom Blut oder Weine berauscht sich beteiligte an dieser Schlächterei. Ihr Sohn war jener Aktäon, der von Diana zur Strafe dafür, daß er sie beim Bade belauscht, in einen Hirsch verwandelt und von seinen eigenen Jagdhunden zerfleischt wurde.

Ino heiratete den König von Orchomenos, Athamas. Göttlicher Wahnsinn schlug auch diese beiden: Athamas erlegte seinen Sohn Learchos, weil er, verblendet, ihn für einen Hirsch gehalten, und Ino sprang, nachdem sie den jüngeren Sohn Melikertes verbrüht hatte, mit diesem von den Molurischen Felsen am Isthmos von Korinth in den Saronischen Golf.

Semele wurde von Zeus geliebt und empfing von ihm ein Kind. Hera, eifersüchtig, nahm Rache für den ehebrecherischen Frevel: Zeus mußte der im sechsten Monat Schwangeren in seiner wahren Gestalt erscheinen: als Gewittergott; sein Blitz erschlug sie. Hermes zog ihr den Embryo aus dem Leibe und nähte ihn der Hüfte des Zeus ein, aus der er nach drei Monaten ans Licht der Welt geholt wurde. Als Name ward ihm: Dionysos.

Die Geschichte derjenigen, die den wunderbaren Namen *Harmonia* trägt, ist mithin eine der Disharmonie, eine Geschichte von Verhängnis und Verderben, von Rausch und Wahnsinn und Zerstückelung. Wie passen solche *disiecta membra* zu unserer Vorstellung von Harmonie als einem schön Zusammenstimmenden? Als Kadmos aus

Trauer über die Tragödien, die sich mit seinen Töchtern zugetragen hatten, zu den Encheladeern nach Illyrien auswanderte, ging Harmonia mit ihm, und so hat es beinahe einen tröstlichen Nachklang, daß Ares die beiden in *Schlangen* verwandelte und daß sie später, in Harmonie vereint, in den *Elysischen Gefilden* lebten, unter denen ich mir, was immer die Altertumskundler sagen, nichts anderes vorstellen kann als die vulkanischen Eilande Italiens im Mittelländischen Meer.

Im übrigen bin ich Roberto Kufners Bitte gefolgt und habe auf der Überfahrt von Stromboli nach Messina — das Meer ist dort überaus tief — tatsächlich meine Sonnenbrille über Bord geworfen. Allerdings ist es mir nicht gelungen, sie zu versenken, da sie aus Leichtplastik bestand; ich sah noch, wie sie im schäumenden Kielwasser des Tragflügelboots umhergewirbelt wurde und dann auf der Oberfläche des Wassers davontrieb, um sich alldem beizugesellen, was von den Wogen irgendwann an ferne Küsten geschwemmt wird, Treibholz Tang und Algen, Plastikflaschen und Kanister, tote Fische Kadaver Abfall und Müll.

Bis bald!

12. H (violett)

„*An ferne Küsten* jeschwemmt werden: würdick jetz selba
gern," (: Georg, wehmütig seufzend; und den Papier-
stoß mit Andacht auf Kante zusammengeschoben, oben
& unten, rechts & links, zwischen zärtlichen Schaufel-
pranken.) „Du nich ooch, Werner? (Alia bella gerant – tu,
Campania felix, flore!)" – Ich: nahm ihm den Stapel ab und
bettete ihn wieder in seinen violetten Passionskasten aus
Pappmaché; Deckel zu; requiescat in pace. „Du würdest
dich wundern, Amigo.

Der Müll, die Stadt, der Tod: Eintausendvierhundert
Tonnen Hausmüll produziert Neapel täglich und die Region Kampanien noch fünftausendachthundert täglich dazu.
Was das zur Folge hat, habe ich selbst gesehen (und gero-
chen), als ich vor zwei Jahren im Bus auf der Autostrada
del Sole zu einem Übersetzertreffen unterwegs war. Schon
nördlich der Stadt, bei Caserta, wo König Ferdinand einst
auf Jagd gegangen war in den lichten Laubwäldern, die das
Gefilde bedeckten, lag Abfall verstreut, als hätte ein Vulkan
eine Deponie gesprengt:

So weit das Auge reichte: zerfetzte schwarze Dünger-
säcke, Plastiktüten, zerborstene Erntekästen, aufgeschlitz-

te Matratzen, am Straßenrand, auf Melonenfeldern, vor halbfertig hingepfuschten Tankstellen, Bars, Schulen und Siedlungsbauten, aus deren unverputzten Betonmauern die Stahlgitter und Satellitenschüsseln ragten; und je weiter es hineinging in die Vorstädte, desto höher türmten sich die

Abfallhaufen: meterhoch, vor Kirchentüren, auf Gassen und Gehsteigen; die quellenden Säcke teils aufgedunsen teils zerrissen, aufgefetzt von hungrigen Hunden, Katzen, Ratten, Möwen, Krähen; und wo einst Goethe, Hackert und Hamilton ‚ein Stück vom Himmel' wähnten, das ‚zur Erde gefallen' sei, da trieben nun Schwaden beißenden Qualms aus dem schwelenden Müll unter glühender Sonne, ein süßlicher Gestank nach verfaulenden Melonen und verwesenden Kadavern, und da lagert jetzt, sofern er nicht gleich ins Meer gekippt wird, mehr Giftmüll, mehr illegaler Abfall als irgendwo sonst in der westlichen Welt.

14 600 Meter hoch wäre der Berg auf einer Grundfläche von 3 Hektar, der sich daraus aufhäufen ließe, und wie in jeder rechtschaffenen Hölle, zu der Menschen ihr Paradies verkehrt haben, befindet sich das schlimmste Unheil nicht einmal über, sondern unter der Erde, eingedrungen in den fruchtbaren Vulkanboden, in Gestalt von Dioxin, Schwermetallen und Cadmium, Schlämmen aus Gerbereien, Rückständen von Lack und Niederschlägen aus Rauchgas.

Der Golfo di Napoli: ist heute die dichtestbesiedelte Region Europas, und wo zur Zeit Mozarts, Winckelmanns & Tischbeins verstreute Dörfchen, Weinbauernhäuser und Landvillen die Küstenstraße säumten, erstreckt sich jetzt, vom Ufer bis zu den höchsten Hängen des Vesuvs empor, eine einzige Mega-City, ein grauweißes Elend aus Straßen und Schachtelbauten vom Posilipp bis Castellamare, wüst ineinandergeklumpt von korrupten Lokalpolitikern, geschmierten Stadträten und camorranischen Bauunternehmern, denselben, die die Müllabfuhr kontrollieren und sich ein Vermögen daran verdienen, daß sie dem Norden Italiens seinen Giftmüll abnehmen und abtransportieren, um ihn auf ihren Deponien zu lagern oder wild im Boden oder im Meer zu versenken, wobei immerfort und überall die Hand aufgehalten wird und die Bustarelle nur so hin und her flitzen.

Wer aber etwas darwiderhat: wird gleich mit entsorgt, in einem Aufwasch sozusagen, dem Müll ist alles Müll, ob Mensch ob Ding, die perfekte Verdinglichung: ist die Entelechie des Fortschritts; und da wunderst du dich noch, daß ich das achtzehnte Jahrhundert dem unseren vorziehe, mein Freund." — Aber nun weicher gestimmt, und versöhnlicher:

„*Hier, Schorse:* Ein Bier für dich, ein echtes diesmal, zur Belohnung für ausdauernde Lektüre." Er: dankte auch artig, und anerkannte: „Pilsner Urquell, aus Böhmen gar! Da sarick nich nein." Hebelte auch gleich das Kronenkörklein ab, setzte die Buddel budd-weise an den Mund, ließ den Adamsapfel ein paar Mal genußvoll auf und nieder hüpfen, wischte sich die Lippen mit dem Handrücken ab — und schüttelte dann doch wieder, die Stirn in Bedenken gefaltet, das sinnende Haupt.

„*Ick vaschteh det nich,* Werner." – „Was denn nicht?" – „Die Dia-Lecktick des Fortschritts. Immerhin waret doch Rom, das den Barbaren im Norden die Ziwilisazjohn jebracht hat; und et war Italjen, das mit Rennessangß und Bellezza und Aufklärung nich den Müll sondern den Mensch als Indiwiduum in den Mittelpunkt einer neuen Weltordnung jeschtellt hat, einer Idee von Freiheit und Menschenwürde. Aba wie kann eine Kultur, die das Erbe Griechenlands so herrlich weiterjejebm hat, die einen Tasso & Mickelandschelo, Leonardo & Monteverdi, Tiezjan & Tjepolo hervorjebracht hat, so einmünden in Schmutz und Jewalt und Korruption; wobei'ick meinen schpeziellen Freund Silvio jetz ma außeracht lasse-du!"

(Geschenkt, Amico. Den Zahn werd' ich dir schon noch ziehen.) „Liegtet am Kattolizismus?" – Nun aber redlich entrüstet: „Santo Telefonino! Bist du noch bei Trost? Ohne die Jesuiten etwa hätte es keine moderne Naturwissenschaft, Architektur, Musik und bildende Kunst gegeben. Stell dir vor, nach dem dreißigjährigen Krieg wäre ganz Europa unter die Herrschaft von hussitischen Protestanten, Calvinisten, Puritanern, Pietisten, Methodisten, Lutheranern geraten: Wie hätte es dann ausgeschaut? In kahlen Kapellen, deren Glasmalereien eingeschmissen und deren Bildwerke zerkratzt, überschmiert, zertrümmert, abgeschlagen und auf den Müll geworfen wären, hockten schwarzvermummte Duckmäuser zerknirscht sich geißelnd in Erwartung ewiger Verdammnuß (‚ich Erdenkloß & Rabenaas, ich alter Sündenkrüppel'); nee-danke, du! (Bach? –: ist kein Gegenargument! Der hat doch sein Kyrie & Gloria in h-moll dem König von Sachsen & Polen gewidmet, weil er lieber Kapellmeister im katholischen Dresden geworden wäre als weiter Thomasschulpauker & Kantatenfließbandsklave zu sein unter einer ‚wunderlichen und der Musik wenig ergebenen Obrigkeit' in Leipzsch-Einundleipzsch.)

Also. Lassen wir mal die Klimatheorien des 18. Jahrhunderts beiseite, nach denen ein kausaler Zusammenhang besteht zwischen den Wetter-Extremen der heißen Zonen und dem zwischen Lethargie und aufflammender Bestialität abrupt schwankenden Sozialverhalten ihrer Bewohner. Dann bliebe, nicht zur Begründung, aber zur Kennzeichnung der Sache, 1 Begriff:

Tribalismus: Ein Denken und Handeln in den Kategorien von Stamm, Clan und Familie; weit verbreitet in Süd- und Südosteuropa, in Afrika, im Nahen und Mittleren Osten, ein spezifischer Egoismus, der nicht aus dem Widerspiel zwischen liberalistischer Staats- und Wirtschaftsordnung und individualer Verantwortung erwächst, sondern seine

Legitimation aus der Bindung an die Familie bezieht. Die Sippe und der Stamm: sind sakrosankt, rechtfertigen jede Verhöhnung des Staates und jede Schandtat am Einzelnen, Blutrache, Ehrenmord, Bandenkrieg, Stammeskriege bis zum Genozid, Religionsfanatismus bis zum suicide bombing.

Die heilige Familie: gewährt ihren Angehörigen Halt und Schutz und fordert im Gegenzug, unter Strafandrohung, die Unterwerfung unter die Gesetze von absolutem Gehorsam und *omertà*. Wenn der Clan mit Müll die Landschaft verseucht, ist das nicht die cosa aller in frei gewählter Verantwortlichkeit aufeinander bezogenen Menschen, sondern nur die cosa ‚nostra'; und wenn der Stammesälteste dem Mädel einen Sprengstoffgürtel unter die Burka schnallt und es damit nach Kunduz in Marsch setzt, stellen Mutti & Vati hernach das Foto der heiligen Märtyrerin stolz im Goldrahmen auf den Fernseher. Ich sag dir, Schorse, so lange diese Familienvergötzung noch anhält, bleibt Fortschritt so vergiftet wie der Boden Kampaniens, da er dann auf seine beste definitorische Qualifikation verzichtet: auf eine Idee von Mündigkeit des Einzelnen, die sich von übergeordneten Prinzipien eines Ganzen, das in Wirklichkeit krasseste Partikularinteressen bedient, nicht abdrängen lassen kann und will."

„*Um so wenijer vaschteh'ick,* dette dich so gern im Denken, Reden & Schreibm von der Vergangenheit beeinflussen läßt. Dein Tribalismus, Werner, ist doch ein atavistischet Relikt gerade solcher seculi passati, denen du nachtrauerst." (Tor! Eins zu Null für dich, Schorse? Warten wir's ab.) „Also zum einen weißt du, holder Freund, daß ich am Alten nicht das Archaische, Dumpfe, Gewalttätige liebe, sondern das abhandengekommene Menschliche. Zum anderen — "

(Aber würde Georg das folgende Denken-im-Konjunktiv verstehen? Wem gehört denn mein Kopf? Einer ganzen

Generation von Ichs vor mir? Lichtenberg fragt: Was wäre unser Leben, wenn der Schöpfer den Tod nicht ans Ende verlegt, sondern an den Anfang gesetzt hätte? Lichtenbergs Gedanke, daß ‚alles in allem‘ sei, vermittelt ja zwischen Chaostheorie, Empedokles und Quantenmechanik: ‚Hätte ich zu Vardöhus in Norwegen einen Kirschkern in die See geworfen, so hätte der Tropfen Seewasser, den sich Mynheer am Kap von Afrika von der Nase wischt, nicht genau an dem Ort gesessen.‘ Quaere: Ob sich diese Consecutio umkehren läßt. Prolongation rückwärts? Ich glaube, ja.)

„Zum anderen?“ — „Zum anderen werde ich nicht von der Vergangenheit beeinflußt. Sondern ich beeinflusse die Vergangenheit.“

„Dit is mir zu hoch.“ (Dacht ich's mir doch. Ob ich ihn mit einer zweiten Buddel Bier würde ködern können? Ach laß fahren dahin — wo doch selbst gelahrte Skribenten nur von Nostalgie, Postmoderne und ‚Stimmenimitation‘ dampfplaudern, nicht ahnend, daß akkumulierte Sukzession von Epochen aus dem Nacheinander ein Nebeneinander stiftet, welches dem, der einen Satz liest, der im Jahr 1798 gedruckt wurde, für die Dauer des Lesens eine Existenz in eben diesem Jahr gewährt, in das er mithin, allerdings auf eine uns noch unbekannte, unendlich subtile Weise ‚rückwirkend‘ einzugreifen vermöchte.) — Also besser ablenken; 's ist ja auch 'ne Zumutung für jeden gesunden Menschenverstand. – „Komm laß uns noch was trinken gehn, hm?“

„Een'n Momang, Werner. Ick muß eh' bald aufbrechen. Aba eens willick zu dein'm Schperrmüll-Konwolut doch noch festhalten.“ – „Und das wäre?“ – „Daß ich deinem ‚Helmut‘ keen Wort gloobe.“ – „Inwiefern nicht?“ — Georg: war aufgestanden, an das Fenster getreten, hinter dem die Sonne soeben unter den Dachfirst des gegenüberstehenden Hauses gesunken war; Schattenriß einer Rükkenfigur, vom Fensterkreuz proportioniert und gerahmt, wie ein Scherenschnitt von Löschenkohl, höhnisch auflachend:

„*Weilet ein Fake is!*" Triumphal sich umwendend, frontal nun: „Erstens is Franklins Stil in seinen bekannten Memmoahren viel jedrängter, körniger, nüchterner, als er sich im Konwolut, so jeschraubt & verschlungen, präsentiert; und kein Feldscher anno 1798 hätte so formuliert, wie es dein Kurt alias ‚Kraut' in seinen Erinnerungen tut. Det is'n Pastittscho, und et schtimmt hinten & vorne nich!" Ich: wölbte die Unterlippe zur Trotzschnute vor, und hielt dagegen:

„*Franklins Artikel:* ist eine Übersetzung ins Weimarer Deutsch und eine redaktionelle Bearbeitung obendrein. So etwas kann den Stil des Originals ganz erheblich modifizieren. Und Kurt: schreibt kein Tagebuch, sondern aus der Erinnerung, irgendwann Anfang des 19. Jahrhunderts; sein Präsens ist natürlich nur ein Trick, mit dem Aktualität suggeriert werden soll. Tatsächlich schreibt er nicht aus dem unmittelbaren Erleben, sondern aus der Rückschau.

Im übrigen sind die Daten, Zahlen, Fakten in jedem Lexikon nachprüfbar. Wie kommst du dann auf ein ‚Fake'?" — Aber ich wußte schon, daß Georg nach seinem Pik-Buben noch ein Kreuz-As aus dem Ärmel schütteln würde. „Zweetens:

Völlick ausjeschlossen is, daß Helmut diese überbordende Fülle von Namen, Zahlen und Begebenheiten nach nur einmaligem Hören außem Jedächtnis sich sollte notiert haben können. Nichma der Arno Schmidt mit seinem ‚gußeisernen' Gedächtnis hätte dit jekonnt." Indes hier mußte ich doch grinsen (‚Bravo, schlaues Bürschchen'): „Und was schließest du daraus, mein Freund?" — Doch Shorlock: wieselte nur geheimniskrämerisch mit den Fingern im Tabakbeutel, à la ‚Stör' er mich nicht beim Combinieren, Watson.' (Mann, spann mich nicht auf die Folter!) Also heraus mit der Sprache: „Nun denn:

Wat raunt'nn der Filou so oft vom ‚Jeheimnis' in seiner ‚Aktentasche', die er imma mit sich rumschleppt? Wat wird er da wohl Wichtijet drinnehabm? Ick gloobe: Er hat's dem Roberto heimjezahlt. Was Kufner der alten Frau Kirchgeßner, ihre Blindheit ausnutzend, jeklaut hat, das hat der Helmut selba schtibitzt. Abschrift außem Jedächtnis? Dettick nich lache! Behalten hat er das Konwolut, an sich jerafft!"

„*Aber wann und wo*, Schorse? Kufner behielt es doch ständig im Auge." — „Nur nich beim Bezahlen. Da ging er kurz rüber zu den Kellnern, und diesen Moment nutzte der Schpitzbube aus, um den Inhalt der Mappe in seiner Aktentasche verschwinden zu lassen und an dessen Schtatt die Schpeisekarte, die ihm an Jröße, Dicke und Jewicht als annähernd gleich vorkam, in die Mappe zu schieben; es war schon schpät, es war schtockdunkel, da konnte er annehmen, daß Kufner den Trug nich bemerken würde, jedenfalls nich sofort. Und zur Sicherheit (und zum Lesen) schleppter den Packen dann schtändig inner Aktenmappe mit sich rum."

„*Aber er hätte doch* damit rechnen müssen, dem Argentinier an den Folgetagen wieder über den Weg zu laufen." — „Schtimmt. Deswegen is er ja auch sobald wie möglich abjedampft nach Rom und Siziljen. Deswegen is sein Bedauern darüber, dasser sich von ihm nich mehr verabschieden konnte, pure Heuchelei. Heilfroh isser jewesen!" – „Aber seiner Sibylle schreibt er doch mehrmals von seinem ‚Gedächtnisnotat'." – „Na und? Dit besagt doch noch jarnichts.

Klar is nur: daß der Packen aus deinem Schuhkarton nich in Italjen jeschriebm worden sein kann. Weil Helmut keine Schreibmaschine dabeihatte." – „Er oder seine Sibylle hätte das Gedächtnisnotat nach seiner Rückkehr typoskribieren können." – „Oder dein Schtapel is eben identisch mit Kufners Konwolut – und dit war bereits typoskribiert: Was sehr naheliegt, da nich anzunehmen is, daß Boßler vor 1812

seine Abschrift mitter Schreibmaschine jetippt hat —— ":
Und hier zog sich Schorse, mit verschwörerischem Spott,
ein Unterlid mit dem Zeigefinger nieder.

„*Mag ja alles* so sein. Nur: zu welchem Zweck sollte
Helmut das Konvolut an sich gerafft haben?" — „Um
Kufner beim Wort zu nehmen. Um die ‚Überlieferung' zu
wahren. Wie hätte'nn det anders jelingen können? Villeicht:
wollte er mit den Unterlagen ja 'n Buch schreibm. Villeicht
is der Typoskript-Schtapel in dein'm Schuhkartong ja ooch
'n Entwurf zu einem Historischen Roman — den er, als er
sah, daß er mißraten war, zum Schperrmüll jeworfen hat."

(Der arme Kerl! – wenn's denn so gewesen ist, wie Georg
mutmaßelte. Und ich sah schon vor meinem geistigen
Auge das fertige Werklein und seine Kritiken heute: ‚Wer
sich durch die Intellektuellensprache des weitgehend unbekannten Autors findet, gelangt zu einem Roman für Intel-
lektuelle, die sich an Fremdwörtern berauschen können.'
Oder: ‚Der Roman ist nur kunstgewerblicher Schulfunk,
hat ein Nichts an Handlung und entbehrt der vielschich-
tigen Charaktere. Da der Autor es vermeidet, sich leicht
verständlich auszudrücken, fühlt sich der Leser strapaziert
und überfrachtet.' Oder: ‚Diesen Roman werden nur ganz
wenige lesen. Was Charlotte Roche gelang: ein breites Publikum in Begeisterung zu versetzen mit ihren Genitalien,
das gelingt Helmut, der gen Italien seine Leser lenkt, nicht.'
Pff-nee, frei nach Brahms (F-A-E): lieber heiraten als einen
Roman schreiben!)

„*Na, dann brechick jetz ma* auf, wa. Dit is nett von dir,
dette mich noch'n Schtück begleiten willst. Wo issen bei
dir das Klo?" – „Zweite Tür rechts." — Und da Schorse
sich retirierte („Ich bin dann mal weg" (: auch so'n Aus-
scheidungs-Sükzeß)), suchte ich Schlüssel Ausweis Portemonnaie zusammen; gab der Natter im Terrarium, die sich
dekorativ als ein Apotheken-Emblem um ihr Bäumchen
geschlungen, noch ein frisches Schälchen Wasser: ‚Hier,

für dich, mein Asklepeios-Heilschlänglein gegen's Sünden-
gift'; ging auch hinüber ins

Schlafzimmer: wo die vier Waisen nun auf dem Bett
ausgelassen turnten, kapriolten & kissenschlachteten.
Mit strengem Blick (und den Zeigefinger mahnend ge-
schwenkt): „Bis später, ihr Lieben. Im Kühlschrank findet
ihr 1 Töpfchen Honig und 1 Bund Karotten. Und bitte
nicht zuviel des Rambazambas und des Remmidemmis!" –
Sie: saßen auch gleich still, und gelobten's mit feierlich erhobenen Pfoten, wie Rekruten beim ‚Großen Zapfensteiff';
nur der Kleinste behielt die Ärmchen nachdenklich unterm
Kinn verschränkt.

„*Du, Teddy,* bist der Älteste und trägst Verantwortung —" Doch da meldete der Vernähte Widerspruch an,
indem er auf sein mumifiziertes Alter verwies ((‚So well thy
words become thee as thy wounds, they smack of honour
both. Go get him surgeons!'). My God, sollte er wirklich
aus äonenalter Nil-Dynastie — (gar noch Zeuge ägyp-
tischer Plagen (: Finanzinvest—))? Nee, das nu schwerlich;
aber 'n ‚Giftpilz' war er vielleicht schon? Wie sollte ich die
vier Wesen fortan rufen: William, Charles, Edward und
Charlotte?). Doch pst!, da klappte die WC-Türe auf: „An-
diamo?" Und zu zweit noch ein Farewell-Salut vor dem
sterbenden

Lordadmiral Nelson überm Küchentisch: kurz die Fingerspitzen der flachen Hand an die Schläfe gekeilt und mit
den Beinen gestampft zum ‚Stillgestanden!': „Your Lord-
ship!" (‚Rührt euch!') — dann: die Wohnungstüre kreuz-
weis verriegelt + verrammelt, und mit Schwung

Lautklappernd das Stiegenhaus hinab, duckobert-dag,
duckobert-dag, duckobert-dag: und hinaus aufs Trottoir —
„Vorsicht, tritt nich in die Schpeichelfütze!" —, gleich an-
geweht vom Ruch aus der Dönerbratstube nebenan, in der
seit Stunden nun schon Mehmet im Schweißhemd vom
fettriefend rotierenden Karussell die Hammelschnitzelchen

absäbelte (‚Erst geköpft, dann gehangen, dann gespießt auf heiße Stangen, dann gebrannt, dann —‘); und noch

1 prüfender Rückblick an der Fassade hinauf zu meinem vierten Stock: Täuschten mich da meine Augen, oder hüpften nicht wirklich hinterm Fenster die vier Tierlein abschiedwinkend auf und nieder? (Irgendwie doch kein schlechtes Gefühl, wenn man, scheint's, von jemandem gemocht wird.) „Macht's brav!" – „Wat sahchste, Werner?" – „Äh, nichts-du. Aber nun sag mir doch mal: *Welche Schlüsse* hast du aus Hofmeisters Tagebuch gezogen? Was glaubst du: Auf welche Weise ist der Maler verschwunden?" Und Schorse gab, in ‚entwaffnender' Ehrlichkeit, zurück: „Keene Ahnung. Von dem seinen Notizen war'n mir die Hälfte nur böhmische Dörfer. Sofern sie nich eh' ooch 'n Fake sind —". „Mann, bist du heute mißtrauisch! Guck sie dir doch an, in der Hamburger Kunsthalle, oder in der Alten Pinakothek, die ‚Abendlandschaft bei Subiaco', den ‚Claudianischen Aquædukt' oder die ‚Wasserfälle bei Tivoli' — "

(Aber zugegeben: sein Notizbuch ist schon ein arger Galimathias) „— je nun, 's war halt ein quecksilbriger Kopf, belesen, neugierig, allen geistigen Strömungen seiner Zeit aufgeschlossen; offenbar hat er sich in allem mal versucht: Vedute, Ideallandschaft, Capriccio, Genreszene, Porträt, Ölskizze; wir können uns ja kaum mehr vorstellen, wie begeisternd und verwirrend die Kunstszene in Italien um 1800 gewesen ist. Drei große Experimentallabors der Künste gab es damals in Europa: in Wien für die Musik, in Weimar für die Dichtung, in Rom und Neapel für die Bildenden Künste: Wer darauf sich einließ, geriet erst einmal in einen Strudel der Kontroversen und der avanciertesten Techniken und Theorien zugleich — "

„*Und wurde, wie Hofmeister,* am Ende dabei wahnsinnig: willste det sagen?" — Doch statt zu antworten, mußte ich Schorse mit einem kräftigen Griff am Ärmel daran hindern, gedankenverloren die Straße zu queren, über die just eben – 'twas a close shave – zwei schwarzgegelte BMW-Boliden volldampfbretterten, testosteronstrotzend, und mit dem Autostereo auf Haudruff: bummta, bummta, bummta (Schweig stille, mein Herze)! — Also erst das Ampelgrün am Zebrastreifen abwarten; und sinnen:

(*Netter Anfangssatz* einer Erzählung: ‚Jeden Morgen, gleich nach Sonnenaufgang, stapft das liebe Ampelmännlein, den grünen Panamahut auf dem Kopfe, in den Wald.')

Und hinüber, auf die andere Straßenseite, und hinein in die *Coffee-Lounge ‚Staatssicherheit':* schummrig-indirekt ausgeleuchtet das elegante Ensemble aus Glas und Messing, orangebraun lackierten Kirschholzmöbeln vor violettrot-mattspiegelnden Marmorwänden (edel sei die Bar, neureich und gut), an jedem Tisch je 1 schöner junger Mensch, Schläuchlein im Ohr (‚IM Koons'?), mit Abendlatte vor seinem Laptöppchen — (Geflüstert:) „Am Design der Notebooks erkennest du, wie professionell hier gearbeitet wird, Schorse. Der eine lädt sich seine Seminararbeit aus'm Netz runter, der andere verfolgt, zur Erholung von so konzentrierter Geistesarbeit, Monster und Zombies mit Laserkanonen; hier blättert einer im Manual, das mit Cembalo oder Orgel wenig zu schaffen hat, dort klöppelt einer mit den Fingern auf der Tastatur in seiner Plauderkammer schweigend ins Gespräch vertieft."

(*Andere saßen* einsam im Eck und diskutierten, ins Leere gestikulierend, auf einem Autistenkongreß; nur wer genauer hinsah, hätte das Hörknöpfchen im Ohr und das Kehlkopfmikro („wie nach 'ner Laryngotomie") entdecken können: Also wirklich Tele-Phonie? Oder nicht doch Wahnpsychose („Herr Doktor, meine inneren Stimmen im Kopf befehlen mir Tag und Nacht, ich solle —").)

„*Diese Absorption* der Wahrnehmung des Nahen durchs Ferne und Virtuelle: ist schon ein Graus, findest du nicht? Ist doch kein Wunder dann, daß die Phänomene sich gleichgültig machen gegen ihre Perzeption. Wenn eh' jeder nur noch auf den Bildschirm starrt, kann das Reale getrost so banal und öde wie möglich geraten. Es merkt niemand. Weil niemand mehr richtig ‚da ist' oder es noch für wert befindet, vor einem Gegenüber die Augen aufzuschlagen." Dies aber ließ Georg nicht gelten, sondern keilte, ebenfalls flüsternd, zurück:

„*Absorbiert: bist du* doch ooch dauernd, Werner. Wer is denn in Jedanken immazu woanders, in 'nem andern Jahrhundert, wenn nich du? Nur, dette keenen Monitor dafür brauchst. Wessen Blick is denn schtändig nach innen jekehrt, zurückjelenkt ins Vagangene? Da faß dir ma an die eigene Neese-du!" (In Ordnung: Der Punkt geht an dich, mein alter Freund & Kupferstecher: Wo er recht hat, hat er recht.)

Und wir, Edward Hoppers verlorene Nachtschwärmer, lehnten uns an den Tresen und winkten dem Hautkopf im schwarzen T-Shirt zu, der denn auch gleich das Abtrocknen seiner Gläser unterbrach und erbötig herbeischwänzelte, Ringlein im Ohr, gay wie Nachbars Lumpi, ein Tattoo am Arm (: Love & Arms = Herz & Pfeil, die Stammeszugehörigkeit markierend (Ich sag's ja: Tribalismus!)) und ein hauchzartes Menjou-Bärtchen auf der Oberlippe. „Hallöchen, ihr Hübschen! Coffee to go?" — „No, to drink. Und bitte nicht macchiato, mit Milch & lauer Luft aufgeschäumt wie unser Literaturbetrieb, sondern the real stuff: ein italiänischer ‚Kurzer', türkischer Mokka wie Ruß, mit Crema rehfarben bedeckt; Zucker sanft glättet die Wut hochexplosiven Gebräus, wie den arabischen Hengst zügelt der Halfter des Herrn, ramdada ramdada damm, capisci, amico?"

An einem freien Tisch: Platz genommen auf Lederstühlen, so bequem, als hätte die Inquisition unter Philipp II. sie entworfen; aber das Bärtchen des Kellners erinnerte doch zu auffällig an den Argentinier; „Die Figur des Ro-

berto Kufner: is doch ooch ficktief, schtimmts?" — Also
mußte ich Georg den Zahn auch noch ziehen (Wäre ich
doch besser Dentist geworden: dann hätt' ich jetzt statt
der Sorgen 'n Cottage in Lichterfelde-West; vor'm Gar-
tenzaun: parkte das Oldtimerchen von British Leyland;
Stroemfelds Werkausgaben: wären bezahlbar und Brockes'
Irdisches Vergnügen aus'm ZVAB erschwinglich (ach ja,
die Wonnen der Gewöhnlichkeit ——).) Nun aber, mit ge-
botenem Ingrimm: „Fiktiv, lieber Schorse?

Über Roberto Kufner: informiert die Website jener Ma-
dres, die jahraus-jahrein, schikaniert und bedroht, in stum-
mer Verzweiflung auf der Plaza de Mayo von Buenos Aires
Schilder mit den Namen und Bildern ihrer verschwundenen Kinder in die Höhe reckten. Als im September 1973,
wenige Wochen nach Helmuts Rückkehr aus Italien, das
Militär in Chile unter General Pinochet mit Unterstützung
der CIA und des Pentagon gegen die Regierung Allende
putschte (übrigens unterm Beifall der konservativen Presse in Deutschland), gelang es Kufner in letzter Minute,
auf Schleichwegen durch die abgeriegelte Grenze nach
Bolivien zu entkommen und sodann über Uruguay nach
Argentinien zurückzugelangen.

Dort wähnte er sich in Sicherheit und arbeitete als freibe-
ruflicher Journalist, bis zweieinhalb Jahre später das argentinische Militär, inspiriert vom Erfolg ihrer chilenischen
Waffenbrüder, ebenfalls eine Junta inthronisierte, in der
besonders die Admiralität in der Person Jorge Videlas sich
durch ausgesuchte Bestialität im Umgang mit Gefangenen
auszeichnete. Kufner war, wie Überlebende bezeugen, unter den ersten, die von der Alianza Anticomunista Argenti-
na am hellichten Tage von der Straße weg in eine schwarze
Falcon-Limousine gezerrt und in ein Festnahmezentrum
namens ‚El Vesubio‘ bei Buenos Aires verschleppt wurde.

Am 31. 8. 1976 wurde er dort, wie ein Angehöriger der
Streitkräfte später einer Untersuchungskommission zu

Protokoll gab, mit elf Mitgefangenen, je zu zweien aneinandergekettet und mit einem Beruhigungsmittel sediert, in einen Helikopter geladen und weggeflogen, und wenn es je ein ‚Fake‘ gegeben hat, so perfide und diabolisch, wie kein schlagendes Herz ihm standzuhalten vermöchte, dann war es das Versprechen, man werde die Gefangenen nun entlassen und mit dem Hubschrauber in die Freiheit bringen.

Dabei waren schon zu oft an der Küste Leichen angetrieben worden, als daß im Land unbekannt geblieben wäre, daß die Gefangenen vor der Mündung des Río de la Plata über dem offenen Atlantik abgeworfen wurden in der Erwartung, die gewaltige Strömung des Flusses werde die Toten so weit ins Meer hinaus treiben, daß sie auf immer verschwunden blieben.

Da sich die Admiralität in dieser Erwartung aber getäuscht fand, ging sie nun versuchsweise dazu über, ihre Folterhäftlinge nicht mehr über dem Meer, sondern, wie auch im Falle Kufners, über dem Feuerschlund eines der wenigen noch aktiven Vulkane der Cordilleren abzuwerfen: Was natürlich mit einem erheblichen Risiko für die Helikopterbesatzungen verbunden war. Nicht, daß das Ergehen der Mannschaft ihre Vorgesetzten sonderlich bekümmert hätte — im Gegenteil: die Ausschaltung von Mitwissern war willkommen; und wie skrupellos junge Matrosen verheizt wurden, hat das Falkland-Abenteuer der Admiräle ja gezeigt —, aber der Verlust des Fluggeräts schlug für die notorisch schlecht ausgerüsteten Streitkräfte auf die Dauer so schädigend zu Buche, daß das Vulkan-Experiment bald wieder eingestellt wurde.

Vielleicht verstehst du jetzt, Schorse, warum ich lieber von den Falklands als von den Malvinas rede. Warum mir ein Admiral anno 1798 vergleichsweise lieber ist als ein Admiral anno 1976. Warum ich lieber vor dem Union Jack salutiere als vor der Flagge eines jener zahllosen Staaten, die seither mit Beistand unseres technischen und naturwissenschaftlichen Fortschritts ein Netzwerk aus Kontrolle und Unterdrückung, Gewalt und Schrecken über die halbe Erde gebreitet haben. Europa?–: dieses winzige zerklüftete Nordwestkap Asiens: kann froh sein, wenn es künftig noch als Disney-Park bestehen bleibt. Als ein putziges Freiluftmuseum und Spielzeug in der Hand milliardenschwerer Clans aus dem Osten, die eine Weile mit ihm tändeln, um es dann gelangweilt wegzuwerfen. Als ein Kulturzoo, dessen drollige Restinsassen ihre altindividualistischen Tempeltänzchen zur Gaudi globalisierter Wirtschaftsverbrecher aufführen dürfen, in deren Solde ringsumher die sonnenbebrillten Warlords ihre mit Koks aufgeheizten Kindersoldaten zum Massakrieren aussenden und die Birma-Juntas, die Ahmadinedschads, Kim Jong-Ils & Mugabes dieser Erde, in deren goldverspiegelten Sonnengläsern die Brände lodern, die sie entfacht, über die ‚kulturelle Arroganz des Westens‘ zetern, als wäre es im Osten je ein Ausweis von Kultur gewesen, Andersdenkende zu verfolgen und umzubringen. Und als hätte nicht einzig noch der Westen, wenn er sich auf das Zeitalter eines Goethe, Hackert & Hamilton beruft, die ästhetisch-moralische Legitimation, zum Gegenstand ‚Menschlichkeit‘ den Mund aufzumachen, eine Lizenz, an deren Statt er aber lieber seine eigene Bevölkerung lückenloser Erfassung, totaler Verwaltung & Kontrolle unterwirft in Form von Codes, Cards, Chips, Biometrie oder einer persönlichen Identifikationsnummer, die hierzulande jedem Säugling schon nach der Geburt gegeben wird: Von der Glasharmonika zum Gläsernen Untertan; man fragt sich, warum diese monströse Ziffer den Säuglingen nicht gleich in den Unterarm tätowiert wird wie einst in Belsen oder Mauthausen.“

(*Doch pst!*, man redet sich ja heute schnell um Kopf & Kragen; zumal soeben unser tätowierter Menjou die Coffee-Schälchen absetzte:) „Was zu essen dazu? ’Ne Bulette vielleicht?“ – so daß Schorse erst „Schwulette“ mißverstand, doch dann verbindlich abwinkte: „Nee danke. Sehr freundlich." — Und unser Garçon: entfernte sich wieder, nicht ohne Georg mit verdienter Tücke kurz ein laszives Kußschnütchen zuzuspitzeln: polymorph-homophon versus homophob versus polyphon-pervers?

„*Affektiertes Gebaren:* Wer eenmal über Mannierismus promowiert hat, hat damit nie wieder 'n Problem-du!" (Maske & Schein, Tarnen & Täuschen: Ye Triumphes of Fiction, oder:) „Die Suada der blinden Harmonikaspielerin: iss ja wohl ooch 'n Fake, 'ne Erfindung von Kufner; schließlich liegt die Kirchgeßner seit 1808 auf'm Kirchhof in Schaffhausen." (Geschenkt, mein Lieber; als wärs nicht erhellender, nach der Differenz zwischen Identifikation und Identität zu graben: Wenn ich die Hand in die Weste schiebe, bin ich dann nicht ein kleines Stück Napoleon? Wenn ein Wahnsinniger sich, indem er salutiert & kommandiert, für einen Admiral hält: Ist er es dann nicht tatsächlich, wenn auch nur partiell? Gilt nicht mittlerweile ohnehin das meiste als ‚Simulation'? Kann es überhaupt ein Handeln und Denken ohne Nachahmung geben? Und wie verhält es sich mit der Identität des Nichtidentischen?)

„*Ist doch einerlei,* Schorse, wer die alte Dame wirklich gewesen ist, solange nur ihr Trug nicht trügt und ihre täuschende Rede wahr spricht. Im übrigen ist das, was sie ausläßt, mindestens so aufschlußreich wie das, was sie erzählt (und das gilt auch für die übrigen Autoren des Konvoluts). Winziges Beispiel: Clementis ‚God save the King' in seiner Grand National Symphony. Dankbarer Tribut an sein Gastland? Das sähe ein Psychoanalytiker ganz anders. Denn Clementi führt das National Anthem ‚al roverso' ein, also von hinten, a tergo gleichsam, und wiederholt in der Mitte der Variationen diesen Rückwärtsgang noch einmal ostentativ, um die Hymne erst am Schluß in ihrer originalen Gestalt triumphieren zu lassen.

Queer versus straight: Man könnte folglich sagen: Clementi weist der Standarte Englands in pubertärer Abwehr den Hintern. Oder: Er verschlüsselt im Komponierten den Mißbrauch, den der Vierzehnjährige durch seinen pädophilen Käufer Beckford erfahren hat, und ‚bedankt‘ sich dafür. – Tja. – Das sind so musikbiographische Abgründe, die unsere spätviktorianische Old Lady lieber unausgesprochen ließ, und wahrscheinlich tat sie recht daran. Denn sie schrieb ja keinen Roman, hatte also keine Lizenz zum Lügen, sondern meinte sich ans Dokumentarische halten zu müssen bis zu einem Punkt, wo das überlieferte Faktische umschlägt in Spekulation.

Und so frage ich dich ein zweitesmal, lieber Freund: Wie und warum verschwand in Mozarts Todesjahr, just in dem Jahr, in dem sein Harmonikaquintett entstand, der Maler Johann Peter Hofmeister?" — Doch Georg zog nur gequält die Mundwinkel ein, preßte erst die Lippen zusammen, und murrte dann: „Ha'ick doch schon jesagt. Keene Ahnung. Immerhin jipptet ja nur zwee Möglichkeiten: das unfreiwillije, und das freiwillije Vaschwinden."

(*Freiwilliges Versinken:* War das nicht ein Lied von Schubert-Mayrhofer? (‚Wohin, o Helios? Wohin? In kühlen Fluten will ich den Flammenleib versenken, Gewiß im Innern, neue Gluten der Erde Feuerreich zu schenken.‘) Und gleich stiegen mir im höchsten Klavierdiskant die letzten tastend transzendierenden Halbtonschritte auf, nach den Worten ‚in weiter Ferne‘ (dazu Goethes schöner Begriff der ‚Fernung‘ in der Landschaftsmalerei: hier auskomponiert).)

‚Na gut, Schorse; dann laß uns diese Möglichkeiten der Reihe nach in Betracht ziehen. Unfreiwillig: Könnte ja nur heißen, daß er, wie Winckelmann in Triest, Opfer eines Raubmords geworden ist. Sein getreuer Giuseppe: wurde bei der Verteidigung seines Padrone, oder als Zeuge des Überfalls, getötet. Oder es handelte sich, wie im Fall des französischen Malerkollegen, um eine Entführung, die, als die Briganten merkten, daß für den unbemittelten Deutschen aus armer Familie kein Lösegeld zu erpressen sein werde, mit dem Tod des nutzlos Verschleppten und seines Begleiters endete. Dafür spräche, daß Staffelei und Schnappsack zurückgelassen wurden, die beim Maultierritt ins Bergversteck nur hinderlich gewesen wären; Eile war geboten; und das Zurückgelassene diente als erstes Signal an die Behörden: in welcher Gegend gegebenenfalls mit den Entführern Kontakt aufzunehmen sei.

Freiwillig: böte uns ein weites Feld von Motivations- und Handlungsvariablen, wobei uns ‚Verschwinden' entweder als Weglaufen oder als Selbsttötung möglich schiene. Denkbar wäre, daß Hofmeister schon lange im voraus geplant hatte, seiner Armut im allgemeinen und seiner drückenden Schulden im besonderen sich zu entledigen, indem er unter Zurücklassung seiner Habe, einen Überfall vortäuschend, sich auf und davon machte, vielleicht am Molo bei einem Überseehändler anheuerte, um ein neues Lebensterrain sich zu suchen, gleich ob in Timbuktu oder in der Neuen Welt; ja, wer weiß, ob Franklins Einschub in seinem Skizzenbuch von 1789 nicht einen Hinweis darauf gibt, daß er glaubte, er werde es als freier Künstler im freien Amerika besser haben und auf dem jungen Kontinent die Zukunftshoffnungen, welche die Alte Welt ihm genommen, zur Entfaltung bringen können.

Nicht auszuschließen aber auch, daß ihm dieser Entschluß jäh, unversehens, mitten beim Skizzieren auf den Campi Phlegraei kam, und er von einem Moment auf den anderen alles stehen und liegen ließ, um zu flüchten so, wie es heute ja auch noch immer wieder geschieht. (Einer meiner Klassenkameraden, unser einstiger Primus Oster- mann, ist auf diese Weise verschwunden, nachdem er ‚nur mal kurz' auf die Straße hinuntergegangen war, ‚zum Ziga- rettenautomaten'; bis heute gilt er amtlich als verschollen.)

Und Giuseppe, sein anhänglicher Leporello (zu Deutsch ‚Häselchen‘, nicht)?–: war offenbar bereit, seinem Padrone durch dick & dünn zu folgen, um gleichfalls im Verschwinden sein Glück zu machen; auch ’ne Dialektik von Herr und Knecht.

Für diese Selbstbefreiung sprächen: im Notizbuch am Ende die Momente von Elevation, Erleuchtung, Durchschlagung des gordischen Knotens, diese rätselhafte Serenität im Angesicht des Scheiterns. Dagegen spräche: Daß seine Schwester Dorothea aus Frankfurt und ihr kleiner Sohn, sein geliebter Neffe, nie wieder eine Nachricht von dem Verschwundenen erhielten, was doch gewiß geschehen wäre, wenn dieser andernorts seine Fortün gemacht hätte.

So daß als letzte finstere Deutungsvariante der Selbstmord bliebe. Gründe dafür gäbe es genug: Verarmung, Erfolglosigkeit, Produktionshemmung, künstlerische Blockaden aller Art, Weltschmerz und Ennui“ – „Und der Herz-Dame nich zu vajessen, Werner. Wie es scheint, war Hofmeister doch heillos verknallt in seine ‚göttliche Emma‘ und könnte sich daher, im Bewußtsein der Aussichtslosigkeit seines Begehrens, in einem gähen Aufwallen solchen Empfindens in den Schlammtümpel geschtürzt habm — “

„*Wobei Giuseppe* noch versuchte, ihn an dem desperaten Schritt zu hindern, von den Kräften des Raasenden, der sich an ihn klammerte, jedoch überwältigt wurde, so daß sie beide, ineinander verkrallt, in dem mephitischen Sumpf versanken.“ – „So wie Wagners Bayernkönig, Ludwig II., mit seinem Leibarzt?“ – „Genau so, Schorse. – Freilich — “ und hier mußte ich nun doch, aus gutem Grund, erst einmal tief Otem schöpfen, „gäbe es noch eine weitere, weniger triviale, dafür äußerst spekulative Begründung für Hofmeisters Suizid — “

Doch Georg: hatte mir nicht mehr zugehört, sondern auf die Armbanduhr geschaut: „Du-die letzte Eß-Bahn jeht in zwanzig Minuten. Laß uns aufbrechen, ja?“ Ich:

schlug noch einen letzten lupenreinen Klaren „zum Absacken" vor, in der ‚Gulag-Bar' am Prenzlauer Berg oder im ‚Café-Restaurant Schießbefehl' in der Oranienburger Straße; doch Georg: drängte zur Eile, so daß ich unseren Ganymed zum Zahlen rief – „Nee, laß mal, Schorse, now it's my turn" – und, mit Trinkgeld für Herz & Pfeil nicht geizend, die Rechnung beglich. (Brechts gute Mahnung: Lege den Finger auf die Rechnung, frage: Wie kommt das hierher?) —

Auf der Straße: naßspiegelnd der Asphalt; Rauchstreifen blaugrau überm Wolkenhügel; der Mond: ein phosphoreszierender Schimmelkäse in fettpapiernen Butterbrotwolken; der Große Wagen: balancierte schief auf seiner Deichsel; dazu in Regenlachen die Reflexe der Glühmäuler an ihren Plesiosaurus-Hälsen. „Berlin: könnte richtick anjenehm sein: wenn keen Mensch untawegs wäre; wenns öfta regnen würde; und wenn man inner Dunkelheit nix mehr deutlich erkennen müßte; schtimmts oder ha'ick recht, Werner?" Und treppab hinunter ins muffelnde Duster der S-Bahn-Tube.

2 Bahnsteig-Peripatetiker: Warten. Und schweigend im Muff auf und ab tigern ∞, ∞, ∞, ∞, am S1-Gleis Richtung Wannsee (Wieso mußte mir zur Strandbad-Idylle immer gleich das Wort „Konferenz" einfallen?).

Endlich: bequemte sich die ocker-rote Schlange zur rumpelnden Einfahrt, hielt an; alle Fensterscheiben von Hooligans zerkratzt, zerschrammt und undurchsichtig geworden, je nun, 's gab eh' nichts Herzerquickendes zu sehen da draußen. Wir betraten das halogenweiß ausgeleuchtete Innere: Die letzten und einzigen Fahrgäste dieses Waggons. Und kaum hatten wir Platz genommen und der Zug sich in Marsch gesetzt, überkam mich gleich wieder die hypnotische Trance — „Mensch-Werner, mit dir am Schteuer: möcht'ick nich gerne Auto fahrn-du!" —, der Reisehalbschlaf: unergründliches Gezogenwerden durch grenzenlose fremdvertraute Räume, drifting with clouds of subconsciousness zum klirrenden Schleifen der Räder auf rostigen Stadtbahnschienen ——

((*Rotierende Räder aus Glas,* von angefeuchtetem Stahl touchiert: Welche Fahrgeschwindigkeit ließe sich im Innern eines gezogenen Tons messen? Wird das Klirren zu stark und der Ton zu laut, springen die Waggons, wie in Eschede, aus dem Gleis und schiebenknickenfalten sich ineinander: zu einer „allgemeinen Harmonika" wie in Thomas Manns Eisenbahnunglück.

Von Davos nach Italien (Mario und der Zauberer: Hypnose auch dort!): Hatt' ich das nicht selbst mal erfahren, in den 50ern, als Achtjähriger, hinten im VW, über Julier- und Maloja-Paß ('s gibt sogar noch 'n Tagebüchl von der Reise) ins Bergell; Vater in Gabardinehose und schneeweißem Leinenhemd am Steuer mit Agfa und Voigtländer; Mutter im Plisseefaltenrock mit parfümduftendem Handtäschchen (darin Silberfeuerzeug, Sonnenbrille, Nivea, Lippenstift, Chanel und 'ne Schachtel Juno): Loveno Breglia, Bellagio, Villa Carlotta: frühester Quellborn reiner Namen-Magie; und fortträumen, ‚vorüber, ihr Schäfchen', in Wortklang-Trance ——))

Beim Erwachen („Nächster Halt Yorckschtraße!" (Batsch! Klingt doch gleich ganz anders als Bellano & Monte Brunate)): saß uns ein Paar gegenüber, sie etwa Mitte 40, er Ende 50, bei den Händen sich haltend, aufmerksam einander zugewandt in lebhaftem aber leisem Gespräch, sie: jettschwarzes Indianerhaar ums schmale argentinische Gesicht, er: graumelierte verwuschelte Strähnen; beiden gemeinsam: dunkle, vom vielen Lesen zwinkermüd geweitete Augen; unmodisch-unauffällige Kleidung: Mohairpullover sie – braune Barbourjacke er, löchrig & abgeschabt; Lachfältchen um die Augen, und jede Menge Gram- und Sorgenfalten zwischen Nase und Mundwinkeln:

(*Aha, ho capito,* klar wie Kloßbrühe: 2 akademische Kirchenmäuse, Freiberufler im Dauerprekariat (Ich sagte's ja schon: zu intelligent is ooch nix), eine Attraktion, zu besichtigen täglich auf geführten Touristenrouten (: „Hinterm zweiten Fenster links, meine Damen & Herren, exzelliert Bildung, arm aber sexy"). „Wir müssen raus, Werner!" – Schade, die beiden hätt' ich gern kennengelernt. Nettes Pärchen; ohne Mineralwasserflasche, Ohrschlauch & Handy: was es nicht alles gibt!) — Und hinaus & hinunter auf die

Großgörschenstraße: Still und verlassen der Spielplatzkäfig; auch auf dem Matthäi-Kirchhof waren die Lemuren heut einigermaßen ungeschäftig (obwohl's immer noch Geisterstund war). Im ‚Santa Lucia' der Pizza-Backvulkan: hatte für heute sein Rauchpensum erfüllt; statt seiner: rauchte der Koch vor der Tür noch ein verdientes Gras-Flüppchen zum Feierabend. Das Taekwon-Do: stand schwarz und schweigend; auch der Motorrad-Brahms: hatte seinem Häwelmann längst die Wiegen-Nänie gesungen (op. 49,4: ‚Guten Abend, gute Nacht, mit Rosen bedacht, mit Näglein besteckt'); nur im Eckladen des Mountain-Trekking-Engländers bummte, bummte, bummte es weiter plumb vor sich hin (Neighbour's Lullaby, wie?: ‚Come, gentle Sleep, ye Father of sweet Rest'). Nur der Mond: nickte hold vertraut herüber: Bong! („Horch! Horch auf den Gong des Kupfermonds") —

Dort die Bautzener rechts hinauf, zur Linken nachtschwarzes Fliedergebüsch (dahinter der Abhang zur Gleisschlucht), zur Rechten, von Mücken & Motten umstäubt, die Staffel trübfunzelnder Gaslaternen: „Ob der braune Umzugskarton noch da steht?" – „Ick seh nix. Doch – halt, warte mal —— hier –

Mensch!! Nu kiek dir det an!" Und wir standen erst; starrten, ungläubig, fassungslos; gingen dann in die Knie, die Finger suchend und tastend im Finstern:

393

„*Barbaren.*" Der Karton war zerfetzt, wie von einer wütigen Riesenfaust übers Trottoir verstreut worden; dazwischen lagen die disiecta membra des Spielzeugs, im Rinnstein 1 Bein einer Puppe, der Rumpf auf der Straße schon von zahllosen Reifen geplättet; „dort auf der Türschwelle liegt noch 'n Arm" – „Hier kiekma, den Kopf hamse uffde Autoantenne jeschpießt." (Woher kommt die maßlose Lust an Idiotie & Zerstörung in dieser Stadt? (Und beim Gedanken daran, was mit den vier Waisen geschehen wäre, wurde mir gleich ganz anders ——))

Kurz erwägen: Ob wir die Rudera ‚würdig bestatten‘ sollten auf dem Bautzener Platz (das Brunnen-Hexagon als Grabstele)? „Komm, lasset, Werner; gegen den allgemeinen Irrsinn kommt doch keener mehr an; wir schtehn auf verlorenem Posten." (‚in einer mondhellen einsamen gasse stehen zwei schwarzgekleidete männer in betrachtung des wolkigten nachthimels versunken, als horchten sie auf eine serenata o. nachtmusique‘) Und abwinken; und weitermarschieren, 12/8 ‚etwas langsam‘ (‚Bellt mich nur fort, ihr wachen Hunde, laßt mich nicht ruhn in der Schlummerstunde!‘).

Aber die violetten Herzchen auf der Souterrain-Tür der Bautzener Straße 15: mußt' ich auf dem Hinweg glatt übersehen haben; die Kellerfenster mit Sichtblenden verspiegelt; darüber der Schriftzug ‚Massage-Salon Asia‘ (‚ —Noodles‘ von frecher Kinderhand dazugekrakelt). „Hic habitat Miß Herz (Concord is conquer'd): Du-da fällt mir Hofmeisters Notiz vom 12.10.89 wieder ein. Dit habick ooch nich vaschtanden: Was es mit Doktor Grahams ‚Himmlischem Bett‘ auf sich hat. War das 'ne Wellness-Oase, 'n Luxuspuff?" Und ich mußte doch kurz auflachen; und erläutern:

„*Das 18. Jahrhundert in nuce,* guter Freund. Experiment und Wohlthätigkeit, Mythos und Aufklärung, Poesie und Wissenschaft, Traumbild und Technik vereint in der Nußschale. Die freilich keine passende Metapher wäre für das zehn Quadratmeter große Trumm in Grahams ‚Temple Æsculapio Sacrum'. Wer war dieser Doktor? Nach heutigen Maßstäben ein Scharlatan & Kurpfuscher, zur Zeit Cagliostros ein Arzt und Entrepreneur wie viele andere auch. Als Quack: galt ja eher sein Zeitgenosse Dr. Katterfelto, der mit einer schwarzen Katze therapierte; Cowper hat ihn mit einer giftigen Zeile am funkelnden Himmel der Satire verewigt.

Doktor James Graham (der nie promoviert hat): war ein Landsmann Hamiltons; wurde zunächst Apotheker in Doncaster, heiratete und übersiedelte 1770 in die Kolonien, wo er erst als Augenarzt praktizierte, bis er auf Anregung Ebenezer Kinnersleys, eines Freundes und Mitarbeiters Benjamin Franklins, mit Elektrophysiotherapie zu experimentieren begann. Bei Ausbruch der amerikanischen Revolution kehrte er nach England zurück, wo er in Bath eine Praxis eröffnete, welche wohlhabenden Kurgästen Therapien mittels ‚Effluvia, Vapours & Applications ætherial, magnetic or electric' offerierte.

Zu seinen berühmtesten Patienten zählte: die Blaustrumpf-Historikerin Catherine Macaulay, eine Mittvierzigerin, die Grahams einundzwanzigjährigen Bruder William heiratete: Worüber man sich in Bath und London die Mäuler zerriß, mehr aber noch darüber, daß zwei Jahre später, 1780, der Doktor an der Royal Terrace im Adelphi, gegenüber der Themse, seinen ‚Temple of Health' eröffnete, ein luxuriöses Etablissement mit schier unglaublichen Sensationen, berühmter noch als Loutherbourgs ‚Eidophousikon'.

Gegen eine Grundgebühr von 2 Shillings/Sixpence erhielt der Besucher Zutritt zur Main Hall, einem mit antikisierenden Gipsstukkaturen, Buntglasfenstern, Skulpturen von Äskulap, Hygieia, Liebes-Genien und erotischen Gemälden verschwenderisch ausgestatteten Saal; wollte er noch mehr erleben, wurde er um 10 Shillings/Sixpence erleichtert und durfte dann das balsamische Parfüm atmen, das die Duftkerzen ausströmten, der himmlischen Musik lauschen, die aus unsichtbaren Schallöchern leise das Gebäude durchwehten, sich am Anblick erlaben, den unbekleidete lebende Statuen auf ihren Postamenten boten und, aufs angenehmste gereizt und erregt von diesen Synästhesien, den Vorträgen lauschen, die der Doktor über Sexualhygiene hielt, eine seiner Broschüren oder Heilmittel erwerben, etwa seinen Nervous Ætherial Balsam, den Electrical Æther oder seine Imperial Pills, oder sich zur Incitation der erschlafften Nerven mit Hilfe einer Influenzmaschine electrische Stromstöße applizieren lassen."

„*Und in diesem* Wellness Resort hat sich unsere Miß Hart also als, wie soll ich et nennen, äh-Animierdame betätickt?" — „Du kannst es so nennen, Schorse; und von daher wirkt es nicht mehr ganz so befremdlich, wie entrüstet später Londons Society die Liaison eines ehemaligen Nackt-Models – das wir uns freilich nicht als ordinaires Freudenmädchen vorstellen dürfen – mit ihrem Seehelden aufnahm."

Georg, protestierend: „Also mich befremdetse schon, diese puritanische Vaklemmtheit. Der brittische Verteidigungsminister Profumo (heute hieße'r eher Antifumo, wa?): mußte in'nen 60er Jahren demissionieren, bloß weiler 'ne Affäre mit dem Callgirl Christine Keeler hatte — während mein schpezieller Freund Silvio jetz ein Sex-Moddel, Signora Cafagna, als Frauenministerin in sein Kabinett jeholt hat: Dit nenn' ich doltsche Vita & romanisches Lesseh-fähr, du!"

„*Laß uns bei Graham* bleiben, Schorse, ja? Bitte! Der Skandal: lag ja weniger im moralisch Anrüchigen, sondern darin, daß in Grahams Unternehmen und in der Funktion, die Emma Lyons in ihm einnahm, für dieses neugierige, experimentierfreudige Zeitalter jede Möglichkeit zu klarer, eindeutiger Unterscheidung zwischen Schein und Sein, Verschwendung und Nutzen, Trug und Wahrheit aufgehoben war. Wissenschaftlicher Ernst und Divertissement, Pragmatismus und Hokuspokus, höchster Kunstgeschmack und Sex-Trash, heidnische Antike und christliche Sozialhygiene gingen darin eine Liaison ein, die just deswegen so provozierte, weil sich die Öffentlichkeit der Anforderung, die jene an ihr Distinktionsvermögen stellte, nicht gewachsen fühlte. Nur ein ausgewiesener Spötter & Wit wie Horace Walpole hatte den Mut, von Scharlatanerie zu sprechen:

‚*Das ist* der größte Schwindel, das schamloseste Kasperltheater, das ich je gesehen habe, und der Scharlatan selber ist der zwielichtigsten einer. Ein Frauenzimmer, unsichtbar, zwitscherte zu Klarinettenmusik auf der Treppe. Die Decorazionen sind albern & geschmacklos, und der Apotheker, der durch eine Falltüre heraufsteigt (sinnloser Weise, da er ebenso gut auf der Treppe heraufsteigen könnte), ist immerhin eine Nouveauté. Die electrischen Experimente sind alles andere als einzigartig, und eine armseelige Luftpumpe, die nichts Gescheiteres zu thun hat, als eine Schweinsblase zum Platzen zu bringen, setzt der Farce die Krone auf.‘

—*: Was Graham* nicht davon abhielt, 1781 im Schomberg House an der Pall Mall dasselbe Etablissement in noch prächtigerem Stil einzurichten." — „Und da schtand dann das ‚Himmlische Bett‘?"

„*The electro-magnetic musical Grand State Celestial Bed:* stand im 2. Stock; mit Voranmeldung zu mieten für 50 £ die Nacht. 12 x 9 Fuß groß, die Laken aus feinster Seide in Himmelblau, Weiß & Purpur, parfümiert mit dem Duft von Tudorrosen, die Matratze gefüllt mit frischem Weizen- oder Haberstroh, Rosenblättern & Lavendelblüten, orientalischen Duftstoffen und dem kräftigsten, elastischsten Haar aus dem Schweif jener herrlichen englischen Rösser, wie Stubbs sie gemalt. Das Ganze stand auf 28 Glaspfosten, in einem kipp- und schwenkbaren Doppelrahmen, versehen mit einem Kopfbrett, das die Inschrift ‚Seid fruchtbar und mehret euch‘ trug. Darüber hing eine mit karmesinroten Quasten geschmückte Bettkuppel, in die ein großer Spiegel sowie frische Blumen und Skulpturen von Cupido & Psyche und Hymen, der eine Fackel mit electrisch flackerndem Licht in der Hand trug, eingelassen waren und in der zwei lebende Turteltauben saßen (‚Und Liebe, und Liebe girrt das zarte Taubenpaar‘: so singt's ja wenig später in Haydns Schöpfung, nicht?).

Das Bett und diejenigen, die auf ihm lagen, wurden von Magneten und einer ausgetüftelten Influenzmaschine — die Glaspfosten dienten der Isolierung — in ein elektromagnetisches Feld getaucht, dazu mit ambrosischen Düften und ätherischen Aromata umwallt; und eine hydro-pneumatisch betriebene Glasharmonika badete das Liebespaar in ein Fluidum aus Akkordfolgen, die auf mechanischem Übertragungswege je nach Stellung und Bewegung des Paares wechselten.“ – „Na, 'ckweeß nich, ob mich dit nich eher abtörnen würde — “(: Georg, muffelnd). „Schweig stille, du Proll; Grahams Chamber of Apoll zeigt doch, daß es hier nicht auf dionysische Stimulation ankam, sondern auf eine einzigartig freizügige Amalgamierung von christlich inspirierten Sublimationsstrategien mit antikisierendem Eros.

Die Funktion der Musik dabei: war das Kräftigen der Nerven und Einstimmen der Sinne. Graham: ‚Music softens the mind of a happy couple, makes them all love, all harmony.‘“ – „Aber wennet nu 'n unhappy couple is — “ grummelte Schorse noch; schwieg aber gleich, da er vernahm, was der Doktor so hoffnungsschön beschwor: „The melodious tones of the harmonica, the soft sounds of a flute, the charms of an agreeable voice and the harmonious notes of the organ.“

„*Und mit dem Etablissemang* hat er sich dann 'ne goldene Neese vadient?" – „Keineswegs, liebster Freund.
Die zigtausend £, die er investiert hatte, amortisierten sich
nicht. 1784 gab er sein Unternehmen auf, ging zurück ins
heimatliche Schottland und wandte sich nun der Erdbad-
Therapie zu, die Hofmeister erwähnt." – „Also 'ne Art
Fangopackung, wie im Wellness Spa?" – „Ja, aber nicht
zu dermatologischen, sondern zu ernährungshygienischen
Zwecken.

Wie jeder redliche Arzt: experimentierte Graham zunächst mit sich selbst. Wenn die Erde das Gras auf der
Wiese, die Bäume im Wald und die Kräuter auf dem Felde
nähre: Warum könne sie dann, so glaubte er, nicht auch den
Menschen nähren, der daraufhin gut auf Essen verzichten
dürfe. Also vergrub er sich tagelang, ohne Nahrung zu
sich zu nehmen, im Schlamm, und es muß ein curioses Bild
gewesen sein, wie nur noch sein Mund, seine Nasenspitze
und Perücke aus dem Morast ragten, wenn er ab 1786 sein
Verfahren in öffentlichen Demonstrationen vorführte. Ein
Augenzeuge aus Newcastle schreibt im Todesjahr Mozarts:
,*Der Doktor* grub sich bis ans Kinn in den Schlamm
ein, sein Haupt wundervoll frisirt & eingepudert, nicht
unähnlich einem voll ausgewachsenen Blumenkohle. Dieses menschliche Gewächs verharrte sechs Stunden lang in
dieser absonderlichen Stellung.'

Einmal: machte es sich der erfolglose Schriftsteller
George Dyer zunutze, daß Grahams Patienten, unfähig,
sich zu rühren, im Schlamm festsaßen: Er zog sein Manu-
skript aus der Tasche und las den reglos ihm Ausgelieferten
stundenlang aus seinem neuen Werk vor (: Sollte man vielleicht auch mal in unseren ,Literaturhäusern' einführen).

1788: wuchs, mit der Dauer seiner Hungerexperimente,
auch Grahams Elevation; er wähnte sich ,wiedergeboren'
und gründete die New Jerusalem Church; einziges Mitglied: James Graham. Briefe unterschrieb er nur noch mit

‚Servant of the Lord, O.W.L.' (Oh, Wonderful Love) und auf der Straße riß er sich die Kleider vom Leib, um sie den Armen zu geben. Schwer vorstellbar, daß heute ein Privatklinikchef auf der Straße einem Bedürftigen seinen Mercedesschlüssel in die Hand drückte (: Was vielleicht doch die bessere ‚Gesundheitsreform' wäre, wie?).

1794: ist der Doktor dann in Edinburgh, in seinem Haus in Lochend's Close, verhungert. Ehre diesem Träumer & Phantasten, der uns, auf jener Grenzscheide zwischen Aufklärung und Romantik, sein ganzes herrliches Zeitalter zu einer Assemblage gebündelt hat!" —— Also weiter die Bautzener Straße hinauf, zum

Fuß der Monumentenbrücke: Und die Front der Brandmauern und Hausfassaden am gegenüberliegenden Kreuzberger Ufer stieg uns so auf, wie einem Seemann auf der Kommandobrücke ‚nach langem Aufenthalt an fernen Küsten' von weitem die kalkweiß-wetterbleichen, windberammten Klippen von Dover aus grünen Wogen aufsteigen; hinter Antennen schwankte die blasse Hustenpastille des Monds, Eidotter im Molkenweiß, wackelnde Lantern, quietschend in rostigen Erz-Angeln. Also auf dem Scheitelpunkt haltgemacht; und ans Brückengeländer gelehnt über Abgründen:

„*Auf die Gründe* für Hofmeisters Verschwinden: weist doch alles im Konvolut überdeutlich hin, Schorse! Helmuts empedokleische Anwandlungen auf dem Stromboli; Kufners Sprachfarben-Synästhesie oder seine subterrane Erzählung aus Gesualdo; Kirchgeßners gothische Geschichte aus den böhmischen Wäldern; Emma Harts Anverwandlung an die steinernen Statuen der Antike; Hamiltons Grabungen; die Nerven-Affektationen durch Franklins Harmonika oder Puckeridges Verweis auf die chthonische Herkunft des Immateriellen aus Knochen & Kalk:

Hofmeister selber legt eine Spur nach der anderen aus, und die Spur von Grahams ‚earth-bathing' ist nur eine von vielen. Farbe soll sich materialisieren, mit Schlamm und Dreck sich mischen, riechen wie Tang und Algen; das Bild soll stofflich werden, der Maler, der schon jetzt gern wie Lord Brooke Boothby an die Erde sich schmiegt, ganz einswerden mit der Materie.

Worum also geht es ein ums andere Mal? Um gelebte Metaphorik, um Angleichung, Anverwandlung; nicht um Mimikry, sondern um Mimesis; nicht um Auslöschung, sondern um Transsubstantiation. Ihre unfreiwillige, verbrecherisch gewaltsame Variante: Lesen wir in dem aberwitzigen Treiben des Glashüttenmeisters. Ihre deliberate Variante: Haben wir in dem elevierend heiteren Entschluß des Künstlers, wie Helios brennend vor Erkenntnisdurst und mimetischem Verlangen freiwillig sich der Erde hinzugeben, auf daß diese selbst, vice versa, zur Kunst werde."

„*Klingt aber doch* hirnrissig, oder?" (: Georg, heftig kopfschüttelnd). „Allenfalls auf den ersten Blick, guter Freund. Nimm diese Zementpoller auf der Brücke: Indem ich sage, es seien ,Champignonköpfe', büßen sie ihre Bestimmtheit ein, werden objektiv zu einem Mehrdeutigen. Denk an die geretteten Waisen: Indem ich zu ihnen rede, reden sie, von mir beseelt, zu mir. Gib, so wird dir gegeben; wirf weg, damit du gewinnst. Hofmeister: zog aus dieser generierenden Kraft der Entäußerung nur die radikalste Konsequenz. Was fesselte ihn an Franklins Harmonika-Musik? Ihre Zweideutigkeit. Insofern ist Hofmeister gar nicht verschwunden. Er existiert weiter, verwandelt; vielleicht ja auch in dem Asphalt, über den wir soeben gehen." — Doch Georg: sah äußerst skeptisch drein, dieweil zu Boden schauend: „Vorsicht, Glasscherbm!"

Auf Kreuzberger Boden, am jenseitigen Fuß der Brücke, haltgemacht vor dem kreischbunten Großplakat ,Mit Alitalia an Neapels Goldene Küste': „Ick wunder mir imma, warum noch keen findiga Reiseunternehmer darauf jekommen is, Reisen nach Italjen mitter Postkutsche anzubieten, in allen Detaijs jenauso wie vor zweehundert Jahren. Du kannst mit Schlittenhunden zum Südpol fahren und auf Gaffelschonern Kap Hoorn umrunden; aba Kutschfahrten mitter Postschäse durch Europa — " (Inklusive Aufstehen um 3 Uhr nachts, aus verwanztem Strohlager; und abends das wunde Gesäß einsalben?–: Dich möcht' ich sehen, Amigo!)

„*Ausgeschlossen*, Schorse; aus zwei Gründen, auf die du selbst hättest kommen können. Erstens bräuchtest du ein dichtes europäisches Netz von Poststationen und Gasthöfen einschließlich Ställen & Remisen, Wagenmachern, Hufschmieden & Pferdeknechten: Eine logistische Unmöglichkeit; unrentabel obendrein, wenn du bedenkst, daß im 18. Jahrhundert Arbeitskosten erheblich geringer waren als Materialkosten (heut ist's ja umgekehrt) und in einer Kutsche höchstens 6 zahlende Passagiere Platz fänden.

Zweitens: Gäbe es heute in Zentraleuropa keine passenden Straßen mehr für Pferdefuhrwerke. Auch als Wanderer: wärst du nicht zu beneiden. Würdest du dich heute, so wie Seume 1802, auf einen Spaziergang von Leipzig nach Syrakus begeben, würde dich gleich auf der erstbesten Bundesstraße ein Streifenwagen der Polizei wegen Gefährdung des Straßenverkehrs nach §1 StVO einsammeln. Nee-du, das ist unwiederbringlich dahin. Perdü, aus, basta, finito."

Und resigniert: abwinken, zum vorletzten Mal am heutigen Tag, die Mündung der Eylauer Straße querend; dann rechts herum mit Hurra in die Katzbachschlacht; kurz hineingelinst in den Nightmare: Auch dort am Tresen überm Pils noch 2 verlorene Seelen à la Hopper; und 1 Hartzer an der Daddelmaschine; je nun, es gibt schlimmere Alpträume, wenn über den Dachfirst blutend der Vollmond rollt.

Zur Linken aus finster raschelndem Gebüsche, zwischen Viktoria und Golgatha, das Flöten einer Nachtigall (,noch drückte Gram nicht ihre Brust, noch war zur Klage nicht gestimmt ihr reizender Gesang': 1798); „So, hier binicknu zu Hause." — „War nett mit dir, Schorse; laß uns bald mal wieder treffen, ja? Gott zum Gruß! Ich ruf' dich an — " (und Tatze in die Pratze); „Rot Front, Werner. Wartema, ick bring dir noch zur Bushalteschtelle."

Vorm Schleckermarkt: „Da kommter ja schon. Mensch-kiekma, diesma isset 'n roter!" Und tatsächlich: Reklame machte es möglich: Royal-Mail-rot der Doppeldecker, und quer über die Flanken gemalt: ‚Auf die Gesundheit! Trinkt Hohes C'; je nun, stimmt ja: Hatten wir nicht die ganze Spektral-Oktave durchwandert, von Rot bis rot, von C nach c? — Und schon stand das Trumm am Trottoir stramm; der Faltbalg der Einstiegstüre schwang auf, und der graumelierte Chauffeur winkte mich, verdächtig freundlich, herein. Ich sprang an Deck —

Und konnte weiter nicht umhin, meinen Kutscher argwöhnisch zu mustern: Denn der BVG-Schwager schaute mir tatsächlich lächelnd ins Angesicht, neigte zum Gruß leicht das schmale Haupt unter der Perücke, während aus Spitzenmanschetten seine Hände die Dukaten, die ich ihm aufs Münzbord hingezählt, einstrichen — (Ob er krank war? Nicht richtig im Kopf? Oder Westeuropäer?)

„*Seid liebreich* willkommen in unserem Omnibus, Euer Gnaden. Verbindlichen Dank für die Taxe. Bagage: schnalle ich Euch gern auf dem Dache fest. Haben Euer Gnaden weit zu fahren? Nun, unsere commode Passage wird Euch wie im Fluge vergehen:" so kam's aus zweihundert Jahre altem Munde. Und gleich glättete sich die Faltharmonika der Einstiegstüre, die Bremsen wurden gelockert, die Peitsche knallte und der Doppeldecker schwenkte, beschleunigend, in seine Fahrspur ein, während ich, die Schultern mir stoßend und haltsuchend, übers Wendeltreppchen aufs Oberdeck torkelte, ans Fenster mich setzte, die beschlagene Scheibe mir durchsichtig wischte und hinauswinkte — allein Georg war schon davongetrabt, die Hände in den Hosentaschen, zwischen die Schultern gezogen den kapuzten Kopf, caput kaputt.

Spute dich, Kronos! Und träumen: Ob mich dereinst zur letzten Überfahrt Charon am Ufer auch so freundlich begrüßen wird? (Wenn er Berliner ist: nee-nie, nee-nie.) Also Nänie ('Auch ein Klaglied zu sein im Mund der Geliebten, ist herrlich'): Warum hat Brahms den Titel nicht zu 'Nenie' latinisiert? Weil's ihm, wie er seinem Verleger schreibt, zu „berlinerisch" klänge. Nuja, recht hat er; und abwinken; und leise lachen (aber 's hört sich eigentlich genauso an wie weinen, oder?) – ('Einer, dessen Gesicht vom vielen Weinen wie ein schmutziges Fenster aussah', sagt Dickens). —

DANK UND NACHWEISE

Dem Dank, den vor 70 Jahren in Cambridge der Wiener Musikologe Otto Erich Deutsch in Gestalt einer auf englisch verfaßten, postum von seiner Tochter ins Deutsche übersetzten Arbeit über *Admiral Nelson und Joseph Haydn* seinem Gastland abstattete, das ihm Schutz vor der Verfolgung durch die Nazis gewährt hatte, schließt der Autor, der die Studie (Österreichischer Bundesverlag 1982) als Quellenreservoir für seinen Roman nutzte, von Herzen sich an.

Als unerschöpflicher Dokumenten-Steinbruch erwies sich auch Ulrike Ittershagens mit feinem feministischem Sarkasmus gewürzte Dissertation über *Lady Hamiltons Attitüden* (Philipp von Zabern 1999), und ohne die Aufsätze zum Stichwort *Glasharmonika* des dahingegangenen Bruno Hoffmann in der alten MGG und der Glasmusik-Experten Beate Fürbacher & Martin Hilmer in der neuen MGG (Bärenreiter) hätte das vorliegende Buch nicht geschrieben werden können.

Dank schuldet der Autor ferner den Studien Norbert Millers über Joseph Hackert, dem schönen Buch Dieter Richters über die Geschichte des Vesuvs (Wagenbach

2007), desgleichen der Reise ins Reich der Camorra von Roberto Saviano (Hanser 2007) und dem nicht minder beklemmenden Bericht des Journals *The Economist* vom 22. Dezember 2007 über den Ausbruch des isländischen Laki im Jahre 1783. Die kleine Verbeugung vor Arno Schmidts „Kaff" im 1. Kapitel und vor Werner Herzogs Film „Herz aus Glas" im ‚böhmischen' Kapitel 10 bittet den geneigten Leser um Nachsicht.

Längere, nur indirekt ausgewiesene Zitate stammen aus Goethes *Italiänischer Reise*, aus E.T.A. Hoffmanns *Serapionsbrüdern*, den Fragmenten des Novalis und aus Karl August Schillers *Gallerie interessanter Personen* (2. Aufl. 1798). Für einige Zitate aus Werk und Nachlaß Leopold Schefers ist der Autor Herrn Christian Filips von der Berliner Sing-Akademie zu Dank verpflichtet, für einige Verweise auf Gesualdo Herrn Hermann Backes aus Leipzig.

Meiner Schwester Angelika Schlüter (München) schulde ich Dank für Hilfe in Not, und Katrin Grünepütt sage ich erneut Dank für Hinweise, Korrekturen und Anregungen. So, wie schon *Anmut und Gnade* (Eichborn 2007), ist auch dieses Buch ihr von Herzen gewidmet.

Anträge auf Förderung der Arbeit an diesem Roman wurden überall abgelehnt — mit Ausnahme der *Robert Bosch Stiftung* Stuttgart, welche mit einem *Grenzgänger*-Stipendium generös ermöglichte, was andernfalls kaum möglich gewesen wäre: die Beendigung seiner Abfassung.

Wolfgang Schlüter. Berlin, Winter 2010